Dulce Veneno

Dulce Veneno

Parker S. **Huntington**

TRADUCCIÓN DE
Cristina Riera

CHIC

Primera edición: octubre de 2023
Título original: *Darling Venom*

Diseño de cubierta: Taller de los Libros
Imagen de cubierta: Creative Market - WonderWonder
Corrección: Gemma Benavent, Sofía Tros de Ilarduya

Publicado por Chic Editorial
C/ Roger de Flor n.º 49, escalera B, entresuelo, despacho 10
08013, Barcelona
chic@chiceditorial.com
www.chiceditorial.com

ISBN: 978-84-17972-94-3
THEMA: FRD
Depósito Legal: B 16790-2023
Preimpresión: Taller de los Libros
Impresión y encuadernación: Liberdúplex
Impreso en España – *Printed in Spain*

En recuerdo de Khanh Võ
Para Chlo, Bau, Rose y L.

«Lo que de verdad es egoísta es pedir a otro
que soporte una existencia intolerable solo para
evitar a parientes, amigos y enemigos un poco de
examen de conciencia».

David Mitchell, *El atlas de las nubes*

Si las cicatrices cuentan historias, yo no tengo ninguna. Ni una sola protuberancia, cavidad o estría. Ninguna imperfección que me recuerde todo el sufrimiento que he causado. Mi piel es una mentirosa. Es suave, lisa, un lienzo en blanco. Llegará el día en que tendré que pagar por mis pecados, y cuando muera, será con una cicatriz.

Prólogo

Charlotte, trece años

$\backsim$

—Por favor, no salgas esta noche. Porfiiiiis. —Junté las palmas y, sentada sobre el edredón multicolor, le ofrecí a Leah mis ojos de ternero degollado más convincentes—. Porfa, porfa, te lo suplico. —Me arrastré por su cama. Una sonrisa ancha y bobalicona ocultaba el nudo de pánico que me atenazaba la garganta. Tenía la sensación de que el mundo terminaría si mi hermana salía por la puerta.

Delante del espejo, Leah terminó de rizarse un mechón negro como el ébano con una plancha. Rebotó sobre su espalda como si fuera un muelle. Se pasó la lengua por los dientes para quitarse una mancha de pintalabios, sin apartar los ojos de su reflejo impecable.

—No puedo, peque. Es la primera fiesta de la universidad a la que voy y Phil está que se muere de ganas. ¿Quedamos el finde que viene?

Phil era el novio de Leah. Las cosas que le gustaban a Phil eran: primero, monopolizar el tiempo de mi hermana; segundo, llamarme Plan B y decirlo totalmente en serio; y tercero, mirarme de hito en hito hasta que estaba segura de que veía por debajo de mi piel siempre que Leah estaba distraída.

Leah agarró el bolso sin asas y contoneó las caderas mientras salía de la habitación. Llevaba una minifalda que le provocaría un ataque al corazón a papá y que haría que mamá la castigase a fregar los platos para siempre. Por suerte para Leah, los dos estaban durmiendo.

—¡Pagaría! —solté, poniéndome en pie de un salto, con un tono tan desesperado como me sentía. ¿Por qué no se me había ocurrido antes?—. Pagaría, pagaría, pagaría. No vayas.

«Pagaría» era nuestra palabra de seguridad. Iba muy en serio. «Pagaría» iba por delante de los chicos, las fiestas y perder la virginidad con un sociópata. Bajo ningún concepto quería que Leah perdiera su virginidad con Phil esa noche. Los había escuchado hablar de esto por teléfono el otro día y no había pegado ojo desde entonces.

Leah ni siquiera aminoró el paso. Mi corazón era un calidoscopio de esquirlas de cristal. ¿Qué sentido tenía compartir un código secreto si no significaba una mierda?

—Lo siento, Lottie. A la próxima, sí, cielo.

Me di cuenta de que se había dejado el paquete de cigarrillos mentolados en el tocador. Bien a la vista, para que mamá los encontrara. La rabia me asaltó. A tomar por saco. «Espero que mamá se despierte y te vea».

Leah se detuvo en el umbral y volvió la cabeza hacia mí.

—Ay, bueno. —Metió una mano en el bolso, rebuscó y luego sacó un centavo que colocó en la palma de mi mano—. Oye, Lottie, pagaría por saber en qué estás pensando.

Acepté la derrota y lo rodeé con los dedos. Esperaba que no se quedara embarazada. Le habría dicho que fuera con cuidado, pero la última vez que le había sacado el tema de Phil por poco me arranca la cabeza. Sabía que yo lo detestaba. Dicen que el amor no tiene ojos ni orejas, pero se olvidan del cerebro. También desaparece.

—Espero no enamorarme nunca. Enamorarte te vuelve muy idiota…

Leah puso los ojos en blanco, entró con paso tranquilo y me dio un beso en la cabeza.

—Yo espero que sí. Enamorarte te hace sentir inmortal. ¿No te gustaría?

No esperó a que le contestara y se dirigió al pasillo. Sus pasos se volvieron golpetazos cuando bajó las escaleras a toda velocidad antes de que mamá la pillara. Salió disparada por la puerta, directa a los brazos de Phil.

Asomé la cabeza por la ventana de su dormitorio, aunque sabía que verlos juntos me iba a doler, pero quería verlos de todas formas. Vi a Phil, apoyado en el Hummer con el motor encendido, y vi cómo la abrazaba. La agarró del culo, le metió la lengua hasta la garganta y levantó los ojos para mirarme. Una sonrisa petulante se le dibujó en la cara mientras devoraba a mi hermana. Ahogué un grito, apagué la luz y me metí debajo de la manta colorida de Leah. El miedo que había sentido durante toda la noche se disparó y manó por todos mis poros.

«Enamorarte te hace sentir inmortal. ¿No te gustaría?».

«No», pensé con amargura. «La muerte no me da miedo».

Primera parte
LA CAÍDA

ᔆ

Capítulo uno

Charlotte, catorce años

∽

«Moriré sin una sola cicatriz. Sin experiencias, ni heridas de guerra ni marcas que demuestren que viví. Sin haber hecho *puenting*, ni haber aprendido otro idioma, ni haber besado».

El pensamiento me resonaba en la cabeza mientras miraba con el ceño fruncido a la pareja que tenía delante de mí en el metro. Llevaban besándose desde que me había subido al vagón en el Bronx, y estaba dispuesta a jugarme lo que fuera a que iban a continuar hasta que me bajara, en Manhattan.

Él le agarraba la parte interior del muslo y le dejaba marcas rojas en la piel por debajo del vestido corto. Fingí estar leyendo, pero los miraba por encima del libro de tapa blanda que leía: *En el camino*, de Jack Kerouac. Se besaban con lujuria. Con sorbos ansiosos, acompañados del insoportable chirrido del globo rosa con forma de corazón que él le restregaba contra la pierna.

Paseé los ojos por los otros pasajeros. Trabajadores jóvenes. Unos cuantos hombres de negocios que llevaban flores y vino. Mujeres que se retocaban el maquillaje. Y una pareja en un rincón con la misma camiseta de color rojo cereza que rezaba «Estoy con este estúpido».

Algunas personas eran bajitas y otras, altas. Algunas eran voluminosas y otras, delgadas. Sin embargo, todas tenían algo en común: les importaba una mierda si me moría esta noche. Tampoco es que antes de salir de casa me hubiera tatuado en la frente «Soy una suicida». No obstante, era una niña, sola, que llevaba el pelo hecho un desastre porque no le había pasado un cepillo en semanas, con la mirada angustiada y un espacio entre los dientes que mamá insistía en que era monísimo para no tener que pagarme unos aparatos.

Los manchurrones de rímel que tenía debajo de los ojos eran producto de la crisis de cinco horas que había sufrido antes de subirme a este tren. Llevaba unos calcetines a rayas hasta las rodillas, una falda escocesa corta y negra, unas Doctor Martens heredadas y una chaqueta vaquera en la que había escrito con rotulador citas de libros que me encantaban.

«Su futuro la necesitaba, de modo que le dio la espalda al pasado».

«La perfección es una obscenidad: glacial, hostil e inalcanzable».

«Creyó que podía, y así lo hizo».

No eran más que tonterías.

Hice transbordo de un metro a otro. De un andén a otro. De una estación a otra. El olor del metro se me pegó a la ropa. El tufo de las máquinas terrosas, de la comida barata para llevar y del sudor. Una ráfaga caliente me echó el pelo en la cara cuando el convoy se aproximó.

Me pasó por la cabeza la idea de lanzarme a las vías y acabar con todo. Me di un toque de atención a mí misma. No. Habría sido demasiado común. Para empezar, sería la peor de las muertes, y la más dolorosa, seguro. Además, detestaba a la gente que lo hacía y más en hora punta. ¿Qué les pasaba a los idiotas que insistían en lanzarse a las vías cuando todo el mundo iba o volvía del trabajo o la escuela? Cada vez que me quedaba atrapada bajo tierra, en un vagón apretujada entre sardinas humanas cuyo sudor era tan tangible que lo notaba en la lengua, quería darme cabezazos contra las ventanas de plástico. Y para terminar, la idea de lanzarme a mi perdición desde una azotea la había sacado de un libro de Nick Hornby, y me gustaba ese toque literario. Así que… Mejor seguir con el plan original.

Me subí en el tren, me coloqué los Airpods en los oídos y miré el teléfono. «Watermelon Sugar» silenciaba el ruido de fuera. Me pregunté si Harry Styles se habría planteado suicidarse alguna vez, decidí que seguro que no, enrollé *En el camino* y me lo metí en el bolsillo trasero de la falda.

Le había dicho a Leah que me iba a una fiesta, pero estaba tan agotada del turno doble en la tienda de ultramarinos que había en la esquina de la calle que no se había dado cuenta de que las chicas de catorce años no iban a fiestas el día de San Valentín a las diez de la noche.

También se había olvidado de que hoy era mi cumpleaños. O tal vez había fingido no acordarse porque estaba enfadada. Tampoco se lo tenía en cuenta. Suficiente hacía ya con mirarme a los ojos.

«No te preocupes. Ella tampoco lo hace».

No era la única razón por la que iba a suicidarme esta noche, pero era uno de los motivos. Ese era el problema de la desesperación, que se iba acumulando e iba creciendo, como una torre Jenga. Cada vez más alto, sobre cimientos inestables. Un paso en falso y estabas acabada.

Mi hermana me odiaba. Me odiaba cada vez que se miraba en el espejo. Cada vez que iba a un trabajo que no soportaba. Cada vez que yo respiraba. Daba la casualidad de que era la única persona en este mundo que me quedaba. Mi muerte sería un alivio. En un primer momento, se quedaría conmocionada, afectada. Tal vez incluso triste. Pero una vez esas sensaciones empezaran a desaparecer…

Mi suicidio era un conjunto embrollado de tragedias, unidas por la mala suerte, las circunstancias y la desesperación. Pero ¿que ni se mencionara mi cumpleaños este año? Eso había sido la gota que había colmado el vaso.

Subí las escaleras de salida de la estación de Cathedral Parkway. El viento gélido me golpeó en las mejillas húmedas. La banda sonora del tráfico de Manhattan, el claxon de los coches y los ligones borrachos me inundaron los oídos. Pasé con determinación por delante de edificios de oficinas, bloques de pisos pijos y monumentos históricos. Papá solía decirme que había nacido en la mejor ciudad del mundo. Me pareció que sería más poético si moría allí también.

Doblé la esquina hacia una calle secundaria y llegué a la escuela. Este había sido mi primer curso en el St. Paul, un centro que iba desde parvulario hasta bachillerato, situado en la mejor parte de la ciudad. Tenía una beca completa, algo que el director Brooks había disfrutado restregándome por las narices hasta la noche en la que pasó todo y, de pronto, había dejado de ser correcto comportarse como un imbécil con una chica cuyos padres acababan de morir.

En realidad, la beca me premiaba por haber sido la mejor estudiante de las escuelas de primaria y secundaria que no compartían el mismo código postal que esta. Una señora cualquiera de esas que llevan alta costura y viven en el Upper East Side había accedido a pagarme la educación en una escuela privada hasta que me graduara, como parte de no sé qué gala benéfica. El año pasado, mamá me había obligado a escribirle una carta de agradecimiento. Nunca me había contestado.

No llevaba tanto tiempo en el St. Paul como para odiarlo de verdad, así que ese no había sido el motivo por el que lo había elegido como el edificio de cuya azotea me tiraría. Pero costaba no fijarse en la barandilla que había en el sexto piso de ese monstruo eduardiano y que conducía a la azotea. Con un espacio tan perfecto para un suicidio, habría sido un pecado escoger cualquier otro.

Al parecer, los trabajadores del St. Paul sabían que dar acceso a la azotea a los estudiantes estresados y sobrecargados no era una buena idea, pero no se podía eliminar la escalera. No sé qué tontería sobre seguridad e higiene. Así que le habían puesto una cadenita, que se podía saltar con facilidad. Eso hice, y empecé a subir las escaleras sin ninguna prisa. La muerte podía esperar unos minutos más. Me lo había imaginado tantísimas veces que casi podía sentirlo: el silencio estático, las luces apagadas, el aturdimiento general, la felicidad absoluta.

Cuando llegué arriba, en el último escalón, tomé una decisión de última hora y me rasqué la parte interna de la muñeca con el pasamanos oxidado. La sangre apareció al instante. Ahora moriría con una cicatriz.

Tenía las manos sudorosas y me faltaba el aliento cuando me sequé la sangre en la falda. Me detuve de golpe cuando pisé los guijarros de color gris. La azotea tenía pendiente. Tres chimeneas crecían hacia el cielo con las bocas ennegrecidas de ceniza. Nueva York se extendía ante mis ojos en todo su esplendor malsano. El río Hudson, los parques, las iglesias, los rascacielos medio ocultos tras las nubes, las luces de la ciudad que titilaban sobre el oscuro horizonte. Esta ciudad había sido testigo de guerras, plagas, incendios y batallas. Lo más probable es que mi muerte ni siquiera llegase a las noticias.

Me di cuenta de algo, algo que no esperaba encontrar aquí. De hecho no era algo, sino alguien. Vestido con una sudadera con capucha negra y unos pantalones de chándal, estaba sentado en el extremo de la azotea, con los pies colgando, dándome la espalda. Tenía los hombros encorvados, con desánimo, y miraba hacia abajo, como si estuviera a punto de saltar. Se inclinó hacia delante, centímetro a centímetro. Despacio, con determinación y aire resuelto.

Detenerlo fue una reacción inconsciente, como encogerte cuando alguien te tira algo a la cara.

—¡No! —grité.

La silueta se detuvo. No me atrevía a pestañear, pues temía que hubiera desaparecido cuando abriera los ojos. Por primera vez desde la noche en la que ocurrió todo, no me sentía como una verdadera mierda.

Capítulo dos

Kellan

∽

Supuse que se preguntarían por qué. ¿Por qué lo hizo? ¿Por qué se vestía como un bicho raro? ¿Por qué había jodido a su hermano de esa forma?

Bueno, pues dejad que os ilumine. Lo iba a hacer porque Tate Marchetti era un auténtico hijo de puta. Creedme, vivía con él. Me había arrancado de mi casa, donde vivía con mi padre, y ni siquiera se había molestado en preguntarme qué quería hacer con mi vida. Si pudiera morirme dos veces solo para restregárselo por la cara al cretino de mi hermano, lo haría encantado.

Al caso, que hablábamos de mi suicidio.

No había sido una decisión precipitada. El suicidio se había ido perfilando como la alternativa adecuada a lo largo de los años. Y entonces, la semana pasada, tras haber anotado los pros y los contras (menudo cliché, ya lo sé, denúnciame si quieres), no pude evitar fijarme en que una de las listas era muy corta:

PROS:

- A Tate le dará un infarto.
- Se acabó la escuela.
- Se acabaron los deberes.
- Se acabó que me pegue el primer deportista que pasa y al que le gusta demasiado la serie *Euphoria*.

22

- Se acabaron las discusiones sobre Yale o Harvard durante la cena (no entraría en ninguna con mis notas, aunque papá financiara tres alas, un hospital y diera un riñón a cualquiera de las dos universidades).

CONTRAS:

- Echaré de menos a papá.
- Echaré de menos mis libros.
- Echaré de menos a Charlotte Richards (P. D.: ni siquiera la conozco. Así que, ¿qué importa que sea guapa? ¿Qué me pasa?).

Saqué una lata de cerveza de la mochila y me la tragué. Tenía mucha espuma por el trayecto hasta aquí y yo tenía los dedos congelados, sería mejor acabar ya con esto. Justo estaba a punto de hacerlo cuando un ruido llamó mi atención: el clac, clac, clac de unos pasos que subían las escaleras.

«¿Qué demonios...?».

Tate no sabía que había venido aquí, pero aunque lo hubiese descubierto de milagro, esta noche le tocaba trabajar en el Hospital Morgan-Dunn. Lo que significaba que alguien más del St. Pavor había descubierto las escaleras de metal escondidas. Seguramente sería una pareja borracha que buscaba un sitio en el que echar un polvo rápido.

Me incliné hacia delante para saltar antes de que me vieran cuando oí:

—¡No!

Me quedé paralizado, no quería girarme. La voz me resultaba familiar, pero no quise darme esperanzas, porque como fuera ella, sin duda ahora sí que estaba alucinando.

Y entonces se impuso el silencio.

Quise saltar. No había llegado hasta aquí solo para esto. No me había rajado. Pero tenía curiosidad por saber qué haría ella después, porque... Bueno, porque acababa de toparse con un puto desastre.

La persona que había a mis espaldas volvió a hablar:

—Crass no hace sudaderas. Son anticapitalistas. Menuda cagada, tío.

«¿Qué dice esta?».

Giré la cabeza.

Era ella.

Madre mía, era Charlotte Richards en persona.

Con el flequillo voluminoso y castaño, los ojos verdes y grandes y vestida al estilo emo/anime, en definitiva, el atuendo del porno estadounidense: faldas escocesas, camisetas de AC/DC y calcetines que llegaban hasta las rodillas enfundados en unas Doctor Martens.

No era una chica popular, pero tampoco un alma solitaria. Sin embargo, tenía un aire... No sé. Me daban ganas de conocerla mejor.

Se acercó a mí con pasos inseguros por los guijarros y se metió las manos en la chaqueta.

—¿Te has hecho la sudadera tú mismo? Qué penoso.

Hice ver que la ignoraba, lancé la lata de cerveza hacia el pozo negro que era el patio de la escuela, saqué otra de la mochila y la abrí. Me cabreaba que se hubiera dado cuenta, aunque estuviera colado por ella. La gente de nuestra edad era demasiado idiota como para saber que las bandas punk anarquistas británicas de los años setenta no venden *merchandising*. Pero claro, tenía que gustarme la única tía que tenía cerebro.

—¿Me das una? —Se dejó caer a mi lado, abrazada a la chimenea con un brazo para más seguridad.

La miré de hito en hito. No había nada en toda esta situación que me hiciera pensar que era real. Que ella estuviera aquí, que hablara conmigo, que respirara a mi lado. Debía de saber que yo era un paria social. Nadie hablaba conmigo en la escuela... ni fuera de ella, la verdad. Y no estaba exagerando.

Me pregunté hasta qué punto conocería mis circunstancias. Tampoco es que importara. No iba a salir con ella, ni siquiera le vería la cara mañana por la mañana. Es la belleza de renunciar a la vida: que no tienes que avisar.

Vacilé, pero le ofrecí la cerveza. Charlotte se soltó de la chimenea y dio un sorbito.

—Por Dios. —Sacó la lengua y me la devolvió mientras arrugaba la nariz—. Sabe a pies.

Me tragué lo que quedaba y me invadió una sensación injusta de superioridad.

—Te sugeriría que dejaras de lamer pies.

—Y de beber cerveza, por lo que veo.

—Te acostumbras. A nadie le gusta el sabor del alcohol, solo cómo te hace sentir.

Levantó una ceja.

—¿Te emborrachas a menudo?

La única luz que nos iluminaba procedía de los edificios circundantes. La mismísima Charlotte Richards, por el amor de Dios. ¡Tan cerca! Era tan guapa que sonreiría de no ser porque ya no era capaz de sentir nada.

—Lo suficiente.

«Traducción: mucho más de lo que debería a mi edad».

—¿Tus padres lo saben?

La fulminé con una mirada de «¿a qué coño viene eso?». No solía sentirme a gusto con otras personas, y menos con aquellas con tetas, pero las cervezas me habían relajado. Además, en mi imaginación, Charlotte y yo habíamos hablado millones de veces.

Alcé una ceja:

—¿Saben tus padres que esta noche te vas a emborrachar?

—Mis padres están muertos.

Lo dijo con monotonía, sin afectación. Como si lo hubiera explicado tantas veces que hubiera perdido importancia. Pero me dejó sin palabras unos segundos.

«Lo siento mucho» me parecía una expresión vacía. No conocía a nadie de nuestra edad cuyos dos progenitores estuvieran muertos. Uno de los dos, sí, a veces pasa. Mi madre estaba criando malvas. Pero dos… Eso ya era una desgracia nivel Oliver Twist. La tragedia de Charlotte Richards era superior a la mía.

—Ah.

«¿En serio, Kellan? ¿Con la de palabras que existen, solo se te ocurre "Ah"?».

—¿Cómo ocurrió? —añadí, aunque tampoco me había ganado el derecho a que me lo contara.

Balanceó una pierna mientras miraba a su alrededor.

—Hubo un incendio en casa. Se quemó todo.

—¿Cuándo?

¿Cuándo? ¿Por qué demonios le había preguntado eso? Parecía un inspector de seguros.

—Justo antes de Navidad.

Ahora que lo recordaba, me había dado cuenta de que no había venido a clase antes ni después de Navidad. Que sí, que seguro que todos los alumnos hablaron del tema, pero como yo era menos popular que una ameba, o que un tampón usado en el lavabo de las chicas, no había ni una sola probabilidad de que me enterara de ningún cotilleo. La verdad sea dicha, me había vuelto tan invisible que la gente se chocaba conmigo sin querer.

—Lo siento —murmuré, pero me sentí estúpido. Esta noche no tenía que encontrarme así. Su presencia me contrariaba—. No sé qué más decirte.

—Un «lo siento» ya está bien. Lo que me hace enfadar es cuando la gente se entera y me dice que tengo suerte de haber sobrevivido. Uy, sí, qué suerte, huérfana a los trece. Que corra el champán.

Hice un chasquido, bebí de una botella imaginaria y luego me llevé la mano al cuello, fingiendo que me ahogaba.

Me ofreció una sonrisa cansada.

—Podría haberme ido al norte, a vivir con mi tío, pero el St. Paul me ofrece una oportunidad demasiado buena como para desperdiciarla. —Me arrancó la cerveza de la mano y nuestros dedos se rozaron. Dio otro sorbo y me devolvió la lata—. Bueno, ¿y tú qué haces aquí?

—¿Qué haces tú aquí?

Me guiñó el ojo.

—Las damas primero.

A Charlotte Richards le gustaba hacer bromas. Qué digo, si incluso era una tía guay de cerca.

—Necesitaba pensar.

—Qué mentiroso. —Soltó un suspiro forzado—. He visto cómo te inclinabas sobre el filo. Has venido por lo mismo que yo.

—¿Y eso es…?

—Para terminar con todo —anunció de forma dramática, y se dio un golpe en la frente con el dorso de la mano.

Perdió el equilibrio y se inclinó hacia delante. Alargué el brazo para evitar que cayera. Se agarró a mí con un grito, no como alguien que intentaba acabar con su vida. Y ahora casi le estaba agarrando una teta.

«REPITO: CASI LE ESTABA AGARRANDO UNA TETA».

Aparté la mano, agobiado, pero ella me agarró la mano con fuerza, me arañó la piel y fue muy incómodo: había un noventa y nueve por ciento de posibilidades de que estuviera medio empalmado y por Dios, ¿por qué no me habría tirado hacía unos minutos, cuando aún tenía el orgullo intacto?

Notaba sus latidos a través de la palma. Aflojó la mano y retiré el brazo. Volví a clavar los ojos en el Hudson. Tenía la mandíbula tan tensa que me dolía.

—Los cojones querías morir —musité. Por poco no se lo hizo encima hacía tan solo un segundo—. Pero no pasa nada. No es culpa tuya. Según las estadísticas, ahora es menos probable que quieras tirarte.

Era mi área de especialidad. Dominaba muchísimos datos y conocimientos relacionados con el suicidio. Había hecho los deberes. Lo que era irónico, puesto que nunca había hecho los deberes de la escuela.

Sabía, por ejemplo, que era más probable que una persona se suicidara entre los cuarenta y cinco y los cincuenta y cuatro años. Sabía que el método de suicidio más habitual era con un arma (el cincuenta por ciento) y que era más probable que los hombres lo consiguieran. Y lo más importante, sabía que la guapa y lista de Charlotte en realidad no quería suicidarse. Estaba pasando por una mala época, no unos malos años.

Bajé los ojos a mi futura muerte y volví a alzarlos. Había ido ahí a morir porque quería que lo vieran todos los del centro, para marcarlos igual que ellos me habían marcado a mí, para dejarles una cicatriz de las feas en su interior que no pudieran disimular ni con maquillaje.

Todo el mundo menos Charlotte, valga la ironía.

No se había portado bien conmigo de forma activa, pero me sonreía cuando nos cruzábamos y una vez recogió un boli que se me había caído. Su simpatía era cruel. Me daba falsas esperanzas y eso era peligroso.

Con la vista clavada más allá de las vigas, se metió las manos entre los muslos.

—Lo digo en serio. Es que… No lo sé… Quiero morir como yo elija, supongo. No soporto vivir sin mis padres. Y luego está mi hermana, Leah. Trabaja todo el día en una tienda de comestibles para que no nos quedemos sin techo y dejó la universidad para cuidarme. Ni siquiera se ha dado cuenta de que hoy es mi cumpleaños.

—Felicidades —farfullé.

—Gracias. —Se inclinó unos centímetros hacia delante sobre los guijarros como si quisiera tantear el terreno antes de volver a echarse hacia atrás—. Ojalá tuviera cáncer o alguna otra cosa grave: demencia, un infarto, disfunción multiorgánica… Y si perdiera esas batallas, habría sido valiente. Pero, en realidad, mi lucha es contra mi mente. Y si la pierdo, dirán que fui débil.

—Es una suerte que no vaya a importar lo que la gente piense cuando muramos.

—¿Cuándo te diste cuenta de que querías…? —Se pasó el pulgar por el cuello y luego inclinó la cabeza, como si hubiera muerto.

—Cuando me percaté de que prefería tener los ojos cerrados a abiertos.

—¿Qué quieres decir?

—Cuando duermo, sueño. Cuando me despierto, empieza la pesadilla.

—¿En qué consiste esa pesadilla? —Como no respondí de inmediato, puso los ojos en blanco y se sacó algo del bolsillo. Me lo lanzó. Era una moneda—. Pagaría por saber lo que piensas.

—Pues cincuenta pavos serían más lucrativos.

28

—En la vida, no todo gira en torno al dinero.

—El tío Sam discrepa. Bienvenida a los Estados Unidos, cielo. Soltó una carcajada.

—Estoy pelada.

—Eso dicen por ahí —confirmé. Quería que me detestara igual que hacía el resto de la escuela, para que dejara de mirarme como si lo mío se pudiera solucionar.

—Bueno, no cambies de tema. ¿Por qué quieres tirarte?

Decidí saltarme la parte social de la razón por la que estaba aquí (los motes, la soledad, las peleas) y me centré en lo que me había llevado al límite esta noche:

—Veo tu estatus de huérfana y lo subo a una situación familiar bien jodida acompañada con un legado roto. Mi padre es el escritor Terrence Marchetti. Supongo que conoces *Las imperfecciones*.

Era imposible que no le sonara.

Se había publicado el mes anterior y ya iba por la tercera edición. Era una mezcla tétrica y desolada de *Miedo y asco en Las Vegas* y *Trainspotting*. El *New York Times* lo había calificado como el libro más importante de la década incluso antes de que se publicara. Se estaban preparando tres adaptaciones distintas: una película, una serie y una obra de teatro. Se estaba traduciendo a cincuenta y dos idiomas. Tenía el récord de libro en tapa blanda que más rápido se había vendido en los Estados Unidos. Se rumoreaba incluso que iba a ganar el Premio Nacional del Libro de este año.

Proseguí y traté de mantener un tono monótono:

—Mi madre era la modelo Christie Bowman. Puede que recuerdes que murió de una sobredosis con la cara aplastada contra un espejo roto del que había esnifado la cocaína en la casa familiar.

No dije que fui yo quien la había encontrado muerta. No mencioné toda la sangre. No lo hice. Ahora era Charlotte quien me miraba como si me acabara de caer del cielo.

Seguí adelante:

—Tengo un hermanastro mayor que yo, se llama Tate. De un rollo que tuvo mi padre en los ochenta. Me sacó de casa y me llevó lejos de mi padre con no sé qué mierda de excusa y papá está muy frágil como para luchar por mi custodia.

—¿En serio?

Tenía unos ojos muy grandes y verdes. Quise lanzarme de cabeza en ellos para correr como si fuera una pradera.

Bajé la vista, asentí y levanté el culo, apoyado en las palmas de las manos.

—Al menos, tu hermana se ha responsabilizado de ti porque no tienes padres. —No estábamos en los Juegos Olímpicos de las víctimas, pero un poco sí, teniendo en cuenta que, si uno de los dos se ganaba el derecho a morir esta noche, tenía que ser yo—. Sí tengo un padre, pero mi hermano lo mantiene alejado. Creo que es porque papá no estuvo pendiente de él cuando Tate creció. Le jodió muchísimo y ahora lo está castigando a través de mí.

—Parece una buena pieza.

Me recosté y limpié la suciedad de la azotea con la sudadera. Asentí, pero me di cuenta de que podía parecer demasiado ansioso, pues nadie, con tal vez la excepción de papá, había dicho nunca nada negativo de Tate. Y aquí estaba Charlotte Richards, que acababa de decir que mi hermano era una buena pieza.

—Tate es un demonio. Podría haber vivido con papá, pasarme a estudiar en casa y haberme ido de gira con él a firmar libros. Quiero ser escritor como él. Pero no, tenía que venir a esta pesadilla de escuela y volver a una casa vacía porque Tate trabaja ochenta horas a la semana.

—Has dicho quiero. —Se mordió el labio inferior—. No quería. En presente.

—¿Y?

—Seguro que tu padre se queda destrozado cuando sepa que te has suicidado.

—No trates de convencerme de no hacerlo —le advertí.

—¿Por qué?

—Porque lo voy a hacer.

Se produjo una pausa y entonces dijo:

—Seguro que cuando estés en el aire, te arrepientes.

Giré la cabeza en su dirección.

—¿Qué?

Charlotte Richards, la compañera de quien estaba colado, me estaba diciendo que no me suicidara. Ni siquiera tenía ganas de procesarlo.

—Cuando tu cuerpo ya no esté en la azotea, te darás cuenta de la estupidez que has cometido. Y eso sin contar que no creo que nos lo hayamos pensado del todo bien. No está tan alto. Puede que te rompas la columna y te pases el resto de la vida en una silla de ruedas babeándote el pecho. Puedes perder mucho.

—¿Estás drogada?

Pero me sentía tentado de una forma que me sorprendía y horrorizaba a la vez. Sobre todo, no quería que ella viera cómo lo hacía. No sé. ¿Y si me cagaba? ¿Y si me explotaba la cabeza? No quería que ella me recordara así.

«Claro, porque así no vas a tener ni una sola oportunidad de salir con ella desde la tumba».

—Tienes una familia que te quiere. Un padre rico y famoso y un sueño que quieres cumplir. Nuestras circunstancias son distintas. Tienes muchas razones por las que vivir.

—Pero Tate…

—No puede mantenerte alejado de tu padre para siempre. —Negó con la cabeza—. Me llamo Charlotte, por cierto. —Alargó la mano hacia mí. No la acepté. Tenía mucha presencia y me confundía. Entonces dijo algo que me pilló aún más desprevenido—: Vamos a la misma clase, creo.

—¿Te habías fijado en mí?

«Y el premio al idiota más patético es para… mí».

—Sí. Te vi leyendo con el Kindle durante la comida como si fueras una especie de animal. —Se sacó un libro del bolsillo trasero de la falda. No veía cuál era en la oscuridad, pero me dio un golpe en el muslo con él—. Creo que este libro te va a gustar. Va sobre la soledad, la locura y la insatisfacción. Va sobre nosotros.

Capítulo tres

Charlotte

También sabía cómo se llamaba: Kellan Marchetti. Era el hijo de la nueva leyenda literaria de Estados Unidos. Lo primero que había hecho tras llegar al St. Paul había sido buscar a Kellan en Google. Lo que nadie había mencionado pero los dos sabíamos era que Kellan no era popular, de una forma radical y deliberada. Era raro, porque si una se fijaba en su aspecto (alto, larguirucho, mono, atlético) y en su apellido, debería de haber tenido una muy buena posición social. Había preferido ser un solitario. Se vestía al estilo gótico: todo de negro, imperdibles por todos lados, lápiz de ojos, parches de leopardo y uñas pintadas. Incluso un día se presentó en el St. Paul con unos guantes de malla. Caminaba con la espalda encorvada, como Atlas, como si cargara con todo el peso del mundo sobre los hombros. Recogía colillas de cigarrillo y fingía fumárselos y Sandy Hornbill una vez lo pilló lamiendo una rana en biología. Bueno, eso había sido un rumor, pero demostraba que Kellan no era un bicho raro. Elegía serlo.

No sabía por qué me había afectado tanto la idea de que saltara. Yo también iba a hacerlo, ¿verdad? Pero, de alguna forma, que Kellan lo hiciera me parecía un desperdicio. Llevaba el pelo castaño rojizo desaliñado y demasiado largo y sus ojos eran del color de una tormenta eléctrica. Cuanto más lo miraba, más veía que tenía la atracción de una estrella de una *boyband*.

—No saltes —repetí, y le hice rodear el libro con los dedos. Los tenía helados y me pregunté cuánto tiempo llevaría aquí arriba mientras se convencía de entregarse a los brazos de la muerte.

—Es un poco hipócrita por tu parte, considerando las circunstancias.

—Mi situación es distinta.

—Sí, lo es. Tú tienes esperanza.

—No tengo padres, ni dinero, ni perspectivas de futuro. La esperanza brilla por su ausencia.

—Pero tienes una hermana que ha accedido a sacrificar su vida por ti —observó. Me alejé, su comentario me había dolido más de lo que él sabría nunca—. Y ahora quieres dejarla sola. Muy bien, Lottie.

Reprimí un estremecimiento al oír ese apelativo y le lancé una mirada exasperada. Incluso aunque me había dicho cosas muy duras, lo había hecho con el corazón. Como si yo le importara de verdad.

—Nos encontramos en la misma situación —señalé—. Con nuestros hermanos, digo. Si yo no salto, tú tampoco deberías. Los dos nos quieren. —Cuando lo dije, me di cuenta de la verdad que encerraba. Leah me quería. Por mucho que ahora mismo no me soportara, yo aún le importaba. Por eso se había sacrificado. Por eso había dejado los estudios. Noté una presión cálida en el pecho, fruto de la epifanía.

Kellan negó con la cabeza.

—Mi hermano no.

—Tú escúchame. No digo que no te suicides. Digo que hoy te lo pienses. Ni siquiera te has leído *En el camino* todavía. ¿Qué forma de morir es esa?

Bebió más cerveza.

—Ya, no.

—Una silla de ruedas, eh —le recordé.

—Estamos a seis puñeteros pisos del suelo.

—La gente salta desde esta altura de yates y cortan el agua como un cuchillo. Puede que solo te rompas los huesos. Y si pasa eso, nunca lo olvidarás.

Me miró fijamente.

—Eres incansable.

—¡Lo sé! —dije, con alegría.

Sonrió. Y lo hizo de verdad. No era una gran sonrisa, ni siquiera una sonrisa de felicidad, pero por algo se empezaba.

—Muy bien, pues a ver si se merece tanta fama.

Agarró el libro y entrecerró los ojos para mirar la cubierta.

Quise echarme a reír, pero no lo hice. Me parecía demasiado fácil, pero quizá lo que estábamos haciendo ahora mismo tenía todo el sentido del mundo. Saber que alguien más estaba pasando por la misma mierda era reconfortante. Incluso el diablo necesita un amigo.

—¿Cómo sé que cumplirás con tu parte del trato? Podrías hacerlo en cuanto me vaya de aquí.

—Podría —reconoció Kellan—. Pero no lo haré. Te doy mi palabra. Estoy deprimido, pero no soy un capullo mentiroso.

—Y luego, ¿qué?

Se encogió de hombros.

—Tú eres quien ha propuesto que nos rajemos. —Le centellearon los ojos y, durante una milésima de segundo, me pareció que Kellan podía ser feliz de verdad.

Chasqueé los dedos.

—Haremos un trato. Lo leí en un libro.

—En *En picado*. —Kellan asintió, y puso en blanco esos ojos del color del invierno londinense acompañados de una sonrisa. Nick Hornby había sido el autor que había revitalizado la literatura contemporánea en Gran Bretaña y había consolidado el éxito del fútbol entre la clase media. No debería haberme sorprendido que Kellan lo conociera. Había nacido en una casa en la que la gente leía de verdad. Libros. Música punk-*rock*. Era como si Kellan y yo compartiéramos un idioma secreto. Rotábamos en la misma órbita, completamente sincronizados, mientras que el resto del mundo divergía. Kellan alzó las cejas sorprendido, tal vez al darse cuenta de lo que implicaba hacer un trato:

—¿Quieres que sigamos hablando?

Me ardieron las mejillas.

—Sí.

Pensé en toda la mierda que tendría que soportar si me hacía amiga de Kellan Marchetti, pero, no sé por qué, no me importaba.

34

Al parecer, a Kellan sí, porque su expresión esperanzada dio paso a la agonía.

—Lo siento, pero no me gusta tener amigos. —Me dio un empujoncito en el hombro con el suyo, con un tono casi amable—. Será lo mejor para los dos. No es nada personal.

—Me da igual lo que diga la gente.

—Eso es porque aún no has oído que digan nada malo. Asegurémonos de que la cosa sigue así. No digo que no seamos amigos. —Negó con la cabeza—. Solo… que nuestra amistad tendrá que ser adaptada y diferente.

—Cada día de San Valentín. —Sonreí—. Nos veremos el día de mi cumpleaños.

—Aquí, en este tejado. —Alzó los ojos al cielo para mirar la inmensidad del universo.

Hombro con hombro, buscamos una supernova que cayera y ardiera. Me sentía más viva que nunca desde que habían muerto papá y mamá, ahora que había decidido que no me reencontraría con ellos.

—El mismo día, en el mismo tejado, a la misma hora. —Consulté la hora en el móvil. Era casi medianoche. Había llegado aquí a las once.

«¿Llevamos una hora aquí charlando?».

—Y si uno de los dos decide hacerlo… —No terminó la frase.

—Avisamos al otro —terminé por él.

Kellan mostró su asentimiento con la cabeza.

—Ya sé cómo va.

—Ah, y no te olvides de devolverme el libro. Es prestado de la biblioteca. No quiero que me pongan una multa.

—*Rock and roll*, Charlotte Richards —dijo, a modo de despedida—. Antes de irnos, quiero que me prometas una cosa. Pero de verdad. —Me quedé mirándolo, a la espera de que continuara. Sabía de sobra que no podía aceptar hasta que no oyera la letra pequeña—. En primer lugar, no hables conmigo en público. Nunca. Hazme caso, es por tu propio bien. Y en segundo lugar, este trato es válido desde el primer curso al último. Una vez cumplamos los dieciocho, ya no tendremos que seguir cuidando del otro. —Hizo un gesto como si soltara un micrófono, señal de que ya había terminado.

Sabía que lo hacía por mí, por mi reputación y mis posibilidades de sobrevivir en esta escuela. Me entraron ganas de llorar. Quise luchar por ser su amiga, una de verdad, pero tampoco quería presionarlo demasiado.

—De acuerdo.

Kellan se levantó y me tendió una mano. Se la estreché, yo desde los guijarros, donde estaba sentada, y él de pie. Me ayudó a levantarme. Me notaba mareada y desorientada. Me hizo alejarme del borde del tejado y luego se metió *En el camino* en la mochila y se la colgó de un hombro.

—Estás sangrando. —Me señaló la muñeca con la barbilla. Bajé la mirada sin sorprenderme—. Te tendrían que poner la vacuna del tétanos.

—Me dan miedo las agujas. —Me di cuenta de la ironía.

Él también, porque llenó la fría noche de una carcajada ronca.

—Tú misma, te vas a morir.

—Qué gracioso.

—Hasta la próxima, Charlotte Richards. —Hizo una corta pero elegante reverencia y se alejó con largas zancadas.

Me quedé sola mientras la sangre me goteaba por el muslo.

«¿Le acabo de salvar la vida?».

¿O me la había salvado él a mí?

Capítulo cuatro

Charlotte, quince años

ᶜᵔᔧ

Llegué famélica al tejado. Leah llevaba días esquivándome. Iba directa del trabajo a las clases por la tarde para convertirse en esteticista y dormía en el tren que la llevaba de un lado a otro. Había pensado en pillarme algo barato de camino hacia aquí, pero esta semana me había gastado todo el dinero en libros. Era mejor alimentar el alma que el cuerpo.

Cuando pasaban cinco minutos de las once, me pregunté qué me hacía pensar que él iba a venir. Fieles a nuestro trato, no habíamos hablado en todo el año. Lo había visto cada día en el St. Paul, excepto durante las vacaciones de verano. Se había hecho un *piercing* en el labio. Se había teñido el pelo de color rubio platino. Y se podía decir que era el protagonista de cualquier pelea a puñetazos que se producía por los pasillos. Ahora Kellan llevaba faldas escocesas y medias de mujer rasgadas cuando venía a la escuela. Cressida y Kylie me habían dicho que escribía historias cortas de suspense para *fanzines* en línea y que tomaba éxtasis y oxicodona. Fingí que no me importaba. Pero sí que me importaba.

Sin embargo, yo ya tenía mis propios problemas sociales. A saber: cómo había pasado de ser Charlotte Richards a Charlotte Muchas-Pichas de la noche a la mañana después de decir en clase de educación sexual que no era justo que se esperara que las mujeres tuvieran menos parejas sexuales que los hombres. Todo el mundo se había echado a reír. Todos menos Kellan. Sus ojos rojos se habían centrado en el móvil, sentado en la fila de atrás, fingiendo que no estaba presente. Se le empezaba a dar de maravilla no estar presente en los sitios en los que se encontraba físicamente.

Mis pensamientos sobre el suicidio se habían vuelto cada vez menos frecuentes. O tal vez, solo más manejables. Había momentos en los que la vida me sobrepasaba y me costaba respirar; en los que la culpabilidad era demasiada; en los que mis compañeros, mi hermana y la vida en general eran demasiado. A veces, me tumbaba en la cama mientras escuchaba el latido de mi corazón sobre el colchón y deseaba que se detuviera. Parecía muy fácil. Podía ordenarles a mis extremidades que se movieran y a los ojos que pestañearan. Incluso podía aguantar la respiración. Y con todo, mi corazón era obstinado, una criaturita rebelde. Era una lección que empezaba a asumir: no tenía ningún control sobre mi corazón. Haría lo que quisiera sin tener en cuenta el resto de mi cuerpo. Supongo que por eso había tanta fascinación por este órgano. Podía ser tu ruina, tu salvación, tu amigo y tu enemigo.

Por la noche, con los ojos clavados en la pared, pensaba en mamá y papá y en lo que harían o me dirían para que me sintiera mejor. Pensaba en Leah y sus céntimos; en los días calurosos de verano, en cómo nos refrescábamos lanzándonos agua de la fuente; en cómo dábamos volteretas en el patio de atrás y comíamos helado juntas. Una parte de mí se alegraba de que no me hubiera suicidado para poder despreciarme cada día por lo que les había sucedido a mis padres y a Leah.

Ahora ya pasaban diez minutos de las once. Kellan aún no había llegado. Me senté e hice balancear la pierna derecha. Tenía tanta hambre que me estaba mareando.

Las únicas señales que había advertido durante todo este año que me indicaban que esa noche en el tejado no había sido una alucinación fueron nuestros intercambios secretos. Tres semanas después del día de San Valentín, me había encontrado *En el camino* sobre mi mesa. Lo había abierto y había descubierto que dentro había una nota, unos cuantos dólares para pagar la multa de la biblioteca y un USB.

Me da la sensación de que tu alma y la mía están hechas de lo mismo: baba negra. Me das esperanzas, pero eso es lo último que debería sentir. Ya me dirás qué te parece.

Cuando llegué a casa, metí el USB en mi portátil agonizante. Había un documento de Word. Tenía diez páginas. Era un relato sobre un chico que se enamoraba de su mascota, que era una araña. Lloré cuando la madre del chico mataba a la araña. Me pregunté qué querría decir. Al cabo de unos días, le dejé otro libro en su mesa: *Don Quijote*. En la primera página, había escondido una nota junto con su USB.

Cuanto más lo pienso, más me doy cuenta de que no quiero morirme sin haberme enamorado, sin haber perdido la virginidad, sin haber hecho las paces con Leah. Por cierto, me ha hecho llorar el momento en el que la araña muere. Quiero leer más, por favor.
C.

Nos habíamos ido pasando notitas, libros y cuentos. Kellan me había dicho que él ya había perdido la virginidad, se había enamorado y había asimilado el hecho de que nunca haría las paces con su hermano. Así que ya no le quedaba nada por tachar de la lista.

Kellan era un buen amigo sin serlo. Una cueva oscura y clandestina a la que me escapaba cuando me molestaba en apartar la nariz de los libros. Dudaba que cualquiera de mi clase supiera lo que mis notas implicaban para mí, por qué me echaba a llorar si veía un 8,5; por qué perseguía a los profesores por los pasillos y siempre llegaba a todos los sitios quince minutos antes. Era la sabelotodo, pero solo porque no podía permitirme encarnar otro rol.

Estaba a punto de bajar las escaleras cuando lo oí: clac, clac, clac. «Te voy a matar por haber llegado tarde». Solo de pensarlo me reí.

Apareció en un extremo del tejado. Llevaba una falda escocesa por encima de unos pantalones pitillos, una sudadera vieja y una chaqueta vaquera encima con parches de grupos de punk. Sin decir nada, se quitó la mochila, la abrió y me lanzó algo.

—Felicidades, Pichas.

Abrí el paquete redondo y pastoso. Era un *muffin* de arándanos dentro de una bolsa de papel. Se me hizo la boca agua, el estómago protestó y reprimí las ganas locas que me entraron de abrazarlo. Tal vez era porque el hambre me hacía desvariar. Tal vez era porque Leah «lo había olvidado». Otra vez.

—Gracias —dije, como quien no quiere la cosa. Me dejé caer y me puse a comer.

Kellan se acomodó delante de mí. Verlo aquí, fuera de contexto, me hizo recordar que era un chico. Y mono, además. Aun así, éramos un poco patéticos. Cuando hicimos ese trato, los dos asumimos que no tendríamos nada que hacer cada día de San Valentín durante los años que duraba la secundaria y el bachillerato. Que no tendríamos citas, ni celebraciones, ni parejas. Y teníamos razón. «Patético».

Miró cómo comía, abrió una lata de cerveza Bud *light* y se la bebió.

—¿Cómo va la baba negra? —«Traducción: ¿Aún quieres saltar?».

Negué con la cabeza y la boca llena. Kellan me observó con aire divertido y sacó otro *muffin* de la mochila. Me lo tiró como si yo fuera un animal salvaje que él debía alimentar a través de una jaula. Tenía tanta hambre que poco me importó. Me sentí una bestia cuando me lancé a por el segundo *muffin*.

—¿No te tienta? ¿Ni siquiera un poquito? —Estaba siendo malicioso, pero detecté la decepción en su voz.

—No soy feliz ni por asomo, y aún hay momentos en los que me gustaría hacerlo, pero creo que estoy bien.

—¿Y tu hermana?

—Aún me odia. Mamá nos solía decir: «No te achiques para ayudar a otros a crecer». Cuando estoy con Leah, me siento mucho más pequeña, pero ella tampoco me parece más alta. Detesto estar en casa, así que paso mucho tiempo en la biblioteca.

—¿Qué lees ahora?

—*El asombroso color del después* y *La campana de cristal*.

—Son libros sobre el suicidio.

—Sí. ¿Sabes el plastiquito que cubre un CD cuando es nuevo? Es como si el suicidio tuviera el mismo brillo, pero después de haberlo sacado y haber escuchado el álbum, no está a la altura de mis expectativas.

—El problema de los libros sobre el suicidio es que los han escrito personas que están vivas.

Lo señalé con la barbilla y le lancé el centavo que ya me había preparado antes de que él llegara.

—Pagaría por saber lo que piensas.

—Aún me planteo suicidarme.

—¿Y tu hermano?

—Dudo que quiera suicidarse, aunque espero de verdad que se lo piense.

Puse los ojos en blanco.

—Kellan.

—Este año ha sido un puto desastre. Papá ha estado una temporada en rehabilitación. Creo que me echa muchísimo de menos. Se siente muy solo, Pichas. Solo fuimos a verlo dos veces durante el mes que estuvo ahí. Luego, Tate se echó novia. Prácticamente vive con nosotros ahora. Cada día prepara comida de conejo vegetariana, me compra pijamas de ganchillo del supermercado Whole Foods y me ha cambiado la chaqueta de piel *vintage* que tenía por otra de cuero vegano. Incluso ha intentado restringirme el tiempo que paso con mi padre después de que le dieran el alta.

—Qué cabrona. —Fruncí la nariz—. ¿La pusiste en su lugar?

Se pasó los dedos por el pelo de un reciente color platino.

—La estoy torturando tanto como puedo. Ya casi no hablo con Tate. Se pelea con papá cada dos por tres. Oí que le decía a Hannah, su novia, que se está planteando mudarse a otro sitio. Le han ofrecido trabajo en Seattle. Por mucho que odie esta escuela, no tendría motivos para vivir si me fuera de Nueva York. Papá es lo único que me queda.

—Hará lo que sea para separarte de tu padre —murmuré. Detestaba a su hermano sin haberlo conocido—. Menudo inútil.

Nos quedamos en el tejado otra hora mientras nos poníamos al día. Le expliqué mi proyecto de física, los libros que había leído y cotilleos sobre mis amigas. Me dijo que había empezado a escribir para unas cuantas revistas en línea y fingí que era una novedad. También había empezado a trabajar en una novela de verdad, pero no entró en detalles por mucho que le pregunté.

Esta vez, bajamos juntos las escaleras.

Cuando Kellan se volvió para irse, gruñó:

—Sí, sí, ya sé cómo va la cosa. El mismo día, a la misma hora, en el mismo tejado.

—Intenta no morirte este año. —Le di un empujón en el brazo. Menuda friqui estaba hecha.

—No prometo nada. —Puse cara triste y él, los ojos en blanco—. Te avisaré si quiero hacerlo.

Le hice un gesto con el pulgar hacia arriba mientras seguía caminando de espaldas en dirección a la estación del tren. Crucé una nube de globos rojos con forma de corazón rellenos de helio con motivo del día de San Valentín, que estaban atados a dos carritos ambulantes. Tenía la sensación de haber salido de un sueño y haber vuelto a una realidad a la que no quería enfrentarme, aunque ella tampoco quería lidiar conmigo.

La única cosa que evitaba que me hundiera era la media sonrisa de Kellan. A regañadientes, pero ahí estaba.

—Será una cita.

Capítulo cinco

Kellan

෴

Charlotte Richards me sacaba de quicio. No había la menor duda. Tal vez porque era guapa. Tal vez porque se preocupaba. Tal vez se debía a que no solo era una cara bonita. También era una gran lectora, escritora de notas divertidas y palabras de ánimo y alababa los relatos que nadie más sabía que escribía. Lo único seguro era que había empezado a ver este acuerdo como lo peor que podría haberme pasado. Lo único que me había hecho seguir adelante este año había sido saber que Charlotte y yo habíamos quedado.

Y cuando lo hicimos, ni siquiera le conté todas las cosas importantes que me habían ocurrido. Como cuando Mark Mac-Gowan me metió la cabeza en el váter después de que yo casi le rompiera la nariz en una pelea, ni que el resto de imbéciles sudados en el vestuario se habían quedado mirando y animando. Ni tampoco que había empezado a tener sueños eróticos con ella, ni que lo único que sentía ahora era confusión.

No, había disfrutado de su personalidad, porque era única y dulce, como un rayo de sol. Y luego había vuelto a mi existencia: demasiado enfadado como para escuchar. Demasiado harto como para preocuparme.

Capítulo seis

Charlotte, dieciséis años

✑

Llegué diez minutos antes.

Kellan y yo habíamos mantenido viva la tradición de los libros y los relatos a lo largo de todo el año, pero últimamente parecía desinteresado. Más que de costumbre. Las ojeras que le enmarcaban los ojos se habían vuelto más prominentes y una energía oscura crepitaba a su alrededor, amenazando con electrocutarte si te acercabas demasiado.

Aun así, yo intentaba llegar a él, ya fuera de forma inconsciente o no.

Casi le hablaba.

Casi le tocaba.

Casi le abrazaba.

Siempre me echaba atrás porque era una cobarde. Kellan me había dejado claro que no debía (que no podía) acercarme a él. Y yo no quería romper las reglas. Temía perderlo. No solo como amigo, sino perderlo… Perderlo de verdad.

Había pensado muchas veces que quizá debía contarle a alguien más cualificado que yo cuál era la situación. Incluso había llegado a esperar fuera del despacho del orientador escolar. Pero entonces recordaba cada vez que me habían obligado a hablar con adultos de la noche en la que todo cambió y cómo cada conversación no había hecho más que empeorarlo.

Una cosa que había cambiado este año era que había empezado a salir con algunos chicos de la escuela. Comprábamos un trozo de *pizza* o paseábamos por el parque High Line o íbamos a la tienda Sabon, en el SoHo, a lavarnos las manos. Incluso dejé que uno de ellos me besara: Mark MacGowan.

Tengo que confesar que el beso fue una mierda. Y tengo otra confesión: eso no había impedido que lo hiciéramos de nuevo (una y otra vez). Llevábamos un par de meses liándonos, pero ambos habíamos acordado mantener la relación en secreto. Creo que a Mark le daba vergüenza porque yo no era una heredera rica como el resto de las chicas de la escuela, y a mí me avergonzaba porque, la verdad, había conocido latas de 7Up bajas en calorías más inteligentes que aquel chico.

Clac, clac, clac.

Bloqueé la pantalla del móvil cuando oí que Kellan subía las escaleras y me lo metí en el bolsillo mientras me daba la vuelta para mirar hacia la puerta de metal oxidado.

Apareció en el tejado. Su delgadez acusada fue como un mazazo de hormigón. De cerca parecía un fantasma. Pero lo que más me impactó fue que estaba impresionante, incluso más que antes. Era como si su cara siempre hubiera sido una imagen borrosa, y ahora finalmente se hubiera enfocado.

Se decía (por lo bajo) que se enrollaba con chicas del instituto en secreto. Que, a pesar ser un ermitaño, se acostaba con ellas a menudo. No quería pensar en esos rumores. Me provocaban náuseas.

Me sorprendió darme cuenta de que estaba conteniendo la respiración y sonreí al percatarme de que él también había llegado antes de tiempo.

—Feliz cumpleaños, Muchaspichas. —Abrió la cremallera de la mochila andrajosa y me lanzó algo a las manos.

Lo desenvolví y apareció un buen trozo de pastel de zanahoria esponjoso.

—Madre mía. —Lo aplasté entre los dedos, riendo—. Estás dejando el listón muy alto para el año que viene, Marchetti.

Se me acercó y sacó dos cervezas Bud *light*. Me pregunté si se había enterado de que había empezado a beber o solo se lo imaginaba porque a estas alturas todo el mundo bebía.

Entrechocamos las latas y nos sentamos. Dejé que mi pierna derecha se balanceara.

Él se pasó una mano por el pelo.

—¿Cómo va la baba negra?

—Creo que ya no tengo —confesé, casi con tristeza, porque la baba negra era lo que nos unía.

Leah me odiaba. No me cabía ninguna duda. Yo había arruinado la vida de las dos. Pero sabía que mis padres habrían quedado deshechos de dolor si me suicidaba. Leah, también. A pesar de su resentimiento, no me quería ver muerta. Solo quería que desapareciera. Yo pretendía respetar su deseo. Tenía la intención de inscribirme en la universidad pronto e irme, aceptar cualquier beca completa que me ofrecieran y desaparecer de su vista en cuanto me graduara.

—¿Y tú? —le pregunté mientras jugueteaba con el envoltorio de plástico pegajoso de la tarta. No sabía muy bien por qué, pero ahora me daba vergüenza comer delante de él. No sabía qué había cambiado, pero atiborrarme no entraba en mis planes para esta noche.

—Mi baba negra está vivita y coleando.

Saqué un centavo de la cartera y se lo tiré al regazo.

—Pagaría por saber qué piensas.

Lo agarró al vuelo y lo frotó entre el pulgar y el dedo corazón.

—Todo me parece inútil.

—¿No has intentado…? —No terminé.

—Sigo aquí, ¿no? Cuando intente suicidarme, lo conseguiré. Soy un perfeccionista, Muchaspichas.

«Cuando».

Carraspeé y aplasté el pastel de zanahoria con el puño apretado.

—Pero… ¿por qué?

—Dejar el porno y la cerveza es más difícil de lo que creía.

Le di un manotazo en el pecho.

—¿Has intentado hablar con alguien?

—Sí. Hablar con un psicólogo solo sirve para empeorarlo. O me toca alguien con quien no congenio, así que finjo y me paso una hora inventando mierdas y dándole vueltas, o congenio con él y empiezo a sacar a relucir mierdas en las que no quiero pensar.

—Sabes que solo es temporal, ¿verdad? Tate no será tu tutor para siempre.

—No es solo Tate. Detesto a todo el mundo de la escuela.

—Todo el mundo detesta al resto en la escuela. No llegar a la cima en el instituto es todo un logro. Qué triste existencia les espera a los populares. Solo nos quedan dos años y medio.

Se quedó callado un momento y miró hacia abajo desde el tejado.

—Tate y Hannah se van a casar. Se quedarán en Nueva York, pero Tate me ha dicho que me enviará a una universidad fuera del estado. Y tampoco será en Nueva Inglaterra. A Berkeley o a UCLA o alguna mierda de estas. A alguna universidad muy lejos. No quiere que esté cerca de papá. Me lo dijo sin rodeos. —Solté un gruñido y me llevé las manos a la cara. Kellan prosiguió—: También ha dejado de darme una paga, ni siquiera tengo dinero para el almuerzo.

—Menudo monstruo. —Lo dije en serio. Y yo no era de las que hablaban mal de la gente porque sí.

Kellan se rascó la barbilla, que ahora estaba cubierta por una capa de barba marrón claro. De repente, me entraron ganas de besarlo.

No tenía sentido. No me gustaba. Y sin embargo, me pareció que lo mejor que podía hacer en ese preciso instante era besarlo. Tenía más ganas que con Mark, a quien besaba de forma habitual.

Ahora que lo pienso, a veces imaginaba qué estaría haciendo Kellan mientras yo estaba con Mark. No a nivel sexual, sino qué estaría leyendo, a dónde iría, qué estaría pensando…

El maldito centavo que le seguía arrojando a Kellan parecía haberme iluminado por fin.

«Charlotte, eres idiota».

Se me formó un nudo en la garganta.

Me gustaba Kellan.

Me gustaba mucho, deseaba a Kellan.

—Bueno. —Kellan encendió un cigarrillo, inclinó la barbilla hacia arriba y proyectó una cinta de humo blanco hacia el universo oscuro—. Cuéntame algo sobre ti. Algo de verdad. Algo íntimo.

Le hablé de Leah y de cuando visitamos las tumbas de mis padres y del trabajo de verano como ayudante de camarera en un antro italiano especializado en celebraciones. Teníamos que separar borrachos que se peleaban al menos dos veces a la semana, pero las propinas eran increíbles.

Mi mente no había dejado de pensar en besarlo en todo el rato, así que terminé diciendo:

—Ah, y este año he empezado a experimentar. Menuda decepción.

—¿Experimentar? —Sonrió. Le gustaba este nuevo tema, y eso me molestaba—. ¿Así se dice ahora?

Le di un golpe en el pecho.

—Tú ya me entiendes. Liarse es una mierda. Quiero que me devuelvan el dinero.

Me tiró el centavo.

—Toma. Pero no te subestimes. Una chica como tú al menos vale… —Me miró de arriba abajo de forma significativa: pasó por las piernas, las tetas y luego la cara—… unos cinco dólares.

Volví a darle un empujón. Se rio y me hizo cosquillas. Me retorcí y me estiré boca arriba sobre el tejado mientras intentaba apartarlo. En un santiamén se colocó encima. Parecía calculado sin serlo.

Respirábamos agitados mientras me clavaba los dedos entre las costillas y a los lados de los pechos y yo me reía. Fingí que intentaba darle patadas sin esforzarme realmente por conseguirlo.

Kellan se detuvo de golpe. Nos miramos, jadeando, él seguía encima de mí y nuestros labios estaban a escasos centímetros. Algo en el ambiente cambió. Se volvió más pesado, denso, dulce.

El viento seguía soplando, pero yo ya no lo sentía.

Me pregunté con qué chicas había estado. Cómo se llamaban. Si le gustaba alguna. Me horrorizaba que tuviera una vida secreta de la que yo no fuera consciente.

Kellan se inclinó sobre mí. La condensación formó volutas en el aire cuando dijo:

—Cuéntame cómo fue tu mal primer beso, Lottie.

Me pasé la lengua por los labios, con la garganta temblorosa, y pensé en besarlo.

«Va a besarme».

«Vamos a besarnos».

Esto podía cambiarlo todo. Es lo que quería. No necesariamente en el sentido novio-novia. Solo quería ser una constante en su vida, tomarle el pulso a todas horas.

Arrugué la nariz.

—Fue muy húmedo.

Gruñó y clavó la mirada en mis labios.

Puse los ojos en blanco.

—El beso, pervertido.

Acerqué la boca a la suya.

Despacio, tanteando el terreno. Exasperante.

Sus ojos grises capturaron los míos.

—Continúa —dijo, con voz ronca.

—Y un poco lioso, pero no en el buen sentido.

Respiraba de forma entrecortada. Tenía sus labios a un centímetro. Se me revolvió el estómago como si estuviera en una montaña rusa. Mi cuerpo se revelaba y mis sentidos se aguzaban. Todo era cálido, empalagoso y estaba bien.

—¿Con quién fue?

Sus labios se cernían sobre los míos. Su aliento caliente me hizo sentir un cosquilleo en el rostro helado. Olía a cerveza, a cuero, a cigarrillos y a problemas. A chico malo. Me pregunté a qué sabría. Estaba a punto de averiguarlo.

—Con Mark MacGowan —dije, con aspereza, y cubrí el último centímetro para besarlo.

De repente, sentí el frío y el terrible vacío cuando su cuerpo se apartó del mío. Levanté la vista y me puse de rodillas. Kellan estaba de pie y me miraba con desprecio.

Parpadeé.

—¿K... Kellan?

—Esto no me mola, Lottie.

—Vale. —«Madre mía. Pero ¿qué está pasando?»—. De acuerdo, yo solo...

—No. No te preocupes. Escucha, tengo que irme, así que...

Nunca en mi vida me había sentido tan humillada. Creí que iba a vomitar en cuanto él bajara por las escaleras. Asentí y murmuré algo sobre querer irme también. Era evidente que Kellan tenía algún tipo de rencilla con Mark. Supongo que no me había dado cuenta. Nunca los había visto hablar.

Kellan se alejó y me dejó sola en el tejado sin volverse para mirarme ni una sola vez. Subí al tren para volver al Bronx, y me comí el pastel de zanahoria, sin saborearlo. Las migas decoraban mis muslos como tristes copos de nieve.

Cuando llegué a casa, el reloj marcaba la medianoche pasada. Ya no era mi cumpleaños.

Leah roncaba suavemente en el sofá, con un libro sobre el amor propio abierto encima de la cara.

Cerré la puerta de mi habitación con un portazo, sin importarme si la despertaba.

—Feliz cumpleaños a mí.

Capítulo siete

Kellan

∽

«Mierda, mierda, mierda».

Con cualquiera menos con él. Con cualquiera. Incluso con Toby Watts.

Pero claro, no podía ser con otro que con Mark Mac-Gowan. El imbécil que me había pillado mirando a Charlotte en clase de francés al principio del semestre y se había propuesto tirársela desde entonces.

—Está muy buena, ¿verdad? —Había imitado mis pasos mientras me dirigía al metro. Yo había fingido que me sacaba la suciedad de debajo de las uñas—. Muchaspichas. Me apuesto cincuenta dólares a que se la meto en esa boquita antes de fin de año.

No dije nada.

No había nada que decir.

Mark formaba parte del equipo de remo. Era alto, corpulento y muy popular. Parecía salido de uno de esos programas de adolescentes unidimensionales en los que todo el mundo hablaba como si tuviera treinta años.

El padre de Mark era el presentador de un programa matutino y tenía una rencilla con el mío desde hacía una década. Había invitado a papá a su programa para promocionar un nuevo libro hacía diez años. Fue un fracaso, como todos antes de *Las imperfecciones*, pero esa no era la cuestión. De hecho, solo le dedicó una frase de promoción antes de que empezaran a hablar de política y la cosa se fue de madre a partir de ahí.

En pocas palabras, James MacGowan era la persona más tradicional y estirada del planeta Tierra y a mi padre poco le faltaba para

51

ser un anarquista. Se dijeron cosas feas, y luego se publicó un titular sobre cómo los *paparazzi* pillaron a Terrence Marchetti entrando en un hotel con la mujer de James MacGowan, la madre de Mark.

Supuse que Mark quería acostarse con Charlotte por la misma razón por la que mi padre se había acostado con la señora MacGowan: por venganza.

Pero yo sabía cuándo no presentar batalla. Charlotte no era una de esas chicas que entraban a hurtadillas en mi cuarto y me miraban maravilladas mientras las tocaba y hacía que se corrieran. Era inteligente, culta y atractiva de una forma reservada. Ni Mark ni yo podíamos estar con una chica como ella.

En todo caso, que Mark lo consiguiera y lo arruinara me ahorraría mantener la mierda de esperanza que ella misma alimentaba en pequeñas dosis cada vez que me dejaba un libro o una nota. En definitiva, un plan a prueba de balas. En cambio, ahora veía todas sus fallas. Qué idiota había sido al creer que funcionaría.

En cuanto bajé del tejado, me recordé a mí mismo que en realidad no me importaba. Charlotte nunca había formado parte de mi plan. No había plan. Lo hubo (librarme de mí mismo), pero ahora se había ido al garete, gracias a Lottie.

Aunque iba a perder el último tren a casa por media hora, fui en dirección opuesta al metro. No podía arriesgarme a toparme con ella. No después de haberme acobardado cuando había estado a punto de besarla.

No me arrepentía de no haberla besado. Me había asaltado un resentimiento irracional hacia ella por tontear con MacGowan. Cualquier chica que estuviera dispuesta a tocar a ese imbécil era una pérdida de tiempo.

«Sí, claro. Sigue diciéndotelo y tal vez te lo creas».

Manhattan era una ciudad fea, sucia, rica y todo un misterio para mí, igual que Charlotte. Entendí por qué había tenido la suerte de crecer aquí. Esta ciudad era tan compleja como una persona: llena de contradicciones.

Me dejé caer contra un monumento de piedra gris.

Haber arruinado un beso con Charlotte Richards ni siquiera estaba entre las peores veinte cosas que me habían pasado este año. Por nombrar algunas:

Papá se había bloqueado al escribir y no había cumplido la fecha de entrega. Otra vez. Su editorial había amenazado con demandarlo. Otra vez también.

Me habían despedido de la revista para la que trabajaba porque le había dado un puñetazo en la cara a un becario por haber dicho que papá había plagiado *Las imperfecciones*. Vale, quizá también había sido porque me había acostado con la novia del redactor jefe.

Tate ya no me permitía visitar a papá solo. Ahora hacía de poli malo todo el rato. Nos vigilaba cuando nos veíamos.

Mark y yo habíamos pasado de pelearnos a intentar matarnos el uno al otro. El mes pasado, había intentado tirarme a las vías de un empujón mientras esperaba el tren. No había nadie. Nos peleamos y le rompí una costilla.

No volví a casa, consciente de que Tate se volvería loco al no saber dónde estaba. Seguro que Hannah le estaría diciendo que me enviara a la escuela militar ahora mismo. Hacía tiempo que intentaba deshacerse de mí.

No podía culparla.

No después de haberme insinuado en el baño para asustarla y para que se fuera. Estuvo llorando y hablando con Tate durante horas.

Oí sus sollozos desde el otro lado del pasillo mientras resoplaba y repetía: «Pero me esfuerzo mucho, me porto muy bien con él, Tate». Porque, al parecer, todo giraba en torno a ella.

Miré el móvil y, efectivamente, tenía quince llamadas perdidas de Tate y veinte mensajes de texto. No entendí por qué esperaba encontrar el nombre de Charlotte en la pantalla. Nunca nos habíamos dado nuestros números.

Dormí en la calle.

Cuando me desperté, eran las cuatro de la mañana y estaba cubierto de mi propio vómito. Mi hermanastro me tiraba de la manga, me levantó y me arrastró hasta su asqueroso Lexus RX350 blanco.

—Te voy a matar —murmuró. Parecía cansado y enfadado.

«No si me mato yo primero».

Capítulo ocho

Charlotte

La ruptura con Mark había sido un circo y todo el mundo lo había presenciado en primera fila.

A pesar de que no estábamos juntos de forma oficial, Mark se había empecinado en montar un escándalo en medio de la cafetería del St. Paul. Kellan estaba leyendo un libro en la otra punta de la sala *(La mancha humana)*, y nos echaba leves vistazos de vez en cuando.

Mark me dijo que era una zorra infiel y me escupió a la cara para añadirle dramatismo. La saliva, caliente y asquerosa, me resbaló por la mejilla.

Inspiré hondo, pues sabía que no podía permitirme meterme en problemas.

—Lo siento, Mark, no me había dado cuenta de que para ti era algo más que un rollo. —Fingí que me miraba las uñas, pero el corazón me latía tan deprisa que tenía ganas de vomitar.

Quería complacer a Kellan más de lo que deseaba besarlo, y era obvio que odiaba a Mark con vehemencia. Eso fue lo que me dio fuerzas mientras toda la escuela me miraba y se reía de mí.

—Sabes de sobra que no era un rollo.

—Pues para mí, sí. Además, tampoco la tienes tan grande.

Eso no hacía más que alimentar mi reputación de zorra, pero humilló tanto a Mark que gruñó y le pegó un puñetazo a la pared. Entonces, soltó un grito aún más fuerte, mientras se tapaba el puño con la otra mano. Seguro que se había roto al menos tres dedos en el proceso.

Después de la ruptura pública en la cafetería, me había convertido oficialmente en una marginada. Pero había valido la pena, porque Kellan y yo volvimos a intercambiar libros y relatos. Nunca me dio las gracias ni hizo ninguna referencia a ese casi beso en el tejado.

Pero para mí era mejor que nada.

Otro año pasó en una neblina de exámenes, turnos como ayudante de camarera, y días eludiendo a Leah. Me sentía como si me estuviera preparando para la vida real sin vivirla.

Capítulo nueve

Charlotte, diecisiete años

ᘒ

—Felicidades, Muchaspichas —oí que decía Kellan a mi espalda. Me di la vuelta. Dejó caer la chaqueta de cuero sobre los guijarros y me lanzó algo a las manos. Lo miré. Un osito de peluche de San Valentín. De esos a los que les aprietas la barriga y se ponen a cantar.

¿Una ofrenda de paz?

Me lo metí bajo la axila, puse la mano en el bolsillo y le lancé una cosa desde el otro lado del tejado. Lo agarró al vuelo.

—Pagaría por saber lo que piensas.

—No quiero tu dinero.

Se encaminó hacia mí. Despacio. Con pasos deliberados. Con aire depredador.

La pierna derecha me empezó a temblar. Arqueé una ceja y resistí el impulso de dar un paso atrás.

Otro paso.

Luego otro.

Me empezaba a asustar, pero me negué a aparentarlo.

Levanté la barbilla y fingí una actitud desafiante. Se acercó más. Ya podía olerlo, sentirlo, saborear el cuero, los cigarrillos y la cerveza en mi lengua. Tuve un escalofrío. La sangre me hervía y el cuerpo me temblaba.

—Para ya —resoplé—. ¿Qué haces?

No se detuvo cuando me alcanzó. Con un movimiento rápido, me agarró entre sus brazos.

Solté un grito ahogado y le rodeé el cuello con los míos para aferrarme a él, como si me fuera la vida en ello.

Estábamos en un tejado empinado, y Kellan no era el chico más musculoso del mundo. Aun así, me hizo sentir muy ligera.

Me observaba desde arriba. Cada vez que lo miraba a los ojos, me sentía como si lo conociera por primera vez. Siempre descubría algo nuevo en ellos.

Y ese día, descubrí una promesa.

El corazón me latía tan fuerte que debió de ser la única vez que me sentí viva desde la noche en la que todo cambió.

—Esto no es el comienzo de nada —me advirtió Kellan—. En todo caso, es el final.

Capítulo diez

Kellan

༷

Sabía a veneno dulce. Cálida, como el algodón y los sueños. Tóxica a nivel mortal y terriblemente adictiva.

La besé con ansia, metí la lengua en su boca para borrar el recuerdo de Mark. Quería hacerle cosas malas y eso me asustó.

Había empezado a tener estos pensamientos el año pasado, después de lo de Mark MacGowan. Mi deseo por Charlotte se había mezclado con algo más.

Algo más oscuro.

Tal vez se habían compinchado, Charlotte y Mark. Para hacerme perder la cabeza.

No lo sé.

Estaba bastante paranoico últimamente.

O tal vez no.

Joder. ¿No era patético que ni siquiera me importara que ella pudiera haber estado haciendo todo esto por echarse unas risas?

Nuestras lenguas se arremolinaron. Sabía a chicle y a coco. La agarré con fuerza y pensé: «Si pudiéramos quedarnos así para siempre, tal vez no dolería respirar».

Había muchas cosas que quería decirle. Hannah había dejado a Tate. La boda se había anulado. Y Tate estaba cabreado conmigo por haberle arruinado otra cosa más.

Esta vez, había encontrado un gran modo de vengarse.

Tate me obligaba a ir a terapia dos veces a la semana, y se quedaba sentado fuera, ante la puerta, como un perrito guardián, mientras miraba la puerta de madera para asegurarse de que yo no saliera corriendo. No había entendido nada. Lo que yo quería hacer era saltar por la ventana, pero solía estar cerrada.

Mi reacción había sido empezar a darle a las drogas. Puede que no fuera bueno en matemáticas, pero seguro que era bueno con la metanfetamina. Las drogas me volvían insensible todo el tiempo, pero nada le molestaba tanto a Tate como saber que no tenía el control absoluto sobre algo.

Papá no me respondía a las llamadas. Tate por fin lo había asustado. Y colgarme aún más de Muchaspichas era muy mala idea. Los tíos como yo nunca se quedaban con la chica.

Todo parecía definitivo.

En un punto de inflexión.

Como si la vida estuviera a punto de desbordarse.

Charlotte me gimió en la boca, y yo le rodeé el cuello con las manos y la puse de pie para restregarme contra ella. La tenía durísima y ella era muy suave.

Ya nunca se me ponía dura.

Un regalito de las drogas, seguramente.

El beso se volvió más profundo, más apasionado. Me permití diez segundos más de disfrute antes de separarme. Me grabé su sabor en la memoria: fresco, dulce, inocente.

Otro lengüetazo.

Otro mordisco.

Otro beso.

Entonces la solté, le metí el centavo en el bolsillo delantero de la chaqueta con una sonrisa de indiferencia en la cara.

—Hasta el año que viene, Veneno.

Capítulo once

Charlotte

∽

Resulta que lo único que necesitaba era un beso para romper todas las reglas. De pronto, me importaba demasiado como para fingir que no lo conocía. Que era ajena a todo por lo que él estaba pasando. Kellan caminaba por el filo del desastre, y yo estaba harta de ser testigo desde la lejanía, esperando que no saltara.

Un día, me acerqué a Kellan durante la hora del almuerzo. Todo el mundo dejó de hacer lo que estuviera haciendo y nos observó. Yo era una empollona y él un friki, de modo que era un tipo de confraternización aún peor que la de los chicos populares y los pringados. Kellan leía un libro de bolsillo arrugado con el ceño fruncido.

Me planté frente a él con los brazos en jarras y me aclaré la garganta:

—Hola.

Hizo caso omiso. El pánico me atenazó el pecho y me ruboricé.

—He dicho hola.

Nada. Algunos murmuraban. Otros ahogaron la risa. Cressida se recuperó de la conmoción que suponía verme hablando con él, sacó el iPhone y lo grabó desde la periferia.

Alcé un poco la voz.

—Estoy hablando contigo, Marchetti.

Las risitas rebotaron contra las paredes. Kellan levantó los ojos del libro, me miró fijamente, bostezó, se levantó y se alejó. Aunque el orgullo me pedía a gritos que lo dejara, lo perseguí hasta fuera de la cafetería.

Estaba quedando diez veces más ridícula de lo que ya me sentía. Le puse la mano en el hombro. No se detuvo.

—¿Qué demonios te pasa?

—Mil cosas —soltó—. Y tú lo sabes de sobra. Estás incumpliendo el trato, Veneno.

«¿Veneno?».

Pero no tenía tiempo para pensar en esos detalles. Como por qué demonios me llamaba así. Por qué me había llamado así también la noche que nos habíamos besado.

—Me da igual el maldito trato.

—Pues es una pena, porque a mí no.

—No estás bien.

—No me digas, Sherlock.

—¡Kellan! —Me detuve en medio del pasillo vacío.

Él también lo hizo. Se dio la vuelta. Tenía el rostro tan pálido que pensé que estaba a punto de desmayarse. Di un paso hacia él, pero levantó la mano.

—No libres mis guerras por mí, Veneno.

«Qué pesado. ¿Quién es Veneno?».

Estaba a punto de preguntárselo, pero se marchó. Atravesó las puertas dobles y salió del centro. Se fue y me dejó allí para lidiar con las consecuencias de haber sido ignorada por el chico más impopular de la escuela.

Me quedé clavada en el suelo, mirando las puertas de madera. Saqué el móvil y le envié un mensaje de texto. Uno de los muchos que no había enviado desde que había conseguido su número de formas muy poco habituales.

Yo: ¿Quién es Veneno?

Yo: ¿Quién es Veneno?

Yo: ¿Quién es Veneno?

Yo: Respóndeme, maldita sea.

Mark salió de una de sus clases. Su aliento mentolado me revolvió el pelo que me cubría la oreja.

—¿Por qué no me habías dicho que te gustan las pollas que son igual que tu vida, Muchaspichas? Asquerosas.

Capítulo doce

Charlotte

∾

Dejé una carta de cuatro páginas dirigida a la directora Brooks la semana siguiente. En ella, detallaba todas las razones por las que creía que Kellan tenía la intención de suicidarse y metí el sobre en el buzón que había fuera de su despacho. Dos semanas después, recibí una respuesta desde el número de Kellan:

Kellan: Has incumplido nuestro trato. Dos veces. Has hablado conmigo y le escribiste una carta a la directora. El próximo San Valentín se ha cancelado.

Lo llamé.
No contestó.
Le envié un mensaje.
No respondió.
Volví a llamarlo.
Había bloqueado mi número.
Le di una patada a la pared que había junto a mi cama y grité:
—¡Joder!
A pesar de que Leah estaba en casa, en la otra habitación, no me preguntó qué había pasado. Nunca lo hacía.

Capítulo trece

Charlotte

∽

Seis meses después del beso, descubrí la dirección de Kellan. Me presenté en su casa un sábado por la mañana, cuando era más probable que su hermano estuviera.

Tuve que hacer acopio de coraje, puesto que había muchas posibilidades de que acabara aireando, sin su permiso, todos los trapos sucios de Kellan a cualquiera que se prestara a oírlos. Decía que tenía intenciones de suicidarse, pero eso lo decían muchos adolescentes que nunca cumplían sus amenazas. Qué demonios, si incluso yo tenía ese impulso a veces.

«Nunca ha intentado hacer nada, ¿verdad?».

Entonces, ¿por qué era incapaz de dejar el tema?

Kellan y Tate vivían en la calle Pomander Walk, en el Upper West Side. Siempre me había imaginado a un Kellan forrado de pasta en un rascacielos gélido y futurista del Upper East Side. Esta calle, en cambio, parecía un encantador pueblecito inglés.

Justo en el centro se erigía la casa de Tate y Kellan. Una casa de piedra rojiza con postigos de color verde guisante, con macetas rebosantes de flores que adornaban los alféizares y una agradable luz amarilla que se filtraba por las ventanas. Normal, cálida y acogedora. Todo lo contrario de los hombres que la habitaban.

Una punzada de celos me recorrió las entrañas. No pude evitar comparar nuestras vidas.

La calle estrecha acercaba las casas, colocadas una junto a otra como dos personas en una cita. No tenía dónde esconderme, así que me senté en una escalera que había frente a su casa y la puerta cerrada. Saqué un libro de la mochila e hice ver que leía. Me di una palmada en la pierna derecha para que dejara de temblarme.

«Tranquilízate, Charlotte. No estás aquí por ti».

No quería hablar con Tate Marchetti, pero tampoco quería despertarme cada día con dolor de cabeza, rezando para ver a Kellan en el colegio y saber que seguía vivo. Empecé a imaginarme qué pasaría cuando finalmente conociera al tal Tate.

Imaginé que le soltaba un sermón cuando llegara; gritándole a un Tate sin rostro, poniéndolo en su sitio, cerrando los puños y dándole puñetazos en el pecho; despedazándolo con palabras afiladas; haciendo que se derrumbara con la verdad de lo que le estaba ocurriendo a Kellan.

Incluso me imaginé acobardándome y corriendo como si me fuera la vida en ello cuando él apareciera.

Nada me preparó para la tercera opción: que Tate no apareciera en ningún momento. Me pasé toda la tarde mirando la puerta de los Marchetti hasta que llegó un momento en el que vi que las cortinas del salón se abrían.

Kellan observó la calle.

«Mierda».

Nuestros ojos se encontraron. Tragué saliva a pesar del nudo que tenía en la garganta. No lo saludé. La incomodidad que era capaz de soportar tenía un límite. Quince minutos después, un agente de policía aparcó al final de la calle y se acercó a mí mientras se ajustaba el cinturón sobre la barriga cervecera.

—Hemos recibido la llamada de un residente que denuncia que alguien ha estado sentado frente a su puerta desde hace unas horas. ¿Va todo bien, señorita?

Me pareció la peor de las traiciones.

Yo había intentado chivarme a su hermano.

Él me había denunciado a la policía.

Asentí y le sonreí débilmente al agente mientras pronunciaba la mentira que me salió sola:

—Sí, lo siento. Estoy perfectamente.

Capítulo catorce

Charlotte, dieciocho años

സ

—A veces desearía que no hubieras nacido. ¿Eso me convierte en una mala persona? —Leah por fin lo había dicho. Bueno, lo había susurrado.

Lo había soltado a toda prisa. Justo cuando yo agarraba las llaves del cuenco que había junto a la puerta, a punto de ir a mi última reunión con Kellan. Técnicamente, estaba anulada. Pero yo aún esperaba que apareciera. Iba a hacerlo. No me quedaba otra.

Ladeé la cabeza. Leah estaba de pie, frente al espejo oscuro del pasillo, mirándose la cara. La culpabilidad era un monstruo que me arañaba la piel. Antes de la noche que lo había cambiado todo, Leah había sido la guapa. Sus ojos grandes y vivarachos, unos tonos más oscuros que mis ojos verdes, y su pelo negro como el azabache la convertían en una mujer muy atractiva por quien los hombres babeaban.

Me detuve, pero no me volví hacia ella.

—¿Te crees que no lo sé? Soy consciente de ello cada día.

Hacía unos meses, Leah había terminado de estudiar para diplomarse como esteticista y había comenzado a trabajar con un horario normal. Creía que eso mejoraría su humor, pero solo había empeorado las cosas. Ahora, la que había sido la hermosa Leah era el bicho raro de mangas largas que tenía que maquillarse cada vez que salía de casa.

—Phil me ha llamado hoy.

Nos giramos para mirarnos la una a la otra. Ella, desde el espejo; yo, desde la puerta.

Phil y Leah rompieron poco después del incendio. Estaba relacionado con todo lo que había pasado.

Cuando él se fue, lo último que oí que Leah le gritaba fue: «Nadie te pidió que me tocaras. Nadie te pidió que te quedaras. No te sientas mal ahora porque quieres dejarme. Siéntete mal porque eres tan superficial que te repele una cicatriz. ¡Lárgate!».

Él se fue furioso y me empujó cuando me encontró escuchando a escondidas en el pasillo.

—Hasta luego, Plan C.

Ya no era la segunda opción. Era la última, en caso de que no pudiera encontrar un reemplazo para mi hermana.

Negué con la cabeza para deshacerme del recuerdo.

—¿Qué quería?

—Saber cómo me iba. Ahora es banquero. En Morgan Stanley.

Fingí una arcada. No tenía nada en contra de los bancos. Ni del dinero. Pero tenía muchas cosas en contra de Phil.

Ella continuó e hizo caso omiso de mi reacción.

—Está saliendo con Natalie Moseley. Van en serio. Dos años le di a este tío.

—No digas eso.

Apoyé la nuca contra la puerta y cerré los ojos. Odiaba esa forma de decir las cosas. Implicaba que las mujeres se limitaban a sentarse y esperar a que los hombres les pidieran matrimonio mientras desperdiciaban sus años fértiles. Una versión de la ruleta rusa en el mundo de las relaciones.

—Os disteis dos años mutuamente —reformulé—. Sea cual sea el tiempo que perdisteis, o ganasteis, él también.

—Bueno, él ya no está perdiendo nada.

Volvió a mirarse al espejo y se peinó con aire distraído. Me entraron ganas de rodearle los hombros con los brazos, apoyar la cara en su cuello, justo donde tenía la cicatriz, y decirle que todo iría bien, aunque no tenía ni idea de si sería cierto.

Leah y yo habíamos sido mejores amigas antes de la noche que lo había cambiado todo. Leah había cruzado un incendio, literalmente, por mí.

No me moví del sitio.

—Leah… —empecé.

Ella negó con la cabeza.

—No pasa nada. Olvida lo que he dicho. Claro que me alegro de que hayas nacido. No sé qué haces cada San Valentín, pero espero que sea mejor que sentarte aquí a ver reposiciones de *Anatomía de Grey*. Porque es lo que he estado haciendo yo desde que murieron mamá y papá.

Balanceé la pierna derecha de un lado a otro y me esforcé por respirar.

—Hagamos un maratón. Cuando vuelva. Te lo prometo. ¿En otro momento? —Sonaba igual que la noche en la que todo ocurrió.

Resopló mientras se recogía el pelo en un moño.

—¿Sabes qué? Antes de que te vayas a tu cita misteriosa, haz algo útil y tráeme un paquete de mentolados.

Me dio un poco de dinero y se metió en la cocina. Por supuesto, no había dejado de fumar. Esa era la gran ironía. Recogí los billetes del suelo. Consulté el reloj del móvil.

Ya llegaba tarde, pero no quería negarme a hacer lo que me había pedido. No, era incapaz de negarme. Corrí al supermercado de la esquina, hice cola, volví a casa, le di los cigarrillos y subí al tren.

Cuando llegué a Manhattan, me caían gotas de sudor frío por la frente mientras corría hacia el St. Paul.

Llegaba cuarenta minutos tarde a una cita a la que no me habían invitado. Pero si había calado bien a Kellan, sabía que me esperaría. Quería a alguien que luchara por él. Y esa persona tenía que ser yo.

Corría tan rápido que me ardían los pies. Los pulmones me rebotaban en el pecho. Doblé a la derecha y llegué al campus. Me detuve en seco cuando vi las luces.

Rojas, blancas y azules, arremolinadas como un carrusel en la oscuridad.

Había dos coches de policía y una ambulancia.

No.

«No, no, no, no, no».

Kellan…

«¿Ha pensado que no aparecería (que me había rendido) y ha saltado?».

Salí disparada.

Una agente de policía me cortó el camino con la mano en el aire. Otro policía detrás de ella caminaba alrededor mientras extendía cinta amarilla sobre la escena.

—Lo siento, cielo, pero tienes que alejarte.

—¿Qué ha pasado?

Me castañeteaban los dientes. Me había olvidado de ponerme la chaqueta al salir de casa. Tenía demasiada prisa. La única razón por la que no me eché a llorar fue porque no estaba segura de que lo que veía fuera real.

La policía respondió. Otro compañero se le unió. Sus labios se movían, pero no los oía.

Miré tras ella.

No lo vi.

Debía de haber saltado desde el otro lado. Donde nos sentábamos cada año.

«Voy a vomitar».

—… tan joven, es tan triste. Aún estamos investigándolo.

Por fin oía a pesar del martilleo que tenía en la cabeza. Quería gritar. Arrancarme el pelo. Le había dicho que esto no era una muerte segura y, aun así, se había arriesgado.

Había demostrado que me equivocaba.

Había ganado.

Había perdido.

Había infringido nuestro trato.

Yo también, pero solo para salvarlo.

Me dejé caer de rodillas. Apoyé las manos en el hormigón y noté algo. Lo recogí y lo apreté en mi mano.

Era un centavo.

Me había dejado un regalo.

Su propia versión de una despedida.

Segunda parte

LAS IMPERFECCIONES

ↄ

Capítulo quince

Charlotte, veintidós años

༄

—Charlotte, hazme un favor. —Reagan asomó la cabeza por la puerta de su despacho de cristal. Se tocaba la barriga de embarazada con esos dedos de manicura puntiaguda. Llevaba un vestido que conjuntaba con su cabello rojo, cortesía de los mejores peluqueros de Manhattan. Siempre se ponía la mano en la barriga.

No podía culparla por ser tan protectora. Si yo fuera una mujer de cuarenta y dos años que se había pasado la última década tratando de quedarse embarazada y mi deseo por fin se hubiera cumplido, viviría en una burbuja hasta que los bebés salieran.

Levanté la cabeza del manuscrito que había seleccionado de la pila hacía unos minutos. Hoy me vendría bien una distracción, la que fuera. Una sonrisa radiante apareció en mi rostro.

—Lo que quieras.

Las flores y los globos con forma de corazón llenaban la sala, mis compañeros los recibían para el día de San Valentín. Mi cubículo era el que estaba más cerca de su despacho. El único que no tenía declaraciones de amor ni gestos románticos. Solo estaban mi ordenador portátil, los bolígrafos y subrayadores organizados en dos tazas separadas, un planificador y unos pósits pegados en filas ordenadas y militantes.

Estaba segura de que lo que me dijera no tenía nada que ver con que hoy fuera mi cumpleaños. Nadie prestaba atención a mi cumpleaños. Había aprendido a aceptarlo hasta tal punto que, cuando alguien lo mencionaba, me desconcertaba.

—El ginecólogo no me contesta y necesito que me vea hoy. La línea de la clínica está ocupada. No contesta ni al teléfono ni al correo electrónico. No suele ser así. ¿Puedes pasarte por allí y transmitirle mi mensaje en persona? Gracias. —No esperó a que le respondiera. Se metió en mi cubículo como Pedro por su casa, agarró un pósit de mi arsenal, garabateó la dirección y la pegó en el teclado sin considerar lo ordenado que estaba mi espacio de trabajo—. Y no vuelvas hasta que me consigas la cita, ¿de acuerdo? Tengo muchos gases. Creo que los bebés podrían molestarse conmigo.

Cierto. Casi lo había olvidado: Reagan iba a tener gemelos.

Mi jefa corrió a la sala de descanso mientras agitaba las puntas de los dedos como si fuera un hada madrina.

Había empezado a trabajar para Reagan Rothschild Literary hacía cuatro meses, dos meses antes de graduarme, y ya había ascendido de coordinadora de despacho a asistente de agente literario. El objetivo era convertirme en agente literaria. Tendría que esforzarme para conseguirlo, pero estaba acostumbrada a trabajar duro.

Agarré la nota del escritorio y pedí un Uber. Me pasé el trayecto pegada al teléfono mientras contestaba correos, pedía papel para la impresora y confirmaba la revisión anual de Leah con su dermatólogo mañana.

Me aseguré a mí misma de que estaba bien.

«Es un San Valentín más. Has sobrevivido a tres de ellos desde que Kellan hizo lo que hizo».

Este sería el cuarto.

Por supuesto, nada demostraba mejor que no estabas bien que decirte a ti misma que estabas bien.

El sedán se detuvo sobre el bordillo de un edificio neogótico. Alto e imponente. El conductor me dedicó una sonrisa blanca.

—Ya hemos llegado. Feliz Día de San Valentín.

—Para nada —murmuré, y le di una propina a través de la aplicación antes de sacar el culo de los asientos de poliéster.

Entré en un hospital *boutique* de la calle 57 llamado Morgan-Dunn. Se suponía que a la élite de la ciudad le gustaba tener a sus bebés aquí porque las habitaciones eran más lujosas que en el Waldorf Astoria.

Para conseguir un ginecólogo en estas instalaciones, había que apuntarse en una lista de espera de tres años. Esta información me había llegado por cortesía de Reagan. Mi yo de veintidós años no tenía ni idea de bebés, embarazos ni, por suerte, hospitales.

Firmé en el área de seguridad, tomé el ascensor hasta la cuarta planta y me metí en una elegante clínica. Nunca había visto nada que denotara ser rico de una forma tan exagerada, y eso que había vivido en Nueva York toda la vida, excepto durante los años de universidad en Kentucky.

Unas puertas de cristal semitransparentes con bordes negros complementaban los detalles en color cereza junto con unos sofás tapizados en cuero marrón y unos sillones reclinables de felpa. El mostrador de recepción tenía forma ondulada y era de madera oscura y curva. Filas de cestas contenían bolsitas de té, tentempiés y agua embotellada en el lujoso vestíbulo, además de gominolas de vitaminas prenatales y diversas bolsas de regalos.

Había una mujer delgada como un palo, vestida con un traje, de pie detrás del lustroso mostrador. Llevaba el cabello castaño recogido con tanta fuerza que le estiraba la frente. Me saludó con una sonrisa poco tolerante.

—¿En qué puedo ayudarla?

—Vengo a concertar una cita en nombre de mi jefa, la señorita Reagan Rothschild. —Le tendí la tarjeta del seguro de Reagan.

La sonrisa congelada de la recepcionista permaneció intacta mientras la examinaba y luego empezó a hacer clics en el Mac. Me devolvió la tarjeta.

—Me temo que no tengo autorización para concertarle ninguna cita con el doctor Marchetti hoy.

¿El doctor Marchetti? Me esforcé porque ese nombre no me hiciera perder la cabeza.

«Marchetti es un apellido común, ¿no? Además», me dije, «todo te recuerda a Kellan. Y más el día de San Valentín. Estás exagerando las cosas».

—La señorita Rothschild ha intentado localizarlo todo el día. Es algo serio, por eso estoy aquí. —Empecé a mover el pie derecho. Todavía no había decepcionado a Reagan, y estaba decidida a no empezar hoy.

—Lo entiendo, pero el doctor Marchetti no está localizable en este momento.

—¿No está en su consulta?

Sabía que era un hombre porque una vez Reagan nos contó a las otras chicas y a mí que cada vez que venía a una revisión, sus bragas parecían el fondo de una jaula de pájaros. Al parecer, el hombre era tan *sexy* y atractivo como los actores de Hollywood.

—No, sí está aquí, pero no atiende visitas ni llamadas el día de San Valentín. Solo casos urgentes.

«Niñito malcriado».

Con lo que Reagan pagaba a esta clínica por cada visita, no solo debería estar a su disposición cada hora, sino que también debería dar a luz a los bebés él mismo.

Había perdido la paciencia:

—Bueno, considere urgente el caso de la señorita Rothschild.

—¿Está de parto?

—No.

—¿Tiene calambres? ¿Sangra? ¿Se siente débil o letárgica?

Me planteé decir que sí, pero entonces recordé que si mentía, podría robarle una visita a alguien que realmente tuviera esos síntomas. Y como Reagan había apodado a este tío doctor Milagro porque estaba especializado en embarazos de alto riesgo, esta posibilidad no me parecía descabellada.

Pero ¿qué podía decir? ¿Que mi jefa estaba tirándose muchos pedos?

—No. —Carraspeé—. Pero…

—Lo siento. Tendrá que esperar hasta mañana.

—Pero él está aquí. —Quería estrangularla. A él también. No podía fallarle a Reagan. Tenía que conseguirle una visita.

—Sí, pero no ha terminado.

—¿Terminado con qué? —Resistí el impulso de dar un pisotón, exasperada.

—No lo sé.

En lugar de estrangularla, sonreí.

—Muy bien. Esperaré. ¿Cuál es su consulta?

La recepcionista señaló el centro de las tres puertas que daban al vestíbulo. Asentí, agarré el bolso y me senté sin dejar de mirarla. Se me daba de maravilla esperar. Además: podía trabajar mientras lo hacía.

Hice caso omiso de la nariz fruncida de la recepcionista mientras sacaba el manuscrito de antes y seguí leyendo la novela trágica sobre un pueblo pequeño que un posible cliente nos había enviado. Los ojos se me desviaban hacia la puerta de la consulta del misterioso doctor Marchetti cada pocos segundos. Seguramente estaría jugando al solitario, el muy imbécil.

Cuarenta y cinco minutos después de mi llegada a la clínica, la recepcionista puso mala cara y me observó. Era evidente que no soportaba mi presencia, pero no podía echarme.

—Necesito ir al baño —anunció a la sala vacía.

Levanté la vista del manuscrito.

—¿Suerte?

Me fulminó con la mirada.

—Vuelvo enseguida.

—Seguiré esperando.

Me señaló con una uña con la manicura hecha.

—No llame a su puerta.

—Se lo prometo.

En cuanto perdí de vista a Barbie Morena, me levanté de un salto de mi asiento y prácticamente me lancé a la puerta de la consulta. Un cartel dorado colgaba en la pared, pero no podía leerlo sentada al otro lado de la sala.

Ahora sí.

DOCTOR TATUM MARCHETTI

El nombre me cayó encima como un cubo de agua fría y me heló hasta la sangre.

«Tatum».

Tate Marchetti.

Es decir, el hermano de Kellan. El imbécil que hizo que Kellan se lanzara desde el tejado del St. Paul hace exactamente cuatro años.

Qué casualidad tan rara.

«No tanto», saltó una voz despiadada en mi cabeza.

En el instituto, nunca me había molestado en comprobar quién era Tate o cómo se ganaba la vida. Nunca lo busqué en Google ni le pregunté a Kellan. Solo sabía que trabajaba muchas horas y hacía turnos de noche.

Ahora todo cobraba sentido: era médico. Y estaba aquí. A una puerta de distancia. El hombre al que había querido estrangular desde el momento en que Kellan entró en mi vida. Hacía ocho años. Mi odio por él había tenido tiempo de germinar, crecer, acumularse y florecer.

Tragué saliva a pesar del nudo que se me había formado en la garganta y entrecerré los ojos sin dejar de mirar a la puerta. Yo no era una persona temeraria. Todo lo que hacía estaba planeado al detalle. Especialmente, desde la noche que lo cambió todo. Pero darme cuenta de que el hermano de Kellan estaba aquí mandó al garete cada rasgo positivo que había perfeccionado después de aquella fatídica noche.

Cerré los dedos alrededor del pomo de la puerta. Esperé a que mi parte sensata me dijera que parara. Que me diera la vuelta. Que entrara en razón.

Silencio.

Abrí la puerta sin llamar (le había prometido a la señorita Borde que no lo haría).

Di un paso hacia dentro.

Y me quedé inmóvil.

Parpadeé e intenté digerir la escena con la que me había topado. Una larga melena rubia se esparcía sobre un escritorio de color cereza oscuro. La propietaria de la melena tenía la boca abierta formando una O, con los ojos entrecerrados de placer y concentración mientras el hombre que había entre sus piernas la empotraba sin piedad. Lo rodeaba por la cintura con una pierna bronceada y la otra estaba estirada por encima del hombro de él.

Él iba completamente vestido con unos pantalones pitillo oscuros y un jersey de cachemira a conjunto que realzaba su físico increíblemente musculado.

Y también me estaba mirando fijamente.

Le sostuve la mirada, desafiante. La mujer seguía sin percatarse de mi presencia. Al fin y al cabo, no había llamado a la puerta.

La sangre me subió por el cuello hasta las mejillas. Notaba cómo me ardía el rostro. Una sonrisa lenta y burlona se dibujó en sus labios. Me di cuenta de dos cosas horribles al mismo tiempo:

1. Era una copia mayor pero exacta de Kellan. Tenía el mismo pelo castaño rebelde, despeinado y brillante, los mismos ojos gris claro y los pómulos angulosos de un titán. No, no era *sexy* del nivel de Hollywood. Era *sexy* del nivel de los dioses. Era *sexy* al nivel de «te entrego mi vida entera».

2. Le gustaba que yo estuviera ahí, mirando. Mucho.

Cada centímetro de mi cuerpo me gritaba que me diera la vuelta y huyera antes de que me arrestaran. O tal vez lo arrestarían a él por acoso sexual. No sabía por qué, pero estaba convencida de que tenían que esposarnos a uno de los dos y no solo por diversión. Pero como yo quería ponerlo tan nervioso como él me había puesto a mí, decidí quedarme quieta donde estaba.

—¡Sí, Tatum! Sí, Tatum. Me corro. Joder, me corro. Oh. Oh. Tatum. Tatum —gritó la mujer con los ojos cerrados de placer.

Tate colocó la mano entre los dos y le introdujo el pulgar dentro. Luego, se lo metió en la boca, chupó y se sacó el dedo de la boca con un ruidito.

—¿Te gusta? —gruñó con una voz ronca y grave.

Se me puso la piel de los brazos de gallina. Entrecerré los ojos. «No, lo detesto».

—¡Sí! —gimió la mujer, pero no era a ella a quien le había preguntado.

Él la embistió con más fuerza y llegó a un punto en que la hizo gemir una y otra vez. Para mi horror, noté que apretaba los muslos. Tenía los pezones duros y, por primera vez desde hacía años, agradecí la fortuna de tener el pecho tan plano como para llevar un sujetador con relleno.

—Joderrr —chilló. Era evidente que no le bastaba con que todas las personas que compartían este mismo código postal supieran que había llegado al orgasmo.

«Se está corriendo. Estoy viendo cómo se corre».

¿Qué problema tenía yo?

Todos.

Tenía mil problemas.

Pero darme la vuelta sería dejarlo ganar, y no quería dejar ganar a Tate Marchetti.

La mujer quedó completamente relajada mientras él seguía embistiéndola hasta alcanzar su propio clímax. Pero llegó al orgasmo de una forma distinta. Tranquilo e imperturbable. No se dejó ir. Se limitó a soltar un gruñidito educado, luego se apartó unos centímetros de ella, se quitó el condón y lo tiró a la basura que había junto al escritorio.

Alargó la mano hacia una caja de pañuelos plateada, se limpió (las partes de ella me tapaban las suyas) y se la guardó. No dejó de mirarme. Nuestros ojos no se habían apartado ni un segundo.

La mujer abrió los ojos despacio y sus pupilas color avellana se encontraron con las mías verdes.

—¿Qué coño pasa? —Alzó las cejas y se incorporó de golpe.

Tate se hizo a un lado, completamente vestido. No parecía que acabara de follar. No tenía las mejillas sonrojadas ni la ropa desaliñada. Parecía que podría entrar en un quirófano y realizar una operación a corazón abierto con el pulso firme. Ella, por otro lado, parecía que acabara de volver de un fin de semana de orgías y hubiera olvidado ducharse.

Tate se apoyó en el escritorio y se metió los puños en los bolsillos delanteros mientras cruzaba los tobillos.

—¿En qué puedo ayudarla? —Levantó una ceja, con una actitud de indiferencia escalofriante.

No tenía sentido que me siguiera diciendo a mí misma que no pasaba nada. Estaba a punto de explotar. Abrí la boca para ponerme a gritar, pero me quedé sin voz cuando la recepcionista irrumpió en la consulta.

Me empujó a un lado como si me dirigiera hacia el doctor con un arma en la mano.

—Doctor Marchetti, lo siento mucho. Me dijo que no llamaría a la puerta. Me lo prometió.

—Y no he roto la promesa. —La fulminé con la mirada mientras me cruzaba de brazos—. He entrado directamente. No he llamado a la puerta.

Para mi sorpresa, aquello le arrancó una carcajada. Una risita grave que reverberó en mi estómago. Quería matar a este tío.

—Me has preguntado en qué podías ayudarme. —Me volví hacia él—. Bien, pues en una cosa.

Me lanzó una media sonrisa como hacía Kellan. Me ahogaba la nostalgia. Me costaba respirar.

—¿Sabes lo que es el sarcasmo? —Habló sin borrar la sonrisa de sus labios.

—Sí. Es la peor muestra de ingenio.

Eso le provocó otra carcajada divertida.

—Y ver a dos desconocidos follar es la peor muestra de educación. Prefiero el ingenio barato a la mala educación en cualquier caso.

«Sí. Es tan horrible como Kellan dijo que era».

Hice caso omiso de su comentario.

—He venido en nombre de mi jefa, Reagan Rothschild. Quiere programar una cita para hoy, pero parece que no puede localizarle.

«Y tu recepcionista coopera tanto como un terrorista suicida».

La mujer rubia, que estaba detrás de él y en ese momento se arreglaba el vestido de diseño, resopló.

—¿Vas en serio?

La fulminé con la mirada.

—Muy en serio. ¿Y tú?

Puede (o no) que me estuviera refiriendo a sus pechos.

—Voy a llamar a seguridad. —La recepcionista dio un pisotón, pero miró a Tate en busca de una confirmación.

Este ladeó la cabeza y me evaluó como si fuera un paquete entregado sin remitente. Sospechoso pero emocionante.

—No hace falta. Me divierte.

Y eso, además del condón usado que se veía a través de la papelera metálica, me indicó todo lo que necesitaba saber. Le importaba una mierda dar una imagen profesional. Reagan llevaba escritores que eran así. Tenían demasiado talento como para preocuparse por los modales.

Apreté la mandíbula.

—No soy un mono de feria.

—No. —Tamborileó con sus largos dedos sobre el escritorio—. Esos están educados. Tú no.

Hacía una hora, creía que no podía odiar a Tate Marchetti más de lo que ya lo hacía basándome en lo que había pasado con Kellan. Ahora, sabía que sí que podía. Es verdad lo que dicen. A veces, no hay límite. En el caso de Tate, era insoportable hasta el infinito.

Señalé con el dedo el iPad que tenía delante.

—Reserva una cita para la señorita Rothschild y acabemos ya con esto.

—Sylvia, vuelve a tu puesto. Allison, ha sido un placer, tú ya me entiendes. —Despidió a las dos mujeres con un gesto.

Me sorprendió lo rápido que se escabulleron. Era evidente que entre estas paredes disfrutaba del trato de un rey. Me alegré por la tal Hannah con la que había estado a punto de casarse hacía años. Se había ahorrado una buena.

La puerta se cerró con un chasquido. Estábamos los dos solos. El pánico revoloteaba en mi caja torácica como si fuera una mosca atrapada en una telaraña.

—Muy bien, veamos, ¿señorita…? —se interrumpió.

—Richards.

—¿Siempre irrumpes en sitios en los que no eres bienvenida?

Pensé en Leah. Nunca era bienvenida en ningún sitio.

—Solo cuando no me importa lo que la gente que hay dentro piense de mí. —Sonreí con dulzura—. Y para tu información, sostener la mirada de alguien cuando se la estás metiendo a otra es de mala educación.

Sonrió con petulancia.

—Perdona. ¿Te he dado la impresión de que estaba tratando de impresionarte?

Me llevé una mano al corazón y fingí un desmayo.

—Todo un caballero.

80

—Cielo, no puedes permitirte lo que la gente paga para ver mi lado caballeroso.

¿Cómo había sobrevivido Kellan con él durante cuatro años? Ni siquiera podía soportarlo durante diez minutos.

Tate agarró el iPad, con los ojos fijos en la pantalla. Esperaba que al final decidiera hacernos un favor a los dos y le concertara una cita a Reagan, pero tras varios segundos en los que me quedé allí de pie y él me ignoró, me espetó:

—Sal de mi despacho, señorita Richards.

—Pero la cita…

—Hoy no acepto citas. Di a la señorita Rothschild que me llame mañana.

—Tienes que hacerlo. —Pero yo ya sabía que no sería así, y eso hizo que la mosca aterrada y atrapada en la telaraña cometiera el error de agitarse sin control y perder energía mientras la araña se lanzaba a matar—. He esperado aquí más de una hora.

—También has entrado, me has encontrado con la polla metida dentro de otra persona y no te has molestado en disculparte, eso sin mencionar que esto se ha convertido en un especial de Netflix. Vete.

—Tate…

—Doctor Marchetti —me corrigió—. No soy tu amigo.

Abrí los ojos de par en par ante su rostro cincelado. No me devolvió la mirada.

—Eres un escándalo. —Parecía mi madre. Bueno, mi difunta madre.

Pero era verdad.

—Ah, ¿sí? —preguntó, sin una pizca de interés en su tono seco.

—Sí.

—¿Por qué?

—Eres un médico que hace cosas maravillosas, pero eres un completo hijo de puta.

—No siempre lo he sido, pero la alternativa se quedaba corta. —Se encogió de hombros, con los ojos clavados en el iPad.

Intenté no llorar, pero no eran lágrimas de tristeza, así que eran soportables. Eran lágrimas de rabia, y me ardían en las cuencas de los ojos.

—¿Ayudaría si me disculpara?

La verdad es que no me apetecía nada, pero si dejaba a un lado el orgullo, quizá no me quedaba otra. Quería mantener mi trabajo. Quería que Reagan estuviera feliz y contenta. Y lo que de verdad no deseaba era que ella no consiguiera la cita porque de alguna manera yo la había cagado.

Por mucho que odiara a Tate Marchetti, ser grosera con él no iba a resucitar a Kellan.

Al final, levantó los ojos de la pantalla, con el ceño fruncido. Parecía un modelo de perfumes. Sus ojos eran de un gris fosilizado, como el agua espumosa.

—No serviría ni que me chuparas la polla y recitaras el alfabeto del revés al mismo tiempo, señorita Richards. Ahora, deja que te lo repita por tercera y última vez: vete. Fuera.

Una lágrima me traicionó. Se deslizó por la mejilla y murió en mi labio superior. Abandoné toda cautela e hice algo fuera de lo normal para mí: dije lo que pensaba, sin importar las consecuencias:

—Ahora entiendo por qué te odiaba tanto. Eres repugnante. No importa con cuántas mujeres te acuestes cada noche. Espero que la última cosa en la que pienses cuando cierres los ojos sea el hecho de que tu hermano te odiaba tanto que prefirió morir antes que vivir bajo tu techo. Feliz día de San Valentín, imbécil.

Di media vuelta y cerré de un portazo, sin esperar su reacción. Bajé las escaleras hasta la planta baja. Me daba igual el cometido que Reagan me había asignado.

Lo único que importaba era el odio que me inspiraba Tate Marchetti.

Tomé un taxi y me fui a casa directamente.

Enterré la cara en la almohada.

Lloré hasta quedarme dormida.

Capítulo dieciséis

Tate

෮

Me despertaba cada día de San Valentín pensando que era un día fantástico para no levantarse. No en el sentido suicida de la expresión. Ahora veía las señales con precisión (maldita retrospectiva), pero con una resignación de «ahora no quiero lidiar con toda esta mierda».

Por lo general, la sensación se diluía hacia las cuatro o las cinco, cuando ya me había tomado unas copas y había mojado la polla lo bastante. Pero hoy no. Hoy me habría pegado un tiro en la cabeza y no me habría importado lo más mínimo la alfombra persa de color crema que el diseñador de interiores holandés había puesto en mi oficina la semana pasada y que costaba más que mi coche.

«La señorita Richards conocía a Kellan».

La prueba estaba ante mis narices, brillaba con el mismo fulgor que su pintalabios. Primero, me había llamado Tate. Kellan era la única persona que me llamaba Tate. Para cualquier otra persona, yo era el doctor Marchetti, el doctor Milagro o Tatum. Segundo, parecía tener la misma edad que Kellan habría tenido ahora. Veintidós. Alguien de su escuela. Pero había sido lo tercero lo que me había hecho saltar de la silla y perseguirla como un guepardo a una gacela. Había sido lo que había dicho sobre Kellan: que me odiaba.

Lo había conocido.

Con el paso de los años, había aceptado el hecho de que mi hermano no había tenido amigos en el St. Paul. Yo había sido más o menos consciente de sus problemas a nivel social, pero él

83

siempre le había quitado importancia y yo había sido demasiado egocéntrico como para leer un libro sobre ser padre o ver en la tele los consejos del Doctor Phil, así que no detecté las señales.

Kellan se había inventado personas con las que quedaba (luego había descubierto que no existían), para que no le diera la turra ni me preocupara. Hasta después de su muerte no supe lo solo que estaba en el instituto.

Y había creído que no tenía amigos. ¿Y si resultaba que había tenido alguno? ¿Y si había sido ella? ¿Y si había confiado en ella? ¿Y si ella podía ser mi puerta de entrada, mi conexión con él?

Eché a correr tras la señorita Richards después de que se hubiera marchado enfadada. Sylvia me llamó cuando me vio aporreando los botones del ascensor como si quisiera arrancarlos de cuajo. Allison no aparecía por ninguna parte. No me sorprendió. Ya sabía cómo funcionaban las cosas en un día como hoy.

—Ha bajado por las escaleras —me gritó Sylvia—. ¿Ha robado algo?

«Sí. Mi cordura».

Seguí los pasos de Richards y bajé los escalones de dos en dos. Casi la alcanzo. Casi. Incluso entreví un mechón de su pelo color chocolate cuando cruzaba las puertas automáticas de cristal del edificio. Llevaba un vestido largo de rayas blancas y negras y unas botas militares.

Como una niñata.

«Es una cría, y te has pasado los últimos cinco minutos del polvo imaginando que la penetrabas a ella».

Antes de que pudiera alcanzarla, se metió en un taxi amarillo y se alejó.

—Maldita sea —gruñí, di un pisotón sobre el hormigón y un puñetazo al edificio por si no había tenido suficiente. Me empezaron a sangrar los nudillos, pero no sentí dolor. Saqué el teléfono y marqué el número de Reagan Rothschild.

Contestó al primer tono.

—Buenas tardes, doctor Marchetti. Supongo que ya ha conocido a mi ayudante.

«Puedes estar bien segura».

84

—Correcto.

—Genial, ¿a qué hora tengo mi visita hoy?

Su visita. Claro. Por eso la señorita Richards había irrumpido en mi consulta con el arma bien cargada. Tenía que reconocérselo, había que tener ovarios para entrar a toda velocidad en una consulta sin invitación y quedarte mientras ves a dos personas haciéndolo.

Me pasé la mano por el pelo y me tiré de las raíces.

—¿Qué tal mañana por la mañana?

—Perfecto.

—Venga a verme a las diez.

Estaba cien por cien seguro de que tenía una cesárea programada a las diez. Ya vería qué haría si llegaba a mañana sin cometer un asesinato.

—¡Fantástico! ¿Quería algo más?

«Sí. Tu asistente en una jaula, para que pueda interrogarla de tal forma que la Inquisición española parezca Barrio Sésamo».

—Su asistenta se dejó algo en mi clínica. ¿Cómo puedo hacérselo llegar?

—Puede enviar un mensajero al despacho. Dígale a su recepcionista que le envíe la factura a ella por correo electrónico.

—Lo que olvidó es de carácter personal. —Sonaba a mentira como una catedral, incluso para mí. ¿Qué podía haber olvidado que fuera tan privado que tenía que entregarlo en persona? ¿El puñetero vibrador?—. ¿Cuál es la dirección? —Usé mi voz más cordial, cuerda y de médico.

—Hmm. Qué raro. Me acaba de mandar un mensaje diciendo que va a trabajar desde casa el resto del día. No es propio de ella.

No me importaba qué era propio de ella. Me importaba que parecía tener respuestas a preguntas que hacía años que me atormentaban.

—¿Estará mañana? —Hice acopio de toda la paciencia que tenía para no estallar.

—Más le vale —resopló Reagan—. Le mandaré un mensaje con la dirección del despacho.

85

—Gracias.

—¿Está seguro de que no puedo recogerlo mañana cuando le vea?

—Segurísimo.

—¿Se ha encaprichado de mi princesita de *anime?*

No sabía lo que era el *anime,* y no me importaba lo más mínimo descubrirlo.

—Es lo bastante joven como para ser mi hija.

—Para nada.

—Le aseguro que no tengo ningún interés romántico en su asistenta.

—¿Debería preocuparme por lo que se ha dejado?

Tenía el «sí» en la punta de la lengua. Podía joder a la señorita Richards. Pero, en realidad, no podía arriesgarme a que estuviera aún más resentida conmigo porque quería que me diera respuestas.

—No. Todo bien.

—Es una joya, ¿verdad? —murmuró Reagan—. Me encanta. Es una chica muy mona.

—Claro —dije, mientras volvía a mi consulta, y pulsé el botón rojo del teléfono para terminar la llamada. Mis nudillos goteaban sangre por todo el suelo de piedra caliza—. Un puto encanto.

Capítulo diecisiete

Tate

ᴄͻ

Una lección que aprendí de muy joven es que si existe un problema al que puede aficionarse un hombre, un Marchetti encontrará el modo de hacerlo.

Más tarde esa misma noche, mi lamentable padre se sentó frente a mí para la comida anual de San Valentín. Era una de las raras ocasiones en las que lo veía, a menos que se le acabara el dinero, el sexo o los hombros sobre los que llorar.

Comenzamos esta tradición después de la muerte de Kellan, y mentiría si dijera que me parecía reconfortante. Era más un chequeo para asegurarme de que los dos seguíamos vivos. La desgracia, así como la autodestrucción, corría por nuestras venas.

—¿Alguna vez te dijo que tenía novia? —le pregunté a Terry, mientras cortaba la empanada de pavo. Había contratado a una empresa que me servía comidas precocinadas para calentar.

Necesitaba comidas con valor nutritivo, verduras y proteínas, y tenía que ser fresco. Me costaba trescientos dólares a la semana, pero no me suponía un problema, pues ya no tenía que pagar la universidad de Kellan. Qué suerte la mía.

Kellan nunca llegó a descubrir lo arruinado que estaba nuestro padre. Una vergüenza menos que llevarse a la tumba.

Terry tampoco levantó la vista del plato.

—No. —Se aclaró la garganta—. Es bastante improbable, sin embargo. Lo habríamos sabido.

—¿Tú crees que lo habríamos sabido? —Corté la carne en más trozos diminutos, desmembrándola hasta que se volvió incomible—. Vaya par criando al pobre chico. Hoy he visto a una chica que creo que lo conocía. Por lo menos, parece que le contó ciertas cosas.

Eso hizo que levantara la cabeza con interés.

—¿Qué te ha dicho?

«¿Quién se siente culpable?».

—Nada todavía. Pero voy a investigarlo.

—Deberías. —Mordió… lo que fuera que nos acababan de servir. La comida era como el sexo. Fingía que me interesaba para salvar las apariencias.

Le dirigí una mirada severa a mi donante de esperma. Había cambiado. Mucho más después de la muerte de Kellan. Parecía más viejo. Grande y pálido, con una nariz rosada y las mejillas rojizas, cortesía de años de alcoholismo. El pelo blanco revuelto le brotaba del cuero cabelludo en todas direcciones como serpientes. Unos protectores negros le rodeaban las muñecas tras décadas de escribir millones de palabras y borrarlas. Necesitaba peinarse, una buena ducha, tres años de rehabilitación y una pista de qué hacer con su vida. Si ya había sido un inútil cuando le quité a Kellan, ahora era inservible.

—Nada de esto habría pasado si… —empezó, como sabía que haría.

Lo corté, dejé caer el cuchillo y el tenedor en el plato.

—No sigas por ahí. Lo abandonaste ante mi puerta y te fuiste corriendo a Miami con una de tus putas.

—Se llamaba Nadia.

—Se podría haber llamado Duquesa de Sussex, y aun así no cambiaría el hecho de que abandonaste a un hijo para que lo criara el otro. —Di un golpe sobre la mesa. Los cubiertos tamborilearon. Las copas de vino bailaron sobre el mantel.

Dejó de comer y me miró con los ojos abiertos como platos. Me vi reflejado en ellos.

No me amilané:

—Me obligaste a adoptar tu papel justo cuando acababa de sacarme la carrera de Medicina y empezaba la residencia. Dejaste que hiciera tu trabajo mientras tú te dedicabas a perseguir mujeres y te emborrachabas como si estuvieras en la universidad. Yo tampoco era perfecto, pero si alguien tiene que decirme en qué me equivoqué, te aseguro que no vas a ser tú.

Los dos sabíamos que poco importaba. Yo cargaba con la culpa como si fuera una medalla al honor. Por eso las palabras de esa chica me habían afectado tanto.

No aceptaba ninguna llamada ni concertaba ninguna visita el día de San Valentín, porque era el día en el que me adentraba en Villaculpabilidad. El orden del día había consistido en beber desde por la mañana, después follar con Allison, la mejor amiga de mi exprometida, y comportarme como un capullo integral con la señorita Richards (¿cómo demonios se llamaba, por cierto?) antes de descubrir que había conocido a Kel. Por tanto, pasar tiempo con el parásito que tenía por padre era la guinda podrida de aquel pastel de mierda.

Terry apartó el plato.

—¿Tienes algo más fuerte para beber por aquí? —Olisqueó el aire mientras se rascaba detrás de la oreja—. El vino no es suficiente. —Quizá debía volver a tomar coca. Con aquello siempre estaba de buen humor. Lo haría si fuera un hábito que pudiera permitirse. Por desgracia, el incumplimiento del contrato de tres libros que había firmado había creado un agujero con la forma de un dedo corazón en su cuenta bancaria. Eso era lo que pasaba cuando te gastabas todo el dinero en prostitutas, drogas y fines de semana locos con actrices que cobraban el triple de lo que ganabas por hacer un anuncio de una cafetera.

—Sírvete lo que quieras. —Señalé la barra que había en una esquina. Si quería destrozarse lo que le quedaba de hígado, era su sentencia de muerte.

Me levanté y me retiré arriba. Pasé por delante de la habitación de Kellan. Estaba intacta desde hacía cuatro años. Me detuve y puse la mano en la puerta sin abrirla. Me pregunté quién sería el primero en poner un pie en ella. ¿El agente inmobiliario cuando finalmente vendiera esta maldita casa? ¿Una nueva ama de llaves que olvidaría mi norma de no tocar nada que estuviera relacionado con Kellan y pasaría la aspiradora? ¿Un puñetero terremoto? Daba igual. Podría ser una rata, y aun así dolería de cojones.

Kellan había sido bueno y había muerto demasiado joven. Yo era malo, y cada día que vivía era como un corte de mangas que me dedicaba el diablo. Me aparté de la puerta, y me dirigí hacia mi dormitorio. Apoyé la cabeza sobre la almohada. Observé el techo como si estuviera en un concurso de miradas, sabiendo que no ganaría. El sueño no llegaría.

Dicen que el tiempo lo cura todo.

Es mentira.

La culpa alimenta el dolor y lo reaviva cada vez que la llama se debilita.

Capítulo dieciocho

Tate

❧

Salió del despacho a las seis y treinta y cinco y se despidió del portero con una sonrisa.

Yo estaba sentado en una cafetería que había al otro lado de la calle y observaba el edificio como si no tuviera una consulta que suponía doce millones de dólares al año que dirigir. Llevaba allí desde las cinco, por precaución.

Por el placer de acechar a la joven señorita Richards, había retrasado una visita de revisión, además de dos tratamientos de FIV, y había una heredera muy alterada dilatada de tres centímetros en una habitación en Morgan-Dunn que se preguntaba dónde demonios estaba su médico. Mirando a una joven asistente que salía del trabajo no era, seguramente, la respuesta que esperaba oír.

Dejé caer unas monedas en una taza de propinas para el viaje de no sé qué mochilero y crucé la calle para alcanzar a ese barril de pólvora andante antes de que se metiera en el metro. Mis ojos no se apartaron de ella. Eso me dio la oportunidad de evaluarla.

La señorita Richards llevaba el pelo castaño desordenado a propósito, a la moda, al estilo neoyorquino, con el flequillo peinado hacia un lado. Unas cejas gruesas enmarcaban sus ojos verdes. Llevaba una boina negra en la cabeza, inclinada hacia un lado, como una artista. Quería decirle que, en realidad, no era ninguna artista. Aunque no lo sabía. Quizá lo fuera.

¿Quería pelearme con esa mujer?

«Sí. Sin duda».

Era menuda y con curvas, y poseía la belleza de la juventud: piel suave, cuello y tobillos delicados. Sus gafas de lectura de estilo ojo de gato, el vestido negro y los *leggings* rojos a cuadros hacían que pareciera salida de un videoclip de No Doubt. Era el tipo de chica que le habría gustado a Kellan.

Pero muchísimo.

Crucé la calle con el semáforo en rojo antes de que la boca del metro se la tragara. Un coche estuvo a punto de atropellarme, pero se detuvo en el último momento. Di un golpe en el capó al mismo tiempo que el conductor tocaba el claxon durante diez segundos seguidos.

—¡Aprende a cruzar, imbécil! —me rugió.

—Aprende a conducir, imbécil —le aconsejé, sacándole el dedo.

Se quedó con la boca abierta, pero yo ya me había ido. Salí corriendo hacia la señorita Richards. Esperaba que estuviera informada de que había visitado a su jefa esa mañana (aunque después de que Reagan hubiera esperado una hora y media mientras yo realizaba una cesárea).

Mi pequeño enfrentamiento con el conductor había captado su atención, además de la de media calle. Se detuvo en la entrada del metro y me miró con una mezcla de asombro y repugnancia.

«Bienvenida al club, chavala. Yo tampoco soy mi fan número uno».

—¿Qué haces aquí? —Frunció el ceño. Tenía un lunar entre la nariz y el labio. Muy de cine negro. Con lo artístico que era Kellan, seguro que esta chica lo ponía a cien.

—No sabía que eras dueña de Manhattan. ¿Te importaría darme un mapa de las calles por las que puedo caminar?

Mi respuesta desafiaba toda lógica. Necesitaba caerle bien, no alcanzar unos niveles atómicos de resentimiento. Era difícil ser amable una vez habías adoptado el hábito de ser un capullo.

Su medidor de odio alcanzó la cima cuando entrecerró los ojos. Giró sobre los talones y retomó su trayecto hacia el metro. Cuando bajó las escaleras, la seguí. Me había empezado a sentir como un acosador una hora después de haberme presentado ante su lugar de trabajo. Me estaba convirtiendo en Joe Goldberg. Pero ahora la sensación entraba ya en el terreno de la perversión, en el terreno de Jeffrey Dahmer.

No podía seguirla hasta su casa.

Corrección: prefería no hacerlo.

Pero parecía ser justo lo que estaba haciendo.

—De acuerdo —dije, mientras ella cruzaba el torniquete.

Salté el que estaba a su lado y cometí la segunda falta en los últimos diez minutos. La primera había sido cruzar la calle de forma imprudente. Había perdido la cabeza, joder. Debería estar pegando una foto de mi cerebro con recortes de mi número en los árboles de mi barrio.

Y aun así, continué:

—Puede que mi comportamiento de ayer estuviera fuera de lugar.

—Tu existencia está fuera de lugar.

Subió las escaleras mecánicas. Me puse a su lado. Negó con la cabeza sin apartar la vista del teléfono. La gente gruñía detrás de nosotros.

Bajé la voz:

—Resulta que me pregunto ciertas cosas.

—La respuesta a todas ellas es no.

—Y una de ellas es: ¿te importaría que habláramos de Kellan unos minutos?

—Ja. Ja —soltó, pero yo no me reía—. Déjame. Adiós.

Los gruñidos detrás de mí se intensificaron. Nunca iba en metro, y ahora recordaba por qué. Aparte del hecho de que olía a retrete público y a cuadro depresivo, también era un ambiente hostil.

—No hasta que me respondas ciertas cosas después de la bomba que dejaste caer en mi consulta ayer.

Un tipo con capucha me tocó el hombro.

—Oye, ¿puedes ligar con este culazo poniéndote en el lado derecho de la escalera como un buen neoyorquino? La gente está intentando pasar.

Me desplacé al lado derecho, dos escalones por debajo de la señorita Richards. Lo que me recordó…

—¿Cómo te llamas, por cierto?

Tenía la nariz a la altura de su cabeza. Olía a galletas de azúcar y a ciprés. Puede que incluso a coco. Y lo que era más importante, no a pis rancio.

—A ti qué te importa.

—Bonito nombre. ¿Padres artistas?

—Padres muertos —me espetó—. Me estás molestando.

Me dije a mí mismo que sus padres no estaban realmente muertos, así podría seguir molestándola con la conciencia tranquila.

—Dime lo que quiero y te dejaré en paz.

Giró la cabeza de golpe hacia mí, con las cejas unidas por la ira.

—Kellan tenía razón.

Fue como un balazo en las tripas, pero sonreí a pesar del dolor. Engreído e indiferente y con la actitud por la que se me conocía. El ginecólogo distante y encantador con el corazón de bronce.

Se dirigió con pasos firmes hacia el andén.

La seguí.

Mi paciencia, ya un bien escaso, se evaporó. Su tren llegó, y la señorita Richards subió. Yo hice lo mismo. No tenía ni idea de a dónde nos dirigíamos. Con suerte, al infierno, así tenía la ventaja de jugar en casa.

En el tren, comprendí que, sin contar el mes tras la muerte de Kellan, no había hecho nada que no fuera típico de mí ni que no apareciera en mi agenda desde hacía al menos una década. Sin embargo, ocupé el asiento de al lado.

Sacó una pila de papeles de su maletín de cuero. Un manuscrito. Destapó un rotulador amarillo con los dientes y trazó una línea en la página que tenía sobre el regazo.

—Si yo fuera tú, colaboraría —murmuré con una sonrisa tensa, consciente de que la gente nos observaba. Que me arrestaran por acoso sería el fin de mi carrera. Sin embargo, vivir sin respuestas me parecía un castigo aún mayor.

Pasó una página del manuscrito y me obligó a adoptar una estrategia no tan amable. Claramente, debería haber optado por esa opción en cuanto la había encontrado. No había muchas posibilidades de salvar una relación que había comenzado mirando fijamente a los ojos de una mujer mientras te corres dentro de otra.

—Supongo que no me dejas otra opción que decirle a tu jefa que ayer te metiste en mi consulta sin llamar, me pillaste follando, y decidiste ponerte cómoda y mirar el espectáculo. —Saqué el teléfono y empecé a escribir un mensaje a Reagan Rothschild.

La señorita Richards levantó la cabeza horrorizada.

—Espera.

«Bingo».

Mis pulgares seguían volando por mi iPhone. Debería haber llamado a mi puerta en cuanto él nos había dejado. Nadie había venido a hablar conmigo ni con Terry, aparte de la directora Brooks y un par de profesores que se sentían culpables y que apenas recordaban nada importante sobre mi hermano.

Kellan había muerto, y ninguno de sus compañeros había venido a ofrecer sus condolencias.

Puso una mano encima de mi móvil. Alcé los ojos para encontrarme con los suyos. Desvió la mirada.

«Culpable».

—¿Dónde podemos hablar? —le pregunté.

Se estremeció. Quería que me diera respuestas. Ni siquiera sabía por qué me importaba tanto. Averiguar lo que lo llevó a hacer eso no lo resucitaría. Una parte de mí solo quería castigarla por no haber venido a ofrecer sus condolencias.

Su frente se arrugó.

—¿Sobre Kellan?

—No, sobre tu fabulosa boina, si te parece. Tus elecciones de ropa me encantan. —Le enseñé los dientes como una bestia—. Pues claro que de Kellan. —La forma en que me miró fijamente, con suficiente odio para congelar el sol, me hizo querer reírme en su cara.

Creía que me importaba la opinión que tuviera sobre mí. Se pensaba que me importaba y punto. Todo me empezó a dar igual desde el día que murió. Me había obcecado en mi trabajo y no me había molestado en construir una vida fuera de él.

—¿Qué me dices? —Enarqué una ceja.

—De acuerdo. Pero hoy no.

—¿Por qué no?

—Tengo planes.

¿Qué podía ser más importante que Kellan?

—Explícate.

Levantó la barbilla.

—No quiero.

Saqué el teléfono y seguí escribiendo mi mensaje a Reagan. La señorita Richards lo apartó de un manotazo. Cayó en mi regazo y apareció la imagen de la pantalla de bloqueo: Kellan escondido detrás de un libro mientras sonreía.

Giré el teléfono.

Inspiró.

Lo había visto.

—Tengo que llevar a mi hermana al dermatólogo —respondió, con más suavidad.

No tenía ningún sentido.

La mayoría de los dermatólogos de mi edificio cerraban a las cinco. A las seis, como muy tarde. Pero no insistí porque no quería darle ninguna razón para cambiar de opinión.

—Entonces, ¿cuándo?

—Mañana. Hay una cafetería justo delante de mi trabajo.

—Ya sé cuál es —le dije—. ¿Hora?

Noté que estaba nerviosa porque movía la pierna derecha. Un tic nervioso.

—Las seis.

—Volvamos a empezar. ¿Tienes nombre, señorita Richards?

—Charlotte. Me llamo Charlotte. —Se pasó la lengua por los labios—. Te diría que encantada de conocerte, pero los dos sabemos que no es así.

Me levanté y bajé del tren sin volver a mirar a Charlotte.

—Espera —me dijo—. ¿No deberíamos darnos el número o algo?

Casi oí cómo se sonrojaba.

En lugar de darme la vuelta, salí por las puertas mientras le contestaba:

—No. No quiero tener nada que ver contigo a partir de mañana.

Capítulo diecinueve

Charlotte

~

—Eh, Char, ¿cómo va? —Jonah, mi vecino, me ofreció el puño para que se lo chocara cuando llegué a la intersección de nuestras respectivas puertas. Yo entraba, él salía.

Vivía en Morris Heights. Muy lejos de la cutre Westchester Square, donde Leah y yo nos habíamos mudado tras la muerte de nuestros padres. Nuestro nuevo piso era más grande. Teníamos suficiente dinero para que la vida no fuera una mierda. No nos salía por las orejas, pero no nos lo teníamos que pensar dos veces antes de pagar las facturas o hacer la compra semanal.

Cualquier otra cosa era un lujo, pero la mayor parte del tiempo (entre mi salario y el trabajo de Leah como esteticista en un salón de pestañas en Times Square), nos las arreglábamos.

Le choqué el puño a Jonah, todavía temblando por mi encontronazo con Tate Marchetti.

—He tenido días mejores. ¿Y tú?

—No me puedo quejar. —Frunció el ceño, tiró de mi boina a un lado y me alborotó el pelo como si fuera una niña pequeña—. ¿Todo bien?

Llevaba una chaqueta de cuero desgastada, unos vaqueros rotos y unas botas de motorista. La perilla, el trabajo de mecánico y los músculos que amenazaban con desgarrarle la camiseta le daban un atractivo aire al estilo de Charlie Hunnam del que todas las chicas del barrio eran conscientes. Tenía la custodia compartida de su hija Rowling (sí, por la escritora) con su exmujer.

—Nada de lo que preocuparse. —Solo que me ha acosado un médico guapísimo y furioso—. ¿Tú qué tal? ¿Cómo está Rowling? ¿Necesitas a alguien que la cuide?

A veces llamaban a Jonah para trabajos especiales durante el fin de semana. Cuando le ocurría, dejaba a Rowling en nuestro piso. Hacíamos galletas de azúcar y leíamos libros e íbamos juntas a la biblioteca cuando a Leah le apetecía maquillarse. Luego Jonah volvía con comida para llevar, una bebida gaseosa para Rowling y cerveza para nosotros dos. Detestaba admitirlo, pero los fines de semana con Jonah y Row eran la cúspide de mi actividad social estos días.

—No. Este fin de semana está con Luanne. La lleva a un lugar elegante con su nuevo novio. He oído que hay una pista de patinaje sobre hielo. Row está entusiasmada. En realidad, quería preguntarte una cosa. Hay un festival de coches antiguos en Jersey este fin de semana. Tengo entradas gratis del trabajo. Y estaba pensando en invitar a Leah. Si le gustan esas cosas, claro. —Se pasó los dedos por el pelo largo. Tenía las uñas manchadas de negro.

Sabía que era una prueba. Jonah quería saber si valía la pena pedirle salir a Leah. No era ningún secreto que no le gustaban mucho las citas.

Me apoyé contra la puerta y me mordí las mejillas.

—¿Me estás preguntando si es una buena idea invitarla, o si está disponible?

Jonah imitó mi lenguaje corporal y se apoyó en su puerta con los pulgares metidos por las trabillas de los Levi's. Leah iba a llegar en cualquier momento. Teníamos que ir al dermatólogo, que nos recibía después de las horas de visita porque a mi hermana le daba demasiada vergüenza mostrar su cara en público sin maquillaje.

—Las dos cosas.

—Creo que no tiene planes para el fin de semana, pero no puedo decirte si saldrá contigo. Ya sabes cómo va con Leah.

Jonah nunca había visto a Leah sin maquillaje. Nunca había sido testigo de la piel nudosa bajo las capas de base de maquillaje, o la forma en que el fuego le había lamido la punta de la oreja, de forma que ahora tenía el aspecto puntiagudo de las orejas de los elfos.

Seguro que se habría dado cuenta de las manchas que había tras la base de maquillaje. El tenue tono violáceo que adornaba el lado derecho de su rostro. Pero no sabía qué aspecto tenía sin la pintura de guerra.

—¿Ha salido con alguien desde el incendio?

Negué con la cabeza.

—No que yo sepa.

—Ostras.

—Sí.

—Es guapísima. —Se atusó la perilla y torció la boca hacia un lado—. La mujer más guapa que conozco. Sin ánimo de ofender.

—No me ofendo.

Leah era, y siempre sería, impresionante. Supongo que la gente tiene dos caras: la cara que el mundo ve y la que ven en el espejo. Lo único que Leah veía cuando se miraba era esa noche.

El tintineo de las llaves dos pisos más abajo anunció la llegada de Leah. La puerta se abrió con un chirrido y luego se cerró de golpe.

Oí un pequeño gemido familiar.

—Esta cría de zorro acabará conmigo. Soy la única idiota del universo lo bastante tonta como para alimentar a un zorro de ciudad —murmuró.

Jonah y yo intercambiamos una mirada. Me mordí el labio para reprimir una carcajada. Jonah se puso a aullar. Esa era la otra característica de Leah. Era maravillosa. De verdad era buena y dulce.

La oímos subir las escaleras. Apareció en el tercer piso, vestida con un jersey de cuello alto amarillo que ocultaba la mayor parte posible de su piel y unos pantalones de cuero ajustados. Llevaba un contenedor vacío donde debía de haber guardado la comida para la cría de zorro que había estado vagando por el parque detrás de nuestro edificio por la noche, en busca de su madre.

Nos miró y frunció el ceño.

—Parece que estéis tramando fechorías. Jonah, sabes que me haré un bolso con tus huevos si metes a mi hermanita en problemas.

Jonah resopló.

—En todo caso, tu hermanita me meterá a mí en problemas.

Leah levantó la ceja buena. La derecha era inexistente debido a la cicatriz. Se la había pintado muy bien al salir de casa. Casi no se notaba.

—Mi hermana es una empollona —dijo, con la malicia justa. Me quería, pero no le caía bien—. De todos modos, eres demasiado mayor para ella. Solo tiene veintidós años. ¿Y tú qué tienes? ¿Treinta?

—Treinta y uno. Y tú tienes veintisiete —respondió.

No sé por qué, pensé en Tate. Debía de tener unos treinta. Luego pensé en lo mucho que Leah detestaría la idea de que yo saliera con alguien de treinta y tantos.

Tampoco es que fuera a salir con Tate.

—¿Y eso qué tiene que ver? —Leah frunció el ceño. Como si ser soltera o mujer no tuviera nada que ver con la conversación.

—Averígualo tú misma, tecito. —Le guiñó un ojo, se colgó las llaves del dedo y salió corriendo por las escaleras.

Me volví para mirar a mi hermana. En los cuatro años que habían pasado desde que yo había terminado el instituto, habíamos perfeccionado el arte de fingir que estábamos bien. Pero, en el fondo, siempre estaría resentida conmigo.

Resentida conmigo por obligarla a ocupar el lugar de mis padres cuando solo tenía dieciocho años.

Resentida conmigo por tener que atravesar el fuego para salvarme.

Resentida conmigo por haber matado a mamá y papá.

Por parecer perfecta cuando ella podría haber estado con cualquier hombre del mundo antes de que las llamas se comieran su belleza. Antes de que el fuego la consumiera.

Leah rebuscó el paquete de cigarrillos mentolados en su bandolera de flecos y se metió uno entre los labios mientras entrábamos en el piso.

—¿Te has dado cuenta de que te ha llamado tecito? —le pregunté.

Leah se encogió de hombros mientras se dirigía hacia su habitación y volvía con toallitas desmaquillantes. Su cara tenía que estar completamente limpia cuando el dermatólogo la evaluara. Se aplicaba una tonelada de cremas médicas cada día para minimizar el daño de su piel y evitar que se cayera a pedazos.

Empezó a desprenderse del maquillaje apelmazado, con el cigarrillo entre los labios.

—La verdad es que no.

—Me pregunto por qué te habrá llamado así.

—Porque me bebo seis tazas de té al día —soltó Leah—. Misterio resuelto. Deja el cheque con el correo.

Puse la tetera en marcha, le preparé un poco de té para llevar antes de irnos.

—Pero ¿cómo lo sabe? No pasas mucho tiempo con él, ¿verdad?

—Tal vez Row se lo ha dicho. Pasamos mucho tiempo con ella.

—¿Por qué le preguntaría a Row? —Traté de reprimir una sonrisa estúpida y el corazón se me hinchó en el pecho. Por primera vez en cuarenta y ocho horas, fui capaz de concentrarme en algo que no fuera Tate Marchetti—. Creo que a Jonah le gustas.

—Creo que vas drogada. —Su ceja sana se curvó en un signo de interrogación—. Solo está siendo amable porque consigue una canguro diez horas a la semana gratis. Lo menos que puede hacer es ser dulce y traernos comida para llevar. —Se metió en la larga y estrecha cocina y abrió el armario de la basura, donde tiró las toallitas que había usado—. De todos modos, no quiero hablar de Jonah. Vámonos.

La tetera silbó.

Me tembló la pierna derecha.

—Pero ¿no te parece que es… guapo?

—Creo que es un magnífico motorista que está acostumbrado a que las mujeres caigan a sus pies cada dos por tres y que no quiere salir con un monstruo.

—Te equivocas —le dije con convicción, mientras vertía el agua caliente en su termo de unicornio—. Quiere que salgas con él este fin de semana. ¿Debería decirle que no lo haga?

Leah ladeó la cabeza y me miró. Como si la idea de que saliera con alguien en su horrible condición física no fuera menos que espantosa.

Dio una calada a su cigarrillo y negó con la cabeza.

—Tú prepárame el puñetero té, Charlotte.

Capítulo veinte

Charlotte

୬

El día siguiente transcurrió con una lentitud desesperante. Me pregunté si Tate habría pensado sobre el día de hoy tanto como lo había hecho yo (seguramente). Luego, me pregunté si Tate habría pensado lo mismo que yo cuando pensaba en él (ni por asomo).

En cuanto el reloj marcó las seis, mi estómago dio una voltereta olímpica, y se llenó de una bola de hierro. Miré a mi alrededor, tratando de encontrar razones para quedarme en la oficina. Reagan se había ido. También Abigail e Irene, mis compañeras. Había terminado todas mis tareas, todo estaba ordenado, y sabía que, por muy hostiles que fueran mis sentimientos hacia Tate, merecía tener respuestas sobre Kellan. Era hora de dar la cara.

Las piernas me pesaban como piedras mientras me dirigía hacia la cafetería del otro lado de la calle. La culpa y la rabia se arremolinaban en mi interior como un torbellino. Culpa, porque sabía que este encuentro con Tate llevaba mucho tiempo pendiente. No me había perdonado no haberme puesto en contacto con él después de la muerte de Kellan. Supuse que saber que Kellan tenía al menos un amigo en la escuela les reconfortaría, a él y a Terry. Pero nunca me había atrevido a dar el paso porque estaba furiosa.

Y eso me hizo sentir rabia. Estaba enfadada con él. Enfadada por cómo había hecho sentir a Kellan y cómo había actuado cuando nos conocimos en su consulta. Era como si hubiera confirmado cada atrocidad que Kellan me había contado sobre él.

La campanita del techo tintineó cuando entré en la cafetería. Estaba inspirada en el Central Perk de *Friends*. Sofás agradables, tazas de colores del tamaño de un cubo, y carteles de bandas locales y espectáculos de comedia por la zona.

Me desenredé la bufanda del cuello y miré a mi alrededor. Lo vi enseguida. Estaba solo, sentado en el rincón más alejado de la sala. Una fuerza oscura y formidable, sentado en un ridículo sillón amarillo, con las manos apoyadas en los reposabrazos como un rey en su trono. Era tan alto que las rodillas le rozaban la mesa de café redonda que había frente a él.

Llevaba un jersey negro de cuello alto que le rodeaba los enormes bíceps y unos pantalones pitillo grises. Parecía porno con mocasines.

Cuando me vio, se levantó y me hizo señas para que me acercara. Mis ojos se posaron en su rostro. No parecía arrogante ni despreocupado. Nada de todo aquello que había rezumado cuando lo vi por primera vez en su consulta, ni ese aire que lo electrizaba todo a su alrededor.

No. Parecía una nube sombría que estaba a punto de abrirse y granizar directamente sobre mí.

Me dirigí hacia él mientras me quitaba la boina de la cabeza y la arrojé sobre la mesa. Tenía la boca tan seca que se me pegó la lengua al paladar. ¿Debía darle la mano? ¿Un abrazo? A pesar de que sonara raro, tenía la sensación de que había algo que nos unía: Kellan.

—¿Qué te apetece? —preguntó Tate.

—Un café está bien.

—¿Cómo tomas el café?

Acompañado de un ataque al corazón si no terminamos esto pronto.

—Solo. Sin azúcar. Sin leche. —Sin duda, me tomaba el café con ambas cosas. Pero no quería molestarlo con cosas mundanas como el azúcar cuando estábamos a punto de tener una conversación tan dura.

Me senté frente a su sillón reclinable. Tate volvió con una taza humeante de café y el número de la camarera, que había garabateado en un folleto. Colocó el café delante de mí, hizo una bola con los dígitos y los tiró a la papelera. Mi pierna derecha no paraba quieta y evité su mirada mientras él se sentaba.

Fue directo al grano.

—¿Habrías venido alguna vez a hablarme de él si no nos hubiéramos conocido a través de Reagan?

—Seguramente no —dije con sinceridad, y recordé que le gustaba mi vena rebelde—. Kellan no era tu mayor admirador, así que no creía que lo merecieras.

Asintió, sorprendentemente calmado.

—¿Y mi donante de esperma? ¿A Kellan tampoco le gustaba?

Negué con la cabeza, sin sorprenderme de que se refiriera a su padre con ese apodo.

—No. Con respecto a Terry, tampoco fui, porque decidí que era un imbécil. Fue una decisión ejecutiva.

Casi sonrió. Le aleteó en los labios y desapareció.

—Empecemos por el principio. ¿Cómo os conocisteis?

—Nos conocimos en el St. Paul. —Acaricié la taza de café entre mis manos, robándole el calor—. Conocí a Kellan hacia febrero de octavo curso. Congeniamos.

Anoche, mientras daba vueltas en la cama, decidí ser selectiva con lo que le dijera. No mentiría, pero planeaba tergiversar la verdad cuando fuera necesario. No importaba si Tatum era un idiota. Si ayer me había demostrado algo, era que Kellan le importaba. El hombre me había perseguido hasta el metro.

—¿Cómo os conocisteis?

«En el tejado».

—En un aula. Fue allí para… —«Acabar con su vida»—… pensar, y yo fui por la misma razón. Nos pusimos a hablar. Los dos estábamos bastante deprimidos en ese momento. No esperábamos encontrarnos el uno con el otro. Supongo que decidimos sincerarnos.

No podía decirle que nos habíamos conocido en la azotea. No cuando Kellan se había quitado la vida allí. Tate era listo. Sumaría dos más dos y se daría cuenta de su simbolismo. Del papel que yo había jugado.

Sin embargo, permitirle a Tate profundizar en la vida de Kellan me parecía una invasión de la privacidad de este. Una traición a su confianza. Tampoco podía pedirle permiso a Kellan para contar sus secretos más profundos y oscuros, así que tomé la decisión de compartir la menor cantidad posible mientras le ofrecía algo de cierre emocional a su hermano.

—¿Cómo de grave era? ¿Su depresión? —Tate preguntó. El dolor que marcaba su rostro era tan sincero que me dejó sin aliento.

—No era feliz. —Bebí un sorbo de café. Sabía a agua de alcantarilla. Amargo y turbio. Lo dejé—. Después de conocernos, nos hicimos amigos. Yo le daba libros para leer y él me ofrecía relatos que escribía. Era un escritor magnífico.

Tate me miró como si aún estuviéramos en guerra. Quizá así era.

—Me odiaba —dijo Tate. Una afirmación. No una pregunta.

Me encogí de hombros. No era mentira.

Tate se sentó y se pasó una mano por la mandíbula cincelada. Tenía un aire oscuro y decadente. Me daba la sensación de que si le hubiera abierto su hermosa piel con una cremallera, esos ojos de un gris claro imposible, esos labios sugerentes y el cuerpo en el que había trabajado tan duro, solo encontraría hielo.

—Creía que los había separado, a él y a Terry —continuó Tate, más para sí mismo que para mí. Lo llamaba Terry, no papá. En cierto modo, no me sorprendió. Mejor eso que donante de esperma.

—¿Y no es cierto?

Tate frunció el ceño.

—Un par de años después de la muerte de la madre de Kellan, Terry me llamó a las cuatro de la mañana. Dijo que criar a un niño estaba por encima de su categoría salarial. Que no estaba hecho para ser padre. O dejaba a Kellan en mi casa o lo mandaba a un internado. Yo no tenía una relación muy estrecha con Kellan, ya que éramos hermanastros, nos llevábamos más de diez años, pero sabía que había sufrido mucho por lo que pasó con su madre. Yo acababa de empezar la residencia, trabajaba muchísimas horas. Pero no podía permitir que Terry dejara tirado a Kellan en un instituto de lujo al norte del estado. Al día siguiente, rompí el contrato de alquiler de mi piso, encontré lo que más se parecía a una casa unifamiliar, y me mudé allí con Kellan. Nuestro donante de esperma lo dejó en mi puerta de camino a Miami para irse de fiesta con una modelo europea que prometió chuparle la polla a cambio de un papel secundario en una de sus adaptaciones cinematográficas. *Spoiler:* no consiguió el papel.

Sus palabras me atravesaron como puñales y mi cuerpo se dobló como una figurita de origami. Intenté disimular la tos con un sorbo de ese café asqueroso. Kellan nunca supo nada de aquello.

—¿Por qué no se lo explicaste a Kellan?

—Las mentiras hieren, pero la verdad mata. Saber la verdad sobre su padre lo habría destrozado.

—Si tú no lo querías, entonces, ¿por qué solicitaste la custodia completa de Kellan?

Tate me miró como si llevara un frutero en la cabeza, y las piezas encajaron.

«Claro».

—No lo hice.

—Es lo que Kellan me dijo.

—Es lo que Terry le dijo. —Si las miradas mataran, iba a salir de allí en una bolsa para cadáveres. La mirada de Tate no era ninguna broma—. Terry siempre ha sabido escurrir el bulto. Si hubiera querido, me habrían dado la custodia, porque Terry nunca demostró ningún interés en criar a Kel.

No estaba segura de si me decía lo que quería oír para sonsacarme más información o si era la verdad. Sabía que Kellan no era un mentiroso, pero también era consciente de que Kellan había sido un adolescente que sufría mucho. Había visto la vida a través de unas gafas oscuras, manchadas por las consecuencias de ser el hijo de dos iconos culturales desastrosos.

—Kellan me dijo que empezaste a controlar el tiempo que pasaba con Terry. —Fruncí los labios, pero mi resentimiento hacia Tate empezó a disolverse como el humo. Todo lo que decía tenía sentido. ¿Por qué un joven médico que empezaba su residencia iba a estar tan empeñado en tener la custodia de su hermanastro, a quien apenas conocía? No tenía ningún sentido.

—¿Kellan también te comentó que Terry le dio hierba y éxtasis? —Los ojos tormentosos de Tate se oscurecieron.

—No, eso no.

Se pasó la lengua por los dientes de abajo.

—Ya. Me lo suponía.

—Corrían rumores en el instituto de que Kellan consumía drogas —admití—, pero nunca se lo eché en cara. Sabía que se cerraría en banda y no quería perderlo como amigo.

—Se drogaba de forma habitual. Lo primero que hacía cuando llegaba a casa después de trabajar era registrar su habitación, el baño y la cocina para encontrar dónde había guardado las drogas. Las tiraba por el desagüe. El váter ha tragado más drogas que Ozzy Osbourne. Le controlaba el móvil con aplicaciones y me acercaba con el coche a la escuela después de un doble turno en el hospital, con los ojos inyectados en sangre, solo para ver dónde estaba. Lo peor era que Terry lo ayudaba. Cuando me di cuenta de que Kellan le daba a Terry el dinero que yo le daba para el almuerzo, empecé a mandarlo a clase con comidas precocinadas. Pensé que si ese parásito no tenía el incentivo del dinero, tal vez dejaría de alimentar a su propio hijo con drogas. Cuanto más intentaba ayudar a Kellan, más se alejaba de mí.

No me esperaba nada de esto. Saber cuánto le importaba a Tate, que no había sido culpa suya. Entendía por qué Kellan había querido culparlo a él. Que tu padre te rechazara era una verdad mucho más difícil de asumir que odiar a tu hermanastro controlador al que apenas conocías.

Clavó los ojos en mi taza y luego en mí.

—Le di todo lo que pude.

—Saliste con una mujer que él detestaba —le espeté, pues había encontrado por fin un vacío en su versión de la situación—. Kellan no soportaba a Hannah.

—Rompí con Hannah por culpa de Kellan. —Tate enseñó los dientes, y se echó hacia delante como si lo hubiera herido físicamente. El fuego en sus ojos amenazaba con asfixiarme—. También salí con ella por él, por cierto. Me pareció una buena idea en ese momento. Era enfermera. Dulce, agradable, y cariñosa. Provenía de una gran familia sureña. Se ponían pijamas a cuadros a conjunto en Navidad y les encantaba hacer guisos al horno. Pensé que podría reemplazar a la madre de Kellan, que sufrió una sobredosis mientras Kellan dormía en la habitación de al lado. ¿Sabías que fue Kellan quien la encontró porque tuvo una pesadilla? Corrió a su habitación e intentó despertarla. Pero ella jamás volvió a abrir los ojos.

Me dejé caer contra el respaldo y me pellizqué el puente de la nariz. Todo el mundo en la vida de Kellan le habían fallado. Su madre. Su padre. Su hermanastro. «Yo».

—Hannah lo intentó durante un tiempo —explicó Tate—. Creo que sabía por qué estaba con ella. Por qué la elegí. Hizo un esfuerzo extra para ocuparse de Kellan.

—En cambio, la versión de Kellan era distinta. Decía que era una entrometida y una blandengue. Siempre se quejaba de que ella le decía lo que tenía que hacer, qué tenía que ponerse, cómo tenía que actuar.

La boca de Tate se torció.

—Hannah notaba la presión. Yo me mostraba cada vez más impaciente cuando me di cuenta de que mi McFamilia instantánea no terminaba de cocinarse y que, un año después, todavía no estaba lista. Kellan no cooperaba. Yo era joven, tenía un nuevo trabajo, la presión de llevar el apellido de un famoso drogadicto, y estaba criando a un niño de quince años. Era un cabrón amargado. Tanto Kellan como Hannah sufrieron. En el momento en que se hizo evidente que Kellan no aceptaría a mi prometida, esta cambió de táctica.

—La escuela militar. —Me pellizqué la pierna derecha para que dejara de moverse. Recordé cuánto había odiado a Hannah por sugerir esta idea.

La mandíbula de Tate se tensó.

—¿Te lo dijo?

Asentí.

—Estaba enfadado.

—Creía que no lo sabía. Hannah siempre sacaba el tema cuando pensaba que no nos escuchaba. Me ponía de los nervios. Sin embargo, en ese momento, mi relación con Kellan era tensa, pero estaba convencido de que mejoraría. Que tendría mejor perspectiva una vez creciera. Cuando Hannah empezó a presionarme para mandarlo a la escuela militar, corté con ella.

Clavé los ojos en mi regazo.

—Él creía que ella te había dejado porque le odiaba. Ojalá hubiera sabido cuánto te importaba. Me lo pintó muy diferente. Por eso me pareció buena idea irrumpir en tu consulta y bajarte un poco los humos.

—¿Eso es lo que intentabas?

Sus labios se curvaron en una media sonrisa. Era la primera vez que lo veía sonreír de verdad y me quedé sin aliento unos instantes. Se parecía mucho a Kellan, travieso y encantador, y, sin embargo, era una persona completamente diferente. Quise alargar la mano y tocarlo, pero sería una locura.

—Quería hacerte sentir incómodo —admití.

—Lo mismo digo.

—Misión cumplida. —Me reí entre dientes al recordar cómo me miró, desafiante, cuando la tenía dentro de Allison—. Perdón por interrumpir.

—Perdón por… —No acabó la frase. Ya sabía lo que quería decir. Por sostenerme la mirada mientras estaba dentro de ella—. Por si sirve de algo, siempre he sido un pedazo de cabrón, pero el día de San Valentín me convierto en un capullo de nivel estratosférico.

—Estos días también son duros para mí. ¿Tregua?

Curvé los dedos y le ofrecí el meñique. Me lo agarró con el suyo. Debíamos de ofrecer una imagen de risa, ya que él era mucho más grande que yo.

—Tregua.

El silencio se impuso sobre nosotros y formó una línea invisible que yo sabía que no debía cruzar. Ahora hablaban nuestros ojos. Se creó cierta sensación. Una especie de aceptación. Lo perdoné por ser un imbécil, y él me perdonó por cosas de las que ni siquiera era consciente. Cosas horribles.

Por no haberle dado consuelo cuando pude.

Por ocultarle toda la verdad.

Por ofrecerle las mentiras que se me daba tan bien decirme a mí misma.

—Nunca te dijo que lo quería hacer, ¿verdad?

Tate no preguntaba. Suplicaba.

Quería creer que había sido espontáneo. Que nadie lo habría sabido. Que él no había ignorado las señales del tamaño de un cartel luminoso. Mi conciencia me dijo que asestar otro golpe a su alma destrozada no supondría demasiada diferencia, pero la verdad era que, cobarde yo, no quería que me detestara. Él era lo único que Kellan había dejado atrás, y yo no podía soportar la idea de que volviera a despreciarme.

Negué con la cabeza, pero no pronuncié la palabra no en voz alta.

«Mentira número uno».

—Supongo que no. —Tate se frotó la mandíbula—. ¿Puedo hacerte una pregunta personal?

—Supongo.

—¿Erais amigos o algo más?

—Solo amigos.

«Mentira número dos».

Esta contaba como media mentira. Solo nos habíamos besado, pero prefería que Tate no lo supiera. El amor adolescente es el mayor dolor de todos. Te enseña que otras personas tienen el poder de destruirte. Yo no quería que Tate me mirara y viera a otra persona que había amartillado el corazón de Kellan. Aun así, fue como si las palabras me llenaran la boca de ceniza. Yo no era una mentirosa.

«Ahora sí».

—Gracias por dedicarme este tiempo. —Se dio una palmada en la rodilla—. Te lo agradezco.

Tal vez fuera porque Tate se había disculpado, o quizá porque no quería volver a casa y encontrarme con la cara de Leah, marcada por las cicatrices que yo provoqué en un momento de imprudencia… Pero de repente, lo único que quería era pasar unas horas más con este hombre. Al menos hasta asegurarme de que estaba bien.

—¿Qué te parece si vamos al bar que hay en la esquina? —sugerí, y noté que me ardía el rostro.

—¿Qué te parece si te pido un taxi? —replicó, y exhibió esa peculiar sonrisa de Marchetti que volvía locas a las mujeres—. Creo que se te ha pasado la hora de acostarte.

«Imbécil».

—Tengo veintidós años.

Bueno. Recién cumplidos.

—Sigues siendo al menos seis años demasiado joven para que me vean contigo en público.

—Ya estamos en público…

—Un café equivale a amistad. El alcohol equivale a un buen polvo —soltó sin ninguna expresividad.

Me atraganté con ese café asqueroso y me salpicó el regazo. Tate me miró fijamente, tranquilo, como si provocara esa reacción en la gente a diario.

—¿Cuántos años tienes?

—Treinta y cuatro.

—No eres tan mayor.

—No. Y aun así… —Se levantó y metió su cuerpo perfecto en el abrigo negro.

Me puse en pie de un salto, mientras una oleada de pánico me recorría las venas. Lo acababa de comprender. La presencia de Tate me reconfortaba. Me hacía sentir como si estuviera con Kellan. «Uf. Eso es natural, ¿verdad?». No es que me gustara ni nada por el estilo. No me gustaba.

Tate agarró su móvil y su cartera como un robot.

—Gracias, Charlotte Richards. Adiós.

Se iba. No podía dejar que se fuera. No después de todo lo que me había dicho. No después de saber que había renunciado a tanto por Kellan. Me apresuré mientras ordenaba mi cerebro para intentar encontrar algo que hiciera que se quedara. Algo que aliviara el dolor que sentía.

Porque yo también lo sentía. Cada día, me despertaba consciente de que le había fallado a Kellan por haber llegado tarde aquella noche. Que había arruinado la vida de mi hermana al haber cometido un error colosal. Así que no podía ni imaginar lo que Tate sentía cuando abría los ojos cada mañana.

—Le escribí una carta a la directora Brooks, ¿lo sabías? Sobre Kellan —dije a su espalda, aunque sabía lo mucho que acababa de arriesgarme. Que si pensaba un poco, se daría cuenta de lo que eso significaba, y mi mentira (que Kellan nunca me lo había contado) se disolvería como el polvo.

Tate se detuvo en medio de la bulliciosa cafetería. El telón de fondo de un Manhattan iluminado brillaba a través de las ventanas y le iluminaba su cuerpo esbelto y delgado. Parecía un ángel caído, lo que era una completa locura, porque él era un médico de primera y yo una simple asistenta. Él podía encontrar a muchas otras mujeres dispuestas a salvarlo.

Todavía me daba la espalda cuando habló.

—¿Qué bebida sueles tomar, Charlie?

—¿Charlie? —El corazón me subió por la garganta, listo para salir por la boca, caer sobre el suelo con un ruido sordo, que le salieran piernas y echar a correr hacia él.

—Charlotte es demasiado formal para ti. —Seguía dándome la espalda.

—¿Ah, sí?

Asintió.

Me gustaba.

Charlie.

—Bud *light*. Kellan te la robaba y la compartía conmigo.

Tate giró la cabeza en un intento por reprimir una de esas sonrisas que te bajaban la luna y que yo sabía que escondía tras su expresión estoica.

—Ya lo sabía. Por eso siempre compraba de más. Ah, y te habría dado una paliza por chivarte de eso, Charlie.

Capítulo veintiuno

Charlotte

Nos dirigimos al bar ante el que pasaba cada día de camino al trabajo pero en el que nunca había entrado. Aunque me llevaba bien con mis compañeras, no me gustaba socializar. Tampoco me gustaba la cerveza, pero por el hermano de Kellan, me pedí un botellín de Bud *light* y nos sentamos en dos taburetes altos.

«The Cut That Always Bleeds», de Conan Gray, resonaba entre las paredes de color amarillo neón. El interior del bar me hacía sentir como si me hubiera trasladado al interior de un submarino, y habría tenido una sensación claustrofóbica de no haber sido por la fuerza tranquilizadora de los ojos grises de Tate, que bebía un cóctel Rusty Nail mientras doblaba el posavasos con su enorme palma. Sus manos me distraían mucho, así que clavé la mirada en la barra de madera.

—Tenía mis sospechas. —Traté de allanar el camino hacia la verdad—. Sobre que Kellan quería suicidarse, quiero decir. Pero cada vez que abordaba el tema, se lo tomaba como una crítica y se aislaba. No ayudó que, a medida que el tiempo pasaba, sufrimos diferentes cambios. Yo iba aceptando mis traumas, bueno, más o menos, mientras él seguía acumulando cada vez más. Por eso recurrí a la directora Brooks.

—¿Hablaste con ella?

—No, le escribí una carta de cuatro páginas. Pero la firmé con mi nombre y le dije que hablaría con ella cuando me lo pidiera. Nunca me dijo nada.

Tate echó la cabeza hacia atrás y se terminó la bebida de un trago. Dio un golpe con el vaso sobre la barra.

—Vino a casa después de lo que pasó. Me soltó un discurso para cubrirse las espaldas sobre cómo animaba a todos sus alumnos a buscar terapia y hablar abiertamente sobre sus sentimientos. Dijo que en el St. Paul había dos psicoterapeutas a disposición de los estudiantes en todo momento.

—Ella lo sabía —murmuré. Como mínimo, debió de hablar con Kellan, porque él se enteró de que lo había delatado y bloqueó mi número.

—A menos que no leyera la carta.

—¿Cómo pudo no leer una carta tan íntima? Era demasiado tentador, creo.

Tate se encogió de hombros.

—No para todo el mundo.

Le creí.

Creía que no se interesaba por nada ni por nadie. Tenía ese aire intocable, de alguien que una vez había amado y perdido y que no estaba dispuesto a cometer el mismo error dos veces.

Arqueé una ceja.

—Entonces, si encontraras unas cartas sin enviar escritas por Kellan y supieras que no quería que las leyeras, ¿no lo harías?

Tate no dudó.

—No.

—¿Aunque fueran sobre ti?

—Sobre todo si fueran sobre mí.

Me mordisqueé el labio inferior.

—Qué raro eres.

—Y te estás yendo por las ramas. Cuéntame más sobre Kellan.

Accedí a su demanda.

Le confesé que era yo quien iba a la tumba de Kellan y dejaba rosas cada día de San Valentín. Tate siempre se había preguntado quién era. También me contó cosas que yo no sabía.

Por ejemplo, que Kellan había sido un gran atleta y bastante popular de niño, tal y como yo sospechaba. Miembro del equipo de natación y estrella del atletismo. Pero entonces, su madre falleció de una forma muy penosa y pública.

A partir de ese momento, los niños empezaron a burlarse de él por el desastre de familia que tenía. Los padres dejaron de permitir que sus hijos quedaran con él y, sin su madre, Kellan no tenía a nadie que lo llevara a ver a sus amigos después de las clases. Su padre estaba encerrado en su habitación escribiendo, o fuera pasándoselo en grande, y su hermano estudiaba Medicina en Harvard.

Tate había crecido con una madre normal, que se había separado de Terry Marchetti antes de dar a luz a Tatum. Le había inculcado a su hijo toda la normalidad del mundo, pero Kellan había nacido en el seno de una familia formada por una modelo problemática, un artista torturado y su historia de amor pública.

Tate me dijo que Kellan tenía los mismos problemas de drogadicción que Terry. Admiraba a su padre y trataba de imitarlo en todo. Incluso en los malos hábitos. Intercambiamos historias durante Dios sabe cuánto tiempo hasta que, de repente, cuando llegamos a la tercera ronda, nos quedamos en silencio.

Tate miró la barra.

Yo lo miré fijamente.

—Mañana tengo que madrugar. —Tomó la tarjeta de crédito entre el índice y el dedo corazón y se la ofreció a la camarera.

Rebusqué en el bolso para sacar la mía también, pero él me agarró la mano. Una descarga de electricidad me erizó el vello de los brazos. Respiré hondo.

Me soltó.

—Guárdate el dinero.

La camarera le devolvió una tarjeta con un recibo, además de una servilleta con su número de teléfono. Observé con atención cómo Tate le daba una propina del treinta por ciento, agarraba la servilleta y la arrugaba con la mano cuando ella se dio la vuelta.

Salimos a la calle. Me rodeé con los brazos, pero no por el frío.

Tate empezó a buscar taxis.

—Te pediré un taxi.

Tras echar un rápido vistazo a mi teléfono descubrí que ya eran las once y media, y ahora que tenía veintidós años, tenía mucho más cuidado cuando se trataba de deambular por las calles de Nueva York en plena noche que cuando era una adolescente.

«¿De verdad habíamos pasado cinco horas y media juntos?».

Un taxi atascado en un semáforo en rojo nos hizo luces para indicar que se acercaba. Nos giramos el uno hacia el otro al mismo tiempo.

—Gracias por esto. —Me apretó la mano de forma mecánica, igual que había hecho con la servilleta.

Lo hacía todo de una manera tan despreocupada que me pregunté si era capaz de mostrar sentimientos que no estuvieran relacionados con Kellan.

—No hay de qué. Te daría mi número en caso de que quieras hablar de Kellan un poco más, pero me he dado cuenta de que no te gusta que te los den. —Me refería a la camarera de esa noche.

—Eres observadora.

Me di un golpecito en la sien e ignoré la leve punzada en el pecho.

—Un arma de destrucción masiva.

—Mantén esa arma bajo llave y a buen recaudo. —Levantó la mano y me acarició la frente con el pulgar. Cero emoción en los ojos—. Adiós, Charlie.

—Adiós, Tate.

El coche se detuvo en la acera. Subí mientras Tate pagaba al taxista, agarraba una tarjeta de la compañía de taxis y le perjuraba que los llamaría para asegurarse de que yo llegaba bien a casa.

Saqué el último centavo de Kellan y lo hice rodar entre mis dedos mientras Tate volvía a meterse en el bar del que acabábamos de salir.

¿Por qué había entrado de nuevo?

«Para hacérselo con la camarera, idiota».

No debería sentir celos.

No debería.

Pero así fue.

Capítulo veintidós

Charlotte

༄

Cuando volví al piso, encontré una caja envuelta y una nota junto a la puerta. La nota colgaba del paquete, salpicada por huellas dactilares negras. A diferencia de Tate, yo no podía abstenerme de leer cosas privadas, y menos cuando estaban a plena vista.

Abrí la puerta cargada con la caja. La nota decía:

LEAH, ¿PUEDO INVITARTE A SALIR ESTE FIN DE SEMANA? QUIERO LLEVARTE A UN SITIO ESPECIAL. - JONAH

Me metí la caja debajo del brazo, fui a la habitación de Leah y llamé a la puerta. La luz asomaba por la rendija, así que sabía que todavía estaba despierta. Siempre me andaba con cuidado cuando me acercaba a ella. Como si fuera a hacerla arder si decía o hacía lo incorrecto.

—Leah. —Me aclaré la garganta. Detestaba lo incómoda que me sentía cuando estaba con mi propia hermana—. Abre.

Respondió al cabo de un momento, vestida con su bata blanca de satén y el pelo envuelto en una toalla.

—¿Qué pasa?

—Mira. —Me quedé ante el marco de la puerta y le entregué la caja y la nota. No las aceptó, miró alternativamente a la caja y a mí—. Es de parte de Jonah.

—Ya. —Resopló en un intento por hacerse la dura—. Lo he visto cuando he llegado.

—¿Lo has visto? —Vacilé—. ¿Por qué no lo has metido en casa?

La expresión de su cara no cambió. Siguió inexpresiva, resiliente y apática, como alguien que ha aceptado su propia existencia, pero no tiene intenciones de vivir.

No lo había cogido porque eso implicaba tomar una decisión.

Conocía a mi hermana.

Una parte de Leah quería salir con él, pero a otra parte más grande le preocupaba que él estuviera haciendo esto porque sentía pena por ella.

O porque ella se había convertido en una suerte de broma elaborada para él.

O tal vez lo más cruel de todo: que se lo hubiera pedido como amigo.

—Leah…

Negó con la cabeza.

—Déjalo, Charlotte. ¿Vale? —Cerró la puerta justo cuando me llegó un mensaje de texto.

Jonah: Te he visto coger el regalo. ¿Y bien?
Yo: :/

Abrí la caja con las uñas. Le había regalado una preciosa tetera, con un juego de dos tazas florales.

Había una etiqueta roja en la esquina superior de la caja que decía «Agrietada».

Y otra etiqueta, en verde, donde ponía «Precio completo».

Me dolió el pecho al descifrar el mensaje no tan sutil que había intentado mandarle. Respiré hondo, agarré el teléfono y volví a enviarle un mensaje a Jonah.

Yo: Hola, ¿Jonah?
Jonah: ¿Qué pasa?
Yo: Por favor, no te rindas. Vale la pena esperar por ella.

Capítulo veintitrés

Tate

୧

—Necesito un préstamo.

Eran las diez de la noche y Terry estaba apoyado en el marco de mi puerta, tan agradable como una bolsa de mierda de perro en llamas. No olía mucho mejor que eso. Una mezcla de orina, alcohol barato y su inminente deceso le confería el olor exclusivo de un burdel del siglo xix.

En algún momento del año pasado, su nariz había adoptado el permanente tono rojo de Santa Claus, y me preguntaba cuántas veces habría tocado fondo antes de que captara la indirecta. Según mis cuentas, había tocado fondo al menos seis veces en la última década. Claramente, el fondo no era lo bastante duro como para detener su caída en picado por el abismo de la autodestrucción. Estaba tan destrozado que me sorprendió que siguiéramos en la misma atmósfera.

Apoyé el hombro en la pared mientras me masajeaba las sienes e hice estallar las mejillas. «Bum».

—Qué gracioso. —Se tambaleó hacia atrás—. Necesito ayuda.

—Por favor, ilumíname sobre qué te hace pensar que me importa.

—Eres mi hijo.

—Sí. Un hijo que ya te ha pagado el alquiler durante el último par de años. Búscate un trabajo, Terry. No soy los servicios sociales. No puedes pedirme dinero y abandonar a tus hijos ante mi puerta cuando la vida se vuelve dura.

Le cerré la puerta en las narices. Otro golpe invadió mi espacio, seguido de un fuerte eructo.

120

«Me cago en la leche».

Confieso que no soy precisamente una persona alegre.

Y hoy estaba especialmente de mal humor. Una de mis pacientes había dado a luz a un mortinato a los seis meses. Había pasado por un infierno tratando de concebir, y este había sido el desenlace de su último intento. Se suponía que iba a ser su bebé milagro de FIV.

El mes pasado había cumplido cuarenta y cinco años. Ambos sabíamos lo que eso significaba después de dar a luz al bebé, azul, pequeño y sin pulso, acurrucado en sí mismo. No habría una segunda oportunidad para esta paciente. Su sueño de toda la vida jamás se cumpliría.

Cuando salí de la sala de operaciones, tiré la mascarilla médica a la basura y me encontré con su marido. Miró por la ventana del edificio alto y supe qué estaba pensando. Lo sabía, porque esos mismos pensamientos se habían agolpado en mi cabeza en los meses posteriores a que Kellan se quitara la vida.

El golpe en la puerta se convirtió en una patada.

La abrí de nuevo con el ceño fruncido.

—¿Qué?

—¿Sabes? —Pasó por mi lado y me empujó el pecho mientras se tambaleaba hacia el interior de la casa. Podía tumbarlo con un dedo, pero le dejé entrar de todos modos. No quería que mis vecinos hablaran de esto por la mañana—. Uno pensaría que sentirías algún tipo de remordimiento por haber matado al único hijo que significaba algo para mí.

Otra vez la misma cantinela. Me sentía completamente responsable de lo que le había pasado a Kellan. Cargaba con aquello todos los días. Pero si Terry creía que su galimatías psicológico de primer grado funcionaría conmigo, era evidente que no se había enterado de que mi opinión sobre mí mismo, equivalente al emoticono que vomita, era más importante para mí que lo que él pensaba.

—¿Ves el agujero por el que has entrado? Se llama puerta. Ya puedes volver a atravesarla. —Lo giré en la otra dirección y lo empujé hacia fuera.

Se dio la vuelta con una agilidad sorprendente, pero se agarró a la tela de mi camisa mientras saltaba hacia delante, de modo que quedamos nariz con nariz.

—Me van a echar del apartamento, ¿me oyes? —El hedor a alcohol de su aliento me rodeó. Era su sexto desahucio desde que dejó de pagar la hipoteca de un apartamento en un rascacielos de Central Park que nunca había podido permitirse—. Me voy a quedar sin casa.

—Vete a un sitio más pequeño. Múdate a Brooklyn. No voy a pagarte el alquiler.

Estando así las cosas, la única razón por la que le había pagado el alquiler hasta ahora había sido porque sabía que, de lo contrario, habría terminado en mi sofá. No tenía ningún otro sitio adonde ir. Resultaba que, sin dinero, ni contratos de cine ni prestigio, las mujeres no estaban tan interesadas en compartir la cama con él.

Me gustaba la intimidad de la que gozaba. También me gustaba no compartir techo con un hombre al que odiaba poco menos que a Hitler.

—No puedo. —Perdió un poco el equilibrio y retrocedió a trompicones antes de volver a encarárseme—. Tengo doscientos treinta dólares en la cuenta corriente.

—Pues echa mano de los ahorros.

—No tengo. Los vacié todos la semana pasada. —Le entró hipo, se desplomó en mi sofá y por poco me arrastra con él. Terry se echó un brazo a la cabeza—. Quizá sea hora de dejar el apartamento.

—No me digas.

Eructó. Con clase. Costaba entender por qué estaba soltero. Colocó una pierna en el brazo de mi sofá y añadió:

—Tú tienes una habitación libre.

—No, no hay ninguna. —Me quedé de pie en el salón, con las manos en jarras, consciente de que lo único que me impedía echarlo a patadas eran las convenciones sociales, la cordura que me quedaba y la pequeña posibilidad de que me la devolviera con una demanda infructuosa con la esperanza de financiar su adicción a las drogas.

122

Terry se apartó el brazo de la cara y me miró con el ceño fruncido.

—¡Cómo que no! ¿Y la habitación de Kellan?

—Nadie ha entrado ahí en cuatro años. Tú tampoco lo harás.

Silbó y sacudió la cabeza.

—Aún estamos así, ¿eh? Esa habitación debe de apestar.

—Tú también apestas.

—Venga, hijo. Necesito dormir en algún sitio. —Su uso de la palabra «hijo» cada vez que necesitaba algo me hacía ponerme violento. Para ser justos, verlo convertir el oxígeno en dióxido de carbono era suficiente para ponerme de un humor de perros.

—¿Qué te parece la calle?

Me encaminé hacia la cocina. Vivía en una casa de ciento setenta metros cuadrados que necesitaba desesperadamente una reforma. Costaba una puñetera fortuna porque estaba en medio de la ciudad, en una de las calles más pintorescas de Nueva York.

Cuando acogí a Kellan, yo era joven y tonto y albergaba grandes esperanzas sobre lo que seríamos. Tenía la intención de trabajar desde casa mientras me pasaba al sector privado. Arrancar el papel de la pared. Empezar de cero. Convertirla en una maravillosa casa de solteros que Kellan y yo pudiéramos compartir.

Ahora, ni de broma me iba a poner a cambiar cosas. Y menos cuando la habitación de Kellan seguía intacta. Exactamente como la había dejado.

—Tienes que seguir adelante. —La voz de Terry flotaba por la habitación como una nube verde tóxica.

—Ya lo he hecho. Eres tú el que está igual, y todavía tratas de vivir del éxito de un libro que escribiste hace casi una década. Lárgate.

Se levantó de mi sofá, indignado.

—¿Vas a obligarme a vivir en la calle?

—Sí. —Me puse a abrir y cerrar armarios, sin buscar nada en concreto. Odiaba este lugar. Ojalá tuviera el valor necesario para mudarme, pero darle la espalda a esta casa era como dejar ir a Kellan para siempre—. Te daré un buen saco de dormir como regalo de inauguración.

—Eres un monstruo —gritó Terry.

—Como tú.

—Yo nunca he sido...

—Venga ya. —Levanté una mano, cansado—. No hay nada que dé más vergüenza que la gente que se alaba a sí misma. ¿Has terminado ya?

Miró a su alrededor. No era un desastre de casa, pero distaba mucho de la vida glamurosa que había llevado desde que escribió *Las imperfecciones*. Yo ganaba mucho dinero, pero reformar la casa requería mover cosas y todo tenía que quedarse exactamente como estaba el día en que Kellan hizo lo que se hizo a sí mismo. Incluso el reloj de pie que ya no funcionaba. Hasta seguía llenando de café todas las mañanas la taza fea de arcilla que Kellan le hizo a su madre para el Día de la Madre en tercero.

Habría sido genial deshacerme de esta casa y mudarme a un rascacielos frío y neutro con servicio de limpieza y portero.

—Me quedo con el sofá —dijo Terry con convicción.

—No. Me gusta en mi salón. Le da carácter a la casa.

—Quiero decir que dormiré en el sofá.

—Tampoco. Ya no estoy en la universidad. Mi época de compartir espacio con compañeros de habitación borrachos y turbulentos ha pasado.

—Tienes que ayudarme. —Se volvió para agarrarme de la camisa—. Tienes que hacerlo.

—Siento discrepar.

—Si no me ayudas, acabaré en la calle, entonces, ¿qué crees que va a pasar? Alguien me verá y, antes de que te des cuenta, saldrá en todas las noticias. —Sus manos enmarcaron el titular en el aire para darle énfasis—. La leyenda literaria Terrence Marchetti es un sintecho cuando, a pocos kilómetros de distancia, su hijo médico vive en un lujoso edificio de Manhattan.

Por desgracia, no se equivocaba, y por eso no había cortado todos los lazos con él. Con la gran reputación que yo tenía, no podía dejarlo morir en la calle. Sin embargo, también se había acabado lo de pagarle el alquiler de quince mil dólares al mes.

Me mordí el interior de la mejilla y reprimí una ristra de blasfemias.

—Tendrás que cumplir ciertas reglas.

—Puedo hacerlo.

—Regla número uno: nada de alcohol ni drogas. No solo dentro de mi casa, sino en absoluto. Lo digo en serio. No quiero nada de esa mierda cerca de mi vida. Como la encuentre, te echo a la calle a patadas. Lo que será perfecto, porque cuando la prensa llame a mi puerta, tendré la excusa perfecta: trajiste a mi casa la misma mierda que le diste a tu difunto hijo.

—Le di sustancias limpias para mantenerlo alejado de las drogas malas que venden en la calle. Veneno para ratas, polvos de talco, detergente para la ropa… —Terry se interrumpió. Confiaba en que no esperara que le llegara por correo el premio al Padre del Siglo—. ¿Qué más? —preguntó, y rechinó los dientes.

Creo que no se daba cuenta de lo en serio que me tomaba lo de la cláusula sobre las drogas y el alcohol. Yo contaba con que fracasara para echarlo antes de que se mudara y él contaba con que yo hiciera la vista gorda.

—No puedes traer a nadie aquí. Está prohibido fumar dentro. Tienes que trabajar todos los días: te dejaré en la biblioteca local de camino al trabajo y te recogeré cuando termine. Y sobre todo… —Levanté un dedo en el aire. Esta parte era crucial. Sus ojos seguían mis movimientos religiosamente—. Ni te atrevas a poner un pie en la habitación de Kellan. No toques nada. No mires hacia allí. Ni siquiera respires cerca de la puerta. ¿Entendido?

—Sí.

—Más alto.

—¡Sí! —repitió y lanzó los brazos al aire—. Que el cielo me ayude, pero sí.

—¿Cuándo acaba el contrato?

—En un par de días.

—No puedes traer ninguna de tus pertenencias aquí que no sea ropa, la máquina de escribir y el portátil.

Vi cómo Terry salía airado por la puerta mientras murmuraba palabrotas. Me la cerró en la cara, como un adolescente que acaba de enterarse de que lo han castigado para siempre. Igual que Kellan.

Subí las escaleras y pasé por delante de la habitación de mi hermano. Inspiré hondo y la abrí un centímetro. Terry tenía razón. La habitación olía a muerto. Una triste mezcla de polvo, moho y abandono. Había que abrir las ventanas. Había que cambiar las sábanas. Una capa de cinco centímetros de suciedad vivía en casi todas las superficies.

Cerré la puerta con un clic y me dirigí a mi habitación.

Quizá la semana siguiente.

Capítulo veinticuatro

Tate

∽

Dos semanas después de despedirme de Charlotte Richards, entré en una cafetería de batidos al salir del gimnasio. Llovía a cántaros, las carreteras estaban vacías y resbaladizas y el hielo lo cubría todo a mi alrededor, el corazón incluido. De ninguna manera iba a pedir un taxi para volver a casa si eso significaba tener que esperar fuera un solo minuto.

La bolsa negra del gimnasio me colgaba del hombro y llevaba unos pantalones de chándal, una cazadora y el ceño fruncido. Pedí un batido de proteínas y golpeé la barra mientras un aroma a galletas de azúcar y ciprés me asaltaba las fosas nasales.

Era demasiado dulce. Demasiado inocente. Demasiado…

«¿Charlie?».

Eché la vista atrás, hacia la mesa junto a la ventana. ¿Qué probabilidades había de que me topara con ella? Bastantes, puesto que Ralph's Gym estaba a tan solo dos manzanas de su despacho.

Estaba sentada junto a la ventana, donde leía un libro de tapa dura y toqueteaba lo que parecía un centavo. Hizo rodar la moneda de cobre antes de volver a lanzarla al aire. Se lamió el pulgar, pasó una página y cogió algo de la mesa. Un trozo de pastel.

Pastel de zanahoria.

El recuerdo acalló todos los demás pensamientos de mi cabeza, y lo vi con claridad. El día de San Valentín. Hacía cinco o seis años. Kellan me había llamado en mitad de un turno (tres partos prematuros, una cesárea por complicaciones) para pedirme que le comprara un pastel.

—¿Para qué quieres un pastel?

—No vuelvas a empezar con las preguntas. ¿No puedes hacerme un favor? Soy pobre como una rata.

—Claro que lo eres. Te volveré a dar dinero cuando esté seguro de que no te lo gastarás en drogas.

—Tú compra el puñetero pastel, Tate.

—Veré lo que puedo hacer.

—No es tan difícil. Vas a un sitio, compras un pastel, lo traes a casa.

—Yo trabajo, idiota.

—Y yo tengo una cita, imbécil.

Le colgué. Le compré doscientos gramos de pastel de zanahoria en la cafetería del hospital justo antes de salir, a sabiendas de que a nadie en el mundo le gustaba el pastel de zanahoria, pero era lo único que les quedaba a esas horas de la noche. Parecía una alfombra destrozada y seguro que sabía igual.

Kellan resopló cuando se lo di al entrar en casa. Estaba a punto de salir, y se apartó la melena emo para examinarla.

—Vaya. Un pastel de zanahoria.

—¿Qué dices? Gracias, Tate, por hacer el esfuerzo. Tranquilo, no hay de qué.

—Das pena.

—Bueno, conque una cita, ¿eh?

—Era broma. He quedado con una amiga.

—¿Para San Valentín?

—Está pasando por una mala racha.

—Ya.

—¿Sabes? Algunos vemos a una mujer y no queremos meterle los dedos en el coño por instinto. —Se refería a mi trabajo.

Sonreí.

—Hablas como alguien que nunca ha metido los dedos en un coño. —Le di un golpe en la nuca e ignoré su ceño fruncido—. Buena suerte, chaval.

—Vete al infierno, Tate.

—¿Disculpe? ¿Señor? —El chico de detrás de la barra agitó la mano de un lado a otro.

Volví a prestarle atención. Mi mente estaba a un millón de kilómetros de allí, con Kellan. Debería haberlo llevado en coche. Debería haberle preguntado quién era, qué habían planeado y cuáles eran sus aficiones.

—¿Vendéis pastel de zanahoria?

—Sí. —Infló el pecho con orgullo—. Somos el único lugar del barrio que vende.

Entonces, ella había venido a propósito por la tarta.

—Aquí tiene su batido.

Lo agarré, pagué y me acerqué a Charlie. Volvía a balancear la pierna. Siempre la derecha. Nunca la izquierda. Me pregunté cómo demonios me había dado cuenta de eso. Hannah se enfadaba cada vez que yo no advertía un nuevo corte de pelo, un vestido o una joya.

—Podría entrar en casa sin una extremidad y ni te inmutarías —me decía.

A lo que yo respondía:

—Claro que me inmutaría. Sobre todo si tuviera que cosértela yo mismo.

Me senté junto a Charlie sin pedirle permiso. Nos habíamos despedido de buenas, pero aún no confiaba en ella. Había algo en ese pelo color chocolate, esos grandes ojos verdes, esas gafas de lectura *sexy* y esas pecas que me daba la sensación de que no había sido solo una amiga. Y de verdad que no quería plantearme una situación en la que ella le hubiera roto el corazón a mi hermano y ni siquiera se hubiera molestado en aparecer ante mi puerta para disculparse.

Di un golpe con el batido contra la mesa blanca.

—Me mentiste.

Levantó la vista del libro y sus mejillas se encendieron al verme. Miré hacia abajo para ver qué estaba leyendo y me di cuenta de que era *Las imperfecciones* de Terry Marchetti. Mi humor, ya de por sí agrio, se agrió aún más.

Charlie se quedó boquiabierta.

—Tate —susurró.

—En carne y hueso. —Me llevé a la altura de los ojos el envoltorio lleno de azúcar en el que había estado el pastel de zanahoria como prueba—. Me dijiste que Kellan era solo un amigo, pero te vio el día de San Valentín y te llevó un pastel.

Me di cuenta de que no esperaba que me enfrentara a ella. Se echó hacia atrás como si la hubiera abofeteado, y su cara roja se volvió pálida. Lo que fuera que hubiese ocurrido ese día de San Valentín, ella lo recordaba con claridad.

Y entonces yo también me acordé de algo. Kellan nunca volvió a casa aquella noche. Lo había encontrado estirado en su propio vómito no muy lejos de la escuela a la mañana siguiente.

Hice una bola con el envoltorio de plástico y lo hice rebotar en mi mano como si fuera una pelota.

—Es hora de confesar, Charlie.

—No hay nada que confesar. —Cerró el libro de golpe con un resoplido—. Siempre nos veíamos el día de San Valentín. Era mi cumpleaños. Ya ves tú.

Levanté una ceja con escepticismo.

—¿Naciste el día de San Valentín?

Una sonrisa amarga le atravesó la cara como una cicatriz.

—Es la primera pregunta sobre mí que me haces. Sí.

¿Por qué le iba a hacer preguntas personales? No tenía ningún interés romántico ni platónico en ella. Lo único que nos unía era el hecho de que había conocido a mi difunto hermano.

La estudié detenidamente.

—Eso no lo mencionaste.

—¿Por qué iba a hacerlo? ¿Qué tiene que ver con Kellan?

—Se suicidó el día de San Valentín.

—No tenía el corazón roto. No en un sentido romántico, al menos. —Parecía estar a punto de decir algo más, pero luego se lo pensó mejor.

Decidí convertirme en el señor Obviedades y le dije lo que ella ya sabía.

—Te llevó un pastel de zanahoria el día de tu cumpleaños.

—Sí. —Se levantó de la silla, empezó a recoger sus cosas y a meterlas en el bolso. Su cuerpo se tensó—. Como ya te he dicho, era mi cumpleaños.

—¿Te lo tiraste? —La pregunta me salió de la boca antes de que pudiera detenerla. No había mucha gente en el bar, solo nosotros dos, y en el escaparate vi el reflejo del tipo que nos había servido. Se atragantó con un bagel, tan indignado como Charlie por mi pregunta insolente.

Charlie me miró un segundo. En lugar de responderme con palabras, levantó la mano y la giró en mi dirección para darme una bofetada.

Le agarré la muñeca unos centímetros antes de que su palma golpeara mi mejilla. ¿Qué puedo decir? Unos reflejos maravillosos. Típicos de una profesión que exigía un buen pulso.

Ladeé la cabeza y chasqueé la lengua.

—Era una pregunta de sí o no, Lottie.

Ella se estremeció, era evidente que no le había gustado el mote. No sé por qué la había llamado así en lugar de Charlie, pero le había afectado.

—¿Cómo conoces ese mote?

—Por el anuario de octavo curso de Kellan.

«Sí, lo había mirado. Y sí, me detestaba por haberlo admitido».

—No me llames así. Es el mote que usaba mi hermana. —Se zafó. Las llamas de sus ojos de jade se convirtieron en ceniza. Volvía a odiarme y no era la única, porque yo tampoco me soportaba—. Y no. Ya te lo dije, no salíamos juntos.

—Follar y salir son dos cosas diferentes.

«Yo soy la prueba viviente».

Ella enarcó una ceja.

—¿Deberías preguntarme por mi vida sexual cuando era menor de edad?

«*Touché*».

—Kellan no volvió a casa esa noche.

Eso hizo que se quedara boquiabierta por el asombro. Tenía una boca estupenda. Su cuerpo era curvilíneo y rozaba la perfección. Me enfureció fijarme en esas cosas. Era demasiado joven, demasiado complicada, demasiado del tipo de Kellan para que yo me fijara.

—¿No?

Me mordí el interior de la mejilla.

—Durmió en la calle.

Su expresión se torció y un muro de lágrimas le llenó las cuencas.

—Ay, no. —Se tapó la boca—. Kellan, no.

—Así que comprenderás por qué me cuesta creer en tu palabra. Sobre todo, considerando que no has tenido ninguna intención de dar la cara y compartir información sobre él en cuatro puñeteros años. Así que dime, Charlie. ¿Qué le hiciste?

Mala elección. Lo supe en cuanto lo pronuncié. Había millones de formas diferentes de hacer esa pregunta. ¿Qué pasó esa noche? ¿Se enfadó? ¿Puedes decirme qué le pasaba? Pero no, había elegido echarle la culpa a ella.

Ni siquiera sabía por qué. Kellan estaba cabreado conmigo cuando se fue de casa. Que no volviera esa noche podría haber sido culpa exclusivamente mía.

Se echó el bolso al hombro.

—¿Sabes? El otro día, cuando hablamos, me sentí mal por ti. Pensé en ti cuando volví a casa. Me preguntaba cómo estarías. Incluso tuve que reprimir el impulso de mandarte un correo electrónico un par de veces solo para asegurarme de que estuvieras bien. Pero cada vez que empiezo a sentir compasión por ti, vas y me demuestras que eres tan exasperante como Kellan decía.

Tras soltar eso, empujó la puerta del bar y salió corriendo. Las gotas de lluvia golpeaban el hormigón como balas; parecían láminas blancas. Charlie desapareció entre la oscuridad absoluta y no vi si giró a la izquierda o a la derecha.

Me senté de nuevo en mi asiento, con el estómago vacío de fastidio, y chupé la pajita de papel de mi batido, cuando algo a la derecha me llamó la atención. Me volví hacia allí. Se había olvidado el abrigo.

Por mucho que quisiera ser ese tipo de capullo (y lo era, de verdad que quería hacerle daño por una razón que ahora mismo desconocía), no quería cargar con una neumonía en la conciencia. Agarré el abrigo, salí corriendo del bar de batidos y me dejé el mío. Miré a mi alrededor, pero lo único que veía eran las cortinas de lluvia a través de las que me abría paso. Me empapé en cuestión de segundos.

Las calles estaban vacías, pero divisé una figura que corría hacia el metro. La seguí.

—¡Charlie!

No se detuvo, pero supe que era ella. Ya había cubierto gran parte de la distancia que nos separaba (no era buena corriendo) y se había estremecido cuando había gritado su nombre.

—Maldita sea, Charlie. Para.

La lluvia golpeaba con más fuerza, y la retardaba. El hecho de que yo hubiera sido la estrella del equipo de atletismo en el instituto y en la universidad tampoco la ayudaba.

Dobló la esquina. Agarré el dobladillo de su suéter y tiré de ella hacia mi pecho, de forma que le di la vuelta. No la abracé para consolarla. La atrapé entre mis brazos porque no quería que se lanzara a la calzada y la atropellaran en su esfuerzo por evitarme.

Y la abracé porque estaba cansado de correr.

De Kellan.

De la normalidad.

Cansado de no tener tiempo, ni felicidad ni esperanza.

Cansado de huir de mí mismo.

Le rodeé la nuca con las manos y la acerqué a mí. Sus sollozos causaron estragos en su cuerpo, le temblaban los hombros con cada gemido que salía de su boca. Sus lágrimas calientes se mezclaban con la lluvia fría sobre mi hombro y la ropa de nuestros cuerpos se pegó y nos encoló. Su abrigo aún colgaba entre mis dedos y rozaba el suelo.

No sé cuánto rato permanecimos bajo la lluvia. Normalmente tenía una buena noción del tiempo, pero esto distaba tanto de la normalidad que bien podría haber sido un minuto o una hora. Se estaba desmoronando entre mis brazos, y supe que yo era el cabrón que lo había provocado.

Charlie tenía razón. No le había preguntado nada sobre ella, aunque, con toda probabilidad, lo que la había unido a Kellan había sido el hecho de que ambos estaban atrapados en un infierno adolescente y solo se tenían el uno al otro.

—Yo solo quería que fuera feliz. —Sus palabras fueron una puñalada en el pecho—. Te juro que lo intenté.

Hundí los dedos en su cráneo pero no dije ni una palabra. Después de que Kellan se suicidara, traté de superarlo. Volverme un amargado y estar tan hecho polvo no fue una decisión voluntaria. Los grupos de apoyo me deprimían, y ser voluntario con niños problemáticos me recordaba lo inepto que había sido criando a mi propio hermano. Allá donde iba, la empatía sabía a falsedad. Como el glaseado de un pastel: demasiado dulce, demasiado colorido, demasiado perfecto.

Charlie era la única persona que había conocido desde la muerte de Kellan que sufría sin hacerlo bonito. Con su tic en la pierna, la conciencia sucia y el modo en que se había derrumbado sin poder controlarlo. Era real, vulnerable y estaba consumida por lo que fuera que le hubiera pasado.

En algún momento, sus temblores se intensificaron. Sabía que estaba helada. Avancé y la acorralé con la espalda apoyada contra un edificio. Un balcón nos protegía, así que al menos ya no nos azotaba la lluvia.

—Te pediré un taxi.

Me arrebató el abrigo de la mano sin mirarme.

—Gracias.

—Te creo cuando dices que no estabais juntos.

«La verdad es que no».

Eso hizo que girara la cabeza hacia mí. No parecía contenta ni aliviada de escucharlo.

—Ya, lo que tú digas, Tate.

Pedí un taxi con el móvil, luego me metí el teléfono en el bolsillo trasero.

—¿De qué va lo del centavo?

—Cuando no estaba bien, mi hermana me lanzaba uno antes de decir «pagaría por saber lo que piensas». Se me quedó grabado. Cada vez que me siento mal, jugueteo con un centavo. También lo hice con Kellan. Creo que le gustaba. Teníamos una regla, cada vez que le tiraba un centavo, tenía que explicármelo. Era práctico.

La miré fijamente. Era guapa cuando estaba empapada. Tenía la nariz y las mejillas salpicadas de pecas. Los labios grandes y carnosos. Me preguntaba por qué Kellan no lo había intentado con ella. Yo, con dieciséis años, le habría hecho de todo a Charlotte Richards y habría pedido repetir.

«Este no es el mejor momento para pensar en eso, imbécil».

—Lo echas de menos —dije. El dolor que me atenazaba el corazón se intensificó.

—Sí. —Puso los ojos en blanco, pero solo para reprimir otra oleada de lágrimas. Tenía la nariz sonrosada—. Eres un capullo. No me extraña que seas un experto en mujeres embarazadas. —Negó con la cabeza. Era rara de una forma en la que aún no sabía si era adorable o molesta.

No le ofrecí una disculpa.

—Ya.

—Pero a mí no me puedes tratar así —me advirtió—. No te lo permitiré.

—De acuerdo.

Era una promesa fácil de hacer.

Tampoco es que fuera a salir con ella.

Entonces se me ocurrió una idea. Una idea terrible. Una gran idea. Una idea valiente. Una idea que podría acercarme un poco más a deshacerme de la maldita casa que odiaba desde el día que la compré. Y que, por defecto, me ayudaría a deshacerme de la presencia de Terry en mi sofá.

—¿Alguna vez has estado en su habitación? —le pregunté.

Ella negó con la cabeza.

—No éramos tan amigos.

Era la primera vez que me creía que no habían follado. Si ni siquiera había pisado su casa, echar un polvo era difícil. Por alguna razón, eso me alivió. Pensar que Kellan debía de haber tenido el corazón roto por alguna chica era demasiado como para soportarlo.

—¿Crees que estás preparada para verla?

—¿Quieres decir ahora mismo?

—Pronto. Tengo que limpiarla. No se ha tocado en cuatro años, y creo que ya va siendo hora. Pero necesito ayuda.

—¿Para limpiar?

—Para poner un pie dentro.

Se sumió en un silencio contemplativo.

—Bueno, ¿qué me dices? —La observé, y esperé una reacción. Alguna señal de que cedería.

Su taxi llegó. Nos hizo luces y nos cegó. Nos miramos el uno al otro. Charlie se estaba tomando su tiempo para decidirse.

—Te pagaré —solté.

—Lo haré gratis —dijo, y luego frunció el ceño—. En realidad, lo haré por un ejemplar firmado de *Las imperfecciones*.

—Terry es un capullo. Tú misma lo has dicho.

«Tate, lo tuyo sí que es ser encantador».

—No me importa que lo sea. Escribe que da miedo. Si tuviera que boicotear a todos los capullos que me gustan, artísticamente hablando, no vería películas, ni leería libros ni escucharía música.

Sabía que era consciente de que yo odiaba a mi donante de esperma, así que concluí que lo hacía por la misma razón que los gatos bien alimentados cazaban ratones: necesidad.

—No me hablo con él.

El taxi nos cegó de nuevo. El conductor estaba impaciente. No me moví.

Me sonrió con dulzura.

—Parece que estás a punto de hacerlo.

La miré con odio en silencio. Tendría que hablar con ese idiota de todos modos, ya que iba a vivir conmigo.

—De acuerdo.

«Joder».

Corrió hacia el taxi y abrió la puerta del pasajero. Antes de entrar, se detuvo y giró la cabeza en mi dirección.

—No tengo tu número —gritó bajo la lluvia.

—No vamos a darnos los números. Ya conoces las normas. —Estaba como un árbol plantado en su sitio, vivo pero inmóvil.

¿Conozco las normas? ¿Hay reglas?

«Sí. De hecho, hay una: no te folles a la mejor amiga de tu hermano muerto, que tiene doce años menos que tú».

Un buen plan.

Ella estaba rota. Pero yo estaba destruido. Esto estaba destinado a ser un desastre.

—De acuerdo, capullo. Ya sé cuál es tu dirección. ¿El viernes a las seis?

«¿No acababa de decirme que nunca había estado en la habitación de Kellan?».

—El viernes a las seis —confirmé.

Me di la vuelta y volví al bar de batidos para recoger mi bolsa, mi chaqueta y mi cordura. La lluvia seguía cayendo, pero como no había ninguna damisela a la que salvar de una neumonía, ya no tenía prisa.

Capítulo veinticinco

Charlotte

❧

«¿Te lo tiraste?»

Dejé que la pregunta vagara por mi cabeza como una moneda. Había dicho que no, y era la verdad. Mi verdad, al menos.

Pero había algunas cosas que debería haber mencionado. Había besado a Kellan. Kellan me había devuelto el beso. Y en otra vida, en un universo alternativo en el que yo no hubiera perdido a mis padres y a Kellan no lo hubieran devorado sus fantasmas, tal vez podríamos haber sido algo más. En cualquier caso, me llevaría este secreto a la tumba.

No creo que Tate se diera cuenta de cómo se mostraba cuando bajaba la guardia y no se comportaba como el doctor Milagro. Parecía partido por la mitad, casi pisando el terreno de la depresión.

Ya había perdido a un hermano Marchetti y no iba a contemplar cómo otro se destrozaba. Me di cuenta de ello cuando llamé a su puerta; me sentía como una intrusa.

Anoche, mientras daba vueltas en la cama, comprendí que me había comprometido a intentar ayudarlo. Era insensible, duro, indiferente y frío, pero también había sufrido una gran pérdida, la de un hermano que lo había odiado y que había vivido bajo su protección.

Ayudar a Tate no era un gesto desinteresado por mi parte. Me había pasado los últimos ocho años buscando una oportunidad que me ayudara a aceptar lo que le había hecho a Leah. A mamá y papá. Si pudiera redimirme ante mis propios ojos, demostrarme que en realidad era un ser humano decente, tal vez me volvería a querer a mí misma. Ojalá.

Tate abrió la puerta. Madre mía, qué alto. Anormalmente alto. Llenaba el marco como si lo hubieran diseñado para que se adaptara a sus medidas. Lo cual era una locura, porque los marcos de las puertas sobresalían por encima de las personas, y no al revés.

Sus ojos eran de un color gris fósil, medio entrecerrados, y tenían un aire amenazador. Su mandíbula cincelada era cuadrada y dura como la piedra. Su pelo a lo Robert Pattinson pedía que se lo estiraran y me pregunté por qué estaba soltero, ya que fuera quien fuera la mujer que me había encontrado en su consulta, no era su novia. Reagan siempre hablaba del rechazo de Tate a sentar la cabeza.

Apreté el abdomen y enderecé la columna.

—Hola.

Su belleza me intimidaba.

—¿Cómo sabes dónde vivo?

«Hola a ti también».

Pero también: mierda, mierda, mierda.

—Por la hoja de contactos de la escuela. La tenía impresa. —Levanté un hombro—. Era una empollona becada.

Me ardían las puntas de las orejas y se me había secado la boca. Tate levantó una ceja con escepticismo y se hizo a un lado para dejarme entrar. La montaña de mentiras sobre la que había comenzado nuestra amistad se hacía cada día más grande.

Lo primero que noté fue que la casa no era tan impresionante por dentro como lo era desde fuera. Seguía siendo bastante bonita, pero estaba anticuada. Había mantas y almohadas apiladas desordenadamente en el sofá. Las paredes estaban empapeladas con papel de los años ochenta. La cocina consistía en unos armarios de roble color miel con un borde pesado, una encimera laminada de color mostaza y un protector amarillento. Parecía un decorado de *Apartamento para tres*.

Seguí a Tate. La casa no lo parecía, pero tenía un aroma fresco. Justo como él. A sándalo, cítricos, hoguera y sexo. No era una experta en cómo olía el sexo, pero habría jurado que él olía a guarro y a limpio al mismo tiempo. Muy apetitoso.

Me alegré de no ser una de sus pacientes. Debía de resultar muy incómodo abrir las piernas delante de un hombre como él cuando el objetivo final no era un orgasmo...

—¿Quién se está quedando en tu casa? —dije, en voz alta, para ahogar mis pensamientos perturbadores.

—Terry.

—¿Dónde está ahora?

—Lo he echado para que pudiéramos hacer esto.

—Bonita forma de tratar a tu padre.

—No es mi padre. Solo un hombre que se tiró a mi madre. No por eso debo admirarlo.

—Sigue siendo quien te concibió.

—Solo es follar.

Solté un silbido mientras daba vueltas alrededor del pequeño salón y fingía admirar los estantes, en su mayoría desnudos con solo unos pocos marcos pequeños, con las fotos de muestra aún dentro.

—Los ginecólogos no son unos expertos en decir guarradas, ¿eh?

Estaba de espaldas a Tate cuando me contestó.

—Te apuesto todos los centavos que llevas en ese bolso barato a que puedo hacer que te corras en mi cara en menos de diez segundos, incluso antes de usar la lengua o la polla.

Me giré, con la boca abierta y conmocionada. Tate me miró inexpresivo, casi desinteresado, con los brazos cruzados sobre el pecho.

—¿Qué acabas de decir?

—Tú has dicho que no sé decir guarradas. Te equivocas.

—¿Cómo lo sabes?

Tate se colocó detrás de la barra y sacó dos vasos.

—Lo sé porque estás mojada. ¿Te apetece zumo de naranja?

—En realidad, preferiría un poco de vino. —Decidí ignorar ese comentario tan grosero. No tenía sentido discutir con él antes de empezar—. Considerando que tendré que lidiar contigo toda la noche.

Sacudió la cabeza.

—Tiré todo el alcohol en cuanto Terry vino. ¿Agua?

—Vale.

—Enseguida.

Subimos con el agua y nos detuvimos ante una puerta. Un rollo de bolsas de basura, un palo de escoba, unas toallas de papel y unos productos de limpieza se alineaban contra la pared como soldados de juguete.

Se volvió hacia mí y yo hacia él. Estaba alargándolo.

Miré la sencilla puerta de madera como si fuera a tragarnos a los dos en el olvido.

—¿Quieres que lo haga yo?

Tate negó con la cabeza, inspiró hondo y abrió la puerta.

Entramos en una habitación polvorienta y desordenada. La realidad del reino de Kellan fue como un puñetazo en las tripas. Parecía que todavía estaba ahí.

Las sábanas estaban arrugadas, y la huella del cuerpo larguirucho de Kellan seguía delineada sobre el lino. Había pósters de Black Flag, Poison Girls y Subhumans colgados de las paredes. Cientos de libros se amontonaban en el suelo y se elevaban en tres torres retorcidas hasta el techo.

Esta habitación era muy típica de Kellan.

—Lo echo de menos. —Mis palabras fueron un susurro que apenas oí yo misma.

Tate gruñó.

—¿Lo guardo todo?

Negué con la cabeza.

—Nunca vas a usar estas cosas. Tenemos que regalarlas. A Kellan le habría gustado.

Durante las tres horas siguientes, limpiamos la habitación de Kellan y tiramos siete bolsas de basura llenas de cosas. Tate no exageraba cuando había dicho que no había tocado la habitación en años. La papelera que había bajo el escritorio de Kellan todavía tenía una bolsa vacía de Cheetos y una lata de Coca-Cola *light*.

Quitamos el polvo, fregamos, aspiramos y abrimos la ventana en silencio. Lo único que no tocamos fueron los dos cajones del escritorio de Kellan. Necesitábamos una llave para abrirlos y no la encontramos por ninguna parte.

141

Era un escritorio bonito, de roble auténtico. Tate sacudió un poco las manijas, pero cuando se dio cuenta de que no se movían, no rompió el cajón, aunque ambos sabíamos que era capaz.

Sus ojos se posaron sobre los míos para preguntarme si tenía alguna idea. Era el hombre más seguro y formidable que conocía, pero ahora mismo, esta tarde, parecía tan perdido como su hermano pequeño durante nuestra etapa escolar.

Negué con la cabeza.

—Podemos buscar la llave más tarde. Ocupémonos de los libros.

Tate agarró los de más arriba y los bajó para que yo los ordenara. Empezó a quitarles el polvo uno a uno. Pobres libros. No tenían la culpa de que su dueño hubiera muerto. Tate me entregó *El retrato de Dorian Gray* de Oscar Wilde. Una leve sonrisa se dibujó en mi cara.

—¿Qué te hace tanta gracia? —preguntó Tate.

—Este libro tiene una de mis citas favoritas: «Soy demasiado aficionado a los libros para preocuparme de escribirlos». Es cierto. Una vez tu arte se convierte en tu trabajo, pierde su encanto elusivo y atrayente. Es como ver detrás de las escenas de tu película favorita. Los cables, la pantalla verde, el látex que llevan los dobles y los guiones tirados por ahí te insensibilizan. Por eso nunca quise ser escritora.

—Terry tenía ese problema. Cuando llegó el dinero, la musa se esfumó. El arte y la prosperidad no se llevan bien.

Tate hojeaba un libro distraído, aún de pie. Yo me senté en el suelo enmoquetado, con las piernas cruzadas y pasé una toallita húmeda por las tapas. Todos los libros estaban cubiertos de un polvo lanoso y plateado que recordaba a las canas.

—No. Me imagino la presión que sufrió.

—No te esperes un buen final. —Tate dejó el libro—. Te haré un *spoiler:* se convirtió en un borracho, un drogadicto y un padre de mierda.

—Al menos ahora sabes por qué. Seguro que se odia a sí mismo.

—Bien. Debería.

Tate me dio más libros para limpiar. Su olor a hoguera, cítricos y sándalo tenía una cuarta nota de fondo. Almizcle. Olía a almizcle, y el estómago me dio un vuelco violento que nunca había sentido antes.

—¿Cuál es tu gran T? —preguntó Tate.

—¿Mi gran T?

—Tu gran tragedia.

Se me hizo un nudo en la garganta.

—La verdad es que no hablo de eso.

—¿Y te crees que yo voy por ahí hablando del suicidio de mi hermano para romper el hielo? —Soltó una risotada amarga—. Nosotros no hablamos de temas triviales, Charlie. Nunca lo hemos hecho.

No dije nada.

No me parecía que fuera lo mismo. Lo que Tate había hecho era destructivo de una manera indirecta. Había intentado tener un buen gesto, pero no se había terminado de entender.

Lo que yo había hecho… no.

—Vamos. Me irá bien que me distraigas —insistió. Su voz baja se filtró hasta mis entrañas, aunque no tenía nada que hacer allí—. Esta habitación me está provocando un ataque de pánico que no me puedo permitir. Tengo guardia esta noche, y hay unos siete bebés que van a nacer este fin de semana que estarán muy agradecidos si eres capaz de sacarme de mis pensamientos.

Llegábamos al final de la pila de libros.

—Creo que te supero en desgracias.

—Me cuesta creerlo.

Se me cayó una copia de *La hora de las brujas* sobre los dedos del pie, pero ni siquiera sentí el dolor.

—¿Quieres apostarte algo?

—Vale.

—Cuando tenía trece años, casi catorce, encontré el paquete de cigarrillos de mi hermana en su habitación. Era de noche. Mis padres dormían. Mi hermana había salido. Asistía a la Universidad de Nueva York y estaba en una fiesta fuera del campus. Tenía una beca que le cubría el cien por cien de los estudios, igual que yo en el St. Paul y en la universidad. Leah era preciosa, divertida y muy inteligente. Un partidazo. Su novio Phil echaba espuma por la boca cada vez que alguien le hablaba siquiera. Le habló de casarse tres meses después de empezar a salir. Bueno, la cuestión es que Leah era tan fantástica, quiero decir, aún es fantástica, que yo lo único que quería era ser como ella. Así que... —Respiré hondo y cerré los ojos. No sabía por qué aún me sentía como si fuera la primera vez que lo contaba cada vez que hablaba de esto. Habían pasado más de ocho años.

—Encendiste un cigarrillo —susurró Tate. Se mantenía inexpresivo, lo que tal vez era la mejor reacción que podía ofrecerme.

Notaba su mirada en la parte superior de la cabeza. Habría jurado que se me movía el pelo a medida que sus ojos bajaban desde la coronilla hasta mi cara. No sabía por qué, pero me tranquilizaba que me mirara. Como si me envolviera con una manta.

—Sí. —Moví la pierna derecha hacia delante y hacia atrás mientras pensaba «Leah, Leah, Leah»—. La verdad, fumar me pareció asqueroso. Tosí mucho. Apagué el cigarrillo tras darle tres caladas. Bueno, eso creía yo. Lo tiré a la basura después. Poco sabía yo que ese día Leah por fin había hecho la limpieza que mi madre le había pedido durante semanas. Había lanzado a la basura todo lo que era inflamable, Tate. Esmalte de uñas seco. Botellas medio vacías de desinfectante de manos. Quitaesmalte de uñas. Habría sido mejor tirar ese cigarrillo medio encendido en un cubo de gasolina.

Tate respiró hondo, pero no dijo nada. Vi que observaba mi pierna nerviosa. No podía parar. Se sentó frente a mí, a pesar de que debía darme seis libros para que los limpiara.

—Volví a mi habitación y me quedé dormida. Lo siguiente que recuerdo es toser y despertarme con una temperatura anormal para estar en diciembre. Miré a mi alrededor y un resplandor naranja asomaba por la rendija bajo la puerta de mi habitación. Salía humo del otro lado. Hacía un calor insoportable. No podía respirar. La habitación de mis padres estaba al final del pasillo, así que si yo tenía la sensación de que me estaba quemando viva, ellos estaban... —Inspiré. No alcé la vista de mis botas. No era capaz de mirarlo a los ojos.

Para mi sorpresa, no lloré.

Me había visto obligada a recitar lo ocurrido aquella noche tantas veces a la policía, a la compañía de seguros, a los bomberos, a los familiares, a los vecinos curiosos, que había aprendido a contarlo como si yo no hubiera estado allí. Como si fuera un cuento de los hermanos Grimm.

Pero con Tate fue diferente. Me sentía expuesta, sincera. Me daba miedo lo que pensaría de mí cuando terminara. Bastante tenía con haberme propuesto esconderle todo aquello: el beso que me había dado con Kellan. Los pensamientos suicidas que sabía que habían consumido a su hermano.

He aquí una lección de vida que nunca habría querido aprender: nuestros secretos no son nada más que una ristra de recuerdos que deseamos olvidar.

Tate me puso la mano en el hombro.

—No hace falta que sigas.

Le agarré la mano con las mías. Era cálida, áspera, callosa, masculina. Perfecta.

—¿Y esos bebés?

Tate se frotó la ceja.

—Tenemos buenas enfermeras y unos cuantos médicos más que pueden sacarlos si pierdo la cabeza.

Respiré hondo. Necesitaba terminar la historia. Por él.

«Por mí».

—Leah llegó unos minutos antes que los bomberos y la policía. Creo que, en cierto sentido, supe que el incendio había sido culpa mía en cuanto me desperté. Cuando abrí la puerta de un tirón, el pomo estaba tan caliente que me dejó una marca en la palma de la mano. Lo único que vi fue fuego en el otro extremo del pasillo, y supe que mis padres habían muerto. Tal vez fue solo mi imaginación, o tal vez es algo que añadí a mi memoria en retrospectiva, pero te juro que olía a carne quemada. Como en una barbacoa, ¿sabes? El olor a piel y pelo quemados.

145

Tate cerró los ojos y frunció los labios hasta formar una fina línea.

—Charlie.

Apreté los puños. Si cerraba los ojos, todavía notaba el calor.

—Entonces oí la voz de Leah. Me llamó. No a mamá y papá. Me llamaba a mí. Estaba de pie al final del pasillo, cerca de la escalera. Supongo que entró y comprobó a quién podía salvar. Dijo que veía a través de las llamas porque su lado del pasillo estaba más despejado, y que yo podía atravesarlo. —Se me rompió la voz por primera vez—. Estaba muy asustada.

Tate dejó caer la cabeza entre las manos, con los codos apoyados en las rodillas.

—Me suplicó que corriera a sus brazos hasta que el fuego fue demasiado. Entonces, se metió entre las llamas para sacarme a la fuerza. Me rodeó con su abrigo y me protegió con los brazos; cubrió mi cuerpo con el suyo mientras corríamos entre las llamas, bajábamos las escaleras y salíamos de la casa. La pared del pasillo se desplomó sobre ella. Le dejó una cicatriz morada en todo el lado derecho.

Recordé los gritos. Las lágrimas. Cómo me había quedado petrificada, disociada. Leah había tenido que arrastrarme con todas sus fuerzas. Recordaba cómo la pared se había cernido sobre mi hermana. Su cuerpo apretado contra el mío. Su peso sobre mi pierna derecha y el dolor. Desde entonces, movía la pierna. Era un impulso nervioso que no podía evitar desde que el peso de mi gran tragedia se había posado sobre mis hombros.

—En cuanto salimos de casa, las dos nos dimos cuenta de que estaba literalmente en llamas. Leah se revolcó en el césped húmedo de delante para apagar las llamas mientras yo gritaba histérica. Pero era demasiado tarde. El fuego le devoró media cara. Y hasta el día de hoy… —Respiré de forma entrecortada, cerré los ojos para evitar que las lágrimas cayeran y dejé de hablar de la marca que le había quedado a Leah en el rostro—. Papá había quitado las pilas de los detectores de humo cuando empezaron a pitar y se olvidó de cambiarlas, así que el seguro nos dio muy poco. Tuvimos suerte de que nos dieran algo.

Me aclaré la garganta.

—Nos habíamos quedado sin casa, así que nos mudamos de Brooklyn al Bronx. Leah dejó la universidad para mantenernos. En lugar de convertirse en una ejecutiva de *marketing* con una prestigiosa carrera, como había soñado, fue a la escuela de belleza y se convirtió en esteticista. No es que tenga nada de malo, pero no era lo que ella quería. Creo que quiso aprenderlo porque se obsesionó con ocultar su cara. —Hice una pausa—. Phil, por cierto, la dejó poco después. Ahora sale con otra. Una amiga de la infancia que tenían en común.

—Menudo cabrón —murmuró Tate. Yo asentí—. Al menos pudo salvarte. La alternativa, de no llegar a ti a tiempo, le habría dejado una cicatriz mucho peor. Lo sé, porque yo lo he vivido. Lo revivo a diario, y es como estar en el infierno. Buscas un rostro entre la multitud sabiendo que nunca lo volverás a ver.

No sé cómo pasó, pero dejé que mi cara se desplomara sobre su hombro. Me acarició la nuca y solté un aullido doloroso y crudo. Era horrible, desgarrador y no era algo que me sintiera cómoda haciendo delante de un desconocido.

Los brazos de Tate me envolvieron. Me transportó a los abrazos que Kellan me había dado, aunque podía contarlos con los dedos de una mano.

En los brazos de Kellan, me había sentido como envuelta por un film transparente.

En los brazos de Tate, me sentía como si nada pudiera alcanzarme.

Ni siquiera la muerte.

Era fuerte, grande, alto e invencible. Solo yo sabía que, por dentro, era cualquier cosa menos eso.

No sé cuánto tiempo estuvimos sentados así. No era una posición cómoda. Pero parecíamos congelados en el tiempo cuando la puerta de la habitación de Kellan chirrió y una cara se asomó. Solo la cara.

No me hizo falta preguntar de quién se trataba. Lo reconocí gracias a la contraportada de *Las imperfecciones*. Era Terrence Marchetti. Si no hubiera sabido lo cabrón que era, me habría quedado de piedra.

—Yo… Pensé que… Quiero decir… —Miró a nuestro alrededor mientras Tate se separaba lentamente de mí—. Bueno, madre mía. Pero mira esto.

La realidad se cernió sobre mí como una nube, despacio y con un escalofrío. Mientras nos separábamos, me di cuenta de pronto de que había estado acurrucada entre las piernas de Tate. Nos habíamos hecho una bola de miseria, con los brazos entrecruzados, mi cabeza bajo su barbilla, y tal vez parecía más íntimo de lo que había sido.

—Terry.

—Tate.

—Lárgate —le ordenó Tate.

Su padre no pareció inmutarse. Sí que parecía alguien que habría podido engendrar a Kellan y Tate. La altura. Los ojos azules y la piel bronceada, italiana. El cabello mediterráneo, castaño, con reflejos merlot. Pero el suyo había encanecido en los bordes y en gruesos mechones blancos que no se había molestado en peinar. Parecía exhausto, arrugado y agotado por la vida.

—¿Cómo es que… ni siquiera…? —Terry Marchetti miró la habitación con asombro—. Me dijiste que ibas a mantener este lugar intacto para siempre.

—A veces uno cambia de opinión —le espetó Tate.

Terry me miró de arriba abajo.

—Ya lo veo.

Me ruboricé.

—No te pases. Es una cría. Déjanos en paz.

Tate se levantó con brusquedad y le cerró la puerta en las narices para asegurarse. Me quedé en el suelo mientras observaba cómo Tate abría de nuevo la puerta de un tirón después de que se le ocurriera algo:

—En realidad, haz algo útil. Coge un ejemplar de *Las imperfecciones* y dedícaselo a Charlotte.

—Aquí no tengo ejemplares —gritó Terry desde abajo—. Me dijiste que no podía traer nada más que mi persona y mi máquina de escribir. Lo siento, Charlotte.

—No pasa nada —le grité.

Tate volvió a dar un portazo mientras se tiraba del pelo. No se volvió hacia mí. Estaba sumido en sus pensamientos pero yo quería devolverlo a la realidad. Enseguida.

—De todos modos, aquí he encontrado verdaderas joyas. Esos libros del *Mago de Oz*, por ejemplo, son primeras ediciones y están firmados. —Agarré uno mientras me aclaraba la garganta—. Creo que si los donamos a la biblioteca, estarán de acuerdo en aceptar también los demás libros. Será el legado de Kellan. —La verdad, con una colección completa de la primera edición del *Mago de Oz*, me sorprendería que no bautizaran una de las plantas de la biblioteca con su nombre.

Tate me miró como si se hubiera olvidado de que estaba allí. Me aclaré la garganta.

—O podrías venderlos. Creo que sacarías un buen pico.

—No —dijo—. Los donaremos.

—Puedo hacerlo yo si no tienes tiempo. Voy a la biblioteca tres veces a la semana desde que tenía trece años. —Qué manera de decirle que no tenía vida. No es que no fuera cierto—. Te daré el formulario de donación para que te lo deduzcas de los impuestos. —No quería que pensara que los vendería o que me los quedaría. Pero ahora había hecho que la situación fuera mil veces más incómoda. ¿Deducción de impuestos? ¿En serio?

—Muy amable por tu parte. Acepto.

Volvía a ser rígido y formal, y no comprendí por qué me embargó la decepción; tampoco es que fuéramos amigos. Ni siquiera éramos conocidos. Solo dos desconocidos que estaban de luto por la misma persona.

—Vale.

—Vale.

Miré la hora en el teléfono. Eran casi las diez. No había cenado. Había imaginado que quizá pediríamos algo, ya que habíamos pasado la noche juntos, pero él no lo había sugerido en ningún momento y yo tampoco se lo había pedido.

Mi estómago gruñó con fuerza. Quería taparme la cara y desaparecer bajo tierra. Era imposible que no lo hubiera oído.

Seguía de pie junto a la puerta.

—Gracias por la ayuda.

«¿A qué esperas, Charlotte? Levántate y vete a casa. No quiere pasar más tiempo contigo. Ha dejado claro que eres demasiado joven para él».

Tampoco es que quisiera tener algo con él en ese sentido. Solo quería hablar. Y tal vez comer. Bueno, sin duda comer.

Me puse en pie como pude antes de que se viera obligado a echarme.

—Me llevaré los libros ahora y los dejaré en la biblioteca cuando pueda. Es tarde, y no quiero…

—Te pido un taxi.

—No tienes que…

—Es lo menos que puedo hacer —saltó.

Asentí con la cabeza. Me di cuenta de que siempre me pedía un taxi para mandarme a casa. Si esto no era una gran metáfora de nuestra relación, no sabía lo que era. Yo tiraba; él empujaba. Yo aparecía en su puerta y él me echaba como a un cachorro al que no quería. En serio, qué bien que no nos fuéramos a ver más después de esto.

No nos abrazamos ni nos miramos mientras subía al taxi con la pila de libros de primera edición. Tate había dicho que llamaría a una empresa que se ocuparía del resto. Solo quería que los más caros encontraran un buen hogar.

—Te enviaré lo de los impuestos por correo —dije, cansada—. Como no tengo tu número… —Tuve la decencia de reprenderme cuando lo dije. Qué sutil.

—Perfecto.

En cuanto cerró la puerta tras de mí, me di cuenta de que ni siquiera había esperado en la acera para despedirme mientras el taxi se reincorporaba al tráfico y desaparecía entre las siluetas de otros vehículos bajo las farolas parpadeantes de Nueva York. Abracé la serie del *Mago de Oz* contra mi pecho.

Al final, era lo único que me quedaba de cualquiera de los dos hermanos Marchetti.

Capítulo veintiséis

Tate

ᕲ

Subí las escaleras en cuanto la pequeña Lottie se fue. La pequeña Lottie. Es decir, la menuda, pequeña, jovencita, niñita de veintidós años. Que solía quedar con mi hermanito. No hacía falta que fuera ilegal para que esto estuviera completamente fuera de lugar.

«No has tenido una erección después de que ella te haya explicado su gran tragedia».

«No has tenido una erección después de que ella te haya explicado su gran tragedia».

«No has tenido una erección después de que ella te haya explicado su gran tragedia».

Spoiler: la había tenido.

Joder, se había echado a llorar en mis brazos y a mí se me había puesto dura como si tuviera trece años. Lo peor había sido que Terry me había pillado mientras me comportaba como un cabrón. Había visto el bulto de mis pantalones cuando me había puesto de pie para cerrarle la puerta en las narices. Había levantado las cejas como si quisiera decir «no soy yo el que tiene que vigilar no pasarse».

Bueno. Cosas que ocurren.

Había pasado casi un mes desde la última vez que había practicado sexo. Desde que me había tirado a Allison en mi consulta, para ser exactos. Mi mente había estado en otra parte desde que Charlotte había irrumpido en mi vida como una enfermedad contagiosa. En concreto, en Kellan.

Estaba seguro de que Charlotte se había sentido como una mierda cuando la había echado, y más después de que me hubiera ayudado a limpiar la casa durante cuatro horas. Entonces su estómago había empezado a protestar y recordé que quizá debería haberla alimentado. Pero pasar más tiempo con ella me parecía contraproducente para, bueno, no sé, NO QUERER TIRÁRMELA.

Terry me detuvo y me colocó una mano en el pecho.

—Tate. Habla conmigo.

Aparté su mano de mi pecho y seguí hacia arriba. Me sentía como un niñato, joder. Vino detrás de mí. ¿Por qué eché a correr? No podía castigarme. Estábamos en mi casa, hostias.

—¿Qué pasa? Esa habitación está limpia.

—Sí, bueno, como tú mismo dijiste, ha pasado mucho tiempo.

—¿Puedo dormir allí al menos? No meteré nada. Me gustaría dormir en una cama de verdad. —Sus palabras me tocaron la fibra.

—No. Es la cama de Kellan.

Me siguió a mi habitación.

—Estoy orgulloso de ti.

—Me importa un comino.

—Mira, he salido con maduritas y con más jóvenes y te puedo decir que nada te hace sentirte más vivo que una chica joven, atractiva, divertida y…

Giré sobre los talones de golpe cuando llegué ante la puerta de mi habitación, sin ser consciente de mi alrededor. Tenía la mirada inexpresiva cuando lo lancé contra la pared. Se estrelló de espaldas con tanta fuerza que un cuadro cayó al suelo y el marco se resquebrajó.

—No sabes de lo que hablas. No quiero que hables de ella, ni pienses en ella, ni la menciones de ninguna manera. ¿Ha quedado claro?

Abrió los ojos como platos.

Yo también.

No era de esos hombres que usaban la fuerza física para dejar clara una opinión. Pero quería enfatizarlo: no quería que la mierda de padre que tenía se acercara lo más mínimo a Charlotte.

—No estaba insinuando nada. Solo trataba de hacerte sentir mejor.

—Podrías haberme hecho sentir mejor cuidando de tu propio hijo.

Apretó los dientes.

—¿Cuánto tiempo más seguirás echándomelo en cara?

—Hasta que dejes de culparme por lo que pasó —le espeté.

—¡Esa noche yo estaba borracho!

—Te emborrachas todas las noches.

—No desde que me mudé aquí. Maldita sea, hijo, llevo sobrio unos cuantos días ya. Ni siquiera has prestado atención. He venido a ayudar.

—Puedes ayudar muriéndote. —Justo cuando escupí las palabras, me sonó el localizador. Lo saqué del bolsillo y fruncí el ceño—. Hay un bebé en camino. —Señalé el marco agrietado mientras bajaba las escaleras—. Limpia este desastre.

Siempre había sido así para mí.

La vida se entrelazaba con la muerte.

La noche que Kellan murió, había ayudado a dar a luz a trillizos. La madre, que había pasado dos décadas intentando concebir, había tenido que oír cómo me quejaba de mi hermano durante sus controles semanales, además de los tres latidos de sus respectivos corazones.

Había decidido llamar Kellan a uno de sus hijos.

Iba a decírselo cuando llegara a casa esa noche. Que ahora tenía un legado, que alguien llevaba su nombre, que sabía que el mundo era una mierda, pero que había razones para vivir.

Nunca pude decírselo.

Capítulo veintisiete

Charlotte

∽

«El pasado es un cazador y nunca deja de perseguirte».

Leí la misma frase por décima vez, incapaz de procesarla. Mi mente estaba atrapada en otra parte. Para ser exactos, en la habitación de Kellan y en mi cuerpo entre las piernas de Tate. Agarré el rotulador con más fuerza, deslicé la punta entre los dientes y mordí la tapa.

—Charlotte. —Reagan asomó la cabeza por la puerta—. Necesito que pidas un servicio de mensajería.

Volví a tirar el manuscrito a la pila, agarré un bloc de notas y un bolígrafo. Una distracción. Eso era lo que necesitaba.

—¿A qué dirección?

Se apoyó en el marco de la puerta, con una mano en el vientre y un grueso sobre color crema en la otra. De esos elegantes, cortado con láser y lacrado.

—La consulta del doctor Marchetti —dijo, sin conocer mi estado mental—. Está todo en el sobre.

Me quedé inmóvil, con el bolígrafo sobre el pósit amarillo, antes de levantarme a recogerlo.

—¿Cuándo quieres que se le entregue?

—Lo antes posible. Es para la fiesta de revelación del sexo de los bebés, que es el próximo fin de semana. El resto de las invitaciones se enviaron hace tres semanas.

Como yo nunca había intentado ni quería tener un bebé, no sabía cuándo se descubría el sexo de la criatura, pero lo cierto es que a los siete meses me parecía bastante tarde. Con un embarazo a su edad, y tras múltiples abortos espontáneos, no podía culpar a Reagan por querer descartar posibles complicaciones.

Abrí la boca para responder, pero alzó una mano para detenerme. Agarró el móvil de la mesa y me señaló con el extremo.

—Y antes de que me juzgues, sé muy bien que anunciar el sexo de un bebé es de mal gusto. Pero he esperado mucho tiempo y, joder, lo quiero todo.

Mis labios se curvaron en una sonrisa.

—No te juzgo. Estoy deseando que llegue el día de la fiesta. —Destapé el bolígrafo—. ¿Qué quieres que ponga en la nota para el destinatario?

—Pon… —Ladeó la cabeza y esperó antes de responder—. Siento invitarle a última hora. Tenía la intención de dársela en mano durante la última visita, pero la niebla mental de las embarazadas no me lo permitió.

Garabateé la nota, sin concentrarme en lo que escribía.

—De acuerdo.

Cuando volví a mi cubículo y despegué la nota adhesiva del bloc, me di cuenta de que solo había escrito una palabra: «Tate».

Su nombre me miraba fijamente sobre el cuadrado amarillo. Una vez donara la primera edición del *Mago de Oz* y le mandara el recibo de la donación, nada me ataría a él. No tendría ninguna razón para volver a verlo. Mi única conexión viva con Kellan se cortaría.

Acaricié su nombre en el sobre.

«Qué hago, qué hago, qué hago».

Antes de pensármelo mejor, corrí al despacho de Reagan y llamé a la puerta de cristal.

—Adelante.

Me quedé ante el umbral, medio convencida de que olería la mentira si me acercaba a ella.

—Nuestro mensajero habitual está ocupado todo el día de hoy y mañana. ¿Quieres que se lo envíe dentro de dos días? ¿O busco otro mensajero?

Reagan puso una mueca de dolor y se reclinó en su sillón.

—La última vez que probamos un nuevo mensajero, el paquete acabó en Jersey. ¿Puedes entregarlo tú misma? Puedes ir en un Uber y pagarlo con la tarjeta de la empresa.

—Claro.

Reagan me pidió un Uber desde la aplicación. Esperé en la acera mientras intentaba, sin éxito, no sentirme culpable por esa mentira. Me esforcé, sin conseguirlo, por pensar en otra cosa que no fuera volver a ver a Tate Marchetti.

Había tenido años para acumular el odio que sentía por él, y él lo había hecho desaparecer en menos de un mes. Si Kellan me hubiera visto el viernes pasado, acurrucada entre los muslos de Tate, rodeándole el cuello con los brazos y con la barbilla apoyada en su hombro, ¿me habría dicho que era una traidora?

«Claro». Si odiar a Tate Marchetti fuera un deporte olímpico, Kellan habría ganado una medalla. Lo consideraba un trabajo, una afición y un estilo de vida.

Había dejado una marca del tamaño de un pulgar en la invitación de Tate para cuando el Uber se detuvo frente a la clínica. El conductor tosió un par de veces en un intento por echarme del coche sin que le pusiera menos estrellas. Le di una propina y me acerqué con sigilo a las puertas giratorias de roble oscuro.

Debería estar haciendo muchas otras cosas. Leer un manuscrito en la oficina, salir del trabajo para donar los libros del *Mago de Oz* de Kellan, cortar los lazos con el hermano al que este odiaba. Pero nada incluía mentir a mi jefa y encontrar una excusa para ver a Tate Marchetti. Pero aquí estaba, subiendo en el ascensor hasta su consulta. Y ya era demasiado tarde para detenerme.

La recepcionista levantó la cabeza en cuanto las puertas metálicas se abrieron. Desde la última vez que la había visto, se había retocado las raíces, se había hecho un *balayage* y se había cambiado las lentillas por unas modernas gafas de lectura. Pero lucía la misma placa que rezaba «Sylvia» y puso la misma mala cara cuando me reconoció.

—¿Tiene una cita programada?

Bien sabía que no.

—Sí —mentí, con una sonrisa, pero solo porque vi que Tate salía de una habitación trasera y sabía que intervendría.

Llevaba un portapapeles bajo el bíceps y la bata desabrochada. También tenía el pelo peinado con ondas, la camisa entallada sin arrugas y los pantalones impolutos.

Y, a diferencia de mí, parecía descansado. Despreocupado. Eso me impresionó. Hizo que me desagradara un poco más de lo que ya me desagradaba.

«Es todo lo que Kellan odiaba».

Mis palabras sorprendieron a Sylvia, porque se detuvo un momento mientras tecleaba.

—No me aparece en la agenda, señorita…

—Richards —terminó Tate por ella, mientras me fulminaba con la mirada. Era evidente que no quería verme. Otro recordatorio de que esta no había sido mi mejor idea.

Sylvia se levantó de la silla. Casi esperaba que le hiciera una reverencia. En lugar de eso, se agarró la muñeca con la mano contraria y se disculpó con prisas, como si esperara que la decapitara por su mal servicio.

—Lo siento mucho, doctor Marchetti. Ha dicho que tenía una cita, pero no la encuentro en el sistema y no recuerdo haberla concertado. Puedo llamar a seguridad ahora mismo.

—No hará falta. —Tate enganchó el portapapeles que sostenía en una puerta cercana y continuó hacia su consulta sin decir nada más.

Lo seguí e ignoré la mirada inquisitiva de Sylvia en mi nuca. Abrió la puerta y la cerró después de que yo entrara.

La última vez que vine, me habían distraído otras cosas más carnales. Esta vez, me fijé en la habitación, más interesada en averiguar cosas sobre Tate de lo que me gustaría admitir.

El espacio se parecía a él: todo era madera oscura y pocos muebles. Un vacío frío. Parecía un lugar donde se dan malas noticias. Había dos sillas ante un pesado escritorio de arce para los destinatarios y una escondida debajo para quien daba la noticia.

Una estantería empotrada estaba llena de gruesos libros de texto. Los ventanales, que ocupaban la pared de una punta a la otra, ofrecían una panorámica de la ciudad, lo bastante alta para que la gente no tuviera rostro, pero lo bastante baja para que parecieran personas. El diván de delante tapaba la mayor parte de la mininevera que había al lado.

Una hilera de diplomas, certificados y premios de la Ivy League decoraban la pared de enfrente. Acaricié el marco azul oscuro de Yale antes de pasar al carmesí de Harvard.

—¿Cuál te gustó más? ¿Harvard o Yale?

Lo estaba postergando, pero Tate no me lo permitió.

—¿Por qué has venido, Charlotte?

—Kellan me dijo que Hannah y tú discutíais mientras cenabais sobre qué era mejor: si Harvard o Yale, como si pudiera entrar en cualquiera de las dos.

—Podía, y lo hizo —me cortó Tate. Su voz era tan fina como su paciencia—. ¿Por qué has venido?

—¿Qué? —Me quedé en silencio. Mi pulgar dejó una huella en la superficie de cristal del marco mientras me daba la vuelta para mirarlo—. Me dijo que no le llegaba la nota.

En realidad, había dicho que no quería pedir plaza ahí. Creo que sus palabras exactas habían sido: «Ni de broma».

—¿Por qué has venido?

—¿Qué quieres decir con que lo hizo?

—Recibió una carta de aceptación de Harvard en diciembre. Ronda inicial. Concentraciones especiales. Te lo volveré a preguntar: ¿por qué has venido?

Me eché hacia atrás como si me hubiera abofeteado.

«Kellan Marchetti, que odiaba la escuela, la estructura, las instituciones históricas, había solicitado una plaza en Harvard».

No supe qué me sorprendió más: que hubiera pedido plaza o que lo hubieran admitido con sus notas. Una vez me había dicho que Terry le había arrebatado la herencia de su madre y se la había gastado en drogas, con lo que le había quedado poco más que para costearse el St. Paul hasta el último curso.

Entonces, ¿quién le habría pagado Harvard? ¿Tate?

A Kellan le quedaban tres meses para graduarse y escapar de los matones. Dos semanas para cumplir dieciocho años y escapar de Tate. Seguro que no habría querido renunciar a su libertad para pasar cuatro años más encadenado a su hermano, dependiendo de él para que le pagara la matrícula.

Pero aun así...

Tampoco se habría presentado si no hubiera querido entrar.

El motivo rondaba entre Tate y yo. Era algo que no me había preguntado en años. Creía que había aceptado la muerte de Kellan, que había entendido las razones por las que había elegido suicidarse, y que sabía todo lo que podía sobre las circunstancias. Al parecer, estaba equivocada.

El sobre se arrugó entre mis dedos. En ese momento, parecía haber salido de la caja de liquidación de dos por uno en la tienda de 99 centavos.

Mi confianza se evaporó. Me quedé mirando los paneles de madera; quería mirar a todas partes menos a Tate.

—Tengo que irme.

Tate me cortó el paso y me agarró cuando choqué con su pecho. El pulso me retumbaba en el cuello. Su olor invadió el pequeño espacio que nos separaba y me mareé.

Me notaba como si estuviera borracha. Inestable. Como si cayera en un pozo del que nunca podría salir.

Bajó la voz, pero le salió áspera. Al límite.

—¿Por qué has venido, Charlotte?

Aún tenía su mano bajo el codo. Di un paso atrás y agité el sobre en el aire como una idiota.

—Reagan me ha enviado para darte esto. Es una invitación a su fiesta para saber el género de los bebés.

Observó el sobre arrugado, con la marca de mi pulgar, y la mano que lo sostenía antes de arrancármelo de los dedos. Respiré hondo cuando nuestra piel se tocó.

Cerré los puños. Me los metí en los bolsillos del vestido y agarré los hilos sueltos del forro.

—Hay un noventa y nueve por ciento de posibilidades de que seas el único hombre que asista. Si es que vas.

«Ya está. Ya has hecho tu trabajo. Deja de hablar. Vete, Charlotte».

Tate le dio la vuelta, leyó su nombre en el anverso, y la tiró a la pila de tarjetas de agradecimiento que tenía sobre el escritorio.

Me alisé la falda del vestido.

—Su padre murió hace dos años. No tiene hermanos. Y los bebés son de un donante de esperma, así que no hay padre. —El título de médico de Tate me miró desde la pared—. Ah, claro. Tú eres su médico. Ya lo sabías.

Ay, Dios. Cuanto más hablaba, peor.

Se sentó en la silla.

—¿Por qué sigue aquí, señorita Richards?

«Ya, buena pregunta».

Mis pies seguían clavados en el suelo. Fijé los ojos en las filas de libros de medicina que había detrás de él y solté:

—Me debes una copia firmada de *Las imperfecciones*.

—Te la enviaré al despacho con un servicio de mensajería. —Enarcó una ceja, y miró la invitación—. Que existen, por cierto. Reagan me ha enviado varias cosas con un mensajero otras veces.

No tenía respuesta para eso, así que dije lo único que se me ocurrió.

—No te olvides de confirmar si asistirás. —Sonaba como algo que mi madre habría dicho, y eso hizo que me sonrojara.

—¿Tú asistirás?

—Sí.

Tate agarró un bolígrafo y sacó un talonario de cheques del cajón, pero lo volvió a tirar dentro cuando se dio cuenta de que no le quedaban cheques. Pulsó el botón del intercomunicador.

—Sylvia, tráeme un regalo del almacén.

Se me ocurrió que mentirle a mi jefa en un trabajo por el que me había esforzado tanto (y que quería conservar) no valía la pena por ver de nuevo a Tate Marchetti. No cuando volvía a ser frío y distante y no el hombre que me había consolado el viernes después de que le hubiera contado uno de mis traumas más profundos.

Me crucé de brazos, presa de la amargura.

—No he tenido la oportunidad de ir a la biblioteca y donar los libros. Pronto te haré llegar el formulario de donación para los impuestos.

—Qué pena. Mi cuenta bancaria se resentirá mientras tanto.

Parecía que, aparte de Kellan y Reagan, no teníamos nada en común. Nada de lo que hablar. Y no sabía por qué, pero me negaba a tragármelo. Llámame testaruda. O idiota.

—¿Cómo están los bebés, del uno al siete?

Se apoyó en el respaldo de la silla.

—¿Cómo dices?

—Los que tenían que nacer el fin de semana.

—Del uno al cinco salieron bien.

—¿Y los otros dos? —Se me rompió la voz. Tate se enfrentaba a la vida y la muerte cada día. ¿Cómo no iba a pensar en Kellan?

—Testarudos. Pero dudo que hayas venido aquí para hablar de mis próximos partos inducidos. También dudo que hayas venido a entregarme la invitación de Reagan.

Un golpe abrupto nos interrumpió.

Tate no me quitó los ojos de encima.

—Adelante.

Sylvia entró con una bolsa de regalo alta y delgada. La dejó sobre el escritorio de Tate y se fue, no sin antes mirarme de reojo. El papel fino que lo rodeaba indicaba que, sin duda, era una botella de licor cara.

Tate arrancó la etiqueta con su nombre, metió dos dedos dentro y sacó una tarjeta que tiró a la papelera que había frente a mí sin leerla.

Miré el papel e incliné un poco la cabeza para entender la letra cursiva.

Doctor Marchetti, es un santo. Gracias por hacer realidad nuestros sueños.
Louisa y Tim Miller

Sueños. Tate Marchetti cumplía sueños. Casi lo digo en voz alta. Solo para ver si podía arreglar sus roturas.

«No es tu problema, Charlotte».

«Él no es tu problema».

Tate deslizó la bolsa hacia delante para que la cogiera de su escritorio.

—No voy a las fiestas de mis pacientes, y menos a las de revelación del sexo de unos bebés cuyos géneros ya conozco. Pero por favor, dale mi regalo a Reagan, junto con mis más sinceras felicitaciones.

«Sinceras».

La palabra no encajaba con él para nada. Y decidí, resuelta, que nada sobre Tate Marchetti y la carga que llevaba tenía arreglo.

Agarré la bolsa y me dirigí hacia la puerta.

—Ah, ¿y señorita Richards? —Mi mano se detuvo sobre el pomo, pero no me giré para mirarlo—. Dígale a Reagan que tenga suerte con los dos niños.

Tate volvió a su trabajo y hojeó algunos archivos de su escritorio. Me giré, boquiabierta, más sorprendida de que se hubiera ganado el mote angelical de «Doctor Milagro» que del hecho de que me hubiera arruinado la sorpresa de descubrir el sexo de los bebés.

Una frase de Kellan resonó en mi cabeza: «No esperes nada de Tate. Si él no es feliz, nadie más puede serlo».

Kellan había acertado a medias. Tate se complacía de su propia infelicidad. La veía como una penitencia, y nunca se daba cuenta de cuándo la contagiaba a los demás.

Capítulo veintiocho

Tate

~

Una curiosidad que siempre recuerdo cuando ayudo a traer un bebé al mundo es que, en este país, por cada parto hay una muerte. La noche que nacieron los trillizos Omri, Kellan fue una de esas muertes. Y en cada parto que he asistido desde entonces, he tratado de otorgarle un rostro a todos esos Kellan desconocidos. Por eso nunca salía del hospital de buen humor, como hoy.

El parto de Tracey Wallingford había durado dieciséis horas. Tenía un marido desinteresado que me apostaría un huevo a que no movería un dedo para criar al niño, y ella se las había arreglado para usar todas las palabrotas que existían en el diccionario cuando le había dicho que el bloqueo espinal solo duraba una o dos horas. Para cuando me subí a un taxi, la luz volvía a teñir la ciudad.

El marido de Tracey estaba de pie frente al hospital mientras fumaba un Luxury Black. Cuando me vio, se llevó un dedo a los labios.

—Oye, tío. Que esto quede entre nosotros, ¿vale? Tracey me ha obligado a dejarlo por el bebé.

«Tracey tiene una nariz que funciona y una boca a juego. Disfruta del divorcio, de pasarle la manutención a tus hijos y de perder el cincuenta por ciento de tus bienes».

Pero para volver a casa un minuto antes, me callé y asentí con la cabeza al espeso humo que echaba en mi dirección.

Me metí en un taxi y le recité mi dirección al conductor.

—Despiérteme si me duermo. Por favor.

Llegué y la casa estaba vacía. Terry había dejado la manta retorcida en una esquina del sofá y un desastre en la cocina. Tiré la caja de cereales medio llena a la basura, ya que no quería tentar a la suerte cuando se trataba de algo relacionado con Terry, y metí uno de los recipientes de comida preparada en el microondas.

Sonó al mismo tiempo que oí un ruido procedente de la escalera. No había duda de quién lo había provocado. A su favor diré que esperaba que rompiera la regla antes. Terry Marchetti poseía la fuerza de voluntad de un perro con una chuche, lo que explicaba su vida desde que tenía veinte años hasta ahora.

Seguí el ruido hasta la puerta de Kellan. Los ronquidos retumbaban por el pasillo a través de la rendija de la puerta. La abrí y me agarré al borde justo antes de que se estrellara contra la pared.

Terry estaba tumbado en la cama de Kellan, con una almohada sobre el pecho. Una mano colgaba por el lado del colchón y se aferraba a algo. Una gruesa pila de papeles con un clip.

Hice una pausa mientras inspeccionaba, pues sabía lo que encontraría al continuar y que me haría explotar. A unos centímetros de distancia, había trozos de madera del cajón cerrado del escritorio de Kellan esparcidos por el suelo. Se había astillado por el centro, como si alguien hubiera arrancado la cerradura.

Era propio de Terry ignorar todas las reglas que le había impuesto. Mi ira aumentó. Un logro impresionante, teniendo en cuenta que ya había llegado al máximo. Se había ido acumulando durante toda la noche cada vez que mi paciente le rogaba a la enfermera que llamara a su marido, que estaba fumando fuera. Catorce veces, por cierto, como si fuera él quien necesitara un descanso de la criatura de cuatro kilos que estaba a punto de desgarrarle el agujero a su madre.

Me acerqué a la ventana, abrí las cortinas de un tirón y lancé una cascada de rayos de sol sobre Terry.

—Ay —protestó y soltó los papeles para protegerse los ojos de la luz. Tenía el pelo alborotado de dormir en una posición extraña—. Ya estás en casa.

—Sí —espeté. Una mente brillante, eh, la de mi llamado padre—. Ya estoy en casa. En mi casa.

¿Con qué frecuencia quería pelearme con Terry?

Solo cuando el cielo era azul.

—He encontrado un manuscrito. —Bostezó y señaló las hojas que había en el suelo—. Lo escribió Kellan.

Oír el nombre de Kellan en sus labios provocó la reacción típica: ira. Luego, como un reloj, la culpa llegó para sustituirla.

Me apoyé en el marco de la puerta, pues me negaba a volver a entrar en la habitación.

—Si no recuerdo mal, tu estancia aquí estaba condicionada a que no pusieras un pie en la habitación de Kellan.

—Estaba buscando un mechero. —Se rascó el brazo. Me di cuenta de que lo llevaba desnudo y no tenía marcas recientes. Eso tampoco significaba una mierda. Terry prefería los polvos, las pastillas, el alcohol y los cigarrillos.

Me obligué a mirarlo a esos ojos inyectados en sangre.

—Has roto su cajón.

—Oye, pero he dejado el otro. Tampoco es que lo use.

Este Terry (el Terry sobrio) era tan mierda como la otra versión. En todo caso, lo prefería drogado y fuera de mi vida.

Cuando había empezado esta conversación, no tenía ni idea de hacia dónde iba a ir, pero en cuanto abrió la boca, supe exactamente dónde quería que acabara.

Me enderecé y le abrí la puerta.

—Vete.

—¿Por qué? ¿Por qué?

—Has roto las reglas. Te tienes que ir.

—No puedo dormir en el sofá. Hace frío ahí abajo.

—Hace más frío en la calle. Que es donde vas a estar, ya que has infringido una de las condiciones para quedarte y ya no eres bienvenido en mi casa.

Le arranqué el edredón y vi la nueva forma que había adoptado el colchón: la del cuerpo de Terry. Ya nada en esta habitación recordaba a Kellan. Cuatro años después, por fin había conseguido borrar todo rastro de mi hermano de mi vida.

Los visibles, al menos.

Debía de haberse dado cuenta, porque Terry se agarró al borde del colchón como si esperara que lo sacara de allí a rastras.

—Necesito calor —insistió.

—Pues mira, en el infierno dicen que se está calentito.

—Pero el sofá…

—Ya no lo tienes disponible. —Lo seguí escaleras abajo hasta el vestíbulo y abrí de un tirón la puerta principal—. Fuera.

El hecho de que no tuviera nada a su nombre hacía que echarlo a la calle fuera rápido y fácil.

—¿Has preparado comida? —Levantó la cabeza y olisqueó el aire—. ¿Es lasaña? Me iré después de comer.

Fui a la cocina, cogí la bandeja del microondas y se la puse en las manos, a pesar de que necesitaba por lo menos otros tres minutos a alta temperatura.

—Vete.

Vaciló en el umbral.

—¿Para siempre?

Cerré la puerta de un portazo en cuanto cruzó el marco.

Desde el otro lado, lo oí gritar:

—¡Hablaré con la prensa! El médico de moda deja a su padre anciano en la calle para que se muera de hambre. A ver si te gusta la mala fama para variar.

No respondí.

—¿Y el manuscrito? —gritó.

Me dirigí a grandes zancadas a la habitación de Kellan.

Recogí los trozos de madera del suelo.

Ignoré el pedazo que me atravesó la piel.

El manuscrito me miraba fijamente. Lo agarré y permití que las pesadas páginas hundieran la astilla más profundamente en mi carne. Lo miré sin verlo realmente. Los ojos me ardían por el esfuerzo.

Nunca leía.

Y desde luego nunca había leído nada que hubiera escrito Kellan.

Al final, capté la portada antes de meter el manuscrito bajo la cama de Kellan, justo antes de vomitar en su papelera.

Dulce Veneno.

Capítulo veintinueve

Charlotte

໑

Estaba apretujada entre mis compañeras en la fiesta de Reagan. Abigail escupía cuando hablaba, pero hasta ahora, había logrado esquivar los proyectiles líquidos.

Irene hablaba tan alto que cualquier tema sensible había que abordarlo en un búnker insonorizado, a menos que quisiéramos que todo el estado supiera qué suponía tener a un hombre entre las piernas de Reagan. Que, por desgracia, resultó ser el tema de la noche.

—De verdad, que te toque ese hombre es una maldición. —Reagan apoyó las piernas en la tumbona frente a nosotras—. No sé cómo no llego al orgasmo en cuanto sus dedos me acarician la entrepierna. Creo que voy a tener cinco hijos solo para que él los traiga al mundo.

Me removí en el sofá victoriano de color caramelo. Hoy no había conseguido trabajar demasiado. Solo había recolocado cosas y reorganizado varios papeles mientras trataba de hacer caso omiso a su voz cuando salía de la sala de teleconferencias, con la mano en el vientre, y se deshacía en elogios sobre el doctor Marchetti y sus maravillosos dedos en la camilla.

La conversación se había trasladado del despacho al taxi que la llevaba a Madame Wade's, un salón de té de lujo en el Upper West Side.

—Llevo años en su lista de espera. —Abigail suspiró y dio un mordisco a uno de los bollos de vainilla recién horneados—. No acepta nuevas pacientes.

Irene alzó un hombro.

—Yo solo voy a una clínica de la zona. En Williamsburg. Que me revise un hombre (esté bueno o no) se me hace demasiado raro. La doctora Waxman es una joya. La mujer más agradable que conozco.

Las tres mujeres me miraron a la espera de que dijera algo. Teniendo en cuenta que era un tema íntimo, supuse que parecería raro que una de nosotras hubiera decidido no explicar más de la cuenta.

Me puse un pequeño sándwich sobre el muslo en equilibrio y traté de hacer tiempo, bebiendo té oolong de albahaca en una tacita, con el meñique apuntando a Reagan. Había unas cincuenta personas repartidas por la sala y habría preferido estar hablando con cualquiera de ellas que aquí, atrapada en esta conversación.

Forcé una débil sonrisa.

—Nunca he ido al ginecólogo.

—¿Nunca? —Irene frunció el ceño—. ¿Nunca te han hecho una revisión?

Negué con la cabeza.

—¿Ni siquiera en la universidad? ¿Cuando empezaste a tener relaciones?

Nunca había empezado a tener relaciones sexuales, pero tenía la sensación de que admitir que era virgen en una habitación llena de hembras alfa cultas y francas se percibiría como una mentira.

De todos modos, era bien consciente de que la mayoría de las personas solteras y urbanitas de veintidós años de hoy en día ya tenían experiencia. Nunca había tenido tiempo para las citas. Desde que mis padres murieron, había priorizado conservar la beca y ganar dinero.

Sentí que me ruborizaba.

—Bueno, entonces tampoco.

Abigail ahogó un grito.

—No me lo puedo creer.

—¿Y una citología? —Reagan dio un sorbo de su té de naranja sanguina—. No me digas que nunca se te ha ocurrido hacértela. Cualquiera a partir de los veintiuno debería.

Volví a negar con la cabeza.

—Pero lo arreglaré. Pediré cita pronto.

—No, no lo harás. —Abigail se rio—. Mírate la cara. Estás asustada.

—Mi tía Jessa murió de cáncer de cuello de útero. La quería mucho. —Reagan dio unos golpecitos en la taza con la uña—. No permitiré que vayas por el mundo sin hacerte un chequeo. Cuando termine la fiesta, haré una llamada para pedirte una cita yo misma.

—Por favor, no hace falta...

—De hecho, sí que hace falta —señaló Irene.

Reagan sustituyó la taza de té por su teléfono.

—Está decidido, entonces. Te harás un chequeo. No quiero oír ni una palabra más.

Miré el móvil, preocupada porque hiciera una locura como llamar a Tate cuando este ni siquiera se había molestado en aparecer.

Me sentí aliviada cuando Reagan dejó el teléfono, pero luego hizo un gesto con la mano.

—¡Hannah!

Me estremecí y clavé las uñas en el sándwich. Estar en una habitación abarrotada no era la situación más idónea para darme cuenta de que ese nombre me ponía los pelos de punta. Aunque, bueno, era imposible que fuera ella...

Una rubia alta se materializó ante nosotras. Llevaba un vestido de cóctel, unos tacones más altos que el crédito que tenía en la tarjeta y el pelo largo recogido en un moño francés. Quedaba de maravilla con la sala, con sus elegantes cuadros de pan de oro bordados y las molduras de la cornisa. De repente, mi vestido irregular, los calcetines a rayas hasta las rodillas y las botas militares me hacían sentir como una pringada.

Reagan se hizo a un lado y le ofreció el espacio extra en el sofá.

—Ella es Hannah. Es la enfermera que me ayudó después de mi segundo aborto tras la FIV. Me remitió al doctor Marchetti y el resto es historia.

Se me secó la boca.

Era ella.

La Hannah de Tate.

El corazón me latía desbocado. Oía mis propios latidos. Una nueva canción comenzó a sonar. Algo sobre encontrar el camino de vuelta a casa, que parecía un intento del universo por decirme algo.

Sentí como si me hubiera teletransportado a mi pasado. Al momento en que había pasado de ser Charlotte Richards a Lottie Muchas Pichas. ¿Debía presentarme? ¿Admitir que conocía a Kellan? ¿Admitir que conocía a Tate?

Al final, me quedé en silencio, di sorbos de té y la estudié, en un intento por ver qué detestaba Kellan y qué le gustaba a Tate. Abigail e Irene le ofrecieron una cálida bienvenida que imité, pero con una sonrisa gélida. Disociada y fabricada.

Parecía serena. Como en el anuncio del filtro de la corona de flores. Justo todo lo contrario que yo en todos los sentidos.

Reagan agarró a Hannah de la mano.

—Estábamos hablando del doctor, por cierto.

Hannah asintió.

—¿Vendrá?

—No estoy segura. —Reagan me miró y arqueó una ceja—. ¿Charlotte?

—Ay. —Dejé el sándwich aplastado y decidí que una mentira piadosa sería mejor que la verdad: que a Tate le horrorizaba venir—. No obtuve una respuesta definitiva, pero no creo que venga.

—A Tatum no le gustan estas cosas —dijo Hannah, como si fuera una figura de autoridad en todas las cosas relacionadas con Tatum Marchetti.

—O las celebraciones en general —murmuré sobre la taza de té.

—También prefiere quedarse cerca de la clínica cuando está de guardia.

«O quizá su hermano murió y ya no le ve sentido a la vida más allá del trabajo».

Al menos, esa era la persona que yo veía cuando miraba a Tate Marchetti. Rota y que funcionaba en piloto automático.

Irene se inclinó hacia delante.

—Parece que lo conoces bien.

—Estuvimos prometidos.

—¿Qué? —Reagan se giró de golpe y su barriga chocó con la cadera de Hannah—. ¿Por qué no lo sabía?

Hannah se encogió de hombros, la viva imagen de la despreocupación. Su voz tenía una cadencia musical y hacía que todo lo que decía sonara como una bendición. O como la letra de una canción de Bonnie Tyler.

—Es agua pasada.

El movimiento de sus dedos fue rápido.

Tan rápido, que no estuve segura de que realmente hubiera sucedido.

¿Hannah aún sentía algo por Tate? ¿O albergaba resentimiento hacia él? De cualquier manera, ya podía unirse al club. Podíamos hacernos hasta camisetas.

—Bueno… ¡no hace falta insistir! —decidió Reagan.

—No pasa nada. He seguido adelante. Él también. Han pasado cuatro años.

Hice cuentas mentalmente. Kellan había mencionado la ruptura mientras cursábamos el penúltimo año, de forma que habían pasado cinco años. No cuatro.

¿Tate y Hannah habían vuelto a estar juntos después de que él muriera? ¿Antes?

Darme cuenta de que sabía tan poco sobre Tate Marchetti fue un golpetazo. Me hundí más en el cojín del sofá y pensé en los Marchetti.

Quería interrogar a Tate sobre el tema de Harvard. Le había dado vueltas toda la semana. Me sentía engañada. Equivocada. Todo lo que había hecho en los últimos cuatro años para estar mejor se había borrado de un plumazo.

Francamente, conocía a Kellan lo suficiente como para saber que no se le podía obligar a hacer algo que no quería. Lo que significaba que había solicitado entrar en Harvard por voluntad propia.

¿Tenía un sueño para el futuro y aun así había elegido morir?

Las mujeres cambiaron el tema de conversación a los próximos lanzamientos y audiolibros de no ficción. Me bebí el resto del té mientras deseaba haber llegado antes para marcharme sin ser maleducada.

Mi arrepentimiento aumentó cuando oí a una de las primas de Reagan.

—¿Es él? ¿El doctor Milagro? ¿Crees que me aceptará si se lo pido?

Volví la cabeza hacia la puerta al mismo tiempo que Hannah e inspiré hondo cuando lo vi.

Tate.

Capítulo treinta

Tate

∾

Vaya por delante que había venido por mi paciente. Con la tarifa que Reagan pagaba, se merecía que sus hijos salieran recubiertos de diamantes y a prueba de balas. Lo menos que podía hacer era presentarme en la fiesta con un regalo de verdad y una sonrisa que dijera «los cientos de miles de dólares que paga tu seguro por visita valen la pena».

Metí el sobre en una cesta sobre la mesa de los regalos. Contenía una carta de recomendación para una guardería de alto nivel en la ciudad, donde una antigua paciente ocupaba un puesto en la junta de admisiones. Puede que fuera una consecuencia de que mi conciencia hiciera horas extras. No ayudaba el hecho de que me sentía como un capullo de mierda porque, bueno, era un capullo de mierda. Por eso había terminado aquí, que conste, a pesar de lo que le había dicho a Charlotte Richards.

Agarré un bolígrafo y una tarjeta del montón, garabateé el posible sexo de los bebés y la metí en la caja del sorteo. Dos niños, por cierto. Yo mismo lo había visto claro en la última ecografía. Y sí, esto era muy poco profesional. Pero sabía que a Reagan le haría gracia. Además, el premio incluía unos auriculares con cancelación de ruido, que serían útiles cada vez que Terry se me acercara.

Una manada de mujeres me miraba desde la chimenea. Esto solía sucederme por dos motivos:

1. Me querían dentro (en un sentido sexual).
2. Me querían dentro (en un sentido médico).

173

En cualquier caso, no me interesaba.

Me acerqué a Reagan, con la intención de soltar un saludo y perderme entre la multitud lo antes posible. Entonces vi a Charlotte Richards, junto a mi exprometida. Conversaban con la cabeza inclinada hacia delante. Charlie lucía un rubor del mismo tono que una langosta asada y un dobladillo que dejaba el noventa por ciento de sus piernas a la vista.

«No has venido aquí a tirarte a la mejor amiga de tu hermano».

«No has venido aquí por Charlotte Richards, para nada».

No tenía intención de seguir por esos derroteros. Consideraba que mi fijación estaba bajo control. Así que no tenía ganas de hablar con ella. O peor, de levantarle el corto vestido y hundirme dentro de su coño con esos calcetines hasta la rodilla todavía puestos.

Ningunas en absoluto.

Alguien me agarró del hombro. Por lo que parecía, era la madre de Reagan.

—Es el doctor Marchetti, ¿verdad?

Le ofrecí la mano para estrechársela al tiempo que me preguntaba quién había inventado las convenciones sociales y lamentaba que tuviera que acatarlas para mantener mi fama de doctor Milagro. Al parecer, las pacientes querían a Jekyll, no a Hyde. Menuda sorpresa.

—Puede llamarme Tatum. ¿Supongo que es usted la señora Rothschild?

—Llámame Jennifer. —Me puso una palma a cada lado de la mano en lugar de darme un apretón—. Doctor Marchetti, lo que ha hecho por mi hija… No puedo agradecérselo lo suficiente.

Detrás de ella, Charlie analizaba a Hannah, quien estaba exactamente igual que el día que se había ido de casa hacía cuatro años. Los labios de Hannah pronunciaban palabras con un ritmo comedido. Tendía a meditar sus pensamientos antes de verbalizarlos, a excepción de todo lo relacionado con Kellan. Y aquello había sido la bola de demolición que destruyó nuestra relación. Eso y la pequeña molestia de que, en realidad, no me gustaba. ¿Como humana? Sí, claro. ¿Como prometida? Ni de broma.

—Nunca la había visto tan feliz. —Las manos de la señora Rothschild todavía sostenían la mía—. Estamos tan emocionadas por la llegada de los bebés. He vaciado una habitación en mi casa para cuando visiten a su abuela. ¿Cómo estás estos días? ¿Descansas bien?

1. Como si me hubiera encontrado con la mejor amiga de mi difunto hermano y me hubiera empalmado mientras la consolaba.

2. Ni por asomo.

Pero leí entre líneas; sabía lo que la señora Rothschild quería oír.

—En plena forma. Listo para dar a luz a los gemelos. Voy a hacerlo lo mejor que pueda —le aseguré, cansado.

La noche anterior, me había encontrado a Terry en la puerta de mi casa con un ejemplar firmado de *Las imperfecciones*. Me exigió que le diera una última oportunidad a cambio del libro. Lo cual, en retrospectiva, no debería haberme sorprendido, ya que el verdadero talento de Terrence Marchetti en esta vida era explotar a su propia sangre. Llevaba el libro en el bolsillo trasero, curvado con la misma forma, porque era incapaz de tratarlo con delicadeza. Y después de dárselo a Charlie, cortaría cualquier vínculo con ella.

Como si me hubiera oído, giró la cabeza en mi dirección. Sus ojos se encontraron con los míos. Supuse que se sobresaltaría como mínimo. No le había dado la impresión de que me acercaría a un radio de una manzana de este sitio. Pero ella aceptó mi presencia con calma y me sostuvo la mirada con la barbilla levantada.

La madre de Reagan se inclinó más hacia mí.

—Dime... son dos niñas, ¿verdad?

—Creo que tu hija se enfadaría conmigo si te lo dijera antes de la revelación.

—Te necesita demasiado como para enfadarse contigo.

—Es verdad —coincidió Reagan, que me ofreció una botella de cerveza artesanal—. Gracias por venir, doctor Marchetti.

Agarré el botellín por el cuello y me bebí la mitad de un trago.

—No me cabe duda de que volveré a casa con unos Sennheiser con cancelación de ruido cuando acabe la velada.

—¿Has participado en el sorteo? —Se echó a reír—. Eso es trampa.

Le ofrecí media sonrisa.

—Me necesitas demasiado para enfadarte conmigo.

—Cierto. Además, me gustó mucho la botella de Dom que me regalaste —bromeó, y me guiñó un ojo—. Seguro que hasta los bebés se emborracharon. —Hizo una pausa—. Ay, antes de que se me olvide, tengo una trabajadora que nunca ha ido al ginecólogo. Esperaba que la aceptaras como un favor. Se llama Charlotte. Te acuerdas de ella, ¿verdad?

Cuánta información de golpe. Para empezar, era una irresponsabilidad no atender la salud reproductiva. Lo que también me parecía impropio de Charlie. Pero lo último que necesitaba (o quería) era tenerla como paciente.

Hannah se apresuró a acercarse. Reagan la vio primero y tiró de su madre de la manga para alejarse mientras me decía que le enviaría un correo electrónico a Sylvia para concertar la visita. Yo ni siquiera había aceptado.

Charlie siguió el movimiento de Hannah con ojos de halcón. Mi exprometida se acercó a mí con la misma indecisión que había mostrado tras la muerte de Kellan. Como si yo fuera una granada sin seguro, y ella tuviera que hacer de seguro.

—Hannah. —Incliné mi botella hacia ella en señal de saludo.

—Tatum. —Hizo un gesto hacia las puertas dobles transparentes que conducían a un pequeño patio—. ¿Podemos hablar?

—Claro.

Tenía pensado irme después de saludar a Reagan, pero me pareció que una conversación de cinco minutos era lo menos que podía hacer por Hannah después de que me hubiera alimentado y mantenido con vida lo suficiente durante los meses posteriores a la muerte de Kellan.

En el patio, Hannah se colocó de forma que me impedía escapar. No podía culparla. Se me había pasado por la cabeza.

Era fácil encontrar una excusa para huir. Una madre que estaba de parto. Una cesárea de emergencia. Un posible embarazo ectópico. Había usado eso las tres otras veces cuando necesitaba alejarme de ella.

Este lugar me ofrecía una clara línea de visión hasta Charlie, lo cual no era lo ideal, puesto que parecía que quisiera decirme algo y me costaba horrores apartar los ojos de ella. Formó una palabra con los labios, pero lo hizo tan mal que se pasó la lengua por ellos. Y eso llamó la atención de mi polla.

Qué patético, joder.

Era de un capullo capital mirar a Charlie mientras hablaba con Hannah. Pero haberme gritado que enviara a mi hermano a la escuela militar también había sido propio de una capulla y, al parecer, Kellan la había oído. Como Terry podía atestiguar, guardar rencor era una habilidad especial que tenía.

Hannah se aclaró la garganta.

—Lo has superado, ¿verdad?

—No había nada que superar.

Las palabras salieron sin querer. Hizo una mueca, pero no me arrepentí de haberlas dicho. Conocía a Hannah. Si no le dejaba claro el estado de nuestra relación, se aferraría a cualquier esperanza.

Pero, como mi actitud por defecto era la de ser un capullo, me pareció muy fácil adoptarla. Al fin y al cabo, era el hijo de Terrence Marchetti. Y ella era la mujer que había intentado echar a mi hermano de mi casa.

Tras su muerte, Hannah volvió y se quedó durante seis meses. Solo se marchó cuando comprendió que no tenía intenciones de suicidarme y que Kellan no había sido el problema de nuestra relación, sino el motivo.

Volví a centrarme en Charlie. Había cambiado de estrategia: repetir la misma palabra una y otra vez, enfatizando cada sílaba.

«Har». «Vard».

No entendía su fijación. En mi consulta, lo había atribuido a una estrategia evasiva. O tal vez, de verdad no se había enterado de que lo habían aceptado, y eso significaba que no estaba tan unida a él como creía.

Hannah fingió no darse cuenta de que la miraba. Me recordó mucho a nuestra antigua relación, en la que hacíamos ver que todo iba bien cuando no era así. Me cogió del brazo, en un intento porque volviera a centrarme en la conversación.

—¿Cómo has estado?

—¿Es de eso de lo que querías hablar?

—Es por cortesía, Tatum —me espetó. «Ahí estaba»—. Se suele decir cuando no has visto a alguien en tres años y siete meses.

Pero quién llevaba la cuenta, ¿no?

—No he venido a pelearme.

«Ni a verte a ti. ¿Por qué has dicho que estabas aquí?».

—Quería saber por qué terminó lo nuestro, pero supongo que sería mejor preguntar por qué empezó.

—¿Acaso importa?

—Sí, si quiero pasar página, algo que creo que me merezco.

Y entonces las piezas encajaron. Eso era lo que Charlie quería. Quería saber el porqué, pues, si Kellan había solicitado entrar en Harvard, se debía a que quería entrar. Y si lo habían admitido, significaba que tenía un futuro. Y si tenía un futuro, aceptar su decisión de suicidarse era más difícil.

«Pasar página».

La expresión me dio vueltas en la cabeza. La ponderé y me pregunté si alguno de nosotros lo merecía.

—Han pasado cuatro años, Charlie.

—Hannah —me corrigió ella.

«Mierda».

—Han pasado cuatro años, Hannah.

Mi atención se desvió detrás de ella. Charlie no me quitaba los ojos de encima. Podría haber agitado un capote rojo de torero y habría sido menos obvio. Por otra parte, dudaba que yo lo estuviera haciendo mejor. Y creía que había salido del pozo.

—¿Esa es Charlie? —Hannah lanzó el pulgar detrás de ella—. La chica a la que no dejas de mirar.

—No. —Me sentía tan cómodo mintiendo que lo hacía incluso cuando no tenía nada que ganar. Después de hoy, no volvería a ver a Hannah. No importaba si sabía la verdad.

Miré detrás de ella. Charlie se dirigía hacia mí, y ganaba velocidad a medida que la multitud disminuía. Si me quedaba, se produciría una explosión entre los dos. Un enfrentamiento. Era tan inevitable como la muerte. Deberíamos tener esta conversación, pero también quería mantener mi cordura intacta. Al menos, hasta la cesárea programada para mañana a las cuatro de la tarde.

¿Por qué se había suicidado Kellan? ¿De quién era la culpa? ¿Podríamos haber hecho algo para evitarlo? No sabía las respuestas a ninguna de estas preguntas. Solo sabía dos cosas:

1. No estaba listo para averiguar nada.
2. La autopreservación era la primera ley de la naturaleza.

Así que hice lo que hacen los capullos.

Corrección: hice lo que Terry siempre hacía.

Me largué.

Capítulo treinta y uno

Charlotte

∽

Había venido a trabajar vestida tal y como me sentía. Un caos. Con medias rotas y un vestido negro salpicado de manchas rojas. Llevaba una gargantilla en el cuello y una mala cara en el rostro que solo empeoró cuando vi que la gente se apiñaba alrededor de mi escritorio.

Irene estaba inclinada a la altura de la cintura, mientras miraba algo que le daba demasiado miedo tocar.

Abigail fue la primera en verme.

—¡Ahí está! —Se abalanzó sobre mí y me pasó un brazo por el hombro—. ¿De dónde la has sacado?

—¿Sacar qué?

—Una copia firmada de *Las imperfecciones*. He oído que Terry Marchetti no ha hecho una sola firma desde la primera impresión, y de eso hace mil años. Eras un bebé cuando se publicó.

—Tenía trece años.

—Eso. Un bebé.

Arrugué la nariz, pues no entendía de qué me hablaba antes de recordar mi trato con Tate.

—¿Ha venido el doctor Marchetti?

—No. —Frunció el ceño—. ¿Por qué iba a venir? ¿Reagan está bien?

—Sí. Lo siento, me he confundido.

—Espera. —Abigail ladeó la cabeza—. Acabo de darme cuenta de que el doctor Marchetti y Terry Marchetti comparten apellido. No creerás que... —Se detuvo y soltó una risotada mientras sacudía la cabeza—. No creerás que están emparentados, ¿verdad?

Madre mía. Tate. Últimamente, todo giraba siempre en torno a él y empezaba a sentirme atrapada. Como si me hubieran enterrado viva con él, solo para descubrir que era claustrofóbica. Me acechaba desde todos los ángulos.

No sabía si la relación de Tate y Terry era de dominio público, así que me encogí de hombros, murmuré una excusa y corrí hacia el despacho de Reagan. Me dio permiso para entrar cuando llamé por segunda vez.

Primero asomé la cabeza y luego, el resto del cuerpo. ¿Por qué me sentía como si hubiera ido al despacho del director?

—Te he dejado un libro en tu mesa. —Reagan cerró el manuscrito que tenía alzado sobre el teclado. Una pregunta le centelleaba en los ojos, pero no la formuló.

—Gracias. ¿Te lo ha dado el doctor Marchetti?

—Sí. Creía que se había ido de la fiesta, pero volvió con el libro. —Hizo una pausa, significativa—. Dijo que te lo dejaste en su despacho cuando le diste la invitación.

Sonaba a excusa.

Una excusa estúpida.

¿Quién andaba por ahí con una copia firmada de *Las imperfecciones*? Era el tipo de libro que uno guarda en una vitrina bajo llave. Y posiblemente con seguro.

Clavé el tacón en la moqueta. Quizá el suelo captaría el mensaje y me tragaría entera.

Reagan no dejaba de mirarme. Esperaba una respuesta a la pregunta que no me había formulado. Me quedé en el umbral de la puerta, sin querer dar un paso más hacia el interior. La inseguridad me revolvió el estómago y me provocó náuseas. Había ascendido más rápido que nadie en esta oficina y me sentía como si Tate hubiera destrozado todo ese progreso por el mero hecho de existir.

Me aclaré la garganta y busqué una salida.

—En realidad, fue un regalo. —Un regalo. Un trato. Lo mismo da, ¿verdad?—. Fui amiga de Kellan, el hermano de Tate, pero no conocí a Tate hasta que me pediste que te consiguiera una cita en febrero.

—Tras recibir el libro en la fiesta, me di cuenta de que es posible que Tate y Terry estén emparentados.

Asentí.

—Son padre e hijo.

«De la misma manera que Lucifer y Dios tienen una relación padre-hijo».

—Nunca me lo ha comentado.

Y esta era mi señal para salir de ahí. Si continuaba esta conversación, solo iría a peor.

—No lo conozco muy bien, pero no me parece el tipo de persona que habla de su vida privada. —Despacio, coloqué una mano en el pomo de la puerta—. Hablando de dinámicas de familias disfuncionales, tengo un *thriller* que me muero de ganas por seguir leyendo.

Reagan me despidió con un gesto de la mano. Me dirigí a mi escritorio y me senté sin dejar de mirar el libro que descansaba sobre mi teclado. Con la cubierta oscura y la letra diminuta y mecanografiada.

Las imperfecciones.

«Madre mía».

Un ejemplar firmado.

Abrí la cubierta, acaricié con los dedos la firma de Terry y pasé a la página de la dedicatoria después de haberla leído por millonésima vez.

«Para mi hijo, sin el que no habría palabras».

No me cabía ninguna duda de a qué hijo se refería Terry. Y eso me hizo sentir pena por Tate. Pero sabía lo que significaba tener este libro. Lo que Tate había dicho cuando me abandonó en la fiesta. Lo que me había dicho el primer día que nos conocimos.

«No quiero tener nada que ver contigo después de mañana».

Parece que se había cansado de esperar a que su deseo se cumpliera. Ahora, un hilo menos me unía a él.

No tenía el número de Tate, así que le escribí una carta. Una larga. La metí en un sobre. Garabateé la dirección. Pegué un sello de Chien-Shiung Wu en la esquina superior derecha.

Luego la deslicé hasta el borde de mi escritorio para destruirla más tarde.

Para que nunca fuera leída.

Capítulo treinta y dos

Charlotte

ᘐ

Tenía complejo de culpabilidad. No había nacido con él, sino que lo había desarrollado después de la noche en la que pasó todo. Ahora no podía tener cosas que otros no tenían. No estaba segura de si se debía a que sentía que no me lo merecía o si pensaba que me iba a alcanzar un rayo para que se restaurara el equilibrio en el universo.

Fuera como fuese, me sentía muy incómoda ahora mismo, mientras Leah observaba mi ejemplar firmado de *Las imperfecciones* cada dos por tres. Estaba en la isla de la cocina, donde esperaba la entrega de la caja que había comprado por internet la semana pasada.

De fondo se oía una reposición de *La niñera*. Ninguna de las dos la estaba mirando. Leah tenía una revista de belleza entre las manos y pasaba las páginas sin leerlas. Tenía la pregunta en la punta de la lengua; no necesitaba verbalizarla para que yo la oyera.

«¿De dónde lo has sacado?».

A Leah no le gustaban los libros como a mí. Pero este le encantaba. Porque todo el mundo con dos dedos de frente conocía *Las imperfecciones*. Era una mezcla entre *Las correcciones* y *Parásitos*. Una sátira de la decadencia de la familia nuclear.

Cada vez que lo leía, me recordaba a una época anterior. Antes del incendio. Antes de Kellan. Antes de que la vida me llevara a ese tejado, dispuesta a acabar con todo.

Era aún más impresionante cuando recordaba que el hombre que lo había escrito tenía la inteligencia emocional de una

183

nuez y al menos dos hijos ilegítimos (que supiéramos). Si el estado de Nueva York aceptara las uniones de hecho, Kellan sería legítimo.

La cuestión era que todas las grandes obras maestras literarias que vinieron después tenían un pedazo de *Las imperfecciones*. Y todos los que habían leído el libro o visto la película se obsesionaron con la obra, Leah incluida.

Solía decir que Terry Marchetti (el Terry Marchetti décadas mayor que ella, que vestía como un drogadicto a la moda y al que una vez pillaron en una foto fumando hierba con una cachimba con máscara de gas que se hizo viral) estaba bueno.

—¿Lo quieres? —le pregunté al final. Mi corazón se revolvió en su jaula y se aceleró con cada segundo que pasaba.

«Por favor, di que no. Por favor, di que no. Por favor, di que no».

Yo ya sabía que diría que sí, porque siempre decía que sí. Igual que sabía que me lo pediría. Pasaba lo mismo desde esa noche.

Una parte de mí (una gran parte) no quería admitir lo que sospechaba. Que Leah lo hacía a propósito para obligarme a hacer sacrificios que compensaran su gran sacrificio.

No me importaba.

De verdad que no.

Quería complacerla.

Pero ojalá no estuviéramos atrapadas en un ciclo tóxico.

Leah se metió un mechón de pelo en la boca y lo mordió.

—¿En serio?

Su piel desnuda me devolvió la mirada, una sinfonía de rosas y morados. Me parecía guapa, con o sin maquillaje. De hecho, me parecía tan preciosa que era digna de las portadas de las revistas que devoraba.

Pero no podía imponerle mis opiniones.

Solo los efectos secundarios de mi culpa.

—Claro. —Tragué a pesar del enorme nudo que tenía en la garganta—. No es para tanto.

Mentira.

—No pasa nada. —Sus ojos volvieron a mirar el libro.

«Traducción: Lo quiero, pero no quiero ser la capulla que lo pide».

«Doble traducción: Esto no te absuelve de tu culpa por lo que pasó».

—Cógelo. De verdad.

Agarré el libro de la encimera y se lo ofrecí. Hacía nueve años, lo habría tirado en su habitación y gritado: ¡no se aceptan devoluciones!

Pero ahora, nunca entraba en su habitación.

Jamás.

Y tampoco le daba cosas. No por falta de intentos. Simplemente, se negaba a aceptar nada de mí. No quería equiparar su gran sacrificio a una bolsa de Skittles.

El libro flotaba entre nosotras. Me sentía como un globo, a la espera de que Leah me inflara con amor, aprecio, cualquier cosa, y me ayudara a flotar.

Lo agarró.

El pulso me subió por la garganta.

Abrió la boca.

El globo creció, flotó en mi pecho, lleno de esperanza.

—Gracias —murmuró mi hermana.

Y luego se lo llevó a su regazo antes de volver a prestarle atención a medias a Fran Drescher mientras hacía cabriolas en una casa de millones de dólares.

El globo estalló.

Me desinflé.

Leah no quería el libro.

Quería hacerme daño.

Capítulo treinta y tres

Charlotte

ᘓ

Al día siguiente, me sumí en mis pensamientos, distraída por *Las imperfecciones*. Ni siquiera la reunión semanal con Reagan conseguía que me centrara en la realidad.

—¿Charlotte?

Me sentía como si hubiera donado un órgano, solo para saber que al final no se había usado. Ahora me faltaba una parte de mí misma sin motivo, y trataba de convencerme de que todo iba bien con una fuerte dosis de ilusión.

«Tate le pedirá a Terry otra copia firmada para mí».

Sí, claro que sí. Odiaba a Terry. Supuse que pedirle favores quedaba descartado. También había dejado claro que no quería volver a verme, pero sería una buena oportunidad para interrogarlo sobre Harvard. Era una buena idea.

—¿Charlotte?

«¿Qué hago? ¿Qué hago? ¿Qué hago?».

—¡Charlotte!

Levanté la cabeza, sobresaltada al ver que todos me miraban.

—Lo siento. No he dormido bien esta noche.

Reagan se encogió de hombros. Había llegado a las treinta y dos semanas de embarazo, un hito que nunca había alcanzado antes. Pensé que podía eliminar sin querer el próximo Harry Potter de la bandeja de entrada de la agencia, y ella seguiría hablándome con ese tono dulce que había usado toda la semana.

—¿Has leído algo prometedor esta semana?

—¿Estás buscando algo en concreto? —En cuanto lo dije, me arrepentí. Irene hizo una mueca, lo que me indicó que acababa de terminar la parte de la reunión que incluía las tendencias editoriales

«Despídete del ascenso que querías».

Reagan se dio unos golpecitos en la barriga con los dedos como si fuera una mesa. Estaba radiante, cortesía del embarazo. Refulgía en cada centímetro de su cuerpo.

—Fantasía urbana para jóvenes. Fantasía urbana para adultos si está bien escrita. Quiero los próximos *Juegos del hambre* o *Crepúsculo*. Algo que vaya a disparar una guerra de pujas y arrase en Netflix.

Yo me encargaba de la pila de material que no iba dirigido a ningún agente en particular, lo que significaba que recibía manuscritos de una variedad de nichos y géneros. A la mayoría les faltaba chispa para mantenerme enganchada.

—Alrededor del noventa por ciento de mis últimas lecturas han sido *thrillers*. Aspirantes a ser la nueva *Perdida* con giros argumentales que se ven a la legua.

Reagan asintió e Irene tomó el relevo. Esta vez presté atención.

El brillo del embarazo desaparecería en cuanto Reagan diera a luz. Mi período de indulgencia terminaría. Quería convertirme en agente y escapar del purgatorio de manuscritos mal escritos grapados a cartas genéricas de todas las agencias del país.

Cuando terminó la reunión, me levanté de la silla.

—¿Charlotte?

Me detuve y miré a Reagan.

—¿Sí?

—¿Puedes quedarte un momento? Quiero hablar contigo.

—Claro.

El resto de los agentes salieron de la sala. Cuando la puerta se cerró detrás de ellos, Reagan se reclinó en su silla. Su camisa se levantó con el movimiento. La gruesa banda de los vaqueros premamá asomaba un poco.

—Ayer pasé por la clínica para hacerme una ecografía.

—¿Va todo bien?

—Sí, genial. El doctor Marchetti me hizo una ecografía en 4D. Les vi las caras, las narices, los labios, todo. —Hizo una pausa—. También hablé con Sylvia. Es la recepcionista del doctor Marchetti. ¿Recuerdas nuestra conversación del fin de semana?

Se me revolvió el estómago. Sabía el rumbo que iba a tomar la conversación y algo me decía que no me gustaría.

—Sí...

—Bueno, pues Sylvia mencionó que había una vacante para una nueva paciente —dijo, despacio, como si quisiera alargarlo. Como si estuviera desenvolviendo un regalo y arrancara un pedazo de cinta adhesiva tras otro—. Le mencioné que podrías estar interesada, y ella accedió a reservarme el sitio para ti. Qué suerte, ¿verdad?

Mentira.

Sabía que era una mentira porque:

1. Si realmente había una vacante, algo que dudaba porque las embarazadas querían al doctor Marchetti más que un alivio para el dolor de espalda y los tobillos hinchados, Sylvia elegiría a cualquiera antes que a mí.
2. Sylvia sabía que yo trabajaba para Reagan.
3. Sylvia (y su jefe) no me soportaban.

Me apoyé en la silla de cuero vegano.

—Vaya.

—Como es tu primera citología, no encontrarás a nadie mejor que el doctor Milagro. No solo está bien informado, sino que también es el médico más amable que me ha tratado.

Lo dijo como si acabara de hacerme un regalo y esperara que lo abriera y me deshiciera en agradecimientos. Hizo movimientos circulares con la mano sobre su vientre mientras esperaba mi reacción.

Las comisuras de mis labios se levantaron, pero mi cuerpo me pedía a gritos que huyera de allí.

—Tenía pensado encontrar a alguien cerca de mi piso.

—El doctor Marchetti es el mejor de la ciudad. Probablemente del país. —Frunció el ceño. Seguro que este no era el agradecimiento que esperaba—. Le dije a Sylvia que me lo facturara a mí, ya que soy la que te ha metido en esto. Mi tía Jessa murió de cáncer de cuello de útero con solo cincuenta y seis años. No podría vivir conmigo misma si te pasara algo y supiera que yo tenía los medios para evitarlo.

Por encima de su hombro, observé mi escritorio a través de la pared de cristal. En concreto, la pila de papeles que me llegaba a la rodilla. De los cientos de manuscritos que había empezado, solo había terminado dos. El resto los había abandonado a medio camino. Necesitaba un ascenso para deshacerme de esas novelas y pasar a hacer cosas que realmente quería leer.

«Tú solo hazlo. Complácela. Di que sí».

—Si te sirve de consuelo, ojalá mi primera vez hubiera sido con el doctor Marchetti. —Puso una mueca que me hizo imaginar mil situaciones sobre cómo esto podría salir mal. Sin mencionar el hecho de que estábamos hablando de Tate—. El doctor metió el espéculo demasiado profundo y me asusté tanto que no volví en un año.

«Tú puedes. Reagan estará impresionada. Conseguirás el ascenso».

—Entonces, ¿le digo a Sylvia que quieres la visita? —preguntó.

No sé cómo, pero asentí.

—Gracias.

Se me revolvió el estómago.

—La visita no es hasta el viernes por la tarde, pero pareces cansada. —Me miró de arriba abajo y se detuvo en mi cara—. Te diré una cosa. Tómate el día libre. Duerme un poco.

—Gracias —repetí, sin sentirme agradecida en lo más mínimo.

«Serán veinte minutos como mucho».

«No es para tanto».

«Tú puedes».

Infames últimas palabras.

Capítulo treinta y cuatro

Charlotte

༄

Lo bueno de ser virgen todavía (y supongo que lo único) era que podía rellenar la parte del formulario sobre enfermedades e infecciones de transmisión sexual con absoluta certeza. En el área de recepción de Bernard y Marchetti, garabateé mis respuestas mientras esperaba el momento inevitable en el que Tate y yo nos encontráramos. Una asistente médica me cogió el papel y me condujo hasta la consulta de Tate. Estaba vacía, gracias a Dios. Una vez se fue, me dejé caer en la silla más alejada de la puerta.

—Tú puedes. —Había aprendido lo que eran las afirmaciones positivas a partir de un manuscrito de no ficción que había leído la semana anterior. Podía asegurar que no funcionaban. Pero lo que decía era verdad. Había superado cosas mucho más aterradoras. Además, antes de llegar, había decidido que no me acobardaría. Que no tenía motivos para hacerlo—. Reagan te quiere. —«Sí, y te quiere más cuando escuchas»—. Formas parte del equipo. Y en el equipo, se dan ascensos y te liberan de la pila de manuscritos.

Un golpe hizo temblar la puerta. La voz profunda de Tate resonó al otro lado.

—¿Señorita Richards? ¿Está lista?

«Uy. ¿Podrías hacer más ruido? Vaya manera de intentar parecer mentalmente estable».

Me aclaré la garganta, con las mejillas sonrojadas.

—Lista.

Entró, parecía tranquilo, sereno y tan animado como la pasta sin carbohidratos. Si se sorprendió al verme, no lo demostró.

Contuve la respiración, a la espera de ver qué versión de Tate me tocaría. La última vez, no había querido hablar conmigo. Pero supuse que era lo bastante profesional como para conversar con su paciente. (Tenía el listón muy bajo. Lo sé).

—Señorita Richards. —Agarró el portapapeles con las hojas que había rellenado antes—. He revisado su formulario de admisión y me he dado cuenta de que este es su primer examen ginecológico. —Era evidente que se mostraba reticente a examinarme.

Estuve a punto de preguntarle por qué había accedido en primer lugar, pero eso requeriría meterme en una conversación incómoda. «Paso».

Levanté la barbilla y moví la pierna de un lado a otro.

—Sí.

«Muy elocuente, Charlotte».

Me recosté en el asiento y crucé los tobillos. Todo parecía bien hasta ahora. Soportable. Bueno, mi corazón estaba librando un torneo de boxeo con mi caja torácica y solo era capaz de usar el mismo vocabulario que una niña de primero, pero considerando la situación, no parecía haber perdido los papeles.

Tate estaba apoyado en su estantería, con el portapapeles bajo el bíceps. Parecía profesional, pero… infantil. Muy lejos del hombre que había conocido entre estas cuatro paredes mientras penetraba a una mujer rubia que había tenido un orgasmo de dos minutos.

—Podría llamar a mi colega, Bernard. —Era la bandera blanca que necesitaba para confirmar que la versión imbécil de Tate no haría acto de presencia hoy.

Me lo pensé.

—¿Es hombre o mujer?

—Hombre, es el doctor Bernard.

—¿Viejo o joven?

Tate alzó una ceja.

—Cincuenta y tantos, creo. ¿Quieres ver una foto?

Incliné la cabeza hacia un lado y batí las pestañas.

—¿Sería demasiado raro decirte que sí?

Reprimió una sonrisa. Me recordaba mucho a Kellan. Sin embargo, no podrían haber sido más diferentes aunque lo hubieran intentado. Y eso me recordó que Kellan me gustaba en más sentidos de los que me había permitido admitir en esa época. Lo extraño era que mis sentimientos por ambos hermanos fueran tan fuertes y diferentes. Despertaban distintas sensaciones en mí.

Los ojos entrecerrados y plateados como zafiros de Tate me miraron a la cara. Agarró el móvil, hizo clic y me lo pasó. Lo acepté con dedos temblorosos y vi la foto de un hombre con corbata azul, que le sonreía a la cámara. Parecía un hermano Baldwin.

Le devolví el teléfono.

—No sé. Nunca me han hecho una revisión. ¿A ti qué te parece? ¿Debería hacérmela un completo desconocido o alguien que conozco y se podría decir que hasta odio? —Entonces se me ocurrió que podía no decantarme por ninguna de las dos opciones. Si quería, podía irme de allí. Pedir cita en otro lugar. Con alguien que me hiciera sentir cómoda. Con una mujer. Estaba rozando la línea, consciente de que me quedaría mientras me negaba a admitir el porqué.

Tate me miraba fijamente, con una intensidad que amenazaba con quemarme viva, y tragó saliva.

—Creo —dijo poco a poco— que no deberías preguntarme a mí.

—Tienes razón. Se lo preguntaremos a Lincoln. —Saqué un centavo del monedero. No me sentí mal por rebajar esta tradición que había compartido con Kellan, porque esta vez era completamente diferente: estaba lanzando una moneda, no ofreciéndosela a Tate—. Si sale cara, me voy con Bernard. Si sale cruz, con Marchetti. Que gane el mejor.

Lancé la moneda. Nuestros ojos siguieron los giros gráciles en el aire. Cayó en la palma de mi mano. Le di la vuelta sobre el dorso de la otra y bajé la vista para ver el veredicto. Se me secó la boca. Miré a Tate.

—¿Y bien? —Se le rompió la voz.

Notaba un millón de mariposas arremolinadas en el pecho, que me acariciaban el corazón. Tenía ganas de vomitar, pero en el mejor de los sentidos. Me pasé la lengua por los labios.

—Cruz.

—No significa nada. Todavía puedo llamar a Walter.

Walter Bernard. Sonaba al nombre del agente que me atendería para ayudarme a rellenar el formulario de los impuestos y, la verdad, me daba miedo que evaluara mi vagina.

—No, no pasa nada. Estoy segura de que serás muy profesional.

—Por supuesto. —Tate se inclinó hacia delante y pulsó un botón de la centralita—. Grace, por favor, acompaña a la señorita Richards a una de las salas de exploración.

Una chica guapa vestida con un uniforme de enfermera gris se materializó en la puerta, con un iPad en la mano.

—Sígame, por favor.

Respiré hondo en cuanto hubo suficiente distancia entre Tate y yo. Seguí a Grace hacia una zona de reconocimiento privada junto a la sala de enfermeras, donde me tomó la tensión, me pesó y me midió. Se pasó veinte minutos haciéndome preguntas sobre mi salud mientras tomaba notas en la tableta después de cada respuesta.

—¿Toma anticonceptivos?

—Sí. Me lo receta el farmacéutico que hay cerca de mi piso.

—¿Ha tenido alguna reacción?

—Síntomas de menstruación más leves y un ciclo regular, que es justo la razón por la que me las tomo.

—¿Es sexualmente activa?

Me aclaré la garganta y tardé demasiado en contestar.

—Ahora mismo no.

—Cuando lo era, ¿usaba algún método anticonceptivo?

—¿Esto…? —Tragué saliva—. ¿El doctor Marchetti va a leerlo?

Miré el portapapeles. Ella alzó los ojos del formulario para mirarme con la confusión enmarcada en el rostro. En realidad, la entendía. Qué pregunta más tonta.

—Por supuesto. —Tenía una voz tranquilizadora que no me tranquilizó en absoluto—. Esta información es obligatoria previa al examen para evaluar a la paciente.

«Maldita sea».

—¿Pasa algo? —preguntó con suavidad, y se inclinó en mi dirección. Me acarició la rodilla con la mano—. ¿Hay algo que le preocupe? ¿Ha sufrido… algún tipo de agresión?

Ay, no. Creía que me habían… Por Dios.

—No, no. Nada de eso. Es que… —Sacudí la pierna—. Bueno, es que soy virgen.

—Oh. —Ella se animó y sonrió—. No se preocupe por eso. Muchas de nuestras pacientes son vírgenes. Me aseguraré de que el doctor Marchetti esté al tanto, para que sea muy cuidadoso. Le aseguro que es muy amable y respetuoso.

La verdad, lo dudaba mucho, si tenía en cuenta cómo se había follado a esa mujer en su consulta. Francamente, su personalidad en general emanaba un aire de insensibilidad y agresividad, pero no la contradije.

—Tampoco hay que explicarlo en una nota. No estoy atada a mi himen ni nada. —Hice una pausa—. Quiero decir a nivel espiritual. A nivel físico es evidente que lo estoy. Bueno.

«Por Dios, Charlotte, cállate».

—¡Bien, todo listo! —Animada, se puso de pie y se dio unos golpecitos con la tableta en el muslo. Grace me condujo a una sala de reconocimiento con luces potentes, agarró una especie de bata de hospital y un pedazo de papel gigante doblado, y lo colocó todo sobre una mesa acolchada adornada con estribos floreados.

—Por favor, desnúdese por completo y póngase la bata. El doctor Marchetti vendrá en breve. Estaré fuera por si necesita algo.

Grace se fue y me dio un segundo para maldecirme a mí misma por haber aceptado la genial idea de Reagan de que un hombre por el que me sentía muy atraída me metiera el puño en la vagina. Contemplé cambiar de opinión y cambiarme al doctor Bernard, pero no quería parecer una cobarde. Además, que me examinara él solo supondría otro conjunto distinto de problemas y aun así me daría algo de grima.

«Puedes irte».

Pero entonces, Reagan sabría que no me había hecho la prueba del Papanicolaou, se quedaría decepcionada y nunca dejaría de darme la murga. Negué con la cabeza.

«Es solo un examen. Siempre has sido una estudiante de sobresaliente».

Y eso era lo que no debía pensar, porque me recordaba la diferencia de edad que había entre Tate y yo. ¿Cuándo había

194

pisado él por última vez un centro educativo? ¿Hacía media década? ¿Una década? Dejé de pensar en eso antes de que se me fuera de las manos.

Me quité la ropa a toda velocidad, muy consciente de que mi cuerpo distaba mucho de ser perfecto. Había visto a la mujer con la que Tate había tenido relaciones sexuales. Era delgada como un palo y tenía un bronceado perfecto. Yo, en cambio, tenía un poco de sobrepeso y algo de celulitis por la zona del culo. Además, su trabajo incluía toquetear vaginas y tetas. ¿Y si las mías no llegaban a la media de la élite de Manhattan? Me había afeitado gran parte de la zona y, de repente, me dio miedo que pareciera demasiado. Como si tuviera un águila calva entre las piernas.

«¿Por qué no puedo apagar el puñetero cerebro?».

Doblé la ropa, la puse en una pila ordenada sobre el mostrador color crema y luego procedí a atarme la bata de hospital alrededor del cuello y la cintura, lo más ajustada posible. Pero no fue suficiente, porque esta cosa no tenía revés. Tenía el culo al aire, desnudo, y notaba la brisa. Al final, me quedé con el papel-tejido extraño. Grace no me había explicado qué hacer con eso, así que decidí envolverlo con cuidado alrededor de mi cuerpo. Por lo menos ahora tenía el culo tapado.

«Sí. Mucho mejor. Ahora ya puedes olvidarte del hecho de que Tate está a punto de toquetearte la vagina».

En un intento por ser modesta, me envolví con los brazos para asegurarme de que estaba bien tapada. Me senté en el borde de la mesa de exploración, donde me sentí como un rollo de papel higiénico humano, y me pregunté en qué momento todo había empezado a salir mal.

«En cuanto vi cómo Tate le provocaba un orgasmo a otra mujer», decidí.

Oí unos golpes en la puerta. Respiré hondo.

La voz grave y áspera de Tate se coló por las rendijas.

—¿Puedo entrar?

«No».

—Sí.

Abrió la puerta y la cerró tras de sí. Esta vez, llevaba una bata de médico sobre los pantalones pitillos habituales y el ajustado jersey de cachemira. Se volvió para mirarme y abrió un poco los ojos.

—Es una reinterpretación interesante. —Reprimió una sonrisa.

Me morí de vergüenza. Estaba segura de que la cabeza estaba a punto de estallarme por toda la sangre que me había subido a la cara, pero me encogí de hombros, como si no me importara.

—No sabía qué hacer con el pañuelo.

—Por lo general, una se lo pone sobre el regazo por pudor.

—Me parece más pudoroso así.

—No puedo discutírtelo.

Dio un paso adelante con el puñetero portapapeles en la mano y el formulario que seguramente ya había leído. Así que ahora sabía cuánto pesaba, que tomaba anticonceptivos y que nunca había tenido relaciones sexuales. Todavía no se había mofado de ninguna de esas cosas. Tal vez no lo haría. Quizá era un buen médico de verdad, que dejaba de lado nuestra animadversión durante las horas de trabajo.

Tate dejó el portapapeles sobre el mostrador y se echó jabón en las manos para lavárselas. La tensión de la habitación se podía cortar con un cuchillo de untar.

—He visto tu historial —empezó.

«Ya empezamos».

Se frotó las manos, llevaba las uñas muy cortas y tenía los antebrazos llenos de músculos y venas.

—Como nunca has ido al ginecólogo, ¿te gustaría que te realizara una revisión general?

—¿En qué consiste una revisión general? —Me sentí como una idiota. Joven e ingenua e ignorante.

—En un examen mamario, abdominal y pélvico.

—¿Es lo que me recomendarías? —Estaba intentando sonsacarle algún tipo de confirmación de que quería tocarme.

Tate cerró el grifo, agarró papel y se secó las manos. Luego tiró el papel a la basura. El chasquido de los guantes llenó la habitación. Eran de color azul pálido, como el círculo alrededor de sus iris grises

196

Se acercó a mí.

—Sí.

—Bueno, pues...

—Tengo que insistir en recibir una confirmación verbal, señorita Richards.

Puse los ojos en blanco por dentro.

—Sí, me gustaría que se me hiciera una revisión general. Por favor.

—¿Puedo quitarte este...? ––Pasó los ojos por el pañuelo que me envolvía—. ¿Cinturón de castidad?

El calor me subió por el cuello y las mejillas.

—Pues bueno. —No podría parecer más juvenil ni aunque lo intentara. Lo cual, por increíble que fuera de comprender, no era lo que trataba de hacer ahora.

Se aclaró la garganta.

—Necesitaré...

—Oh. Claro. Sí. Por favor, por favor, desenrédame del papel.

Se acercó a mí y me quitó el pañuelo sin llegar a tocarme. Así de cerca, su olor (a sándalo, hoguera y el embriagador almizcle terroso) me provocó un hormigueo por todo el cuerpo. Me aparté para que no se me hiciera la boca agua.

Cuando el pañuelo se convirtió en un montón de papel áspero bajo mi cuerpo, Tate me indicó que me tumbara.

—Te lo explicaré todo paso a paso. Párame si tienes alguna pregunta o si te sientes incómoda. —Su voz era neutra. Taciturna.

Asentí y me subí las gafas por el puente de la nariz. Empezó con el examen abdominal, que consistía en palparme el estómago a través de la bata. Presionó aquí y allá, con dedos fuertes y expertos. Reprimí un gruñido y se me tensaron los músculos. Ahora entendía por qué a las mujeres les parecían atractivos los ginecólogos. Literalmente, dedicaban sus vidas a aprender todo lo que había que saber sobre el cuerpo femenino. Seguro que provocaba orgasmos a las mujeres mientras dormían. En sueños.

—Ahora empezaré el examen mamario. —Llevó una mano al nudo que protegía mis pechos del aire acondicionado y de la vergüenza, cuando vio el estado de alerta de mis pezones—. Voy a desatar la parte superior de la bata. ¿Te parece bien?

—Claro.

Se acercó, tiró del cordón y... nada. Nos dimos cuenta al mismo tiempo de que mi estrategia había fracasado. Nuestros ojos se encontraron en silencio. El problema era que los había anudado con tanta fuerza que el cuello me ahogaba. Tardaría varios minutos en deshacerlos.

Me mordí el labio cuando el tobillo me chocó con demasiada fuerza contra un estribo.

—¿Cuál es el protocolo en estos casos?

—No hay protocolo. —Que no se riera de mí decía mucho de él, pero eso solo hizo que la situación fuera aún más tensa—. Es la primera vez que pasa en la consulta de Bernard y Marchetti.

Esbocé una sonrisa.

—Podríamos saltarnos el examen mamario y llevarme la bata como recuerdo? —No dijo nada—. Te compensaría, por supuesto —me apresuré a decir.

«Dios mío, Charlotte. Haz como Ariel y cállate».

¿Dónde había una alarma de incendios cuando la necesitaba?

—¿Es eso lo que realmente quieres?

¿Ya se estaba arrepintiendo de no haberme mandado con el doctor Bernard? ¿Se convertiría esto en la nueva historia graciosa de la clínica que todas las enfermeras contaban a sus amigas enfermeras?

«Cállate, cerebro. No me ayudas».

Me lo planteé. Era de una cobardía máxima presentarse, desvestirse e irse sin haberse sometido a una revisión estándar.

—¿Cuáles son las otras opciones?

—Puedes quitarte la bata por detrás o puedo deshacer el nudo.

«Traducción: Puedes desnudarte o hacer que mis manos te den golpes en las tetas durante los cinco minutos que tarde en desenredarte esta camisa de fuerza».

Me aclaré la garganta.

—Vamos a saltarnos el examen mamario.

Enarcó una ceja.

—¿Alguna vez te han hecho uno?

—No.

—Puedo enseñarte a hacerte un autoexamen mamario en casa.

—¿Qué es eso?

—Es una herramienta de cribado para detectar el cáncer de mama de forma precoz. —Me dio un folleto y se giró para abrir un armario y sacar algo—. Te enseñaré cómo debes palparte los pechos para detectar bultos y otras anomalías: son los pasos cuatro y cinco.

Miré el papel brillante, que contenía una lista de instrucciones. El paso cuatro consistía en una ilustración de una mujer tumbada, con los dedos en el pecho.

—¿Y me enseñarás… por encima de la bata? —Supe que era una pregunta estúpida en cuanto se volvió para mirarme de nuevo con una teta falsa en la mano, pero no había vuelta atrás cuando decías algo vergonzoso—. Oh. Genial.

Durante los siguientes minutos, me mostró cómo buscar bultos, usando el pecho falso como ejemplo.

—Así es como se realiza un autoexamen. Te recomiendo que lo hagas mensualmente y te familiarices con la forma de tus senos, así notarás cualquier cambio potencial más adelante.

—De acuerdo. —Agarré la teta falsa. Me tocaba palpar en busca de bultos. El problema era que no notaba ni uno. Lo volví a intentar. Y otra vez. Y otra. Esperaba que los ginecólogos no cobraran por hora, porque estaba creando una buena factura.

—¿Notas algún bulto?

—Claro —mentí porque quería acabar de una vez.

No pareció hacerle gracia.

—¿Dónde?

—Aquí. —Señalé un punto al azar.

—Vuelve a intentarlo.

—No noto nada —admití.

Sus dedos se posaron sobre los míos, y los arrastraron por el pecho presionando hacia abajo.

—¿Lo notas ahora?

—No. —Me aclaré la garganta y me distancié un poco de él—. Vamos a por la opción C.

—¿La opción C?

—El nudo. Desenrédalo, por favor.

—Pero tienes que aprender a hacerte un autoexamen mamario.

Volví a agarrar el folleto y lo agité.

—Lo buscaré en YouTube.

—Señorita Richards...

—Palabra de honor.

Entrecerró los ojos, pero no me contradijo y se centró en el nudo maldito.

—Voy a desenredar esto.

—Por favor.

Agarró el nudo, tan cerca de mí que lo notaba por todas partes. Sus nudillos me rozaban la clavícula con cada movimiento. Estaba mareada. Confusa de repente. Como si me envolviera en una bruma. Lo dejé trabajar en silencio mientras contaba ovejas hasta que llegué a trescientas ochenta y cuatro y hubo terminado.

Las dos solapas que me cubrían el pecho se abrieron y lo dejaron al descubierto.

La mano de Tate se deslizó por mi caja torácica.

—Voy a tocarte el pecho.

—¿También haces esto en las citas? Porque es un poco raro.

Me dedicó una sonrisa fría, muy profesional. No le había hecho ninguna gracia. «Vaya». Habíamos entrado en un reino diferente en el momento en que me había convertido en su paciente.

Tate colocó las manos sobre mi pecho. Como nunca me habían hecho un examen, no sabía si los médicos debían ser tan minuciosos, pero él dedicó un tiempo considerable a masajearme el pecho derecho y lo presionó con movimientos metódicos.

Los pezones empezaron a arrugarse y el calor se concentró en mi vientre. No necesitaba bajar la vista para saber que los tenía duros como piedras. Los dos pezones le devolvían la mirada, sensibles, y pedían a gritos que los tocara. Lo miré a la cara, con el pulso acelerado. Tenía el ceño fruncido, concentrado en buscar bultos. Me sentí como una pervertida.

Tate pasó a mi pecho izquierdo. Sus dedos se deslizaron sobre mi piel y rodearon la curva del escote. Su pulgar se clavó en un punto que hasta entonces no sabía que era sensible. Justo por debajo del pezón. Dejé escapar un gemido sin querer, luego lo disimulé con una tos y una excusa tonta sobre estar recuperándome de un resfriado. «Uy».

Cerré los ojos y deseé no estar mojada. Demasiado tarde. Sabía que lo estaba. Seguía con las piernas cerradas y mi entrepierna estaba húmeda, caliente, y me rogaba que la frotara en busca de algo de fricción. Tate me volvía loca. Temía llegar al clímax antes de que me tocara ahí abajo, así que mantener la calma cuando sus manos bajaran hacia ahí quedaba descartado.

—Todo bien —dijo, con la voz un poco ronca. Mantenía una fachada muy serena. El rostro inexpresivo y los hombros relajados.

Me rozó el pezón izquierdo con el pulgar cuando se apartó. Fue leve, un roce accidental, pero lo noté con claridad. Me estremecí y contraje el abdomen. Solté otro gemido desesperado e involuntario y me provoqué un ataque de tos.

«Eso no se puede disimular».

—Lo siento —murmuró, y abrí los ojos para mirarlo con los párpados entreabiertos.

Volví a pasarme la lengua por los labios. Tenía que parar. Mi cerebro me gritaba que no comprobara si tenía una erección, porque se daría cuenta.

—No pasa nada —soné medio aturdida. Como si me hubieran drogado.

—Ahora toca la citología. Ya que nunca has tenido relaciones sexuales, es poco probable que tengas cáncer de cuello uterino o células cancerosas. En la mayoría de los casos, el cáncer de cuello uterino es causado por una infección de transmisión sexual llamada VPH. Sin embargo, es mejor prevenir. Además, hay otros factores que hay que tener en cuenta, como antecedentes de cáncer en la familia, si fumas, etcétera. En cualquier caso… —Se acercó a la parte inferior de mi cuerpo—. Iré con mucho cuidado. Las posibilidades de que tu himen se vea afectado por este examen son muy bajas, así que trata de relajarte. Ahora abre las piernas, Charlie.

No fue lo que dijo, sino la forma en que lo hizo lo que provocó que buscara sus ojos horrorizados. Me había llamado Charlie, y su voz ya no era taciturna. Poseía la leve cadencia de un tono mandón. Uno que decía: es una orden, no una petición.

Nos sostuvimos la mirada demasiado tiempo. El suficiente para saber que se le había escapado. Que llamarme Charlie no había sido intencionado. Él también estaba perdiendo el control.

Tate dio unas palmadas en un estribo y nos devolvió a la realidad.

—¿Necesitas ayuda? —Su tono seductor me provocó sensaciones de las que nunca me recuperaría.

«Di que no».

—Sí, por favor.

Me levantó los pies y los colocó en los estribos. Me tocaba con tanta ternura y seguridad que me entraron ganas de llorar. Fue el primer momento en que me permití admitir que deseaba que el doctor Tatum Marchetti me la metiera. De una forma salvaje y sucia. Quería que hiciéramos cosas que consiguieran que la rubia guapa a la que le había provocado un orgasmo en su consulta se sonrojara. Y me iba derechita al infierno porque era el hermano de mi difunto mejor amigo.

Tenía las piernas abiertas de par en par delante de él. Tate se sentó en una silla entre mis piernas. Por instinto, traté de juntar las rodillas.

—Señorita Richards —dijo en voz baja.

Cerré los ojos y repasé una serie de súplicas en mi cabeza, pues no estaba segura de por cuál decantarme.

«Por favor, no hagas que esto sea incómodo. Por favor, no me avergüences. Por favor, no sugieras que me vaya con el doctor Bernard y me humilles. Por favor, date prisa. Tócame ya».

Los pezones me dolían tanto por la necesidad que si movía un poco el pulgar sería mi perdición.

Tragué con fuerza.

—¿Sí?

—Sería un buen momento para que abrieras las piernas.

Estaba segura de que su elección de palabras no era casual, profesional o no.

«Estoy cachonda», quería gritar.

—Soy tímida —dije, en cambio.

—No hay razón para serlo. ¿Prefieres que empiece por el examen pélvico? Puede que te tranquilice. Quizá sientas un poco de molestia, pero eso es todo.

—De acuerdo. —Asentí, con las rodillas aún apretadas.

Pensé que fingía inocencia bastante bien, teniendo en cuenta que solo el quince por ciento de mi cerebro estaba ocupado con el hecho de que Tate iba a ver mi vagina de cerca. El otro ochenta y cinco por ciento estaba sintiendo pánico ante la posibilidad de que me corriera en la camilla. ¿Eso se consideraba acoso sexual?

Tate esperó con paciencia. Al final, separé las rodillas y me abrí de piernas. Me fijé en cómo me miraba la entrepierna. Tragué saliva. Una expresión cruzó su rostro, pero no pude descifrarla. No estaba muy versada en exámenes ginecológicos ni en hombres. Pero estaba siendo tan buen profesional que si me decía que no lo afectaba, le creería.

—Voy a tocarte.

Asentí con la cabeza y noté sus dedos a través de los guantes de goma mientras me separaba los labios. Inspiró. O tal vez era su respiración normal. Todo parecía y sonaba exagerado en aquel momento.

No podía dejar de mirarlo. De nuevo, dediqué hasta el último miligramo de autocontrol para pensar en cosas que no fueran él empotrándome en la silla.

—¿Cómo lo notas? —murmuró.

—Muy bien.

Los dos hicimos una pausa para asimilar lo que había dicho. Me sonrojé y solté:

—Es decir, que no me duele ni nada.

Sus ojos azul grisáceo se encontraron con los míos verdes. Se le movió la nuez, y a mí se me puso la piel de gallina. Luché por mantener los ojos abiertos. Estaba borracha de ansia. Sin querer, levanté las caderas, en busca de sus dedos.

Tate clavó los ojos entre mis piernas.

—No puedo realizar un examen bimanual porque podría dañar el himen, así que voy a pasar directamente a la citología.

—¿Qué es un examen bimanual?

—Consiste en introducir dos dedos dentro de la vagina para comprobar el tamaño, la forma y la posición de tu útero y detectar masas ováricas quísticas o tumores.

—Parece importante. —Tenía la voz grave. Solo era capaz de imaginarme a Tate metiéndome dos de esos dedos largos y fuertes. Era oficial: había perdido la cabeza—. ¿Seguro que queremos saltarnos esta parte?

—Estoy seguro de que no quiero romperte el himen y que me demanden, sí —repuso Tate con sequedad. Seguía siendo el mismo cabrón que conocía, y me gustaba.

—No te demandaré.

Se rio.

—Lo necesitaré por escrito.

Estaba bromeando, pero yo hablaba muy en serio. Agarré el móvil y le envié un correo electrónico rápido en el que confirmaba que había pedido un examen bimanual y explicaba que entendía las consecuencias. Por suerte, tenía el correo electrónico de la clínica de cuando pedí cita para Reagan.

—Ya está. Comprueba si tengo algún tumor. —Dejé caer el teléfono a mi lado y me crucé de brazos sobre el pecho.

Tate me miró con intensidad. Tanto, que supo lo que yo intentaba conseguir. Miró su teléfono, que se iluminó con el correo electrónico que acababa de recibir, luego volvió a mirarme.

—No.

—¿Por qué?

—Porque no deberías romperte el himen así.

—No seas paternalista conmigo. ¿No puedo elegir cómo perder mi virginidad?

—Romperte el himen —me corrigió—. No te quitaría la virginidad, solo te rompería el himen.

Entreabrí los labios. En todo caso, sus palabras me pusieron aún más cachonda. Me sentía como si me acabaran de decir el especial del día en un restaurante de tres estrellas Michelin y tuviera que rogar para poder comérmelo.

«Lo haré si hace falta», decidí. Me asustaba lo mucho que lo deseaba.

Tate soltó un suspiro, parecía indeciso.

—Te vas a arrepentir.

—Sé más paternalista. Fantástico. —Estaba en racha ya.

Al final, Tate estalló, con los ojos encendidos de ira. Perdió todo el control y la profesionalidad.

—¿Te das cuenta de que estoy a punto de romperte el himen en la camilla y que no te llamaré al día siguiente ni te enviaré flores?

Me tiré de la pierna. Me subí las gafas. Me sacaba muchos malos hábitos. Observó cómo me atacaba el muslo con la mano. Bajé el culo hacia él aún más, casi me ofrecí en bandeja.

—Sí. Y ya que estoy aquí, quiero descartar cualquier posibilidad de que tenga cáncer. Haz lo que tengas que hacer.

—Charlie…

—Hazlo.

Los ojos de Tate se clavaron en los míos mientras me abría con las manos enguantadas y deslizaba el dedo índice dentro de mí. Despacio. Demasiado lento. Me contraje a su alrededor por instinto. Cerré los puños e hice fuerza mientras reprimía un gemido. Era tan placentero que no me habría importado morir en esta camilla.

—¿Así está bien?

—Sí —gruñí, y cerré los ojos, con las rodillas temblorosas—. Bien.

Deslizó otro dedo dentro de mí. Me estremecí y mis músculos se tensaron. Noté que la barrera que había tratado de no derribar le impedía introducirse más, pero tenía los ojos cerrados. Lo oí inspirar.

—Respira lenta y profundamente desde el abdomen.

Murmuró algo más en voz baja. Demasiado bajo para entenderlo. Luego empujó hasta el fondo. Levanté el culo de la mesa de examen, se me abrió la boca de dolor y deseo. No se esperaba que me moviera así, porque mi clítoris chocó con la palma de su mano. Se me curvaron los dedos de los pies. Me mordí la lengua para no gritar.

Cuando volví a colocar el culo en la camilla, Tate formó un gancho con los dedos que tenía en mi interior y tocó un punto sensible que me hizo gemir fuerte. Estaba a punto de desmoronarme. ¿Cómo era posible que las mujeres no se corrieran en esta camilla cada semana? Si esto era una práctica habitual, estaba bien fastidiada.

—¿Te duele? —Tenía la voz ronca.

—Un poco. —Mentí para guardar las apariencias y fingí que no estaba a punto de correrme mientras me tocaba. Cerré los ojos, intenté superarlo sin venirme abajo y traté de grabar esa sensación en mi memoria para más tarde. Estaba enferma. Muy enferma

—Te pondré la mano en el vientre y presionaré hacia el útero.

Tate me subió la bata por encima de la cintura y toda mi mitad inferior quedó al descubierto. Se inclinó hacia delante y colocó las yemas de los dedos de la mano que tenía libre en mi bajo vientre. Justo encima del útero. Presionó profundamente, buscando lo que fuera que necesitaba.

Me retorcí al notarlo, al sentirlo dentro de mí, sobre mí, por todas partes. El movimiento hizo que volviera a acariciarme el clítoris con la palma. Traté de reprimir el gemido y fracasé. Abrí los ojos de golpe y me topé con su mirada. No podía toser para disimularlo. No sin apretarme contra sus dedos. Me ardían las mejillas.

O tenía una gran cara de póquer o no sabía dónde estaba la palma de su mano. Ni que estaba perdiendo el poco control que me quedaba. La presión aumentaba. Hizo fuerza sobre mi vientre con la otra mano. Me contraje alrededor de sus dedos, sin poder evitarlo. Clavé la mirada en la suya. No la apartó en ningún momento, sino que buscó señales de incomodidad en mi rostro. No le mostré ninguna.

Me aclaré la garganta y traté de mantener la calma.

—No duele mucho.

—Seguramente duele menos que romperte el himen de forma tradicional.

—Seguro. Casi no me duele.

—Ayuda el hecho de que estés lubricada —dijo con naturalidad, con la palma de la mano todavía en mi clítoris.

Pero no recordaba que hubiera abierto el tubo de lubricante que había en el carrito junto a él. Todo era natural. Todo mío. Me ardían las mejillas. Me penetró profundamente con los dedos. Había ido a clases de salud sexual. Lo había visto en un vídeo. Parecía una examen ginecológico al cien por cien, pero no me daba esa sensación. Notaba que estaba a punto de correrme.

Formé una O con la boca y supe que me iba a correr. Me había corrido antes, usando mis propios dedos, pero nunca me los había metido. Y jamás me había sentido así. Nunca había tenido la sensación de tener el cuerpo tan lleno de partes de otra persona mientras la tensión aumentaba poco a poco.

Puse los ojos en blanco. Los cerré de golpe. Cada músculo de mi cuerpo se tensó y se contrajo.

—Tate —gimoteé.

—Doctor Marchetti. —Su tono profesional me devolvió a la realidad.

«Demasiado tarde».

—Me… Me…

—Eso parece.

Sacó los dedos, despacio, pero me contraje a su alrededor. Incliné las caderas hacia delante y se me curvaron los dedos de los pies de nuevo en los estribos. Tensé los glúteos para moverme y empujar sus dedos hacia el interior.

No tenía ningún control sobre mi cuerpo; me retorcí ante él. No había manera de volver a mirarle a los ojos. Él no había hecho nada mal. En todo caso, había sido yo. Pero había sido lo primero que me había hecho sentir algo que no fuera el orgullo sordo y estático por hacer siempre lo correcto desde la noche en que todo había ocurrido. Sacar las mejores notas. Ir a una buena universidad. Encontrar un trabajo adecuado.

No, esto no era cómodo, agradable ni apropiado. Era real, complicado y estratosférico. Era algo por lo que valía la pena luchar.

Me recuperé del orgasmo como si estuviera atravesando un banco de niebla. Los escalofríos que me recorrían eran como los últimos azotes de un huracán que me devolvían a la orilla. Cuando mi culo se posó sobre la camilla, me di cuenta de que Tate había sacado los dedos de dentro y había retirado la silla para distanciarse de mi entrepierna.

Se quitó los guantes con un chasquido.

—Todo bien —dijo—. Ahora toca la citología.

Me mordí el labio inferior. Vi que se daba la vuelta, se lavaba las manos y se colocaba unos guantes nuevos. La realidad me asaltó como un golpetazo. Dios mío. ¿Qué había hecho? Me había corrido con sus dedos dentro durante un examen ginecológico. Y ahora Tate se comportaba como si nada hubiera pasado.

Me había advertido que no me mandaría flores ni me llamaría, y yo había aceptado sus términos, incluso le había enviado un correo electrónico legalmente vinculante para que lo hiciera. Así que, ¿por qué me sorprendía y me enfurecía que continuara con la revisión sin prestar atención a lo que acababa de pasar?

Lo sabía seguro. Notaba la humedad que se me acumulaba entre los muslos y la camilla. Me había contraído alrededor de sus dedos. Lo. Sabía. Seguro.

Me quedé en silencio mientras él se volvía hacia mí y se colocaba otra vez entre mis piernas. Sabía que estaba roja. Que el sudor hacía que algunos mechones de pelo se me pegaran a las sienes. Que aún estaba mojada.

Como para confirmármelo, agarró unos pañuelos y me limpió la entrepierna de arriba abajo.

—Voy a meterte un espéculo. Puede que te resulte un poco raro, pero me aseguraré de colocarlo en la medida más pequeña. Tienes el útero muy estrecho, algo que puede que quieras hablar con tu futuro ginecólogo-obstetra, en caso de que decidas tener hijos.

¿Que era muy estrecho? Eso era bueno, ¿no? ¿Eso significaba que le había gustado meterme los dedos? Puñetas, ¿por qué no decía nada sobre lo que acababa de pasar hacía dos minutos?

Y entonces caí en el resto de la frase: mi futuro ginecólogo. Es decir, que esta sería la última vez que esto ocurriría. La última vez que me vería. Que me metería los dedos.

Tate deslizó el espéculo hacia dentro y separó las paredes de mi vagina. Para mi horror, la sensación seguía siendo muy agradable. De hecho, un sonido de succión salió de mis codiciosas partes femeninas. Gemí, avergonzada, y cerré los ojos. Si volvía a correrme, estaba decidida a divorciarme de mi cuerpo.

Me frotó las entrañas con un cepillo suave y luego retiró el artilugio metálico. Seguía tumbada en la camilla, y me negaba a mirarle a los ojos. En teoría, no teníamos que volver a vernos. Había dejado claro que no sería mi ginecólogo en el futuro, y yo podía dejarle los papeles de la donación en el buzón.

El orgullo me pedía que cortara todo contacto con él. Sin embargo, la puñetera sensación que tenía en el pecho no me dejaba darle la espalda. Ni siquiera estaba segura de a quién estaba tratando de salvar a estas alturas, si a él o a mí misma.

—Hecho. Deberías recibir los resultados en las próximas cuarenta y ocho horas, algo de lo que nuestra clínica se enorgullece. —Se volvió hacia mí, con el rostro desprovisto de toda emoción.

Tenía ganas de obligarle a hacer un comentario sobre lo que había pasado, pero me daba la sensación de que había alcanzado mi cuota de hacer el ridículo de este año.

—Gracias. Y gracias por dedicarme tu tiempo. —Para mi sorpresa, mi tono sonó tan frío como el suyo. Agarré mi ropa antes de que se fuera incluso. Quería salir de ahí, bloquear el número de la clínica en mi móvil y fingir que nada de esto había pasado. Borrarlo de mi memoria.

Se apoyó en el mostrador y me observó.

—En cuanto a tu himen…

—Por favor, deja de hablar de mi himen.

Tate me observó con esa mirada que me ponía de los nervios. Como si yo fuera una niña de primero que acababa de aprender a limpiarse bien el culo.

—En cuanto a tu himen… —continuó, impertérrito. Cabrón—. No estoy seguro de si se ha roto del todo o solo una parte, pero puede que sangres un poco y sientas un ligero malestar. No dudes en ponerte en contacto con la clínica si persiste.

«Sí, tío. Claro. Te llamaré por la virginidad que me has quitado al meterme los dedos y esa cosa metálica».

—Claro. Sí.

—Y cuando decidas tener relaciones sexuales en el futuro, por favor, hazlo como si fueras virgen, porque a efectos prácticos, lo eres, y tu cuerpo tendrá que adaptarse en consecuencia.

Lo miré con el ceño fruncido mientras metía las piernas en los vaqueros. No era justo. Él no había querido hacerlo. Reagan me había pedido la cita y yo casi le había rogado que me examinara él antes que el doctor Bernard. Pero si era sincera, no solo estaba enfadada con él por haber cedido a mi estúpida petición. Sobre todo, estaba enfadada conmigo misma por no tener ningún tipo de autocontrol cuando se trataba de él.

—¿Siempre te preocupas tanto por la vida sexual de todas tus pacientes? —le pregunté.

—Por supuesto —dijo, distante—. Soy su ginecólogo.

—Bueno, pues no te preocupes por la mía. Solo ha sido una citología. Como ya me comentaste, no puedo permitirme esta clínica.

—Hablando de eso, Reagan me pidió que le facturara esta visita. Sylvia le enviará la factura por correo electrónico. —Y así, el muy cabrón se fue de la sala sin siquiera decirme adiós.

Escapé del edificio, aliviada de que al menos Tate no supiera toda la historia. Que en su despacho, la moneda no había mostrado cruz, sino cara.

No había sido el destino el que quería que me examinara. Había sido yo.

Capítulo treinta y cinco

Tate

Mi apretada agenda de partos me ahorraba pasar horas solo pensando en el orgasmo de Charlotte Richards. En ocasiones, las pacientes se corrían. Me había pasado otras veces y me volvería a ocurrir. No hacía que se avergonzaran por ello. Ni siquiera le daba vueltas, la verdad, más allá de asegurarles que no tenían nada de lo que abochornarse.

«Sin embargo...».

Charlie tenía cierta tendencia a provocar una reacción por mi parte que iba en contra de lo habitual. Me había dejado sin capacidad de decisión, que ahora se equiparaba a la de los espectadores de un *realitiy show*.

Durante los días siguientes, fui de una paciente a otra. Incluso me ofrecí a encargarme de una ecografía rutinaria de Walter después de que sufriera un brote de gota. Untar gel en un vientre protuberante no ayudó a que me la sacara de la cabeza. No ayudó que el ruido de la sonda del transductor que se deslizaba por el abdomen untado de gel de la paciente rivalizara con el ruido de la vagina de Charlie después de que hundiera los dedos en ella. (Esto último no había requerido lubricante, y me da vergüenza lo orgulloso que estoy de ello).

La paciente babeaba por la mancha en la pantalla y le agarraba el bíceps a su marido. Saqué una impresión del feto de veintidós semanas, con las piernas dobladas hacia dentro. No se podía descubrir el sexo en esa posición tan rara.

211

A los padres no les importó. Admiraron la diminuta foto, y los entendía. Con la cantidad de embarazos fallidos que veía, parir se había convertido en un milagro para mí.

Cuando se marcharon, descubrí que tenía cuatro horas libres antes de una cesárea programada. Cómo no, me pasé los minutos uno a doscientos cuarenta en casa, con mi miembro en la mano, sin poder convencerme de ir a ligar al bar más cercano y así poder descargar mi frustración.

No solía actuar así.

En absoluto.

Me enfurecía que Charlotte Richards hubiera logrado tirar por la borda todo el autocontrol que había dominado a lo largo de tres décadas y media de vida.

Hervía de irritación. Terminé la cesárea sin complicaciones y me subí al metro. Acabé en una parada que no tenía por qué pisar.

No hacía falta ser un genio para saber por qué.

La oficina de Charlie se veía desde la salida de la estación. No esperaba encontrarla ahí (tampoco había decidido ir de forma consciente), pero ahí estaba.

Charlotte Richards, en toda su gloria: las tetas realzadas por un corsé de encaje negro. El cuello envuelto por una corbata granate unida a un cuello falso. Unas piernas kilométricas que asomaban bajo una minifalda escocesa.

Joder.

Era hora de buscar una solución que no implicara acabar en urgencias por frustración testicular, la pérdida de mi cordura y más traumas que un accidentado.

Capítulo treinta y seis

Charlotte

∽

El problema era que no podía tener relaciones sexuales con Tate Marchetti. Para empezar, en ningún momento había insinuado que eso fuera una posibilidad. Y además, a juzgar por lo que había ocurrido en la camilla, si lo intentaba de verdad, sería mi perdición.

Acabaría destrozada.

Abigail, en cambio, tenía una vida sexual muy activa y no tenía ningún reparo en compartirla.

—¿Lo dejamos para otra noche? Tengo una cita con un arqueólogo, y espero que desentierre mi punto G.

Aguanté la puerta de nuestro edificio de oficinas abierta, salí tras ella y le grité mientras se iba:

—Si el arqueólogo no lo encuentra, puedes probar con un detective privado. Dicen que se les da bien encontrar cosas.

—Un ginecólogo sería una apuesta más segura —sugirió una voz profunda desde atrás—. Claro que eso ya lo sabes por experiencia propia.

Giré sobre los talones y me encontré con Tate, que estaba apoyado en un pilar de hormigón del edificio. Tenía una mano metida en un bolsillo de los pantalones pitillo, y con la otra jugueteaba con el teléfono.

Abigail ya se había subido a un taxi y se había perdido de vista, pero, igual que nosotras, Reagan hoy iba a trabajar hasta tarde, y lo último que quería era que mi jefa me pillara salivando por el hombre que iba a traer al mundo a sus bebés con todas las extremidades en el sitio correcto.

213

Tiré de él para meternos en un callejón y le di la vuelta para que le diera la espalda a la calle. Lejos de miradas indiscretas.

—¿Qué haces aquí?

—Me hiciste una pregunta. He venido a respondértela.

—No recuerdo haberte hecho ninguna.

—Lo hiciste. No soy neurólogo, pero he oído que la vitamina E puede ralentizar la pérdida de memoria.

En realidad, si lo pensaba bien, podría considerarse que le había preguntado una cosa en su consulta. Pero ¿qué? ¿Que se preocupara por mi virginidad?

Me ardían las mejillas y fingí que buscaba algo en el bolso para no tener que mirarlo.

—Vale. Contesta.

—No me preocupaba tu vida sexual porque fueras mi paciente —dijo, como quien no quiere la cosa—. Me preocupa porque quiero follarte hasta que no puedas ni caminar. Por desgracia para mí.

Dejé de hacer lo que estaba haciendo.

El silencio se instaló entre nosotros.

Tenía medio brazo metido en el bolso estilo bandolera y el móvil en la otra mano. Este se estrelló contra el asfalto.

«¿Perdón?».

Tate recogió el aparato y me lo ofreció.

—No le mandé a Reagan la factura de la visita. Considéralo mi rechazo oficial como ginecólogo porque tengo un interés personal en ti. No me importará remitirte al doctor Bernard o a cualquiera de mis otros compañeros.

—¿Eso significa que quieres salir conmigo? —Notaba que me brillaban los ojos, pero aquella puñetera sensación en el pecho me puso en alerta máxima.

—Yo no salgo con nadie. Follo. Si aceptas los términos, ya sabes dónde encontrarme. Me caes bien, Charlie, por eso voy a darte un consejo como amigo: no aceptes mi oferta. Soy demasiado mayor, estoy demasiado cansado y destrozado para darte lo que quieres fuera de la cama.

Capítulo treinta y siete

Tate

Ꮿ

Cuando se trataba del ascenso y caída de Terry Marchetti, siempre se formulaba la misma pregunta. ¿Dónde está Terry Marchetti? ¿Dónde fue a parar todo el dinero? ¿Y tanto talento? Yo podía dar respuesta a las dos primeras, era fácil. Terry pagaba muy pocos impuestos de los derechos e ignoraba a Hacienda cuando le llamaba la atención. Lo dilapidó todo en un ático de lujo en Central Park que no podía permitirse, solo para descubrir que hay organizaciones gubernamentales con las que no te metes y punto. El banco se quedó con el ático cuando dejó de pagar la hipoteca. Hacienda y la Tesorería se quedaron con los cheques trimestrales de los derechos. Lo dejaron sin nada más que los recuerdos del éxito y un resentimiento del tamaño de la franquicia de *Harry Potter*.

Y en cuanto al talento... Había sido una sorpresa para todos. Cualquier destreza literaria que poseyera confinaba sus títulos a la categoría de «mediocres», publicados por una editorial independiente olvidada. Suficiente para pagar un estudio en Parkchester y unas cuantas caladas de la droga que prefiriera ese mes. Pero *¿Las imperfecciones?* Era el tipo de lanzamiento con el que todo autor soñaba. Los críticos lo alabaron antes de que llegara a los estantes. Preseleccionado como uno de los mejores libros de la literatura moderna, vendió millones de ejemplares y salió en todas las listas de superventas. La gente lo estudiaba en las universidades, acudía en masa al cine para ver la adaptación cinematográfica y salivaba sobre todo lo que tuviera que ver con Terrence Marchetti, incluso leían alguno

215

de sus antiguos títulos como si fueran un plato de repollo sobrante y podrido.

Por eso odiaba la tercera pregunta. La que nunca sería capaz de responder. La que todo el mundo me hacía en cuanto descubrían de quién era hijo.

—No tienes que responder si no quieres. —Reagan se colocó la camisa por encima de la barriga cuando terminamos la revisión—. Solo estaba charlando, sin más. Además, muchos autores escriben un solo libro de éxito y desaparecen. He trabajado con docenas así.

Guardé una copia de su ecografía para archivarla y salí del navegador.

—Dudo que publique nada más en esta vida.

—¿Escribe?

—Si consideras que escribir es teclear y borrar, sí.

Terry se había aprovechado de su único éxito para volver a mi casa. Se pasaba las noches tecleando en su máquina de escribir y haciendo trizas todas las palabras al amanecer. Luego, dormía en mi sofá durante el resto del día, se despertaba solo para robarme la comida y dejar un rastro de desorden desde el baño hasta la cocina.

—¿Todavía tiene representante literario?

—Me siento obligado a advertirte que su agente lo abandonó después de que infringiera un contrato de tres libros y se le ordenara devolver un anticipo de siete cifras.

—Tal vez sufre un bloqueo.

«O tal vez *Las imperfecciones* fue una cuestión de suerte».

Hacía tiempo que lo había aceptado. Igual que su agente y su editor. El único que parecía no poder aceptarlo era él.

—Tal vez —repetí para poner fin a la conversación.

Esa noche, cuando volví a casa después de una cesárea de emergencia, me encontré a Terry tumbado en el sofá mientras veía una reposición de *Cómo conocí a vuestra madre* en una pantalla plana que había instalado para que la casa no pareciera tan vacía. Hasta ese momento, no tenía ni idea de que todavía funcionaba.

—Hola, hijo. —Metió la mano en una bolsa de patatas fritas de marca blanca—. ¿Ya has vuelto a casa?

Como siempre, su uso de la palabra «hijo» me provocaba ira.

—Hijo no. —Encendí la luz de la cocina y abrí la puerta de la nevera, pero estaba vacía—. Y esta no es tu casa.

Mi estómago protestó. Necesitaba dos mil calorías, quince horas de sueño y una máquina del tiempo para volver a la época anterior a haberme sincerado con Charlie y haberle ofrecido sexo sin compromiso como un maldito acosador (no era más que una cría, conocíamos a la misma gente, era peligroso y muy impropio de mí). También necesitaba algo de sentido común. Tal vez una orden de alejamiento serviría, tal como iban las cosas.

—Hay sobras de *pizza*. Traje una entera de Rubirosa —dijo Terry, que hizo una pausa para reformular una línea del programa en voz alta—. Deberían haberme contratado para escribir el puñetero guion. —Sacudió la cabeza—. Creía haber puesto la *pizza* en la nevera, pero puede que la metiera en el congelador.

Por lo que sabía, Terry no tenía ni un centavo para pagar un chicle, mucho menos lo suficiente para pagarse el trayecto hasta Nolita y una *pizza* entera de Rubirosa. Conté hasta tres en mi cabeza mientras luchaba contra la sensación de calor que me subía por la nuca.

—¿Has visto el manuscrito de Kel? Me pareció verlo bajo su cama, pero debes de haberlo cambiado de sitio. Llevo todo el día buscándolo por casa. ¿Lo tienes en tu habitación? No lo tiraste, ¿verdad?

«Tres».

—Me he comido lo que quedaba de tus platos preparados. Espero que no pase nada. —Migas de patatas fritas salían disparadas de su boca mientras hablaba y aterrizaban en la alfombra, el sofá y sobre su cuerpo. Nada como unas migas en un barrigón—. Sabía de pena. Quizá podrías buscar una empresa mejor. Investiga un poco. Mira esa aplicación que usan los jóvenes. Ya sabes… —Chasqueó los dedos varias veces y me señaló con uno—. Yelp.

«Dos».

—Ah, y la limpiadora ha venido hoy. —Se llevó otro puñado de maltodextrina con alto contenido de fructosa, maíz y

217

jarabe a la boca. Si no lo mataba yo, lo harían las patatas—. La muy insensible se ha puesto a aspirar por donde escribo, a pesar de que veía que estaba escribiendo. Espero que no te importe, pero le he dicho que se fuera y que volviera más tarde. No podía escribir con todo ese ruido. La buena noticia es que te he ahorrado el dinero que le dejaste en la encimera. —Levantó una patata y la agitó hacia la cocina—. Lo he usado para llenarte la despensa.

«Uno».

Le arrebaté la bolsa de la mano, volví a la cocina, la tiré a la basura y me volví para mirarlo de nuevo.

—Es la última vez que te recuerdo que una de las condiciones para que te quedes aquí es que trabajes.

—Estoy trabajando. —Señaló las patatas—. ¡Eran caras!

—Muy bien. Podrás comprar más cuando termines un libro y lo vendas.

—No puedo. Sobrio no. —Se rascó detrás de la oreja—. Escribí *Las imperfecciones* borracho y encocado. Ni siquiera recuerdo cómo lo hice.

—¿Acaso te he encadenado al suelo y te he encerrado en el sótano? —Señalé con el pulgar hacia la izquierda—. Ahí está la puerta. Nadie te obliga a quedarte.

Señaló un montón de papeles a sus pies, hechos bolas.

—Soy incapaz de terminar este libro.

—Te sugiero que lo resuelvas lo antes posible, teniendo en cuenta que tu agente te abandonó, tu editor también y yo estoy a diez segundos y un mal día de seguir sus pasos. Así que si no quieres acabar en la calle, escribe un puñetero libro ya. —Sobre todo porque estaría más cerca de echarlo de mi vida. Esta vez para siempre.

Puso las manos en jarras, lo que provocó que las migas de su barriga cayeran al suelo, que esta semana ya no se iba a limpiar.

—¡No puedo!

—No es mi problema.

—¿Y si no lo hago?

Al final lo miré. Lo miré de verdad. Llevaba una camisa llena de agujeros. La fina capa de grasa que le cubría el pelo brillaba con la luz. Dos bolsas hundidas le rodeaban los ojos. Por mucho que durmiera, siempre estaría cansado. Parecía que se hubiera peleado con un camión de la basura y hubiera ganado el camión.

—¿Y si no lo hago? —repitió Terry, más bajo esta vez.

Yo no sabía en qué momento su vida había empezado a descarrilarse. Tal vez fue cuando probó las drogas. Tal vez fue el momento en que decidió centrarse en su carrera con cincuenta veces más empeño que el que dedicó a la familia. Puede que ya naciera siendo un desastre. Fuera como fuese, no era problema mío. No era mi padre.

—No pongas a prueba mi paciencia, Terry. No te gustará lo que encontrarás cuando se agote del todo.

—No puedo escribir otro libro.

—Estás acabado. Destinado a morir pronto, siendo tan irrelevante como el día que naciste. Si no quieres hacer algo con tu vida, no es mi problema. Me encantará acompañarte hasta la puerta. —Le di la espalda. Mis pies retumbaron contra el suelo mientras me dirigía a mi habitación. Oí que me seguía.

Me cortó el paso antes de que llegara a la escalera y me agarró de las solapas de la camisa.

—¡Lo plagié! ¿Vale? ¿Es eso lo que quieres oír?

Había levantado las manos para zafarme, pero me quedé petrificado ante sus palabras.

—Repítelo.

—Robé el libro, joder. —Esperó a que dijera algo y, como no lo hice, buscó una excusa—. Pero… Pero… no es lo que crees.

Las piezas del rompecabezas encajaron. Me asaltaron recuerdos de cada puñetera vez que me habían preguntado por el meteórico ascenso y caída de Terry Marchetti. «No se parece a nada que haya escrito. No sabía que era capaz de escribir así. Una lectura única en la vida». Nunca me había leído el libro, pero sí lo que los críticos habían dicho al respecto. Por un momento, pensé que al menos Terrence Marchetti no era un pedazo de mierda completamente inútil.

—Las palabras… —Aflojó los dedos que me agarraban—. El libro era de otra persona. —Se quedó en silencio mientras esperaba a que yo dijera algo.

219

Pero era incapaz. Me costaba entender la posibilidad de que el libro del que se había pasado la última década presumiendo (el que había redimido su existencia) fuera una mentira.

—Me das asco. —Me salió bajo y grave, nublado por la rabia. Lo empujé a un lado y subí las escaleras.

—Aún puedo quedarme, ¿verdad? —gritó.

Cerré de un portazo e hizo caso omiso de cómo me gruñía el estómago y cómo la indignación me cegaba la cordura. Durante casi diez años, había tolerado que Terry Marchetti volviera a mi vida por una sola razón. Kellan lo idolatraba por haber escrito *Las imperfecciones*.

«Kellan lo idolatraba por nada».

Capítulo treinta y ocho

Charlotte

കൗ

Bueno. El *upsgasmo* se reproducía en mi cabeza en un bucle infinito, como un disco rayado clavado en la parte más ruidosa. El principal problema era que lo había disfrutado. Incluso quería que se repitiera. ¿El otro problema? Que no volvería a mirar a Tate a los ojos. Ni para disculparme ni para aceptar su oferta. No. Ni hablar. Jamás de los jamases.

—¿Charlotte? —Abigail me dio un golpe en el hombro—. Tienes las mejillas rojas.

Estábamos apiñadas en una esquina del ascensor de la oficina que iba hacia abajo. Apretujadas como sardinas en una trampa mortal. Tan juntas que no veía el cartel con el máximo peso aceptado que había al otro lado de la fila de cuerpos que teníamos en frente.

—¿Ah, sí? —Traté de tocarme las mejillas, pero solo di con el codo de alguien. Las puertas se abrieron. Salimos. Detrás de nosotros, el ascensor crujió de alivio.

—¿Estás bien? —Abigail me siguió fuera del edificio hasta la acera—. Llevas todo el día así. ¿Te has resfriado? Estoy segura de que Reagan te dejará tomarte el día libre mañana.

Teníamos varias reuniones programadas para las próximas dos semanas con grandes editoriales. Reagan quería presentar un grupo de libros de autores a los que representaba y me había ofrecido acompañarla. Una oportunidad que no iba a echar a perder.

Llevaba la chaqueta de Kellan con unos pantalones cortos de cintura alta con tachuelas y medias de rejilla. Se la había dejado en la azotea el día de San Valentín del penúltimo curso, y no me atreví a devolvérsela. No después de aquel beso.

—Estoy bien. Es solo que tengo calor. —Me encogí de hombros bajo la pesada chaqueta de cuero vegano, con más cadenas que toda una tienda de Hot Topic—. Parece que la ola de calor este año ha llegado antes. Me iré a casa y dormiré con el aire acondicionado a tope. Hasta mañana.

Salí corriendo hacia la estación de metro, bajé las escaleras y me abrí paso a empujones hasta el tren. Llevaba los libros de Kellan en una bolsa impermeable en el brazo. Había llegado el momento de despedirme de ellos. Era lo último que me unía a Tate Marchetti, aparte del mortificante recuerdo de haberme corrido en la camilla y su sorprendente proposición.

Los panfletos cursis que el consejero escolar del St. Paul me había dado a la fuerza animaban a la gente deprimida a buscar el lado bueno de las cosas. A encontrar un solo aspecto positivo en un océano de cosas negativas y a aferrarse a él.

Lo positivo de este caso, aparte del hecho de que había sido un orgasmo alucinante, era que no había pensado en Leah y *Las imperfecciones* en días. Porque la peor parte de habérselo dado a ella (la que realmente importaba) era que, en realidad, el libro en sí no significaba nada para mí. Lo que de verdad me dolía era que lo hubiera usado como herramienta para hacerme daño. Y estaba muy herida. Justo cuando pensaba que me había acostumbrado a vivir con el hecho de que le caía peor a Leah de lo que ella me quería, ya me había ilusionado. Otra vez.

En mi parada, dudé antes de levantarme del asiento. Miré la bolsa y luego las puertas que daban al andén. Qué bien que mi cobardía no me hubiera permitido confesarle la verdad a Tate. Que su hermano me había besado una vez. Que sabía que su hermano quería suicidarse. Que le había mentido desde que lo había conocido. Y luego estaba la otra verdad. La que nunca admitiría por miedo a decepcionar a Kellan. La lealtad es una elección, y mi intención era honrarla.

«Tate es tóxico», me recordé a mí misma, y pensé en el giro de ciento ochenta grados que había dado desde que le había contado mi gran tragedia. «Te apuñalará en el corazón y luego te preguntará por qué te duele tanto».

Crucé las puertas en el último segundo y sobresalté a las parejas que había a ambos lados.

—¡Lo siento!

Mis botas militares golpearon el andén. Si no corría hasta la biblioteca, nunca tendría el valor para ir. Mis pulmones se resistieron. El sudor me perlaba las sienes. Cuando llegué, mi cerebro era un banco de niebla. Un humo en el que los pensamientos se disolvían.

El edificio de piedra caliza se alzaba ante mí. Me quedé de pie bajo el toldo, enmarcado por gruesas columnas a ambos lados. Había ido hasta la puerta principal el día después de que Tate me diera los libros para donarlos, pero nunca había pasado de la balaustrada. Y no había vuelto desde entonces, con lo que había roto mi habitual asistencia después de la universidad.

Inspiré hondo y me dirigí directamente al mostrador antes de cambiar de opinión. La bolsa me golpeaba el muslo a cada paso.

—¡Charlotte! Hacía mucho tiempo que no te veía. Estaba preocupada. —Doris, la bibliotecaria jefa, me sonrió—. ¿En qué puedo ayudarte?

Di unos golpecitos con los dedos sobre el mostrador. Los libros de Kellan me pesaban bajo el brazo. Hablando de Kellan, ¿estaría enfadado por lo que había pasado? Odiaba a su hermano. Y jopé, tenía que dejar de pensar en el *upsgasmo*.

—Tengo… —vacilé y me maldije. Recordé la propuesta de Tate. Sexo sin compromiso. Mi cerebro no sabía lo que quería, pero mi cuerpo sí.

«Si tuviera una razón para volver a verlo…».

Doris frunció el ceño.

—¿Tienes…?

«Si haces esto, no volverás a ver a Tate».

Retrocedí un paso.

«Nunca tendrás las respuestas que necesitas».

Otro paso.

«Nunca podrás enfrentarte a él por lo de Kellan».

223

Y otro más.

«Y su proposición no será para siempre...».

—Nada, nada —murmuré, y giré sobre los talones.

Doris me llamó, junto con Faye, mi bibliotecaria favorita. Salí por la puerta principal y llegué al exterior con jadeos ahogados. Apoyé las palmas de las manos en las rodillas. La gente caminaba por la acera y se separaba a mi alrededor como el mar Rojo mientras yo intentaba recuperar el aliento, sin conseguirlo. Recuperar la compostura. No sabía qué estaba haciendo. O lo que quería. O a dónde iría desde aquí.

Así que caminé. Caminé hasta que me dolieron los tobillos. Hasta que la tarde se desdibujó y dio paso a la noche, hasta que el sol cayó y la ciudad brilló bajo un manto de luz artificial. Hasta que no me quedó otra cosa en la cabeza que Tate y Kellan Marchetti.

Y cuando levanté la vista y miré a mi alrededor, me di cuenta de a dónde me habían llevado mis pies. El bar al que había ido con Tate. Miré por las ventanas. Solo para ver el lugar donde una vez nos habíamos sentado e intercambiado historias. Probablemente había sido lo más cerca que habíamos estado de sanar emocionalmente cualquiera de los dos, pero entonces lo vi. El único hombre que me había robado la cordura de esta manera. Tate.

Tenía un vaso vacío en la mano y, por lo que parecía, no era el primero. Debí de quedarme allí media hora. Aturdida. Mirándolo a través de la ventana como si estuviéramos en la película *Misery*. Había una mujer sentada a su lado. Dos, en realidad. Ambas salivaban. Ambas interesadas. Una de ellas se guardó un bolígrafo en el bolso y dobló una hoja de papel que deslizó hacia él. ¿Su número, tal vez? Tate lo miró, lo tomó y se lo metió en el bolsillo. Tragué saliva, ensimismada en cada movimiento de su cuerpo. El sudor me bajaba por el cuello. La bilis me subió a la garganta. El corazón me daba volteretas en el pecho.

«Abre la puerta, Charlotte. Detén esto. Acepta su oferta. Sabes que quieres».

En cambio, me quedé plantada en la acera hasta que no fui capaz de soportarlo más. Tate estaba borracho y yo sabía que, al menos, debería haber irrumpido en el bar para ofrecerle llegar sano y salvo a su casa. Pero no me atrevía a presentarme. Hui, mientras me preguntaba por qué me importaba lo que Tate Marchetti hiciera con su vida.

Era un desconocido. Mayor que yo. Había sobrevivido veintidós años sin conocerlo y podía vivir veintidós años más sin verlo.

Pero entonces me di cuenta. No solo estaba observándolo. Me preocupaba por él. ¿En qué momento había empezado a importarme? ¿En qué momento había dejado de odiarlo?

Capítulo treinta y nueve

Tate

∽

Desde que Charlotte Richards había aparecido en mi vida, había llegado a la maldita conclusión de que había muchas cosas sobre mi hermano pequeño que no sabía. Kellan había tenido una amiga y no la había conocido hasta ahora. Kellan había querido suicidarse y me había enterado por boca de un par de policías que se habían presentado en mi casa.

Kellan había escrito un libro y no me lo había dicho.

Dulce Veneno seguía escondido en mi mesita de noche. Seguro que era la causa del insomnio que sufría últimamente. Tampoco es que en los últimos años hubiera dormido de maravilla (las pastillas no eran una opción cuando tenía que estar disponible para cualquier urgencia las veinticuatro horas del día).

El camarero me ofreció un vaso de algo transparente. Me lo llevé a la nariz y olisqueé. Nada.

—¿Qué es?

—Agua.

—Te he pedido un Macallan.

«Una botella entera, de hecho».

Noté la dureza de mi tono y también tuve la decencia de fingir vergüenza. Cuando cumplí la edad legal para beber, ya había sido testigo de cómo Terrence Marchetti se enamoraba de siete sustancias diferentes, se empotraba contra un árbol por conducir ebrio en Turtle Bay y pasaba la mitad de los fines de semana en las celdas para borrachos de todas las comisarías al sur de Lennox Hill.

226

Había tenido una historia de amor épica, que le había cambiado la vida y que había hecho temblar la tierra: «las drogas». Dos, si contabas a las mujeres. Por eso me mantuve bien alejado de ambos. Pero hoy, en la ducha, me había masturbado mientras recordaba cómo Charlotte Richards se había corrido en mis dedos. Había salido del baño y había pillado a Terry entrando a hurtadillas en la habitación de Kel para buscar *Dulce Veneno* otra vez, y luego había terminado la noche con un parto de gemelos concebidos por FIV muertos. Necesitaba alcohol o recurriría a algo más fuerte.

—Ya basta, tío. —La sonrisa triste y cómplice del camarero me habría molestado si me importara lo que los desconocidos pensaran de mí. Pero tenía otras prioridades. En concreto, el Macallan que había pedido.

Tenía el contraataque en la punta de la lengua, listo para espetárselo al camarero cuando este se dividió en dos y se desdibujó. Había pasado de estar borracho a estar como una cuba en la última media hora, y podría seguir con otra ronda o diez. Pero entonces entreví un moño a través de las ventanas.

«Charlie».

Parpadeé dos veces y desapareció. Puede que en ningún momento hubiera estado allí. Coloqué dos billetes de cien dólares y el número de esa mujer de antes en la barra y salí corriendo del bar donde me dejé el abrigo. El aire frío de la noche me arañaba la piel. Caminé a trompicones por la calle, medio convencido de que había imaginado que había visto a Charlie. Hasta que vi unas botas a rayas rojas y blancas muy del estilo de Charlotte Richards. Era ella.

—¡Charlie!

Siguió caminando. Me esforcé por mantener el ritmo y apoyé una palma en la ventana de un coche para estabilizarme. ¿Por qué narices había tanta gente en esta acera? Me tropecé con un grupo de hombres con traje, murmuré una disculpa a medias y seguí a Charlie por la calle.

—Maldita sea, Charlie. Para.

No lo hizo. Seguro que no me oía desde tan lejos. Pero me costaba caminar recto. Alcanzarla parecía un sueño imposible, llegados a este punto. Aun así, la seguí cuando dobló la esquina y cometió una imprudencia al cruzar la calle que le granjeó una oleada de bocinazos de parte de un mar de taxis amarillos.

Ahora ya sí que podía admitir que me había vuelto loco. Era tarde. Estaba borracho. Tenía la piel de gallina en los brazos. Charlie no había aceptado mi proposición. Apenas podía caminar o ver bien. Las probabilidades de alcanzarla en este estado eran menores que las de que la sobriedad de Terry durara más de un mes. Y había mil y una razones para no perseguir a la mejor amiga de mi hermano pequeño.

Pero no se me ocurrió ni una sola.

Se detuvo en un paso de peatones de un cruce concurrido y esperó a que la mano roja cambiara de color. Acorté la distancia que nos separaba a zancadas desiguales. A cada paso, la veía más y más nítida. Distinguía el contorno borroso de su ropa. Llevaba una especie de chaqueta negra y plateada. Unos puñeteros *shorts* diminutos que mostraban más de lo que cubrían y unas medias metidas en unas gruesas botas de combate con los mismos colores y rayas que los bastones de caramelo.

Todo sucedió a cámara lenta. La agarré del brazo, sin equilibrio. Ella se volvió al notar mi mano y caímos juntos al suelo. La tomé por la cintura para estabilizarla, pero no logré mantener el equilibrio.

Acabamos sobre el capó de un coche que estaba aparcado. La alarma me perforó los tímpanos. Medio cuerpo de Charlie estaba tendido sobre el mío y la otra mitad, entre mis piernas.

—Pero ¿qué...? —Me vio y parpadeó—. ¿Tate?

Abrí la boca, consciente de que apestaba como un burdel del siglo XVIII. Había varias cosas que quería decirle. *Dulce Veneno*. Terry. Kellan. Su respuesta a mi proposición. Pero lo único que me salió fue:

—Charlie.

Mis labios se curvaron en una media sonrisa. Me incorporé, la aparté del sedán e imaginé que disponíamos de unos treinta segundos antes de que un dueño enfadado saliera a gritarnos.

Me empujó con ambas manos y me sostuvo cuando me tambaleé. Frunció la nariz.

—Estás borracho como una cuba.

—Algo de lo que eres muy consciente, ya que me estabas espiando en el bar.

—No te estaba espiando. —Se cruzó de brazos—. ¿Qué bar? No tengo ni idea de lo que me estás hablando.

—Mientes de pena —balbucí. Me pesaban las extremidades, pero no solo por el alcohol. De repente me sentí como si fuera Terry y, por tanto, como una mierda. Y eso me recordó…—. Háblame de Kellan.

Estábamos llamando mucho la atención con todo ese ruido. La alarma retumbaba por la calle. La gente se asomaba por las ventanas. Un *maître* salió de un restaurante italiano caro, con las manos en jarras, y me fulminó con la mirada.

«Sí, tío, yo tampoco tengo un alto concepto de mí mismo».

Alguien se abalanzó hacia la escalera de incendios de un edificio de pisos.

—¿De quién cojones es ese coche? ¡Algunos tenemos que trabajar por la mañana!

Alcé la cabeza hacia el cielo y le grité:

—No te metas donde no te llaman, coño.

Charlie me empujó y me dejó solo mientras daba la cara en la escena del crimen. La seguí.

—Háblame de Kellan —volví a exigir, sin dejarle opción a rechistar.

—No —dijo ella. Al parecer, sí que tenía opción a protestar.

Estaba a punto de repetírselo cuando me di cuenta de que su chaqueta no era plateada. Era de cuero negro, llena de cadenas de plata, y era de Kellan. Llevaba la chaqueta de Kellan. ¿Por qué demonios llevaba la chaqueta de Kellan? Rodeé con un dedo la cadena más gruesa y la obligué a detenerse.

—Es de mi hermano.

Charlie se sonrojó de golpe. Se miró a sí misma, con las cejas fruncidas, como si acabara de darse cuenta de lo que llevaba puesto.

—Mucha gente tiene chaquetas de cuero.

—Es de Kellan. —Levanté otra cadena y toqué un colgante. Media serpiente. Media brújula. Traducción: Tate Marchetti es una serpiente sin orientación moral.

«Bravo, Kel».

Como no me lo negó, señalé su hombro izquierdo.

—Hay un desgarro que tapó con boli. Un agujero en el forro interior, causado por un servidor. También añadió una cadena a la chaqueta cada vez que intentaba tirarla. —Tenía que haber al menos treinta—. Y este… —Toqué una serpiente metálica—. Fue el primer colgante que le puso. Vuelve a decirme que no es de Kel. Estoy esperando. —Silencio—. Ah, y ya que estás, vuelve a explicarme que Kel y tú solo erais amigos.

Cuando las palabras salieron de mi boca, cuando hube verbalizado lo que los dos sabíamos, la oferta de ser follamigos se desvaneció en el aire y sufrió una muerte solitaria e intrascendente.

Charlie seguía en silencio. No apartó los ojos de la acera, y más le valía no estar pensando en una forma de salir de esto. No encontraría ninguna. Según Kel, la persistencia era el peor rasgo de mi personalidad, y Charlotte Richards estaba a punto de recibir una buena dosis.

—Háblame de Kellan. Y no me vengas con mentiras esta vez.

—Vale. Estaba fuera del bar y te he visto. Pero Tate… —Alzó la barbilla y me dedicó toda su atención—. No te has girado hacia mí ni una sola vez. ¿Cómo has sabido que estaba ahí?

Me pasaba la mayor parte del día respondiendo a las preguntas de Terry sobre el paradero de *Dulce Veneno*. No tenía ganas de responder a las preguntas de Charlie. Y sin embargo… Le tiré del enorme moño.

—Haces que sea evidente.

—¿Qué significa eso?

—Nada. Háblame de Kellan.

¿Me dolía tener que perseguir a una chica para conseguir más información sobre mi propio hermano? Como una puta bala. Todas mis interacciones con la señorita Richards eran caóticas, dolorosas y una pesadilla. O ella hacía el ridículo o lo hacía yo.

—¿Así, de la nada?

—Bueno, te he repetido la pregunta cuatro veces.

—Me refería a de la nada, teniendo en cuenta todas nuestras interacciones, con la sola excepción de nuestro primer encuentro.

—Todos nuestros encuentros han girado siempre en torno a Kel. —Levanté una ceja, pero todo lo que le decía sonaba mucho menos serio por el hecho de que arrastraba las palabras. Mucho—. Más allá de él, no tengo ninguna otra razón para verte.

«Mentira». Nuestro último encuentro lo demostraba.

Y había metido la pata al decirle eso, porque dio un paso atrás para poner distancia.

—Tengo que irme, Tate.

Estaba borracho. Demasiado borracho para ser racional.

—Bien. Empezaré yo. —La seguí calle abajo, y luché por alcanzarla a pesar de que yo podía dar zancadas mucho más largas—. Kellan idolatraba a Terry por nada.

—Idolatraba a Terry porque Terry es su padre.

—También es mi donante de esperma y me parece que tiene el mismo encanto que un condón usado. Pero al menos uno sirve para que te lo pases bien.

—Terry escribió el libro favorito de Kellan.

Resoplé.

—Terry es un escritor sin talento.

Se detuvo en un cruce y pulsó el botón del paso de peatones.

—¿Te has leído *Las imperfecciones*?

—No, y no tengo ninguna intención de hacerlo. Jamás. —Me dejé caer contra la columna—. Ahora háblame de Kellan.

¿Qué era ya? ¿La quinta vez? Recé a los dioses de la resaca para que me hicieran olvidar que esta conversación había ocurrido cuando me despertara mañana, pero no tanto como para hacer algo lógico como, bueno, dejar de hablar con Charlotte Richards y conservar la poca dignidad que me quedaba.

—No tengo tiempo para esto. —Charlie se metió una mano en el bolsillo, sacó un billete de veinte arrugado y me lo puso en la palma de la mano. Joder, cómo me electrizó notar su contacto—. Pide un taxi, Tate. Vete a casa.

Debería contárselo. Lo de *Dulce Veneno*. El libro de Kel. Pero no lo hice, porque si lo hacía, me lo pediría, y si me lo pedía, se lo daría, y si lo tenía, lo leería, y si lo leía... Bueno, no sabía lo que descubriría. Era demasiado cobarde para averiguarlo. Tal vez eso fue lo que me animó a mover el manuscrito de mi mesita de noche a la caja fuerte que tenía en el armario.

—¿No quieres hablar de Kel? Bien. —Doblé el billete de veinte y se lo metí en el bolsillo delantero de los pantalones cortos—. Podemos hablar de lo que pasó durante tu visita ginecológica.

La señal del paso de peatones se volvió blanca, pero ella se quedó quieta y me miró. Esperaba que volviera a hablar.

—Claro que me di cuenta de que te corrías y me importó una mierda. No es para tanto. Y no porque pase, que suele suceder, sino porque la proposición de tener sexo sin compromiso ya no está disponible, porque llevas la chaqueta de mi difunto hermano, una chaqueta a la que se aferraba de forma irracional y no quieres explicarme por qué la tienes tú. —Le di un golpecito a una de las cadenas. La que tenía el colgante del dedo corazón. Cómo no—. Como si nunca hubiera ocurrido.

Detrás de ella, la señal del paso de peatones cambió a una mano roja intermitente.

—Eres un capullo.

—Soy consciente.

Estaba frente al único vínculo que tenía con mi hermano pequeño y me estaba cargando nuestra relación. No era tonto. Sabía lo que estaba pasando. Cuanto más se aclaraban las cosas con Terry, más buscaba a Charlotte. Lo sabía, pero no podía evitarlo. Además, por lo que parecía, tampoco podía controlar las tonterías que salían de mi boca, sobrio o borracho.

Se volvió hacia el paso de peatones, vio la manita roja, cambió de rumbo y siguió por la acera, acelerando el paso a propósito. La seguí mientras subía las escaleras de la estación del metro de dos en dos. Dobló a la izquierda hacia el tren más cercano, que dudaba que fuera el que necesitaba.

Me esforcé por mantener su ritmo, me tropecé y maldije al camarero por no haberme cortado el grifo antes. Controlaba mi propia vida con tanta mano férrea (y militar), que incluso cuando perdía el control, tenía que ser bajo mis propias condiciones. Como yo quería que sucediera. En las circunstancias que yo mismo creaba. Y Charlotte Richards había hecho que todo se descontrolara.

Se subió en el tren en cuanto la oleada de gente se despejó. Aceleré el paso para perseguirla y luché contra el mareo que sentía. Madre de Dios. Había alcanzado el nivel de ridículo que podía hacer en toda la vida. Ojalá pudiera rebobinar los últimos veinte minutos.

Llegué a las puertas dobles justo cuando se cerraban. Mis palmas acabaron en las ventanas, a ambos lados de Charlie. Nos miramos fijamente a través del cristal. Un segundo se convirtió en diez. Ella se giró primero y me dio la espalda.

Por el aire, los altavoces advertían de que había que abandonar la zona amarilla. Retrocedí a trompicones. El vehículo de metal empezó a moverse.

Y Charlotte Richards desapareció.

Capítulo cuarenta

Charlotte

ᑈ

Si yo era una ermitaña sin vida social, Leah Richards era una muñeca que solo podía hacer tres cosas, ni una más: trabajar, dormir y tejer. Esa noche, cuando llegué a casa tras la debacle de Tate, me la encontré tejiendo en el sofá.

«Deja de pensar en él. Deja de preocuparte por si habrá llegado bien a su casa. No es nada tuyo para que te importe».

Suspiré y vi que Leah alzaba la vista de las agujas para recitar una frase de *La niñera*, que se sabía de memoria. Detrás de mí, la puerta se cerró de golpe y anunció mi presencia.

«Se oían los grillos».

No sabía qué me esperaba. ¿Que volviéramos a estar unidas? ¿Que ella aceptara mis disculpas? ¿Que me saludara? Cualquiera de las tres me serviría, a decir verdad.

Por desgracia, no me ofreció ninguna.

La televisión de fondo ahogaba el sonido de las agujas de tejer de Leah. Frunció el ceño y miró lo que estaba haciendo. Los puntos de canalé eran desiguales y el diseño casi indescifrable.

—Me encanta cuando Maxwell pospone la reunión por la amigdalectomía de Fran. —Terminó de dar una puntada con el hilo antes de pasar al otro lado—. Qué romántico.

Desde la puerta, miré a la pantalla, donde, por supuesto, segundos después, Maxwell pospuso la reunión por la amigdalectomía de Fran.

Y sí, fue romántico.

Y sí, Leah veía demasiado la televisión si se sabía de memoria una serie de 1993 con cerca de ciento cincuenta episodios.

«Podrías encontrar tu propia historia de amor, Leah. De hecho, puede estar al otro lado del pasillo».

No lo dije. Ya nunca decía lo que pensaba cuando estaba con ella. No desde la noche en la que todo pasó, cuando ella me había tirado un centavo por última vez.

Todavía no me había movido de la puerta cuando Leah decidió sorprenderme.

—¿Dónde has ido esta noche?

Me señalé a mí misma.

—¿Yo?

—No, la persona que está a tu lado.

Aunque sabía que no había nadie, me volví hacia la izquierda para comprobarlo. Era increíble que mi hermana demostrara cualquier nivel de interés por mi vida.

Mi corazón empezó a galopar y ganó velocidad por segundos. Esbocé una sonrisa y traté de tranquilizarme.

—He salido tarde del trabajo, he dado una vuelta y me he pasado por un bar.

—¿Has bebido?

—No.

—Hmm. —Volvió a concentrarse en sus labores, con lo que dio por terminada la conversación.

El galope se detuvo en seco. Me apoyé en la puerta.

«¿Hmm? ¿Y ya está?».

Eso es lo que pasa con la esperanza. Con un poco, te haces muchas ilusiones. Las suficientes para parecer una estúpida. Las suficientes para que lo intentes.

Quise mantener viva la conversación, si es que treinta segundos se pueden calificar de conversación.

—¿Has cenado ya?

Eran casi las dos de la madrugada. Claro que había cenado.

—Ramen *tonkotsu* de ese sitio que hay al final de la calle. —No levantó la vista de las agujas—. Las sobras están en la nevera. Pero los *noodles* deben de estar pastosos ya.

—¿Has cenado allí? —Entré en el salón y me senté en el suelo, a una distancia adecuada de ella. No se me escapaba que trataba a mi hermana como a un perro sin hogar, pues temía que huyera antes de que pudiera salvarla.

Leah me miró como si dijera: «¿eres tonta?».

—Lo he pedido con DoorDashed.

—Qué bien vives.

La mirada que me lanzó me provocó ganas de desplomarme y vomitar. Por supuesto, nada en su vida era bueno y todo era culpa mía.

A veces, Leah parecía una estatua, petrificada durante los últimos ocho años. Solo se alimentaba de comida para llevar, iba directa del trabajo a casa, y el poco tiempo que estaba fuera lo pasaba con animales, porque estos nunca la juzgaban. Incluso había elegido la afición más silenciosa y solitaria de la historia.

Era imposible que la disfrutara.

Quería decirle algo. Animarla a salir de casa. Tal vez incluso rogarle que me creyera cuando le decía que la encontraba guapa, con cicatrices y todo. Que Jonah también, pero sabía que ella no me escucharía. Peor aún, sabía que se enfadaría.

De hecho, las palabras exactas que usó la última vez fueron: «No sabes lo que se siente al ser guapa un día y despertar al día siguiente sin nada de eso. ¿Por qué no te haces cicatrices en la cara, Charlotte? Luego, ya me dirás. Hasta entonces, cualquier cosa que digas me parecerá un intento egoísta para sentirte mejor».

No podía hacer nada, así que me acerqué a la alfombra hasta que mi espalda dio con el sofá en el lado opuesto al suyo. Sus agujas se detuvieron. Tomó el mando a distancia, subió el volumen de la televisión y siguió tejiendo. Mensaje recibido. E ignorado.

—¿Qué vas a hacer con esto? —Observé el hilo azul claro transformándose en una manta. Leah era capaz de tejer ante el televisor todo el día, aunque solo fuera para lograr su verdadero objetivo: mantenerse alejada del resto de la gente.

Pero a mí no podría evitarme aunque quisiera.

Como no respondió, insistí:

—¿Para quién es esta vez?

Porque siempre era para alguien o algo.

—El refugio de gatos del barrio.

—Entonces, te has dedicado tú sola a hacer que las calles de Nueva York sean más acogedoras para la población urbana de coyotes y ahora pasas a ayudar a los gatos de los que se alimentan. Muy bien.

Dejó las agujas en el suelo.

—¿Qué quieres, Charlotte?

—Quiero salir, y quiero que vengas conmigo. ¿Me acompañas? ¿Por favor? —Me puse en pie de un salto y hablé por encima del insoportable volumen del televisor—. Vayamos a ver una película. Estoy segura de que podemos encontrar alguna decente en el cine veinticuatro horas que hay en aquella esquina. Quizá una de las de esa serie interminable de coches. Podríamos invitar a Jonah. Es mecánico. Seguro que le gustan las películas de coches.

¿Era el equivalente mecánico a decir que como Tate era ginecólogo, le tenían que gustar todas las vaginas? Me sonrojé. Punto número uno: tenía que sacarme a Tate de la cabeza de una vez por todas. Y punto número dos: estaba disimulando fatal mis intenciones, pero una parte de mí quería que Leah se diera cuenta y aceptara salir con nuestro vecino megaguapo y megasoltero. ¿Era un crimen?

—Podemos alquilar una y quedarnos aquí.

«No te molestes».

Mi esperanza se convirtió en rabia, y mi rabia en lágrimas. Las reprimí. Me las tragué y les rogué que se quedaran dentro, al menos hasta que me fuera.

—En realidad… —Volví a ponerme los zapatos—. Acabo de recordar que me he dejado un manuscrito en el trabajo que tengo que terminar esta noche. Tal vez en otro momento.

No tenía derecho a enfadarme. Tampoco tenía derecho a intentar compensar mi culpabilidad. Pero hice ambas cosas y me dirigí a la puerta principal. Se cerró detrás de mí. En el pasillo, aún se oía *La niñera* a todo volumen. El tono nasal de Fran Drescher resonaba en mis oídos.

Un 3 y una D de metal se alzaban ante mí. Las horas aceptables de visita habían terminado por lo menos hacía cuatro horas, pero a la mierda todo. Esto tenía que parar.

Mi puño topó con la madera antes de acordarme de que existía un timbre y pulsarlo. Al cabo de menos de un minuto, Jonah se materializó ante mí con los ojos entrecerrados por la luz del pasillo.

—¿Puedo pasar?

Se hizo a un lado.

—¿Pasa algo?

—Sí.

—¿Leah está bien?

Por supuesto, su primer pensamiento era Leah. Por eso él era perfecto para ella. Por eso y por el hecho de que era un millón de veces mejor que Phil.

—No, en realidad, no. —Me senté en uno de los taburetes de la cocina y acepté la taza de chocolate caliente instantáneo que me ofreció—. Se siente sola. Creo que hoy ha tejido una pila de mantas más altas que yo. Sigue ahí, tejiendo.

—Sé por qué has venido. Quieres que la invite a salir otra vez. —Se sentó delante de mí y me miró a los ojos—. Ya me dijo que no, Charlotte. No quiero presionarla y hacer que las cosas sean incómodas.

—Vale la pena luchar por ella. Solo necesita un empujoncito.

«Y no puedo hacerlo yo».

—Charlotte...

—Por favor. —Le agarré la mano y se la apreté fuerte—. Te lo pido por favor.

—Quiero salir con ella. No tienes que suplicármelo. Es a ella a quien debes convencer.

—Por favor, tú solo inténtalo... —Salté del taburete, me puse de rodillas y junté las palmas como si rezara.

—¿Qué haces?

—Suplicar. ¿Funciona?

Se tomó su tiempo para responder, pero una sonrisa se dibujó en su rostro.

—Anda, levántate del suelo, cabeza de chorlito. Lo haré.

Ahí estaba de nuevo esa esperanza.

Y no me importaba si eso me convertía en una ilusa.

Capítulo cuarenta y uno

Charlotte

∾

Reagan me había convencido de que me vistiera como una mujer de negocios profesional durante toda la semana. Con «convencido» quería decir que me había dicho directamente que dejara a un lado el rollo gótico o me echaría a la calle.

Aparte del hecho de que me gustaba mi trabajo, de que quería conservarlo y de que tenía esperanzas de que me ascendieran, me pareció mala idea llevarle la contraria a una mujer muy embarazada que parecía incapaz de dejar de trabajar a pesar de estar a pocos meses de dar a luz.

Me puse un traje pantalón que me había prestado Leah. Me quedaba apretado por todas partes y me aplastaba el culo en direcciones incómodas hasta que parecía una tortita. Intenté no darle importancia. El corazón me aporreaba la caja torácica, rápido y fuerte. Estaba así desde que me había topado con Tate.

Los tacones de Leah, una talla más grande que la mía, repiqueteaban sobre el suelo de mármol mientras me dirigía a la reunión. La tercera de esta semana. Esta era con Helen Moriuchi, una destacada editora de adquisiciones de uno de los cinco grandes grupos editoriales. También era la antigua compañera de habitación de Reagan en Columbia.

La azafata me condujo a un reservado en la parte trasera de Toshikoshi, un restaurante de lujo que había visto en Food Network. Me alisé los pantalones antes de entrar y me quité los zapatos para dejarlos en el cubículo que había en un lado de la sala. Reagan y Helen estaban sentadas al estilo *zashiki* en cojines acolchados esparcidos por el suelo alrededor de la mesa baja.

Reagan se volvió hacia mí para saludarme.

—Charlotte, llegas justo a tiempo. Precisamente le estaba hablando a Helen de las obras de ficción de J.T. Hawthorne. ¿Las has traído?

—Sí. También le envié copias a Helen por correo electrónico. —Saqué tres manuscritos del bolso y se los entregué—. Encantada de conocerte. Me llamo Charlotte.

Helen me miró con curiosidad. Me di cuenta de que había olvidado sonreír y me obligué a hacerlo. A la gente le gustaban las sonrisas. Les hacían sentirse cómodos. Era como decirles: «Todo va bien. No mires demasiado cerca. No profundices demasiado».

En otras palabras, las sonrisas eran una excusa para no preocuparse.

Me estrechó la mano y me saludó con cordialidad.

Una vez que los camareros trajeron los platos y se fueron, empezamos la reunión de vedad. Discutimos las tendencias del mercado y lo que Helen quería para el año siguiente.

Agarró una loncha de *wagyu,* la estiró en la piedra caliente y la mojó en sal de té verde.

—Seguro que te interesa convertirte en agente, Charlotte.

Hice girar los fideos *shirataki* alrededor de los palillos y asentí.

—¿Tienes algún consejo?

—Sí. Haz lo contrario de lo que haga Reagan.

Reagan golpeteó la mesa con los dedos.

—Qué graciosa.

—Es un buen consejo. —Helen se encogió de hombros—. ¿Quién decidió que un bebé era una buena decisión profesional?

—¡Los bebés son divertidos!

—Los bebés son agotadores.

—Te arrepentirás en cuarenta años, cuando te cambies tus propios pañales.

—Llámame entonces, cuando tus hijos de cuarenta años empiecen a estar resentidos contigo por hacerles cambiarte los pañales. Estaré en mi mansión, con enfermeros las veinticuatro horas que pagaré con el dinero que me he ahorrado por no tener hijos.

Debatieron las ventajas y desventajas de tener hijos, y al final volvieron a los libros.

Reagan empujó su cuenco hacia delante y se limpió los labios con una servilleta de tela.

—Aproximadamente la mitad de los manuscritos que se envían por correo electrónico o postal a la empresa van dirigidos al agente apropiado. Charlotte se encarga de los manuscritos que no.

—Lo que significa que revisa los de no ficción, ficción literaria y ficción de género —terminó Helen, que metió la mano en el bolso y sacó una tarjeta de visita—. Si encuentras un manuscrito que estás segura de que es un gran libro, ya sabes dónde encontrarme. Estoy buscando algo que me haga pedazos. Ficción literaria que las masas puedan leer.

Salté ante la oportunidad de demostrarle mi valía a Reagan, y acepté la tarjeta.

—Tengo una pila muy alta, pero encontraré lo que buscas.

Y lo haría.

Lo único que tenía en esta vida era el trabajo.

Y tenía la intención de encontrar ese manuscrito, aunque tuviera que escribirlo yo misma.

Capítulo cuarenta y dos

Charlotte

༄

Era fácil evitar a Tate Marchetti. Al menos a nivel logístico. Trabajábamos en ámbitos distintos, en calles distintas, no socializábamos en general y nos encerrábamos en nuestra propia y solitaria burbuja, ajenos al trajín del mundo exterior.

Sin nadie más.

Pero si me descuidaba, si dejaba que mis pensamientos fluyeran, me daba cuenta de que quería verlo. Le pregunté a Reagan cómo le iban las revisiones en un intento por sonsacarle información sobre el estado de Tate. Ayer, incluso me pasé la parada de metro y acabé de camino a su casa antes de obligarme a salir al andén y pedir un Uber compartido (donde no podría cambiar de opinión sobre mi trayecto).

Después de la última reunión (con un director de primera interesado en derechos cinematográficos), tomé un taxi con Reagan. Estábamos hablando de su última revisión con Tate cuando el coche amarillo se detuvo.

Hizo una mueca de dolor al subir y se llevó una mano protectora al vientre en cuanto se sentó sobre el cuero blando.

Me subí, dije la dirección de la oficina y me volví hacia Reagan. Pero vi que fruncía la nariz.

—¿Te encuentras bien?

Se pasó la mano por la barriga.

—No lo sé.

Nunca la había visto tan indecisa. Tan insegura de qué hacer.

—¿Quieres que llame a la consulta del doctor Marchetti?

—Sí, por favor.

Redirigí al conductor al Hospital Morgan-Dunn, saqué el teléfono y busqué en la lista de contactos antes de recordar que no tenía el número de Tate. A propósito. A propósito de Tate, para ser exactos. Así que opté por el número de la clínica.

Contestaron al primer tono.

—Centro médico Bernard y Marchetti. Soy Sylvia. ¿En qué puedo ayudarle?

—Hola, soy Charlotte. Llamo de parte de Reagan Rothschild.

—El doctor Marchetti no está en la consulta ahora mismo, pero puedo dejarle un mensaje.

—Se trata de una emergencia. Nota mucho dolor y nos preocupa que algo no vaya bien. —Miré a Reagan, que apretaba los dientes—. Vamos hacia la clínica. ¿Puede llamar al doctor Marchetti?

—Estoy en ello. —La oí teclear al otro lado y llamar a alguien—. Cuando llegue, tendremos una enfermera y una silla de ruedas listas para ella.

Colgué, le rogué al taxista que condujera más rápido y le tomé la mano a Reagan. La noté hinchada dentro de la mía, desde la muñeca hasta la punta de los dedos. Su cara, también. Tenía mal aspecto, pero preferí no decirle nada.

—Sylvia ha llamado al doctor Marchetti —dije, con voz baja y la intención de tranquilizarla—. Nos están esperando.

Tras haber superado las treinta y cuatro semanas, Reagan se había relajado un poco. Como si hubiera superado el obstáculo que más le preocupaba y el resto fuera a ser un camino de rosas. Pero el miedo había vuelto a sus ojos.

Su rostro palideció y las manos le empezaron a temblar. Me miró.

—Dime que no es para tanto.

No podía.

No tenía ni idea de lo que estaba pasando. Lo que solo lo hacía más aterrador, porque Reagan tenía la cara hinchada y yo me sentía como si estuviera agarrando la mano de otra persona, no la suya.

Me decidí por ser sincera. Una verdad vaga, pero real.

—El doctor Marchetti es el mejor ginecólogo y obstetra de la ciudad.

—Tienes razón. —Exhaló, asintió y echó los hombros hacia atrás—. Lo es. Lo solucionará.

Cuando llegamos al hospital, dos enfermeras ayudaron a colocar a Reagan en una silla de ruedas y se la llevaron dentro. La seguí con las bolsas y envié un mensaje a su madre, donde le pedía que viniera a la planta dieciocho.

Llevaron a Reagan a una habitación privada en la planta superior del hospital *boutique*. De ese modo, supimos que se lo estaban tomando en serio. Informé a Reagan de que su madre estaba en camino y salí al pasillo mientras una enfermera y un médico la desnudaban, la ayudaban a ponerse una bata de hospital y le hacían las pruebas habituales.

Me coloqué frente al mostrador curvado de la recepción y encontré a la enfermera que había subido a Reagan en silla de ruedas.

—¿Se sabe cuándo va a llegar el doctor Marchetti?

—Había ido a comer, pero ha salido hacia aquí en cuanto lo han llamado. Debe de estar a punto de llegar.

Y en efecto, Tate irrumpió en el vestíbulo por la misma puerta por la que habíamos entrado, vestido con unos pantalones elegantes y un jersey de cachemira.

Se colocó a mi lado sin prestarme atención, concentrado en la enfermera.

—¿La paciente?

Señalé la puerta más cercana.

—En esa sala de reconocimiento.

—¿La paciente? —repitió, sin dejar de mirar a la enfermera.

Me había oído. Lo sabía.

La enfermera señaló la misma puerta.

—Sala de reconocimiento tres.

—Gracias, Marie.

Tate me dio la espalda.

Me sorprendió cuánto habían cambiado las tornas. Había sido él el que me había perseguido hasta el metro. Ahora, en cambio, me estaba acostumbrando a la imagen de su espalda.

Y no me gustaba.

No después del golpetazo a mi ego que había supuesto su rechazo.

Tate Marchetti estaba decidido a acabar con cualquier posibilidad de que fuéramos más allá de la atracción que sentíamos. Hacía todo lo posible para evitarme.

Yo era una persona culta.

Y sabía leer entre líneas.

Bajé la mirada. Advertí que llevaba algo en el bolsillo trasero. Se veían pegatinas de calaveras rojas y blancas por encima de la lana.

Mierda.

«Mi carta».

La que había escrito después de recibir la copia firmada de *Las imperfecciones*. La que creía haber destrozado.

La carta en la que lo acusaba de ser un cobarde por no haberme dado el libro él mismo.

«Joder».

Me dirigí hacia la salida, a punto de huir, pedir el programa de protección de testigos y vivir el resto de mi vida con otro nombre. Entonces, recordé cómo estaba Reagan y me quedé, pero me escondía detrás de una maceta cada vez que creía ver a Tate.

Pasó una hora.

Tate salió de la habitación de Reagan con un portapapeles y el ceño fruncido. La madre de Reagan salió de la habitación quince minutos después.

—Reagan pregunta por ti. —Sacó la cartera del bolsillo—. Voy a buscar un café. ¿Quieres uno?

—No, gracias.

Puso una mano sobre la mía y me la apretó.

—Gracias por traerla aquí y mantenerla tranquila.

Entré en la habitación después de que se fuera a la cafetería. Reagan estaba estirada en una cama de hospital, con la parte superior levantada. Una maraña de cables le decoraba el cuerpo y conducía a una máquina que controlaba sus constantes vitales.

Me detuve a los pies de la cama.

—¿Te encuentras mejor?

—Mucho. Los bebés también están bien. —Una sonrisa cansada se dibujó en sus labios. Se recostó sobre la almohada—. Es preeclampsia. Me están haciendo más pruebas para comprobarlo, pero eso es lo que parece. El doctor Marchetti me ha dado diversas opciones de tratamiento y me ha asegurado que, con independencia de la que elija, está seguro de que todo saldrá bien.

—¿Necesitas que haga algo? Puedo traerte ropa o una bolsa si ya la tienes preparada.

—Mi madre pasará por mi casa a recogerla. Se ha llevado mi móvil, porque quiere que no esté pendiente de él durante los próximos días. —Apretó un botón que elevó la cama. Estaba inquieta, como si no quisiera permanecer inmóvil. O no pudiera—. Necesito que hagas saber al equipo que estaré ilocalizable durante la próxima semana o dos, dependiendo de si decidimos realizar una cesárea o intentar otras opciones primero.

—Claro.

Anoté las instrucciones de Reagan, incluido cómo quería que dividiéramos su trabajo durante el próximo mes. Cuando salí, mis piernas estaban listas para rendirse, pero no sabía si tenía más ganas de dormir o de comer.

Un taxi se detuvo frente al hospital. Eché una ojeada a la calle una última vez en busca de Tate antes de meterme en el coche y decirle mi dirección. Tate no parecía enfadado, solo… No lo sé.

¿Rígido?

¿Tenso?

Me devané los sesos, tratando de recordar las palabras exactas que había escrito en la carta. Las cosas sucias, crueles y escandalosas que había escrito solo porque creía que él nunca las leería. Y eso había sido antes del *upsgasmo*.

Antes de que me ofreciera sexo sin compromiso.

Me vinieron a la cabeza unas cuantas frases.

Me centré en la última.

La más horrible.

«Parece que eres incapaz de echarle huevos y hacer lo que de verdad deseas. Así que seré yo la atrevida y te diré lo que pienso. Anoche, cuando me toqué, imaginé que era a mí a quien te follabas en el escritorio. Creo que tú también lo hiciste ese día, porque no podías dejar de mirarme mientras te la tirabas. Acéptalo, doctor Tatum Marchetti, me tienes delante, alrededor y en la cabeza. Y he venido para quedarme».

Capítulo cuarenta y tres

Charlotte

∽

Subí las escaleras hasta el piso. La luz del pasillo parpadeaba. En contra de su promesa, el propietario no había cambiado la bombilla. Una larga sombra se proyectaba sobre la alfombra ante mí. Quieta. Inmóvil. «A la espera».

El pánico me invadió. El corazón me dio un vuelco, cada vez más aterrorizado. Agarré el teléfono, marqué el número de emergencias, por si acaso, y coloqué el aparato como si fuera un arma. La luz se apagó. Los golpecitos de los zapatos resonaron por el pasillo. Una linterna se encendió a pocos centímetros de mí.

Grité, salí disparada hacia delante con un grito de guerra y mi teléfono dio contra algo duro. En el techo, la luz volvió a encenderse. Encontré a Jonah contra la pared, con la mano en el estómago.

—Por Dios, Jonah. —Lo ayudé a levantarse—. Me has asustado. ¿Por qué estabas aquí de pie en plena noche?

—Te estaba esperando.

El miedo volvió y el estómago me dio un vuelco.

—¿Ha pasado algo?

—Le he pedido salir a Leah.

Todo mi cuerpo suspiró.

—Te ha dicho que no.

—Me ha dicho que si se lo pido otra vez, se muda.

«Vaya». Sabía que no estaba bien, pero desconocía hasta qué punto. Que era capaz de arrancarnos de allí solo para huir de un chico que se había enamorado de ella. No lo pasábamos mal económicamente comparado con ocho años atrás, pero no creía que pudiéramos permitirnos vivir en cualquier otro sitio. Al menos, no sin cambiar nuestro piso de dos habitaciones perfectamente seguro pero pequeño por una caja de cerillas infestada de cucarachas en el peor barrio de la ciudad.

—Leah y yo no nos mudaremos —le prometí.

—Parecía que iba muy en serio.

—Estaba asustada.

Así era Leah. Asustada de su propia sombra. O, más concretamente, de que la gente viera algo más que su sombra. Estaba convencida de que, a pesar de las quemaduras, si Phil no la hubiera dejado, habría conservado la confianza. «Maldito cabrón».

—Te diré una cosa. —Le di unas palmaditas en el brazo a Jonah—. Hablaré con ella y lo solucionaré.

—No creo que sirva de nada. No esta noche, al menos. Hubo un momento en el que creí que me iba a decir que sí. Parecía feliz, Charlotte. Y entonces, un niño le miró la cara demasiado tiempo y algo cambió. —Se enderezó. Era inmenso, pero dulce—. Hasta que no aprenda a verse como la vemos nosotros, no hay posibilidad de que me acepte. No puedes amar a una persona que no se ama a sí misma. —Tenía razón. Claro que la tenía.

Me sentía indefensa. Sin respuestas. Demasiadas vidas me pesaban en los hombros. Cuando Jonah se marchó, esperé unos minutos antes de entrar en el piso. La puerta crujió al abrirse. Asomé la cabeza al interior. Las luces estaban apagadas, pero Leah solía estar despierta a estas horas. Entonces la vi. En la oscuridad. Con una copa de vino en la mano. Llena hasta el borde.

Encendí la lámpara que había junto al sofá.

—Si la factura de la luz es baja este mes, ya sé a qué se deberá. Tú sola vas a salvar el medio ambiente. Solo tienes una bombilla encendida a la vez.

—Phil está comprometido —dijo, muy bajito. Distante. Como si me estuviera informando de que llovería mañana.

Hice una mueca.

—¿Con Natalie?

No contestó. Miré cómo sorbía el vino y continuó incluso cuando me pareció que iba a detenerse. Cuando la vació, dejó la copa en la alfombra y miró al frente. Unas rayas negras se extendían por sus mejillas. Secas. Hacía rato que había dejado de llorar.

«Ay, Leah. ¿Cuánto tiempo llevas aquí sentada?».

—¿Crees que estaban juntos mientras estuvo conmigo?

La verdad, tampoco me parecía impropio de Phil. Pero no tenía nada que ver con lo mucho que valía Leah, sino con que Phil no valía nada.

—¿Acaso importa? —Me senté en el extremo opuesto del sofá. Me dolía la mano por la necesidad de querer tocarla. Consolarla. Ofrecerle una hermana en la que confiar—. Es un imbécil y te mereces a alguien mejor.

—¿Me lo merezco?

Se me rompió el corazón. Destrozado allí mismo en la alfombra barata. Pero no me miraba. No lo hizo ni un solo segundo. Leah era incapaz de ver más allá de su propia desesperación. Ojalá pudiera sacudirla y rogarle que abriera los ojos, pero la última vez que lo había hecho, la última vez que le había ofrecido una lista de todo lo que me gustaba de ella, solo se había vuelto más consciente de todo lo que no le gustaba.

Así que me conformé con:

—Esa pregunta no es digna de respuesta.

—Lo que es una respuesta en sí misma —señaló—. No te preocupes. No te culpo. Por no querer responder a eso, al menos. —Pero me culpaba por el incendio. Por haberle arruinado la vida. Si supiera qué hacer para mejorarlo, lo haría sin pensarlo. No importaba cuánto doliera. No importaba cuánto sufriera yo. Por fin se volvió hacia mí, y pude imaginar cuántas lágrimas había derramado esta noche. Muchas. Suficientes para dejarle los ojos hinchados y las mejillas salpicadas de grumos de rímel—. ¿Le dijiste a Jonah que me pidiera salir?

—Quería hacerlo él por voluntad propia. —Le cogí la mano. La retiró tan rápido que me arañó la piel con las uñas. Me obligué a no dar un respingo—. Te invitó a salir la primera vez...

—No estoy hablando de la primera vez. Estoy hablando de hoy.

—Calmémonos y hablemos de esto con una taza de chocolate caliente.

—No tenemos cinco años, Charlotte. Nuestros padres no están vivos para mediar en nuestras peleas. Están muertos, por si lo habías olvidado. —Vaya. Hoy estaba decidida a hacerme daño. Más de lo habitual. Alzó la voz y se transformó en algo que no reconocía y, francamente, no quería—. Ya no necesitamos chocolate y un abrazo para solucionar nuestros problemas. —Su voz se volvió dura, incisiva. Era como un látigo que me laceraba la piel—. ¿Le dijiste o no le dijiste a Jonah que me invitara a salir? Te oí hablando con él en el pasillo, así que no se te ocurra mentir.

Me desplomé de rodillas ante ella, incapaz de aguantarme más.

—Sí, Leah. Sí. Quiero que mi hermana sea feliz. Que encuentre el amor. Para que superes al puto Phil. ¿Es un delito?

—¿Quieres que te diga cómo me he sentido después de que me llevara a ver el Muro de Berlín, a un restaurante y me pidiera que fuera su novia? Como si no tuviera esto. —Se señaló la cara, con los labios curvados en señal de disgusto—. Como si fuera especial. Como si fuera guapa. No puedo creer que fuera tan tonta como para plantearme decirle que sí.

—¿Te llevó a ver el Muro de Berlín? —El corazón me bailó en el pecho. Solo quería que Leah viviera. Que viviera de verdad.

Clavó los ojos en un punto detrás de mí. Tal vez en la nada.

—Me llevó a ver el trozo del Muro de Berlín que hay en el Jardín de Esculturas de las Naciones Unidas y me colocó ante el mural.

Lo conocía. Un hombre y una mujer abrazados sobre un muro. Intuía por qué Jonah la había llevado allí.

—Quería que vieras las consecuencias de una tragedia. Que aún puede ser bonita y alabada.

—El dolor y las cicatrices son la armadura que lleva la belleza. Eso es lo que me dijo —añadió, con tono burlón—. Menuda sarta de sandeces.

—Tiene razón. Y es evidente que se lo pensó mucho. Deberías darle una oportunidad.

—No me has dejado opción. Al correr hacia él y pedirle que saliera conmigo por lástima, me quitaste la oportunidad de salir con él por mi cuenta.

—Él ya quería salir contigo.

—¿Sí? Bueno, yo ya di la cara por ti. No voy a renunciar a mi libertad, también. —Se fue furiosa a su habitación, pero se detuvo justo en el umbral para añadir—: No soy tu amiga, Charlotte. No elegí tenerte en mi vida. Al menos, déjame elegir a los demás.

Joder si dolió. Pero tenía razón. No éramos amigas. Éramos hermanas. Conectadas por un golpe del destino. De la desgracia. Un hilo rojo me ataba a ella. No habíamos elegido compartir la misma sangre, igual que nunca le imploré que atravesara el fuego para salvarme y ella nunca me pidió que la pusieran en una posición en la que tuviera que elegir. A veces, sus palabras me dolían tanto que quería abandonarla. Para siempre. Y entonces recordaba por qué me odiaba.

Leah cerró la puerta detrás de sí, pues sabía que no la seguiría. Tras aquella noche, no había vuelto a entrar en la habitación de Leah. Ni después de mudarnos al Bronx. Ni cuando nos volvimos a mudar. Desde el incendio, me obligué a no invadir nunca más su espacio.

«Bueno, pues esta vez no será así».

Mi mano se posó sobre el pomo de la puerta. Lo giré, con el corazón acelerado, como un martillo neumático. Podría haberme muerto de un ataque al corazón. Pero di un paso adelante. Me recibió un silencio atónito. De hecho, creo que las dos estábamos sorprendidas. Ni siquiera recordaba qué le quería decir.

—Estás en mi habitación —susurró Leah.

Cerré los ojos e inhalé el familiar aroma a aceite de citronela y ropa sucia. Olía como su habitación nueve años atrás. Un lugar diferente. La misma persona. «Sigue ahí. Vale la pena luchar por ella».

—Te quiero, Leah. —Abrí los ojos y me centré en ella. Estaba encaramada al borde de la cama como si quisiera empequeñecer su existencia tanto como fuera humanamente posible—. Y como te quiero, puedes lanzarme todas las pullas que quieras, porque siempre estaré aquí para ti. Siempre.

¿Así había sido entre Tate y Kellan? Buenas intenciones, pero mala forma de expresarlas. Tragedia y desamor. Amor y odio. Una lágrima corrió por la mejilla. Dejé que cayera sobre la alfombra antes de limpiarme su rastro.

—Deja mi vida en paz, Charlotte. —Pero las palabras no contenían rabia. Solo era un tono cansado. Cansado de todo.

Suspiré y giré sobre los talones para irme, cuando la vi. Grandes curvas y líneas apretadas. Los garabatos familiares de la letra cursiva de Kellan. En un sobre metido entre el final de la estantería de Leah y un manual de belleza sobre cómo cubrir cicatrices. Agarré la carta. Me mordí la lengua al ver un trozo de Kellan que había sobrevivido, y me tragué la amargura.

—¿De dónde la has sacado?

Leah se removió en la cama y casi se cayó.

—Es vieja.

—Leah, ¿de dónde demonios has sacado esto?

—Un chico vino al piso a traerla hace mucho tiempo. El día de San Valentín, de tu último curso en el instituto. —Levantó un hombro—. Quería que te la diera. Supuse que solo era una tarjeta de cumpleaños.

Me acerqué a la cama y la sacudí por los hombros.

—Dime exactamente qué pasó.

—¿Qué pasa? —Se apartó de mí, retrocedió en el colchón para ganar distancia—. Es solo la carta de un chico del instituto.

—Kellan.

—¿Qué?

—El chico que te dio la carta. Se llamaba Kellan, y se suicidó. Esa noche.

Nunca se lo había contado. No quería que sintiera que amenazaba su legitimidad sobre la tragedia. Era culpa mía, pero también suya por haberme hecho creer que mi existencia era prescindible. Que salvarme le arruinó la vida. Que no podía hablar con ella de las dificultades a las que me enfrentaba por miedo a eclipsar las suyas.

No era solo que Kellan se hubiera suicidado después de darle la carta a Leah, sino que también podría haber sido lo último que había hecho antes de quitarse la vida. Se lo había ocultado. Leah no necesitaba saber el dolor que suponía intentar salvar a alguien y no conseguirlo. Ya era bastante doloroso haber tenido éxito. Lo veía cada vez que me miraba.

Desde que le confesé mi gran tragedia, las palabras de Tate no habían dejado de resonar en mi cabeza. Tenía razón. Por primera vez, reconocí el hecho de que había una posibilidad peor que el hecho de que Leah me hubiera salvado.

—Charlotte... —dijo, con voz suave. Como si pensara que me destrozaría si la subía un poco más. Creo que cuando me miró vio algo que la asustó porque, por una vez, actuaba como si tuviera algo que perder. Se puso de pie, despacio, como si estuviera acorralando a un animal—. Charlotte —repitió.

No respondí. Me di la vuelta y me alejé. Ese hilo rojo del destino que nos conectaba se deshizo y me liberó.

De alguna manera, solo me sentí más atrapada.

Capítulo cuarenta y cuatro

Charlotte

༗

«¿Me arrepentiré si me tiro?».

El pensamiento ocupaba un lugar de honor en mi cabeza. Había acabado en el tejado por primera vez desde la muerte de Kellan y me asomé por la cornisa mientras me preguntaba cómo se habría sentido al caer sin nadie que lo atrapara.

Lo asustado que debía de haber estado.

La carta estaba bien metida en el bolsillo de la sudadera. La había abierto en el taxi, había leído la primera línea y la había vuelto a meter en el sobre.

Me daba demasiado miedo lo que encontraría.

Pero lo daría por hecho, puesto que:

1. Estábamos hablando de Kellan (y al chico se le daba de maravilla ponerme de los nervios).
2. La primera oración era una amenaza.

El St. Paul aún no había cerrado el acceso a la azotea. La ridícula cadena oxidada y un cartel de NO PASAR continuaban allí, uno colocado encima del otro de modo que se contradecían, pues este indicaba que se subiera en caso de inundación.

Para ser justos, quienquiera que se ocupara del mantenimiento de este sitio había hecho todo lo posible para hacer las tejas lo más inhóspitas posible. Era igual y diferente. Inquietante y frío, pero lleno de recuerdos cálidos.

Había caca de pájaro, púas de cuervo, colillas de cigarrillo y ecos lejanos de compartir cerveza y hablar de libros… y eso era lo único que veía.

Estaba oscuro. Retrocedí unos pasos, descalza, porque había salido corriendo del piso sin pararme a coger los zapatos, y enrosqué los dedos de los pies por el frío.

—Hazlo, Charlotte. Ábrela. Deja de ser tan cobarde.

Inspiré y activé la linterna del móvil antes de mirar el sobre. Tenía un sello de lacre con el símbolo del Círculo A que yo había partido. No había podido evitarlo en el taxi. Pero era señal de que Leah nunca la había leído.

Tal vez de verdad pensara que era una tarjeta de cumpleaños. Abrí la solapa. Dos llaves cayeron sobre mi regazo. De las pesadas, antiguas. Forjadas a mano. Me las guardé en el bolsillo para estudiarlas más tarde.

Luego, saqué la carta de Kellan y alisé los bordes que se habían doblado hacia dentro con el tiempo.

La leí.

Lloré.

Me rompí.

Capítulo cuarenta y cinco

∽

Querida Veneno:

Déjame empezar diciéndote que como te eches a llorar, te voy a deshe-
redar desde el infierno. Tampoco es que crea en el infierno. Y tampoco
creo realmente que te vayas a poner a llorar. Solo lo digo por si acaso.
   Vamos allá.
   Primero, vamos a aclarar que esta no es una carta de suicidio. Es
una carta, que resulta ser la última que escribiré. Te pido que no te
culpes por nada de lo que ha pasado. De hecho, tú has sido la única
razón por la que he aguantado estos cuatro años.
   No voy a ponerme ahora a hablar del motivo. Los dos sabemos
por qué me he suicidado. Hacía tiempo que tocaba y aunque sé que lo
hacías de corazón, tú y yo no estamos hechos de la misma pasta. La
baba negra. Sé que te gustaría pensar que sí, pero hazme caso, bajo
tu superficie hay algo resistente. Yo, en cambio, por dentro estoy des-
angrado, vacío, destrozado. Soy un cadáver andante y mi existencia
es una mierda.
   Sé que dijiste que quizá me arrepentiría en plena caída, pero deja
que te diga, cielo, que llevo todo el año tratando de cortarme y solo me
arrepiento cuando aparto la cuchilla de la piel.
   Estoy preparado.
   Ahora que ya me he sacado esto de encima, quiero pedirte un favor.
Antes de que digas nada, recuerda: mi funeral, mis reglas.
   Te he dejado una cosa. En realidad, te he dejado varias cosas.
Están en los dos cajones del escritorio de mi habitación en casa del
capullo. Tate. Tienes las llaves en el sobre. El primero es el único ma-
nuscrito que escribí (de forma oficial, al menos). Como Tate cree que
Dostoyevski es la marca de licor favorita de papá y es un cabrón de

256

cuidado, y a papá no le puedes confiar ni un puñetero pañuelo de papel, te lo dejo a ti.

No he podido terminar el libro, Lottie. Por mucho que lo intentara, siempre he tenido la sensación de que solo he escrito la mitad. Hasta que me he dado cuenta de que tú eras la pieza que faltaba.

La parte de la muerte la he hecho bien. La desesperación. La oscuridad. La desolación de existir. Ahora te necesito para que les des color a las sombras. Y si el producto final no es una mierda, entrégalo al mundo. Quizá será el próximo Las imperfecciones. Vete tú a saber.

Te paso el relevo. Es un relevo que no has pedido, pero sé que nunca te has acobardado ante un desafío y que antes muerta que dejar pasar este.

Te reto a que lo termines, Veneno.

Te reto a que mires dentro de ti.

Este libro es el último centavo que te lanzo.

Te ayudé.

¿Ahora me ayudarás a mí?

Con amor,
Kellan

Capítulo cuarenta y seis

Charlotte

〰️

Un gemido me desgarró la garganta.

Me tambaleé. Justo en el punto en el que Kellan había evitado que me precipitara a una muerte segura. En el último segundo, alargué los dedos en busca de algo a lo que agarrarme, lo que fuera. Encontré la chimenea. Me abracé a ella con una fuerza mortal e ignoré cómo se me doblaban las uñas de la presión.

Se me puso la piel de los brazos de gallina. Empecé a temblar, pero no de frío. Si no me sentaba, me desplomaría. Una parte de mí quería; acariciaba la idea de caerme, solo para sentir lo que Kellan había sentido antes de morir.

Sin embargo, me dejé caer sobre las tejas y me di tirones en las piernas. Las recogí hasta el pecho y las rodeé con los brazos para dejar de temblar. No podía parar.

Grité su nombre. Una y otra vez.

—¡Kellan! ¡Kellan! ¡Kellan!

Se convirtió en un cántico que dio paso a un susurro. Me dolía la garganta.

Rara vez me planteaba la existencia de una vida después de la muerte, pero ese día me pregunté si existiría. Y en ese caso, si Kellan estaba ahí, viendo cómo me rodaban las lágrimas por las mejillas sin parar, ¿estaría decepcionado conmigo? ¿Me habría desheredado ya?

—Te equivocas, Kellan. —Me obligué a frenar un poco las lágrimas, doblé la carta y la metí en el sobre, que guardé con cuidado en el bolsillo de la sudadera—. No sé por qué lo hiciste. Podías contar conmigo. Podías contar con Harvard. Y aunque no lo creías, podías contar con Tate. Jolín… —Me limpié la cara con el dorso de la mano—. Creo que, de una forma extraña y complicada, incluso podías contar con Terry.

Clavé la mirada en el cielo. Aunque él pensara que estaba destinado al infierno, yo no. Creía que, en alguna parte, existía un lugar especial para la gente que había vivido torturada en la Tierra, que sentían que la única salida era acabar con todo. Un lugar donde pudieran experimentar todo lo que se habían perdido en este plano.

Amor. Felicidad. Alivio.

—Eres un auténtico cabrón. ¿Lo sabes, Kellan? —Se levantó el viento. Apoyé una mano contra la chimenea para sostenerme—. Supongo que sí. —Solté una carcajada, sin saber qué me dolía más: su presencia aun estando ausente, o el momento en que desapareció por completo—. No me creo que me haya dado tanto miedo venir a la azotea. Los recuerdos felices siguen aquí. Los noto.

Si cerraba los ojos y me deshacía de los últimos cuatro años, casi que nos veía aquí arriba de nuevo, mientras nos robábamos miradas y nos reíamos de alguna tontería que hubiéramos dicho alguno de los dos.

—Hay algo que me he estado preguntando… —Me apoyé en la columna y disfruté del viento. Borracha de dolor, casi podía convencerme de que era Kellan—. ¿Por qué solicitaste la admisión en Harvard, si no tenías ninguna intención de ir?

El viento se ralentizó.

Esperé una respuesta, pero no llegó ninguna.

Al cabo de un rato, el viento dejó de acariciarme las mejillas. Fui consciente del alcance de la soledad. No tenía a nadie con quien hablar de la muerte de Kellan. Nadie a quien gritarle. Con quien enfadarme. Ni siquiera tenía las agallas para ir a ver a Tate y descargar mi ira contra él, su padre, Hannah. Solo estaba… yo. Eso era lo que pasaba con la soledad. Una vez aparecía, no se iba.

—La soledad es el preludio, ¿no? Una muestra de los días que están por venir.

Todavía tenía una hermana. Todavía tenía un futuro. Y vivía en la ciudad más poblada del país. Si no encontraba un solo amigo entre los nueve millones de personas que vivían en Nueva York, no tenía a nadie a quien culpar más que a mí misma.

«No es que no puedas. Es que no quieres. Nadie se le equipara».

—Si Leah me hubiera dado la carta a tiempo, si no me hubiera pedido los putos cigarrillos esa noche, ¿seguirías vivo?

Sin respuesta.

—¿Cómo puedo perdonar a Leah?

De nuevo, sin respuesta.

Pero yo misma había llegado a una conclusión. Mi corazón por fin se había puesto de acuerdo con mi cabeza. No había perdón posible. No había futuro posible para nosotras. Ni tampoco una confrontación.

No había nada que decir.

Esta era la grieta definitiva.

No podíamos arreglarlo.

Estábamos dañadas de forma irreparable.

La intención no importaba.

No importaba.

Lo único en lo que podía centrarme era en el resultado. Kellan había muerto, y yo podría haberlo evitado. No me extraña que Leah corriera hacia la casa en llamas aquel día. Porque la alternativa (esta) era una puta mierda. Era un fracaso. Uno que me veía forzada a recordar cada día que seguía respirando y él no.

Miré la carta como si fuera un salvavidas que me conectaba con Kellan.

—Esta vez no te fallaré.

No tenía nada que decirle a Leah.

Pero tenía mucho que decirle a Tate.

Empezando por el manuscrito.

Capítulo cuarenta y siete

Tate

∽

A Terrence Marchetti siempre se le ocurren nuevas razones para hacerme odiarlo. Me desperté a las tres de la mañana porque el timbre de casa no dejaba de sonar, sin parar. Como tocaría un niño.

Es decir, que era Terry. Y seguramente era la séptima vez este mes que se había dejado las llaves y armaba follón en plena madrugada.

«Me cago en la leche».

Por una vez, me gustaría saber qué se siente al tener una dinámica familiar normal. En su lugar, enterré la cara en la almohada, ansioso por tener unos minutos más de sueño.

Ni de broma.

Terry pasó de apuñalar el timbre a golpear la puerta.

«¿Qué narices hace?».

A pesar de que no veía nada, bajé las escaleras a toda prisa, de dos en dos. Si acababa en el hospital con el cuello roto, estaba seguro de que Terry encontraría la forma de demandarme.

Agarré el pomo con fuerza y abrí la puerta de un tirón. Aspiré el aire frío.

—Nueva regla: si te olvidas la llave, no vengas a casa...

Me encontré cara a cara con mi cruz. Llevaba la misma ropa que antes en el hospital. Un traje con falda, muy poco impresionante, que le llegaba hasta las pantorrillas y ahogaba sus curvas en un exceso de algodón barato. Una sudadera con la capucha enorme le cubría el torso.

Pero esta vez iba descalza. Tenía los ojos rojos y se rodeaba con los brazos para sostenerse. Le castañeteaban los dientes. Parecía que necesitaba un baño caliente, un cepillo y un ansiolítico.

—¿Charlie?

«Para ti es la señorita Charlotte Richards, imbécil».

—He venido a buscar el manuscrito de Kellan —dijo, seca. La sangre le goteaba por los nudillos y salpicaba el cortavientos.

—Madre mía. ¿Qué demonios te ha pasado en la mano?

—No contestabas.

—Y entonces, ¿le has dado un puñetazo a la puerta? ¿No te parece una salvajada? —Quise agarrarle la mano—. Tengo un botiquín de primeros auxilios.

Ella negó con la cabeza y apartó la mano.

—Es solo un rasguño. Se curará. No cambies de tema.

¿Cuál era el tema? Su mano me había distraído. Me exprimí los sesos y traté de recordar lo que había dicho.

Algo sobre Kellan.

—El manuscrito —me ayudó.

Sacudí la cabeza. Levanté la palma de la mano. Me di cuenta de que no tenía nada que agarrar y la cerré en un puño. Me abracé a mí mismo, del mismo modo que ella hacía consigo.

«Sabe lo del manuscrito».

Por supuesto, a nadie le sorprendía que yo fuera el único que no tuviera ni idea de nada relacionado con Kel. Patético, si considerabas el hecho de que me había pasado la mitad de mis fines de semana buscando drogas en su cuarto y la otra mitad controlando dónde estaba con esa aplicación de rastreo de niños que publicitaban famosas con niñeras. No es que tuviera derecho a juzgar.

«Nunca estabas en casa».

—Son las tres de la mañana, Charlie. —La suavidad de mi voz me ayudó a tranquilizarme.

En cambio, la suya sonaba determinada.

—Necesito el manuscrito.

Si cedía aunque fuera un centímetro, apostaba a que ella me pasaría por encima. Lo correcto habría sido dejarla entrar, ayudarla a escapar del frío y curarle los nudillos. Cualquier cosa menos quedarme ahí plantado. Lo cual, sorpresa, sorpresa, fue exactamente lo que hice, como una barrera física entre el mundo exterior y mi espacio personal.

La verdad era que no estaba preparado para renunciar a *Dulce Veneno*. No lo había leído. Tampoco planeaba hacerlo. La tortura emocional no era lo mío. Prefería mantener intacto el órgano que me bombeaba la sangre en el pecho, si no era mucho pedir.

Una resolución ardiente le cinceló el rostro. Sacó dos llavecitas del bolsillo, que colgaban de un lazo.

—Tengo las llaves de los cajones.

—¿De repente? —Entrecerré los ojos—. No las tenías hace un mes cuando vaciamos su habitación, pero las tienes ahora…

—Las circunstancias han cambiado.

—Explícate. —Bajé la voz, consciente de que tenía vecinos. Charlie tenía un aspecto que podía pasar por una chica de dieciocho o de veintiséis años, y lo último que necesitaba era que corriera el rumor de que el doctor Milagro recibía visitas nocturnas de una menor—. No es que tenga nada mejor que hacer a las tres de la maldita mañana.

—No puedo.

No tuvo la decencia de parecer culpable. En lugar de eso, observó la distancia que me separaba de la puerta, como si se estuviera planteando si podía pasar.

La verdad: podría.

Pero solo porque le dejé vía libre. No confiaba en mí mismo si la tocaba ahora mismo. Ni nunca.

—Has venido a mi casa a las tres de la mañana para exigirme que te dé *Dulce Veneno*, creo que merezco una explicación.

—¿*Dulce Veneno*?

Mierda.

No quería confirmar ni negar la existencia del manuscrito. Será mejor que nunca solicite un trabajo en la CIA.

Se tambaleó en el escalón. Fui a agarrarla y me detuve. Charlotte Richards no era más que una antigua paciente.

No era mi chica.

No era mi problema.

Observé cómo cerraba los ojos y respiraba profundamente dos veces. Para calmarse, tal vez. Entonces su mirada se clavó en la mía, con intensidad.

—¿Lo tituló así?

¿Me sorprendía que Kellan le dijera que había escrito un libro? En absoluto. Ella era su amiga. Su única amiga. Lo que, técnicamente, la convertía en su mejor amiga. Pero algo no cuadraba. Estaba más alterada de lo habitual. Como si se tambaleara en una cornisa de la que no podía salvarse.

Eso no significaba que yo fuera a convertirme en su caballero de brillante armadura. Y ciertamente no significaba que fuera a renunciar a lo único que me quedaba de mi hermano pequeño.

—No te voy a dar el libro, Charlie. No te molestes en intentarlo.

Llegados a este punto, no podría dejarlo más claro aunque le enviara una postal por correo y sacara una valla publicitaria de Times Square con las palabras impresas. Aun así, ella persistió. Y maldita sea, tenía un as en la manga.

—Esa noche, Kellan me dio una carta.

Me quise burlar, pero algo me vino a la memoria. La posibilidad, aunque fuera mínima, me alteró. Me volvió loco. Mantuve el tono de voz.

—¿Y te acabas de acordar esta noche? Qué oportuno.

—No. No me vengas con esas, Tate. Me la dio y punto. Y en la carta me dice que el manuscrito es mío y que le gustaría que lo terminara. De hecho, me reta a terminarlo.

—Es una bonita historia que te has inventado, pero es hora de que te vayas a la cama. —Levanté la muñeca desnuda y fingí mirar la hora—. Seguro que ya te toca irte a casa. Vete, anda.

La mirada que me lanzó, de decepción y algo más feroz, me desestabilizó. No lo suficiente como para hacerme ceder, pero lo bastante como para reconsiderar sus palabras y plantearme si eran ciertas. En realidad, llegados a este punto, estaba seguro de que decía la verdad, pero no quería aceptarlo.

Vi que se sacaba algo del bolsillo, como si fuera testigo de un accidente de coche a cámara lenta. Los ojos fijos. El corazón que me latía con brusquedad. La adrenalina crepitando. Se me aceleró el pulso. Se me formó un nudo en la garganta del tamaño de una roca. No podía tragar. No podía hacer otra cosa que no fuera mirar el sobre que tenía en la mano, escrito con unos garabatos desordenados que reconocí al instante. Después de todo, había pasado la mitad de mis fines de semana revisando sus cosas. Incluidos los cajones que, hasta su muerte, nunca había cerrado.

Separó los labios. No quería que dijera nada, y a la vez deseaba que lo dijera todo. Allí de pie, solo podía mirar cómo movía los labios.

—Fue su último deseo, Tate.

«Bum».

Debí de tambalearme hacia atrás porque traspasó el umbral en un segundo, cerró la puerta y echó el pestillo. No aparté los ojos de lo que llevaba en el puño. Apartó la mano cuando intenté hacerme con la carta.

Miré el papel y luego a ella. Después, volví a mirar la carta.

—Mira —empecé, como un vendedor de coches de segunda mano a punto de ofrecerle el trato de su vida—. Hagamos un pequeño intercambio. Te daré el manuscrito si me das la carta.

—No.

Levanté una ceja.

—¿No?

«Este no es el momento para darte cuenta de que una mujer nunca te ha dicho esta palabra, imbécil».

—No. —Tenía la voz acerada y una voluntad de hierro—. Las cosas van a ir así: me darás el manuscrito porque es lo que Kellan quería. Y yo no te daré la carta porque Kellan no habría deseado que lo hiciera.

Lo dijo como si tuviera algún derecho sobre Kel que yo no. Despertó en mí una sensación protectora y fiera. O tal vez solo era terquedad. No solo se trataba de negarme a cederle el poder a Charlie. Se trataba de negarme a renunciar al poder sobre mi hermano.

—Es un poco atrevido que afirmes lo que Kellan habría querido. —Fuertes palabras, teniendo en cuenta que mi resolución se disolvía por segundos, gota a gota—. Aunque «solo erais amigos», pareces saber muchas cosas de él que su familia desconoce.

En cuanto lo dije, comprendí que me acababa de tender una trampa yo solo. No sabíamos nada de él porque éramos una familia horrible. Cada cual aislado en su propia burbuja. Incapaces de dedicarle tiempo. De hecho, eso decía más sobre Terry y sobre mí que sobre Kel y Charlie.

Sabía por qué se lo había dicho. Me odiaba por ser incapaz de dejarlo ir. Porque, al final, daba igual lo mucho que fingiera que ella no me importaba un bledo, pues sí que me importaba lo que Charlotte Richards había sido para Kel.

Charlie podría haberme echado en cara mis propias palabras, pero tuvo la decencia de no hacerlo. En lugar de eso, sacó una carta de un sobre.

Me quedé quieto, inmóvil, y la miré mientras la desdoblaba con cuidado y me la acercaba a la cara. Ella estiró los dedos, de forma que cubrió la mayoría de las líneas. Quería que leyera lo menos posible. Mensaje recibido.

Leí los fragmentos que pude.

«Querida Veneno».

«Te he dejado una cosa».

«No he podido terminar el libro».

«Te paso el relevo».

«Te reto a que lo termines».

No mentía. Kellan la llamaba «su veneno». Quería que ella tuviera el libro. Tal vez incluso lo había escrito para ella. Sobre ella.

El silencio se alargó y llenó las grietas de mi casa de más vacío. No tenía nada que decir. Cuando acabara la noche, Charlie poseería lo único que me quedaba de Kel.

Charlie se llevó un brazo a la cadera. Aún sostenía la carta con el otro.

—Antes de que vuelvas a negarte, plantéate una cosa: una historia siempre tiene dos versiones, y la de Kellan es que no lo apoyabas, que siempre estabas ocupado y nunca estabas dispuesto a darle lo que quería.

—Él quería vivir con un adicto que no era capaz de criar a un adolescente —protesté. Por no decir que nunca tuve elección. Una vez Terry dejó a Kel en mi puerta sin apenas mirar al chico. Sus opciones pasaron a ser o yo o la calle, y yo no era tan cabrón como para dejar que Kel se las arreglara solo.

—No digo que no tuvieras buenas razones. —Se acercó y los dedos de sus pies chocaron con los míos. Era la primera vez que la tenía tan cerca sin querer tocarla—. Solo digo que Kellan tenía deseos, necesidades y aspiraciones, y tú le dijiste que no a todo. Esta vez, tienes la oportunidad de concederle un deseo. Quería que yo terminara este libro, y lo haré. Si no me das *Dulce Veneno*, irás en contra de sus deseos.

Me puso una mano en el pecho. La ensangrentada. Mi corazón se aceleró tanto que amenazaba con destrozarle la palma.

—Esta vez, elige el lado de Kellan, Tate.

Sabía cómo terminaría la noche. Ella, en posesión del manuscrito; yo, en posesión de una casa vacía y un corazón aún más vacío. Mi silencio solo prolongaba lo inevitable.

Bajó la mano. Dio un paso atrás. Una chispa se apagó en ella, como si la hubiera decepcionado de alguna manera.

—Se trata de Kellan, no de ti.

Me metí los puños en los bolsillos para no caer en la tentación de hacer algo estúpido, como arrebatarle la carta y salir corriendo hacia la frontera con Canadá.

—Está en la caja fuerte que hay en mi armario. 28-02.

—El cumpleaños de Kellan.

No respondí. Solo me hice a un lado.

Ella subió las escaleras con sigilo e hizo el menor ruido posible. Algo en sus movimientos me indicó que estaba acostumbrada a pasar desapercibida, y eso me decepcionó.

Cuando regresó, llevaba el grueso bulto en las manos y lo acunaba como si fuera uno de mis recién nacidos.

Se paró en la puerta.

—Voy a hacer que Kellan se sienta orgulloso, Tate.

Le cerré la puerta en las narices y rompí el vínculo que nos unía. Para siempre.

Parecía que Kellan Marchetti tenía tres grandes secretos: su voluntad suicida, *Dulce Veneno* y Charlotte Richards.

Capítulo cuarenta y ocho

Tate

୧

En una cama que no me parecía propia, en una casa que nunca había sentido como un hogar, miraba el techo mientras me preguntaba si Charlie habría llegado sana y salva a casa.

Recordé cómo había subido las escaleras. Con un silencio digno. Como si estuviera tan acostumbrada a ser invisible que no tenía que preocuparse por hacer ningún ruido. Ya sabía que no lo haría.

Y entonces pensé en *Dulce Veneno*.

¿De cuántas palabras constaba el manuscrito? ¿Cuántas palabras tenía un libro en general?

Yo no sabía nada de libros. En ese sentido, Kel se parecía a nuestro donante de esperma: tenía una creatividad desbordante y el don de la palabra escrita. Yo me parecía a mi madre: sobresalía en matemáticas, biología y química.

¿Sabría Charlie qué escribir? ¿Haría que lo echara de menos? ¿Le traería viejos recuerdos? Eran más cosas que podía descubrir sobre él, pero que nunca lo haría, porque me estaba comportando como un cabrón horrible con ella.

Di vueltas en la cama y me moví hacia el lado derecho. Miré los números digitales rojos del despertador.

Volví a comprobarme los brazos y las piernas en busca de alguna parte que faltara.

Ninguna.

Pero tenía la sensación de que me faltaba algo.

Si era sincero, entendía a Charlie. No tenía por qué cumplir los deseos de Kel. Lo había hecho porque era una buena persona. Era, quizá, lo que más me gustaba de ella.

268

Esta era la espantosa verdad.

No quería que esta noche fuera la última vez que viera a Charlotte Richards. Su presencia me calmaba cuando, por lo general, me enardecía. En muchos sentidos, ella era mi última esperanza. La última conexión que me quedaba con Kellan.

Pero *Dulce Veneno* era la última posesión que tenía de él. Sin ella, Charlie y yo no teníamos ninguna razón para volver a vernos.

«Podrías coger el teléfono y pedirle que os veáis. Para saber más cosas de Kel».

Pero ¿qué sentido tenía?

Cada vez que estábamos en la misma habitación, había confusión, ira y tensión. No la soportaba, pero tampoco podía permitir que se fuera. Ella no podía dejar de mirarme, pero no cedía cuando se trataba de hacerle justicia a Kel.

Eso era otro tema.

Charlie le rendía lealtad a Kellan.

No a mí.

A mí nunca.

A Kellan.

«¿Por qué lo hiciste, Kellan?».

Pero ya sabía por qué.

En parte fue por mi culpa. Porque estaba tan ocupado fingiendo ser un adulto que me olvidé de comprobar cómo estaba.

Kellan nunca me perdonó ese error.

Y dudaba mucho que Charlie lo hiciera.

Capítulo cuarenta y nueve

Charlotte

ᗡ

Pasé los dedos por el lomo de los viejos libros de tapa dura mientras recorría el pasillo e inspiraba el aroma terroso y almizclado del papel viejo, el polvo y la preciada tinta. Había pasado una semana desde que me había despedido de Tate, y hoy por fin había reunido el valor para despedirme de la única cosa que aún nos unía: los libros de Kellan.

No había ido a la biblioteca pública de Nueva York, situada en Midtown West, para entregar los libros de un valor incalculable. No. Esa era la librería turística, financiada y querida que todo el mundo conocía. Kellan habría detestado la idea de que sus libros terminaran allí.

Fui a la que acostumbraba a ir cada semana desde que era pequeña. La biblioteca de la sociedad de Nueva York. Ya había entregado las primeras ediciones del *Mago de Oz* a tres bibliotecarios de fiar que conocía (Doris, Henry y Faye). Se habían asombrado y las habían tocado como si fueran unicornios acabados de nacer. Pero eso no amortiguó la rara sensación que tenía desde que me había ido de casa de Tate. Sin embargo, a diferencia de Kellan, se me daba de maravilla fingir que todo iba bien.

Miré la hora en el móvil. Tenía cuarenta minutos antes de que terminara mi pausa para comer. El sinfín de hileras de novelas me relajaban. Me sentía como en casa entre el roble, pesado y oscuro, y los gruesos tomos.

Me colgué la bolsa del hombro y disfruté del silencio mientras acariciaba un ejemplar de *Jane Eyre* al mismo tiempo que alguien del pasillo de delante. Me retiré enseguida. Lo mismo hizo la persona al otro lado de los libros.

Observé con atención el libro para ver si lo cogía. No lo hizo. Sonreí para mis adentros y seguí avanzando por el pasillo mientras recorría con la vista los libros de tapa dura.

La otra persona avanzaba al mismo ritmo y proyectaba una gran sombra que se veía a través de las rendijas entre los libros pulcramente alineados. Quienquiera que fuera, era alto. Me sacaba una cabeza y media, en todo caso. Seguramente sería un hombre.

Me dije a mí misma que no entrara en pánico y le pedí a mi corazón que se calmara. Pero cuanto más despacio caminaba, más lento avanzaba la otra persona.

Decidí ponerlo a prueba. Me detuve de nuevo y manoseé un volumen de *Shirley* que había junto a otros ocho ejemplares idénticos. La persona que había al otro lado de la cortina de libros también se paró.

Me quedé boquiabierta y el pulso se me disparó.

«Pum, pum».

«Pum».

Toqué la novela y coloqué el dedo índice en la parte superior del lomo. La persona del otro lado hizo lo mismo y tocó la contraportada. Entonces, se me ocurrió que él veía otros lomos, completamente distintos, y había escogido *Jane Eyre* porque yo lo había tocado, no porque quisiera leerlo. Era posible que ni siquiera pudiera sacarlo del todo.

Tragué saliva.

Sería mejor dar media vuelta e irme. Era tan afortunada que justo hoy iba a ser víctima de un masturbador en serie de bibliotecas.

Miré a mi alrededor y comprobé que no había nadie. Solo estábamos esa persona y yo.

«Madre mía».

Retrocedí un paso y retiré la mano del libro. Unas hormigas invisibles me recorrieron los brazos y las piernas.

«Sal de ahí, Charlie».

Me di la vuelta, a punto de echar a correr por el pasillo. Por fin, la persona del otro lado abrió la boca:

—Tengo que confesar una cosa.

Y así, sin más, el aire que se había atascado en mis pulmones salió de golpe. Reconocí su voz baja y grave de inmediato.

Tate.

Con *Dulce Veneno* en mis manos y el *Mago de Oz* en la biblioteca, habíamos terminado de forma oficial. Para siempre. No había razón para vernos o hablarnos nunca más. Entonces, ¿qué hacía aquí? ¿Y cómo sabía que yo estaba aquí?

No le hice ninguna de esas preguntas. Las mariposas me llenaban el pecho hasta el cuello. Revoloteaban con frenesí. Me recliné contra la estantería opuesta a la que compartíamos y me metí las manos detrás de la espalda.

—Esto no es un confesionario. —Sonó más tembloroso de lo que hubiera querido. Tragué saliva y me rasqué la cicatriz de la muñeca.

—Cualquiera lo diría.

Oí la sonrisa de satisfacción en su voz y supe que estaba acabada. Todos mis esfuerzos para no pensar en él se evaporaron. La línea entre querer salvarlo y querer besarlo (y sí, me di cuenta con amargura, tenía muchas ganas ahora mismo de besarlo) se difuminó.

Tate tenía razón. Parecía un confesionario con la mampara de libros que nos separaban y que iban a mantener esta conversación en secreto para siempre. Me hormigueaban las yemas de los dedos.

—Pues a ver —susurré.

—Odio leer.

Sus palabras me crisparon.

Abrí los ojos de par en par.

—¿Quieres decir en general o…?

—Libros. Poemas. Canciones. Putos manuales de IKEA. La lectura no me va. Nunca lo hizo. Creo que soy alérgico, gracias a mi querido donante de esperma.

Ojalá dejara de llamar así a Terry.

Ojalá agradeciera que su padre aún estuviera vivo.

Continuó, implacable.

—Es el efecto William Ford. ¿Por qué demonios iba yo a intentar algo que mi padre ha dominado de tal forma que todo el mundo lo recordará? Así que, por si acaso, nunca leo por diversión. Para aniquilar el riesgo de querer ponerme a escribir.

Una vez que los latidos de mi corazón recuperaron levemente su ritmo habitual, empecé a caminar por el pasillo de nuevo. Tate también lo hizo. Tanteé el terreno y pasé los dedos por los libros que había entre nosotros. Él me imitó.

—¿Por qué me cuentas esto? —Mi voz sonó grave y rota; no parecía la mía.

—Kellan odiaba que yo no fuera del equipo Terry. Adoraba tanto a su padre que el hecho de que yo no lo apoyara como él hizo que se resintiera conmigo. Cuanto más intentaba separarlos para salvar a Kellan, más me detestaba, y Terry también. Para cuando Kellan tomó cartas en el asunto, nadie en la familia Marchetti soportaba verme.

De repente, sus dedos rozaron los míos. Respiré hondo.

«Ay, madre».

¿Se suponía que debía sentirme así? ¿Como si hubiera entrado en una nube de niebla sedante y plateada? Me costaba mantener el hilo de la conversación.

Tate continuó:

—He estado a la defensiva durante tanto tiempo, con tantas personas, que ahora me cuesta aceptar tus buenas acciones. Sobre todo cuando me recuerdan constantemente que le fallé a Kellan.

—Lo entiendo. —Para mi sorpresa, así era—. ¿Esto es una disculpa?

—¿Quieres que lo sea?

—Más o menos.

—Entonces, sí.

—Tate… —Hice una pausa, insegura de cómo decir lo que quería—. No pasa nada por haberla cagado. Todo el mundo lo hace, a veces. —Pensé en Leah y en mí. En cómo le había fallado—. Y tampoco pasa nada porque te perdones a ti mismo.

—Repítetelo a ti misma, Charlie. A menudo. Y en voz alta.

Sus dedos volvieron a tocar los míos. Me sentía como si una hilera entera de libros me hubiera caído sobre el pecho. Exhalamos a la vez. Inhalamos al mismo tiempo. Dejé de caminar cuando llegamos al final del pasillo. Si daba un paso más, quedaríamos uno frente al otro, y no estaba lista para que este momento terminara.

Tate me imitó. Me giré por completo hacia el pasillo. Nuestros ojos se encontraron detrás de la fila de libros de la estantería superior. Me observó en silencio durante lo que me pareció una eternidad. Todo aquello era tan trascendental para mí que no me sentía preparada para asumirlo.

—¿Tregua? —preguntó.

—Sí.

—Estoy cansado de tanta guerra.

—Lo sé. —Se me atragantaron las palabras—. Nadie la gana, de todos modos.

Sus ojos me dijeron que estaba acostumbrado al dolor y que mantenían una relación comprometida e inquebrantable. Abrí la boca para decir algo, porque creía que debía hacerlo, pero no me salió nada.

Me tomó la mano por debajo de la estantería y tiró de mí hacia delante. Nuestras caras estaban a escasos centímetros la una de la otra. Mi respiración se agitó. Y con esto, era la segunda vez que Tate me demostraba que me veía. Que realmente me veía. No solo como un tarro lleno de recuerdos dolorosos, sino como mujer.

—Tate.

—Charlie.

—No te odio —admití.

—Lo sé. —Curvó el labio inferior—. Pobre Charlie. —Me sacudió hasta la última vértebra—. Ahora es un buen momento para huir —dijo con la voz triste y sedosa y los ojos aún fijos en los míos—. Porque si no lo haces, corres el riesgo de que te bese.

Me había vuelto a sumir en esa niebla plateada y perfumada de drogas. Mis rodillas cedieron. Se me derritieron los huesos. En algún lugar de mi cabeza, era consciente de que esto no era una buena idea.

—Yo también tengo que confesar algo. —La energía cinética chisporroteó entre nosotros. No me interrumpió. Deseé que lo hiciera—. Quiero que lo hagas —susurré.

Solo hacía falta un paso para que todo cambiara. Ambos lo sabíamos, así que ninguno de los dos lo dio. Nos quedamos allí, como en un trance. Empecé a pensar que el beso no llegaría nunca cuando Tate por fin dio un paso adelante. Fuera del pasillo.

Yo seguía inmóvil. Rodeó la estantería y se colocó frente a mí. Llevaba un traje gris.

—Es tu última oportunidad para huir —siseó, y sus ojos azules se oscurecieron.

Hice lo posible por no moverme ni un centímetro. Cogió un libro de la estantería *(Los mercaderes de almas)*, y lo usó para taparnos los rostros mientras me atraía hacia su cuerpo y apretaba mi cintura contra la suya. Me agarró de la parte delantera del cuello, casi como un castigo, de forma posesiva, y entonces sus labios encontraron los míos como un relámpago.

Sentí que mi cuerpo estaba a punto de estallar por la adrenalina cuando sus labios cálidos y expertos se posaron sobre los míos, con avidez. Atrajo mi lengua a su boca y soltó un gemido salvaje que rebotó en el techo de mosaico.

Le tomé la cara con las dos manos, desesperada por acercarme aún más. El libro cayó al suelo. Me arrinconó contra la estantería que había hecho de confesionario y me inmovilizó entre sus brazos mientras me agarraba la mandíbula y ahondaba el beso.

Su lengua acarició la mía con fuerza y se apretó contra mí. La tenía tan dura que se me hizo la boca agua y mi cuerpo se arqueó en busca de más. Debería correr a la oficina antes de que terminara la pausa del almuerzo, pero por mucho que quisiera, no podía salir de ese beso.

Era violento, frenético, de todo. Vertí ocho años de frustraciones en él, y él me los devolvió multiplicados por diez.

—Azúcar, galletas, ciprés —dijo mientras nos besábamos. Yo sabía exactamente qué estaba enumerando.

Sonreí y le tiré del labio inferior.

—Sándalo, hoguera, cítricos… sexo.

—Así que sexo, ¿eh? —Su voz era ronca y sonaba mareado—. Yo te enseñaré lo que es el sexo.

Agarró la parte posterior de mis muslos y me levantó, con la intención de que le rodeara la estrecha cintura con las piernas. Estaba segura de que pesaba demasiado para él. Intenté plantar los pies en el suelo enmoquetado, pero él tiró con más fuerza y me hizo rodearle.

—Peso —protesté.

—Eres perfecta. —Me calló con un beso mientras movía las caderas entre mis piernas. Dejé escapar un gemido involuntario—. ¿Cuándo terminas la pausa del almuerzo? —me preguntó.

«¿Qué?»

Me aparté y ladeé la cabeza.

—¿Cómo lo sabes?

—Se lo he preguntado a Reagan cuando he pasado por su sala de examen.

Por eso había venido aquí. Claro.

—¿Por qué te lo ha dicho?

—Porque besa el suelo por donde piso. Y porque cree que debo darte algo personal que me inventé hace unos meses. ¿Y? ¿A qué hora?

Apenas pude reprimir la carcajada. Este hombre era increíble. Negué con la cabeza.

—Probablemente en diez minutos o así. Más o menos a las dos.

—Joder. —Apoyó la frente sobre la mía. Me robó otro beso. Y entonces soltó la bomba más *sexy* que había oído—: Deberías irte antes de que te folle entre ciencia y ficción.

Asentí. No le pedí su número. No esta vez. En realidad, me sentí orgullosa de mí misma mientras me bajaba hasta el suelo. Agarré la bolsa que se me había caído en algún momento mientras chocábamos el uno con el otro como dos estrellas fugaces.

—Deberías pedirles el certificado de donación. —No me atreví a frotarme los labios, a pesar de que los notaba sensibles, hinchados y me hormigueaban de tantos besos. Todavía notaba su sabor en la boca y dudaba que hoy comiera algo.

Se mordió el interior de la mejilla y asintió. Advertí que no parecía alterado. Igual que con la rubia de su despacho. Básicamente, era incapaz de dejarse llevar.

Me di la vuelta y empecé a alejarme.

«Pídeme el número».

«Pídeme el número».

«Pídeme el número».

A cada paso que daba, una pesada piedra me caía en el estómago.

Una piedra.

Dos.

Tres.

Cuatro.

Para cuando bajé las escaleras y atravesé la entrada, ya iba por la decimoctava piedra.

Nada de números de teléfono. No habría segunda parte.

Le había dejado besarme porque quería. Porque yo quería.

Estúpida de mí.

Me zumbó el teléfono por una llamada. Mierda, debía de ser Abigail. Iba a llegar muy tarde.

Lo saqué de la bolsa y contesté sin comprobar quién era.

—¿Diga?

Se hizo el silencio desde la otra línea.

—¿Hola?

Nada.

Estaba a punto de colgar cuando por fin habló.

—¿Esto te parece bien? —Su voz sonaba tensa. Casi tierna.

Estuve a punto de caerme de rodillas en medio de la calle. Cerré los ojos y respiré hondo.

—Sí. ¿De dónde has sacado mi número?

Había dejado esa sección en blanco en el formulario de admisión de pacientes a propósito.

—La hoja de contactos de clase. La encontré cuando te fuiste.

Era mentira. No existía dicha hoja. Sea como fuere que hubiera conseguido mi número, se había tenido que esforzar

277

para conseguirlo, y eso me hizo sonreír. Además, recordaba mis palabras del día que vaciamos la habitación de Kellan.

—Pagaría por saber qué estás pensando —le susurré, con la voz aún ronca.

—Me gustaría verte más y con menos ropa. Pagaría por saber qué piensas tú.

«Quiero besarte. Que me hagas pedazos con las manos, la lengua y las palabras. Quiero contarte toda la verdad y abrazarte mientras la asumes».

En lugar de eso, dejé que mi pierna derecha se balanceara mientras suspiraba.

—Estoy pensando que debería irme antes de meterme en problemas por llegar tarde. Adiós, Tate.

Capítulo cincuenta

Tate

~

Me sentía como un criminal que había cometido su fechoría tras semanas de preparación.

Había querido besar a Charlotte Richards desde la primera vez que la vi. Por fin lo había hecho, y el mundo no se había acabado. La policía de Nueva York no había venido a mi casa con una orden de arresto por acoso. Satanás no había subido en ascensor hasta la Tierra y me había entregado mi pasaporte al infierno.

La había besado y el mundo no se había acabado.

La había besado, y no me había sentido ni la mitad de culpable de lo que debería.

La había besado y, si de mí dependía, pronto haría mucho más que besarla.

Capítulo cincuenta y uno

Charlotte

෴

Si los libros fueran hombres, serían el típico ligón que había salido con todas las Jessicas de los tres estados, que te engañaba con tu mejor amiga y que te dejaba por tu hermana con un mensaje de texto.

Me conocía lo bastante como para saber que no estaba hecha para sobrevivir a los libros. Me hacían pedazos. Nunca me había encontrado con un objeto inanimado con tanto talento para romper corazones como un libro. Por eso estaba retrasando empezar *Dulce Veneno* hasta el viernes por la noche, pues sabía que no sería más que una maraña de lágrimas y mocos cuando lo terminara.

Esperé a que Leah se fuera a su clase complementaria nocturna de *microblading* (aunque ahora ya ni nos saludábamos) para encerrarme en mi habitación, poner una lista de reproducción con los grupos de música favoritos de Kellan (Anti-Flag, Antischism, Anti System, bueno, ya se ve que hay un patrón de anticosas) y sacar el manuscrito de su escondite, detrás de mi cama.

Era grueso. Más de lo que parecía por el número de páginas, cubiertas con pósits de cinco colores diferentes, comentarios marcados con la hora al lado del texto. Había tantas páginas con la esquina doblada que no servía para nada.

Lo abrí por una página cualquiera. La columna estaba llena de notas que iban dirigidas a mí, con mi nombre. Era como si Kellan hubiera revisado todo el manuscrito, sabiendo que yo lo terminaría.

«Planeó dejártelo a ti».

«Planeó morir».

«Desde el principio».

Desde el principio de forma literal, puesto que el primer comentario estaba datado del día después de conocernos. Había empezado el libro en octavo. Tal vez no lo había terminado entonces, pero el hecho de que lo hubiera empezado tan joven…

Solo se me ocurrían un puñado de autores que me encantaban que hubieran escrito sus primeros libros con esa edad.

S. E. Hinton y *Rebeldes*.

Matthew Gregory Lewis y *El monje*.

Christopher Paolini y *Eragon*.

Mary Shelley y *Frankenstein*.

Kellan Marchetti era prolífico, y nunca se había permitido brillar.

Tragué con esfuerzo, pues me negaba a asumir lo que eso significaba. Tenía que ser pragmática al respecto. Comportarme como si fuera una agente, y ese libro, el de un autor al que representaba.

La buena noticia era que parecía totalmente terminado. Trescientas cuarenta y seis páginas, a espacio simple. Listo para ser editado. La mala era que conocía el proceso de edición, aunque nunca había editado un libro yo misma.

Hojeé la primera página y vi una nota en el margen que rezaba: «MUCHASPICHAS, ¡LEE ESTO PRIMERO!». Y eso hice.

MuchasPichas:

La mayoría de las notas son mías. El resto son de un imbécil pretencioso de una Ivy League con demasiado tiempo libre y una opinión demasiado alta de sí mismo (mi futuro, si no me suicido, así que el mundo se salvará de una buena). Básicamente, he invertido un montón de tiempo y esfuerzo en solicitar una plaza en Harvard para admisiones especiales y diseñar un plan de estudios de escritura creativa que sabía que nunca haría, para que el profesor imbécil lea Dulce Veneno y me diga que no entiendo lo que es la pérdida. Saca tus propias conclusiones.

K

P. D.: El cabrón se ha enterado de que he entrado en Harvard y está a puntito de comprarme un coche nuevo para ir y volver (probablemente un Prius porque le encanta hacerme sufrir eternamente).

Las piezas del rompecabezas encajaron. Kellan había necesitado una crítica del libro. Nunca había querido ir a Harvard. Sabía que no viviría tanto.

Me preguntaba si Tate tenía idea de lo que había estado haciendo, pero parecía poco probable.

Tardé un capítulo en darme cuenta de que el libro era bueno.

Y me refería a bueno a la altura de *Las imperfecciones*.

Es que… Guau.

Otros cuatro capítulos para entender el propósito del libro. Dos capítulos más para aceptar que no iba a terminarlo.

No ese día, al menos.

No con mi cordura intacta.

Y otro capítulo para comprender lo destrozada que estaba.

Kellan (amante del punk, vestido con faldas escocesas, siempre rebelde, demasiado guay para la vida mundana, ese Kellan) había escrito una historia de amor.

Una historia de amor entre él y yo.

Una historia de amor que nunca había sucedido.

Una historia de amor que nunca sucedería.

Y en esa confesión, había incluido una disculpa por todo lo que me había hecho pasar.

Releí una línea y la toqué con un respeto reverencial, como si fuera a cobrar vida y Kellan, con ella.

«Me di cuenta, con deprimente claridad, de que ella no era el veneno en absoluto. Era el antídoto. Pero las cantidades estaban desproporcionadas».

Me rocé los labios con las yemas de los dedos. Los mismos labios que Tate había devorado. Recordaba el momento en el que Kellan me llamó Veneno por primera vez. Me había besado, me había metido un centavo en el bolsillo y me había ofrecido una sonrisa despreocupada tras prometerme que me vería el año siguiente.

Me costaba respirar. Me limpié el rostro con las mangas para secarme las lágrimas que me ardían en los ojos y continué leyendo. Me detuve cuando una frase me llegó tan hondo que me castañetearon los dientes.

«El suicidio es una guerra entre dos miedos: el miedo a la muerte y el miedo a aquello que te empuja hacia la muerte. Siempre gana el más fuerte. Y si pierdes, la pena es la muerte».

Cerré el manuscrito de golpe. Lo volví a meter debajo de la cama. Me hice un ovillo en la alfombra. Me puse a gritar. Me temblaban los hombros del esfuerzo que suponía no derrumbarme. Tenía escalofríos por todo el cuerpo. Tenía la sensación de que los órganos se me caerían uno por uno si no mantenía la compostura.

La alfombra me ardía en la mejilla. Su olor, a antigüedad y uso excesivo, me invadió. Sería tan fácil dejarse llevar y no pensar en nada. Al fin y al cabo, nos conocíamos bien.

Las lágrimas me empaparon la manga del jersey. Volví a secarme los ojos y se me corrió el rímel por todas partes.

Un zapato dio un golpe contra el estante que había fuera, una señal de que Leah había llegado, pero yo no podía detener la cascada de lágrimas. Los pasos resonaron y se detuvieron frente a mi puerta. Miré la sombra que había debajo y esperé a ver qué hacía.

Debió de permanecer allí unos minutos mientras yo moqueaba, lloraba y gritaba, antes de continuar hacia su habitación. Oí que la puerta se cerraba unos segundos después.

Me di la vuelta y repetí una frase de *Dulce Veneno* en mi cabeza. Una frase que me destripaba por dentro:

«Una vez al año, durante una hora robada, me permitía ser el veneno. La toxina. Aquello que la envenenaba. Pero en un segundo efímero de egoísmo, la alejé. Lo he lamentado cada día desde entonces».

Por primera vez, entendí a Kellan.

Le había hecho respirar y sangrar.

«Yo».

Capítulo cincuenta y dos

Tate

❧

Vaya, así que esto es lo que se siente al caer en un pozo sin fondo.

Paso uno: háblale fatal a la recepcionista durante todo el día, hasta que te la encuentres llorando en la sala de descanso mientras se come un Snickers y escribe con rabia a sus amigas para decirles lo imbécil que es su jefe. Es la primera vez que veo que traga un solo carbohidrato, por cierto. Incluso entonces, lo ignoras, porque la alternativa (ser compasivo) hoy escapa a tus capacidades.

Paso dos: comunica el sexo del bebé a una pareja que no quería saberlo porque no eres capaz de mantener la serenidad. Una pareja que había pasado más de una década y por varias rondas de FIV para concebir. Cuando se echan a llorar, pero deciden mantenerte como su doctor porque nadie es capaz de hacer lo que tú haces, ofréceles un vale por una visita gratuita como si su ropa de diseño y su apellido no fueran indicadores suficientes de que nunca iban a usarlo.

Paso tres: llega tarde a una cesárea, llama a las enfermeras que hace años que conoces por el nombre que no toca y vete en cuanto haya terminado la cirugía sin felicitar a los padres. Exígele a tu compañero que supervise la atención a la paciente durante el resto del día porque no confías en que no vayas a cometer un error.

«Hecho, hecho y hecho, joder».

La realidad que implicaba la carta de Kel me azotó en cuanto Charlie llegó a mi casa. Aunque había querido olvidarla, y me había obligado a no asumirla, el tiro me había salido por la culata de manera espectacular.

Más concretamente, dicha realidad reapareció dos días después de haber besado a Charlotte en una biblioteca: me invadió durante mi café matutino de camino al trabajo. Lo derramé por todo el ascensor y me pasé el resto del día con una mancha de color mierda y una presión exacerbada en el cerebro por el hecho de que mi hermano pequeño había escrito lo que tenía que ser una carta de suicidio.

Al mediodía, un dolor de cabeza amenazaba con partirme el cráneo en dos, y había tomado más malas decisiones en una mañana que en toda mi vida. Pero eran malas decisiones reversibles, no eran de una magnitud irreversible que me perseguirían durante el resto de mi vida… de esas ya tenía una. No haber visto las señales con Kellan.

Así que me dije que no era para tanto y seguí adelante con mi rutina: me comporté como un capullo monumental, distraído y que se merecía que lo echaran a la calle. Menos mal que era el jefe o me habría quedado sin sueldo. Aunque, a este paso, mi reputación caería en picado, y nadie querría estar en la misma sala que yo.

No les culpaba.

Cuando le había pedido a Sylvia que me liberara el resto del día, se había lanzado al teclado, con el alivio cincelado en la cara.

Terry no estaba cuando llegué a mi casa de piedra rojiza. Ahora que lo pensaba, hacía días que no venía, pero no me importaba ni un carajo.

De hecho, disfrutaba del silencio.

Lo necesitaba para odiarme en paz.

Me senté en la cama, miré el techo y me debatí entre si entrar en la habitación de Kel o no, y me decanté por no hacerlo.

Al cabo de una hora de hacer absolutamente nada, llamé a Charlotte Richards por segunda vez en mi vida y no con la intención con la que había pensado usar su número cuando le había mentido a Reagan para conseguirlo.

Contestó en el último tono, pero no dijo nada.

Yo tampoco.

Así que nos sentamos en silencio mientras nos oíamos respirar y ninguno de los dos dio el paso. Me hacía sentir sucio. Como si fuera un cabrón enfermizo.

Estaba claro por qué ella había recibido una última carta de Kellan, mientras que Terry y yo no: Kel estaba enamorado de ella. Eso sin contar que el título que le había dado al libro se refería a ella.

«He besado a la chica de la que estabas enamorado en el instituto, Kel».

«Quiero volver a hacerlo».

«Quiero hacer mucho más con ella».

«Joder, soy lo peor. Lo peor de lo peor. Me merezco todo lo malo que me has dicho y pensado sobre mí».

Ahora sabía lo que era ser un ladrón, y era una sensación que daba asco. No me sentía como si hubiera ganado nada en absoluto, pero sabía por qué no le decía nada. En cambio, no comprendía por qué estaba ella en silencio. Sobre todo, después de cómo habíamos dejado las cosas en la biblioteca.

Yo cedí primero.

—Tengo una pregunta, señorita Richards.

—No... —Se le rompió la voz. Parecía que hubiera estado llorando, y no me parecía de las que lloraban por todo—. No puedo garantizarle una respuesta, doctor Marchetti.

—Es sobre la carta de suicidio.

—En tal caso, sin duda, no puedo garantizarle una respuesta.

—Por tanto, es una carta de suicidio.

—No he dicho eso en ningún momento. —Se aclaró la garganta, y oí el ruido de unos papeles. Muchos, a juzgar por el tiempo que tardó en serenarse—. No te fíes de mi palabra, confía en la suya. Kellan dice en la carta que no es una carta de suicidio.

Me pasé un nudillo por la garganta, como si tuviera algo atascado.

—Entonces, ¿da la casualidad de que es la última carta que escribió?

—Sí. —Se rio. Pero era una risa de esas que la gente usa cuando en realidad no le hace ni pizca de gracia—. Es casi textualmente lo que dice en la carta, en realidad.

«Dice».

Nunca he entendido por qué la gente hablaba de la palabra escrita en presente como si aún estuviera sucediendo. El autor podría estar muerto, y los lectores seguirían diciendo: «Ray Bradbury escribe sobre la censura. Harper Lee aborda el racismo. F. Scott Fitzgerald nos devuelve a la era del *jazz*». Era muy típico de Kellan Marchetti ser a la vez su propio verdugo y quien lo inmortalizara.

Pronuncié esto en voz alta y Charlie soltó una carcajada.

Una de verdad, esta vez.

—Tenía un don para conseguir lo que quería —susurró, como si me contara un secreto.

—Excepto cuando yo me interponía.

—¿Qué estás haciendo, Tate?

—Hablar contigo.

—Me refería al aspecto emocional. —Alzó un poco la voz. Podía imaginármela con la nariz fruncida, como siempre que discutíamos—. No fui a tu casa para hacer que te derrumbaras otra vez.

—Nunca he estado entero, Charlie.

—Tal vez no, pero habías aprendido a vivir con la pena. —Hizo una pausa—. No era mi intención tirarte al pozo.

No tenía nada que decir a eso, así que no respondí. Ya íbamos por el minuto veinte de la conversación y aún me sentía como si fuera un chicle debajo de un zapato. Charlie era de Kel. Ni siquiera había sido capaz de dejar eso intacto.

—Después de la muerte de Kellan, me enfrenté a la directora del St. Paul —admitió.

—¿De verdad?

En esa época, no era más que una cría, pero algo me decía que Charlie había hecho muchas cosas de adultos por la gente que amaba.

—Sí.

—¿Y qué le dijiste?

—La culpé por no haber protegido mejor a Kellan. Lo acosaban de forma habitual. Y también me refiero a nivel físico, Tate.

Sacudí la cabeza e intenté recordar si alguna vez le había visto algún moretón.

—¿Mucho?

—Muchísimo. Pero muchísimo. —Me dio tiempo para que pudiera digerir sus palabras—. Los profesores lo sabían.

Toda la escuela lo sabía. Pero los chicos pagan una cuota anual estratosférica. Sus padres ocupan posiciones de poder en la ciudad, incluso a nivel estatal. Nadie quería tocar esa bomba a punto de explotar ni con un palo de tres metros. Daba igual el lío que montara una alumna becada con unos padres muertos y una hermana sin blanca.

La última frase parecía más para ella que para mí. Como si tratara de asegurarse a sí misma que lo había intentado. Sirvió para recordarme todo lo que podría haber hecho.

—La directora no hizo nada. —Su voz adoptó un tono duro—. Kellan no hizo nada. Una vez intenté hablar con él durante el almuerzo. No fue bien. Así que dejé una carta en el despacho de la directora Brooks. Kellan se enteró y se enfadó conmigo por haberme chivado. Al final, no pasó nada. El acoso no paró. Durante un tiempo, busqué a alguien a quien culpar, y ella era el blanco más fácil.

—¿Qué te dijo cuando fuiste a hablar con ella?

—Me dijo que no difundiera rumores. Creo que se estaba cubriendo las espaldas.

—Te aseguro que se cubría las espaldas. En el funeral de Kel, me dijo que no tenía ni idea de lo que pasaba. Como si, primero, yo me lo fuera a creer y, segundo, el hecho de no haberlo sabido la absolviera de toda responsabilidad sobre lo que pasaba en su instituto.

Charlie musitó que estaba de acuerdo. Podría haber sido la primera vez que me permitía liberar la rabia por todo lo que le pasó a Kellan con alguien que sentía lo mismo.

—Después de eso, me envió al consejero estudiantil.

—¿Y qué hizo el consejero?

—Me dio un folleto informativo sobre el duelo. Era el mismo que me había dado después de la muerte de mis padres, pero creo que no lo recordaba. Me lo leí otra vez. Decía que buscara a alguien que me hiciera sentir mejor. —Resopló y se puso más agresiva—. Menuda idiotez. Es como si quien fuera que escribiera el folleto nunca hubiera perdido a nadie. ¡Es un duelo! La única persona que puede hacerte sentir mejor se ha ido. Por eso duele tanto.

Se quedó callada.

Yo no dije nada. No quería que dejara de hablar. De hecho, me aferré a sus palabras, hambriento de cualquier cosa que pudiera contarme sobre mi hermano. Me sentía como si estuviera conociendo a Kel por primera vez a través de Charlie.

—Después de aquello, me centré en los libros —dijo en el minuto cuarenta de la llamada. Exacto. Casi como si hubiera estado mirando los segundos que pasaban en el teléfono.

Me pregunté si Charlie había decidido de antemano cuánto tiempo iba a dejar que esta conversación se dilatara. Después de todo, era peligroso.

La deseaba.

Y de una forma muy retorcida, ella también me deseaba a mí.

Estábamos llorando a Kellan y traicionándolo al mismo tiempo.

—Siempre me han encantado, claro —continuó—. Así es como Kellan y yo nos entendíamos. Nos gustaban los mismos libros. Nos recomendábamos libros. Me enviaba historias que escribía y yo le pedía más. Algunas personas no quieren ningún recuerdo de la persona a la que lloran, pero ojalá los tuviera yo. Veo a Kellan en cada palabra que leo, y eso me hace seguir adelante. Ojalá pudiera encontrar eso para ti, Tate. Lo que te hace seguir adelante.

—Tendrías que odiarme.

—No te odio. —La oí levantarse y coger cosas—. Estoy resentida contigo. Hay una gran diferencia.

—No mucha.

Oí un ruido repentino por su lado del teléfono. Los coches tocaban el claxon. La gente la rodeaba. Un perro ladró. Estaba fuera. En algún lugar lleno de gente.

Charlie no me llevó la contraria, sino que cambió de tema.

—Eres médico.

—Que yo sepa, sí.

El ruido de fondo se desvaneció. Le dijo algo a alguien, pero sonó amortiguado, como si cubriera el teléfono con la mano.

Volvió a nuestra conversación.

—¿Qué es un efecto secundario?

—¿Estás enferma?

—No en el sentido que estás pensando.

—¿Tienes en mente algún efecto secundario en concreto?

—No. Me refería en el contexto de una enfermedad, dolencia o cura. En un sentido general. Cómo usarías este término en el trabajo.

—Es una característica física o mental indicativa de una enfermedad.

—Creo que eso es lo que sufrimos. Los efectos secundarios.

—¿De qué?

—Del amor. El dolor es un efecto secundario del amor. Dura lo que dura el amor. Te acostumbras al dolor hasta que te recuerdan que sigue ahí. Así es como va, siempre. Lo que necesitas es una distracción.

—Lo que se necesita es una cura.

—Las curas también tienen efectos secundarios, doctor. Y hay enfermedades que... Bueno, son incurables.

Y entonces colgó.

No tuve tiempo de asimilar sus palabras antes de que sonara el timbre. Bajé las escaleras y le recé al cielo que no fuera Terry, o no sabía qué le haría.

Volvió a sonar, seguido de un golpe seco. Abrí la puerta y me encontré con los ojos de corderito degollado de Charlie.

—Voy a hacer algo que no te va a gustar —me advirtió, y pasó a mi lado.

—Pues no lo hagas.

—Me has dicho que necesitas una cura. Te traigo algo mejor. —Durante un segundo, pensé que me besaría. En lugar de eso, sacó el manuscrito del bolso, lo levantó a la altura de su cabeza y anunció—: Te traigo una distracción.

—No me lo voy a leer.

Asintió con la cabeza, como si lo esperara.

—Supuse que no lo habías hecho y que no lo harías. —Eso solo me hizo sentir más curiosidad por el contenido—. Voy a apropiarme de tu casa.

—Y un cuerno.

—Pues sí —insistió, y tuve el mal presentimiento de que esto terminaría como la última vez: ella saliéndose con la suya. Un rasgo que compartía con Kel—. Necesito estar aquí para acabar *Dulce Veneno*.

Volví a abrir la puerta y señalé el hueco.

—Tómate esto como una declinación cortés por mi parte. Ya limpiamos la habitación de Kellan, y no encontrarás nada ahí arriba que no puedas encontrar en otra parte.

—«La casa estaba vacía la mayor parte de los días y mi habitación estaba perfectamente ubicada para soportar la mayor parte del viento invernal. Dejé que los pensamientos sobre ella me templaran el frío que me calaba hasta los huesos. Recordé cómo era reírme con ella. Besarla. Las cosas que quería hacer con ella, pero que nunca haría. E incluso sin mi hermano y con mi padre bien lejos de mí, como si de un fugitivo se tratara, el vacío desapareció. Veneno estaba aquí conmigo».

Jadeaba cuando terminó. Me miraba fijamente con unos ojos salvajes y el pecho le subía y le bajaba con cada respiración.

—Es una cita de *Dulce Veneno* —explicó—. Y si quiero continuar el libro de Kellan, necesito sentir lo mismo que él. No puedo hacerlo sin ponerme en su piel. No tiene sentido que me dieras el manuscrito si no vas a ayudarme a terminarlo como él quería. Y algo me dice que en realidad no quieres que te lo devuelva.

—De acuerdo —escupí. La odiaba por tener razón.

No tenía elección.

Era el último deseo de Kel.

Incluso desde la tumba, se las arreglaba para poner mi vida patas arriba. Crear caos tras su estela.

Charlie me dio la espalda y subió las escaleras sin más dilación.

Confirmé tres cosas a la vez:

1. Charlie era Veneno.

2. Kellan Marchetti había estado profunda, loca y exasperantemente enamorado de Charlotte Richards.

3. Kel no era el único que tenía debilidad por esa belleza extraña y excéntrica.

Capítulo cincuenta y tres

Tate

~

Recordé la noche que Kellan había muerto tal como aquí la escribo:

20:15 Salgo de trabajar antes para encontrarme con Kellan en una cafetería. Qué raro que quiera comer conmigo, y en público, además, pero estoy emocionado. Incluso tengo esperanza, porque soy un idiota optimista. Esta mañana, le he dicho que pararía y le dejaría verse con Terry sin supervisión (lo que me obligará a convencer a ese cabrón inútil a que quiera verse con su hijo, pero paso a paso). Después de habérselo dicho, Kel parecía... diferente. En el buen sentido, creo, porque en cuanto se lo he dicho, me ha propuesto vernos en una cafetería esta noche.

20:33 Recibo una llamada de emergencia sobre una paciente y sus trillizos. Corro a Urgencias. Con las prisas, me olvido de enviarle a Kel un mensaje explicándole la situación. (¿Por qué narices prioricé a los hijos de otra persona antes que a mi hermano, hasta el punto de no poder perder ni dos segundos en mandarle un mensaje para decirle que lo vería más tarde? ¿Por qué narices el tiempo es irreversible? Dicen que aprendes de tus errores, pero no tiene sentido si nunca vas a estar en posición de aplicar la lección que aprendiste. Qué puta mentira).

20:45 Kel va a la cafetería, no me ve y cree que lo he dejado plantado. Me envía un mensaje, que no veo, porque me estoy preparando para una cesárea de urgencia.

21:00 Comienza la operación, tres diablillos llegan a este mundo llorando y Sienna Omri le pone el nombre de Kel a uno. Lo que me recuerda que lo he dejado plantado sin decirle ni una palabra. Pero, joder, me emociona decirle que tiene un legado. Hay otro humano que lleva su nombre. Le parecerá genial, ¿no?

22:45 Reviso los mensajes y veo uno de Kel. Dice: «Te he pedido pollo a la parmesana. Está en la nevera, doctor Milagro. No digas que nunca he hecho nada por ti». No sé cómo interpretar el tono del mensaje. ¿Está enfadado o es en serio? Sin embargo, estoy emocionado por decírselo. Y que necesita encontrar el buen camino antes de que el bebé crezca y se dé cuenta de que le pusieron el nombre del más patético de la historia.

23:05 Llego a casa. Hay unos policías. Dos agentes. Por lo que parece, no va a ser agradable. Mi primer pensamiento es que han arrestado a Kel por consumo de drogas, y voy a tener que pasarme la noche pagándole la fianza. Me equivoco. Y soy un hijo de puta por haberlo pensado. Me dicen que mi hermanito ya no pisa la Tierra. Me dicen que está en un lugar mejor. Si (y solo si) es cierto que está muerto, les creo, porque cualquier cosa es mejor que este infierno.

23:16 Termino en el St. Paul. No recuerdo cómo he llegado aquí, pero estoy en mi Lexus. Paro el coche justo antes de la curva. Kellan no está muerto. No me lo creo. Y si no veo otro agente, la cinta de la escena del crimen, todo lo que viene después, sigue estando vivo. Me voy. Me digo que cuando vuelva a casa, Kel estará allí, respirando, y con una excusa de mierda por haber salido después del toque de queda.

23:32 Kel no está en casa.

23:49 Intento comerme el pollo a la parmesana que hay en la nevera porque es el último regalo que me hizo Kel. Consigo tragármelo antes de vomitarlo. Ya no es mi comida favorita. No he vuelto a pisar Pauli's Kitchen desde entonces.

23:50 Hannah viene después de una llamada de Walter y me obliga a dormir. Acepto porque no quiero mirarla a la cara. Es un recordatorio más de una mala decisión en una larga lista de malas decisiones».

00:01 No puedo dormir. Solo veo a Kellan cuando cierro los ojos. Cae desde el tejado. A cámara lenta. A cámara rápida.

En tiempo real. Duele, sea como sea. A la cuarta repetición, estoy convencido de que se arrepiente. Nunca lo sabré.

02:30 Me despierto. He dormido fatal y no soy capaz de funcionar. Mando un correo electrónico a la recepcionista y le pido que cancele todas las visitas para lo que queda de año. No me importa cómo se las arreglará. Trato de comer, lo vomito y descubro un mensaje de voz de Kel. Más tarde, me entero de que me lo envió una hora antes de morir. Todavía no lo he escuchado.

La muerte de Kellan coincidió con la renovación del seguro de mala praxis. Requería una evaluación psicológica con un psiquiatra que había decidido que sería una buena idea forzarme a revivir el día en que murió mi hermano. Me obligó a anotar todo lo que recordaba de esa noche en una lista para que pudiéramos abordar cada momento. No sé qué de revivir la historia para dejarla ir. Como si alguna vez hubiera dejado atrás la culpa que sentía por el papel que había jugado en la muerte de mi hermano pequeño. Como si alguna vez pudiera llegar a hacerlo.

Me senté en la oscuridad, con las piernas recogidas bajo el escritorio mientras releía el cuaderno que aún conservaba de la época en que el doctor Felton me visitaba. La existencia de la carta de Kel trastocaba mi línea temporal.

¿Cuándo la escribió? ¿Cuándo la entregó? ¿Se la dio directamente a Charlie? ¿Ocurrió el día de su muerte?

Lo único que sabía, sin duda alguna, era que se trataba de una carta de suicidio. Si Charlie no quería que la leyera, significaba que ella (o los dos) tenían algo que ocultar. Lo horrible que había sido mi relación con Kel prácticamente grabó en mi cerebro qué era ese algo. No me sorprendería descubrir que la carta que había escrito antes de morir hubiera sido un manifiesto de odio hacia Tate Marchetti de cinco mil palabras.

Pero eso solo planteaba más preguntas. ¿Por qué Terry no había recibido ninguna? Kel adoraba a su padre más que a cualquier dios conocido por el hombre. Parecía extraño que no le escribiera una. A menos que hubiera algo en su relación que yo no supiera. Era una pregunta que nunca le haría a Terry, porque... bueno, porque por mí ya se podía joder.

El intercomunicador se activó. Pulsé un botón y acepté la llamada. La voz de Sylvia resonó en mi despacho.

—Doctor Marchetti, le he cancelado las visitas de hoy, como me ha pedido. El doctor Bernard ha aceptado cubrir la de las tres, aunque parece descontento por ser una revisión rutinaria y...

Solté el botón. No me importaba oír el resto. Lo único que me importaba era averiguar dónde encajaba la carta de Charlie en la línea temporal. Me pasé las siguientes dos horas tratando de solucionar el rompecabezas, aunque sabía que la única manera de obtener respuestas era preguntándole a ella.

Pero eso requería coger el teléfono y llamarla. La última vez que lo había hecho, ella había acabado en mi casa y había invadido mi espacio.

La puerta se abrió con un chirrido. Vi un mocasín de cuero y una suela con espuma de memoria entrar en mi despacho y alcé la vista hasta ver la imitación del hermano Baldwin a quien pertenecía.

Walter encendió el interruptor y me miró con recelo.

—He oído un rumor que espero que no sea cierto.

«¿Que una de mis pacientes se corrió en la camilla, y me gustaría que lo hiciera otra vez?».

Arqueé una ceja.

—Tú dirás. Ya sabes que me encantan los cotilleos.

Hizo caso omiso del sarcasmo, aunque me pareció más ingenioso que nuestras bromas habituales.

—Llegaste tarde a la visita de Isabella Romero.

—He llegado tarde a varias visitas otras veces. Es la naturaleza de nuestra profesión, pero nunca me han merecido una visita en persona del gran doctor Walter Bernard.

Se encogió de hombros.

—Nunca has llegado tarde a una ecografía con la hija de un médico que forma parte de la Junta Médica de Nueva York.

—No hago tratos preferenciales.

—Tampoco despejas la agenda sin avisar y me pasas revisiones rutinarias mientras te sientas a oscuras en la consulta haciendo Dios sabe qué, pero aquí estamos.

—¿Me estás haciendo una intervención?

—¿La necesitas?

—No, pero sí que necesito que termine esta conversación.

—No solo estoy preocupado por ti. Me preocupan tus pacientes. Ya sabes lo que pasa si quitas el ojo de la pelota.

—Te da de lleno en la cara —terminé, y dejé que ese hielo familiar se expandiera por mis pulmones. Hasta que volví a transformarme en el Tate frío y clínico. Mi única defensa contra el mundo—. Entiendo tu preocupación. Puedes continuar con tus cosas.

Cuando se marchó, volví a mi concurso de miradas con el techo y el bloc de notas abierto en mi regazo. Una posición que mantuve hasta que fue lo bastante tarde como para estar seguro de que Charlie habría salido de mi casa y me fui de la consulta.

Me había robado una llave del llavero. Durante la última semana, había entrado y salido a su antojo, y había convertido mi casa en un campo de minas que estaba decidido a evitar. Lo que significaba quedarme hasta muy tarde en la consulta. Solo con mis pensamientos. Sin trabajar.

Eso confundía a mi personal, al que no le gustaba irse hasta que yo lo hiciera. Terry no estaba cuando llegué a casa, gracias a Dios. Había vuelto hacía unos días. Al parecer, de un viaje por distintos casinos en Atlantic City, que yo no tenía ni idea de cómo se lo había pagado.

(Nota para mí: asegurarme de que todos los muebles están en su sitio).

Ahora su rutina diaria consistía en estar fuera varias horas y volver sobrio, así que no podía echarlo por una infracción de las normas. Entonces, me rogaba que le diera *Dulce Veneno* hasta que estaba a un pelo de echarlo a la calle.

Había una caja en el porche. La entrega de la comida preparada. Tenía la intención de comerla hacía unos días, pero se me había olvidado. La dejé en la isla de la cocina y la abrí. Aparté la nariz al notar la peste a podrido.

Había un montón de cosas que debería estar haciendo, una de las cuales incluía tirar la basura que había fuera, pero no tenía ganas. Me metí una barrita de cereales en la boca y tragué sin apenas masticar.

Luego subí las escaleras y me desplomé en la cama con los zapatos puestos.

¿Tenía que recobrar la compostura?

Sí. Había vidas en juego.

Pero podían esperar un día más.

Capítulo cincuenta y cuatro

Tate

☙

Era la misma pesadilla. Kellan caía del tejado mientras balanceaba los brazos y le revoloteaban los pies. El arrepentimiento se reflejaba en sus ojos abiertos como platos. Solo que, esta vez, yo estaba ahí para agarrarlo al vuelo. Tenía la carta en la mano. Un manifiesto de una página sobre todas las cosas que Kel detestaba de mí. Todas las razones por las que yo le había provocado el deseo de morir.

Me coloqué en medio de su trayectoria.

Alargué los brazos para atraparlo.

Y me desperté.

Mi mano dio un golpetazo en la mesita de noche y silencié la alarma. El órgano que tenía en el pecho amenazaba con estallar. Me sentía como si hubiera corrido una maratón. En realidad, había dormido la friolera de siete horas. Prefería la selección rotatoria de sueños sobre mis errores que este. El error irreparable. El que me convertía en un capullo insufrible todo el día, pero como últimamente parecía mi actitud por defecto, dudaba de que alguien se diera cuenta en el trabajo.

Cuando salí de la cama, me sentía tan mal como las últimas dos semanas. Tal vez incluso más. Me aseé, me puse la ropa suficiente para estar medianamente presentable y bajé las escaleras.

Un tarareo melódico subió por la escalera y llegó hasta mí. «Charlie». Miré el teléfono y me di cuenta de que era sábado y que ella no trabajaba. Normalmente, me levantaba temprano y me escapaba antes de que llegara. Me asaltaba constantemente

298

con preguntas sobre el manuscrito. Y yo no quería saber absolutamente nada de *Dulce Veneno*. Así que habíamos empezado a jugar al gato y al ratón. Yo salía cada vez más temprano; ella llegaba antes de lo previsto. Hoy, había ganado ella.

Entré en la cocina. Un aroma cítrico me invadió las fosas nasales, además del leve hedor de algo muerto. Eso me recordó la entrega de comida. Busqué el paquete en la isla de la cocina y no lo encontré.

Charlie siguió mi línea de visión.

—Lo he tirado. Toda la carne se había echado a perder. He intentado salvar las verduras, pero olían a carne podrida. Te he abierto una nueva botella de ambientador. Te diría que espero que no te importe, pero dudo que te hubieras dado cuenta si no te lo llego a decir.

No me habría dado cuenta.

Pasó un trapo por la encimera. Parecía limpia. Más de lo que había estado la casa desde que Terry había echado de malas maneras a Hilda y esta había decidido que no quería volver. «Nota: averiguar qué hizo y dijo Terry para que la pobre Hildy saliera despavorida».

Charlie se mordió el labio inferior.

—Tienes la nevera vacía. ¿Cuándo fuiste a comprar por última vez?

Hice lo que siempre hacía cuando Charlie aparecía antes de escapar de ella: la ignoré. Fingí que no estaba aquí y que no la deseaba. Era mi mejor defensa contra el hecho de que corría el riesgo de besarla hasta no poder más.

Por el rabillo del ojo, vi que levantaba un marco y agitaba un cacharro dorado. Era una foto de Kel y yo, del día que nos conocimos. La única foto que teníamos juntos. Crecer con los *paparazzi* le afectó mucho. No ayudó el hecho de que me odiara.

Sin contar con la foto del anuario de su último año (donde parecía estar a punto de darle un machetazo al fotógrafo, recurrir a la brujería para desatar un *tsunami* en la ciudad de Nueva York y refugiarse en una tienda de música), no tenía ni una sola imagen de Kel durante su último año de vida.

—He encontrado esto mientras limpiaba la repisa de la chimenea. Estaba boca abajo.

«Otra nota: cambiar el marco de sitio, a mi mesita de noche, para que Charlie no pueda verlo».

¿Y por qué demonios seguía limpiando? Hacía unos días, había pensado que mi mujer de la limpieza había vuelto, pero esto tenía más sentido.

—Me he dado cuenta de que no hay más fotos de Kellan. Yo tengo algunas… —Se mordió el labio—. Si quieres verlas.

Me quedé helado, tentado por un estúpido segundo. No lo suficiente para hacerme romper el silencio.

—¿Me estás ignorando porque te molesta que esté aquí?

«Te ignoro porque no debería desearte, pero te deseo».

Saqué una barrita del armario, leí la fecha de caducidad, y pensé que no perdería un órgano por comerme algo caducado de hacía tres meses.

—No estaré mucho más tiempo. Pronto terminaré el libro y me iré. Y desapareceré de tu vista. —Hizo una pausa—. Y de tu vida. —Me di la vuelta y ahí la tenía. En mi espacio otra vez. Ella parpadeó sin dejar de mirarme hasta que sus ojos se desviaron hacia los auriculares que llevaba en el cuello—. Esos eran el premio por adivinar el sexo de los gemelos de Reagan.

Me fijé en el pequeño espacio que nos separaba en la encimera. Podría empujarla, pero entonces tendría que tocarla. Opté por:

—Sí.

—Pero tú eres su médico. Ya sabías el sexo de los bebés.

—Sí. Pero dudo que hayas venido a discutir la ética de mi participación en el sorteo de la fiesta de Reagan. ¿Qué quieres, Charlie?

«No me preguntes por ninguna escena. No me preguntes por ninguna escena».

—Estoy preocupada por ti.

Eso fue casi tan malo como haberme preguntado por alguna escena.

—¿En serio? No deberías —le dije, como quien no quiere la cosa—. No soy problema tuyo, así que no deberías preocuparte.

—No debería haberte dicho nada de la carta.

—Ya que vigilas tanto lo que debería y no debería saber sobre mi propio hermano, puedes atravesar los barrotes de hierro y quedarte fuera.

—Estás cayendo en un pozo, Tate. —Parecía preocupada. De verdad. Si tuviera corazón, se me habría acelerado—. Apenas te conozco, y lo veo. ¿No te da miedo acabar peor?

«¿Como Kellan?».

Era una mala elección de palabras, y ambos lo sabíamos. La vi hacer una mueca, mientras sus neuronas trabajaban a toda velocidad.

—¿Aceptas Visa? —le dije, sin ninguna emoción—. No estamos en terapia. Deja de preguntar, Lottie.

Ni siquiera reaccionó al oír el mote. Supongo que hoy solo nos estábamos centrando en mis problemas.

—Mantengo la misma pregunta.

—Mi respuesta es la misma: no es asunto tuyo.

—He perdido a un hermano Marchetti. No pienso permitirme perder al otro. Estás en caída libre y a punto de tocar fondo. Ese órgano en tu pecho casi no late, solo bombea sangre amarga, miedo y arrepentimiento.

En ese momento, me sentí como el hijo de Terrence Marchetti. Un capullo. Un desastre. Indigno de respirar como lo hacía. Me arriesgué a que me tocara y rocé su cuerpo de camino a la puerta.

—Esto no funciona.

Me siguió.

—¿Mis preguntas?

—Que estés aquí.

—Necesito terminar el manuscrito.

—Han pasado dos semanas. —Metí los pies en un par de zapatos acordonados italianos y me arrodillé para atármelos—. Me dijiste que Kel lo había terminado y que solo había que editarlo.

—Pero necesita mucha edición. —Me siguió hasta la puerta. Todo me empezaba a parecer demasiado hogareño en general. Tenía que largarme de aquí—. Hay que reescribir párrafos enteros. Editar la trama. Incluso cambiar algunos diálogos.

—La gente escribe novelas enteras en dos semanas.

—Yo no soy una escritora experimentada.

—Tal vez Kel debería habérselo pedido a otra persona.

—No había nadie más —me espetó. Había dado en el clavo. La había hecho enfadar tanto que sabía que no quería verme.

«Perfecto. Tal vez me deje en paz para que me ahogue solo en mi mierda».

Posé la mano en el pomo de la puerta. La abrí de golpe.

—Céntrate en tus cosas, Charlie, y espabila. Cuando vuelva, espero que te hayas ido.

Capítulo cincuenta y cinco

Tate

〜

Para mi desgracia, cuando volví a casa me encontré con que Charlie seguía allí. Sumida en su trabajo. Con un bloc de notas en la mano y el manuscrito colocado en el borde de la isla.

Desde el marco de la puerta, contemplé cómo se movía por la casa como si fuera suya, tomaba notas y ocupaba todo el espacio. Parecía más llena. Más llena de lo que nunca me lo había parecido. Con Terry no había sido así. Ni con Hannah. Ni con Kellan.

Me divisó al cabo de un minuto o dos, bajó el bloc de notas y alzó *Dulce Veneno*.

—He fotocopiado el manuscrito. El original está en una caja fuerte ignífuga en casa. Puedo hacerte una copia, si quieres. —«No, gracias»—. Tengo una pregunta —dijo, después de que se hiciera evidente que yo no iba a abrir la boca—. Es sobre un pasaje en el que Kel…

Me puse los auriculares con cancelación de ruido, que amortiguaron su voz. Se interpuso en mi camino. Me quedé allí, mientras miraba cómo se movían sus labios y fingía que la función de cancelación funcionaba mejor de lo que lo hacía. No era la primera vez que nos encontrábamos en esta situación.

Iba de la siguiente manera: Charlotte abría la boca y yo advertía la determinación de su expresión y me aislaba. Si eso no funcionaba, encontraba una manera de ignorarla. Cuando se daba cuenta de que no la estaba escuchando, se iba. Solo que esta vez no se marchó.

303

Los pies me llevaron a la sala de estar, me dejé caer en el sofá y encendí la televisión por primera vez. Aún llevaba los auriculares. No la oía ni a ella ni a la tele, pero conseguí sentirme como el vago de mi padre. Hablando del rey de Roma, todo lo que Terry hacía últimamente era comer, dormir y desaparecer. Reconocía los signos de la depresión. Al menos ahora. Pero no era capaz de ayudarlo.

Charlie se acomodó a mi lado. Vimos un documental sobre leones salvajes en Discovery Channel, mientras oía un *podcast* sobre partos por los auriculares. El obstetra, que parecía haberse licenciado en Medicina en el sótano de la casa de su madre, no paraba de parlotear sobre la belleza de la capacidad de adaptación del canal del parto. La vagina. Hablaba de la vagina. Pero no se atrevía a decir la palabra.

Apagué el *podcast*. Charlie había dejado de hablar, quién sabía hacía cuánto. Me metí los auriculares en el bolsillo y esperé a que continuara donde lo había dejado. No lo hizo. No sé por qué, tal vez por la falta de sueño, o porque había perdido la cabeza, pero le ofrecí una rama de olivo:

—No lo entiendes. —Tenía la mirada clavada en los leones que comían cebras—. Me pone enfermo físicamente pensar en el libro y en lo que podría decir.

—Solo tienes que leerlo una vez y lo sabrás. —Pero la forma en que me respondió, como si ella tampoco quisiera que lo leyera, me lo dijo todo.

Terminamos de ver juntos el documental. Esta vez, no me puse los auriculares. Esta vez, Charlie no dijo nada. Cuando aparecieron los créditos finales, su estómago gruñó.

Puso una mueca.

—No he tenido tiempo de comer, y en tu casa no hay nada.

Se acercaba la medianoche. Tenerla aquí ya era peligroso. ¿Tenerla aquí, tarde, sola y a mi lado? Absolutamente letal.

Suspiré, me dirigí a la cocina y puse una pila de menús de comida para llevar sobre la isla.

—Elige uno.

Una sonrisa le iluminó el rostro. Colocó los menús como si fuera un abanico, y se tomó su tiempo para elegir. El logotipo de Pauli's Kitchen me devolvió la mirada. «No elijas ese. No elijas ese. No elijas ese». ¿Cuál escogió? Ese. Tenía un don para hacer que me desmoronara. A estas alturas, era un talento al que podría sacarle partido y todo.

Sacó el móvil y marcó el número, pero lo cubrió con la mano.

—¿Quieres algo?

—No.

—El pollo a la parmesana tiene buena pinta.

Me quedé helado, y volví a negarme. Me miró extrañada, pidió lo que quería y colgó. Mientras esperábamos la comida, recorrí la cocina con la mirada, en busca de una distracción. Me fijé en la cicatriz que Charlie tenía en la muñeca.

—¿Cómo te la hiciste?

Ella se la cubrió con la mano.

—Quería morir con una cicatriz en la muñeca.

«Como su hermana». Leí entre líneas. Se la había hecho a propósito.

—¿Cómo la tienes? —Le levanté la muñeca y me acerqué la cicatriz a la cara. Estaba roja, elevada y engrosada. Debía de haberle crecido durante meses, sino años—. No soy dermatólogo, pero parece un queloide. Puede que sientas sensibilidad. Incluso que te duela a veces.

—No es nada que no pueda soportar.

—¿Has ido a que te lo miren?

—No.

La comida llegó antes de que pudiera insistir en que viera a un especialista. Pagué mientras Charlie sacaba de la bolsa un plato de pasta y el mismo pollo a la parmesana que Kel me había comprado el día que murió. Todavía usaban los mismos paquetes. Iba a vomitar si no salía pronto de allí.

—¿Dónde está Terry? —Charlie revolvió los *tagliatelle* con el tenedor.

—¿A quién le importa?

—Es tu padre.

—Es mi donante de esperma.

—Eso dices siempre. También resulta ser tu padre.

—Y se puede confiar tanto en él como en un neumático pinchado, lo que anula cualquier derecho que tenga en términos de paternidad.

Cortó el pollo. Miré cómo los jugos goteaban sobre el plato y diluían la salsa de color rojo sangre. Se metió un bocado en la boca y suspiró.

—Está muuuy bueno. ¿Seguro que no quieres un poco?

—Seguro. —Necesitaba que terminara de comer y se fuera de aquí. Que saliera de mi espacio. De mi cabeza.

—Kellan miraba cómo comía. Nos veíamos cada año, en el día de mi cumpleaños, y siempre me traía algo dulce para comer. Incluso cuando era asqueroso, me encantaba. Creo que me gustaba la sensación de tener a alguien que me miraba. Nadie más me prestaba atención.

La forma en que lo dijo (la forma en que bajó la mirada) hizo que pareciera que las cosas no habían cambiado. Su situación en casa todavía era dolorosa.

—¿Alguna vez te habló de cuando nos conocimos? —Me acordaba de aquel fin de semana con total claridad. Había vuelto a casa de la universidad para las vacaciones de primavera, justo a tiempo para ver a un hermano que nunca había conocido, colocado en mi vida como uno de los vestidos de diseño de otra temporada de su madre.

—No. ¿Qué pasó?

—¿No te importa perder el apetito?

Apartó el plato.

—Si esto resulta ser un método de dieta innovador, te digo desde ya que lo voy a patentar.

Cuando terminara el proyecto, la iba a echar de menos. Lo tenía claro.

—Su madre estaba Dios sabe dónde. Y lo mismo ocurría con Terry. Un día, mi madre apareció con Kel y dijo: «Es tu hermano. Hoy vamos a cuidar de él». Fue la primera y única vez que lo vi hasta que Terry apareció en mi puerta con él.

Absorbía cada una de mis palabras como si fueran migajas preciosas que pudiera saborear.

—¿Qué edad tenía cuando lo conociste?

—Ocho. Los suficientes para recordar lo que pasó.

—¿Qué pasó?

—Fuimos a comer a un restaurante. Se echó a llorar porque quería saber a dónde había ido su madre, así que lo distraje con esa broma de estirar el dedo.

—¿Esa en la que estiras del dedo y se oye una pedorreta? Imité su sonrisa.

—Hice el sonido con la boca, pero sí.

—Déjame adivinar. —Se inclinó más cerca, como si estuviéramos compartiendo un secreto—. ¿Kellan quiso intentarlo?

—Sí. Le tiré del dedo y se tiró un pedo. Pero eso no fue todo.

—No. —Se quedó boquiabierta. Cayó de espaldas contra el asiento—. No puede ser. ¿En medio del restaurante?

—Se puso a llorar. Mamá le dejó atarse el jersey a la cintura y nos fuimos tan rápido que no creo que el personal entendiera lo que había pasado. Kel no fue capaz mirarme a los ojos en una semana cuando lo volví a ver, lo cual fue toda una hazaña, considerando que vivía conmigo. Todas las navidades le compraba un jersey a mi madre. —Resoplé—. Creo que se los quitaba a la suya, porque estaban usados y olían a perfume la mitad de las veces.

Charlie echó la cabeza hacia atrás y se rio. Entendía por qué Kel la quería. Era atrevida y dulce a la vez. De alguna manera, era capaz de meterse bajo tu piel en muy poco tiempo. Era letal. Era Veneno. Su veneno.

Mi sonrisa se esfumó cuando me di cuenta de lo que estábamos haciendo. Sonriendo. Riéndonos. Parecía rayar la felicidad, de una forma inquietante, y yo no me había ganado ese derecho. Estaba destinado a morir como un puñetero miserable. Y me lo merecía.

Me aclaré la garganta.

—¿Pasabas tiempo con él muy a menudo?

—No demasiado. Nuestros encuentros siempre eran bajo sus condiciones, y la mayor parte de las veces, yo era demasiado cobarde para llevarle la contraria. Un día me acerqué a él, pero él no quiso. —Se encogió de hombros y reorganizó los *ta-*

gliatelle en el plato en forma de círculo—. Creo que no quería que su mala reputación se me pegara.

—¿Tenía complejo de héroe?

—Conmigo, al menos.

—No lo sabía.

Lo dije en voz baja, pero me oyó.

—Debe de ser doloroso compartir un corazón con tanto dolor.

Tragué saliva. Miré hacia otro lado, al reloj. La volví a mirar.

—Se está haciendo tarde.

—No he terminado de comer.

Era mentira, pero eso no le impidió hundir su tenedor en un trozo de pollo a la parmesana y metérselo en la boca. Se tomó su tiempo para masticar.

Cuando volvió a abrir la boca, me preparé para sus palabras.

—Una vez escribió un cuento sobre dos niños que buscaban a una bruja que les concediera deseos. ¿Quieres oírlo?

Sabía que debía detener esto si quería sobrevivir; sin embargo, asentí.

—La niña y el niño habían perdido a sus padres. —Tragó saliva y apartó los ojos. Me pregunté si Kel habría escrito esta historia para ella. Y para sí mismo. Una niña huérfana y el niño que encontró a su madre muerta—. Ella tenía miedo a la soledad y él no soportaba el dolor. —Charlie cerró los ojos y frunció las cejas como si estuviera imaginando la escena mientras la narraba—. Juntos, encontraron a una bruja que concedía deseos que duraban para siempre.

La miré fijamente, como si yo fuera la flecha y ella, el blanco. Por un momento, me pregunté cómo sería leer por placer. Por qué le gustaba.

—La niña quería vivir sin miedo, mientras que el niño quería vivir sin dolor. La bruja les concedió estos deseos. Pasaron los años. La niña ya no sentía miedo, y el niño ya no sentía dolor. Sin embargo, ninguno de los dos sonreía. Volvieron a ver a la bruja y le suplicaron que les concediera otro deseo: la felicidad. La bruja les dijo que no podía, porque sus deseos anteriores eran permanentes y no se puede experimentar la felicidad sin conocer el miedo y el dolor. —Charlie se acercó y me tomó de la mano—. El dolor es crecer. El miedo es riesgo. No puedes ser feliz si no creces y asumes riesgos.

Oí las palabras que no dijo: «Lee el manuscrito, Tate».

Aparté mi mano de la suya.

—Kellan escribía cuentos de hadas. —Soné escéptico, pero no lo era. Para nada.

—Sí.

—¿De verdad este lo escribió él? ¿O intentas decirme algo?

—Ambas cosas. —Se quedó quieta, apoyó el tenedor en la encimera y lo marcó con la salsa marinara—. Solo para que quede claro, estoy preocupada por tu bien porque se supone que vas a ayudar a parir a mi jefa la semana que viene.

—Ha quedado clarísimo. —«Ni de broma». Ni por un segundo me tragué que esto tuviera nada que ver con el parto inducido de Reagan.

Charlotte Richards tenía razón. Me estaba sumiendo en un pozo.

Pero ella también.

Capítulo cincuenta y seis

Tate

ᥫᦁ

Terry: Necesito *Dulce Veneno*.
Yo: 09609999 Error. Número inválido. Por favor, pruebe a enviarlo a un número de móvil de diez dígitos o un código válido.
Terry: Ja. Ja.

Entré en una consulta con una paciente de cuarenta y dos años que quería volver a probar una ronda de FIV. Cuando terminé la visita, encontré tres mensajes de mi querido donante de esperma.

Terry: No tiene gracia.
Terry: Lo digo en serio.
Terry: Necesito ver el manuscrito.
Yo: Lo más cerca que vas a estar del libro de Kellan será en los juzgados cuando pida una orden de alejamiento para ti.

Me llamó al instante. Le colgué. Una parte de mí quería bloquearlo para siempre, pero le haría un favor a la policía de Nueva York si no lo hacía, porque cuando sufriera una sobredosis y terminara en la morgue, necesitarían a alguien que lo identificara.

Terry: Es importante.
Yo: Has sobrevivido ocho años sin el libro. Podrás sobrevivir algunos más.

Terry: Tengo sesenta y tres años.
Yo: Te sugeriría un poco de Bótox.

Apagué el teléfono durante el resto del día y volví a casa tras un parto muy largo, exhausto, famélico y malhumorado, y me encontré a Terry dormido en el sofá. Era su forma favorita actual de pasar el tiempo después de que lo hubiera obligado a dejar las drogas. Últimamente, su personalidad consistía en satisfacer las funciones corporales necesarias y suplicarme que le diera *Dulce Veneno*.

Después de la muerte de Kel y de que decidiera que la tortura sería mi nuevo pasatiempo, busqué las señales de la depresión. Había ocho elementos clave que tener en cuenta: desesperanza, pérdida de interés, fatiga y cambios en los patrones de sueño, ansiedad, irritabilidad, cambios en el apetito y el peso, emociones incontrolables y pensamientos suicidas.

Terry las cumplía casi todas. Y yo también, por cierto. Pero fui incapaz de preocuparme por él. Tampoco decidir si valía la pena salvarnos.

Lo dejé dormir y me planteé si debía echarlo al amanecer, con la excusa de que su falta de progreso en el manuscrito infringía nuestro acuerdo. Ya lo decidiría por la mañana.

Abrí la puerta de la nevera con la esperanza de no encontrar nada. Sin embargo, me topé con un electrodoméstico completamente lleno. Había columnas ordenadas de bebidas de electrolitos, café embotellado y zumos exprimidos. Algunas aves y proteínas organizadas en una fila específica. En el cajón de las verduras había lechugas, hortalizas y frutas lavadas y almacenadas en recipientes de vidrio individuales.

«Charlie».

Era la única persona que haría esto por mí. Era evidente que Terry no (no sabía distinguir un pepino de un calabacín), Hilda había dejado el trabajo y nadie más tenía la llave. Me preparé un sándwich, me lo tragué en menos bocados de lo que era socialmente aceptable y subí las escaleras a toda prisa, ansioso por escapar de un radio de treinta metros del perezoso que ocupaba mi sofá.

Encontré la puerta de Kel entreabierta; el ruido se colaba por la rendija. Era la voz de Charlie. Me asomé por la rendija como un puñetero acosador.

Estaba tirada en el suelo, con el pelo extendido como una aureola alrededor de la cabeza, y miraba al techo. Hablaba consigo misma. O quizá con Kellan. No lo sé. Todos hacíamos cosas raras relacionadas con él.

—¿Recuerdas cuando esperé delante de tu casa?

Durante un instante, pensé que hablaba conmigo.

Pero luego continuó:

—Esperé todo el día a que Tate volviera a casa, mientras me armaba de valor para gritarle por no haberte tratado bien, pero nunca apareció. Y tú llamaste a la policía. Qué vergüenza cuando me echaron. También me enfadé. Madre mía, no sabes cuánto.

Su mano tocó la madera. Trazó un dibujo que no supe distinguir y suspiró.

—A veces me pregunto qué habría pasado si no hubieras llamado a la policía cuando vine, si Tate hubiera llegado, si hubiera tenido la oportunidad de hablar con él. ¿Habría cambiado algo? ¿Seguirías vivo?

Una sola lágrima le recorrió una mejilla.

—Lo siento mucho, Kellan. Siento mucho no haberme esforzado más. Siento mucho que todos te falláramos. —Se puso de lado y se hizo un ovillo—. Pienso mucho en nuestro pacto. En que lo rompiste. En que yo infringí una regla primero. Pero se suponía que te encontrarías conmigo en el tejado cada año hasta el último. Me dejaste sin una reunión, Kellan.

Me entraron ganas de abrazarla. Esconderla dentro de mí y protegerla del mundo. Una quimera, pero acabé agarrando el pomo de la puerta.

Charlie siguió hablando:

—Las incógnitas me atormentan. Creía que encontraría respuestas si leía *Dulce Veneno*, pero ahora tengo más preguntas que respuestas. Si sabías que te ibas a suicidar, ¿por qué quisiste hacer aquel pacto? ¿Por qué aceptaste que viéramos cómo íbamos cada año? ¿Por qué evitaste suicidarte la primera vez que lo intentamos?

«Lo intentamos. Nosotros».

Me quedé petrificado. Ya no eran sospechas. Acababa de confirmar que Charlotte sabía que Kellan quería suicidarse y no hizo nada. Lo sabía. Me aferré al pomo de la puerta con tanta fuerza que casi lo rompí. No habría vuelta atrás. No volvería a mirar a Charlotte a los ojos ni la desearía. Me odiaba por ello.

Me di la vuelta sin enfrentarme a ella. No había nada que decir.

Kellan la conocía mejor que nadie.

«Charlotte Richards es Veneno».

Capítulo cincuenta y siete

Charlotte

∽

Había terminado de editar *Dulce Veneno* el día anterior por la noche.

Tres pasadas, varias pruebas y un montón de noches trabajando. Nunca me había sentido tan realizada en la vida. Tampoco me había sentido tan cansada.

—¿Estás bien? —Abigail se detuvo junto a mi escritorio con una taza de té caliente. La dejó con cuidado de no acercarla a una pila de papeles—. Pareces agotada.

—Últimamente me cuesta dormir. Culpa de un proyecto apasionante.

—Oh. ¿Un manuscrito?

Asentí, pero no di más detalles.

Entendió la indirecta y volvió a su despacho.

Para ser sincera, *Dulce Veneno* no era lo único que me consumía. Tate me ignoraba, y no sabía descifrar por qué. Pensé que habíamos llegado a una tregua durante la cena, pero su comportamiento había cambiado.

¿Había sido por la carta?

Siempre parecía estar relacionado con eso.

No podía dársela.

¿Qué podía decirle? ¿Que su hermano me escribió una carta de despedida y no lo mencionó más que para llamarlo «ese cabrón»? Era algo tan típico de Kellan que no sabía si enfadarme o llorar.

No hice nada, sino que saqué la cartera y busqué lo que necesitaba.

Una tarjeta de visita.

La toqué con los dedos y miré la lámina dorada como si esperara que me mordiera. La luz hizo refulgir el nombre de Helen Moriuchi. Por lo que yo sabía, su invitación a leerse el manuscrito que le mandara había sido un detalle. Como un «hasta pronto» que le dices a un conocido lejano, consciente de que no tienes intención de volver a verlo.

El pulso me retumbaba en el cuello. Cogí el teléfono, marqué su número y me detuve antes de llamar. Si lo hacía, consolidaría mi compromiso de terminar el manuscrito de Kellan.

No habría vuelta atrás.

Estaría comprometida.

Mi libertad de dejarlo quedaría revocada.

«Llamar».

Helen contestó al cabo de dos tonos.

—Hola, soy Helen Moriuchi.

—Hola, Helen. —Me aclaré la garganta. El teléfono me resbaló un poco. Lo agarré de nuevo con la palma húmeda—. Soy Charlotte Richards... de Rothschild Literary and Management.

—Charlotte. —Su voz era amable, y me ayudó—. He oído que Reagan dio a luz anoche.

—Sí. Pronto podrá recibir visitas.

—Ya lo he incluido en mi agenda. Entonces, ¿en qué puedo ayudarte? Estoy segura de que no me has llamado para hablar de Reagan. ¿Tienes un manuscrito para mí?

—La verdad es que sí. —Solté un suspiro, y casi me olvidé de inspirar—. Creo que es el que has estado buscando. Algo grande. Diferente.

—Me tienes intrigada. ¿Tiene título, el manuscrito?

—*Dulce Veneno*. No te lo puedo describir de forma adecuada con palabras. Es una historia que nunca sucedió. Un comentario social sobre la vida, la decencia humana y la supervivencia. Se lee muy rápido. El autor es agudo, espabilado y fácil de seguir. Creo que te enamorarás del manuscrito tanto como yo.

—¿El autor tiene algo más que pueda buscar?

—Es un debutante.

—Mmm… —Oí crujir la silla—. Me gustan las copias físicas. Me permiten notar el poder de un subrayador en la mano. ¿Qué tal si me envías el manuscrito a la oficina? La dirección y el número están en la tarjeta de visita que te di. Envíalo a mi nombre, y lo leeré tan pronto como pueda.

—Gracias.

Algo parecido a la esperanza burbujeó en mi interior.

Colgué después de que lo hiciera ella.

Se me dibujó una sonrisa de oreja a oreja. Metí una copia recién impresa de *Dulce Veneno* en un sobre acolchado de manila, con mucho cuidado de que los bordes no se doblaran.

Había omitido el nombre de Kellan en el manuscrito, porque quería asegurarme de que le gustara por su talento y no porque podría ser la vertiente comercial de una novela espectacular del hijo de Terry Marchetti.

Cuando el mensajero lo recogió, el peso que anclaba mi cuerpo se esfumó. Me sentía ligera.

Más ligera de lo que me había sentido en más de cuatro años.

Capítulo cincuenta y ocho

Charlotte

༄

Reagan exhibía la sonrisa orgullosa de una madre primeriza, pero no se la dedicaba a sus gemelos. Había dado a luz a dos niños preciosos y sanos hacía tres días. Noah y Ethan Rothschild. Sostenía a uno entre mis brazos mientras ella se llevaba el otro al pecho y le daba de mamar.

—Helen vino a vernos ayer.

—¿En serio? —Intenté parecer despreocupada—. ¿Y qué te dijo?

—Me contó que le habías enviado un manuscrito a su oficina.

—¿Lo ha leído?

—Todavía no.

—Vaya. —Me desinflé—. Seguro que está ocupada.

—Quería saber si había algún problema porque se lo hubieras enviado tú. Le dije no pasaba nada, considerando que mi agencia se llevará una buena parte de lo que tú vendas. —Me guiñó un ojo—. También le hice saber que he dado rienda suelta a todos los agentes de la oficina para tomar sus propias decisiones hasta que yo vuelva.

—Qué generoso por tu parte —bromeé, y cambié a Noah por Ethan para que ella le diera de comer.

—No creía que fueras a encontrar tu primer gran manuscrito ahora —bromeó ella.

Charlamos durante otra hora y hablamos de todo, desde los bebés hasta el doloroso parto y cómo había sido la vida en la oficina sin ella. Cuando terminó la tarde, volví a casa de buen humor, algo que se desvaneció en cuanto me encontré a Leah en el sofá, tejiendo de nuevo.

Esta vez eran jerséis.

Tan pequeños que le cabrían a un mono.

No me dijo nada cuando entré en el piso, fui a la cocina y me preparé un bol de fideos instantáneos. No dije nada cuando terminó el jersey para un mono y lo añadió a una pila de ropa de punto antes de ponerse de pie para estirarse.

Pasó junto a mí para coger agua.

Yo me bebí mi vaso.

Su pierna rozó la mía sin querer. Hicimos como si no hubiera pasado nada.

Suspiró.

Yo también.

Y luego metió las agujas en el cajón de al lado, recogió sus cosas, entró en su habitación y cerró la puerta.

Exhalé en cuanto se marchó, pues era capaz de respirar de nuevo.

Me resigné a lo que éramos: dos fantasmas rondando por el mismo espacio.

Capítulo cincuenta y nueve

Charlotte

∽

Una semana más tarde, Helen me invitó al mismo salón reservado en Toshikoshi.

No pude adivinar qué pensaba a partir de la llamada, pero si tenía gusto, le habría encantado el libro de Kellan. A cualquiera que se preciara en el mundo de la literatura se le haría la boca agua con la mina de oro que eran las palabras de Kellan.

¿Y yo?

Yo era la protectora del manuscrito. En el momento en que decidí aceptar el reto de Kellan, juré proteger su historia. No permitiría que se masacrara *Dulce Veneno*, ni que lo deformaran mentes ajenas que jamás lo conocieron, hablaron con él ni lo quisieron. Ni que lo convirtieran en forraje comercial para alimentar a las masas.

La última vez que había comido con Helen, Reagan me había obligado a vestirme como una mujer de negocios. Esta vez, me lo pensé mejor. Si Helen no me aceptaba tal y como Kellan me describió, no podía confiar en ella para gestionar su manuscrito sin cambiar su esencia.

Así que en el último minuto, decidí deshacerme del traje de negocios que había preparado y me presenté con unas botas que me llegaban hasta los muslos bajo mi falda de cuadros plisada favorita, un top con mangas grandes y un pañuelo en el cuello. En otras palabras, *Sailor Moon* pasada por el sedal de Dead Master. Tal y como se vestiría Veneno.

Helen enarcó una ceja al verme. No había pensado con detenimiento cómo sería comer aquí cuando había elegido las botas.

Por desgracia para ella, tuvo que presenciar cómo me desataba las botas y me las quitaba con toda la elegancia que pude.

Me tambaleé como si estuviera en una lancha motora y salté sobre el pie aún con la bota puesta. La pobre camarera esperaba a un lado a que le entregara las botas para que pudiera guardarlas en un cubículo y darnos tiempo para mirar el menú.

—Unas botas tremendas —comentó Helen cuando la camarera nos dejó solas.

—Literalmente. —Me dejé caer en el suelo frente a ella, cogí el menú y apreté la mano que cubría el borde cuando el impulso de tirarme de la pierna hizo acto de presencia—. He estado a punto de romperme el cuello.

«Bien, Charlotte. Eres genial. Dios, si estás ahí arriba y puedes ayudarme a manejar esto sin meter la pata, donaré mi cerebro a la ciencia y tal vez encuentren la cura para la idiotez».

Parecía uno de esos chistes. Una asistente de agente literaria y una de las editoras de adquisiciones más importantes entran en un bar… Aunque era un reservado de un restaurante exclusivo con asientos *zashiki*. Ningún autor debutante había recibido este tipo de tratamiento jamás. Y menos uno representado por alguien que aún no había ascendido a agente.

—Antes de empezar, ¿puedo preguntarte por qué me lo enviaste? —El menú de Helen seguía sobre la mesa frente a ella. Había algo en su mirada inflexible. Algo… peculiar—. A ti no te conozco mucho, pero Reagan es una vieja amiga mía. Estoy segura de que eres consciente de que es un riesgo negociar con alguien con la que tienes una relación personal. Porque es poco común que se hagan tratos equitativos, y además existe la posibilidad de que una de nosotras se adelante a la otra.

—No podía darle el manuscrito a Reagan. Con la preeclampsia y el parto, no podía darle otra carga. —Me tembló la pierna. Solo una vez—. Te lo envié a ti primero antes de ofrecerlo en pujas porque necesito que el libro acabe en manos de alguien de confianza. Y como eres una de las viejas amigas de Reagan, creo que eres la más indicada.

—¿Y este es el manuscrito que has seleccionado como tu tumba?

Los nervios hicieron que me temblaran las manos. Apreté más el menú para calmarlas. Pero creo que no parecía nerviosa, y eso era lo importante. Necesitaba que Helen supiera lo segura que estaba del trabajo de Kellan.

—Si va a ser mi tumba, será la mejor. —Dejé el menú y apoyé las palmas de las manos sobre la mesa. Ahora estaban tranquilas. Lo tenía—. He leído cientos de manuscritos este último año, y ninguno se acercaba medianamente al que te di. Es mágico. Sé que estás de acuerdo conmigo, porque es magia lo que buscamos en este negocio. Algo evasivo, que no acaba de estar ahí. Eso perseguimos.

Asintió.

—Tienes razón.

Sus labios se curvaron en una media sonrisa. No había previsto que se divirtiera, pero lo acepté. Esperé a que continuara. A estas alturas, parecía alargarlo a propósito, ya fuera para hacerme una novatada o para hacerlo más dramático.

—Me ha encantado —dijo por fin, con los ojos castaños brillantes—. De hecho, fue tan emocionante que me olvidé de tomar notas la primera vez que lo leí.

—¿Te lo has leído más de una vez?

—Varias, en realidad.

—Siete. —Encogí un hombro, sin avergonzarme—. Son las veces que me lo he leído yo.

Sacó el manuscrito del bolso, lo puso sobre la mesa y acarició la portada, donde figuraba el título pero no el nombre del autor. Sus dedos golpearon el espacio vacío.

—¿Dónde encontraste al autor?

Ahora era cuando la cosa se complicaba.

—Es un manuscrito póstumo. —Eso significaba que no habría una lista de otros títulos para impulsar las ventas. No habría libros futuros que comprar. Las transacciones comenzaban y terminaban con este libro. Contuve la respiración.

Los dedos de Helen se detuvieron.

—¿Tienes todos los derechos?

—El manuscrito me fue legado, sí.

«Legado». Una palabra muy fuerte, teniendo en cuenta la zona gris que ocupaba *Dulce Veneno*. Pero en la carta, Kellan había dejado claro que él quería que acabara en mis manos. Aunque no había consultado a Tate, sospechaba que no me llevaría la contraria. Por una vez.

En cuanto a Terry... Bueno, la opinión de Tate me importaba más.

Pensé bien antes de añadir:

—Me gustaría que los beneficios se donen bajo el nombre del autor a la Biblioteca de la Sociedad de Nueva York.

—Les tocará la lotería. —Helen enarcó las cejas.

—Eso espero. —Hice una pausa—. También espero que, quienquiera que se haga cargo de *Dulce Veneno*, lo cuide bien. La integridad del manuscrito debe permanecer intacta.

—Un autor debutante sin títulos previos es una apuesta para el editor, pero este... Es el tipo de libro que se estudia hasta la saciedad en los cursos de literatura.

—De aquellos que acaban por la vía rápida en los principales clubes de lectura. El de Reese. El de Oprah. El del *Times*.

—Seré sincera contigo porque eres de Reagan, y ella me dijo que bajara el tono y actuara como una mentora.

—¿De verdad?

Helen asintió.

—Me interesa el manuscrito. Me gustaría ser su editora. Quiero ofrecerte un adelanto antes de que salga a subasta, negociar y ofrecerte condiciones muy favorables para ti. Quiero formar parte del viaje de *Dulce Veneno,* sin importar cómo.

—Madre mía. —«Ups». No pretendía decirlo en voz alta, pero era verdad. Madre mía.

—Por lo general, no mostraría mi entusiasmo así. Cambia la corriente de la negociación en tu favor, pero ambas sabemos que, no importa de cuánto sea el adelanto, este libro se venderá rápido, se harán varias ediciones, adaptaciones y traducciones. Así que, ¿qué sentido tiene que te oculte mi entusiasmo por este proyecto? Pero hay una cosa que me mata de curiosidad.

—¿Ah, sí?

Levantó el manuscrito y abrió la primera página.

—Me he dado cuenta de que el nombre del autor no aparece ni en la portada con el título ni en los encabezamientos. —Entrecerró los ojos—. Y que a menudo te refieres a él como «el autor». No me digas que te lo ha dado un prolífico asesino en serie. —Inclinó la cabeza—. En realidad, eso sería una mina de oro para el *marketing*. El nuevo *Las imperfecciones,* escrito por el protegido de Ted Bundy.

Tragué saliva. Claro que se había dado cuenta.

Me tomé mi tiempo para contestar.

—El autor se llama Kellan Marchetti, y no es un asesino en serie.

—Marchetti... —Y el asombro apareció. Sacudió la cabeza—. ¿Como Terry Marchetti? ¿Son familia?

—Kellan es... era su hijo. —Las palabras salieron despacio. Con reticencia.

Debió de notar mi incomodidad porque ocultó su reacción y adoptó una expresión neutra. Aun así, me di cuenta del temblor en sus manos y de las mejillas sonrojadas.

—Tiene sentido, ahora que lo dices.

Las yemas de sus dedos se posaron de nuevo sobre el manuscrito y acarició el título con tanta suavidad que dudaba que tratara a los bebés de Reagan con más cuidado. Comprendía su reacción. Lo que esto significaba para el mundo editorial. Por eso había esperado hasta después de saber que adoraba el libro para decírselo.

Se dejó llevar en otra caricia y colocó las manos a sus costados.

—El talento debe de ser hereditario.

—Yo también lo creo. Veo mucho de Terry en su escritura, aunque tienen sus diferencias.

La misma perspectiva torturada. Dos circunstancias muy diferentes.

—No es que le esté ocultando a Reagan la identidad de Kellan —añadí—, pero ¿puedo ser yo quien se lo diga? Quiero explicarle cómo me hice con el manuscrito.

—Por supuesto. Me dijo que cuidara de ti cuando fui a verla a Morgan-Dunn. También me dijo que tenía muchas esperanzas en tu futuro. Ahora entiendo por qué. Francamente, no creo que necesites que te cuide. Eres más audaz de lo que esperaba.

«Porque tengo algo por lo que luchar».

—Gracias.

—Tengo notas sobre el manuscrito para el autor. Si decides vendérnoslo a nosotros, espero que se corrijan. Ahora que sé que es una novela póstuma, el problema es quién hará las reescrituras. ¿Este es el manuscrito en bruto que recibiste o ya lo has tocado tú?

—Hice tres pasadas y dos de corrección. Es muy similar al manuscrito original con algunos retoques aquí y allá, sobre todo en la reacción de la mujer al protagonista.

—Mmm… Pues justo en ese trozo me ha parecido que hay un problema. La reacción al protagonista sin nombre carece de consistencia. En la mayoría de las áreas, el tono es crudo, gutural, real. Lleno de inseguridades que hacen que me duela el corazón por el héroe.

Esperé el «pero», y Helen no me hizo esperar mucho:

—Pero el libro es en primera persona, en tiempo pasado, con un punto de vista único. Las reacciones de Veneno necesitan mostrarse a través de la lente del protagonista. Si él está ansioso y torturado, no se notará que Veneno lo ama. Se dará cuenta de las cosas malas: las manos temblorosas, su nerviosismo, etcétera, y asumirá que no le gusta. Cuando la ve y lo observa todo, se fija en las cosas equivocadas. Esos trozos no encajan.

Pasó a una página con pestañas del manuscrito y me la colocó delante. Señaló el pasaje. Lo leí.

«Veneno se estiró en la azotea ante mí, con el cuerpo apoyado en los paneles y la espalda arqueada para admirar las estrellas. Su mirada coincidía con la que me dedicaba entre clase y clase. Anhelo. Hambre. Entremezclados con algo más feroz. Cuando la veía así, las palabras se disparaban en mi cabeza y exigían ser escuchadas. Mamá y papá eran tóxicos, y a eso lo llamaban amor. Creo que el amor verdadero es un hábito incontrolable, como respirar. Nacemos con la capacidad de amar, así que cuando sucede, es fácil. Así somos Veneno y yo.

Cuando estamos en la azotea. Las únicas personas en el mundo. Nosotros y las estrellas».

Era una escena que había revisado. En la versión original, Kellan percibía cómo le daba la espalda mientras hablaba y asumía que no quería oírlo. Que estaba allí por la emoción y no por la compañía. Cuando me marché, se planteó lanzarse desde el edificio, y llegó a bailar en la punta de la cornisa. Se paró cuando la madre de su hermanastro le envió un mensaje de agradecimiento con una foto de ella con el jersey que le había regalado por Navidad. Me costó mucho digerir esta escena. No parecía real. Como si la hubiera adornado para darle un toque dramático. Pero conocía a Kellan lo suficiente para saber que cada palabra era cierta. Peor aún, sabía que yo leería el manuscrito, y aun así lo había escrito. Yo nunca podría desnudar mi alma del mismo modo, para que el mundo viera mis mayores errores, mis miedos más profundos y mi fracaso en el amor. De hecho, yo ni siquiera podía decírselo a la única persona que importaba. Kellan.

Me tiré de la pierna y la sacudí. Hacía calor en el salón. Me encorvé hacia delante, perdida en mis pensamientos, hasta que Helen me devolvió a la realidad de la peor manera posible.

—¿Crees que a Terry Marchetti le interesaría hacer la edición? —Agarró el manuscrito y lo hojeó distraída.

«No creo que se lo merezca».

Noté un peso en el estómago. El resto de mi cuerpo caía en picado, empezando por el corazón y los pulmones. De repente, me costaba respirar. Debía de parecer pasmada.

Helen intuyó mi vacilación.

—Antes de que digas nada, no es una estratagema para ligar el nombre del señor Marchetti con este proyecto. Ya lo está por defecto. Veo mucha influencia de *Las imperfecciones* en el libro, tal vez por su relación, y creo que Terry Marchetti sería un gran editor. Es obvio que Kellan se ha inspirado mucho en su padre.

—Lo hablaré con él.

«Poco probable».

—Por favor, hazlo. En realidad, no suelo hacer esto con los libros cuyo acuerdo no he firmado aún, pero aquí tienes mis notas sobre el manuscrito, la línea y el desarrollo. —Me lo devolvió—. Es tuyo. Incluso aunque no me vendas el libro a mí. Incluso aunque se lo vendas a Loran Greene de Hatch Press, menudo imbécil.

Agarré *Dulce Veneno* y lo dejé caer en mi bolso tan rápido como pude, como si me diera miedo que me quemara.

—Gracias.

—¿Qué tal si haces estas ediciones tú misma o con la ayuda del señor Marchetti y me dices algo del adelanto? A partir de ahí, seguiremos adelante, o puedes vendérselo a otra editorial o sacarlo a subasta. —Helen se inclinó hacia delante, su lenguaje corporal en desacuerdo con sus palabras. Quería el libro, y mucho. Por lo tanto, el hecho de que no había querido condicionarlo y que se había comprometido a hacer lo correcto, me hizo quererla más como editora—. Sin resentimientos —prometió—, aunque te aseguro que estaré celosa de quien lo consiga. —Me dedicó una sonrisa.

Sabía que tenía que expresarle mi gratitud, pero me costaba hablar con el nudo de emociones que tenía en la garganta. En lugar de eso, me puse en pie igual que ella, recogí mis botas del cubículo e intenté ponérmelas lo más rápido que pude sin parecer que tuviera prisa.

—Por cierto, Charlotte… —dijo Helen cuando mi mano tocó la puerta.

Me volví.

—¿Sí?

Sus ojos se posaron en la bolsa que llevaba colgada del hombro, que contenía el manuscrito y nada más. Tenía una mirada llena de preguntas. Preguntas que no era capaz de adivinar. Pero entonces bajó los hombros y esbozó una leve sonrisa.

—Has hecho un muy buen trabajo.

«Pero no lo suficiente».

Hojeé las notas de Helen en el metro de vuelta a casa. Llenaban los márgenes, escritas con letra militante. Tenía muchos comentarios para las partes en las que yo me había centrado, le encantaban los pasajes que había mantenido a pesar de que todo mi cuerpo protestaba por la forma en la que Kellan se retrataba a sí mismo: asustado, solo, roto. Desesperado.

«¿Y si no eres capaz de hacerle justicia al libro?».

La pregunta me atormentó hasta que mis botas golpearon la alfombra familiar del pasillo de mi bloque de pisos, y me obligué a admitir la respuesta: «Entonces tendrás que preguntárselo a Terry».

Entré en el salón y me encontré a Leah enterrada en un cementerio de bufandas de punto desparejadas. La televisión sonaba a todo volumen. Una reposición de *Fear Factor*, en el que mujeres en bikini se tumbaban por turnos en una bañera con un millón de sanguijuelas. Su programa favorito. Mientras tanto, durante los últimos ocho años y medio, Leah nunca se había enfrentado a su miedo. Ironía de manual.

Se detuvo a mitad de un punto, con las agujas de tejer suspendidas en el aire. Contuve la respiración y esperé a que dijera algo. No lo hizo. Dejé caer los hombros. Agarré un vaso de agua solo para estar cerca de ella, en caso de que decidiera que valía la pena hablar conmigo.

Pero no.

Después de forzarme a alimentarme durante una hora por segunda vez para estar cerca de mi hermana, me retiré a mi habitación, bajo el techo que compartía con una desconocida a quien no podía evitar echar muchísimo de menos.

Capítulo sesenta

Tate

ᡄᢣ

Charlotte Richards me alteraba. Me había pasado los últimos meses convenciéndome de que si intercambiábamos anécdotas e historias sobre Kellan, si limpiábamos su habitación, si le daba los libros de *El Mago de Oz,* si le entregaba *Dulce Veneno* (y si... y si... y si... putas conjeturas), podría romper cualquier lazo que me quedara con ella para siempre.

Me había equivocado. Y punto.

¿Cuánto? Seguía entrando a la fuerza en mi casa todos los días y me ignoraba cuando le preguntaba si había terminado el manuscrito. ¿La comida que había en mi nevera? Suya. ¿El perfume que olía en el aire? Suyo. ¿La bolsa de lona del tamaño de un cadáver que me había encontrado en el pasillo esa mañana? Tachán. De ella.

Al menos, estaba seguro al noventa y nueve por ciento de que no era mía. Me quedé mirando ese objeto ofensivo y me pregunté si lo había comprado. O peor aún, si Terry lo había hecho. Pero cuando me agaché y empecé a rebuscar, dispuesto a tirar su contenido en uno de los nuevos camiones de recogida selectiva de la ciudad, encontré un corsé. De encaje negro con un enorme lazo rojo en el que no podía dejar de imaginarme a Charlie.

Bajé las escaleras y tiré la bolsa en la isla de la cocina junto a su dueña. Fingió no verme, pero no me lo creí. Llevaba un trapo en una mano y un producto de limpieza ecológica en la otra. Apretó el disparador con un dedo. La mitad se diluyó en el aire. La otra mitad aterrizó en mi camisa.

Se inclinó hacia delante y limpió la encimera mientras tarareaba. La rodeé y me interpuse en su campo de visión. No se me escapaba que a menudo adaptaba mi existencia a la suya. En esencia, me despojaba de mi voluntad, y era fácil odiarla por eso. En los ocho años que había conocido a Hannah, nunca me había hecho sentir que había perdido el control de mí mismo. Como si tuviera que ser elástico y adaptable, y crecer.

Pero Charlie... «Maldita sea. Debería haberme avisado de que Kellan tenía pensamientos suicidas. Tampoco debería haberme mentido sobre el tema cuando me conoció. ¿Qué más sabía?». Me enfurecí con solo pensarlo. Dejé que la ira hirviera. Algo crepitó entre nosotros, denso y premonitorio. Se centró en mí, primero en los pies; luego en mis piernas y después en mi pecho. El pulso se me aceleró con cada avance como un brote febril que no paraba de aumentar.

—Esto no es el Four Seasons, señorita Richards. Deja tus bolsas en casa. Mejor aún, quédate allí, ya que estás. —Se lo dije cuando al fin alzó la vista para mirarme mientras señalaba la bolsa con el pulgar.

—Hola a ti también, doctor Marchetti. —Dejó el limpiador sobre la encimera y se cruzó de brazos. El trapo le rozaba el bíceps. ¿Por qué narices siempre estaba limpiando? Debía admitir que, desde que había llegado, mi casa estaba más limpia que nunca—. Qué tiempo tan raro —dijo—. De buen tiempo a nublado, ha cambiado muy rápido.

—Quizá tú también irritas a la naturaleza.

—No hablo del tiempo de verdad, Tate.

Arqueé una ceja.

—Yo tampoco hablo de la naturaleza de verdad, Lottie.

Retrocedió al oír el mote, cortó la conversación y me dio la espalda. Me planteé echarla, pero en su lugar abrí la nevera y me tiré del cuello de la camisa Tom Ford. Tenía razón. El tiempo cambiaba a una velocidad espeluznante. De repente, tenía calor. Estaba desesperado por salir de aquí.

Cogí una botella de electrolitos y me bebí la mitad de un trago. Cuando me volví, Charlotte seguía limpiando en el extremo opuesto de la isla. Ordené a mis pies que me sacaran de allí. No se movieron. Era una gran metáfora de lo que éramos. Yo, la sombra. Ella, el cuerpo.

«¿Qué narices haces todavía cerca de ella? Sacadme de aquí, pies».

De nuevo, los imbéciles no me obedecieron.

Me senté en un taburete de la isla, sin molestarme en disimular el hecho de que estaba observándola.

—Anoche investigué un poco.

No respondió.

—Sobre la cantidad de tiempo que se necesita para editar una novela completa, como la de Kel.

Todavía nada.

—Descubrí datos interesantes.

Nada.

Probé otro enfoque.

—He encontrado termitas esta mañana. Una plaga. Voy a fumigar la casa. Tendrás que irte. Estoy seguro de que para cuando acaben, tú también habrás terminado con el manuscrito, así que no tendrás que volver.

Qué mentira. Las termitas. La plaga. La fumigación. Todo. No esperaba que nada de eso funcionara. Nuestras vidas eran una red cuidadosamente intricada de desgracias. Podía romperse un hilo, pero siempre habría más. En este caso, los hilos que se habían resquebrajado habían sido los de la confianza y la traición. Nunca volvería a confiar en ella.

—La fumigación está acordada para dentro de unas horas. Espero que te hayas ido para entonces.

Silencio.

Charlie parecía distraída. Consumida por sus propios pensamientos.

«Su bienestar no te concierne, Tate».

Necesitaba parar porque ella sabía que Kellan quería suicidarse y nunca dijo nada. Mis pies finalmente captaron la indirecta y se movieron. Pasé junto a ella y subí la mitad de las escaleras antes de detenerme.

«No des ni un puto paso hacia ella. No es asunto tuyo. No la soportas».

Di el puto paso. Luego otro. Y otro más. Hasta que me paré frente a Charlotte Richards, que seguía limpiando mis encimeras. Encimeras que, a todos los efectos, podrían salir en un anuncio de Clorox tal y como estaban. O cualquier mierda de marca orgánica que tuviera en la mano.

—Charlie.

—Mmhmm —murmuró, con los ojos clavados en la nada. En blanco.

—¿Has terminado el manuscrito?

—Mmm.

—¿Tienes alguna intención de salir de mi casa en el próximo siglo?

—¿Siglo? —Bostezó y parpadeó lentamente—. Claro. Sí. Puedo decirte que sí.

Entrecerré los ojos.

—Hoy me he comido el pie.

—Suena delicioso.

—Sabía un poco raro, pero supongo que para eso está el kétchup.

—Y la salsa sriracha, también. No te olvides de la salsa sriracha. —No me estaba prestando la más mínima atención.

—Creo que la próxima vez probaré la salsa barbacoa.

—Mmm. Ya me dirás qué tal.

—O tal vez tu pie sabría mejor.

—Claro.

—Charlie.

—¿Sí?

—Charlie.

—Sí, claro.

—¡Charlotte Richards!

Levantó la cabeza.

—¿Eh?

—A menos que hayas desarrollado un gusto por el canibalismo o una variedad muy peculiar de fetichismo de pies, no has prestado atención a nada de lo que te he dicho.

—¿Fetichismo de pies?

—¿Qué te pasa?

Suspiró.

Sacudí la cabeza.

—Y antes de que lo niegues, recuerda que sería hipócrita por tu parte mentir, teniendo en cuenta lo mucho que me has presionado durante los últimos meses.

—No es… —Se dio cuenta de mi expresión de «corta el rollo»—. Está bien. No importa. Es Leah. No nos hablamos.

—¿No os habláis… en absoluto o menos de lo normal?

—Estamos peleadas de verdad. No me refiero a la guerra fría habitual.

—¿Cuándo empezó?

«¿Por qué te importa?»

—Hará un mes. Tal vez más.

—¿Qué lo provocó?

«Otra vez, imbécil: que no te importa».

—La carta de Kellan.

—Explícate.

Ahí iba otro hilo. El de la paciencia. Debía admitir que era el hilo más pequeño que había. Y solo estaba reservado para momentos como este, para recordarme que perdía todo el control cuando Charlotte Richards entraba en escena.

—Nunca voy a su habitación. —Charlie dejó a un lado el trapo y el espray y apoyó la cadera en la isla—. Sobre todo después de la noche del incendio, cuando le robé los cigarrillos y su habitación se convirtió en el origen de todo nuestro sufrimiento. Pero el mes pasado discutimos, entré a la fuerza y vi la carta.

Tragué saliva.

—¿Por primera vez?

—Sí. Reconocí la letra al instante y la cogí. Leah me dijo que Kellan se la había dado la noche que murió y le pidió que me la diera, pero nunca lo hizo. En vez de eso, me envió a por un paquete de cigarrillos y llegué tarde a mi cita con Kellan.

«En la azotea», pensé, al recordar lo que había susurrado en la habitación de mi hermano. Se reunían en la azotea del St. Paul. Todos los años. Para ver cómo le iba al otro.

«Charlie necesitaba a alguien que comprobara cómo le iba».

No me sorprendía. Creía que la muerte de sus padres era culpa suya. No ayudaba que Leah la culpara por el estado de su cara, en lugar de estar agradecida de que su hermana estuviera viva. Daría lo que fuera por recuperar a Kellan. Cualquier. Cosa.

—¿Ella fue la última persona que lo vio? —Me frené para no presionarla sobre su pacto con Kel.

Charlie me miró con recelo y se apresuró a decir:

—Antes de que te enfades, y tienes todo el derecho a estarlo, entiende que ella no sabía que Kellan se suicidaría. Tampoco se lo expliqué cuando lo hizo. Así que la carta se quedó en su habitación. Sin abrir. —Levantó la barbilla—. Pero se la llevó cuando nos mudamos, y me gustaría pensar que eso significa algo. O tal vez estoy inventándome cosas para excusarla. Bueno, la cuestión es que por primera vez desde el incendio, estoy enfadada con ella, y siento que tengo todo el derecho a estarlo.

—Pero aún te sientes culpable.

Charlotte Richards: la mártir.

A veces podía ser tan estúpida.

—Sacrificó muchas cosas por mí. —Se llevó un dedo al pecho, justo a la altura del corazón—. Yo soy la razón por la que perdió a sus padres, odia su propia cara y abandonó la universidad. —«Bla, bla, bla».

—Esas fueron sus decisiones.

—El incendio…

—Se inició por los cigarrillos que dejó fuera antes de que se escabullera de su casa después del toque de queda.

—No intento culparla.

—No. —Avancé y la acorralé contra la isla para que no tuviera más opción que quedar rodeada por mí y mis palabras. Consumida—. Intentas culparte a ti misma. Noticia de última hora, Charlie, eso no ayuda a nadie. Y menos a ella.

—Lo he intentado todo. Le he tendido una rama de olivo una y otra vez. Él árbol entero, qué leches. Pero no cede.

—Pues ofrécele otro olivo entero. Odio tener que decírtelo, pero no te matará. —Retrocedí, físicamente al menos, y dirigí un pie hacia la fila de armarios que había detrás de mí.

Entonces se me ocurrió lo mal que estaba abordando este tema. Lo hipócrita que estaba siendo, y lo frágil que era Charlie en lo que se refería a su hermana.

Suavicé el tono:

—Haz las paces con Leah. No me importa cómo ni qué tengas que hacer para conseguirlo o quién tenga que tender la mano primero. Yo moriré y siempre me arrepentiré por haber tenido una relación de mierda con mi hermano. Tú tienes la oportunidad de salvar la tuya.

Desvió la mirada y se cruzó de brazos.

—Mira quién fue a hablar. —Nuestras miradas se cruzaron—. ¿Te has planteado reconciliarte con Terry? Lleva sobrio meses, Tate.

—Vive en mi casa —dije, como si eso fuera suficiente. Y lo era. Demasiado, en realidad.

—Vaya. Qué generoso por tu parte. —Dio una palmada lenta, en sentido irónico—. Deberían canonizarte como santo.

—La diferencia es que Terry es un inútil de mierda.

—Es tu padre.

—Eso es una excusa. Hay gente que no necesitas en tu vida. Hay cosas que nadie debería tener que aguantar. ¿No has ido en avión?

—Sí. ¿Qué tiene que ver con esto?

—¿Y no has oído las instrucciones de seguridad?

—Por supuesto.

—Entonces, ya sabes cómo va. Se supone que uno debe ponerse la máscara de oxígeno antes de ayudar al pasajero que tienes al lado. Está bien que te elijas a ti primero. De hecho, deberías hacerlo. Recuérdalo, Charlie. Deja que se grabe en esa cabeza tan testaruda que tienes.

Levantó ambas manos y cambió de tema.

—Envié el libro de Kellan a una editora. De las grandes. De las más grandes del país.

Respiré hondo.

—¿Y?

—Y le encantó. —Charlie se mordió el labio y hundió la barbilla en el pecho—. También me hizo algunos comentarios.

334

He revisado las notas y he intentado arreglar las cosas que me ha pedido, pero… Me cuesta. Veo los problemas, pero no soy capaz de corregirlos. No soy escritora. Va más allá de mis capacidades. Creo que… Creo que necesito que Terry me ayude. ¿Le parecería bien?

—Ni te molestes.

—Él es el único que puede.

—Terry es un escritor sin talento.

—Es uno de los autores vivos más célebres.

—Es un fraude.

—Ni siquiera te has leído *Las imperfecciones*. Tú mismo lo has dicho.

—No necesito leer *Las imperfecciones* para saber que no tiene ningún talento. Es la última persona a la que deberías pedir ayuda.

—¿Ah, sí? ¿Y eso por qué? —Se cruzó de brazos y le dio una patada a la madera—. Estoy esperando.

—¡Porque plagió *Las imperfecciones*! —Me lancé hacia delante, con un movimiento errático.

Bajó los brazos a los lados. Sus pies se aquietaron.

—¿Perdón?

—Él mismo lo admitió.

—Imposible.

—¿Sabías que Terry me pregunta por *Dulce Veneno* cada puñetero día?

En cuanto desvió la mirada, supe que también se lo había preguntado a ella. Era muy predecible. Había personas que nunca cambiaban.

—Claro que pregunta por él. Es el libro de su hijo.

—Terry nunca ha conocido una tentación a la que no haya cedido. Es quien es. Es quien siempre ha sido. Dudo que esté pidiendo *Dulce Veneno* por bondad.

Se envolvió el vientre con los brazos.

—Dale una oportunidad, Tate. Todo el mundo se merece una segunda oportunidad.

—¿Como la que le estás dando a Leah? —Negué con la cabeza—. Terry ha tenido una segunda oportunidad. Y una tercera y una cuarta y una quinta. Tantas oportunidades que me faltan dedos para contarlas. —Solté una carcajada más seca que el desierto—. Kellan no sabía que Terry plagió *Las imperfecciones,* y desperdició su vida idolatrando a su padre para nada. Mira a dónde le llevó eso, Charlie.

—Pero…

—No acudas a Terry. No acabará bien. Nunca lo hace.

Capítulo sesenta y uno

Tate

∾

Supe que era una mala idea en cuanto se me pasó por la cabeza. Pero estos días mi control de los impulsos no funcionaba. Lo llevaba en el ADN, supongo. Al fin y al cabo, era el hijo de Terrence Marchetti, y esa era la excusa que usé cuando me metí en el Lexus por primera vez desde hacía tiempo y conduje hasta una zona de la ciudad mucho más al norte de lo que solía ir.

Morris Heights consistía en casas adosadas y complejos de apartamentos, construidos tras una oleada de incendios provocados en los años setenta. Se alineaban, uno al lado del otro a lo largo de las calles, dominadas por casas de mediana altura, solares vacíos y escaleras empinadas que explicaban la forma del culo de acero de Charlotte Richards.

Aparqué en el único sitio que encontré y soporté el calor inusual a la vez que maldecía la existencia de las colinas a cada paso. En este punto, ya ignoraba activamente todas las señales de que no debería haber venido. Necesitaba una que no pudiera ignorar. Un rayo. Un ataque al corazón. Un derrame cerebral.

«¿Estás ahí, Dios? Elige, venga».

Pasé por delante de unos restaurantes familiares. Un montón más de escaleras. Y por fin, me encontré frente al bloque de pisos de Charlie. Esperé a que alguien llamara para colarme dentro, como un acosador.

Había cumplido con todas las señales de obsesión malsana hacía ya treinta errores, y me preguntaba si alguna vez volvería atrás. Rebobinar. Deshacer este nivel de estupidez típicamente reservado para los niños preadolescentes con cerebros subdesarrollados.

«Ni de broma». Me colé por la puerta justo después de una familia de cuatro, y que podría decirse que cerraron mi debate interno sobre si mi alma aún tenía salvación posible. Llegué al 3C. El piso de Charlie. Y no tenía ninguna excusa que justificara por qué sabía cuál era, más allá del hecho de que nunca le pedí que me eligiera como su ginecólogo, y ahora no me podía culpar por tener acceso a su historial clínico, y tampoco tenía yo la culpa de que un día se dejara la cartera abierta en mi encimera. Nadie la había invitado a mi casa. Desde luego, yo no. En todo caso, yo podía culparla a ella por hacer cosas inútiles.

«Si vas un poco más lejos, imbécil, podrás unirte a la NBA con tal envergadura».

Di unos golpes en la puerta. Charlie estaba en mi casa cuando me había ido, así que este era un buen momento para venir. La puerta se abrió. Esbocé mi mejor sonrisa de «confía en mí», consciente de que era un hombre desconocido que se presentaba ante su puerta y, según su hermana, Leah tenía problemas con la gente en general.

—Hola. —Le ofrecí la mano—. Me llamo Tatum Marchetti. Encantado de conocerte. Tenemos que hablar.

—Marchetti —repitió en voz baja—. ¿Dónde he oído eso? No puede ser la carta… —Abrió los ojos de par en par. Ignoró mi mano extendida y retrocedió—. ¿El hermano de Kellan?

Asentí. Mi sonrisa desapareció. Como si necesitara que me recordara cómo había conocido a Kel. Se metió en el pasillo y empezó a cerrar la puerta tras de sí, pero clavó la mirada en el piso de delante: el 3D. Sus pies volvieron a entrar en el piso. Se hizo a un lado para dejarme entrar.

—¿Has venido por la carta?

—No.

Leah se puso nerviosa. También parecía hacerlo a menudo. Se llevó los dedos a la cara, pero bajó las manos antes de tocar la gruesa capa de maquillaje. Era su propia versión del tic de la pierna de Charlie. Las hermanas Richards estaban heridas, y tenían el poder de curarse mutuamente.

Redirigió la mano a su brazo opuesto y se rascó justo en medio.

—Entonces, ¿por qué?

—Charlie.

Que conste que, en realidad, no se trataba de Charlie. Me veía reflejado en Leah. Veía cada oportunidad que yo había perdido con Kel. Las vacaciones. Los cumpleaños. Las bromas. Hacerse mayor. El futuro que podría haber tenido si me hubiera centrado en lo importante antes y hubiera prestado atención. Y por eso no podía evitarlo. No importaba cuántas veces me hubiera detenido y me hubiera intentado convencer de por qué debía dar la vuelta y volver a casa. Veía todos los errores que yo había cometido reflejados en Leah Richards, y eso me enfureció. No se trataba de Charlie. Se trataba de mí.

«Claro».

—Charlie... —Leah enarcó una ceja y me evaluó de nuevo. Puso las manos en jarras. La vacilación se desvaneció—. ¿Te refieres a Charlotte?

—Me refiero a la mujer que no puede concentrarse en nada más de treinta segundos por tu culpa.

—¿Perdona? —El fuego refulgió en sus ojos. Eran del mismo tono que los de su hermana—. Escucha, tío, ¿quién diablos eres tú para irrumpir en mi casa y ponerte a hablar de mi hermana?

—Me has abierto la puerta y me has dejado entrar. —Me apoyé en la pared y le ofrecí cierta distancia—. Difícilmente catalogaría eso como irrumpir.

—Es lo que yo digo que es. Mi casa. Mis reglas.

—Qué curioso —murmuré, sobre todo para mí.

Y lo era. Leah sonaba igual que yo. De hecho, solo en la última semana, yo se lo podría haber dicho a Terry unas cuantas docenas de veces.

—¿Curioso? —Frunció la nariz—. No te conozco. No eres nadie para meterte en mi vida.

—Conozco a Charlie. Así que sí. —Apoyé una pierna en la pared y me enderecé—. Seamos realistas. Aunque le prestara atención durante medio segundo, ya sería muchísima más de la que recibe aquí.

—Provocó un incendio en la casa de nuestra infancia —espetó Leah.

—Lo sé de sobra.

—Entonces, estoy segura de que también «sabes de sobra» que, al hacerlo, mató a nuestros padres.

—Sí, pero no le voy a reprochar un accidente que ocurrió cuando tenía trece años.

Le había tocado la fibra. Pasaba con todo el mundo. Todos tenían algo que era capaz de hacer que se autodestruyeran.

Leah levantó las manos.

—¡No te corresponde a ti decidir si importa o no que el incendio fuera un accidente! —Dio un paso hacia mí, cada vez más enfadada—. Entré corriendo en casa. Vi las llamas que consumían la puerta de su dormitorio. Y ni siquiera tuve tiempo de asimilar que estaban muertos antes de correr a salvar a mi hermana. Así que perdona si me importa un comino lo que un desconocido tenga que decirme sobre una hermana a la que salvé.

El pecho le subía y bajaba en sacudidas exageradas, y pensé que yo nunca, en ninguna circunstancia, le contaría mi gran tragedia a un completo desconocido. Pero Leah hervía como una tetera, el vapor se le escapaba siseando y estaba a diez segundos de derramarlo todo. Puede que fuera la primera vez que hablaba de este tema, teniendo en cuenta cómo lo escupía todo.

—Estás enfadada.

—Claro que lo estoy. Me lo arrebató todo. —Me clavó el dedo en el centro del pecho, y me pinchó con cada frase—. Mi futuro. Mi novio. Mi cara. —Punzada. Punzada. Punzada—. Hasta que no sepas lo que es eso, puedes salir por esa puerta y no volver jamás.

—Tu novio fue un idiota por dejarte. Estás mejor sin él. —Moví el dedo con cada respuesta—. Tu futuro sigue aquí. Esperando a que lo aproveches. Nunca es demasiado tarde. —Otro dedo—. ¿Y tu cara? No es la misma que tenías antes de esa noche, pero aún es bonita. También es un recordatorio de que tu hermana está viva. —La miré, y vi a Leah, pero también me vi a mí mismo—. Daría cualquier cosa por poder decir lo mismo.

—Soy fea —dijo, como si eso explicara algo.

No era fea. Ni de lejos.

—Tu autoestima sufrió. Pero también la de Charlie. ¿Te has fijado alguna vez en eso que hace con la pierna? ¿Que tira de ella como si quisiera arrancársela del cuerpo? —Estudié a Leah. Por lo que parecía, nunca se había dado cuenta. Habían pasado casi nueve años y nunca se había percatado. Por Dios, ¿de qué más no me había dado cuenta sobre Kel? Tragué saliva y me obligué a continuar—: O que cuando Charlie se da cuenta de que brilla por mérito propio, se repliega sobre sí misma, no porque quiera esconderse, sino porque se ha obligado a creer que no merece tal atención. Charlie está hecha polvo. Está muy mal. No todo gira en torno a ti, Leah.

—Tienes razón en algo. Nada gira en torno a mí. Absolutamente nada.

Lucía una expresión que decía que necesitaba demostrar algo. ¿A mí? ¿A Charlie? ¿A sí misma? Tenía que provocarla. Conseguir que lo soltara todo hasta que no le quedara nada dentro. Con la suerte de Charlie, lo más probable era que la ira de su hermana fuera un abismo sin fondo del que podía alimentarse y Leah siempre cargaría contra Charlie. Pero, joder, tenía que intentarlo.

—Madura, Leah. Así es la vida.

—¡¿Madurar?! ¡¿Madurar?! —escupió las palabras—. Menuda cara tienes, tío.

—Y tú no te enteras de nada. —Sacudí la cabeza, sin creerme la carta que estaba a punto de usar. De una tontería que había oído en un *podcast* sobre duelo que Hannah solía poner—. Hay personas que le tienen tanto miedo al amor, que solo saben odiar.

—¿Y crees que yo soy así?

—Creo que perdiste a tus padres, y ahora tienes miedo de dejar que alguien más entre en tu vida, incluida tu hermana, porque podrías perderlos. Por eso actúas así.

—O tal vez tengo motivos para odiar a mi hermana. —Se señaló la cara—. Por su culpa, no salgo, no tengo a nadie en mi vida, estoy sola. Me marchito mientras la vida pasa por mi lado.

341

Miro por la ventana cada día, a mis vecinos, consciente de que nunca tendré lo que ellos tienen. Charlotte me lo robó todo.

—Lottie. Tú la llamabas Lottie. Creo que le gustaría que la volvieras a llamar así.

—Eso no lo decides tú.

Estábamos dando vueltas a lo mismo, y era una mierda. No necesitaba un doctorado en psicología para saber que esto no estaba funcionando.

Decidí exponerme y me tragué la bilis.

—Estoy seguro de que sabes que mi hermano murió.

—Sí. —Asintió y giró la cabeza hacia otro lado. Cuando se encontró con mi mirada otra vez, la ira se había desvanecido de sus ojos—. Lo siento mucho. Siento no haberle dado la carta a Charlotte. Si lo hubiera sabido, lo habría hecho.

«Y si Charlie hubiera sabido que provocaría un incendio, no habría fumado esa noche».

—Lo que Charlie probablemente no te contó fue que tuve la oportunidad de salvar a mi hermano, y yo no lo supe. No hubo ningún incendio en nuestro caso. No llegué a casa ni me la encontré en llamas ni vi claramente las opciones que tenía: salvar a Kellan o dejarlo morir. Su muerte empezó mucho antes de que dejara de respirar. El suicidio es un largo camino sin salida. No es instantáneo. Hay paradas a lo largo del camino. Podría haberlo salvado en cualquiera de esas paradas, pero no lo hice. Y tengo que vivir con eso. ¿Alguna vez te has parado a agradecer que Charlie esté viva? ¿Alguna vez le has dicho que te alegras de que sobreviviera al incendio?

—Claro que me alegro. ¿Te ha dicho ella que no?

Charlie no necesitaba decírmelo. Lo veía todos los días. Creía de verdad que Leah no la quería en su vida.

—¿Alguna vez le has preguntado si está bien? ¿Cómo lleva eso de cargar con la culpa? —Hice una pausa—. ¿Te has preguntado alguna vez si ella también ha recorrido ese camino de un solo sentido?

Leah se tambaleó hacia atrás como si le hubiera disparado.

—No. —Se agarró el pecho—. Nunca ha…

—Prueba a preguntarle cómo conoció a Kellan.

Mientras lo decía, supe que era la verdad. No había otra razón para que hicieran un pacto para encontrarse en una azotea acordonada en el St. Paul. También me planteé que tal vez me hubiera pasado de la raya, pero era la misma raya que Charlie había estado dispuesta a cruzar.

«A veces me pregunto qué habría pasado si no hubieras llamado a la policía cuando me presenté en tu casa, si Tate hubiera llegado, si hubiera tenido la oportunidad de hablar con él...».

Recordé sus palabras. Aniquilaron cualquier sentimiento de culpa que hubiera albergado en mi interior. Mi intención era dejar tan claro lo que quería decir que no tuviera que repetirlo nunca más.

—Eh... —Leah bajó la cabeza. No era capaz de terminar la frase. Imaginaba cómo se habría sentido Charlie. Silenciada durante casi nueve años.

Cualquier empatía que yo pudiera sentir se esfumó. Estaba reprendiendo a Leah, pero también estaba condenándome a mí mismo. Y era salvaje, brutal y horrible. La única manera en la que sabía comportarme.

—Dale un respiro a tu hermana. Se está dejando la piel tratando de complacerte. Deja de actuar como si te debiera la vida —le espeté. No podía malinterpretar mis palabras. No habría más excusas—. Fuiste tú quien dejó un paquete de cigarrillos para que los cogiera una niña de trece años. Fuiste tú quien dejó un montón de mierdas inflamables en tu cubo de basura. Fuiste tú quien dejó el encendedor. Fuiste tú quien le rompió el corazón esa noche. Es hora de asumir la responsabilidad de tus propias acciones. Yo he estado en el mismo lugar donde estás tú ahora, Leah. Intenté culpar a mi hermano pequeño durante un tiempo. Y me llevó exactamente adonde estás tú..., a ninguna puñetera parte.

No esperé a que me respondiera. No había nada que decir. Sabía que mis palabras habían alcanzado su objetivo, le habían dado de lleno en algún lugar profundo. Una lágrima le recorrió la mejilla. Le entró hipo. Sacudí la cabeza, me di la vuelta para irme y cerré la puerta en silencio.

En el vestíbulo había un hombre alto, tatuado y cubierto de aceite de motor. Me miró fijamente, pero me dejó pasar y me hizo un pequeño gesto con la cabeza para hacerme saber que lo había oído todo.

—Yo me encargo de Leah. —Hizo una pausa—. No sé quién demonios eres, pero sé que Charlotte odiará que hayas ido a ver a su hermana.

—Sí —murmuré mientras pasaba a su lado. Bajé las escaleras a toda velocidad, sabiendo que Charlie me mataría si se enteraba de lo que acababa de hacer y sin arrepentirme ni un segundo.

«Se suponía que la odiabas».

Pero, en el fondo, sabía que no.

También sabía que era un hipócrita.

Porque Terrence Marchetti nunca tendría otra oportunidad por mi parte.

Capítulo sesenta y dos

Charlotte

∽

Observé la casa de Tate mientras me echaba una cantidad exagerada de kétchup en las sobras de un perrito caliente de Petrie que había comprado en un puestecito hacía poco. Me quedé en la misma calle. Esperando. De momento, llevaba ya tres horas y cuarenta y dos minutos. Asomé la cabeza por la esquina. Ni rastro de Tate.

Terry había entrado en casa hacía media hora, pero necesitaba que Tate se fuera antes de entrar. No quería que involucrara a su padre en el proceso de edición de *Dulce Veneno*. Pero, en primer lugar, el odio de Tate por Terry no cambiaba el hecho de que Kellan adorara a su padre, y en segundo lugar, no podía hacerlo sin la ayuda de Terry. Lo había asumido poco después de la reunión con Helen, y había desarrollado un plan para abordar la siguiente ronda de ediciones. Paso uno: tenderle una emboscada a Terrence Marchetti sin que su hijo se enterara.

Por fin, la puerta se abrió. Tate salió y se giró para cerrarla. Llevaba un traje azul marino de tres piezas, hecho a medida, que le abrazaba cada centímetro de su cuerpo, y una expresión taciturna que distinguía desde donde estaba, clara señal de que había hablado con su padre. Me metí el resto del perrito caliente en la boca y me pegué al exterior de la casa de piedra rojiza junto a la que estaba. El corazón me daba volteretas en el pecho. Mis brazos abrazaban la pared. Literalmente.

Tate se metió en su Lexus, ni siquiera calentó el motor antes de salir disparado por la calle y desaparecer. Relajé los hombros. Me apoyé en el revestimiento de ladrillo y esperé diez minutos para asegurarme de que no volvía mientras me tostaba al sol. El tiempo había decidido ponerme a prueba con 36 grados.

—¿Hola?

Me volví hacia el dueño de la voz. Había un niño. Me despegué de lo que debía de ser su casa y lo saludé antes de echar a correr por la calle. Lo último que necesitaba era que apareciera un policía para impedirme entrar en la casa de Tate. Otra vez. Su puerta principal se alzaba ante mí. Casi tenía el corazón en un puño por los nervios. Había hecho esto prácticamente todos los días durante el último par de meses, pero hoy sonaba una alarma en mi cabeza, cortesía de la tensión constante que había entre nosotros últimamente. Tal vez no debería…

Metí la llave en la ranura y giré el pomo. Entré en casa de Tate como si no estuviera segura de que cometía un gran error. Una sinfonía de voces me dio la bienvenida. Seguí el ruido hasta el salón, donde Terry estaba sentado frente al televisor, vestido con calzoncillos grandes y un jersey roto. «Encantador». Mantenía la atención fija en el programa. *El príncipe de Bel-Air.* El tema musical sonó. Una pista de risa sonó a todo volumen por los altavoces. El tío Phil le gritó a la tía Viv. Hilary entró en la McMansion con bolsas de la compra. Ashley aporreaba una batería mientras Geoffrey se ponía tapones para los oídos. Cuando me di cuenta de que Terry no tenía intención de saludarme, habían pasado más de cinco minutos.

«Qué mala idea. Ni siquiera puedes hablar con él. ¿Cómo vas a editar un manuscrito entero con él?».

—Hola. —Me aclaré la garganta, de pie entre la cocina y el salón—. No hemos tenido la oportunidad de… em… Hablar.

Will se metió con Carlton. Y otra vez.

Terry echó la cabeza hacia atrás y soltó una carcajada. Bajó el volumen y sacudió la cabeza.

—Ya no se hacen programas así.

«Bueno, en realidad, sí. Se llama versionar».

Pero dudaba que señalar eso me ayudara, así que mantuve la boca cerrada y esperé a que me considerara digna de su atención.

—Charlotte —declaró al final, con un aspecto demasiado divertido para ser un simple saludo, y me di cuenta al instante de que tenía que tratarlo con dureza o me pisotearía—. ¿Has venido a pasarlo bien?

Tuve que hacer acopio de fuerzas para no vomitar.

—No.

—Lo entiendo. Nadie quiere un coche usado hoy en día. No cuando pueden permitirse uno nuevo. —Eructó y agitó una mano delante de la boca. Creo que se refería a Tate. De alguna manera, se las arregló para hacer que la tentadora perspectiva de acostarme con Tate sonara... sucia. Y añadió—: ¿Y bien? ¿Has venido por mi hijo?

—Sí.

—Se ha ido. —Terry no se movió del sofá y permaneció estirado como una diosa griega que esperaba que la alimentaran con uvas—. Ha intentado echarme. Dice que estoy borracho. Que he infringido el acuerdo de estar sobrio. Le he dicho que me lo demuestre. Seguro que ha ido a robar el alcoholímetro de un policía. —Me guiñó un ojo—. El truco es aguantar la respiración antes de soplar.

—Me refería a tu otro hijo.

«Al que probablemente echas muchísimo de menos».

Levantó las cejas.

—¿Kellan?

«A menos que tengas un tercer Marchetti causando estragos en la ciudad». Lo cual, siendo sincera, no me extrañaría. Sin embargo, lo que me sorprendió fue cuánta animadversión albergaba yo hacia Terry. No me había dado cuenta hasta ahora, pero le echaba gran parte de la culpa por la muerte de Kellan.

—Sí. —Me adentré en la habitación y me senté en el brazo del sillón reclinable que había junto al sofá—. De hecho, es por *Dulce Veneno*.

Todo el cuerpo de Terry se levantó. Casi veía el interés que albergaba. Pasó de ojeroso a resplandeciente con cuatro palabras. Un millón de alarmas sonaron en mi cabeza. Recordé la advertencia de Tate.

—¿En serio? —Terry se incorporó y se inclinó hacia mí. Juntó las manos y se las frotó—. ¿Lo has visto?

—Lo he leído.

—Es... Quiero decir, ¿cómo es? —Estaba casi a punto de estallar.

Lo observé interesada. Vale. No me esperaba esta reacción para nada.

—¿Es bueno? —Negó con la cabeza, le temblaban los hombros debido a un sonido a medio camino entre una risita y un sollozo apenas contenido—. No importa. Claro que es bueno. Lo escribió Kellan. —Hizo una pausa, como si se hubiera dado cuenta de que sonaba como un padre orgulloso por primera vez, luego cambió de actitud y se aclaró la garganta—. Pero... ¿se puede vender? A veces escribía cosas raras.

Me vino a la mente el cuento de la araña. Era raro, pero bonito. Del estilo de Kellan, puro y auténtico. Había sido lo primero que había leído de él, por eso ocupaba un lugar especial en mi corazón. Todavía tenía una copia metida en una caja en mi estantería.

—¿Has leído sus relatos?

Me sorprendía. Me parecía alguien incapaz de sentir amor paternal. Leer lo que escribía su hijo adolescente me parecía demasiado paternal para él.

—Claro que sí. El chico se colaba en mi despacho y los plantaba en mi escritorio cada vez que podía. —Terry negó con la cabeza, pero sonaba divertido. Quizá incluso nostálgico—. Siempre estuvo desesperado por recibir alguna crítica y cierto reconocimiento.

—¿Y *Dulce Veneno*?

—Tate me ha obligado a buscar el manuscrito como un dictador de la época de la guerra. Estoy destrozado. Llegué al final del primer capítulo del libro de Kellan antes de que tantas noches sin dormir me afectaran. Tuve que echarme una siesta. No esperaba que el aguafiestas apareciera antes de despertarme, o lo habría escondido.

—¿Y si te dijera que tengo una copia?

Me miró con escepticismo.

—¿Se lo robaste a Tate?

—Kellan me legó el libro. —Sonaba a la defensiva, y no me gustaba nada.

Terry tenía dos actitudes: brusco e insistente. No confiaba en él lo suficiente como para darle mucha libertad, lo que significaba que tenía que ser más dura. Para ganar, debía ser tan arrogante como él. Ser la peor.

—Quiero que me lo demuestres. —Se dio un golpe en la rodilla con la palma de la mano como si fuera un juez con un mazo.

—Me lo legó en una carta. —Mantuve un tono ligero. Informal, incluso cuando se me aceleró el pulso—. Puedo hacerte una copia parcial.

—¿Parcial?

—El resto es personal.

—¿Qué es más personal que mi relación con mi hijo?

«Te sorprendería». Me encogí de hombros. Me sentía muy celosa hacia Kellan y sentía que debía protegerlo de su propio padre, al que amaba.

Terry resopló.

—¿Mi hijo y tú echabais quiquis?

Madre mía. Menuda pieza. Tuve un intenso *déjà vu*. Recordé que Tate me había dicho algo similar. Supongo que ahora ya sabía de dónde lo había sacado.

—No es que sea asunto tuyo, pero no.

—¿Por qué sino te lo iba a dejar a ti?

—Porque el libro también trata sobre mí. —Exhalé. Tendría que decírselo tarde o temprano si esperaba que editara *Dulce Veneno* y respetara el espíritu del texto.

Pero se había sorprendido tanto que se había quedado callado. Me examinó de nuevo, como si me encontrara digna de inspeccionarme por primera vez.

—Así que te escribió un libro, ¿eh?

Parecía que me creía. O empezaba a hacerlo, al menos.

—Tal vez. —Tracé círculos con los dedos de los pies sobre el suelo—. No estoy segura de en qué pensaba cuando lo escribió.

«Mentira». Era evidente. Solo que me costaba asumir la verdad. Y si Terry aceptaba, lo leería, y me vería como Kellan me veía. Pensarlo me revolvió el estómago.

Juntó los dedos y se los llevó debajo de la barbilla.

—Si tú tienes el libro, ¿por qué me dejarías leerlo?

—¿Por qué debería? Eres su padre.

Se echó a reír y se golpeó la mano contra el muslo.

—Lo siento. Hacía tiempo que no me llamaban otra cosa que donante de esperma o querido donante de esperma.

—Los modales de Tate dejan mucho que desear. —«Y no le culpo»—. Pero Kellan nunca te llamó así.

Algo parecido a la culpa se reflejó en su rostro. Se serenó en un instante.

—Kellan era un chico decente. Demasiado ingenuo para su propio bien.

—Te admiraba.

—Como he dicho, demasiado ingenuo para su propio bien.

—Ingenuo o no, te admiraba. Por eso estoy aquí.

Se dio unos golpecitos en los bóxers y sacó un paquete blando de Winstons de la cintura. Me quedé quieta. Odiaba los cigarrillos por razones obvias. Tenía una cerilla entre los dedos, pero no la encendió. Parecía que estuviera esperando lo peor, y eso cambió las tornas en mi favor.

Terry asintió para que continuara.

—Kellan me pidió que acabara su libro. En realidad, me retó a hacerlo. He hecho unas cuantas ediciones y he recibido comentarios positivos de una editora importante.

—¿Lo has enseñado? —Parecía decepcionado. Traté de ignorar la enésima señal que se cernía sobre mí como un mal presagio y le nombré la editorial para la que trabajaba Helen. Terry silbó y se quitó el cigarrillo de los labios.

—¿Cómo lo has conseguido?

—Trabajo para Rothschild Literary and Management.

—Y esta editora… ¿Quiere comprarlo? —Tuvo hipo. «¿Está borracho?».

Me quedé inmóvil. Luego sacudí la cabeza. Le había dicho a Tate que su padre llevaba sobrio varios meses. Seguro que

Terry no rompería la racha de sobriedad solo para tumbarse a ver *El príncipe de Bel Air* en ropa interior.

—Esta editora está interesada en el libro. Mucho. Me hizo algunas correcciones y me dijo que me pusiera en contacto con ella una vez terminara la edición. Ahí es donde entras tú.

Se sacó el cigarrillo de la boca y me apuntó con él.

—Necesitas que te ayude.

—Exacto.

—¿Qué gano yo con ello? —Lo escupió al instante. Como un reflejo.

¿Hablaba en serio? Con razón Tate lo detestaba.

—¿Aparte de la alegría, el privilegio y el honor de ayudar a que el libro de tu hijo se publique?

—Estoy arruinado —se explicó—. Y hace como dos décadas y media que no estoy sobrio.

Me sentí engañada como una idiota por haberme creído que estaba sobrio, cuando toda la trayectoria de Terrence Marchetti sugería lo contrario.

Sacudí la cabeza. Una parte de mí quería salir por la puerta, pero me quedé por Kellan.

—Si buscas un incentivo económico, ya le he dicho a la editora que todo lo que se gane se donará.

—¿Se donará? —repitió como un loro.

Esperé a que montara un escándalo. Que me amenazara con llevarme a juicio, donde tendríamos que luchar por los derechos del libro. Pero la conversación no parecía ir en esa dirección. Si había plagiado *Las imperfecciones,* tal como Tate me había dicho, no querría llamar la atención de esa manera. Bueno, suponiendo que lo hubiera plagiado. Creía a Tate porque sabía que no me mentiría con un tema como ese. Aun así, era increíble, como las tragedias. Tardabas tiempo en asimilarlas.

—¿De verdad crees que puedes vendérselo? Kellan no hará nada más. Será un debut sin otros libros publicados ni futuros manuscritos que esperar.

No pude disimular mi estremecimiento. Se mostraba tan insensible cuando hablaba de su hijo que era difícil creer que alguna vez le hubiera querido. Me acerqué, y olí el alcohol.

Tenía que estar borracho. Le brillaban los ojos como la parte superior de un donut glaseado.

—No pararé hasta vender el libro —juré.

Guardó silencio un momento. Esperé y contuve la respiración. Un segundo se convirtió en diez. Luego veinte. Exhalé cuando él volvió a hablar:

—No.

—¿No?

—¿Necesitas un bastoncillo de algodón? Se los puedo robar a Tate, los tiene en la habitación.

—¿Por qué?

—Porque son gratis, no tengo dinero y ese cabrón desgraciado no me da ni un solo dólar. —Hizo un ruidito—. Cualquiera pensaría que ese cabrón estaría más agradecido porque lo hubiera parido.

—Estoy bastante segura de que los bebés salen de las vaginas, pero puedes preguntarle a Tate. Yo no soy la ginecóloga.

Hizo un gesto con la mano.

—Tanto da que tanto tiene.

Me crucé de brazos.

—Me refería a que por qué no quieres ayudarme a editar el libro de Kellan. —Levanté una ceja—. Pero los dos sabemos que me refería a eso.

Puso los ojos en blanco y balbuceó:

—Porque yo no recibiré nada a cambio. —Enarcó las cejas y paseó los ojos por mi cuerpo de forma sugerente. Tenía que ser un récord de haber tocado fondo, pero mucho—. A no ser que quieras mejorar la oferta.

No me lo creía. No creía que pudiera ser tan egoísta (o asqueroso). Imposible. Tenía que haber algo más que se lo impidiera. Saqué una página de *Dulce Veneno* del bolso y la alisé. Se me aceleró el corazón, como siempre que veía esas palabras. Había preparado este trozo por si las negociaciones llegaban a este nivel. Terry lo miró como si fuera una enfermedad contagiosa que no quería contraer.

«Lo sabe».

Del mismo modo que yo sabía que había algo más que le impedía ayudarme.

Me aclaré la garganta y leí:

—«¿Qué se puede decir de un hombre con una sombra más larga que él? Mi padre ansiaba la atención, y pronto se dio cuenta de que la única forma de conseguirla era a través de los libros. Funcionó bien durante un tiempo, hasta que la realidad lo arrolló como la bola de demolición de la canción de Miley Cyrus. Resulta que, cuando persigues tanto la atención, te acaba saliendo el tiro por la culata. Esta vez, en la forma de un *paparazzi* con mucho bigote. Y eso me hace volver a hoy».

—Basta —ladró Terry.

Yo insistí:

—«Me salté la clase cuando supe que ese cabrón tenía programada una cesárea para la mañana y no podría atender las llamadas de la administración del St. Pavor. Papá parecía empeñado en beber hasta morir estos días y había alcanzado nuevas cotas para el famoso «*Be water*» de Bruce Lee. El bar de mala muerte que había cerca de su casa vendía copas a cincuenta dólares los martes de tetas. Desde que papá había comenzado a mostrar signos de estar asumiendo el hecho de que él era David en esta batalla contra Hacienda, se había convertido en su nuevo hogar».

Terry se agarró las rodillas y adoptó un tono púrpura que no creía que fuera humanamente posible.

—«Cuando llegué, elegí un asiento en la parte de atrás. En algún lugar desde donde pudiera ver toda la sala. Mi capucha ocultaba las partes importantes de mi cara. Papá tropezó al cruzar la puerta desvencijada. Parecía que hubiera pasado los últimos tres días preparándose para este momento. Aunque me viera, no me reconocería. No en ese estado».

Terry se desplomó contra el sofá y miró al techo. Parecía haber desconectado de la realidad. Como si supiera lo que venía a continuación y pensara que merecía el dolor de escucharlo.

—«El camarero sirvió un vaso de vodka barato y se lo ofreció. Se lo bebió como si fuera el néctar de Dios. Yo era hijo de ese hombre. Compartía mi ADN con él. Tal vez así mi vida se había convertido en este festival del horror. Casi no me enfrento a él. Casi se lo dejo pasar, así de patético era. Ya se sabe lo que dicen, las vidas patéticas crean mentiras patéticas. Bueno, pues él había creado una mentira monumental. ¿En qué lo convertía eso?».

Un sonido ahogado salió de la boca de Terry.

—«Descubrí la verdad por boca de un reportero al que papá sobornó. Creía que me estaba haciendo un favor al destrozar la vida que a duras penas había conseguido construir con cinta adhesiva y Veneno. Esta es la verdad en todo su esplendor horroroso y jodido: papá le dio a mamá las drogas que la mataron. Él fue quien la encontró muerta primero. Se fue, consciente de que yo sería el siguiente en descubrirla. Sabiendo que si lo hacía, no sería él quien tuviera que lidiar con los *paparazzi* que acampaban fuera mientras se llevaban a mamá en una bolsa para cadáveres. Esto es lo que pasa con la decepción. Significa que esperabas algo. Lo siento. He aprendido la lección. Fue un error que no volveré a cometer».

—Para.

—«Di un paso adelante, planté una mano sobre el hombro de papá…».

—¡Basta! —Terry dio una patada en la mesa de café hacia delante. Salió disparada hacia la pared y dejó una muesca.

Me sobresalté y bajé la página. Si esto le afectaba, el manuscrito lo destrozaría por completo y liberaría sus demonios para que vagaran libres. Esta escena era suave en comparación con el resto.

«Lo necesita. Tate también».

—De acuerdo —murmuró.

—¿Eso es un sí? —Crucé los dedos detrás de la espalda y recé.

—Está bien, sí.

Saqué un documento y un bolígrafo de mi bolsa, y se los ofrecí a Terry.

—Necesito que firmes esto.

—¿Qué es?

—Es un contrato en el que renuncias a cualquier reclamación que tengas sobre *Dulce Veneno*, incluso tras haber contribuido en el proceso de edición.

Agitó el papel y lo arrugó.

—¿Esperas que firme esto?

—Es la única forma de que te dé el libro.

—Tal vez no sea necesario... —empezó a hacerse el duro.

Levanté una mano y negué con la cabeza.

—No. Los dos sabemos que se lo debes.

—Chica lista —gruñó, y garabateó su firma en el papel, usando su escuálido muslo como mesa—. Más dura de lo que pareces. Y un poco sádica también.

Tomé el contrato, saqué una foto con el móvil por si acaso y lo guardé en un sobre acolchado que volví a meter en el bolso.

—Antes de empezar... —Me quedé a medias.

Ahora era cuando la cosa se complicaba. Me mordí el labio inferior.

—¿Quieres algo más? Parece que estoy haciendo mucho y no voy a recibir una mierda.

—Necesito que entiendas que tengo intención de super-visar cualquier momento que pases con el manuscrito. No te dejaré solo con él. Trátalo como si fuera mi bebé. En realidad, te lo daré capítulo a capítulo y me llevaré ese capítulo cuando necesites uno nuevo o cuando me marche.

Asumió mis palabras en silencio. Terry soltó una carcajada repentina y de locura, y, como quien no quiere la cosa, añadió:

—Tate te contó lo del plagio.

«Lo del plagio». Así de claro.

—Sí.

—Era joven y tonto. —Le quitó importancia con un gesto de la mano, como si espantara una mosca.

—No tanto —señalé.

—No importa. No pasa nada. No volverá a pasar.

Lo había admitido. El gran Terrence Marchetti acababa de admitir que había cometido plagio. Mirarlo era como observar las ruinas de un edificio que había sido esplendoroso. No sabía cómo avanzar entre los escombros sin cortarme.

—Creía que eras lo mejor que le había pasado al planeta Tierra —dije, al fin.

Terry soltó una risita amarga.

—Sí. En algún momento, yo también lo pensé.

Capítulo sesenta y tres

Tate

ᴄ⌇

Por fin asimilé que mi problema con Charlotte Richards no iba a desaparecer.

No era capaz de encontrar una palabra que nos definiera, pero, sin duda, no era «amistad».

Un amigo no la seguiría hasta la biblioteca y la besaría de forma incontrolable.

Un amigo no le permitiría que entrara y saliera de su casa a su antojo.

Un amigo no iría a ver a su hermana y la haría entrar en razón, porque la idea de que Charlie no fuera feliz por culpa de otra persona me ponía enfermo. Aunque yo la tratara igual de mal.

Estaba bien jodido y lo sabía.

Charlie estaba ante mí en la entrada de mi casa mientras se guardaba la llave en el bolsillo. Se dirigió a la cocina, entró en la despensa y salió con un café molido que yo no sabía que tenía.

Desde donde yo estaba sentado, en el taburete, vi cómo servía leche condensada vietnamita en un vaso alto (algo que nunca había probado) y lo ponía en una prensa francesa (algo que tampoco existía en mi casa antes de ella).

Me sorprendió mirándola y frunció el ceño.

—¿Quieres café?

Si sabía que había ido a ver a su hermana hacía días, no lo demostró.

«Bien, Leah. Por una vez, has hecho algo bien y no me has delatado».

—Te di el manuscrito hace meses, y todavía no has acabado. —Para mi sorpresa, mi voz carecía de malevolencia. Me metí los cereales en la boca, sin saborearlos de verdad—. ¿Reagan es consciente de lo improductiva que eres como trabajadora?

—Te contaré un secretito. —Tomó un agitador de bebidas de un armario y, llegados a este punto, estaba convencido de que lo hacía a propósito. Amontonaba platos en una casa tan vieja que el lavavajillas no existía en su vocabulario—. Soy la trabajadora favorita de Reagan.

—¿Cómo lo sabes?

«Deja de darle conversación, me cago en la leche».

—Me ha ascendido en cuanto ha vuelto al trabajo esta semana. Dice que necesita reducir su carga de trabajo y que valora mis contribuciones. —Una sonrisa pícara se dibujó en su rostro—. Estás delante de la nueva agente asociada de Rothschild Literary and Management. —Interpretó mi silencio como una invitación para continuar—. Básicamente, soy una agente novata supervisada por los agentes principales. Los agentes asociados buscan nuevos clientes y trabajan más a menudo con escritores debutantes, lo que es perfecto para el punto en el que estoy ahora.

Fruncí el ceño.

—Reagan no debería volver al trabajo.

—Se lo está tomando con calma. —Charlie se puso a la defensiva.

—¿Alguna vez has visto que se haya tomado algo con calma? Se fue sola de Morgan-Dunn e ignoró a la enfermera Kelley cuando le ofreció una silla de ruedas.

—Se queda pegada a su escritorio. —Llenó el vaso de café con hielo, añadió una pizca de sal y cubrió la abertura con el agitador—. Te lo prometo.

—Claro —contesté, y observé cómo mezclaba la bebida—. Porque confío en tu jefa. Es madre soltera y es demasiado controladora para dejar que alguien se haga cargo de sus hijos tan pronto.

—Los bebés vienen con ella al trabajo en un cochecito gigante que debe de haberle costado una fortuna. Tiene toda

357

una guardería montada en su despacho, y tenemos una salita de lactancia desde que una de las agentes de derechos dio a luz.

—Es una mala idea.

—Se la ve feliz. Lo bastante como para ascenderme. —Me guiñó un ojo—. Estoy progresando en este mundo.

—Hablando de progresar, ¿cuándo te irás de mi casa y desaparecerás de mi vida? —Una vez más, no había malevolencia en mi voz. En realidad, me entristecía.

Necesitaba que se fuera lo antes posible porque era muy probable que la volviera a besar. Últimamente, era lo único en lo que pensaba, y me odiaba por ello. Sabía que Kellan había tenido intención de suicidarse y no había dicho nada. Debería haber sido un factor decisivo para que me dejara de atraer.

—Pronto. Tal vez —dijo de una forma que era tan tranquilizadora como que me retuviera a punta de pistola y me dijera que la tasa de supervivencia de una herida de bala era del cinco por ciento—. Ahora tengo un colaborador. Le pedí a Terry que me ayudara con el manuscrito.

—No dijo que sí.

—Lo hizo.

Entrecerré los ojos.

—¿Con qué lo amenazaste?

—¿Es tan difícil creer que lo hizo de corazón?

—Sí. Imposible, en realidad, dado que no tiene corazón.

—Y, sin embargo, está vivo y respira. Impresionante. Alguien debería llamar a Dios. Creo que vives con un milagro.

—¿Qué tuviste que darle para que accediera?

—Nada. Nada en absoluto.

—No me lo creo.

Se encogió de hombros.

—A lo mejor ha cambiado.

—La gente como él no cambia.

—Quizá no lo sepas todo, Tate.

—Conozco a Terry.

—¿Tú crees? ¿Con qué frecuencia hablas con él ahora? ¿Cuándo fue la última vez que tuviste una conversación real con él? Ya sabes, lo que me dijiste que mantuviera con Leah a pesar de negarte a hacerlo tú mismo. Hay una palabra que define eso... —Se dio unos golpecitos en la barbilla con el dedo índice y miró hacia arriba mientras fingía pensar—. ¿Absurdo? ¿Ilógico? No, no es eso. —Chasqueó los dedos—. ¡Oh, ya lo sé! Hipócrita.

—Te decepcionará —le advertí, e ignoré su dramatismo. Una vez más, mi corazón temió por ella. ¿Por qué me importaban tanto sus sentimientos?—. Siempre lo hace.

—Estoy preparada para que me decepcione. Pero en el caso de que no lo haga, el manuscrito habrá mejorado. Eso es lo que importa.

—¿Has olvidado que es un fraude?

—Todavía tiene talento. Ya hemos hecho las primeras veinte mil palabras. Es bueno. Su perspicacia da en el clavo. El ingenio y el humor que añade complementan bien el manuscrito de Kellan, sobre todo cuando toma derroteros demasiado sórdidos.

Típico que mi hermano escribiera un manuscrito tan sórdido que las contribuciones de Terrence Marchetti se consideraran livianas.

—Confío en él para hacer esto, Tate.

O Charlie era más ingenua de lo que pensaba o sabía algo que yo no. Ninguna de las dos opciones me gustaba.

—No me digas que no te lo advertí cuando te apuñale por la espalda con la pluma.

Puso los ojos en blanco.

—Primero, ya nadie escribe con pluma. Y segundo, eres la última persona a la que acudiría si tuviera un problema.

—Interesante. Sin embargo, no te importó que te ayudara sobre la camilla cuando viniste a mi consulta.

Sí. Recurrí a ese momento, y era lo peor que podría haber dicho en muchos sentidos. Era poco profesional. De muy bajo nivel. Inapropiado. Pero también cierto. Tan cierto que lo tenía grabado en el puñetero cerebro.

Se sonrojó y su garganta se movió. Desvió la mirada. Cuando sus ojos se encontraron con los míos, se pasó la lengua por los labios.

—Te apuesto una cosa.

—Apostar es un vicio, Charlie.

Imitó mi tono didáctico.

—Todo es un vicio, Tate. Apostar. —Levantó la taza—. El café. —Un segundo de silencio—. La lujuria.

Tragué saliva. Estábamos entrando en terreno peligroso. La observé fijamente con atención mientras ella dejaba el vaso, rodeaba la isla y se colocaba delante de mí antes de hacer girar el taburete para que quedara frente a ella. Encajaba a la perfección entre mis piernas; los labios le quedaban a la altura de los míos. Noté su dulce aliento a café mientras hablaba.

—Vivir es una adicción, y es mejor desearla que odiarla.

Le toqué la parte exterior del muslo con la mano antes de poder refrenarme. Le acaricié la piel suave, me deslicé hacia arriba y me deleité con su respiración entrecortada.

—No me gustan las adicciones, señorita Richards. —Usé la mano que tenía entre sus muslos para apartarla de mí y abandoné el asiento en dirección a la puerta.

—Me llamas Charlie —suspiró y me siguió—. Para ti, soy Charlie.

Metí los pies en el primer par de zapatos que encontré. Necesitaba salir de allí antes de hacer algo de lo que no sabía si me arrepentiría, pero que, sin duda, sabía que no debía hacer.

«Sabía lo de Kel», me recordé. «Lo sabía y me mintió». Las palabras no hicieron nada para reducir la tentación.

—Habla conmigo, Tate. —Se mordió el labio inferior. Los chirridos de sus zapatos al pasar de un pie al otro llenaban el silencio mientras yo buscaba un chubasquero que me protegiera del chaparrón. Sus pies se tranquilizaron. Se acercó a mí, sin darse por vencida—. No te he preguntado porque no quería presionarte, pero últimamente no estás bien. ¿Por qué? Puedes hablar conmigo.

A la mierda.

Renuncié a encontrar un abrigo e hice todo lo posible por ignorarla. Mis yemas encontraron el pomo. Se detuvieron allí un segundo; incluso mi cuerpo no estaba de acuerdo con mi cerebro. Menudo traidor.

Me volví hacia ella, sin apartar el puño de la esfera metálica detrás de mí.

—¿Señorita Richards?

La esperanza apareció en su rostro.

—¿Sí?

«Dime que no lo sabías. Dime que no tenías ni idea de que Kellan quería suicidarse años antes de que ocurriera. Dime que no fuiste tan descuidada como para no decir nada».

Algo en mí no podía arriesgarse a descubrir la verdad.

Abrí la puerta de golpe.

—Felicidades por el ascenso, Charlie.

Salí y cerré de un portazo. Llovía a cántaros. Era uno de esos días calurosos de verano en los que llovía tanto que te mojabas de pies a cabeza.

Me miré los pies. Los zapatos que había cogido con las prisas. Chanclas. Y ahora, para rematar el día de mierda que estaba teniendo, mis calcetines estaban empapados.

Me senté en el porche en cuanto me di cuenta de que no había cogido las llaves del coche con las prisas por salir de casa. Caminar con este tiempo, incluso aunque fuera a una manzana de distancia para llamar a un taxi, sería arriesgarme a resbalar y abrirme la cabeza. Una posibilidad encantadora, pero tenía que estar de guardia para dos de mis pacientes que estaban en el último tramo de sus embarazos.

Mi mente se centró en Kellan. La primera vez que me di cuenta de que mi hermano tenía un problema serio, había sido durante una pelea. Llené el váter con suficientes drogas como para noquear a un elefante. Kellan había llegado a casa a tiempo para presenciar cómo tiraba su mierda por el trono de porcelana de su cuarto de baño.

Me dio un puñetazo. Encajé el golpe como un campeón. Podría haberlo tumbado con facilidad. Kel era alto y larguirucho, pero yo era más alto y fornido. No obstante, no lo hice. Dejé que se desquitara conmigo. Me había convertido en un saco de boxeo. Sobre todo porque me lo merecía, por haberle permitido desarrollar una adicción a las drogas bajo mi propio techo.

Sin embargo, no tuve en cuenta lo alterado que estaba. Tenía las pupilas tan dilatadas que el negro eclipsaba el blanco, el azul y el gris. Kellan no paró. Incluso cuando empezaba a estar hecho polvo.

Terminó cuando me defendí por primera vez. Nunca me enfrentaba a Kel.

No así.

Usaba las palabras. Métodos turbios. Métodos solapados. Le quité la paga. Le impuse un toque de queda y una hora a la que debía acostarse. Contraté a un *hacker* de Bushwick para que le colocara un rastreador en el móvil. Lo que fuera.

Pero nunca, nunca le puse las manos encima.

Hasta esa noche.

Le rodeé el hombro y el pecho con los brazos, y lo abracé como una camisa de fuerza. Luego, lo levanté, lo puse de rodillas y lo sujeté hasta que dejó de revolverse. Hannah regresó a casa del trabajo y se encontró con una sinfonía de golpes. Vino al baño a toda prisa y gritando.

Acabé en urgencias para que me pusieran puntos. Nueve, para ser exactos. Todavía tenía la cicatriz justo después de la línea del pelo, como un trofeo brillante. Y entonces Hannah se obsesionó con la idea de mandar a mi hermano pequeño a una escuela militar. Quería deshacerse de él. No se dio cuenta de que el hecho de que él se fuera implicaría que ella también.

Al final, fue en vano. No pude salvar a Kellan. Pero Charlie… Lo sabía. Y maldita sea, no podía dejar de pensar en eso.

Me di cuenta de que en algún momento durante los últimos diez minutos me había levantado y había llegado a la tienda que había en la esquina a dos manzanas de distancia. La calle bullía de tráfico. Podía llamar a un taxi y cambiarme en la clínica, pero Charlie… Volví.

El camino de vuelta transcurrió a una velocidad de tortuga. Las gotas de agua me aporreaban en todos los centímetros del cuerpo. No me quedaba nada seco cuando llegué a los escalones de mi casa. Me senté para serenarme antes de entrar y… No sé… ¿disculparme por ser un imbécil? Era el comienzo de una larga lista de pecados que necesitaba expiar.

La puerta se abrió de golpe detrás de mí. Como si me hubiera estado esperando. La lluvia había arreciado en los últimos veinte minutos. No veía a través de la cortina de agua que me pesaba sobre las pestañas.

El ataque de los cielos se detuvo. Levanté la vista y descubrí que Charlie estaba en el escalón de arriba. Tenía un paraguas de lunares sobre mi cabeza. Me cubría entero y la mitad de su cuerpo, por lo que parte de su vestido a juego quedó a merced de la madre naturaleza.

La tela se volvió traslúcida en un segundo y el agua empapó el algodón fino. Se abrazaba a sus curvas y lo dejaba todo al descubierto, incluidos sus pechos desnudos. Tragué saliva y le empujé la mano hasta que el paraguas la protegió por completo.

Volvió a ponerlo encima de mí.

—Tienes las manos heladas. Entra.

—Paso. —Me merecía el frío. Me merecía algo peor.

—Vamos. —Buscó mi brazo con la mano, y se sobresaltó al tocarme—. Por Dios, Tate. Te vas a poner enfermo.

No dije nada. No me importaba. ¿Por qué había vuelto?

Cuando quedó claro que no tenía intención de moverme, se arrodilló y me frotó el brazo con la mano que le quedaba libre para calentarme. Invadió todos mis sentidos. Azúcar, galletas, ciprés. «Charlie». Me alejé de ella como si fuera veneno y yo no tuviera el antídoto.

«Ella es de Kel. De Kellan, de Kellan, de Kellan».

Si me lo decía lo suficiente, ¿el ansia pararía? Lo dudaba. Pero había que ser un verdadero hijo de puta para fallarle a tu hermano y encima robarle algo que amaba cuando él ya no estaba para disfrutarlo.

Charlie se llevó la mano al costado y me miró con el ceño fruncido.

—¿Qué problema tienes, Tate? Creía que ya habíamos superado esto. Actúas como si me odiaras.

«No te odio. Ese es el problema».

En realidad, sí, pero por las razones equivocadas.

—Te odio. —Mi boca ignoró la orden de mi cerebro de cerrar la puñetera boca—. Te odio porque sabías que Kellan quería suicidarse y me lo ocultaste. Te odio por no haberlo salvado. Y sobre todo, me odio porque aún te deseo.

La lluvia descargaba sobre nosotros. Le caían gruesas gotas de las pestañas hacia las mejillas, como si fueran lágrimas. Parecía rota y hermosa a la vez. Más de lo que nunca la había visto. Aún sostenía el paraguas sobre mí. Sufría y se exponía a ser el blanco de cualquier ataque. Era desinteresada, irremediablemente *sexy* y lo opuesto a todo lo que mis palabras sugerían. Si pudiera retirarlas, lo haría.

—Lo siento —susurró.

—Entonces, es verdad. Lo sabías.

—Sí. —Se sentó a mi lado y mantuvo las distancias, incluso aunque eso provocara que se mojara más—. También siento no habértelo contado.

—¿Por qué me mentiste?

—Porque... no lo sé. Las mentiras hieren, pero la verdad mata. —Apretó el muslo mientras repetía mis propias palabras contra mí. No creía que las hubiera recordado.

—Y aun así, he acabado herido. —Al menos, eso podía admitirlo.

—Porque has descubierto la verdad —señaló—. No hay excusa. Nos conocimos el día de San Valentín en octavo. Fui a la azotea del St. Paul, donde encontré a Kellan. Estaba a punto de saltar. Le grité que parara y lo hizo. Hablamos el resto de la noche. Acabamos haciendo un pacto para comprobar cómo íbamos el mismo día a la misma hora cada año hasta que nos graduáramos.

—¿Solo una vez al año?

—Fue idea de Kellan. Quería limitar el tiempo que pasábamos juntos en público. Creo que no quería que me acercara a él en el instituto porque, a esas alturas, ya era un paria social. Si hablaba con él, yo sería el próximo objetivo. Y como una cobarde, acepté sus condiciones. Creo que me alivió. —La lluvia le caía por la mejilla y le difuminaba las pecas. O tal vez era una lágrima.

—Deberías haber acudido a mí.

—Creía que lo tenía controlado. En realidad, me mentí a mí misma. Creo que, en el fondo, sabía que no, pero estaba demasiado absorta en mis propios problemas y era demasiado indecisa para tomar medidas extremas para ayudar a Kellan. Al final, lo intenté. Hablé con él en la escuela, pero me humilló delante de todo el mundo. Fui a ver a la directora y le escribí una carta, pero no importaba lo que hiciera, todo enfurecía a Kellan. Le envié un mensaje, pero me bloqueó. Me presenté en tu casa y te esperé durante horas, pero Kellan llamó a la policía para que me echara.

—No quería que nadie lo salvara.

—No, no quería. Pero eso no debería haberme detenido. No dejé de intentarlo, incluso después de aquello, pero nada funcionó. Supongo que… Sé que lo intenté. Me esforcé mucho, pero también sé que podría haber hecho mucho más. Debería haberte encontrado y contártelo. Debería haberte obligado a buscarle ayuda. Tal vez encontrar a Terry. Es duro, pero sé que me habría ayudado a ponerme en contacto contigo. Había muchísimas opciones, y no hice lo suficiente. Y luego te mentí cuando nos conocimos y tuve la oportunidad de confesar.

—Charlie.

Ella negó con la cabeza.

—Espera. Necesito decírtelo. —Giró el cuerpo por completo hacia mí. Extendió la mano y tocó la mía—. Lo siento, Tate. No tienes por qué aceptar mis disculpas. Pero quiero que sepas que lo siento. Que me preocupaba por él. Que valía la pena salvarlo. Que me arrepentiré de no haberlo hecho durante el resto de mi vida.

Saqué la mano de debajo de la suya.

—No sé si es peor que lo supieras y no lo salvaras o que yo viviera con él y no fuera consciente. En cualquier caso, Kellan ya no está. —Resoplé—. Es más fácil prevenir en retrospectiva.

Nos quedamos en silencio.

Ella lo rompió primero.

—Leah se culpa por la muerte de nuestros padres. Al menos, en parte. Es evidente que fue culpa mía. Toda. Pero, a veces, dejo que cargue con la responsabilidad a pesar de que sé que está mal, porque soportarla yo sola es agotador.

—Tenías trece años —murmuré.

—Tal vez. Pero sabía que no debía hacerlo. —Su voz apenas era un susurro bajo el chaparrón—. Tú eres Leah en esta situación, Tate. Yo quería culparte para sentirme mejor, pero la verdad es que no tenías ni idea. Un padre que nunca estuvo en tu vida te dejó a un adolescente malhumorado en tu puerta. Pero con todo, lo alimentaste, le diste un techo e hiciste todo lo posible para criarlo. Tenías un trabajo exigente, que era necesario para que cuidaras de él.

Me levanté de golpe y le quité el paraguas de las manos con la cabeza. Cayó al suelo a un metro de nosotros, pero ninguno de los dos se movió para recogerlo.

Me di un golpe en el pecho con el pulgar.

—Sabía que se drogaba, que quería ver a su padre y que odiaba ir al instituto.

Charlie se levantó y se colocó frente a mí.

—Date un respiro.

—Eso es justo lo que me decía a mí mismo cuando llegaba a casa cada día, agotado, consciente de que debía poner a Kellan en su sitio. Pero siempre lo posponía hasta el día siguiente, porque no tenía suficiente energía.

Sacudió la cabeza y se apoyó en el escalón superior, más a la altura de mis ojos.

—En realidad, sí que tenía suficiente energía —gruñí, enfadado conmigo mismo—. Solo que no lo hice.

—Tienes que perdonarte a ti mismo.

—Bueno, estaré esperando el resto de mi vida.

Otra lágrima resbaló por su mejilla.

—Pobre Tate —imitó mis palabras en la biblioteca, y eso hizo que le mirara los labios—. Compartes tu cuerpo con tus demonios, y están famélicos. Déjame alimentarlos.

Su respiración coincidía con la mía. Nuestros pechos subían y bajaban al mismo ritmo. Colocó las yemas de los dedos sobre mi corazón y mi palma se curvó alrededor de su cuello.

No era el momento de hacer esto. Nos sentíamos culpables. Estábamos delante de una casa que había compartido con Kellan, bajo un cielo que ya no lo cobijaba.

Charlie tomó la decisión por mí. Su boca descendió sobre la mía. La acerqué más a mí, y pegué nuestros cuerpos. Nuestras lenguas libraron una batalla por la supremacía.

La levanté en volandas y le agarré el trasero con fuerza. Esta vez me rodeó la cintura con las piernas y me dejó guiarla hasta la puerta. Nos apretamos contra la puerta y le clavé mi erección entre los muslos.

Apoyó la cabeza contra la madera. Un fuerte gemido salió de su garganta. Le pasé la lengua por el cuello y le chupé la piel con fuerza en la zona entre la clavícula y el pecho.

—Más. —Jadeaba, suplicaba, me arañaba la camisa—. Más, más, más.

Le pellizqué un pezón a través del vestido y bajé una mano entre los dos cuerpos, por debajo de la falda y dentro de sus bragas. Introduje un dedo con facilidad. Volvió a reclamar mis labios, me succionó la lengua y me agarró la cara con las manos.

—Más —volvió a suplicar mientras apoyaba la frente en la mía.

Se agachó y me acarició la erección a través de los pantalones. Me empujé contra ella y gemí. La lluvia nos aporreaba. Ella se estremeció alrededor de mis dedos. Le metí otro y posé la boca sobre la suya. Ella gimió y empezó a moverse sobre mi mano.

Estaba enfadado, herido y no pensaba con claridad, pero yo también ansiaba más. Nos besamos, nos besamos y nos besamos. Hundí la palma de la mano en su clítoris y le acaricié la mandíbula con los dientes. Ella me arañó la nuca y jugueteó con el pelo.

—Métemela —jadeó, conquistando mis propios demonios y canturreando una y otra vez, como si con sus ansias los exorcizara—. Te quiero dentro de mí.

Sabía a agua de lluvia, a café y a ansia pura y salvaje. Doblé los dedos y le rocé justo donde quería. Mi pulgar acarició su clítoris. Ella gritó y me agarró de los hombros. Me clavó las uñas. Me arañó. Me hizo suyo.

Y entonces se derrumbó cuando se corrió.

—Perfecta —susurré sobre sus labios. Mis dientes rozaron la piel sensible y la mordisquearon.

Apoyó la cabeza en mi hombro y deslizó la lengua por mi cuello para saborearlo. Un coche pasó silbando a nuestro lado. Alguien gritó y silbó por la ventanilla.

Nos separamos. Su pecho subía y bajaba con la respiración acelerada. Sus pezones sobresalían por su vestido empapado. Llevé el dedo a su labio inferior y lo separé de su vecino. Brillaba con su humedad antes de que la lluvia lo limpiara.

—Precioso.

Ella sonrió, aturdida y todavía eufórica.

—Sándalo, hoguera, cítricos… sexo.

—Azúcar, galletas, ciprés.

—He tomado café —señaló.

—He cambiado el jabón.

—Mentiroso.

Había mentido.

Lo había mantenido todo exactamente igual que la última vez que nos habíamos besado. Me daba demasiado miedo cambiar nada.

Capítulo sesenta y cuatro

Charlotte

∽

«Cachondamente» se merecía convertirse en una palabra oficial, porque describía el beso que me había dado con Tate Marchetti a la perfección.

Me planteé seriamente mandar una solicitud al diccionario oficial, pero entonces me di cuenta de que era un adverbio bien formado y que, por tanto, podía existir. La voz de Reagan atravesó el velo de silencio por el intercomunicador.

Una nueva (e inoportuna) incorporación a la oficina.

Buscaba una forma de hablar con nosotros sin dejar desatendidos a sus pequeños. Como consecuencia, castigaba nuestros oídos de forma colectiva.

—¡Charlotte! —Todavía no había entendido que el intercomunicador eliminaba la necesidad de gritar—. ¡Te necesito aquí! Por favor.

Salí disparada de la silla y corrí hacia ella antes de que prolongara esa tortura por el intercomunicador.

Nada bueno salía de ahí.

Además, después de haberlo instalado, Abigail señaló que podía mandarnos mensajes o llamarnos cuando nos necesitara. Rica como era, Reagan no quería que el dinero se desperdiciara, lo que significaba que usaba el sistema por el que había pagado.

Muy a menudo.

Entré en su despacho sin llamar. (Los bebés lloraban cada vez que alguno de nosotros lo hacía. También lloraban con el sonido del papel triturado, con los suspiros, las toses, los estornudos y cualquier ruido general que indicara vida).

—¿Va todo bien? —Miré a Ethan por encima del borde del moisés.

Era mi gemelo favorito. Lloraba un poco menos que Noah, que necesitaba un arca para capear todas sus lágrimas.

—Estoy cansada. —Se llevó a Noah al pecho, se colocó una toalla sobre el hombro y trató de hacerlo eructar—. Ayer tuve que cambiarme de camiseta dos veces, así que esta vez me he traído una maleta entera. Cuatro cambios, y todavía no me he quedado sin blusas. Por mirar el lado bueno y tal.

—Tate me comentó que no deberías haber vuelto al trabajo tan pronto.

Alzó las cejas.

—¿Tate?

—El doctor Marchetti —me corregí, pero ya era demasiado tarde—. En realidad, hace tiempo que quería decírtelo…
—Me puse nerviosa y me llevé la mano a la pierna.

¿Tenía que contárselo? ¿Se acabaría el mundo si no lo hacía?

Reagan entrecerró los ojos y se fijó en mi mano.

—Suéltalo, Charlotte. Noah tiene un sexto sentido para la ansiedad, y no puedo soportar otro minuto de lloros —bromeó, pero, en ese momento, el pequeño vomitó sobre la toalla para eructar.

Me obligué a colocar el brazo detrás de la espalda y me rodeé la muñeca con la mano contraria. La postura me recordaba a la que adoptaba cada vez que mamá regañaba a Leah por sus notas. Como si fuera culpable por asociación y necesitara pasar lo más desapercibida posible antes de que se diera cuenta.

—El manuscrito no es de la pila de pendientes —admití.

—¿Ah, no? —Se enderezó en un segundo, y zarandeó a Noah en el proceso—. Mmm… No creo que se lo hayas robado a otro agente. ¿Es tuyo? Ahora que lo pienso, nunca te pregunté quién era el autor. Culpa del embarazo. Y luego, de ser madre primeriza.

Reagan levantó al bebé como prueba, a unos centímetros de alzarlo como si fuera Simba.

—No es mío. Quiero decir, sí lo es. Me lo dieron, pero no lo escribí yo.

Volvió a enarcar la ceja, como diciendo: «¿Y entonces? ¿Quién lo hizo?».

—Kellan Marchetti.

Se hizo el silencio, en el que parpadeó varias veces.

—¿El hermano del doctor Marchetti?

—Sí.

—Y el hijo de Terry Marchetti —concluyó y se frotó la barbilla—. De acuerdo. Madre mía.

—Sí.

—Helen me ha llamado. Parecía obsesionada. Nunca la había oído tan contenta. Ahora sé por qué. Seguro que está viendo signos de dólar ahora mismo.

—Tampoco la culparía.

—¿El libro es bueno de verdad, o está cegada por su comerciabilidad? —Hizo una mueca—. Lo siento. Tengo que preguntarlo.

—Es bueno —le prometí—. Mejor que bueno. Es genial. *Las imperfecciones* con esteroides. La escritura es más madura, la historia más original, todo está escrito para detonar una granada en las emociones de sus lectores. Ni siquiera le dije a Helen quién era el autor cuando se lo entregué. Dejé esa parte en blanco.

—Parece que quieres protegerlo.

—Sí. —Había una buena dosis de vergüenza en esta afirmación.

—Me enteré de su muerte cuando pasó. La comunidad editorial es muy pequeña. Lo que estás haciendo por él es fantástico.

—Lo intento, al menos.

—Helen me ha comentado que quiere enviarte una oferta esta semana.

Me quedé inmóvil.

—¿En serio?

—Es tu libro. Tú decides si la aceptas. Hazme saber si necesitas ayuda para revisar el contrato.

—Guau. —Lo decía en serio. De verdad—. Gracias.

—Que quede entre nosotras, pero algo me dice que puedes presionarla por el adelanto. —Me guiñó un ojo.

Y, de repente, publicar el libro de Kellan parecía una realidad.

Capítulo sesenta y cinco

Charlotte

෴

Llegué a casa de un humor maravilloso.

Sí, a Tate y a mí nos habían interrumpido antes de que pudiéramos terminar.

Y sí, por poco pierdo la virginidad ante su puerta, en un espacio público.

Y vale, tal vez me puse nerviosa y me fui con una excusa tonta que nadie, y menos Tate, se tragaría.

«¿Tienes que irte a la lavandería antes de que la lluvia te manche un vestido que compraste de segunda mano? ¿No se te ha ocurrido nada mejor, Charlotte?».

Pero estaba un paso más cerca de hacer realidad mi promesa a Kellan y eso contaba algo. Y quizá, si cumplía mi promesa, no me sentiría como una mierda por todas las cosas que había hecho con su hermano.

La puerta de la habitación de Leah se abrió. Ni siquiera sabía que estaba en casa, lo que era una estupidez ahora que lo pensaba.

Estaba hablando de Leah. Por supuesto que estaba en casa. Siempre estaba en casa.

La buena noticia era que, si cometía algún crimen, el arresto domiciliario no le cambiaría la vida ni un ápice.

Fingí que no me afectaba sobremanera su presencia y me puse a cambiar canales desde el sofá. Entró en el salón con un vestido dorado de tirantes y un maquillaje ahumado impecable.

De cada muñeca colgaba una percha. Una con una americana negra. De la otra, un abrigo hasta la rodilla.

La pregunta me hormigueaba en la punta de la lengua. La contuve y me tiré de la pierna. De pronto estaba ansiosa, como solo ella me ponía.

Centré la vista en el televisor, mientras alternaba la mirada entre los cadáveres en descomposición de un drama policíaco y una Leah arreglada por primera vez en casi nueve años.

La segunda ganó. No podía dejar de observarla. Si nos habláramos, habría corrido a mi habitación y le habría ofrecido mi pinza de pelo favorita. La que mamá me compró después de ganar la beca para el St. Paul. Hacía juego con el tono dorado de su vestido y combinaba bien con el abrigo.

Suspiré. Más alto de lo que pretendía.

Los ojos de Leah se centraron en mí.

Me preguntaba cuándo abordaríamos nuestros problemas, pero no parecía que fuera a ser pronto. No habíamos hablado desde que había encontrado la carta, y que ahora me mirara y yo observara lo arreglada que iba era lo más cerca que habíamos estado de reconocer la existencia de la otra en siglos.

—Tengo una cita con Jonah.

En la pantalla, uno de los médicos forenses sacó una carta cortada y pegada de la boca de la víctima. Se me hizo un nudo en la garganta. Un grito. De felicidad o de ansiedad, no lo sabía.

—He dicho que tengo una cita con Jonah.

Fruncí la nariz y sacudí la cabeza antes de asimilar que no estaba alucinando y que Leah me acababa de hablar.

Y joder, encima tenía una cita con Jonah.

—Ostras. —Me giré para mirarla.

«Ostras, ¿Charlotte? ¿En serio?».

¿Mi primera palabra había sido «Ostras»? ¿Después de todo lo que había pasado?

—Sí. He pensado que ya era hora de que empezara a tener citas. —Jugueteó con el dobladillo de su vestido—. ¿Por qué? ¿Es una mala idea?

—No. Para nada. Lleva años queriendo salir contigo. Por fin lo sacas de sus penurias.

—Si tú lo dices… —Levantó las dos perchas—. ¿Cuál de los dos?

Toda esta situación era demasiado normal. Como la vieja normalidad. La buena.

—El abrigo.

Entró en su habitación y cerró la puerta tras de sí. Una espantosa guerra fría que había terminado con menos de veinte palabras mías. En algún lugar allí arriba, papá debía de estar dándose golpes en la frente.

Me acerqué a la habitación y abrí la puerta como si fuera una caja de juguete y esperara que saliera algo disparado. Mis posesiones más valiosas estaban en una caja ignífuga debajo de la cama.

La abrí y rebusqué hasta que la encontré. La pinza. Con esmeraldas en forma de perla engarzadas en un lecho de hojas de oro.

La rodeé con la mano y la toqué por primera vez desde la noche en la que todo ocurrio. Antes del incendio, llevaba la pinza todos los días. La llevaba en la cabeza la noche en que mamá y papá murieron. La noche que le arruiné la cara a Leah.

Era justo que le dejara ponérsela.

Salí de mi habitación y llamé a la puerta de la suya.

Se produjo una larga pausa antes de que ella respondiera.

—Adelante.

Entré y dejé la pinza en el borde de su tocador.

—Para la cita. Ponte el pelo en un moño bajo desordenado y agárratelo en la coronilla.

Las yemas de sus dedos acariciaron una hoja.

—Es la que te regaló mamá.

—Sí.

Nos quedamos en silencio mientras lo asimilábamos. Nosotras. Ellos.

Al final, la levantó en la palma de la mano y me la ofreció.

—¿Me ayudas a ponérmela?

Y eso hice.

Capítulo sesenta y seis

Charlotte

Había sobornado a Terry para que pasara la noche en un buen hotel del SoHo. Le había dado una enorme tarjeta de regalo en la que me había gastado la mitad del extra del ascenso y le había enfatizado que caducaba hoy. (No era verdad, pero necesitaba que se fuera). Tenía tres ases bajo la manga: Wifi, una biblioteca llena y paredes insonorizadas.

Ninguno había funcionado.

—¿Qué pretendes, chiquilla? —Mascaba un chicle de canela al mismo volumen que uno pondría la música—. ¿Le has hecho algo al manuscrito?

—No. —Me crucé de brazos detrás de la espalda, me agarré la muñeca y la apreté, en un intento por parecer inocente ante el segundo hombre más hastiado del mundo. El primero era su hijo—. Mi hermana me espera en casa temprano, y no quiero que la tarjeta regalo quede sin usar. Tal vez se te ocurra algo si vuelves a saborear el estilo de vida del ático de lujo.

—Para el carro, señorita Richards. —Agitó la tarjeta regalo junto a su oreja—. Con esto me darán una *suite* júnior como mucho. ¿No podrías conseguir algo mejor?

—¿Sabes qué? Olvídalo. Se lo daré a mi vecino. —Me moví para recuperarla.

—En ningún momento te he dicho que no la quisiera. —Me esquivó y la sostuvo sobre mi cabeza como un adolescente que te gasta una broma—. Solo quería ver que no hay condiciones. Ya veo. Lo entiendo. No tienes más amigos.

—Tampoco tienes que ser un maleducado.

Se rio y le restó importancia a lo que le había dicho.

—Vamos a ver lo que consigo en SoHo con mil pavos.

No sabía qué me esperaba, pero, en definitiva, no era un «gracias». Y mejor, porque no me las dio. Clásico de Terry. Se fue, arrastrando el voluminoso maletín que contenía la máquina de escribir y una maleta; me informó que era necesaria para llevarse los bienes del hotel.

Y eso me dejó sola en casa de Tate, donde iba a ocuparme de las tareas domésticas hasta que llegara. Parecía ser lo único que me despejaba la mente estos días. Además, era evidente que Tate necesitaba ayuda. Su casa parecía la parte inferior de un asiento del metro y tenía más suciedad de lo normal para dos inquilinos. (Para ser justos, todo era culpa de Terry. Dejaba un rastro de basura lo bastante grande como para explicar por sí solo la proporción de uno a cuatro de ratas por persona en Nueva York).

Leah tendría su segunda cita con Jonah en una hora o dos, así que esperaba que llegara tarde a casa y supusiera que me había ido a la cama. Disponía de esta casa para mí y una cantidad ilimitada de tiempo para quedarme. Una cantidad ilimitada para esperar que llegara Tate. Y esperar. Y esperar. Y esperar un poco más.

Para cuando me di por vencida y volví a Morris Heights, era pasada la medianoche, seguro que Leah se habría ido a la cama hacía mucho rato, y yo me sentía más tonta que aquel que vendió su diez por ciento de participaciones en Apple por solo ochocientos dólares. Recorrí el camino hacia el piso, sumida en la oscuridad. Las farolas no podían estar encendidas más de un segundo antes de empezar a parpadear. Una figura oscura esperaba en uno de los empinados escalones que llevaban a mi calle. Me quedé fuera de la vista en la base de la escalera mientras esperaba a que la persona se moviera. No lo hizo.

Bostecé, preocupada por quedarme dormida de pie. Podía dar la vuelta a la calle de al lado y subir ese tramo de escaleras colina arriba, pero me cruzaría con él de todas formas cuando diera la vuelta hacia el piso al final.

Era mejor hacerlo ahora y acabar de una vez.

El móvil se iluminó en mi mano. Me debatí entre a quién llamar. La policía parecía una apuesta evidente, pero Jonah llegaría antes. Así que Jonah era una mejor opción.

Subí las escaleras con el pulgar listo para llamar. Medio convencida de que Leah se despertaría y me vería en las noticias. Titular: «Cadáver encontrado en el parque de Galileo, esparcido por el globo de Urano». La farola se encendía y apagaba. Activé la linterna del teléfono y esperé no haber provocado al tipo de las escaleras al iluminarlo todo tan cerca de él.

—¿Charlie?

Era Tate. Entrecerró los ojos y bloqueó el resplandor con la palma de la mano, pero la dejó caer cuando me puse el móvil en el bolso.

Me detuve a su lado.

—¿Qué haces aquí?

—Te estaba esperando. —Parecía desconcertado. Como si también fuera la primera vez para él. Vi cómo se levantaba y se quitaba el polvo de la parte de atrás del traje. Tres piezas. Cada una bien familiarizada con su esbelto cuerpo. Y no era el tipo de atuendo que te ponías en este lado de la ciudad para esperar a una chica de veintidós años con la que no salías—. Has tardado mucho —observó.

—¿Cuánto tiempo llevas aquí?

—Desde que he salido del trabajo.

«Tranquilito, corazón».

Respiré de forma entrecortada.

—Que ha sido…

—Hace tres horas, más o menos.

El silencio nos envolvió mientras lo asimilábamos. Había esperado tres horas por mí. Me había esperado tres horas. Claro que yo había hecho lo mismo. Pero en su casa. Estábamos en el mismo libro, pero atrapados en diferentes capítulos. ¿Llegaríamos alguna vez a la misma página?

Me recogí el pelo detrás de la oreja.

—Podrías haberme llamado.

«Tú también podrías haberlo llamado».

—Te he llamado.

—Ah. —Miré la pantalla de bloqueo y no vi ninguna no-
tificación.

—Debía de estar en el tren.

No dijo nada. Yo tampoco.

Éramos una pareja extraña. Obsesionados el uno por el
otro, pero reacios a admitirlo. Llegados a este punto, habíamos
creado un nuevo baile. Yo me agachaba, él me esquivaba. Él se
abría; yo me cerraba. Negación. Duda. Deseo. Lo llamáramos
como lo llamáramos, era una mierda.

—Hoy has salido muy tarde. —Levantó una ceja.

Me ajusté la correa de la bandolera y cambié el peso de pie.

—Estaba en tu casa.

—¿Trabajando en el libro?

—Sí —mentí. Seguiré por ahí—. Trabajando mucho.

«O sin trabajar apenas. La parte buena es que tiene la casa
más limpia que nunca».

Miró la oscuridad de la noche.

—¿Quieres dar un paseo?

—Son las dos de la mañana.

«Y es probable que vayamos por la segunda ronda de ese
beso si esto se alarga».

No sé cómo se lo explicaría a Leah si nos pillaba. Tate me
superaba mucho en edad, en estatura y básicamente en cada
unidad de medida, además de en tragedia, e incluso ahí nos
acercábamos bastante.

—Eso no es un no.

—¿Vamos al parque Galileo? —sugerí.

Cerré los ojos mientras esperaba su respuesta. Un anticipo
de lo que quería que pasara. Nosotros. Enredados en el parque.
Follando en los columpios. Él, comiéndomelo en el tobogán.
Tenía que irme directa a mi habitación, rezar cincuenta Ave
Marías y bañarme en agua bendita. Era el parque infantil al
que traía a la hija de Jonah una vez a la semana. No volvería a
ser capaz de jugar con Rowling allí.

—Vamos.

Abrí los ojos de golpe. El corazón se me aceleró en el pecho
como un ariete.

«Ábrete», me exigía. «Deja entrar a Tate. Te prometo que seguiré latiendo cuando te haga daño».

Supongo que no volvería a llevar a Rowling al parque. Ni siquiera tenía fuerzas para sentirme mal.

Anduvimos en silencio y pasamos por delante de imponentes edificios de ladrillo y tiendas extravagantes por el camino. La magia que amaba de esta ciudad podía resumirse en este camino, y yo lo estaba compartiendo con Tate Marchetti. Surrealista.

Mi meñique rozó el suyo. Lo extendí y permití que se arrastrara por su piel antes de apartarlo. El suyo chocó con el mío. ¿Era triste que considerara esto como unos juegos preliminares? Cuando llegamos a la zona de juegos vallada diez minutos después, jadeaba de expectación.

Tate saltó la verja primero y agarró mi bolsa cuando la tiré por encima. Trepé por los barrotes de hierro, pues era muy consciente de que tenía la mirada fija en mi cuerpo como un halcón. El metal estaba frío y húmedo bajo mis palmas. Las manos de Tate atraparon mi cintura en el último tramo, me agarró con facilidad y me bajó al suelo.

La luz de la calle nos ofrecía su resplandor anaranjado. Me aparté de él y me agaché para tomar el bolso. El parque estaba sembrado de esferas gigantes de hormigón, pintadas de un color diferente y etiquetadas con el planeta que representaban. Pasé ante Júpiter, Saturno y Venus, y coloqué mis pertenencias sobre el tobogán antes de dejarme caer sobre un columpio. Me tensé cuando Tate se colocó detrás de mí. Rodeó ambas cadenas con las manos y me acercó a él. Mi espalda se amoldó a su cuerpo. Su barbilla descansaba sobre mi cabeza.

—No sé qué estoy haciendo —le susurró a mi pelo.

—Es fácil. Tú empujas y yo vuelo.

—Quería decir contigo.

—Yo tampoco.

—Qué mona eres —dijo, pero sus palmas buscaron mi cintura, y muy pronto, el viento lamió mis mejillas.

No parecía real. Que estuviéramos los dos aquí. Que me empujara en los columpios. El tipo de escena doméstica por la que las mujeres suspiran en las novelas juveniles virales con un «felices para siempre» garantizado.

—Estoy fuera de mi zona de confort, Charlie.

«Yo también».

¿Desde cuándo hablábamos de nosotros de una manera que exigía respuestas? No estaba preparada para esto. Para el riesgo.

—Vas muy bien. Pero si te sientes tan inseguro, tal vez deberíamos cambiar. —Salté del columpio y señalé el asiento ahora vacío—. No he ejercitado los brazos últimamente. Ya es hora de que me dedique a algo que no sean las piernas.

Clavó la mirada en mis piernas y las recorrió enteras. Se tomó su tiempo. Le temblaba la garganta. Cuando habló, su voz sonó ronca.

—No cambies nada.

Yo bromeaba, pero su tono decía que él no.

Mirarlo me abrumaba, así que me apropié del columpio. Él lo retomó donde lo habíamos dejado y me hizo volar por el aire.

—Vengo aquí cuando necesito despejarme.

«Cuando la culpa es demasiado. Cuando los fantasmas se arremolinan a mi alrededor y me asfixio».

—De Kellan —concluyó.

Me sorprendió lo bien que conocía mis problemas. Tanto, que el miedo hizo acto de presencia. Era como si mi corazón hubiera disparado a mi cabeza. La gente que me importaba moría o me odiaba. Esto no era un libro romántico juvenil. Mi vida no inspiraba finales felices.

Luché contra la duda y me maravillé cuando lo conseguí. Se me puso la piel de los brazos de gallina. Por el aire frío. Por él. Por mi rara demostración de fuerza.

—¿Alguna vez pensaste que Kellan era fuerte? —Dejé que el viento llevara mis palabras hasta Tate—. ¿Tan fuerte que fue capaz de lidiar con eso tanto tiempo como lo hizo? Porque yo creo que sí.

Aunque lo compadecí mientras vivió, el sentimiento se intensificó después de leer *Dulce Veneno*. Ahora conocía la historia de su vida. Sus miedos. Sus triunfos. Lo que había perdido. Pero hubo algo que me había llamado la atención cuando llegué a la última página. Había añadido un hilo de esperanza a sus palabras. No pertenecían a un hombre que estuviera a punto de acabar con su vida. O tal vez la esperanza era que iba a quitarse la vida.

—El libro. —Tate se aclaró la garganta—. ¿Dice por qué?

—No. —Tragué saliva, feliz de no poder verlo, porque sabía que la decepción se reflejaría en su rostro, y eso me destrozaría.

Maldijo y perdió el ritmo de los empellones.

—Nunca encontraremos la paz, ¿verdad?

No podía aceptar eso. No podía soportar ver a Tate sufrir, que cargara con el peso de la decisión de Kellan sobre los hombros cada día, y lo dejara destrozado antes de que se pusiera el sol.

—Kellan quería morir. Planeó su muerte mucho antes de que yo entrara en su vida, e incluso después de conocerme, sabía que lo haría. Tú no podrías haberlo evitado. —Mientras decía esas palabras, me di cuenta de que no parecían una mentira creada para aliviar su dolor. Tal vez era una ilusión, pero no podía deshacerme de la idea de que eran ciertas.

«¿Y si lo eran...?».

Eso significaba que tampoco podría haber evitado la muerte de Kellan. Una lágrima me rodó hasta el labio y recorrió su superficie. Me pasé la lengua para eliminar la prueba. Me temblaron los hombros. Me agarré a las cadenas con más fuerza e intenté ocultarlo mientras Tate seguía empujándome, pero sabía que se daba cuenta.

Siempre se daba cuenta.

«No podría haber evitado la muerte de Kellan».

Cuanto más lo pensaba, más quería que fuera verdad. Más creía que lo era. Yo era un punto de libro en medio de una novela ya escrita. Solo retrasaba lo inevitable. Era como si Kellan hubiera escrito *Dulce Veneno* sabiendo que acabaría con su vida, que yo me culparía de su muerte y que él no quería que lo hiciera. Si Tate quería sanar, necesitaba leerlo.

—Deberías leerlo —susurré. De mala gana, pues sabía que si lo hacía, nuestra relación terminaría antes de que empezara.

Kellan abogaba por que nos convirtiéramos en pareja. Como si fuera el destino. Y Tate era una persona tan de blancos y negros, que no creía que fuera capaz de aceptar todos los matices de gris.

—No puedo —dijo en voz muy baja, y sus palabras se las llevó la brisa. Era Tate Marchetti en su máxima expresión. En su forma más real. Asustado, arrepentido y destrozado.

Empujé las cadenas y amplié su envergadura para frenar el balanceo. Detrás de mí, dio un paso adelante al entender mi movimiento. Choqué con su cuerpo y me rodeó la cintura con un brazo para estabilizarme. Su gran palma cubrió mi estómago y la curva de mi pecho. Esperé a que la apartara. No lo hizo. Nos quedamos así. En silencio.

Coloqué mi mano sobre la suya y la deslicé hacia arriba, hacia terreno peligroso, antes de quitármelo de encima y saltar al suelo. Tate tomó el relevo y eligió una zona junto a los toboganes. Exploró sus opciones y se decidió por el borde de Neptuno. Yo hice equilibrios en la cima de Urano. Un tobogán verde nos separaba.

Nunca me había gustado la astrología, pero una vez busqué el significado de cada planeta para Rowling. Recordaba su simbología. Sus reglas. Su magia. No se me escapaba que Neptuno se asociaba a los sueños, las ilusiones, la vaguedad y la incertidumbre. ¿Y Urano? A los cambios repentinos. Ya fueran buenos o malos, temía lo que comportaba descubrirlo. Había algo trágico entre nosotros, incluso en momentos de paz. Éramos dos planetas vacíos, unidos por el dolor y una atracción gravitatoria que ninguno de los dos podía negar. Destinados a chocar y terminar en una muerte explosiva.

—¿Por qué has venido? —le pregunté cuando quedó claro que él no rompería el silencio.

—No lo sé. —Tate colocó una pierna sobre la otra y se cruzó de brazos. Me gustaba lo fuera de lugar que parecía con su traje en el parque. Cómo dominaba incluso este espacio.

No quería admitir por qué estaba tan desesperada como para desembolsar mil dólares para mandar a Terry a un hotel a pasar la noche. Por qué había esperado toda la noche a Tate.

Nos unían unos hilos invisibles. Éramos marionetas, nuestras cuerdas se tensaban día a día.

—Te deseo, Tate. —Las palabras salieron disparadas antes de que pudiera detenerlas—. Cerca de mí. A mi lado. Dentro de mí. Aceptaré lo que sea.

Tate necesitaba tiempo para asimilar que deseaba algo. Para aceptar que se lo merecía. Si era sincera, yo también lo necesitaba. Pero eso no significaba que no pudiéramos disfrutar el uno del otro mientras tanto.

Una ojeada a su expresión me recordó que me estaba adentrando en un terreno muy peligroso. Sin embargo, era demasiado tarde para nadar hasta el fondo. Tate se apartó de Neptuno y se acercó a mí. Se me formó un nudo en la garganta. Lucía una expresión acechante mientras observaba cada centímetro de mí a cada paso.

Cuando me alcanzó, se colocó entre mis piernas. Me tocó la barbilla con el índice y con el pulgar me rozó el labio inferior.

—No sé qué me está pasando —admitió, e inclinó mi cabeza hacia arriba para que lo mirara—. Joder, es que estoy obsesionado contigo, V.

«V».

Su veneno.

El brazo de Tate se curvó alrededor de mi cuello, hundió los dedos en mi pelo y me tiró de la cabeza hacia atrás. Se inclinó hacia abajo y me susurró al oído:

—Voy a besarte.

—Por favor, hazlo.

Cerró mis labios con los suyos. Fue trágico, ilícito y precioso, como una obra de arte de un valor incalculable robada durante una guerra sangrienta.

—Otra vez —le supliqué.

Lo hizo.

—Otra.

Otro beso.

—Otra vez, y otra, y otra.

Esa noche, en un parque de planetas ausentes de estrellas, accedió a mis demandas y me besó hasta que mis labios quedaron doloridos y el sol despuntó por el horizonte. Jadeé y apoyé la frente sobre la suya.

Las palabras de Leah de la noche en la que todo cambió retumbaron en mi cabeza.

«Enamorarte te hace sentir inmortal. ¿No quieres eso?».

«Sí», pensé. «Sí que quiero».

Capítulo sesenta y siete

Charlotte

cs

Fui a casa de Tate con buenas noticias.

En cuanto Terry me vio, retrocedió a trompicones y cayó sobre el sofá. Parecía que hubiera visto un fantasma.

Fruncí el ceño. Moví la mano delante de su rostro con la esperanza de que así volviera a la realidad.

—¿Estás bien, Ter?

Sí, habíamos llegado a la fase de los apodos, y era muchísimo mejor que el que le había puesto en el primer año de instituto: Terry-ble.

Se recuperó al cabo de un minuto y tocó una cadena de la chaqueta de Kellan. Un llavero de una máquina de escribir brillaba sobre esta.

—¿De dónde la has sacado?

—Kellan se la dejó en el tejado una noche.

No me pidió explicaciones.

Sabía lo del tejado.

Después de leer *Dulce Veneno*, lo sabía todo.

«Y si Tate lo lee, él también lo hará».

Ese pensamiento amargo se apoderó de mí. Me asaltaba en cualquier oportunidad para recordarme que estábamos destinados a la perdición.

—Se la compró su madre. —Terry hojeó unas notas y deslizó una hacia la mesa de café. Dio unos golpes con el dedo en el centro de la página—. Fue más o menos por esta época.

Miré el papel. Estaba lleno de marcas en su habitual letra de trazos limpios, que siempre empezaban claros y terminaban en garabatos ilegibles. Justo debajo del borde de sus dedos, había un comentario de Terry sobre la gira de promoción previa al lanzamiento de *Las imperfecciones*.

«Relee el capítulo tres. Las cosas se desmoronaron cuando volví de la gira. Kellan arremetía contra todo a menudo. Reconstruye lo que pasó. ¿Alguien le dijo algo? ¿Fue culpa mía?».

No entendía el resto; era demasiado difícil de descifrar. Con Terry nunca se sabía si era de forma involuntaria o a propósito. Una vez vi unas notas que no quería que yo leyera. Desde entonces, las mantenía cerca de sí mismo en todo momento.

—¿En serio? —Tiré de una cadena, que tenía dos colgantes en el mismo soporte para las cuentas. El de una vagina y un dedo corazón. Una oda a Tate, supuse. Y no una positiva—. Siempre creí que era vieja —añadí, y le di la vuelta al dedo corazón, para verlo y no la vagina.

—Christie compraba en tiendas de segunda mano de diseño. Se quedó sin dinero muy rápido. —Se dio un golpecito en la nariz, para indicar en qué se lo había gastado, sobre todo—. Desde que dejó el mundo de la moda, después del nacimiento de Kel y que yo... Bueno, en esa época, *Las imperfecciones* aún no se había publicado, y mis adelantos alcanzaban un máximo de cinco mil.

Christie Bowman, también conocida como el mayor icono de la moda en la historia moderna, una exmodelo de trajes de baño, y la madre de Kellan, quien se hizo cargo de él durante toda su infancia, hasta que sufrió una sobredosis.

En la parte más escalofriante de *Dulce Veneno*, Kellan describió cómo fue encontrar a su madre muerta, cubierta de sangre y polvo blanco. Además de los días posteriores, que pasó solo.

No había manera de encontrar a su padre.

Su madre estaba muerta.

Y su hermano era alguien en quien se negaba a apoyarse.

—No tenía ni idea. Se la habría devuelto de haberlo sabido.

—Él sabía que la tenías.

—¿Cómo lo sabes?

—¿Llevabas una chaqueta ese día?

Intenté recordarlo.

—Creo que no.

—Se dejó la chaqueta a propósito. Quería que la tuvieras tú —dijo Terry con convicción, y aunque solo era una hipótesis, me hizo sentir confusa por dentro, y el corazón me dio un vuelco. Terry apiló las notas—. ¿Crees que terminaremos a tiempo?

Queríamos publicarlo el día de San Valentín, preferiblemente el próximo, ya que era el quinto aniversario de la muerte de Kellan. Era justo, lo había metido en el contrato, y Helen había estado de acuerdo, dado el contexto.

Había venido para decirle a Terry que le había vendido oficialmente los derechos de *Dulce Veneno* a Helen y a una de las grandes editoriales para la que ella trabajaba. Pero me contuve. La presión sobre él parecía aumentar cada vez que hablábamos. No quería que se derrumbara. Al menos hasta que termináramos la ronda de ediciones.

En lugar de eso, le pasé un paquete.

—Sé que podremos. Quedan los últimos dos capítulos. No escribió un epílogo. Me dijo que no creía en ellos.

—Es lo contrario a mí.

—*Las imperfecciones* no tiene epílogo —señalé—. Tal vez sois más parecidos de lo que pensáis.

—O quizá por eso le gustó a la gente.

«A diferencia de los otros libros».

No lo dijo, pero vi las palabras reflejadas en sus ojos. Aquello desencadenó un recuerdo lejano. Uno que estaba repleto de historias que los lectores odiaban. A pesar de que Terry era un pesimista, desgraciado, condenado a todo, sus otros libros terminaban con conclusiones claras. Pero *Las imperfecciones* no tenía un final envuelto en un lazo de satén rojo. A la gente le gustó que fuera un lío. Que la vida fuera un lío.

Nos sumergimos de lleno en esos capítulos. Cuando trabajábamos, Terry se transformaba. Se animaba. Estaba menos deprimido, y sobrio. Muy sobrio. No lo había visto borracho desde el día en que le pedí que me ayudara con *Dulce Veneno*. Ni siquiera después de que se derrumbara la primera vez que había leído el manuscrito. Era incómodo ver a un hombre tan combativo desmoronarse. Era como ver a tu padre llorar por primera vez.

Cuando terminamos por la noche, nos dirigimos a la habitación de Kellan para capturar el ambiente del penúltimo capítulo. Me dolía todo el cuerpo de tanto mirar las páginas. Acallé el hambre y acepté los capítulos que Terry me tendió.

Observó cómo los metía en la bolsa y la cerraba.

—¿Crees que está bien?

Me había dado cuenta de que la inseguridad de Terrence Marchetti no era algo poco común, como había pensado. Lo disimulaba con sarcasmo y adicciones, pero cuanto más lo miraba, más veía a alguien perdido que buscaba una oportunidad.

Por desgracia para él, yo era la única que estaba dispuesta a dársela. Y bueno, tampoco es que yo tuviera mi vida solucionada y en orden. Ciertamente, no lo bastante como para ayudar a alguien cuatro décadas mayor que yo.

—He vendido el manuscrito.

Se hizo el silencio. ¿Incredulidad? ¿Ira? ¿Sorpresa? ¿Todo lo anterior?

Entonces Terry alzó el puño y exclamó como si su equipo favorito acabara de marcar un gol.

—¿A una de las grandes?

Me mordí el labio para ocultar una sonrisa.

—Sí.

—Mi pequeño. —Sacudió la cabeza—. Mi pequeño, mi pequeño, mi pequeño. Un autor publicado. Madre mía. —Hizo una pausa—. ¿Saldrá su nombre?

—Por supuesto.

—¿Bonito y grande?

—Más grande que el título. Lo incluí en una cláusula en el contrato.

—¿En varios países?

—Ahora mismo ya están comprando los derechos en otros idiomas.

—Mi pequeño —susurró de nuevo, y me di cuenta, no por primera vez, de que cuando Terry se mostraba apasionado e indulgente, se transformaba en un hombre digno de admiración.

—Ahora entiendo por qué te admiraba.

Terry se quedó helado.

—No me admiraba. Al menos no al final.

—Nunca dejó de hacerlo. Yo lo veía en el tejado. Y aunque nunca entendí por qué te idolatraba, más allá del hecho de que lo engendraste, creo que ahora lo comprendo. Sí, eres tosco... pero también tienes talento, te obsesiona tu oficio y tienes una delicadeza peculiar, como la de la masa de galletas poco horneada.

Sus mejillas se enrojecieron, pero se hizo el desentendido.

—O sea, ¿malo para la salud?

—¿Esa es la única conclusión que sacas?

—He ignorado el resto porque me aferro a la esperanza de que no delires tanto como parece.

—O tal vez no eres el monstruo que crees que eres. Tal vez tampoco eres el fraude que crees ser. ¿Te da miedo aceptarlo?

—No me digas que eres tan ingenua como mi hijo.

—Es la verdad.

—Lo corrompí, y ambos lo sabemos.

—Estabas luchando contra tus propios demonios.

—Eso es una excusa. Lo crie en un infierno. El hecho de que durara casi dieciocho años es un puñetero milagro.

—Aun así, te quería.

Ahí estaba. En el libro. La prueba de que Kellan no albergaba resentimiento por nadie de su familia. Ni por Christie. Ni por Terry. Ni por Tate.

—Creció viéndonos a Christie y a mí esnifar más coca que todo el elenco de *El lobo de Wall Street*. Antes de publicar *Las imperfecciones,* cuando lo que él necesitaba era ropa nueva, clases de deporte, una puñetera infancia estable, yo no podía permitírmelo porque me gastaba toda la fortuna de Christie y mis adelantos de mierda en coca y alcohol. ¿Alguna vez te lo dijo? Ah, espera. No tuvo que hacerlo. Está todo en su libro.

—También su amor por ti —insistí.

—Kellan tenía sueños, metas y deseos. Cosas por las que vivir. El chico hacía amigos dondequiera que fuera, escribía unas historias por las que los editores babearían, corría a casa con Christie y conmigo emocionado por el día siguiente. Sus profesores decían que sería alguien importante. Era muy buen chico. Tenía el futuro más brillante que jamás había visto, y yo se lo aniquilé. Lo maté.

—Su madre murió, y él cayó en un pozo.

—Yo le di las drogas.

—Kellan lo sabía, y no te guardó rencor por eso.

—La dejé allí para que Kel la encontrara, solo para no tener que lidiar con la prensa. Porque plagié un libro y estaba asustado por todo el escrutinio.

—Lo que hiciste es horrible. Tienes que arreglar ciertas cosas, pero él te perdonó. Las palabras están ahí, grabadas en tinta para siempre.

—Como te he dicho: demasiado ingenuo para su propio bien.

—No le das suficiente crédito. Es capaz de tomar sus propias decisiones sobre a quién perdonar.

—Era. Era capaz. Hasta que yo lo maté, Charlotte. Me necesitaba después de que su madre muriera, y yo lo envié lejos.

—Tú también estabas lidiando con su muerte.

Kellan lo anotó. En *Dulce Veneno*. Nunca cuestionó el amor de Terry por Christie después de encontrarlo con las manos entrelazadas, arrodillado ante su cama, mientras le rogaba a un poder superior que se lo llevara a él también.

—Ese no fue el motivo por el que lo mandé con Tate.

Mi cabeza dio un latigazo.

—¿Qué?

—¡Lo abandoné porque no soportaba mirarlo!

No me atreví a preguntar. Era como pisar cristales rotos y, si me movía, se hundirían más en mi piel hasta desangrarme.

Debió de interpretar mi silencio como una marcha atrás porque una risa tosca salió de su garganta. Rota, retorcida y dolorida.

—Has visto mis pecados en esas páginas, ¿y todavía crees que valgo algo?

—No importa lo que yo piense. No es a mí a quien hiciste daño. Fue a Kellan. Es su opinión la relevante, y él creía que eras digno de ser idolatrado. Que valía la pena perdonarte. Hay algo dentro de ti que a Kellan le gustaba y lo quería para él. No puedo decirte cómo vivir tu vida, pero si yo supiera que

Kellan pensaba eso de mí, encontraría esa parte que amaba y lo honraría usándola al máximo.

—Soy un padre terrible, Charlotte. Moriré siendo un padre terrible. Es demasiado tarde.

—No lo eres. Todavía tienes a Tate. Tate está vivo y respira.

«Y siente tanto dolor que se está ahogando».

—Ese barco ya lo he perdido. Está al otro lado del mundo y se hunde en el fondo del Pacífico.

—Tienes que intentarlo.

—Tatum preferiría cortarse las pelotas que hacer las paces conmigo. —Se pasó una mano por la cara—. Y Kellan…

Sacudí la cabeza, sin dejar que terminara.

—Tal vez no conocía a Kellan tan bien como pensaba, pero lo conozco lo suficiente para saber que *Dulce Veneno* es su redención. O eso le pareció a él.

—Tienes razón, señorita Richards. No conoces a Kellan tan bien como creías.

—No puedo obligarte a que me creas, pero ya lo verás. Cuando el libro esté publicado para que todo el mundo lo lea y reconozcan su gran talento, que solo nosotros hemos tenido el privilegio de presenciar, entonces lo verás. Es el mejor regalo que puedes hacerle ahora mismo. Y Tate… No es demasiado tarde para hacer lo correcto con Tate.

—¿Crees que no quiero hacer las paces con él? ¿Que no es la única razón por la que aún respiro? La muerte es demasiado generosa para un hijo de puta como yo. Así que no. Es demasiado tarde para arreglar las cosas con Tate. No me lo merezco. Lo menos que puedo hacer es seguir vivo para que me odie. Para recordarle que la única persona a la que debe culpar de la muerte de Kellan no es él, sino yo.

Oí un leve ruido.

Un solo paso.

Desvié la mirada hacia la puerta.

Me encontré con la mirada de Tate a través de la rendija.

La confesión de Terry había sido una flecha que había acertado justo en el corazón de su hijo mayor.

Capítulo sesenta y ocho

Charlotte

ꜱ

Las buenas rachas siempre terminan.

Por eso no me sorprendió cuando Leah llegó a casa tras una cita y dio un portazo. Bien fuerte. Como si quisiera decir algo. Y bueno, solo había dos personas a quien podía ir dirigido.

Y yo dudaba que fuera por mí.

Se quitó los zapatos a patadas junto a la puerta. Los tacones rebotaron en la pared y cayeron a medio metro de distancia.

Murmuraba algo en voz baja.

Todo lo que pude distinguir fue «Jonah», y «desesperado», y «debería haberlo sabido».

«Ay, no, Jonah. ¿Qué has hecho?».

Saqué el móvil para mandarle un mensaje mientras Leah se arrancaba el jersey y se bajaba las mangas. Mi hermana, una maniática del orden, tiró la ropa en la alfombra del salón.

Se acababa el mundo.

—¿Cómo ha ido la cita?

—Perfecta —escupió.

—Muy bien, si tú lo dices. —Le mandé una cadena de signos de exclamación a Jonah—. ¿Te importaría decirme por qué estás enfadada?

—¡Tengo inseguridades! —explotó de repente, como un volcán inactivo que entra de golpe en erupción—. ¿Es eso lo que quieres oír? No es culpa de Jonah que las chicas coqueteen con él mientras está en una cita conmigo. Es culpa de la mierda de cara que tengo, pero no suya.

Ostras, qué mal. Muy mal.

—¿Les ha prestado atención?

—No. Tampoco hacía falta. Son bonitas y perfectas. Tienen la piel intacta. Sin marcas. Sin defectos. Todo lo que yo nunca tendré. —Escupió, y se arrancó el lazo del pelo, que dejó caer los rizos alrededor de su cara.

Una bolsa de toallitas de maquillaje se arrugó en su mano. La tiró al suelo cuando sacó la última y se pasó la toallita con brusquedad por las cicatrices.

Alguien llamó a la puerta.

Leah gruñó.

—¿Puedes encargarte tú?

Señalé la toalla que llevaba y tiré de ella con más fuerza alrededor de mis tetas.

—Mejor que no. No estoy decente.

—Y yo no llevo maquillaje.

—¡Leah! —Traté de que fuera sensata. No podía seguir llevando una máscara literalmente cada vez que salía de casa al mundo.

Leah suspiró con pesadez, se acercó a la puerta y se puso de puntillas para asomarse por la mirilla. Gimió, se giró y apoyó la parte posterior de la cabeza contra la pared de al lado.

—Mierda.

Y otro golpe.

Esta vez, resonó y no se detuvo.

Leah no se movió; sin duda, estaba rezando para que quien estuviera fuera se diera por vencido y se marchara. Los golpes cesaron.

—Te he oído decir mierda —habló Jonah desde el otro lado—. Así que sé que sabes que estoy aquí. No me gusta que me llamen así, pero bueno. ¿Vamos a comportarnos como adultos, o vas a esconderte ahí dentro? ¿Me ayudas un poco, Char?

Reprimí una carcajada y me apoyé en el marco de la puerta de mi dormitorio.

—Vale —dijo Leah—. Espera cinco minutos. Te abro enseguida.

—No. Ahora.

—¿Perdona?

—Quiero ver tu cara ahora mismo. Desnuda.

—No sabes lo que me estás pidiendo. —Le tembló la voz.

Se me rompió el corazón.

—Ponme a prueba, Tacita.

Se hizo el silencio.

Ella dio un paso atrás sin dejar de mirar la puerta. Se me hizo un nudo en la garganta. Quería gritarle, instarla a que lo hiciera, a dar el salto, pero sabía que lo tenía que decidir ella. Era su historia, ella tenía que elegir cómo la escribía.

Porque eso era lo que éramos en esencia. Autores de nuestras propias historias. Un giro en la trama había vuelto lúgubre la historia de Leah, una mancha de tinta había emborronado su «felices para siempre», pero aún podía darle la vuelta a la página. Aún podía cabalgar hacia el atardecer con el príncipe con mangas brillantes y tatuajes. No en un caballo, sino en una Harley.

Leah dio otro paso lejos de Jonah.

—Leah. —Se le rompió la voz.

Dio otro paso.

«No. Por favor, no».

Le dio la espalda a la puerta y se alejó. Las lágrimas se me acumularon en los ojos.

Jonah suspiró.

—Eres muy testaruda. Me quedaría con todas tus cicatrices si pudiera y las llevaría como unos putos Levi's.

Leah se detuvo. Uní los dedos y recé para que viera la verdad. La verdad de Jonah: ella le importaba. Sus cicatrices no la definían.

Abrió los ojos de par en par.

«¿Se ha dado cuenta?».

No me atrevía a respirar. Una lágrima resbaló por su mejilla.

«Eso es, Leah. Escúchalo. Está diciendo la verdad».

Lo único que Jonah veía era a la chica *sexy* y dulce que vivía enfrente y que había alimentado a una cría de zorro huérfana, había criado a su hermana cuando tenía dieciocho años, se había metido en un incendio para salvar a la gente que amaba y que cuidaba de su hija. Yo siempre lo había sabido.

Siempre lo había sabido.

Pero parecía que Leah acababa de darse cuenta.

Dio media vuelta y corrió hacia la puerta. Descorrió la cerradura y la abrió de golpe. Estaban uno frente al otro. Ambos jadeaban.

Él era muy *sexy.*

Ella era preciosa.

Me sentí como una intrusa, pero ni siquiera me importó, porque era el capítulo que había estado esperando leer en la historia de Leah desde la noche que todo cambió.

Jonah dio un paso para entrar. Tomó la cabeza de Leah entre sus manos enormes y sucias de mecánico y la hizo retroceder hacia la pared.

—Perfecta —gruñó en su cara, y le rozó con el pulgar la piel morada de la mejilla derecha. Su espalda chocó con la pared. Jonah bajó el rostro para colocarse a su altura—. Perfecta.

Luego la besó tan fuerte que me mareé. Di un paso atrás y cerré la puerta de mi habitación, para darles un poco de privacidad.

No importaba qué pasara entre Jonah y Leah, ahora me sentía más liviana. Como si parte de mi responsabilidad por su soledad ya no existiera.

Estaba volviendo a la vida.

Podía reescribir esos malos capítulos.

Y lo que era más importante, por fin estaba aceptando la cubierta que le había tocado en la vida, y recordaba cuál era la parte más importante del libro.

El interior.

Capítulo sesenta y nueve

Charlotte

ↄ

—Pagaría por saber lo que estás pensando.

Leah me lanzó una moneda.

No la cogí al vuelo de lo anonadada que estaba. No me había dicho eso en… bueno, pues casi nueve años ya. Creía que se había olvidado de nuestra tradición.

Alcé los ojos del libro, acurrucada como estaba en el sofá. Row estaba debajo del brazo de Leah, en el reposabrazos opuesto, mientras le leía un cuento de hadas.

—¿Por qué lo preguntas?

—Porque estás leyendo a Nora Ephron. Ya no queda helado en la nevera y parece que tienes el pelo sucio. Creo que se puede decir que tienes el corazón roto. —Leah miró la masa de rizos rubios que asomaba bajo su brazo y besó la sien de Row—. ¿Tú qué piensas, Row?

—Le han roto el corazón y está muy triste. —Rowling habría estado de acuerdo con Leah sobre cualquier cosa, incluida una teoría que afirmara que el sol era púrpura y las nubes estaban hechas de pelos del sobaco, y lo confirmaría asintiendo con ansia.

Yo aún no me había repuesto de lo del centavo.

—Creía que te habías olvidado de lo de «pagaría por saber lo que piensas».

El horno sonó. Leah soltó a Row y se levantó del sofá para comprobar cómo estaban las galletas de chocolate que se estaban haciendo.

Me encantaba nuestro apartamento. El blanco y el color crema de los muebles y el colorido de las mantas y los cuadros.

Todo estaba justo donde debía estar. Ordenado, limpio y perfecto. Todo excepto la cara de mi hermana.

Pero hoy, por fin sentí que estaría bien.

—¿Por qué?

Estaba de buen humor estos días. Probablemente porque había empezado a ver que podía ser amada a pesar de su mayor miedo: su cara.

Ahora iba maquillada, porque Rowling estaba aquí, pero yo sabía que se sentía más cómoda sin maquillaje. De hecho, se había mostrado al natural tres veces delante de Jonah. La segunda, para ponerlo a prueba. La tercera, porque todavía no se creía que no le molestara.

—No lo sé. —Me encogí de hombros y hojeé el libro sin leerlo—. Creía que estabas enfadada conmigo.

Leah sabía lo que quería decir. Cogió una manopla y abrió el horno. El olor a masa caliente y chocolate llenó el aire. Se me hizo la boca agua. Con la mano envuelta en un paño de cocina, sacó la bandeja de galletas.

—Y lo estoy. Quiero decir, lo estaba. Sigo enfadada. Con el mundo. Con Dios. Y tal vez… No sé… Conmigo misma. Por fumar. Pero después de lo que pasó, no hay nada que pueda devolverme lo que perdí, así que decidí seguir con ese mal hábito.

«Me estás destrozando», articulé, sin querer que Rowling lo oyera.

Volvió al sofá y se agachó hasta que Row y ella quedaron cara a cara.

—Las galletas estarán listas en un rato. ¿Quieres ir a ducharte? Así, cuando salgas, estarán bien frías y no te quemarás la lengua.

Row asintió y se fue al baño. Jonah la estaba educando bien. No sabía por qué, pero me daba esperanzas para su relación con mi hermana. Era un buen chico. De verdad.

Leah se volvió hacia mí.

—¿Qué te pasa? ¿Que fumo? ¿O te pasa otra cosa por la cabeza?

—Dejarás de fumar —anuncié. Mi forma de responder y de eludir el tema.

—¿Cómo estás tan segura? Hay personas que lo intentan y fracasan.

—Porque tú nunca fracasas, Leah. En nada. —Choqué su hombro con el mío—. Y porque estás saliendo con Jonah, es serio, y él tiene a Row.

Suspiró y reprimió una sonrisa.

—Tienes razón. Ya he empezado con los parches. No he fumado un cigarrillo desde la segunda cita.

—Me alegro por ti.

—Ahora te toca a ti ser feliz. ¿Vas a decirme qué te ronda por la cabeza?

—La culpa. A veces aparece.

—¿Por mamá y papá?

—No. Eso también aparece, a menudo, por supuesto. Pero me recuerdo a mí misma que me querían. Que no querrían que dejara de vivir por ellos.

—Tienes razón. —Se mordió el pelo—. Dios, ojalá te lo hubiera dicho antes.

Casi dije que no pasaba nada. Que ella tenía sus problemas, y yo también tenía parte de culpa, pero no lo hice. Decidí aceptar la disculpa sin condiciones. Quería que me entendieran y, por una vez, sentí que me lo merecía.

—No estuvo bien —admití.

Leah abrió los ojos de par en par, como si nunca hubiera pensado que llegaría el día en que me defendiera. Pero entonces sus labios esbozaron una sonrisa y me dio un golpecito en la cintura con el codo.

—Tienes razón. No lo estuvo. —Negó con la cabeza, me plantó una mano en cada uno de los hombros y me giró hacia ella—. Lo que pasó esa noche fue un accidente. Y debería habértelo dicho, pero cada vez que me miraba a la cara, volvía a caer en el pozo del autodesprecio. No he sido una buena hermana para ti en mucho tiempo.

—Me salvaste la vida. —Le apreté la mano, y me esforcé con todas mis fuerzas por no echarme a llorar—. Me criaste.

Me abrazó y me estrechó entre sus brazos. Me aferré a ella. Me sentía liviana y ligera a pesar de la pesadez de mi culpa.

Al cabo de unos minutos, sentí que me susurraba en el pelo.

—¿De dónde viene la culpa, Charlotte? Le daré una paliza.

—De Kellan. Creo que siempre me sentiré culpable por ser feliz cuando Kellan no tiene la misma oportunidad.

Omití la otra mitad. Ser feliz con Tate. Era la peor de las traiciones. Un obstáculo que había intentado esquivar y no había sido capaz. Y no era solo yo. Sabía que Tate sentía lo mismo. Por cómo nos miraba a Terry y a mí cuando estábamos juntos. Por cómo sus ojos se detenían en la habitación de Kellan cada vez que pasaba y se daba la vuelta. Por cómo congeniábamos el uno con el otro algunos días, solo para sumirnos en un silencio incómodo otros.

—Ay. —La palabra escapó de la boca de Leah en un suspiro desgarrador—. Ay, Charlotte. Lo siento mucho.

Sabía lo que quería decir. Por qué se disculpaba. Por la carta. Aquello tampoco había estado bien, pero lo entendía. Las intenciones importaban. Y aunque Leah lo estaba pasando mal, nunca le habría hecho daño a Kellan a propósito para hacerme daño a mí.

Se echó hacia atrás.

—Tate vino a verme. De hecho, me gritó.

—¿Qué?

—Vale, no me gritó del todo. Más bien fue una conversación fuerte.

—¿Qué te dijo?

—Me echó la bronca, y me dijo todas las formas en las que no te estaba tratando bien.

—No le pedí que lo hiciera —me apresuré a decir.

—No estoy enfadada. Quiero decir, al principio sí, pero después me di cuenta de que tenía razón. Te traté mal. —Me ofreció una sonrisa tímida y me apretó la mano—. Jonah estaba justo fuera. Lo que, ahora que lo pienso, demuestra que Tate hizo lo correcto. Jonah lo habría detenido, si no.

—Aun así. —Se me aceleró tanto el corazón que no me habría sorprendido acabar en urgencias.

—No habría venido a verme si no sintiera algo por ti. —Tenía una pregunta en los ojos, como si quisiera saber más sobre él, pero no quería meter la pata tan pronto en el renacimiento de nuestra amistad.

—Sí, me estoy enamorando de él —respondí a la pregunta no formulada—. Y sí, creo que él también siente algo por mí. Pero Kellan siempre estará entre nosotros, como un pegamento y como un separador, y me siento la peor persona del mundo por decir esto.

—Está bien tener sentimientos. Te hace normal. Pero no está bien vivir en el pasado. Créeme. Yo lo intenté y me convirtió en una amargada, enfadada y llena de remordimientos. —Se llevó las piernas al pecho y se rodeó las rodillas con los brazos—. No se puede cambiar el pasado. La única forma de avanzar es sanar. Y eso es una orden. —Me guiñó un ojo—. Soy tu hermana mayor. Tienes que escucharme, Lottie.

«Lottie». Me había vuelto a llamar Lottie.

Leah se levantó para agarrar las galletas mientras yo miraba el espectáculo infantil que había puesto en la tele para Row. Unas estudiantes de secundaria estaban cantando y bailando mientras el chico rodeaba con un brazo la cintura de la chica y le declaraba su amor por ella. Así, sin más. Qué fácil.

«La gente se enamora todos los días. Gente buena. Gente mala. De todo tipo. Se enamoran rápido y profundamente. Y a veces, tienen la suerte de ser correspondidos».

Y tal vez…, tal vez yo también fuera digna de amor.

Row salió corriendo del baño con un pijama limpio y el pelo mojado, que goteaba por todas partes. Leah chilló cuando la mojó, abrazó a Row y la levantó para darle unas vueltas en el aire. Jonah entró, lleno de grasa de pies a cabeza tras haber pasado la tarde en el taller. Row corrió hacia él y se movió en círculos cuando intentó agarrarla con los dedos sucios. Se detuvo unos segundos para besar la frente de Leah. Estaba radiante. Florecía bajo el afecto de Jonah.

«Tate se merece el mismo alivio».

En ese instante, tomé una decisión. Grande, sobrecogedora y probablemente imposible.

Decidí salvar a Tate Marchetti de sí mismo.

Capítulo setenta

Tate

∽

La Asociación Americana de Obstetricia había decidido que era una buena idea invitarme como ponente principal a la conferencia anual para ginecólogos y obstetras.

A pesar de que en Bernard y Marchetti teníamos una lista de espera tan larga como para llenar el Madison Square Garden y que nos hacía falta la publicidad tanto como Bezos necesitaba dinero, Walter había aceptado la invitación en mi nombre.

—Es un honor —me había dicho, con un tono mordaz, teniendo en cuenta que planeaba retirarse en los próximos dos años.

La oratoria motivacional se me daba igual de bien que a Tommy Wiseau se le daba actuar. No tenía ganas de pasarme una hora diciéndoles a unos desconocidos que se pusieran las pilas, cuando lo que más quería, aparte de que mi hermano resucitara de entre los muertos, era follarme a la chica de la que él había estado enamorado en el instituto, y posiblemente era el amor de su vida, de formas que harían sonrojar a una estrella del porno.

Lo que significaba que, una hora antes del discurso en el hotel Black de Manhattan, estaba en un bar de mala muerte del que no sabía el nombre, bebiendo un vaso de vodka doble. Lo acompañé con una muestra de enjuague bucal orgánico sin flúor (gajes del oficio), y escupí el líquido verde en un lavabo permanentemente teñido de amarillo.

Cuando el taxi llegó al hotel, había bebido tanto que no me importaba parecer un hipócrita. Sylvia me había escrito el discurso, lo que significaba que era un discurso chachi-pistachi del estilo de *Uno para todas*. Lleno de perlas como: «No esperes a que un momento se convierta en un recuerdo para apreciar su valor», «Atraviesa la lluvia para encontrar el arcoíris», «Eres el paciente más importante que jamás tendrás», «Córtame las pelotas y exprímelas si este discurso se filtra».

La última era cosecha propia. Y, por desgracia, no podría decirla esta noche, porque no quería ser la próxima sensación de YouTube. Título: «La crisis pública de un médico de Nueva York: suplica a una sala llena de ginecólogas que le toquen los genitales».

Walter me dio una palmada en el hombro cuando llegué. Se acomodó en el asiento, como si hubiese esperado que no viniera. Soporté la dolorosa cena, hablé con compañeros cuyos nombres no recordaba y leí el discurso de Sylvia sin vomitar arcoíris. Me sentí como Terry cuando estaba en el podio. Usando el alcohol como muleta. Borracho en público. Todo lo que siempre había jurado que nunca haría.

En cuanto bajé, los mejores ginecólogos del país me pasaron por la sala como una bandeja de entremeses que nadie quería.

—Oye, tío, he leído tu perfil de la Asociación. ¿Es verdad que tu padre es Terry Marchetti?

«No. Solo donó el esperma. No es muy diferente de lo que algunos de nuestros pacientes de FIV hacen, solo que en su caso los hombres no son un pedazo de mierda».

—Oí que tu madre era Christie Bowman. Ojalá lo hubiera sabido cuando estábamos en Harvard, tío. Tenía su póster de *Playboy* en la pared cuando era joven.

«Primero: No. Era la madre de mi hermano. Terrence no se está quieto. Si tuviera algo de dinero para repartir, probablemente ahora yo estaría en una sala abarrotada en la lectura del testamento. Y segundo: ¿por qué me dices eso?».

—Me alegro de volver a verte, tío. Han pasado años, ¿eh? Me enteré de lo de tu hermano. Lo siento mucho.

«Si lo sintieras de verdad, habrías aparecido en el funeral. Hace cuatro años. Podrías haber subido la asistencia a siete personas».

Como siempre, recordar la muerte de Kel me agrió el humor. Me fui pronto del congreso. Ignoré a Walter cuando me envió un mensaje en el que me preguntaba dónde me había metido. Últimamente, no podía pensar en Kellan sin pensar en la chica que él había amado. Era fácil odiarme a mí mismo. Por ser un hipócrita. Por ser como mi padre. Por desear a Charlie. Y así es como acabé en otro bar de mala muerte después del discurso. Este era peor que el anterior. Mesas cubiertas de mugre. Licores con las etiquetas despegadas. Mucha humedad por culpa de un aire acondicionado roto.

Me estaba emborrachando, y lo hacía a propósito, consciente de que me estaba convirtiendo en el inútil de mi padre y me odiaba a muerte por ello.

El camarero me puso una mano en el hombro cuando me levanté.

—Te tambaleas hasta sentado. No voy a dejar que te vayas así.

No respondí, porque me sentía como si hubiera acabado en un barco y se zarandeaba que daba gusto.

—¿Tienes a alguien a quien pueda llamar? —añadió y agarró mi móvil, que estaba entre nosotros. Supongo que incluso en este lugar tenían moral. Más moral que yo, al menos—. O puedo pedirte un taxi.

—Charlie —murmuré—. Llama a Charlie.

Me arrancó el dedo de su agarre sobre la sucia barra del bar y lo usó para desbloquearlo antes de ponerse a hablar.

—¿Hablo con Charlie...? No, soy Luke. Soy camarero... Tu amigo está aquí conmigo. Está como una cuba. Me ha dicho que llamara a Charlie para que viniera a buscarlo. Eres el único Charlie que sale en su teléfono. En realidad, eres uno de los dos números en su teléfono. No es muy popular, ¿verdad? Estamos en The Office... No, The Office... No, el bar se llama The Office... Vale, vale. Hasta luego, Charles.

Dejó caer el móvil en mi mano, pero no recordaba cuándo me lo había quitado. Mi cabeza cayó sobre la barra. Estaba pegajosa. Muchísimo. Respiré el olor a alcohol y cacahuetes mientras me preguntaba qué hacían allí cuando entraba alguien alérgico a los frutos secos. Parecía que estuvieran esperando a que les pusieran una denuncia.

Las yemas de unos dedos me rozaron el hombro. Me arañaron. Luego me pellizcaron cuando no me moví. Gruñí una maldición, y parpadeé a dos centímetros de la barra. ¿Cuándo me había dormido? Levanté la cabeza. Me volví hacia los dedos.

«Charlie».

Parpadeé e intenté averiguar si me la estaba imaginando. A veces lo hacía. La imaginaba cerca de mí cuando no lo estaba. Sobre todo que me miraba, como lo hacía ahora. Tan hermosa que no podía ser real. ¿Por qué estaba aquí? No tenía que hacer de madre. Ni ver cómo me comportaba como Terry.

—Ay, Tate. —Suspiró.

Sí. Estaba aquí. Charlie había venido de verdad. Así que esto era lo que se sentía cuando podías contar con alguien. Tardé un tiempo en reconocer ese sentimiento como felicidad, porque no lo había sentido en los últimos cuatro años.

—Charlie.

Alargó la mano. Sus nudillos rozaron mi mejilla.

—Vamos a llevarte a casa, doctor Marchetti.

—¿Es médico? —dijo el camarero—. No me gustaría que fuera mi médico.

—Sistema reproductivo equivocado —murmuré, y me volví hacia Charlie—. ¿No vas a preguntarme por qué estoy aquí?

—Tengo la sensación de que ya lo sé.

Claro que lo sabía. Era la única que me entendía.

Charlie se colocó bajo mi hombro y se pasó mi brazo por la espalda para ayudarme a levantarme. Intenté quitarle todo el peso que pude, que era ninguno. Nos costó cubrir los seis metros que nos separaban de la puerta. El viento helado me golpeó en el rostro. Me tambaleé de nuevo, me apoyé en Charlie y nos envié a los dos contra la pared acanalada. Apoyé las manos a ambos lados de su cabeza; apenas lograba mantenerme en pie. Mi cuerpo aprisionó el suyo.

Un imbécil silbó.

—¡Danos un espectáculo, cielo!

Levanté el dedo corazón y lo agité en su dirección, sin apartar los ojos de ella.

Otro cabrón gritó:

—¡Al otro lado, imbécil!

El resto del grupo estalló en carcajadas mientras se alejaban de nosotros. Charlie contenía la respiración, con la cabeza inclinada hacia atrás, haciendo todo lo posible por no perder en el concurso de miradas que estábamos librando.

Se pasó la lengua por los labios.

—Me cuesta respirar.

Mantuve mi posición un segundo más antes de retroceder. No había salido como había pensado. Me tambaleé. Tal vez estaba en el pozo. Bueno, sí. Estaba en el pozo. Charlie me agarró antes de que me tropezara con la acera y me puso recto. Si Terry se sentía así el noventa por ciento del tiempo, nunca entendería por qué lo hacía.

—Vamos, Tate. —Me apartó y me sostuvo tanto como podía.

—Mi coche. —Hice una pausa y la obligué a detenerse—. ¿Qué pasa con mi coche?

Se palpó los bolsillos y paró cuando su mano encontró un bulto cuadrado.

—Tengo el carné de conducir en la cartera.

—¿Qué neoyorquino sin coche tiene carné?

—Es una larga historia. —La nebulosa visión doble me dejó entrever que había fruncido las cejas—. ¿Es realmente importante ahora mismo?

—Sí. —Me tomé un respiro en el paso de peatones, y me abracé a la base de un semáforo para que Charlie no tuviera que soportar mi peso—. Todo lo que esté relacionado contigo es importante.

Charlie se apartó un momento y se dio unos golpecitos en las mejillas con el dorso de las manos antes de suspirar.

—Creía que lo necesitaría para la universidad. Mi sueño era asistir a Princeton, y Yale era la opción segura. Pero terminé en una universidad barata en Kentucky.

—Han sido tres frases —observé—. Has dicho que era una larga historia. Me esperaba un discursito.

—Cuando la gente dice que es una larga historia, significa que no quiere hablar de eso.

—Eso no tiene sentido. Di lo que quieras decir. Por otra parte, tener a Yale como la opción segura y Princeton como el sueño no tiene sentido. Yale es mejor.

—¿De verdad quieres hablar de esto ahora?

—Sí.

—De acuerdo. —Golpeó el botón para cruzar, a pesar de que había un ochenta por ciento de posibilidades de que no funcionara. Seguro que me estaba imaginando a mí mientras lo hacía—. La tasa de aceptación de Princeton es menor. Tampoco debo tener esta conversación con un hombre que traicionó la escuela donde se había licenciado por su rival.

—Supongo que se me da bien traicionar.

Ambos sabíamos lo que quería decir.

Sus dedos me apartaron del poste.

—¿Dónde has aparcado el coche?

—No lo sé.

Me arrastró por la manzana y estiró el cuello en busca de mi Lexus.

—No lo veo.

—Yo tampoco.

—¿Dónde tienes las llaves?

Entonces me acordé.

—He venido en taxi.

—Tate.

—Oye, estás aquí. Eso significa que las cosas no han ido muy bien esta noche.

Se hundió en un escalón, jadeó y levantó la mano.

—Dame un segundo.

Me senté a su lado.

—¿Quién es la otra persona? —preguntó al final.

—¿Eh?

—En el móvil. Luke el camarero me ha dicho que solo tienes dos contactos guardados.

—Walter Bernard.

—¿No tienes el número de Terry?

—¿Por qué iba a tener el número de mi donante de esperma?

—Uf. —Charlie gimió y apoyó la cabeza en mi hombro—. Es tu padre, y se está haciendo viejo. No estará aquí para siempre. Si se disculpa y trata de hacer las paces, espero que lo intentes.

—Paso —balbucí.

—¿Por qué?

Las palabras que había oído la semana pasada resonaron en mi cabeza.

«Lo menos que puedo hacer es seguir vivo para que me odie. Para recordarle que el único culpable de la muerte de Kellan no es él, sino yo».

Me burlé. Terrence Marchetti: el mártir. Como si fuera a tragármelo.

—Nunca lo perdonaré. —Sacudí la cabeza, pero me detuve en cuanto me empecé a marear—. No tiene sentido hablar con él, y mucho menos darle otra oportunidad.

—Guardas mucho odio...

—Es lo único que Terry es capaz de inspirar. —Levanté una ceja, y me encaré a ella—. Tú eres la experta en palabras. ¿Eso lo hace «inspirador»?

—Dice más de ti que de él. —Me envolvió la mano con la suya y se la llevó al regazo. Desenroscó mis dedos uno por uno y presionó mi palma contra mi corazón—. El odio proviene de aquí. Cuando odias a alguien, un trozo de esa persona se queda en tu corazón. Si no te deshaces del odio, vives con esa persona dentro de ti para siempre.

—¿Me estás diciendo que hay un pedazo de Terrence Marchetti en mí?

—Sí.

—Se llama ADN, Charlie, y por desgracia, la mitad del mío proviene de él. No soy un experto en reproducción, pero he oído que es por culpa de la donación de esperma.

—Ja. Ja. Qué gracioso. —Me soltó la mano para hacer un gesto con el que me señaló de arriba abajo, como si encontrara algo preocupante en cada centímetro de mí—. Esto no es sostenible, Tate. Te estás ahogando. Déjame ser tu salvavidas.

407

—No necesito que me salven.

—Yo creo que sí. Solo pides ayuda a gritos. Detestas la bebida y las drogas, pero estás más borracho que nunca. Guardas mucho odio por la única familia que te queda.

—Y a menudo me imagino follando con el amor de la vida de mi hermano. Muy a menudo. O a veces con el pene en la mano, como un puñetero pervertido.

Se le cortó la respiración. Esperaba que se estremeciera, pero no lo hizo.

En lugar de eso, le dio la vuelta a mi mano sobre la rodilla y jugueteó con mi palma mientras seguía las líneas de un lado a otro. Las yemas de sus dedos acariciaron una cicatriz que seguía la curva entre el pulgar y el índice. Me la hice cuando metí la pata con un bisturí en la facultad de Medicina. Era igual de larga que la que ella tenía en la muñeca, pero la mía era mucho más fina. Observé cómo alineaba las cicatrices a la perfección y apretaba.

—Se supone que las cicatrices se curan. No tienes que arrancarte la costra.

—No sé dónde te dieron el título de Medicina, señorita Richards, pero te recomiendo encarecidamente que pidas que te devuelvan el dinero. —Retiré la mano y la dejé en los escalones, aunque me sentí extrañamente vacío por la falta de contacto—. Como persona que realiza cirugías, puedo decirte que las cicatrices son permanentes. La mayoría se atenúan, pero no desaparecen. Si se van, no son una cicatriz.

«Esa es otra señal que pasaste por alto. Las mangas largas que Kel usaba para ocultar sus cicatrices».

Permitidme que lo repita: mi hermano pequeño tuvo que morir para que me diera cuenta de que llevaba años cortándose.

«Joder. Joder. Joder, joder».

Charlie se levantó y se sacudió. Me tendió la mano.

—No pude salvar a tu hermano, pero te salvaré a ti, Tate. Incluso aunque tenga que perderme a mí misma en el proceso.

Sin duda, eran unas palabras que no habría dicho en voz alta si pensara que mañana me acordaría.

Acepté su mano, pero solo porque no confiaba en no caerme sobre ella. Ya tenía las manos manchadas de sangre con una muerte, dos si contaba mi alma, y añadir una tercera me parecía demasiado.

—Si quieres, puedes intentarlo, señorita Richards.

—Me gusta más cuando me llamas Charlie. —Empezó a caminar mientras me lanzaba miradas por el rabillo del ojo—. Sé que fuiste a ver a Leah por mí. Gracias.

—No lo hice por ti.

—Claro que no.

Me gustó que se diera cuenta de la mentira. De hecho, me gustaban muchas cosas de ella.

«Joder, joder, joder».

Caminamos hasta una calle concurrida, donde Charlie paró un taxi. Me ayudó a entrar y le dio al conductor mi dirección. La mayor parte del trayecto transcurrió en silencio hasta que lo rompió a pocas manzanas de mi casa.

—Acepto tu oferta, Tate.

—¿Para follar? —Y así fue como supe que estaba borracho como una cuba. «¿Qué demonios haces, Tate?».

El taxista dio un volantazo y nos miró por el retrovisor.

Charlie gimió y sacudió la cabeza.

—Para salvarte.

—¿Cuándo te he pedido yo eso?

—Hace diez minutos. Te falla la memoria. —Se acomodó sobre el asiento de cuero desgastado—. Un consejo, doctor Marchetti. Hablar borracho nunca te hará quedar bien.

Quería decirle que no estaba tan borracho. Que no debería decirme esas cosas, porque las recordaría mañana. Pero no pude. No porque no pensara que me despertaría con sus palabras grabadas en el cerebro, sino porque quería oír qué me decía cuando bajaba la guardia. Estaba bien fastidiado.

Un repentino giro brusco hizo que su hombro tocara el mío. Se apoyó y no se apartó.

—Espero que cumplas tu palabra —dijo, con un leve susurro que tuve que esforzarme por oír—. Con independencia de tu estado cuando me lo has dicho.

409

El coche se detuvo. Charlie me miró, inmóvil, a la espera de una respuesta. Pero no podía dársela. No confiaba en mi capacidad para hablar. Algo oscuro apareció en sus ojos febriles. Expectación. Deseo. Desesperación. Me invadieron. No se detendría hasta que le contestara, pero yo ya había olvidado la pregunta. Todo lo que me quedaba era esta sensación de expectación. Como si mi vida estuviera a punto de cambiar. Como si quisiera que sucediera.

El taxista se aclaró la garganta. Saqué la cartera y le di cincuenta dólares de más por sacarme de este lío que me había montado yo solo. Charlie se inclinó más y me rozó la oreja con los labios. Tragué saliva. Con fuerza.

—Voy a salvarte, Tate.

«No. Vas a hacer que pierda el control».

Y, por primera vez, quería perderlo todo.

Capítulo setenta y uno

Charlotte

༄

Fiel a mi palabra, me presenté en la consulta de Tate al día siguiente con dos bolsas de comida para llevar de Lao.

Si quería salvar a Tate Marchetti, debía convertirme en un elemento permanente en su vida. Helen me había mandado la última ronda de correcciones para que las aprobara, así que mañana terminaban mis revisiones con Terry.

Estábamos llegando a los últimos granos del reloj de arena.

Tenía que encontrar la manera de darle la vuelta.

Para mi sorpresa, Sylvia no parecía descontenta de verme. Si acaso, me pareció detectar alivio en su rostro. Y más cansancio del que jamás había visto. Nuevas ojeras le rodeaban los ojos.

La cola de caballo teñida por un profesional y ultraapretada que solía llevar ahora colgaba flácida, y se veían dos centímetros de raíces rubias en el cuero cabelludo. Incluso su uniforme carecía de su habitual esfuerzo.

Esta vez no se molestó en fingir una sonrisa. Se limitó a señalar a un punto detrás de mí.

—Está en su consulta.

Vacilé.

—¿Va todo bien? —Me salió como un susurro. Más que nada porque no me extrañaría que Tate despidiera a alguien por respirar demasiado alto.

¿Hablar de su jefe a sus espaldas? Era un delito que se podía castigar con el despido.

—Ha sido... complicado últimamente. Nunca lo había visto así desde que empecé a trabajar aquí.

411

—¿Cuánto hace de eso?

—Casi cuatro años, mes arriba, mes abajo.

Después de la muerte de Kellan, observé.

Dudaba que nadie se lo hubiera explicado. El suicidio era así. Un tema tabú. Cuando alguien se quitaba la vida, la gente hablaba con eufemismos. Conocía bien todas las frases.

«Murió demasiado pronto. Ahora está en paz. Murió en un trágico incidente».

O la alternativa: negarse a hablar de ello. De cualquier manera, era algo difícil de confirmar. Con solo mirarla, me di cuenta de que no tenía ni idea. Que para ella Tate era un cable de corriente sin fuente.

Se rascó la mejilla y abrió y cerró la boca.

Traté de ayudarla.

—¿Hay algo que me quieras preguntar?

—¿Conoces bien al doctor Marchetti?

Me encogí de hombros.

—Lo suficiente.

—¿Siempre es así? Ha sido frío desde el principio, a veces exigente, pero aun así era justo. Pero los últimos meses…

«Está cayendo en un pozo sin fondo».

—Es culpa mía —mentí. Bueno, en parte. Irrumpí en la vida de Tate, activé todos los resortes y puse a prueba todos los límites que pude. Mi nombre estaba escrito en partes de esa caída. Me correspondía arreglarlo.

—¿De verdad?

—De verdad. Le hice pasarlo mal y estas son las consecuencias. Lo siento si he hecho que la situación en el trabajo se tense. Haré lo que pueda para que mejore.

—¿Estáis, bueno… saliendo?

«¿Lo estamos?».

Ladeé la cabeza, consciente de nuestra diferencia de edad por primera vez en mucho tiempo.

—Somos… algo. —Levanté la comida para llevar y señalé el despacho de Tate—. La comida se está enfriando.

—¿Puedes avisar al doctor Marchetti de que voy a hacer la pausa para comer ahora?

Asentí con la cabeza y vi cómo se iba.

Tate no parecía sorprendido cuando entré. Solo resignado. Puse la bolsa en una silla y saqué una bandeja tras otra mientras las repartía por todo el escritorio.

Se apoyó en el respaldo de cuero.

—¿Qué es esto?

—*Sai oua* con arroz glutinoso, *seen savanh, khao piak sen* y un postre de regalo. —Rompí un par de palillos y se los ofrecí—. Espero que te guste la comida picante.

—Me refería a tu presencia. —Volvió a centrarse en el monitor y usó el ratón—. Ya he comido.

—Qué cosa tan tonta sobre la que mentir.

—Cuando la gente dice que ya ha comido, significa que no quiere comer. —Usando mis palabras en mi contra. Me puse tan furiosa que me costaba respirar. ¿Cómo podía tener otra persona tanto poder sobre tus pulmones?

—¿Te acuerdas de lo de anoche?

—Por supuesto.

Era ese tipo de borracho. El insufrible.

Bajé los palillos.

—Estabas borracho.

«Como una cuba, en realidad».

Me lanzó una mirada.

—No volverá a ocurrir.

—No pasa nada si vuelve a ocurrir. —Me mordí el labio inferior—. También puedes volver a llamarme cuando lo necesites. Está bien poder contar con alguien.

Técnicamente, Luke el camarero me había llamado, pero Tate le había dicho que lo hiciera. Eso contaba, ¿verdad?

Tate apretó las yemas de los dedos y me estudió por encima de ellos. Me removí bajo la intensidad de su mirada.

—Tal vez sea cierto —dijo al final—, pero no puedo y no contaré con el alcohol de nuevo. Te doy mi palabra.

—No pasa nada si tú también lo haces. No eres adicto. No te convertirás en Terry si bebes de vez en cuando.

—Dos veces en un año es más que suficiente. Demasiadas, de hecho.

—¿Tanto miedo tienes de convertirte en Terry?

Volvió a centrar su atención en el ordenador. Un tono azulado irradiaba del monitor y le iluminaba la mitad de la cara. Leves clics llenaron la habitación. Esperaría todo el día a que me diera una respuesta si era necesario. Al fin, llegó, y solo me llevó un minuto.

—La adicción puede ser hereditaria.

—¿Ser un imbécil es hereditario?

—¿En la familia Marchetti? Sí.

La comisura de sus labios se levantó en esa sonrisa ladeada. Estábamos en territorio seguro cuando bromeábamos, y sospechaba que era la razón por la que lo hacíamos. A veces, solo necesitas sonreír y reírte. Aunque sea de ti mismo.

Sus ojos se posaron en la palma de mi mano, que tenía sobre el estómago.

—¿Has comido?

—Sí.

«No». Había perdido el apetito cuando había admitido que recordaba lo ocurrido la noche anterior. En el momento en que me di cuenta de lo borracho que estaba, había bajado la guardia y le había dicho cosas que no habría dicho de otra manera.

«¿Y le advertiste de que no hablara borracho? Deberías haberte advertido a ti misma que no hablaras sobria tampoco».

Apagó el ordenador y me dedicó toda su atención. Me analizó. Me hundí en el cuero duro como un clavo.

—¿Ahora quién está mintiendo?

—Comeré cuando llegue a casa —prometí.

Morir de hambre no estaba en mis planes de autodestrucción. ¿Orgasmos accidentales, recuerdos dolorosos y sufrir los impredecibles cambios de humor de Tate, en cambio?

Sin duda alguna.

Miró dentro de cada tapa de comida para llevar antes de seleccionar un postre con coco, mango y leche condensada.

—Al menos cómete esto.

Cogí los palillos y comí en piloto automático sin prestar atención a la comida. Era difícil cuando Tate me miraba, reclinado como un emperador en su enorme silla de lujo. Puro cuero. De aquellas que valen miles de dólares y te ofrecen una experiencia de descanso sin dolor.

Mientras tanto, yo me revolvía en mi asiento. Hecho de alguna mezcla sintética con la capacidad de extraer el sudor de mis muslos. Era muy propio de él hacer que la gente de su alrededor estuviera lo más incómoda posible sin siquiera intentarlo.

Después de mi último bocado, vació filas de botellas de la mininevera del rincón y las sustituyó por los envases de comida para llevar que quedaban.

—Hoy estás diferente —observé.

Tate me puso un vaso de agua delante.

—¿Quizá por mi repentino optimismo?

Chasqueé los dedos cuando me di cuenta.

—Gratitud.

Me lanzó una mirada que sugería que pensaba que yo era tonta y se compadecía de mí.

Continué, impertérrita:

—¿Te conmueve que esté aquí? —Me llevé la mano a la mejilla. Una sonrisa eclipsó mi rostro. Debía de parecer una estúpida al sonreírle como si estuviera presentándome para interpretar el papel de Jack Torrance en *El resplandor*.

Su silencio lo decía todo.

—Sí —susurré, tan asombrada e infantil como para burlarme de él por esto.

Esa mirada suave. Debí de haberme percatado en cuanto había visto la comida y había evitado mirarme.

Más silencio. Golpeé el reposabrazos con los dedos, a la espera. No tenía la intención de ponérselo fácil. Por fin, Tate me dio las gracias, pero las acepté como si estuviera recibiendo una medalla de oro olímpica, pero sin la misma gracia.

Bebí agua y lo estudié por encima del borde del vaso. Pasó un dedo por la estantería empotrada, que era muy grande para alguien que no leía por placer. Estaba llena de libros de Medicina muy gruesos con títulos como *Redescubrir la vagina*, *Más allá de los labios vaginales* y *El arte de hacer bebés*.

Podría ser el decorado de una película porno.

—¿Siempre reaccionas así cuando te dan de comer? —le pregunté antes de cometer alguna estupidez, como ofrecerme voluntaria como tributo.

—Nadie me da de comer.

—Ahora sí.

—Teniendo en cuenta que es tu primera vez… Sí, siempre reacciono así.

Me sonrojé. No podía estar en este despacho y oír las palabras «primera» y «vez» juntas sin recordar lo que también había ocurrido por primera vez unas habitaciones más allá. Y menos con él tan cerca.

—No es mi primera vez. —Me aclaré la garganta, ronca de repente. Sus ojos se clavaron en los míos—. Te llené la nevera —le expliqué.

—Así que fuiste tú.

—Terry no tiene un duro.

Me di cuenta tarde de que, si leía entre líneas, acababa de restregarle por la cara el hecho de que no tenía a nadie más en su vida aparte de su padre y yo. Y él no quería saber nada de Terry, y cualquier cosa que tuviera que ver conmigo venía con el regusto aleccionador de la culpa.

Menudo berenjenal.

Sus dedos se detuvieron.

—Eso parece.

Eran las mismas palabras que había usado cuando me había corrido en sus dedos. Se me cortó la respiración. La temperatura se disparó. Me quité el jersey y me quedé con una camiseta negra recortada que ponía BIG BANG y unos vaqueros de cintura alta y medias de rejilla que asomaban por encima de la cintura.

Clavó la mirada en la tira de piel de mi estómago. Un terremoto sacudió mis entrañas. Seguido de un *tsunami*. Y una avalancha.

Me estiré y mostré más piel para que él la viera.

Su garganta se movió. Se encaramó al borde de su escritorio y su pierna rozó mi muslo. No la movió y, de nuevo, disfruté de la sensación, por muy breve e inocente que fuera.

—Gracias.

Tardé un segundo de más en darme cuenta de que no me estaba dando las gracias por el espectáculo. Me ruboricé.

—De nada.

—No vuelvas a hacerlo. Ahórrate el dinero.

—Me han subido el sueldo después de ascenderme.

—Te lo pido de todos modos. —Se enderezó, con las puntas de los dedos extendidos, que rozaron la piel desnuda de mi cintura con el movimiento. ¿A propósito? Cuando se sentó al otro lado del escritorio, no dio señales de haberse dado cuenta—. Puedo comprarme mi propia comida —dijo, con total indiferencia. Como si no me hubiera tocado, encendido una cerilla y dejado arder—. Si quisiera, lo habría hecho.

—Lo sé. —Intenté controlar los latidos de mi corazón—. Pero quería comprarte comida, y eso he hecho, y no puedes decir que no solo porque la haya comprado con mi mísero sueldo.

—Reagan no es tan tonta como para pagarte un mísero sueldo.

—Eso no lo sabes.

—¿Qué ha pasado con la chica que decía ser la favorita de Reagan?

—¿Siempre tienes una respuesta para todo?

—Solo de lunes a domingo. —Se rozó la barbilla con los nudillos—. Me comeré las sobras más tarde.

—Bien.

Le creí. Tampoco pude evitar que se me dibujara una sonrisa en la cara. Un bostezo la hizo desaparecer y eso me tomó por sorpresa.

—¿Has dormido?

—Me acosté tarde —respondí con el ceño fruncido—. Me pregunto por qué.

—¿Qué ha pasado con lo de «llámame cuando quieras»?

—No he dicho que me arrepienta. Solo he señalado un hecho. Me quedé hasta tarde, y ahora estoy cansada. —Me dirigí hacia la tumbona que había junto a los ventanales y me dejé caer en ella con otro bostezo. Esta vez, conseguí taparme la boca—. La oferta sigue en pie.

Lo que me llevó a mi otra oferta. Para salvarlo. ¿Eso también lo recordaba? Abrí la boca para preguntarle, pero se me adelantó.

—Vete a casa. Descansa un poco.

—Estoy bien —juré, y me marqué un triplete de bostezos—. Ni siquiera estoy cansada.

Qué gran logro, mi habilidad para equivocarme en todo.

Capítulo setenta y dos

Charlotte

༄

Me desperté con Tate a dos centímetros de mi cara mientras me ponía una manta encima. La luz refulgía tras él como un halo. Me invadieron unas ganas de besarlo de golpe. Alargué la mano y le acaricié la mandíbula. Sus ojos se encontraron con los míos. Sus largos dedos se quedaron inmóviles en el extremo de la manta, a punto de tocarme.

—Tate.

—Te has quedado dormida. —Levantó una ceja, como si me quisiera decir: «Te lo dije».

—Ah. —Me aclaré la garganta, sin saber si era mejor que me incorporara o me quedara estirada—. Me he olvidado de decírtelo. Sylvia está en su pausa para comer.

—Ha vuelto hace una hora.

—¿Una hora? —Me incorporé de golpe—. No puede ser. ¿Cuánto he dormido?

—Son las dos de la tarde, así que alrededor de hora y media.

—¿No tenías ninguna visita?

—Sí. La última ha terminado hace quince minutos. La próxima es dentro de una hora.

—¿Por qué no me has despertado?

—Porque ayer no dormiste por mi culpa. Así que tenía sentido dejarte descansar.

Qué respuesta tan clínica.

«Ni ayer, ni muchos otros días», pensé. «No es la primera vez que no duermo por tu culpa, Tate Marchetti. Dudo que sea la última».

419

Se oían voces al otro lado de la puerta. Distinguí la de Sylvia junto con la de la enfermera que me ayudó antes de mi visita. Grace. Estaban hablando de las rebajas de Bloomie's. Si las oíamos, tal vez ellas también a nosotros.

—¿Todo tu personal trabaja los fines de semana? ¿No hay una regulación laboral?

—Yo siempre estoy de guardia. Walter y yo tenemos suficiente personal para que vayan rotando. Trabajan cuatro o cinco días a la semana y cuarenta horas como máximo. —Levantó una ceja—. ¿De verdad te interesa saberlo?

—Sí. Si se trata de ti, quiero saberlo todo.

Hacía tiempo que me había resignado. Dicen que el amor es diez por ciento enamorarse y un noventa por ciento serenarse. Lo que nunca te dicen es lo rápido que pasa ese diez por ciento y lo mucho que dura ese noventa. A juzgar por lo rápido que me había enamorado de Tate Marchetti, cuando lleguemos al final de nuestra vida útil, estaría muy jodida.

Me di cuenta de lo cerca que estábamos. Mi cara a centímetros de la suya. Nuestras respiraciones se entremezclaban. Se había arrodillado para cubrirme con la manta, pero no se había levantado. Su cercanía hizo que me estremeciera. Me excitaba. Me consumía. Era grande, pero no en un sentido restringido a los confines del tamaño físico. Tate consumía todo el oxígeno de la habitación, y el hecho de que incluso fuera capaz de respirar cuando estaba cerca de él desafiaba la biología. Me pilló mirándole los labios. Me pasé la lengua por los míos y solté un suspiro entrecortado. No sé quién se movió primero. En un segundo, estábamos a milímetros de distancia. Al siguiente, nuestros cuerpos se fundieron, pegados del pecho hacia arriba. Entre nosotros solo había ropa que quería arrancar.

Hundí mis dientes en su labio inferior y lo chupé. Me agarró el culo con una mano y apretó. La otra la curvó alrededor de mi cintura y me acercó a él. Su cuerpo era liso, de hormigón duro, muy bien cincelado. Su erección, larga y gruesa. Me subí encima de él y lo envolví con las piernas. Él giró la cadera y se aferró a mis nalgas para levantarme de ahí mientras sus labios se fundían con los míos. Nuestras lenguas bailaban. Se enredaban. Lucharon por dominar al otro. Él ganó, pero yo también. Mi espalda se encontró con la puerta y acabé con su erección clavada en la entrepierna.

Gemí.

—Tienes la mala costumbre de inmovilizarme contra las cosas.

—No me lo recuerdes, Charlie.

«Charlie». Se me puso la piel de gallina. La mano que me agarraba el trasero se interpuso entre nosotros y me arrancó el botón de los pantalones. Le pasé las uñas por la espalda y me quité los zapatos. Me empujó, la fricción era deliciosa incluso a través de la tela. Otro empujón. Mi cuerpo hizo temblar la puerta. Detrás de mí, la conversación se detuvo antes de reanudarse.

—Tus… trabajadoras —señalé, y esperé que eso no lo detuviera.

Creo que ni me oyó. Estaba en otro plano. Su lengua abrasadora me recorría el cuello. Un gruñido vibró contra mi clavícula. Sus dientes lo siguieron con un mordisco antes de apartarse. Observé con los ojos entrecerrados cómo tiraba de la áspera tela de mis pantalones hasta los tobillos. La camiseta fue lo siguiente que me quitó, y me dejó con la lencería de encaje y las medias de rejilla hasta la cintura.

Llevó las manos a mis costados, me rompió las bragas y las deslizó por la rejilla. Se arrodilló ante mí, me agarró la pierna y se la llevó sobre el hombro. Me desnudó ante él. Los grandes agujeros en forma de diamante de las medias le facilitaban el acceso. Sentí su aliento de una calidez imposible.

—Me debes todos los centavos que llevas en el bolso. —Me miró la entrepierna. La humedad goteaba y me recorría el muslo—. He hecho que estés mojada antes de usar la lengua o la polla.

Tardé unos segundos de más en darme cuenta de que se refería a la apuesta que habíamos hecho meses atrás. Cuando, tonta de mí, había cuestionado su capacidad de decir guarradas.

Parecía más flexible que de costumbre, así que, aunque me ardían las mejillas, reuní todo el valor para presionarlo.

—O doble o nada: si haces que me corra con tu lengua, te daré todos los centavos del mundo. —No me podía creer lo que acababa de decir.

Pero funcionó. Tate me agarró el muslo con más fuerza.

—Trato hecho. —Se inclinó hacia delante y le habló directamente a mi vagina—. Estoy a punto de ser un hombre muy rico.

Me rozó el clítoris con la nariz y los labios que lo rodeaban con los dientes. Succionó uno con la boca antes de pasar al punto clave en el centro. Luego me lamió el contorno de la entrada con la punta de la lengua, despacio, muy despacio, hasta que por fin se zambulló dentro de mí. Golpeé la puerta con las manos. Sylvia y Grace dejaron de hablar de nuevo. Oí fragmentos de frases «doctor Marchetti», «qué chica, qué puta suerte», pero me resultaba imposible concentrarme mientras Tate me metía la lengua. Su dedo rodeó una de las rejillas, la retiró, la soltó y me azotó la piel.

Gemí por el latigazo y coreé su nombre. Supliqué más.

—Dentro. Te necesito dentro.

—Córrete en mis labios, y tal vez te recompense.

—Tú solo quieres todos los centavos del mundo. —Me reí, pero enseguida se convirtió en otro gemido.

Me metió dos dedos, bien apretados contra la lengua. Jadeé. Y luego los curvó y tocó un punto que creía que solo era un mito.

Me corrí. Tan fuerte que cerré los ojos de golpe. Todavía veía a Tate detrás de ellos. Tan guapo. Una satisfacción diabólica brillaba en sus ojos. Me contraje alrededor de sus dedos, que se adentraron aún más. Tate me pasó la lengua por el clítoris con caricias suaves y burlonas hasta que volví poco a poco a la realidad.

Abrí los ojos y lo miré mientras veía cómo se retiraba y se pasaba el pulgar por el labio inferior. Estaba completamente vestido, yo estaba casi desnuda y éramos tan diferentes y parecidos a la vez que me dolía.

Tate se puso en pie. Contuve la respiración, sin saber qué esperar. Desde luego, no el beso que me plantó en los labios. Aún sabía a mí, ligeramente dulce. Se echó hacia atrás, pero le pasé la palma de la mano por detrás del cuello y no dejé que se apartara.

—Charlotte —me advirtió—. Ya me debes más centavos de los que puedes permitirte.

—Por favor, fóllame.

—Por Dios.

Junté nuestros labios. Me devolvió el beso y me levantó con facilidad para colocarme en el borde de su escritorio. Agarré su camisa, toqueteé los botones y tiré del último para abrirla de un tirón. Los abdominales apretados ondulaban en la superficie de su estómago. Me robó el aliento, lo arrancó del pecho y lo hizo suyo.

—Es muy injusto —gemí.

Sonrió. Tomé su silencio como una invitación a saltar del escritorio y arrodillarme ante él. Me miró a la vez que buscaba a tientas el botón de su pantalón, contento de observar mis esfuerzos sin ofrecerme ayuda. Me di por vencida y también lo rompí. Le bajé los pantalones y los calzoncillos de un tirón.

Su pene erecto se elevó como un resorte y le golpeó el estómago.

«Madre mía». Era difícil conciliar la existencia de la justicia cuando Tate Marchetti había nacido con un rifle de asalto por miembro. Grueso, duro y más largo de lo que debería ser legal.

—Si sigues mirándome la polla con la boca abierta, voy a interpretarlo como una invitación a entrar.

Se me hizo la boca agua.

—Por favor, hazlo.

Sus ojos se encontraron con los míos y la nuez de la garganta se movió. Me subí de nuevo al escritorio, me tumbé y lo admiré desde este ángulo. Sus dedos recorrieron la rejilla de las medias y se detuvieron para pasarme uno por los labios inferiores, antes de romper la rejilla. Justo en mi entrada.

Se tocó, desde la base hasta la punta, y la arrastró para que me acariciara hasta llegar al clítoris. Dibujó varios círculos a su alrededor. Me llevé una mano al pecho y me pellizqué el pezón. Sus ojos se oscurecieron y se encontraron con los míos. La lujuria y la necesidad hicieron acto de presencia.

Colocó la punta justo en mi entrada. Me eché hacia delante en un intento por atraparlo. La punta se deslizó dentro de mí. Puse los ojos en blanco y se me escapó un gemido.

«Joder».

Lo estábamos haciendo.

Lo estábamos haciendo de verdad.

Sentí la ausencia de inmediato. Abrí los ojos de golpe. Tate había retrocedido y había puesto espacio entre nosotros.

Lo examiné, desde la mano que agarraba con fuerza el miembro erecto hasta la expresión de dolor que tenía en el rostro.

—¿Qué pasa?

—No voy a quitarte la virginidad así, Charlie.

—No soy de las que quieren velas y rosas. No me importa.

—A mí sí. —Parecía que no se creía lo que estaba diciendo. Su pene tampoco; estaba tan tieso que se sacudía solo. Quería que me la metiera. Lo necesitaba, de cualquier forma. También sabía que ganar una discusión con Tate era una rara hazaña.

—Pero...

—Te la voy a meter en la boca, Charlie.

Cerré los puños, mortificada por la negociación. Suplicaba por él.

—Mi coño estará más apretado y será más placentero.

Arqueó la ceja, como diciendo, «¿de verdad vas a ir por ahí?».

—También lo será tu culo.

Me sonrojé. No me oponía del todo a la idea.

—Probemos la boca primero.

—Ya decía yo.

—¿Y bien? Estoy esperando.

Soltó una maldición y puso los ojos en blanco mientras daba un paso adelante. Me miró, sentada y despatarrada sobre el escritorio.

—Eres todo un espectáculo, Charlie.

Me miraba a la cara, no el cuerpo, y algo en ello hizo que todas las células de mi cuerpo se fundieran como malvaviscos tostados. Quería ponerme las cosas fáciles. Lo veía en sus ojos. Lo conocía lo suficiente para darme cuenta. Pero yo quería algo sucio, descarnado y crudo. Su verdadero yo.

—No te contengas —le supliqué—. Dámelo todo.

—Dolerá.

Me apoyé sobre los codos.

—Ya lo veremos.

Me levantó y me colocó sobre la alfombra. Tomé una almohada del sofá y la coloqué bajo mis hombros para apoyar la parte superior de mi cuerpo. Se arrodilló ante mí, con las piernas a ambos lados del pecho, hasta que su erección quedó justo delante de mi cara.

Me lamí los labios, que rozaban su punta.

—Joder —siseó, y apoyó las manos en el sofá detrás de mí para sostener el peso hacia arriba.

El movimiento hizo que colocara la suave cabeza de su polla contra mis labios. Los separé y me metí en la boca todo lo que pude de una sola vez. Conseguí introducir la mitad. Mis dedos rodearon la base y ayudaron a metérmela más.

Se introdujo en mi boca y me dio exactamente lo que pedía. Sus dedos se enredaron en mi pelo y me empujó la cabeza hacia adelante hasta que llegó a la parte posterior de mi garganta.

—Buena chica.

Mi coño se apretó al oírlo, y empujé las caderas hacia arriba. Quería que me llenara. Que me devorara. Que hiciera que no pudiera caminar durante días. Mi lengua recorría la parte inferior de su polla con cada una de las embestidas.

Se bamboleaba dentro de mi boca, con movimientos espasmódicos y erráticos. Yo lo ansiaba todo de él, aceptaba todo lo que me daba, le pedía más con los ojos. Un golpe nos interrumpió.

La voz de Sylvia invadió la habitación.

—¿Doctor Marchetti? Su cita de las tres ha llegado.

—Voy corriendo —gruñó, mientras salía de mi boca.

Bueno, eso es justo lo que iba a hacer, correrse.

—Espera. —Me acerqué a su cadera—. Quiero saber a qué sabe. —Me lamí los labios—. Nunca he…

Gimió, se acarició la polla desde la base hasta la punta. Abrí la boca de par en par. Él se tocó delante de mí, se masturbó mientras su punta me tocaba la lengua. Unos chorros blancos salieron disparados y aterrizaron en mis labios, lengua y dientes.

Me agarró la nuca y me guio hacia delante. Mis labios envolvieron la punta de su polla para aceptar el resto. Me llenó la boca, con un sabor terroso y cálido. Tragué, incapaz de saciarme de él.

Cuando se apartó, no podía dejar de mirarlo. Se deslizó por mi cuerpo hasta que nuestros rostros quedaron a la misma altura. Era mío de una forma que me hizo sentir salvaje. Arrollada por la pena, la lujuria y todas las versiones de la necesidad que existían. Él era mío, y yo era suya, y ninguna cantidad de culpa cambiaría eso.

—Te quiero —susurré contra sus labios. Nunca había dicho nada más en serio.

Se echó hacia atrás como si lo hubiera abofeteado. Me dolió el vacío repentino. Se parapetó tras un muro de ladrillos hechos de repulsión y culpa. Como si le hubiera tirado un vaso de agua fría encima.

—No me conoces, Charlie. Si lo hicieras, no me querrías.

Lo decía en serio. Me invadió la desesperanza. Era como ver la película más triste que jamás había visto, consciente de que no podía cambiar la trama.

—Aunque sé que te gustaría, no puedes decidir lo que siento. Te quiero, Tate Marchetti. Así de simple.

Tate creía que no era digno de amor. Lo veía en sus exhalaciones entrecortadas. Y eso me hizo pedazos.

Pero pensé en Leah. En las últimas dos semanas que habíamos pasado en las que habíamos vuelto a ser hermanas. Vadeando en aguas poco profundas. Convenciéndonos de que nos merecíamos cosas buenas. Algunas personas necesitan oír las palabras una y otra vez antes de creérselas.

Se apartó de mí y se levantó, pero yo me coloqué ante su cara y lo obligué a mirarme. Me negaba a rendirme y quería que él lo supiera.

«Creo que tú también me quieres. Creo que me quieres, y eso te asusta. Pero no pasa nada. Si huyes, yo también lo haré. Contigo».

Presioné la palma sobre su corazón.

—No tienes que responderme. Soy muy paciente.

—No puedes perseguirme para siempre.

Sonreí.

—Sí que puedo.

—Te vas a hartar.

—Mira, haré una cosa —empecé, aunque sabía que rompería esta promesa si él decidía ser testarudo—. Un año. Te perseguiré durante un año, y después, me dirás que me quieres.

—No.

—Te quiero, Tate. Y te lo diré una y otra vez hasta que ya no te sientas culpable cuando lo oigas.

Era una promesa que no debería haber hecho. Una que desafiaba la lección más dura que había aprendido: el amor es caro. Y se paga con dolor.

Y a veces, cuesta más de lo que te puedes permitir.

Capítulo setenta y tres

Charlotte

ᔐ

Cometí el error de mencionarle el tema del plagio a Terry. Estábamos sentados ante la isla de la cocina de Tate, mientras mirábamos la pantalla de mi ordenador. Observábamos la cubierta de *Dulce Veneno*. Unas cadenas abrazaban un diario y se unían en la cerradura.

Ladeé la cabeza.

—Le habría gustado, ¿verdad?

—Te habría dicho que la cubierta no es lo que cuenta —señaló Terry, y tenía razón.

Kellan poseía lo que él mismo denominaba «ética literaria», que técnicamente hacía referencia a los principios morales intrínsecos de la literatura. Pero yo prefería su versión, donde la apreciación de las palabras reinaba sobre todo lo demás: las cubiertas, las críticas en redes sociales y las ruedas de prensa.

Terry acercó la imagen hasta que el nombre de su hijo llenó toda la pantalla.

—Pero en secreto se habría quedado una copia solo para mirarla. Y sí, le habría gustado la cubierta.

—Me refería a ser escritor.

Abrió el documento del manuscrito.

—Deberíamos ponernos con *Dulce Veneno*. —Mañana teníamos que entregar la versión final.

—¿Has descubierto de qué va esa frase del capítulo dieciocho?

«La capacidad humana de perdonar en el nombre del amor da lugar a felpudos. A menos que la persona que perdone sea alguien a quien quieres, y la persona perdonada seas tú, claro. Entonces, se denomina crecimiento personal y, ¿hueles ese hedor a hipocresía? Tápate la nariz, cielo. Porque no va a desaparecer».

Cantaba más que un perro verde. Era un pasaje que se dirigía por primera vez al lector, como si Kellan necesitara que el mensaje calara. Pero en aquel momento del capítulo, no tenía sentido. Terry había insistido en mantenerlo, lo que había provocado un debate tenso con Helen. Yo me había puesto de parte de Terry, pero solo porque también significaba estar de parte de Kellan. Algo me decía que era lo que tenía que hacer. Y la lógica también. Era un escritor escueto; no habría puesto eso allí sin ninguna razón. No podíamos eliminarlo sin más solo porque él ya no estaba para justificarlo.

—No. Pero se queda.

—Lo sé. —Se desplazó hasta el pasaje en cuestión. Una raya roja resaltaba todo el párrafo, cortesía del control de cambios—. Helen necesita una respuesta que pueda aceptar para justificar la ruptura de la coherencia narrativa.

—¿Qué tal: soy el padre de Kellan y no quiero que acorten sus palabras?

—Ella no es tan sentimental como nosotros.

—¿Lo eres? ¿Sentimental?

—Por desgracia.

Terry resopló.

Releyó el pasaje.

—Todavía tenemos que darle una razón a Helen.

Y a partir de aquí, todo se había ido a la mierda. Había roto la regla de no hablar del plagio, que me había impuesto por el bien de todos, incluida mi coartada de negación plausible como agente de Kellan.

—Eres un disco rayado, señorita Richards.

—Seguro que sabes hacer mejores analogías que los típicos clichés, señor Marchetti.

Pasó una página, sin mirarme ni una vez.

—Pues al parecer no, según David Arnault de *La plaga literaria*.

—Primero, todo el mundo sabe que esa fue la única crítica negativa que recibió *Las imperfecciones*. Segundo, por algo se llama *La plaga literaria:* son incapaces de sentir emociones humanas. Reagan los pone en la lista negra de envíos a prensa para las reseñas de la mitad de sus autores. Y tercero, técnicamente, ni siquiera escribiste... —No me veía, pero sabía que mis mejillas se estaban poniendo de un tono rojo que haría que Clifford se pusiera celoso.

—Ni siquiera lo escribí. —Al fin, me prestó toda su atención—. ¿Eso es lo que querías decir?

A diferencia de mí, no se sonrojó como una señal de *stop.* Pero, por primera vez, detecté algo oculto bajo su fachada. No era arrepentimiento. Eso siempre estaba. Tal vez... Me eché hacia atrás, un poco sorprendida por lo que entreví. Terry parecía menos arrepentido.

Era tal el obstáculo en el progreso que creía que habíamos hecho que me costó mucho decirle nada en las horas siguientes y opté por dejar el tema para siempre. Trabajamos en esquinas opuestas de la isla, atentos a dos versiones distintas del manuscrito: la suya impresa y la mía electrónica. No esperaba que Terry avanzara en negativo el último día de trabajo juntos, pero la familia Marchetti era impredecible. Con solo unas pocas páginas pendientes, mi mente se puso a pensar mientras mordisqueaba el extremo de un bolígrafo barato y meditaba sobre su reacción.

Terry frunció el ceño y dio golpes en una sección del libro con el dorso del bolígrafo.

—¿Te has olvidado de corregir este párrafo?

Miré el párrafo, al revés, sin una necesidad real de observarlo para saber a cuál se refería. Tenía que ser el de Tate. ¿Qué otra cosa podía ser?

—Rechacé las correcciones de este párrafo. —Veía las líneas borrosas antes de que mis ojos las enfocaran. Leí la palabra «odio».

—¿Me explicas por qué?

—Si Tate le da una oportunidad a *Dulce Veneno,* quiero que lea las palabras justo como Kellan las escribió. —Sobre todo este párrafo. La primera mención de Tate en la novela.

Terry asintió.

—De acuerdo.

Y eso fue todo. Solo que no parecía un hombre que estuviera dejando de comportarse como un capullo.

Yo terminé el manuscrito primero y continué mordisqueando el bolígrafo, pero me detuve justo antes de que la tinta me tiñera los dientes de color carmesí.

—¿Puedo preguntarte algo?

Terry no levantó la vista de las páginas.

—Si te digo que no, me lo preguntarás igual, ¿verdad?

Me sonrojé.

—Exacto.

—Adelante.

—¿Qué pasó con *Las imperfecciones?*

Se centró en su manuscrito, terminó la última página antes de cerrarlo y entonces me clavó esa mirada penetrante de color azul grisáceo.

—Me sorprende que hayas tardado tanto en preguntármelo.

—¿Intentas evitar el tema?

—Esta es otra pregunta, cielo. —Tapó la pluma estilográfica y la dejó junto al bloc de notas—. Se te están acumulando y, que yo sepa, me lo has preguntado en singular.

—Me daba miedo preguntar. Me da miedo la respuesta.

«Tengo miedo de pasarme de la raya. Temo que, si lo hago, eso significará que no puedo trabajar en *Dulce Veneno* contigo, y necesito que este libro sea perfecto».

Ahora que habíamos terminado, mis preocupaciones se habían evaporado. Todavía estaba nerviosa. Bastaba un pequeño cambio para que todo lo que habíamos construido se derrumbara.

—Estaba colocado cuando me topé con el primer borrador de *Las imperfecciones*. Tanto, que pensé que era mío. Pensé que podría hacerle la peineta a todos los imbéciles que me dijeron que no escribiera borracho, que editara sobrio, porque por fin había escrito algo que resultaba ser una maldita obra maestra. La cuestión es que estaba convencido de que me había tocado la lotería, de tan bueno que era. Estaba sin pulir, pero era muy innovador, y sus bases eran mejores que el 99,99 % de los borradores pulidos finales que hay por ahí.

—Y entonces, ¿se lo enviaste a tu agente?

—No en ese momento. —Se palpó los bolsillos en busca de sus cigarrillos antes de recordar que se los confiscaba cada vez que nos veíamos. Había pocas cosas que odiaba más que los cigarrillos. A estas alturas, él también lo sabía. Terry recogió la pluma estilográfica, dio unos golpecitos contra la mesa y continuó—: En cuanto se me pasó la borrachera, me di cuenta de que el manuscrito no era mío. —«Pum. Pum»—. En realidad, una vez se me pasó el efecto de las drogas y el alcohol, fue evidente que no lo había sacado de mi cerebro.

«Pum, pum».

«Pum».

—¿Aún tienes el original? —Dudaba que lo conservara, pero tenía que intentarlo. *Las imperfecciones* estaba en la parte superior de mi lista de libros favoritos de todos los tiempos, justo después de *Dulce Veneno*. ¿La versión sin editar? Sería como entrar en la mente del escritor. Ansiaba tenerlo en mis manos.

Me dijo que no.

—Era demasiado orgulloso para robarlo. Lo juro, pero mi agente me llamó, me dijo que mi editor no quería el manuscrito que le había intentado vender y la tía me sugirió que escribiera algo más comercial —escupió la última palabra como si fuera una blasfemia.

—No se equivocó. —Me sentí como si defendiera a alguien a quien no conocía, pero Abigail y Reagan a menudo daban el mismo consejo a sus autores. Sin un gran nombre o contactos, los editores no se arriesgaban a menos que el manuscrito se lo mereciera. A menos que fuera *Las imperfecciones*.

—Lo hizo —insistió. «Pum. Pum»—. Nunca se esforzó lo suficiente para vender mis mierdas. Era cuestionable, por decirlo con delicadeza. Una verdadera mierda como agente, te lo aseguro. Lo peor es que ya no es mi agente, pero la bruja todavía recibe una parte de cada venta de *Las imperfecciones*.

—Ella vendió el libro a la editorial. Tiene derecho a una parte de las ganancias.

—Cualquier persona con una boca que funcione podría vender ese libro. —Hizo una pausa—. En realidad, ni siquiera tienes que decir una maldita palabra para venderlo. Simplemente dáselo a cualquier comprador de una de las grandes, y el resto será historia. —«Pum. Pum. Pum»—. De todos modos, la cuestión es que no debería haberme dicho que escribiera algo comercial.

—No estoy de acuerdo con eso, pero no pasa nada.

Resopló. No estar de acuerdo era lo único en lo que estábamos de acuerdo. Pero funcionó. Terminamos *Dulce Veneno* sin complicaciones. No contaba el capítulo dieciocho porque había apoyado su decisión de mantener ese trozo. Solo quería que me diera una explicación, pero mis expectativas en lo referente a Terry estaban por debajo del tío que había diseñado la torre de Pisa y por encima de Joe Exotic. Sin embargo, le estaba cogiendo cariño.

«Pum. Pum».

La pluma se rompió y la tinta del color de la medianoche lo salpicó todo, goteó por el lateral de la isla y manchó la madera. Dejaría marca enseguida, y me habría preocupado por eso si Tate no me hubiera mencionado que su plan de renovar la casa se había ido al garete después de que Kellan muriera. Cuanto más destrozara Terry esta casa, más posibilidades había de que Tate por fin hiciera algo para sí mismo. Supongo que ese día tenía ganas de presionarlos a todos.

Terry curvó el labio superior, señal indicativa de que estaba a punto de ponerse a la defensiva.

—Si no me hubiera dicho que fuera comercial, que me vendiera, no habría hecho lo que hice.

La responsabilidad personal parecía ser una causa perdida para el gran Terrence Marchetti, así que no lo presioné.

«No es verdad», me recordé. «Ha cumplido con *Dulce Veneno*. Solo necesita un empujoncito. Alguien que le señale sus defectos, que sea un poco duro con él y le indique la dirección correcta».

Como Terrence Marchetti no tenía amigos, supongo que ese alguien tenía que ser yo.

Levanté una ceja.

—Entonces, robaste el manuscrito porque necesitabas uno en ese momento, y no querías escribir algo más comercial.

Se encogió de hombros.

—No soy un vendido.

—No, solo un ladrón.

—El libro no se habría publicado si no lo hubiera cogido. —Levantó ambas palmas hacia arriba—. El autor al que le quité *Las imperfecciones* no había publicado nada, ni tenía intención de hacerlo. Era como *Dulce Veneno*. Si no hubiera intervenido yo, el libro de Kellan habría muerto con él, y eso habría sido una pérdida aún mayor. Perder a un hijo es insoportable. Perder sus palabras, no se compararía con nada.

Robar la obra de un autor desconocido no se parecía en nada a pulir el manuscrito final de un hijo para cumplir su último deseo. Ni por asomo.

Me opuse a esa falsa comparación.

—Entonces, ¿le hiciste un favor?

—Oye, que yo también escribí *Las imperfecciones* —protestó—. Lo edité muchísimo. Veinte mil palabras, joder. Tanto, que creo que el autor quedó bien jodido. Cambié tanto del manuscrito original que le hice dudar de cada palabra que escribió después.

—Por lo tanto, no le hiciste ningún favor.

Echó el taburete hacia atrás.

—No tengo por qué quedarme aquí sentado y aguantar esto.

Detuve el taburete con la pierna y me quedé quieta, incluso cuando me golpeó en la espinilla.

—Creo que sí, Terry, porque me parece que esta es la primera vez que has sido sincero sobre el plagio. Sobre tus errores, en general. ¿Qué sientes al sincerarte por una vez? ¿Cómo te sientes al enfrentarte a tus problemas?

Agarró el bolígrafo roto y apartó los dedos cuando uno de los bordes rotos le desgarró la piel. La tinta se extendía por ellos como rayas de cebra. Se frotó la carne viva.

—Esto no es un episodio de *60 Minutos*.

No, pero parecía una imitación de Lesley Stahl, Oprah, y el Doctor Phil todo en uno. Mi intención era hacer lo que pudiera por Terry. No por él, sino por sus hijos. Por algún golpe de suerte, algún milagro salvaje, se las había arreglado para engendrar dos personas increíbles. Tenía que creer que Kellan nos estaba mirando, que había presenciado el esfuerzo que Terry había hecho con *Dulce Veneno* y que sentía que se le estaba vindicando. Pero ¿Tate? Terry se había rendido con él incluso antes de empezar, y yo me negaba a darme por vencida.

—Asustaste a un autor novato para que no volviera a publicar. —Me puse de pie, rodeé el taburete de Terry y me coloqué en su campo visual—. Llevas una carga pesada. Lo veo todos los días. Si quieres sacártela de encima, tienes que enmendar las cosas. Creo que empezar con el autor a quien se lo robaste sería un buen punto de partida.

«Y luego, quizá puedas intentarlo con Tate antes de que ya no quede nada que salvar».

Terry negó con la cabeza.

—Es demasiado tarde. Lo hecho, hecho está.

Se parapetó tras un muro. Lo había presionado demasiado. La decepción me atrapó en sus garras. Volví a mi asiento y me di por vencida…, por hoy. Supongo que los momentos como este eran la razón por la que la gente decía que nunca debías conocer a tus ídolos.

—Bueno, pues es una lástima. *Las imperfecciones…* —Cerré los ojos y recordé todas las noches que me había pasado leyendo el libro después de que mis padres hubieran muerto. Durante la mayor parte de la última década, no había tenido nada más que sus páginas en mi vida—. Es un regalo para la literatura. Para la humanidad.

—Y qué cierto, joder —murmuró Terry.

Se dirigió a la nevera y rebuscó antes de que yo siguiera insistiendo. Le envié un correo a Helen para informarle de que habíamos terminado el manuscrito. Los pensamientos sobre Tate me consumían. Nunca le habíamos puesto una etiqueta a nuestra relación, y dudaba que él se sintiera cómodo con cualquiera si le sacaba el tema. Era el mismo hombre que se había negado a tocar la habitación de Kellan durante más de cuatro años.

Jugueteé con el móvil y me pregunté cómo abordar el tema. Suspiré de forma entrecortada.

—¿Puedes hacerme un favor?

Terry se giró. Un hilillo de queso le colgaba de la comisura de los labios como un cigarrillo. Respondió con la boca llena:

—¿Otro?

—¿Puedes no decir que hemos terminado?

Agarró el queso, tiró y cortó la mitad de un tirón.

—¿Porque necesitas una razón para seguir viniendo aquí?

Tate y yo éramos un ecosistema frágil de decisiones mal tomadas. Una sola tenía el potencial de destruirnos. Nada bueno pasaría cuando ya no tuviera una excusa para aparecer por aquí. Temía por nuestro futuro, como la gente temía un desastre natural; era incapaz de predecirlo. Podía prevenir los daños o exponerme de forma vulnerable cuando ocurriera. No tenía tanto sentido de autoconservación como para hacer eso.

—Sí —admití.

—¿Quieres que le mienta a mi hijo?

Reprimí un gemido. Cuando había dicho que quería que Terrence Marchetti adoptara el papel de padre en el que se podía confiar, no me había esperado que me saliera el tiro por la culata tan pronto. Sobre todo cuando poseía los valores morales del Grinch.

—Si te pregunta, dile que hemos terminado el libro, pero si no... —Me rasqué la nuca, tuve la decencia de parecer avergonzada—. ¿Puedes no darle esa información *motu proprio*?

No sería una mentira en sí misma. Solo una omisión de la verdad. Tal como estaban las cosas, difícilmente contaba como un pecado.

«Claro. Y la familia Manson no era una secta».

—Vaya, vaya, vaya... ¿No eres tú el adalid de la moralidad?

Eso no era una respuesta, y ambos lo sabíamos. Esperé a que Terry me contestara. No habló. Traté de entender a qué jugaba. Él sabía que podía acudir a la prensa y ofrecer la exclusiva sobre el plagio, pero lo último que quería era mala fama para el nombre Marchetti antes de la publicación del libro de Kellan. Y eso, decidí, hacía que Terry tuviera la sartén por el mango.

El silencio se prolongó un minuto más. Lo acepté como respuesta. Muy bien. Ya encontraría otra manera. Otra excusa para permanecer en la vida de Tate. Al fin y al cabo, el tiempo es un aprovechado. Y cuando se va, el cabrón no vuelve. No tenía intención de quedarme de brazos cruzados con Tate.

Recogí mis cosas y me dirigí a la puerta, con el sobre que contenía el manuscrito apretado contra el pecho para guardarlo. Apoyé la palma de la mano en un trozo de papel pintado desconchado y con la otra me subí la cremallera de los botines.

—Quería preguntarte...

Las palabras de Terry hicieron que me detuviera justo antes de agarrar el pomo de la puerta. Me giré para mirarlo. Se pasó una mano por la pierna de los pantalones de chándal y la otra por la cara antes de aclararse la garganta.

—Adelante —insistí cuando no lo hizo.

—En los créditos de *Dulce Veneno*... —Se palpó la nuca—. ¿Podría no aparecer? No quiero tener los créditos de edición ni corrección, ni siquiera del puñetero prólogo.

No sabía qué esperaba que me dijera, pero eso seguro que no.

—De acuerdo. —No tenía ninguna intención de incluir el nombre de Terry. Ahora le tocaba brillar a Kellan.

—Si lo haces, no diré que hemos terminado. —Hinchó las mejillas y soltó el aire—. Tampoco estaría tan mal que te quedaras por aquí y ayudaras a que Tate sea un poco menos capullo.

—Qué poético.

Eructó y se rascó la barriga, justo encima de una mancha no identificable.

—Por eso me pagan tanto dinero.

Como Terry había sido quien había sacado el tema de Tate esta vez, decidí pasarme de la raya y correr hacia el progreso.

—Si no te disculpas con el autor a quien le robaste *Las imperfecciones,* al menos intenta disculparte con Tate. Cueste lo que cueste. —Quizá me estaba pasando, pero acababa de aceptar que formara parte de la vida de Tate.

—No servirá de nada. No me perdonará.

—No lo sabrás si no lo intentas.

—No me merezco la redención.

—Eso tiene que decidirlo él. —Sacudí la cabeza—. El objetivo no debería ser la redención. Debería ser decirle a Tate que te importa lo suficiente como para reparar vuestra relación. Una verdadera disculpa no se da para que uno pueda sanar. Eso es solo un efecto secundario.

—Me lo pensaré.

Me mordí el labio inferior.

—Tras la muerte de mis padres, me di cuenta de algo que debería haber sabido antes. Creo que tú también lo has hecho, pero te cuesta admitirlo, porque significa que tendrás que cambiar tu vida por completo.

—¿Sí? ¿Qué es?

—El amor consiste en que alguien pueda contar contigo. Es así de simple.

Frunció las cejas y una arruga se formó entre ellas. El aire estaba cargado, pero ninguno de los dos se atrevía a despejarlo. Me di la vuelta para marcharme, pero me detuve cuando me di cuenta de que Terry parecía querer decirme algo más.

—Ya está, ¿eh? —En su favor, parecía que le aterraba la idea. Tenía las manos en los bolsillos y echaba los pies hacia atrás. No sabía si se refería al libro, a Tate o a nuestras reuniones. Tal vez a todo.

Esperé a que me lo aclarara.

—Hemos terminado.

Ah. Al libro. Se refería al libro.

Terry dijo «terminado» como si nunca hubiera esperado que sucediera. No había publicado nada desde *Las imperfecciones*. Esta era su primera novela en casi una década. Y no era suya.

—Hemos terminado —le respondí con voz ronca. Seleccioné mis siguientes palabras con precaución, pues sabía que me estaba adentrando en terreno peligroso con alguien que tendía a recurrir a sustancias adictivas para tratar sus problemas—. No eres un fraude, Ter.

—Claro que no. —Levantó algunos dedos, fingió contarlos y movió los diez dígitos cuando se le acabaron—. Escribí trece libros antes que *Las imperfecciones*.

—Te lo digo en serio. Sé que finges que no te importa el plagio, que no te afecta lo que piensas de ti mismo, pero es obvio que sí. Que hayas acabado el libro de Kellan y te hayas mantenido fiel a su voz y visión demuestra de lo que eres capaz. No eres ningún fraude.

—Cualquiera podría haberlo hecho.

—No. En absoluto. Acudí a ti por algo.

—Para que trabajara gratis.

Arqueé una ceja.

—Ahorrar dinero no es suficiente incentivo para tratar contigo, sobre todo cuando Helen me habría ofrecido a alguien mucho más tolerable para ayudarme.

—Tan malo soy, ¿eh?

Sonreí.

—El peor.

Sacudió la cabeza.

—Sigo siendo un fraude.

—¿Alguna vez has intentado decirte lo contrario?

—¿Por qué iba a hacerlo?

—Porque cuando dices que eres un fraude, estás justificando el actuar como tal. Estás justificando el odiarte a ti mismo. Estás justificando tu mal comportamiento. Es un insulto a la memoria de Kellan, cuando te idolatraba tantísimo.

Terry no supo qué decirme, pero me negué a dejar que se fuera de rositas.

—No eres un fraude, Terry —dije con tanta convicción que tuvo que afectarle seguro—. Has ayudado a terminar el libro de Kellan, y es un libro perfecto. No eres un fraude. ¿Por qué no intentas decirlo en voz alta por una vez?

—Menuda tontería.

—Tú hazlo. Por Kellan.

«Por ti».

Tragó saliva, apartó la mirada y murmuró:

—No soy un fraude.

—Más alto.

—No soy un fraude. —Clavó la mirada en la puerta como si quisiera estar en cualquier lugar menos aquí—. Esto no es una película para niños.

—Tienes razón. Esto es la vida real, y tú eres un adulto. Es hora de actuar como tal. —Me crucé de brazos—. Otra vez.

—No soy un fraude —dijo, con un sarcasmo tan denso que podría untarlo en pan de molde como si fuera mantequilla de cacahuete. Extracrujiente.

—Tienes razón. No lo eres. —Agité el sobre con el manuscrito—. Has terminado *Dulce Veneno*. No eres un fraude. Dilo otra vez.

Lo repitió, una y otra vez, y supe por qué me hacía caso. Terrence Marchetti estaba cansado de odiarse a sí mismo. De vivir con un peso tan grande sobre los hombros que le impedía moverse.

Quería creer desesperadamente que no era un fraude, para empezar a actuar como si no lo fuera.

—Otra vez —le insistí. Pero no hacía falta. Lo estaba diciendo por su cuenta ahora. Sin que yo se lo pidiera. Más fuerte. Más alto. Más rápido.

Se balanceó sobre los talones. Sus nervios comenzaron a disiparse. Cuadró los hombros e inclinó la barbilla hacia arriba. Su ceño fruncido desapareció. Terry me miró a los ojos. Y por fin, por fin, repitió:

—No soy un fraude.

Esta vez lo dijo en serio. Era evidente. Y le había costado mucho admitirlo. Años. Diez, para ser exactos.

Quizá más.

Le ofrecí una sonrisa. Terry me la devolvió. Bajo la bombilla fundida de la entrada descuidada de Tate Marchetti, sufriendo en el calor febril del verano, me sentí como si acabara de suceder algo monumental.

Un hito que nunca pensé que alcanzaríamos.

Quizá, solo quizá, sentí que Kellan estaba aquí con nosotros. Y quizá, solo quizá, él también estaría sonriendo.

Capítulo setenta y cuatro

Charlotte

∽

Últimamente, Urano se había hecho muy amigo mío.

Estaba sentada sobre el planeta en el parque de Galileo. Tate había optado por Marte. Me sonrojé al recordar su simbología: sexo, deseo, pasión.

«O guerra».

Abandoné aquel pensamiento volátil antes de que mi mente me arruinara la situación. Por algún acuerdo tácito que no habíamos compartido, el parque se había convertido en nuestro sitio habitual.

No podía entrar al piso sin encontrarme a Jonah sobre Leah en una versión de porno suave, agujas de tejer incluidas.

Terry carecía de la habilidad de captar una indirecta, lo que hacía que la casa de Tate quedara descartada si queríamos privacidad.

Y siempre la queríamos.

Así que esta era la sexta noche consecutiva que veníamos aquí. Como dos adolescentes que se daban besos a escondidas y buscaban colillas, nuestra mera interacción era una rebelión contra el mundo.

—¿Cómo va el libro?

La pregunta me tomó por sorpresa. Tate nunca tocaba el tema de *Dulce Veneno*. Sacar el tema de Kellan ya era bastante raro sin un manuscrito que se negaba a leer. Que daba la casualidad de que me presentaba como el amor de su hermano.

Tampoco es que él lo supiera.

«Y cuando se entere, ¿cómo crees que reaccionará?».

No muy bien. Y eso hacía que cada segundo que pasábamos juntos fuera un regalo.

Estudié a Tate tanto como pude bajo el manto de la oscuridad. La farola todavía parpadeaba y mis ojos no lograban adaptarse. Pero permanecía encendida lo bastante como para iluminar su silueta. Tenía los brazos cruzados sobre el pecho como si necesitara prepararse para la respuesta.

Yo opté por un tono informal:

—Es un buen libro. —Esperé un momento mientras me debatía si debía mirarle el diente a este caballo regalado y espantarlo—. Deberías leértelo.

«Adiós, caballito».

Sabía que si Tate leía *Dulce Veneno,* eso sería nuestro fin. Y él era mi fuente favorita de felicidad. Lo cual, me daba cuenta, podría haber sido un nuevo tipo de autodestrucción. Supongo que es difícil dejar viejos hábitos.

—No leo. —Dejó Marte y se trasladó a Saturno.

«Estructura. Restricción. Obligación».

No es que pensara que sus decisiones planetarias fueran su forma de decirme algo, pero aun así… Quería derribar el muro y mandarlo a Plutón: transformación, renacimiento, evolución.

Apoyé las manos detrás del globo terráqueo para sostener mi peso mientras me inclinaba hacia atrás.

—Tus pacientes se horrorizarían al saber que pasaste por la facultad sin abrir un solo libro.

—Los libros de texto y las revistas médicas no cuentan como lectura.

—Imagina que es un libro de texto. Un libro de texto sobre el alma de Kellan.

Se inclinó hacia delante y sus ojos se encontraron con los míos.

—¿Es autobiográfico?

—En cierto sentido… —Me encogí de hombros. O lo intenté, pues tenía los brazos estirados a la espalda—. Hay cosas que son ficción.

—¿Por ejemplo…?

«Mi final feliz con Kellan. Él está vivo y estamos juntos. Y tú no apareces».

—El final feliz.

Me mordí el labio y cerré los ojos. La brisa me acariciaba las mejillas. Tate elegía el momento más frío y oscuro del día para encontrarnos. Todo lo que hacíamos desprendía el no tan sutil hedor del masoquismo.

—Kellan no es de los que escriben finales felices.

—Para su estándar, es un final feliz.

—Eso me parece más lógico.

Le había salido de dentro. Abrí los ojos y lo miré. Observaba el cielo, con los labios entreabiertos. El inferior sobresalió hacia delante, como si tuviera unas palabras en la punta de la lengua, desesperadas porque las pronunciara. En tan solo unos minutos, Tate había pasado de parecer despreocupado a afectado. Supongo que por eso se dice que el dolor es un cabrón implacable. Te puede asestar un puñetazo en cualquier momento.

Me quité la chaqueta de los hombros y la dejé caer al suelo para disfrutar del frío. O tal vez para incitar a Tate a venir a calentarme. No sabía lo que quería. Solo sabía que, fuera cual fuera el calor que recibiera, necesitaba saber que no era artificial. O temporal.

—¿En qué piensas? —le pregunté.

—Estoy pensando que la vida es cruel, y que quien la diseñó lo es más todavía. —Ladeó la cabeza sin dejar de mirar el cielo nocturno. Frunció el ceño—. Y eso solo en los días que estoy dispuesto a suspender mi incredulidad en favor de la posibilidad de un mundo en el que Kel aún exista.

Intenté tragar saliva a pesar del nudo que tenía en la garganta. Tate tenía un agujero en el pecho con el nombre de Kellan. Yo quería llenárselo. Quería entrar en su cuerpo y ver el mundo como él lo veía. Poder experimentar el dolor que él sentía y cargar con él en su lugar.

—Tienes razón. —El viento se llevó sus palabras como una carta de amor transmitida en secreto—. Kellan fue muy fuerte para durar tanto como hizo.

Me miré los dedos de los pies y los moví, porque así hacía algo que no fuera llorar, y volví a centrarme en Tate cuando me acordé de respirar.

Sus ojos estaban clavados en mí. Sentí toda su fuerza e inspiré. Una pregunta se reflejaba en ellos. Tenía la corazonada de cuál era, pero no sabía si quería que me la preguntara o que la enterrara a dos metros bajo tierra y no oírla nunca.

Pregúntalo, decidí.

«Pregúntame qué estaba haciendo en aquel tejado la noche que conocí a Kellan. Por favor, Tate. Tú ya lo sabes».

Tragué saliva.

—Antes pensaba mucho en sus últimos momentos. Justo antes de tirarse. ¿Qué pensaba? ¿Estaba asustado? ¿Estaba emocionado? O simplemente... ¿lo había asumido? Tal vez incluso todo.

—¿Y ahora ya no?

—Ahora sé que es mejor no hacerlo. —Apoyé ambos pies en el planeta, me llevé las rodillas al pecho y las envolví con los brazos una vez encontré el equilibrio. Físicamente, al menos—. Para empezar, imaginar los momentos previos a la muerte de alguien a quien amas es la peor forma de tortura. No lo recomiendo. Ni siquiera al tío que inventó la guillotina. Pero también creo que Kellan planeó su muerte mucho antes de que ninguno de nosotros lo supiera, y dentro de su plan, ideó un camino para que sanáramos.

Tate me tendió la mano.

—Por favor, dame las direcciones y un mapa, porque me siento muy perdido, joder.

Extendí la mano hacia la suya como si pudiera tocarla desde esa distancia.

—*Dulce Veneno*. Ese es el mapa. La disculpa. El plan.

Tate se había movido para encontrarse con mis dedos extendidos, pero al oírme, se desvió hacia Júpiter.

«Suerte. Optimismo. Abundancia».

Aceptaría cualquiera de esos tres ahora mismo, por favor y gracias.

Se acomodó encima del planeta medio naranja, medio verde. No es que pudiera distinguir los colores a estas horas, pero lo sabía. Igual que sabía que rechazaría leer las palabras de su hermano.

—Paso.

«¿Qué había dicho?».

En ese momento, decidí que no me rendiría hasta que Tate Marchetti leyera *Dulce Veneno*. Era mi única arma en esta guerra por hacerle sanar.

Bajé la mano.

—Creo que Kellan escribió el libro para que lo leyeras. Lo hizo pensando en ti, Tate.

—Dudo que me dejara algo más que un montón de «jódete». No nos llevábamos bien. Además, te dio las llaves de los cajones a ti.

Apoyé la barbilla en las rodillas y lo estudié. Los grises azules de Tate brillaban y reflejaban todo su caos interior. Se llevó un puño al muslo. Medio metro y un océano de dudas nos separaban. Sospeché que me ocultaba algo.

Estábamos dando vueltas a lo mismo. Ocultándonos cosas. Incapaces de buscar la paz sin la verdad. Sería hipócrita exigir que Tate me contara su secreto sin ofrecerle el mío, y sin embargo...

Tenía intenciones de hacer exactamente eso.

«Porque mi secreto podría acabar con nosotros».

No debería, pero podría.

—No lo creo. No creo, ni por un segundo, que Kellan no te dejara nada. Creo que me estás ocultando algo.

La boca de Tate se frunció en una línea apretada. Me mordí el interior de la mejilla, expectante. Justo cuando pensaba que iba a cambiar de tema, habló:

—La noche que murió, Kel me dejó un mensaje de voz.

Tardé un poco en asimilar sus palabras, pero en cuanto lo hice, me separé de Urano. Apoyé los brazos en el orbe. Tate me ofreció una mano, que acepté solo para poder tocarlo.

—¿Qué...? —Me quité el polvo y traté de serenar mi voz, pero solo lo logré a medias—. ¿Qué te decía?

445

No me atrevía a sentarme. No me atrevía a moverme.

—No lo sé.

«Traducción: Nunca lo he escuchado».

Hacía falta una fuerza de voluntad especial para tener en tu poder las palabras de despedida de alguien a quien querías y deseabas volver a ver más que nada en el mundo, y no escucharlas. Yo había aguantado un segundo antes de abrir la carta de Kellan, obligándome a esperar a llegar al tejado para leerla.

«No es fuerza de voluntad», me di cuenta. «Es miedo».

Estuve a punto de ofrecerme a escuchar el buzón de voz por él, pero temía que dijera que sí. En lugar de eso, me dirigí hacia los toboganes, subí los escalones y me senté junto a la abertura del poste deslizante, con las piernas colgando sobre el borde.

—No sé lo que habrá en el buzón de voz, Tate, pero sí sé lo que hay en *Dulce Veneno*. —Pateé el poste y la suela de mis Chucks lo rozó—. Una hoja de ruta. No hay una llave, ni etiquetas ni siquiera bordes, pero las carreteras, los puntos de referencia y los caminos están ahí. Si lees entre líneas, verás el mensaje.

—¿Y cuál es?

—Que no podríamos haberlo evitado. Creo que, si Kellan hubiera sabido lo que su suicidio le habría provocado a la gente que amaba, no lo habría hecho. —Si sonaba segura, era porque lo estaba. Algunas cosas simplemente se sabían. En las entrañas. En la cabeza. En el corazón. Pasé un brazo alrededor de la barandilla y apoyé la cabeza en el frío metal—. Creo de verdad que pensó que *Dulce Veneno* sería suficiente para absolvernos de la culpa. No contaba con que Leah no me diera la carta o con el nivel de odio que te tienes a ti mismo.

Tate no corrigió mis afirmaciones. ¿Qué podía decir? ¿Que no se odiaba a sí mismo? «Sí, ya, y los cerdos vuelan, la Tierra es plana y el JFK es la sede de los *illuminati*».

Nuestras miradas se encontraron. Mi corazón galopaba con cada paso que él daba hacia mí. No esperaba que me respondiera, así que le hice la pregunta que me atormentaba todos los días.

—¿Estás bien, Tate?

Se detuvo a medio paso.

—Estoy en ello.

—Es un hecho universalmente conocido que «estoy en ello» es la única frase de la lengua con un significado indefinido. No estoy bien. Estoy bien. Estoy triste. Estoy feliz. No puedo más. Voy a estar bien. Estoy perdido. —Hice una pausa para enfatizar—. Por favor, ayúdame.

—Quizá solo signifique que estoy en ello.

—¿Ah, sí?

—No.

La verdad incómoda hizo acto de presencia. Grande y exigente. La tratamos como si fuera frágil, envuelta en burbujas, y luego encerrada en una bóveda. Me preparé para lo que vendría después. Lo único que podía seguir a su confesión.

—Nunca te pregunté por qué estabas en el tejado la primera vez que te encontraste con Kel.

Tragué saliva y aparté la mirada. No me presionó para que respondiera, pero sentí su presencia a mi alrededor. Lo sentía. En lugar de asfixiarme, me envolvió como un abrazo. Cuando le devolví la mirada, parecía serio. Más de lo que nunca lo había visto.

Tate se metió en el espacio que quedaba entre el poste y yo. Aquello hizo que estuviéramos muy cerca. Con mi cuerpo apoyado en la estructura de los toboganes, él estaba justo por encima del nivel de mis ojos. Sus dedos se encontraron con mi barbilla, y me obligó a mirar sus ojos azul grisáceo. Un infierno ardía en su interior.

Me miró directamente a los ojos, determinado.

—Respiras, Charlie. Respiras, y es hermoso, y estoy muy agradecido de que respires.

Tal vez eso era mejor que las palabras «te quiero».

Mi corazón amenazaba con salirse del pecho y placar a Tate si no lo tocaba ahora mismo. Sus labios descendieron sobre los míos, y así, sentí como si viviera de nuevo.

Me pregunté cuándo los besos de Tate habían pasado de robarme el aliento a devolvérmelo. Me aferré a las solapas de su traje y lo atraje hacia mí. Ávida de todo lo que podía darme y más.

Deseaba encerrar este momento en una cápsula del tiempo, enterrarlo a mucha profundidad, donde estuviera a salvo, y recuperarlo en el inevitable instante en el que termináramos. Al menos entonces, tendría algo hermoso para recordar nuestro amor.

Sus labios rozaron mi sien.

—El mundo es mejor contigo en él, Charlie.

Y lo creí.

Ninguno de los dos estaba bien, pero nos teníamos el uno al otro. Me estaba curando, día a día, y lo arrastraría a él conmigo. Costara lo que costara. Tate Marchetti había eliminado la soledad que había en mí. Me había curado.

Sonreí.

—Realmente eres médico.

—Que yo sepa, sí. —Enarcó una ceja y se inclinó para darme otro beso.

El móvil me zumbó en el bolsillo y lo saqué. En la pantalla había un mensaje de Leah.

Leah: ¿Dónde estás? Me he levantado a por agua y no te he visto.

Leah: ¡Son las tres de la mañana! ¡¿Quién eres y qué has hecho con mi hermana?!

[GIF de *Princesa por sorpresa*].

Hice cuentas. Mi habitación no estaba de camino a la cocina, y había dejado la puerta cerrada, lo que significaba que Leah había entrado en mi habitación a propósito para ver cómo estaba. Sentí como si hubiera salido de mi cuerpo y entrado en otro plano donde la felicidad existía. Donde Leah Richards me amaba y Tate Marchetti me colmaba de besos a medianoche en un prado de planetas.

Yo: De camino a casa. Te veo en diez minutos. [GIF de ejercicio].

Zarandeé el teléfono.

—Leah me ha mandado un mensaje, quiere saber dónde estoy. Creo que tengo que irme.

—Por Dios, somos unos adolescentes, ¿no? —gruñó.

Me eché el pelo hacia atrás.

—Te echo una carrera hasta la puerta del parque.

Salté de la estructura y me ruboricé al rozar el cuerpo de Tate.

Su brazo me rodeó la cintura y me colocó en tierra.

—Hola, Charlie.

—Hola, Tate.

Me eché hacia atrás y lo tomé de la mano. Como siempre, Tate me acompañó hasta casa, y se detuvo justo antes del último escalón del tercer piso. Atravesé esa barrera invisible que él nunca rompía, pero me dio la vuelta y apretó su boca contra la mía.

Se apartó.

—Ahora, puedes irte.

—Cómo te gusta provocar.

Me fui a casa, incapaz de borrar la estúpida sonrisa que llevaba en la cara. Empujé la puerta, atravesé el umbral y asomé la cabeza para mirar a Tate por última vez. Seguía mirándome.

—Por cierto, Tate: te quiero.

Me fui corriendo antes de ver su reacción, cerré la puerta tras de mí y no miré atrás.

Capítulo setenta y cinco

Tate

∽

Había un millón de razones para no tomar el metro.

La peste.

La mugre.

La imposibilidad de encontrar un maldito sitio en el que sentarse.

Y si tenías un golpe de suerte increíble y encontrabas uno, había un 99,99 % de posibilidades de que acabaras con el culo de alguien encima.

Pero la razón de hoy había sido el cartel digital con el nombre de Kellan. Me abofeteó en la cara al salir de la estación. No literalmente, pero como si lo hubiera hecho.

Había doce. Se extendían por la pared que me encontraba hasta las escaleras que tenía que subir para escapar de ese infierno. Iluminados como un incendio mientras usaban el mismo oxígeno.

Joder, me costaba respirar.

No es que yo no me esforzara por ignorarlos. El universo lo hacía imposible. Cada vez que intentaba girar a la izquierda para poner distancia entre los carteles y yo, la mitad de Manhattan me empujaba hacia atrás como si fuera una pelota de *pinball* humana.

Acabé mirándolo de frente.

La cubierta.

Su nombre.

Los elogios que llenaban cada cartel firmado por gente que parecía importante.

«Una celebración de dos almas perdidas que se encuentran. Salpicado de comentarios sociales sobre el amor, la pérdida y el estado de la sociedad, las palabras de Marchetti son un convincente alegato para tomar malas decisiones y disfrutar de ellas».
THE NEW YORK EXAMINER

«Kellan Marchetti sería Holden Caulfield, si Caulfield se enamorara de forma salvaje y desenfrenada. Este libro se ha convertido en mi amante, uno del que no quería separarme. Cada página me dejaba ansiando más».
L.T. MOON, AUTORA SUPERVENTAS DEL NEW YORK TIMES

«*Dulce Veneno* me recuerda por qué leo».
PUBLISHERS DAILY

Cuando llegué a mi casa de piedra rojiza, no sabía por qué tenía un peso en el estómago. La duda. El arrepentimiento. La nostalgia. ¿Todo? Si había que creer en los anuncios, a la gente le encantaba el libro, y eso debería haberme alegrado. Pero solo me había recordado que Kel no estaba para presenciarlo.

«Y eso es lo que consigues por tratar de salvar el planeta. Te compraste un coche por algo, joder. Úsalo».

La idea de aniquilar el mundo antes de que este tuviera la oportunidad de acabar conmigo se apoderó de mi mente. Cerré la puerta de golpe para poner fin a la fantasía antes de que pudiera esbozar un plan.

Charlie estaba sentada en el sofá, con el portátil apoyado en la rodilla. Cuando me vio a través del espacio que conectaba la cocina y el salón, se quitó los auriculares, cerró la pantalla y se acercó.

Nos encontramos en el centro, donde los extremos de ambas habitaciones se tocaban.

Me aclaré la garganta.

—He visto anuncios de *Dulce Veneno* en el metro.

—Son increíbles, ¿verdad? —Se puso de puntillas y me plantó un beso en la garganta, solo porque podía—. Alguien de Kirkus dijo que no habían disfrutado tanto de un libro desde *El simpatizante* de Thanh Nguyen.

—No me lo he leído.

—Claro que no. —Alzó las cejas—. Nunca me has parecido de los que va en metro.

—Le están cambiando las ruedas al Lexus, y he cometido el error de no querer tomar un taxi.

Me besó la nuez y retrocedió un paso, justo cuando unos pasos retumbaron en el pasillo sobre nosotros.

Terry se materializó en la base de la escalera con una bolsa llena y el asa de la máquina de escribir en el otro puño. Se llevó la bolsa al hombro y se volvió hacia Charlie.

—Nos vemos dentro de unos días, señorita Richards.

Miré su atuendo y me fijé en su pelo peinado hacia atrás y en que desprendía un aroma que nunca había olido. Jabón.

—¿No deberías estar trabajando en el manuscrito de Kellan como le prometiste a Charlie?

—¿Es un nuevo apéndice en las condiciones de mi estancia? —Esperó a que le respondiera.

No contesté. Charlie tampoco.

—Bueno. —Me inclinó una gorra imaginaria—. Me voy. Espero que le parezca bien, señor agente.

Charlie señaló la bolsa con la cabeza.

—¿A dónde vas?

—A una conferencia de escritores.

Entrecerré los ojos.

—¿A cuál?

—¿Por qué? —Me guiñó el ojo—. ¿Te preocupas por mí?

—Me preocupan ellos. Puede que sea mi deber moral llamarlos y advertir a los asistentes que tengan los ojos bien abiertos para ti y tu descuento favorito de diez dedos.

Charlie me dio un codazo en las costillas. O lo intentó. Con nuestra diferencia de altura, me golpeó justo en las tripas.

Me froté el costado. Terry se marchó con un saludo de dos dedos que se convirtió en una peineta cuando Charlie nos dio la espalda para dirigirse hacia la cocina.

Se me ocurrió que podría haberlo hecho a propósito. Eso de dejarnos solos a Charlie y a mí. Pero también pensé que esos instantes de civismo entre nosotros eran menos probables que el hecho de que un asesino en serie encontrara a Jesús.

Cuando me volví, Charlie tenía un vaso de agua y sonreía.

Enarqué una ceja.

—¿Qué pasa?

—Los humanos son muy raros. —No dio más detalles.

La observé, un poco agotado, mientras bebía sorbo tras sorbo y me miraba en silencio.

—Escúpelo, Charlie.

Se rio y dejó el vaso sobre la encimera.

—Kellan te convirtió en el malo de la historia. Tú conviertes a Terry en el malo de la historia. ¿Qué sentido tiene? ¿Qué consiguió él? ¿Qué consigues tú? —Se acercó a mí—. Convertimos en héroes o en villanos a las personas que más influyen en nuestras vidas. No hay un término medio. Ninguna zona gris que permita la complejidad, para dar espacio a la responsabilidad sin abolición. Para la curación sin rabia. El gris encierra la verdad, pero solo vemos blanco y negro.

—¿Qué quieres decir?

—Reconcíliate con tu padre, Tate.

—No tengo padre.

—¿Ah, no? ¿Entonces cómo naciste? ¿Por la Inmaculada concepción?

—Me encontraron con las cigüeñas. —Le dediqué una sonrisa.

—Esa sonrisa… —gimió—. Me destroza el hilo de pensamiento.

Nos quedamos en silencio. Ella me dedicó toda su atención, expectante. Solo esperaba. Algo había cambiado entre nosotros, pero iba muy lento. Como el agua que se escapa de un grifo, gota a gota, hasta que un día te encuentras con una factura que no puedes pagar.

—Lo pensaré —cedí al final, al recordar lo que había oído decir a Terry. Que él existía para que yo pudiera odiar a alguien. Culpar a alguien.

—Por favor, hazlo.

—No prometo nada —le advertí.

—Lo sé.

Las palabras encerraban demasiado optimismo y, como un capullo, quise extinguirlo por el bien de mi cordura. No lo hice. Una decisión que atribuía a la sonrisa que se dibujó en su rostro.

«Tatum Marchetti, estás bien jodido».

Terminamos en la cocina con una pila de menús de comida para llevar.

—Te quiero —dijo Charlie como quien no quiere la cosa. Con tanta maldita despreocupación que tardé unos segundos en darme cuenta.

Me estaba acostumbrando a oírlo. Peor aún, me gustaba. Incluso lo ansiaba.

Se dejó caer en el taburete, tomó el menú de *yakitori* y le dio la vuelta para estudiar la parte de atrás.

—¿Alguna sugerencia?

—Sí. —Le di un golpecito en la sien—. Un poco de *ginkgo* para el cerebro. Ya me has dicho que me quieres.

Una vez. Y otra. Y otra.

Pero había una comezón en mi pecho que solo esas palabras eran capaces de aliviar. Intenté averiguar en qué se diferenciaban Charlie y Hannah que hacía que solo quisiera oír a Charlie pronunciar esas dos palabras. ¿Por qué no podía querer la relación más apropiada? ¿La relación que no tenía diferencia de edad? ¿La que no me hiciera sentir como si tuviera que rezar cincuenta Avemarías cada noche para evitar una eternidad en el Infierno?

La respuesta era obvia. Su extraño gusto por la música, la ropa y la gente. La forma en que se llevaba los libros a la nariz e inhalaba como si le ofrecieran sus secretos cuando se acercaba lo suficiente. Su risa, que era rara pero perversa, y que la hacía temblar de intensidad. Lo que fuera que la hubiera convertido

454

en la única persona del St. Paul que se había hecho amiga de mi extraño hermano pequeño, que solo vestía con faldas escocesas, guantes de rejilla y siempre ponía malas caras.

Era todo. Era… ella. Charlie.

La dulce y cariñosa Charlie.

En cualquier momento, Charlotte Richards podía mirarme como si estuviera a punto de ofrecerse a quemarse viva para mantenerme caliente.

Y como un cabrón, yo encendería la cerilla.

Capítulo setenta y seis

Tate

∽

La teoría de Charlie —que me acostumbraría a que me dijera que me quería y que me acabaría gustando— había dado en el clavo. No había otra explicación que justificara por qué estaba haciendo cosas que me había prometido que nunca haría.

Esta vez, dejé que entrara en mi habitación. En mi espacio. En mi cama. Pocas horas después de que termináramos la comida a domicilio, se lanzó sobre mis sábanas de espaldas y cerró los ojos. La miré.

Ahí.

En el único lugar del mundo donde estaba a salvo de la mierda que llenaba mi vida.

Charlie llevaba un vestido que parecía salido del armario de Miércoles Addams (negro hasta medio muslo y con un cuello blanco). Sus piernas desnudas se estiraban ante mí. Largas, pálidas y tentadoras.

Quería darle la vuelta a la tela y enterrarme dentro de ella. Me contuve y me uní a ella en el colchón, pero me quedé en la mitad.

Su pecho subía y bajaba.

—Leah duerme en casa de Jonah.

—Bien por ella.

Abrió un ojo.

—Estabas borracho cuando te lo dije, así que te lo diré otra vez: sé que fuiste a verla. —Maldije—. No estoy enfadada —añadió—. Te estoy agradecida.

Tal vez fuera su capacidad de perdonar, o el hecho de que me viera con mejores ojos de los que yo me veía a mí mismo. De cualquier manera, esto podría haber sido la última cosa para romper el hilo de decencia que me quedaba. Lo único que quería ahora era hundirme en ella. Se puso de lado. Mis ojos se clavaron en su culo redondo.

Miró por encima del hombro. Una sonrisa diabólica se dibujó en su rostro.

—Te he pillado.

—Me importa una mierda. —La tomé por la cadera, justo por encima del lugar donde su trasero comenzaba a curvarse. Si me daba luz verde, le hundiría los dientes allí también.

Volvió a colocarse boca arriba. Mi mano se movió con ella y acabó en la zona superior de su muslo, peligrosamente cerca de una parte de ella que me moría por explorar. Le dije a mi pene que se tranquilizara, pero no aparté la mano. Los dos nos quedamos tumbados, sobre las sábanas, mientras mirábamos las partes del otro que queríamos tocar. Al final, se fue a buscar helado para los dos, mientras yo tiraba la camisa en el cesto y me ponía una sudadera. Me giré a tiempo para ver cómo se acomodaba en mi cama con una tarrina de helado de menta. Me ofreció una cuchara, con los ojos clavados en mi pecho desnudo.

Sacudí la cabeza y resoplé.

—Haría gárgaras con enjuague bucal si quisiera notar ese sabor.

—El caramelo de menta no sabe a enjuague bucal.

—Ya, claro.

Miré cómo se pasaba una cucharada tras otra de helado por los labios.

—¿Has leído algo de Paul Beatty? —Dejó la tarrina sobre la mesilla de noche y esperó mi respuesta, pero continuó cuando quedó claro que no le daría ninguna—. Cierto. No lees.

—Para eso estás aquí.

—¿En serio? Yo creía que era para esto. —Se inclinó, me lamió por debajo del ombligo y trazó un camino hacia el pantalón.

Antes de que pudiera retroceder, le rodeé la cintura con un brazo y tiré de ella hacia mí. Le metí la lengua en la boca. Sus manos se agarraron a mis bíceps. Los usó como palanca para apretarse contra mi muslo.

—Por favor, Tate. —Sus súplicas nos envolvieron.

No se las concedería, pero yo tampoco quería parar. Nos correríamos los dos, llegaríamos tan lejos como la última vez, pero no más.

Sabía que me pediría más, así que le levanté la falda del vestido y presioné el dobladillo contra sus labios.

—Muerde.

Me obedeció. Con la mitad inferior del vestido levantada, conseguí admirar a Charlotte Richards desde primera fila, con un tanga de encaje negro y unas curvas casi pecaminosas.

—Voy a hacerte una serie de preguntas. No sueltes el vestido. ¿Entendido?

Asintió.

—¿Quieres que te meta los dedos en el coño o en el culo?

—¡Tate!

Cogí el dobladillo, y chasqueé la lengua.

—Has soltado el vestido.

—¿Era una prueba?

—Y has suspendido. —Arqueé una ceja—. Creía que eras una estudiante de sobresaliente.

Como si quisiera hacerme callar, deslizó la mano más allá de la cintura de mi sudadera y me toqueteó el miembro erecto. Palpitó al notar su mano. Charlie todavía tenía menta en la comisura de los labios. Le pasé el helado por el labio inferior y tiré hacia abajo, separando su boca. Su lengua apareció y me provocó cuando me lamió la piel. Luego se inclinó hacia delante y me chupó la punta del pulgar.

—Joder —solté. Se lo metí hasta el fondo de los labios. Me imaginé que era mi polla.

Sus dedos volaron hacia mi base y la aparté de mí. Me miró con ojos entrecerrados mientras me quitaba el chándal y los calzoncillos de un tirón y me volví a tumbar. Charlie se subió encima de mí de nuevo, retomando nuestra posición anterior.

Le metí la parte inferior del vestido de nuevo entre los dientes y observé el tanga. Estaba tan mojada que lo verían desde la Luna. Estaba muy cachonda, joder.

—Intentémoslo de nuevo. Frota tu clítoris contra mi muslo.

Me clavó las uñas en el pecho en busca de agarre, mientras se balanceaba hacia delante y hacia atrás y se apretaba contra mi pierna.

—¿Quieres que te pellizque el pezón o el clítoris? Asiente para el pezón. Niega para el clítoris.

Negó con la cabeza. Me acerqué, aparté el tanga y me fui directo más allá de sus labios para pellizcar ese punto resbaladizo. La tela que tenía en la boca amortiguó los gemidos.

—Sobresaliente.

Puso los ojos en blanco, con los dientes todavía apretados alrededor del borde del vestido.

—¿Quieres que te mire mientras te masturbas? ¿O te gustaría ver cómo me masturbo?

Charlie negó con la cabeza. Luego asintió.

Forcé una carcajada.

—No seas avariciosa. Asiente para ti. Niega para mí.

Asintió, y joder, me moría de ganas. El pene me latía como si tuviera corazón propio. Ella se apretó contra su culo y se meneó al notarlo, parecía complacida consigo misma. Yo quería ceder. Llevar esto hasta el final. Hacer que se corriera sobre mi polla, no sobre mis dedos. Pero también sabía que en cuanto lo hiciera, me susurraría las mismas dos palabras que le encantaba decirme, y yo me derrumbaría. Perdería todo el control.

Se colocó para quedar más cerca, sobre mis abdominales esta vez, y me ofreció mejores vistas. Sus dedos se deslizaron hasta sus labios inferiores, y desaparecieron entre los pliegues. «Joder. Joder». Estaba tan mojada que lo notaba por el estómago. Las yemas de sus dedos acariciaban su clítoris. Se balanceaba encima de mí, en busca de un éxtasis al que yo quería unirme. Sus piernas se apretaron contra mis costados mientras se tocaba con fruición y gemía a la vez que mordía el dobladillo del vestido. Aunque yo sabía que me buscaría un problema, jugué con su cremallera y tiré. Charlie soltó la tela de entre los dientes y el vestido se le enredó en la cintura. Se enderezó, se lo pasó por encima de la cabeza y lo tiró hacia atrás. Luego se quitó el sujetador y las bragas y los tiró al suelo, al otro lado de la habitación. Sus muslos volvieron a rodear mis caderas mientras se metía y sacaba los dedos.

Mi polla le golpeaba las nalgas y anuló lo que quedaba de mi fuerza de voluntad.

—Charlie —gemí.

Giró las caderas y tembló encima de mí.

—Solo la puntita —negoció, y nunca en la historia del puto planeta Tierra había sido solo la puntita.

—No tengo condón.

—No puede ser.

—En serio.

Al contrario de lo que sugería la forma en la que nos habíamos conocido, no me acostaba con cualquiera, ni tenía relaciones sexuales a menudo. No me parecía agradable. Ni la vida, en general. Aunque Charlie parecía desafiar ambas preferencias.

—Bueno, como mi ginecólogo…

—Exginecólogo —la corregí—. Si se puede decir así.

—Sabes que tomo la píldora. Y que estoy limpia. —Enarcó una ceja—. ¿Y tú?

—Charlie, no.

—¿No estás limpio?

—No, que no vamos a hacer esto —aclaré.

—Entonces, estás limpio.

—Sí, pero no importa, ya que no vamos a hacer esto.

—Solo la punta.

Negué con la cabeza, pero de alguna manera se convirtió en un asentimiento. ¿Qué cojones estaba haciendo? Su sonrisa me provocaba cosas que nunca admitiría. Se movió hacia atrás y su vagina se deslizó sobre mi miembro rígido.

—Solo la punta —advertí, y nos coloqué bien.

La punta de mi polla se deslizó un instante entre sus pliegues. Un maldito segundo, lo juro. Pero su cuerpo se arqueó contra el mío, y eso fue mi perdición. Era la gota que colmaba el vaso. La puse boca arriba y me coloqué en su entrada.

Recorrí su cuerpo con la mirada, más allá de sus tetas, a lo largo de la curva de su cuello, sobre los labios, hasta esos ojos del color de la espuma del mar.

—Mírate, Charlie. Nunca he podido resistirme a ti.

Y luego me introduje en su interior. Sus paredes se cerraron alrededor de mí con fuerza. Le había roto el himen durante la revisión, pero aún era virgen y, por lo tanto, su entrada era tan estrecha que casi me corrí al primer contacto, como si fuera un puñetero adolescente.

—Tate. —Se agarró a mis bíceps—. Muévete.

—Dame un segundo. —Bajé la cabeza hacia su cuello. Le pasé la lengua por la piel y al fin (joder, al fin) me moví para entrar aún más en su interior.

Aceptó cada uno de mis empujones como si temiera que no estuviera dentro de ella. Sus caderas me perseguían con tanta energía que, con cada embestida, le golpeaba en la parte posterior de su sexo.

—Más —suplicó—. Más rápido.

Obedecí, y le di todo lo que pedía, excepto las palabras que nunca le podría decir. Se agarró a mí. Sus uñas se hundieron en mi hombro mientras ella se cerraba a mi alrededor.

—Joder —murmuré contra su piel, a punto de correrme.

Metí la mano entre los dos y le acaricié el clítoris en círculos. Coreó mi nombre una y otra vez, como una plegaria. Como una respuesta. Como si me amara. Su mano se dirigió a mi nuca. Le agarré la mano, me llevé su muñeca a mis labios y le besé la cicatriz.

—Tate.

Acerqué mis labios a su oído y susurré:

—Córrete, Charlie.

Ella se desmoronó a mi alrededor, las uñas se hundieron en mi piel y las paredes se contrajeron. La seguí con un gruñido y me desplomé sobre ella antes de rodar sobre mi espalda. Apoyó la cabeza en mi pecho y trazó un camino en el centro.

—Te quiero.

Separé los labios. Ella los miró fijamente, mientras algo parecido a la esperanza florecía en sus ojos. Pero entonces los ce-

461

rré de nuevo, y se desinfló como un globo. Una lágrima resbaló por su mejilla y se estrelló contra mi pecho. Estaba a punto de decírselo. Al fin y al cabo, era la verdad. Pero no fui capaz. En lugar de eso, nos sentamos en silencio, sumidos en nuestros pensamientos.

A medianoche, Charlie miró la hora y se levantó para irse, como si fuera Cenicienta, tuviera toque de queda y temiera que su carruaje se convirtiera en una calabaza en cualquier momento. Me apoyé en el cabecero de la cama y observé cómo se vestía. Tenía los ojos inyectados en sangre, aunque solo había derramado una lágrima. Me sentí como un auténtico capullo. Y aun así, no le dije lo que ambos queríamos que le dijera.

En lugar de eso, seguí sus manos mientras se abrochaba el sujetador.

—¿Estarás bien sola?

—Soy oficialmente adulta desde hace cuatro años, Tate. —Fingió contar, movió cuatro dedos y acabó con una sonrisa que me hizo querer besarla—. Creo que podré sobrevivir otra noche.

—Te llevaré a casa.

Se detuvo en mi puerta, vestida de pies a cabeza, se volvió hacia mí y sacudió el teléfono.

—Ya he pedido un Uber.

—Anúlalo.

—Es un viaje compartido.

—El único viaje que has hecho esta noche ha sido sobre mi polla.

Miró la pantalla bloqueada y me miró.

—Cameron está aquí.

Cameron podía irse a la mierda.

—Charlie.

—Tate. —Sonrió. Se acercó a mí. Me dio un beso en los labios. Me arrebataba un poco de mí cada vez que lo hacía—. Te veré mañana.

No dije nada por un momento. Solo la miré, con la esperanza de que cuanto más tiempo le hiciera perder, más posibilidades había de que Cameron, el idiota que esperaba fuera, se marchara. Y ella sabía lo que hacía. Negó con la cabeza. Una sonrisa se dibujó en sus labios.

—No puedo hacer esperar a los del viaje, Tate. —Levantó una ceja y atrajo mi atención a sus ojos. Todavía con los ojos enrojecidos. Yo era el idiota de verdad, no Cameron. Y, sin duda, no ella—. Es de ser un poco cabrón —terminó.

—De acuerdo. Mándame un mensaje cuando llegues a casa.

—Lo haré.

Y se fue.

Me eché hacia atrás y miré el techo. Solo, esta vez. Si estuviera en una pista de atletismo, estaría en la última vuelta. A toda velocidad hacia la meta. Si le decía a Charlie lo que quería oír, no habría vuelta atrás. Una vez se abrieran las compuertas, no se cerrarían. ¿Qué más acabaría sintiendo? ¿Cuánto dolor más sería capaz de soportar?

«Eres un capullo, Tate Marchetti. Y tu hermano ya no puede ser tu muleta. Tu excusa».

Tenía las palabras en la punta de la lengua. Las dos. Cortas y sin pretensiones. Jugueteé con ellas y traté de conjurarlas en voz alta por primera vez. Convencerme de que su peso se disiparía al liberarlas. Que serían fáciles de decir sin nadie que las oyera.

Al final, no dije nada.

Capítulo setenta y siete

Tate

∽

La casa parecía embrujada sin Charlie.

Demasiado silenciosa.

Demasiado fría.

Demasiado solitaria.

Oí cómo se iba el Uber. Me quedé unos minutos más en la cama antes de levantarme y abrir las persianas, que habían atrapado el vaho en el cristal. Llovería pronto.

Y eso fue excusa suficiente para tomar el abrigo, meterme en el Lexus y marcharme a toda prisa hasta Morris Heights.

Llegué antes que ella. El rascacielos de escaleras que conducía a su calle me dio tiempo más que de sobra para poner en cuestión mi cordura. Caminé hasta su edificio y pasé los siguientes veinte minutos bajo la lluvia antes de darme cuenta de que había olvidado el paraguas con las prisas.

Me había quedado sin una excusa para venir.

«Has perdido la maldita cabeza, Tate».

Para cuando Cameron el Imbécil se detuvo en la acera, no había ni un centímetro seco en mi cuerpo. Charlie salió del Yukon, se detuvo frente a mí y observó de arriba a abajo mi cuerpo empapado.

—Tate. ¿Qué haces aquí?

—Está lloviendo —dije, como si eso lo explicara todo.

Dios, tenía que recuperar la cordura.

Me pasé los dedos por el pelo y unas gotas gruesas me cayeron por la espalda.

—No lo sé —admití.

Podría haberme echado a reír. Seguramente. Me daba la sensación de que estaba desquiciado. Había perdido la chaveta. No la recuperaría. Lo que sea que fuéramos, me gustaba. Quería aferrarme a eso, pero no me sentía capaz.

No sin arruinarnos a los dos.

El sonido de la lluvia que golpeaba las superficies llenaba el silencio. Caía sobre el pavimento. Los coches. Nosotros. Llovía tanto que apenas la veía.

Quizá fuera lo mejor. Tal y como estaba, distinguía la expectación en su rostro. No tenía intención de decirle que la quería.

Hoy no.

Ni nunca.

Y aun así, aquí estaba. Darle largas de esta forma era una crueldad muy particular. Lo sabía, pero no podía evitarlo.

«No eres mejor que Terry».

Charlie suspiró y se acercó a mí hasta que quedamos frente a frente. Me rozó la mejilla con las yemas de los dedos, pero los retiró al tocarme.

—Estás helado.

—No me siento las manos.

Metió la mano en mis bolsillos, sacó las palmas y se las llevó a los labios. Me sopló aire caliente sobre la carne congelada. Los dos estábamos empapados, y pedíamos a gritos sufrir un resfriado.

El médico que había en mí sabía que era una idea horrible, y mi conciencia (cada vez más débil) estaba de acuerdo, pero no podía transmitírselo a mis pies. Estaban inmóviles.

¿Los estaba traicionando o me estaban traicionando ellos?

—Vayamos dentro. —Dejó caer una de mis manos y usó la otra para tirar de mí hacia la puerta de su bloque de pisos.

Por fin (por fin, joder), mis pies obedecieron.

En la dirección equivocada.

Un paso.

Y otro.

La seguí escaleras arriba, el único sonido eran los ruidos fangosos de los zapatos mojados. Se llevó un dedo a los labios. Me detuve en el pasillo entre su puerta y la de su vecino.

El que me había dicho que quería a su hermana.

—Es posible que ya estén en la habitación de Jonah. —Charlie movió las cejas, incapaz de reprimir la sonrisa que se dibujó en su rostro mientras metía la llave en la cerradura y la giraba.

Mantuve la puerta abierta para que pasara. Entramos y nos quitamos los pesados zapatos. Me tomó de la mano y tiró de mí como un perro atado. La seguí. Me hacía tanta ilusión en realidad que me sentí especialmente patético.

Me llevó al baño. Nos metimos en la ducha aún con la ropa puesta. Mis dedos juguetearon con el grifo hasta que unas gotas heladas nos acribillaron. Le hice darse la vuelta y cubrí su cuerpo del agua helada hasta que el torrente se volvió caliente.

No sé quién se movió primero.

Nuestros labios se encontraron y los dientes chocaron.

La agarré del pelo y le levanté la cabeza para que se encontrara con la mía. Me tocó el cuerpo. El pecho. La ropa.

Dejé que me lo arrancara todo, la levanté y la apreté contra la pared de azulejos. Ralenticé nuestros besos y saboreé su sabor.

Esta vez, cuando me hundí dentro de Charlie, fue tierno.

Suave.

Lento.

Y esta vez, lo dije.

En mi cabeza.

Donde los demonios se alimentaban de mis debilidades y me decían que no me la merecía.

Capítulo setenta y ocho

Tate

༄

—Pagaría por saber qué piensas. —Terry entró con aire arrogante a la cocina.

Algo acabó en mi regazo.

No era un centavo. Era una ficha de póquer, todavía caliente de la palma de Terry.

La levanté y estudié el grabado.

«Sé fiel a ti mismo».

Oro falso rodeaba la ficha verde. Las palabras «unidad, servicio y recuperación» daban la vuelta por el borde. Había un dos enorme estampado en el centro.

Dos meses.

Terry llevaba dos meses sobrio. No estaba seguro de cómo tomármelo, ni si creía en la moneda más allá de su valor como *atrezzo*.

—Eso es lo que dicen los guais hoy en día, ¿verdad? —prosiguió—. Vi que la señorita Richards iba lanzando centavos por casa.

Mis dedos juguetearon con los bordes lisos de la ficha antes de devolvérsela. Rebotó en su pecho y aterrizó en su palma abierta. Creo que nunca había visto a Terry con suficiente coordinación mano-ojo como para atarse los zapatos, menos aún para atrapar una moneda al vuelo antes de que llegara al suelo.

—¿Y bien? —Terry se acomodó en el taburete a mi lado y colocó la ficha en la encimera. La detuvo a centímetros de mi tazón de cereales—. Te he dado un buen centavo. Ahora tú tienes que decirme en qué estás pensando.

Ignoré sus palabras y la ficha, y giré en el taburete hasta quedar frente a él. Se había peinado y también se había cortado el pelo.

Una gruesa capa de gomina le cubría los mechones, bien pegados al cuero cabelludo. Las cerdas blanquecinas que antes le cubrían las mejillas y la barbilla habían desaparecido.

Llevaba una camiseta limpia que no parecía una prenda que te encontrarías en el contenedor de basura que había delante de la tienda de ropa donada del barrio. De hecho, si lo ponías en una fila de oficinistas a punto de jubilarse, encajaría a la perfección.

Qué cosas.

—Has estado sobrio de verdad. —Después de decirlo, no me sentí tan tonto como pensé.

—Por desgracia.

—¿Por qué?

—Forma parte de las condiciones para que me quede aquí.

Le creía tanto como me creía la teoría del viejo orden mundial del nuevo mundo.

—Dime la verdadera razón.

Me bebí la mitad del vaso de agua y mordí un cubito de hielo con las muelas. No sé qué esperaba.

¿Odiarlo más? ¿Menos? ¿La oportunidad de hacerle saber que había oído lo que le había dicho esa noche a Charlie? ¿Que sabía que tenía intenciones de suicidarse, pero había seguido vivo por mi bien?

Tal vez quería ofrecerle mi permiso para morir.

Me palpitaba la cabeza. Contemplé la posibilidad de retirarme a mi habitación antes de que empeorara las cosas, pero decidí que su sobriedad merecía mi atención. Por el juramento hipocrático y tal.

Como mínimo, quería una respuesta.

Por supuesto, no me la dio. Sus nudillos golpearon la encimera laminada y se agarró al borde descascarado. Estiró la primera capa. No lo detuve. De todos modos, esta casa necesitaba una buena reforma.

—Ya había visto *Dulce Veneno*. —Sus dedos pellizcaron el laminado y la base se desprendió—. Me tentó.

—¿Cuándo?

—Debió de ser hace seis años. —Hizo una pausa—. Estaba borracho.

—Claro.

—Sí. Claro. —Sacudió la cabeza entre risas—. Padre del año, ¿verdad?

«Si esto es ser buen padre, no quiero saber qué es ser mal padre».

Me mordí la lengua y recordé las palabras de Charlie. Sanar sin rabia, había dicho. No sé si era capaz. Pero si no podía decirle lo que ella quería, al menos podía intentar darle esto.

—¿Has leído *Dulce Veneno*? —Terry arrancó un trozo de laminado de la encimera.

Quería ser ese pedazo. Libre de todo el peso muerto. Lo colocó sobre la madera dura. Se fue volando y zigzagueó sobre la caoba como una pluma flotante.

Aparté los ojos del trozo.

—No, y no tengo intenciones de hacerlo.

—Pues es un libro muy bueno.

Dejé el vaso en el suelo y observé cómo los cubitos de hielo repiqueteaban contra el cristal.

—También lo es *Las imperfecciones,* por lo que he oído. Asegúrate de felicitar al verdadero autor en mi nombre.

Mi pasatiempo favorito era restregarle por la cara su larga lista de fracasos. Sin embargo, esta vez, un sabor amargo se extendió por mi lengua. Como a cobre, en realidad. Como si me hubiera mordido.

Mierda.

«Lo menos que puedo hacer es seguir vivo para que me odie».

Las palabras de Terry me atormentaban. Eran como un *poltergeist* que no podía exorcizar. Cerré los labios, temeroso de que se me escaparan tonterías si me daba rienda suelta.

Se rascó la sien y soltó una carcajada amarga.

—Supongo que me lo merecía. —Giró sobre su taburete para mirarme—. Deberías leer *Dulce Veneno*. Te iría bien. Como mínimo, creo que Kel quería que lo leyeras.

—Tal vez —dije para que se callara. Todavía no tenía ninguna intención de someterme a esa tortura mental además de mi sobredosis diaria.

Miró la ficha que tenía delante. Abrió y cerró la boca.

Al final, dijo:

—Últimamente veo las cosas más claras. El pasado, sobre todo. —Se pasó una mano por la mandíbula—. Hace tiempo que debería haberlo hecho.

—¿Y has visto algo bueno?

—Sí.

Me quedé quieto. Aguanté la respiración. Esperé a que continuara.

—Algunas cosas eran buenas. Pero la mayor parte… —Sacudió la cabeza—. Es demasiado tarde. La mierda que no podemos cambiar nos cambia. He luchado contra ello tanto como he podido, pero esta es la jaula en la que merezco estar. Una prisión creada por mí mismo.

Vi qué era. La verdadera razón por la que estaba sobrio. Lo consideraba un castigo por sus pecados. Escucharlo no me hizo tan feliz como pensé que lo haría.

Mierda.

Al final, me di cuenta de lo que estaba esperando. No quería odiarlo más. O darle mi permiso para morir. Era mucho, mucho peor. Quería que viviera. Que se olvidara de mis sentimientos y existiera sin vivir en la miseria. Que me sacara de encima el peso de haber destruido otra vida además de la mía.

Terry se levantó, se puso el abrigo sobre el brazo y empujó la silla. Un comportamiento civilizado. No era propio de él. Era difícil conciliar al hombre que tenía delante con el que había aparecido ante mi puerta, borracho y drogado, con Kellan a remolque.

—Espera. —Agarré la ficha, la giré en mi mano para que las dos caras quedaran hacia arriba y se la ofrecí a Terry.

Negó con la cabeza.

—Para ti. Yo ya me quedaré la siguiente.

Su intención era seguir sobrio. Y por primera vez, lo creí.

—No vivas —le dije una vez que posó la mano sobre el pomo de mi puerta principal, de espaldas a mí—… para que pueda odiar a alguien. Vive para ti.

Al menos uno de los dos tenía que hacerlo.

Capítulo setenta y nueve

Charlotte

ↄ

Estaba de pie en el ascensor vacío, concentrada en los libros que llevaba entre los brazos. Reagan me había regalado tres ejemplares de *Dulce Veneno* antes de tiempo, los había impreso ella misma con el permiso de Helen. Uno para mí. Uno para Terry. Y uno para Tate.

Cuando se abrieron las puertas de metal, entré en la giratoria y di una vuelta extra mientras pensaba dónde estaría Terry. Sabía que había dos posibles lugares. Salir hacia la izquierda en dirección al bar Old Town. (Era típico de Terry rodearse de alcohol mientras intentaba permanecer sobrio. Él lo llamaba observar a la gente; yo lo denominaba tentación innecesaria). O salir hacia la derecha, hacia la catedral de San Francisco de Sales, cerca del Loeb Boathouse.

La semana pasada me había topado con él delante del puntiagudo tímpano del edificio mientras iba de camino a casa tras salir de la Biblioteca de la Sociedad, que estaba justo al lado. Terry asistía a las reuniones de Alcohólicos Anónimos en el sótano en forma de pulgar de la iglesia. Según él, no importaba dónde se sentara, el pulgar siempre apuntaba hacia abajo.

Di otra vuelta y me decidí. Escondí los libros dentro del abrigo, salí y giré a la derecha. Hacia el pulgar.

No fue una buena apuesta. El sótano de la catedral de San Francisco estaba vacío cuando entré, salvo por un sacerdote solitario. Dio un golpe en el culo de una silla plegable y se dobló en un delgado rectángulo. Se la metió bajo el brazo y me miró.

—¿Puedo ayudarla, señora?

—¿Hay una reunión de Alcohólicos Anónimos?

—Terminó hace una hora. La próxima empieza mañana a las siete. Habrá dónuts.

Salí del sótano. (Sí que tenía forma de pulgar, por cierto. Y apuntaba hacia abajo. No estoy segura de cómo alguien podría sanar en un ambiente tan deprimente). Subí los últimos escalones, coloqué los libros debajo del abrigo y los abracé a través de la gruesa tela. Una monja pasó junto a mí y me miró de reojo, como si escondiera contrabando en su interior. Me dirigí a la entrada de la catedral, esquivé un cartel que rezaba «vino sacramental sin azúcar disponible bajo petición» y salí a la concurrida acera. Ya que estaba aquí, podía pasarme por la Biblioteca de la Sociedad.

Saludé a Doris y Faye de camino a las estanterías y me detuve en un rincón tranquilo con algunos de mis libros favoritos. Descubrí a Terry sentado en una mesa, encorvado sobre un libro de Danez Smith. Lo acunaba entre ambas manos como si fuera un libro de himnos. Carraspeé.

Terry aplastó la esquina de una página que algún pagano había manoseado, sin levantar la vista.

—¿Cómo me has encontrado aquí?

—No hay muchos sitios por los que uno puede vagar gratis. Has cambiado un vicio por otro. Al menos, este no es destructivo.

—Destructivo de otra manera —me corrigió, y cerró el libro—. Ahora que sabemos que estoy sin blanca, sin trabajo y soy un adicto, ¿qué quieres?

—Vengo a traerte un regalo. —Puse el ejemplar de tapa dura sobre la mesa de madera.

Terry bostezó y miró el libro. Cerró la mandíbula. Se mordió la lengua, pero yo sabía que esa no era la razón de las lágrimas que se acumulaban en sus ojos. Acarició la tapa dura con un solo dedo, arrancó el envoltorio de un tirón y lo tiró hacia atrás. Se puso a llorar. A lágrima viva. El sonido resonó por toda la habitación, llenó los pasillos entre las estanterías y rebotó entre los libros que conocía y amaba. No lo detuve. No dije nada. En lugar de eso, le puse una mano en el hombro tembloroso mientras apretaba el libro de su hijo (el alma de su hijo) contra su pecho.

Las lágrimas son el lenguaje del dolor. Y el dolor es el lenguaje del amor.

Capítulo ochenta

Charlotte

∾

Como tuve que hacer de niñera de Row durante dos horas, llegué tarde a casa de Tate. Hacía horas que se había puesto el sol. Iba a volver a casa pronto, por eso corrí a su habitación, con un tubo para planos colgando del hombro. Contenía tres pósteres gigantes con la misma cita de *Dulce Veneno*.

Bien grande. Imposible de ignorar.

Tenía que colgarlas en algún sitio en el que Tate no pudiera ignorarlos. Podía pasar por delante de una pared sin echarle un solo vistazo. Pero, ¿el techo de la habitación? Miré el punto que había justo encima del colchón. A menos que no quisiera ahogarse, iba a dormir de lado o sobre la espalda.

Después de colocar un ejemplar de *Dulce Veneno* en la mesita de noche, rodeé la cama de pósteres. Uno en la pared de la derecha. Otro en la de la izquierda. Y otro en el techo. Me encaramé sobre su edredón y me puse de puntillas. Una papelera vacía se extendía sobre mi cabeza, bocabajo, y alisé el póster con la base.

—Me gustaría denunciar un allanamiento.

Me quedé paralizada.

La papelera cayó sobre las sábanas.

Tate estaba de pie junto a la puerta, apoyado contra el marco, con el teléfono encima de la oreja opuesta. Sus ojos se clavaron en mí como dos flechas afiladas. Detrás de ellos asomaba algo de diversión.

Una sonrisa se dibujó en mi rostro. Le seguí el juego y me arrodillé sobre su edredón para ofrecerle mis muñecas unidas.

—Pregúntale a la policía si tienen esposas con pelito. Siempre he querido probarlas.

Se adelantó, me agarró las manos y me bajó al colchón mientras me sostenía las muñecas por encima de la cabeza. Le rodeé el cuerpo con una pierna. No se molestó en quitarme el vestido antes de penetrarme mientras me besaba y me acariciaba el clítoris. Sus embestidas eran bruscas, profundas, rápidas.

Yo me corrí primero y temblé mientras lo rodeaba con las piernas. Cuando terminó, se desplomó a mi lado y miró al techo.

—¿Ahora me decoras la casa? —inclinó la cabeza, con un toque de humor en la voz—. Interesante elección.

—Has tardado en darte cuenta.

—Me has distraído. —Se puso de lado, paseó los dedos por mi pierna y trazó círculos perezosos en la cara interna de mi muslo, mientras me miraba fijamente—. Has rodeado mi cama con ellos como si fuera un círculo de oración.

—Tengo la costumbre de ser minuciosa.

—¿Son todos iguales?

—Sí. —Hice una pausa—. Es una cita de *Dulce Veneno*.

Las yemas de sus dedos se quedaron inmóviles.

—Charlie.

No pude descifrar su tono. Sabía lo que no era: no era gutural, ni de advertencia, ni roto. Pero eso no aclaraba nada.

—¿Estás enfadado?

—Nunca me enfado contigo, Charlie —susurró.

—Haces que suene como si fuera algo malo.

No me contestó. Solo me besó la nariz, caminó hasta el baño que había en la habitación y abrió el grifo. Lo seguí y acepté el paño húmedo que me ofreció. Nos limpiamos y nos arreglamos la ropa. Dirigió los brazos a la cómoda y me aprisionó contra ella. Una corbata le colgaba del cuello como una soga.

Me fijé en los mechones de pelo que sobresalían en distintas direcciones.

—¿Ha sido un día duro?

—Ahora ha mejorado.

—¿Quieres que hablemos de eso?

—La fecundación *in vitro* no ha funcionado con una paciente. Otra vez. Cumple cuarenta y nueve la próxima semana. Su endocrinólogo reproductivo le aconsejó que lo dejara. Acudió a mí en busca de una segunda opinión.

—No eres especialista en fertilidad.

—No, pero soy su ginecólogo y un obstetra especializado en embarazos de alto riesgo, así que confía en mí. —Enredó sus dedos en mi pelo y sus labios se dirigieron a mi hombro—. No le he dicho lo que quería oír. Se ha desmoronado delante de mí, Charlie. Me ha dicho que nunca se perdonará por no haberlo intentado antes.

—La oportunidad dura un momento. El arrepentimiento, toda una vida. Era algo que decía mi madre.

—No hablas mucho de ella.

—No, pero pienso en mis padres todas las noches. —No podía dejar quietas las manos. Le deshice el nudo medio Windsor de la corbata y la dejé caer sobre las baldosas—. Lo perdí todo en el incendio, así que no tengo nada físico que me recuerde a ellos. Solo una pinza y lo que hay aquí. —Me di un golpecito en la sien—. Tengo miedo de olvidar cómo eran algún día. Así que revivo mis recuerdos favoritos con ellos antes de acostarme.

Posó los labios en el lugar donde me había tocado.

—Puedes compartir tus recuerdos conmigo. Considérame tu nube personal.

Eso implicaba un futuro juntos. Fue el primer indicio de compromiso que me había dado, y una cruel esperanza me consumió. Habíamos alcanzado un nivel de domesticidad adictivo. Planeaba aprovecharlo tanto como pudiera. Una cena. Una cita. Promesas.

Cualquier cosa a la que pudiera agarrarme.

—¿Ah, sí? ¿Cómo tienes la memoria?

—¿Cuál era la pregunta?

La risa me retumbó en la garganta.

—Tú eres el que necesita *ginkgo*. —Lo seguí hasta la habitación—. Te he dejado una copia de *Dulce Veneno* en la mesita de noche.

Sus ojos se detuvieron en él.

—Gracias.

—No pareces muy agradecido.

—No leo. Para eso estás aquí. ¿Recuerdas?

—No te entrará el gusanillo de escribir si lees un libro. No sé por qué, pero dudo mucho que puedas cambiar de carrera a tu edad.

—¿Cómo que a mi edad? Tengo treinta y tantos.

Arrugué la nariz.

—Es decir: geriátrico.

—Te lo recordaré cuando llegues a los treinta. —Las palabras salieron como quien no quiere la cosa, pero, ostras, implicaban que seríamos algo dentro de ocho años. Escuchó cómo protestaba mi estómago—. ¿Has cenado?

—No. ¿Quieres que comamos algo? Conozco un sitio donde hacen un *tsukemen* delicioso.

—Es tarde.

—Todavía hay restaurantes abiertos. Es viernes en Nueva York.

—Pidamos, mejor. —Se dirigió hacia la cocina. Sacó los habituales menús para llevar que probablemente me sabría de memoria antes de que Tate admitiera sus verdaderas intenciones.

Me desinflé y bajé la mirada. Sería mejor si no se portaba bien conmigo. Si me decía directamente que no sacaría nada de él. Tal como estaban las cosas, Tate me daba todo lo que quería… excepto lo que más ansiaba: amor.

Le arrebaté el menú de *pizza* y, por primera vez, vi que nunca salíamos en público.

—Evitas salir conmigo.

—No es verdad. —No lo había dicho enfadada, pero él sonaba a la defensiva. Demasiado. Vaya. ¿De verdad evitaba salir conmigo?

Me fijé en él y analicé su postura rígida.

—¿Ah, sí? ¿A dónde hemos ido?

—Al parque.

—Pasada la medianoche.

—A la biblioteca.

—En un rincón, donde nadie pudiera vernos.

—Al bar.

—Estabas borracho.

—No me lo recuerdes.

—Me parece que detecto un patrón. Demuéstrame que me equivoco. Llévame a algún sitio, Tate. Ahora mismo. A cualquier lugar que no esté envuelto en la oscuridad.

—Me estás presionando demasiado —me advirtió.

¿De verdad lo estaba presionando demasiado? Se me cayó el menú. Se deslizó de mi mano y se dio de bruces contra el suelo. Me sentía estúpida. Como un cordero que corría hacia el matadero. Le había dado a Tate todo lo que había podido, habría ido aún más lejos aunque eso me hubiera consumido. Cuanto más me repetía sus palabras, más me enfadaba.

Tate Marchetti nunca admitiría que me quería. A pesar de todo lo que habíamos pasado, nunca lo vería. En ningún momento me había prometido un futuro juntos. Nunca me daría el amor incondicional que mis padres compartían. Había muchos nunca.

Le había permitido que me pisoteara y me había dejado huellas profundas. Bueno, pues por mí podía irse a la mierda. Ya no podía más. Tratar de salvarnos sería como recolocar las sillas de cubierta mientras el Titanic se hundía. Merecía algo mejor.

—Es una cena, no voy a pedirte matrimonio y que nos casemos en junio —le espeté, y choqué con su hombro mientras pasaba a su lado.

Los dos nos quedamos rígidos. Fruncí el ceño cuando oí su exhalación y me giré hacia él. Despacio, muy despacio, Tate se volvió hacia mí. Consiguió parecer sereno. Frío e imperturbable. Se me ocurrió que, tal vez, creía de verdad que yo estaba exagerando.

«Imbécil».

Dio un paso adelante.

Yo di el mismo paso hacia atrás.

Se quedó quieto.

—Si quieres pedirle matrimonio a alguien y casarte en junio está bien. Pero no será conmigo, y cuanto más rápido lo asumas, antes entenderás que solo soy una mancha de café en tu autobiografía, Charlie. No soy un capítulo. Y te aseguro que no soy un coprotagonista. No puedo llevarte por ahí. No pueden verme contigo. No puedo quererte como te mereces. —Sacudió la cabeza y se frotó la nuca—. Te criaron dos padres que te querían y una hermana que habría dado su vida por la tuya. Yo no. Nunca se me ha dado bien dar y recibir amor.

—Eso es una excusa. —Levanté las manos—. Ni siquiera lo has intentado.

—Mi madre y yo apenas hablamos, Terry es tan fiable como la leche agria y Kel me odió desde el principio. Los hombres Marchetti no están hechos para tener relaciones sanas. En cuanto perdemos el control, caemos al pozo. Esto es lo más cerca que jamás estaré, Charlotte.

«Charlotte».

Ambos jadeábamos, de pie en extremos opuestos de la cocina. Media docena de tablones de caoba desgastados y un océano de historias nos separaban. Ninguno de los dos se atrevía a cruzar las mareas inflexibles y las olas espumosas.

—Entendido. —Me crucé de brazos—. Para que quede claro, lo digo por Kellan. No puedo evitar que ignores el libro de tu hermano o su buzón de voz, pero puedo culparte por ello. —Fulminé a Tate con una mirada de casi nueve años de rabia contenida—. Recibir un regalo de despedida de alguien a quien quieres es un privilegio, así como tener algo a lo que aferrarte cada vez que lo echas de menos. Lee *Dulce Veneno*, Tate. Léelo aunque sientas que tu alma se parte en dos. Al fin y al cabo, es parte de tu historia.

En la puerta, miré a Tate por última vez. Sus manos se cerraron en puños a los lados. Una rodilla se sacudió hacia delante antes de volver a enderezarse, como si quisiera acercarse a mí, pero no pudiera.

Me recordaba a un cisne. Muy elegante sobre el agua, pero bajo la superficie, pateaba como loco para mantenerse a flote.

«Solo me querrá en la oscuridad. Nunca me amará a la luz del día».

—No te vayas, Charlie.

Tal vez nunca lo había visto tan vulnerable. Pero estaba siendo egoísta y cruel, y era insuficiente. Me merecía recibir el amor que le había dado. Sacudí la cabeza.

Había llegado el fin.

—Perder a Kellan te enseñó lo mucho que valía. Me disculpo por adelantado por lo que aprenderás al perderme a mí.

Capítulo ochenta y uno

Tate

∽

«Charlie se ha ido».

«Charlie me ha dejado».

«He perdido a Charlie».

Me di golpecitos en la boca, el cuello, el pecho e hice inventario de mi cuerpo.

«Diagnóstico inicial: duele, pero el dolor pasará».

Capítulo ochenta y dos

Tate

ᘒ

«Diagnóstico de seguimiento: todavía duele muchísimo». La operación «Olvidar a Charlie» había comenzado hacía dos semanas y había sido un fracaso diario. Y esto era lo más raro: sabía que estaría bien, que la sensación inquietante y constante de que me faltaba algo se evaporaría con el tiempo. Era una mierda, pero así eran las cosas.

Y sin embargo… Su número me tentaba cada vez que lo veía en el móvil. Un acto de tortura que solo podía considerarse hecho a propósito, ya que solo tenía otro número guardado en el teléfono, y llamar a Walter Bernard a las tres de la mañana me hacía tanta ilusión como salir en *The Bachelor*.

Sonó la alarma y me recordó que tenía un trabajo, bebés que traer al mundo y una mujer a la que ya no veía. No había pegado ojo. Miré los números rojos del despertador. ¿Cuándo había dormido más de cuatro horas? Charlotte Richards había salido de mi vida, pero se las había arreglado para seguir aquí. En mi espacio. Me desperté rodeado del aroma de los limones. De Charlie. (Había cambiado el detergente sin perfume por este cítrico hacía unos meses y olía como ella. Podía haberlo cambiado, pero no lo había hecho).

Tenía una arruga en la frente de haber estado tumbado boca abajo. Algo común desde que había cambiado mis hábitos como respuesta a la monstruosidad del techo. No es que no pudiera leer un simple párrafo, pero sabía que era mejor no martirizarme cuando me estiraba en la cama. Tampoco me atrevía a tirar el póster.

Terry entró en la habitación sin llamar y colocó veneno grasiento en mi mesita de noche. Lo que fuera que se escondía dentro de la bolsa marrón se había filtrado a través del papel. Lo señaló con la cabeza.

—Te lo he traído de Mike's.

Miré el bulto inidentificable. Unas manchas oscuras cubrían la bolsa. El aceite manchó la madera.

—Paso. Prefiero no sufrir un coágulo en las arterias.

Aunque la idea de morir por culpa de la comida tenía cierto mérito. En la escala de muertes miserables, estaba clasificada muy por debajo de morir pisoteado por un elefante en estampida, caer en un tanque de aguas residuales, ahogarse en mierda de forma literal y otras opciones desagradables.

Sacó el sándwich de carne con queso de la bolsa y lo puso sobre mi edredón, lo que llenó de grasa el algodón egipcio.

—Come.

Me comí el sándwich, pero solo porque me ahorraba el tiempo que me habría llevado bajar las escaleras y consumir media caja de cereales caducados. (También hacía tiempo que no compraba comida). Además, comérmelo hizo que me quitara a Terry de encima. Dos pájaros de un tiro.

Inclinó la cabeza hacia el techo y se agarró la barriga mientras soltaba una carcajada estridente.

—¿La señorita Richards ha hecho esto?

—Esa misma.

Cuando terminé, Terry recogió la basura (nota: comprobar si había cerdos volando en el cielo) y se dirigió a la puerta. Se detuvo justo antes de llegar y señaló el cartel.

—¿Sabes?, casi eliminamos este trozo. La editora decía que impedía la fluidez de la narración. La señorita Richards luchó para que lo dejaran.

Me dejó así. Saqué el edredón manchado de aceite de la cama y caí sobre la espalda mientras miraba el póster gigante. Terminé la primera línea antes de apagar la lámpara y olvidarme del mundo.

Las palabras que había leído resonaban en mi cabeza. Una y otra vez. Un disco rayado con una nota desgarradora. Me tapé la cara con la almohada y la presioné sobre ambos oídos. Y aun así, oía las palabras de Kel, aunque no con su voz, por extraño que parezca.

Sino con la de ella.

«Ha llegado el momento de hablar de mi hermano».

No, ni hablar.

Capítulo ochenta y tres

Tate

Hoy un bebé había nacido muerto.

Su madre se había desgañitado mientras se aferraba a su cuerpecito como si su dolor pudiera insuflarle vida. El sudor le corría por las sienes. Las lágrimas le bañaban las mejillas.

Su marido estaba a su lado, y miraba al bebé sin vida mientras consolaba a su mujer, a pesar de su propio dolor. Algo que veía a menudo en mi trabajo, pero nunca parecía capaz de imitar.

Esta era la peor parte de mi trabajo.

La que despertaba los recuerdos sobre la pérdida de Kel.

Pero esta vez noté la ausencia de Charlie. Ella sabría qué decir ahora mismo. Cómo usar sus pérdidas para ayudar a la gente a su alrededor. Incluso a un desconocido.

Hice un gesto y miré a una enfermera, que indicó al personal que desalojara la sala para que los padres pudieran llorar en privado. Nos quedamos fuera, alineados contra la pared, con las cabezas inclinadas.

Una sinfonía de llantos atravesó la puerta cerrada y resonó por el pasillo.

Cuando llegué a casa, sentía como si el cuello de la camisa me estuviera asfixiando. Me arranqué los botones y deseé desabrocharlos más rápido de lo que era capaz.

El interruptor de la luz estaba lejos, y yo estaba demasiado agotado para cruzar el dormitorio y apagarlo. Estaba cansado de luchar por respirar, así que me tumbé para mirar el techo. Las palabras de Kellan me miraban desde las alturas, pero eran las de Charlie las que me atormentaban.

«Recibir un regalo de despedida de alguien a quien quieres es un privilegio, así como tener algo a lo que aferrarte cada vez que lo echas de menos».

El incendio la había dejado sin nada que le recordara a sus padres.

Los padres del mortinato que había traído al mundo esta tarde nunca conocerían el sonido de su llanto, nunca lo verían dar sus primeros pasos y nunca sentirían la ansiedad de enviarlo a su primer día de escuela.

Charlie tenía razón.

Las palabras de Kellan eran un privilegio.

Miré el póster que tenía encima.

Y esta vez, leí.

Capítulo ochenta y cuatro

೧

Es hora de hablar de mi hermano.

Odio a mi hermano de la misma forma que uno detesta la leche cuando está creciendo: sabes que es buena para ti, pero no soportas su sabor.

En otras palabras, odio a mi hermano por los motivos equivocados. El cabrón me daba esperanzas. De una forma extraña y jodida, cada vez me iba mejor con su manera de controlarme.

No soy psicólogo, pero, si tuviera que diagnosticarme, diría que tengo muchos problemas con mi madre, y que mi fantástico (y controlador) hermano mayor había convertido estos problemas en algo más aceptable, como servido en los platos de florecillas que la aspirante a Marta Stewart que tenía por prometida había comprado en Williams Sonoma. Acompañados de esperanza y calidez.

Siempre fue el cabrón para mí.

Siempre lo será.

Pero de la misma manera que llamas cabrón a tu mejor amigo por hacer cabronadas.

Esta será la única vez que admita que quiero a mi hermano. Así que saboreadlo, porque no lo repetiré.

Y ahora que ya lo he confesado, os voy a explicar lo que no soporto del cabrón…

Capítulo ochenta y cinco

Tate

ඌ

La cita terminaba aquí. Con tres puntos suspensivos.

Tres puntitos que podían ser una provocación.

Me puse de lado y me encontré cara a cara con *Dulce Veneno*. Sobre la mesita de noche. Justo donde Charlie lo había dejado.

Las páginas se burlaban de mí, protegidas por la gruesa cubierta. Quería abrirlo, devorarlo, descubrir todo lo que Kellan había escrito sobre mí.

Todo lo bueno. Lo malo. Lo horrible.

Lo quería saber todo.

Alargué la mano. Agarré la tapa dura. Liberé las páginas de la cubierta y leí. La dedicatoria fue el primer puñetazo.

Para los hombres Marchetti, sin los que no estaría lo bastante destrozado como para escribir este libro. Espero que algún día podamos solucionar nuestras vidas.

Clásico de Kel.

Era como si estuviera aquí. Hablándome. Lanzando acusaciones con su media sonrisa y esos ojos, iguales que los míos. No escondido tras la tinta negra sobre las páginas blancas.

Pasé al capítulo uno, respiré hondo y grabé la primera línea en mi memoria.

Qué práctico es tener al villano y a la víctima ante mí en un arco tan bonito y perfecto.

Pasó una hora.

Luego otra.

488

Perdí la noción del tiempo. Tragué cada palabra, incapaz de saborearlas en mi ansia por llegar a la siguiente. Hasta que llegué a ese punto.

En el que la cosa se puso seria.

El cabrón diría que me está haciendo un favor. Que está evitando que caiga en el pozo que me convertirá en la mierda de padre que tenemos. (Sus palabras, no las mías). Menuda excusa. Me aseguré de que también lo supiera, en la forma de una rayada en su Lexus recién pintado.

Al día siguiente, la aspirante a Martha Stewart me apartó a un lado cuando salía por la puerta. Le seguí la corriente, sobre todo porque prefería recibir un sermón de la señorita que una paliza de un deportista con esteroides cuyo objetivo en la vida era llegar a lo más alto en el instituto.

Se cruzó de brazos, un hábito suyo, y empezó su perorata:

—Hay dos tipos de amor: el fácil y el difícil. El amor fácil es como respirar. Cualquiera puede querer así. Pero ¿el difícil? Duele mucho más darlo que recibirlo.

—«Cualquiera» no respira, o te quedarías sin trabajo como enfermera —le señalé, luego saqué un bloc de notas y un bolígrafo de la bolsa—. Ahora que llego tarde a clase, gracias a ti, necesito una nota para el profesor. Para el señor Wilson.

Las lágrimas llegaron a mis labios.

Saqué la lengua y las sequé. Apenas me di cuenta de que Terry había entrado en la habitación. Puso un vaso de agua en la mesita de noche, se fue y cerró la puerta tras de sí.

Agarré el libro con más fuerza y leí más rápido.

En realidad, Wilson enseñaba historia del arte en la sexta hora. Utilicé la nota para faltar a cinco de las seis clases de ese día, y de alguna manera terminé frente a la clínica del cabrón. Entré en el hospital y vi cómo mi hermano practicaba una cirugía en una mujer a través de una ventana de observación conectada al quirófano. Le sacó un bebé. Lloraba. Pateaba. Gritaba. Tenía que admitir que el cabrón tenía sus momentos. Si me hubiera preguntado si quería mudarme con él en lugar de haberme obligado, tal vez no estaríamos así.

Lo que pasa con mi hermano es que es un cuidador nato. Me manda a las mejores escuelas, me obliga a alimentarme de comi-

das ricas en nutrientes que saben a cartón y está con la señorita
Marta Stewart solo por mí. Pero él nunca ha recibido tanto amor
como el que da. Incondicional. Sin esperar una mierda a cambio.
Un día sucederá y no sabrá cómo reaccionar. Sin siquiera inten-
tarlo, el cabrón destrozará a la mujer que ama.

Pasé las páginas y me obligué a terminar. A pesar de que me
dolía a más no poder. Y cuando terminé, no me quedaba nada
más que huesos, carne y sangre.

Me tendí sobre los tablones de madera, con las extremidades lánguidas y exhaustas.

Charlie había besado a Kellan.

Corrección: Charlie había besado a Kellan, y este había escrito un libro entero sobre eso. Lo había titulado a lo que le
había sabido. La había inmortalizado en el mismo ataúd en el
que había encerrado su alma.

Y, sobre todo, les había dado un final feliz.

Capítulo ochenta y seis

Tate

ᘓ

Mi excusa para presentarme en casa de Charlie era que iba a devolverle *Dulce Veneno* y poco más.

Sabía que tratarla como si fuera una biblioteca pública sugeriría que yo poseía el coeficiente intelectual de un lápiz, y no es que ella no tuviera más copias del libro, pero había venido sin pensarlo. Me dirigía a un precipicio, como el tren descarrilado que era.

Leah estaba en el pasillo con las llaves colgando en la mano. Me miró atentamente: seguro que le ofrecía una imagen muy distinta de la versión anterior que había conocido.

No me había cambiado la camisa, que tenía los botones rotos, y tenía los pantalones de vestir manchados con salpicaduras por haber vomitado la cena.

Era posible que también apestara.

Colocó la llave en la cerradura y se volvió hacia mí.

—Lottie está en el parque.

«Tómatelo como una metáfora, imbécil. Ya que ahora parece que estás colgado de una cría».

—Vaya, ahora es Lottie.

—Sí. Gracias por hacerme entrar en razón. —Se cruzó de brazos—. Pero eso no es excusa para lo mal que se lo has hecho pasar.

—¿Te lo ha dicho ella?

—No. Pero lo acabas de confirmar. Ella, en cambio, me dijo que no me preocupara. No quería agobiarme. Lottie es así. Siempre pensando en los demás antes que en sí misma.

491

Daba golpes con el pie a un ritmo caótico. Llevaba una casaca con cuello. Una especie de uniforme de trabajo, supuse. Para el trabajo que Charlie me había dicho que nunca había querido.

Cada sacrificio que hace una persona allana el camino para el siguiente, hasta que los realiza con tanta facilidad que ya no los considera sacrificios. Lo sabía porque había sucedido lo mismo con Kel y conmigo.

Leah suspiró.

—La última vez que hablamos me ofreciste consejos sin que te los pidiera, así que hoy me toca a mí. Si no puedes solucionar tu vida y tratar bien a Lottie, no la tengas en vilo. Ha sufrido suficiente para toda la vida. Pobre de ti si la haces sufrir más.

Giró el pomo de la puerta y entró en el piso antes de que pudiera responder. Salí corriendo de allí.

Mientras iba al parque infantil Galileo, acepté dos hechos indiscutibles:

1. Kellan había querido hacer suya a Charlie en *Dulce Veneno*.
2. Le estaba robando a su chica, y yo era la escoria de la sociedad, pero me había jurado no pasar al siguiente nivel. Si él no había podido tenerla, yo tampoco.

Tal vez cayese un meteorito.

Para que fuera sincero conmigo mismo. O para sacarme de mi terrible tristeza.

Porque Leah tenía razón. No estaba bien, y no podía estar así con Charlie, darle largas y obligarla a esperar a que yo pusiera mi vida en orden.

En cuanto la vi, supe que no debería haber venido. Dar esperanzas sin intención de hacerlas realidad debería ser un delito penado por ley. Al menos, así me encarcelarían y sería mucho menos probable que apareciera por allí a mi antojo.

Los intensos ojos verdes de Charlie me siguieron desde su posición en Marte.

«El dios de la guerra», observé.

Me lanzó una mirada extraña. Tal vez un poco esperanzada o ligeramente confundida.

—¿Has venido a disculparte?

Si quería una disculpa, iba a tener que ser más específica. En ese sentido, la lista ya era más larga que la de Papá Noel.

—Ahórratela —continuó, y se dio la vuelta para ver cómo una ardilla del parque se lanzaba por el tobogán—. No quiero oírla.

Recordé mi excusa y levanté el libro.

—He venido a devolvértelo.

Sus hombros se desinflaron, pero mantuvo la cabeza alta.

—Es tuyo. Quédatelo. —Sonaba resignada.

—Me lo he leído.

—Impresionante.

—Charlie.

—Charlotte.

—Charlie.

—Como quieras. —Señaló la estructura de toboganes, todavía sin mirarme—. Deja el libro en el tobogán. Lo cogeré más tarde.

Charlie no quería arriesgarse a tocarme. Mensaje recibido.

—¿Para que la ardilla lo use como plataforma de aterrizaje?

Me ignoró.

—¿Ya está? ¿O hay algo más que quieras darme? ¿O decir?

«Vete, Tate», me advirtió el único hilo de racionalidad que me quedaba. «Eso era lo que habías venido a hacer. Que, por cierto, con un mensajero habría bastado».

Mis pies no se movieron.

Joder.

—Ha sido el primer libro que me he leído desde la universidad.

Se detuvo. Era evidente que no quería hablar conmigo. También era obvio que la curiosidad iba a matar a esta gatita.

—¿Y qué tal? —dijo, al final.

—Precioso. Horrible. Difícil de terminar. —Me senté en Saturno porque era el planeta más cercano a ella—. He tocado fondo.

—A partir de ahí será más fácil construir tu vida. Pero no será conmigo. —Volvía a tirarse de la pierna. Me preguntaba cuándo había retomado ese hábito. Qué curioso que solo me diera cuenta ahora de que había dejado de hacerlo.

Me aparté de Saturno para consolarla, pero ella retrocedió con brusquedad. Me di cuenta de que Charlie ya no era mía.

No era mía para consolarla.

No era mía para quererla.

—No puedo quererte, Charlotte. —Las palabras se me escaparon.

Ella suspiró y negó con la cabeza.

—Intentaste decírmelo de mil maneras. Por fin te creo.

Por un momento, me sentí como si hubiera salido de mi cuerpo.

O tal vez hubiera muerto un poco por dentro.

—Es la verdad —insistí—. No puedo.

Silencio.

—Me he leído *Dulce Veneno*. Él te quería. No puedo ignorarlo.

Las palabras dieron en el clavo.

Charlie estalló.

—Qué bien haberlo leído justo después de romper. La excusa perfecta. En realidad, no fue una ruptura. Porque nunca fuimos nada oficial. ¡Ni siquiera querías ir a cenar conmigo! —Esta vez, se acercó. Con sed de venganza. Se detuvo justo antes de tocarme, con la respiración entrecortada—. ¿Y sabes qué, Tate? Eres un maldito cabrón por usar a tu hermano muerto como excusa para no quererme.

Se dio la vuelta para irse, pero algo la detuvo. Su mano me señaló de arriba abajo.

—¿Te has visto? ¿Cuándo fue la última vez que dormiste? —No ayudaba el hecho de que parecía que me hubiera pasado una década en el autobús de gira de los Mötley Crüe. Su voz pasó a exudar rabia contenida—. Estás en el pozo y eres demasiado terco para admitir que me necesitas.

Si su lengua fuera una bala, ya me habría matado. No había venido aquí para terminar las cosas, pero me estaba haciendo tragar las palabras a palazos.

Estaba siendo mala. A propósito. No era propio de ella, pero yo no estaba en posición de decírselo. Peor aún, no quería que dejara de hacerlo. Lo que más me gustaba de Charlie era su

494

habilidad para ver más allá de mis problemas. Qué apropiado era que se mantuviera fiel a sí misma hasta el final.

Me dedicó una sonrisa triste y negó con la cabeza.

—Esto no va de mi historia con Kellan.

—Pues sí.

—No, no va de eso. Va de tu miedo. De tu incapacidad para perder el control. Siempre has sido la persona de la que otros dependen, y ahora te toca a ti depender de mí. Y eso te asusta. No quieres decirme que me quieres porque crees que me da poder sobre ti. Pero también te has aferrado a mí tanto tiempo porque, por mucho que intentes negarlo, me quieres. Por eso ahora usas a Kellan como excusa para quedarte en este limbo conmigo, en lugar de decir las palabras que ambos sabemos que son verdad. —Hizo una pausa y me atravesó el pecho con la mirada, hasta llegar al alma—. Dime que me equivoco.

No pude. Se me ocurrió que Charlie lo hacía a menudo. Se metía en mis asuntos. Me consumía. Me forzaba a enfrentarme a cosas a las que no les habría hecho frente de otra manera.

—Estás congelado, Tate. Tu vida está atascada y pasa a cámara lenta y tú no estás dispuesto a dar un paso adelante. ¿Has escuchado siquiera el mensaje de voz que Kellan te envió aquella noche?

«No. Y no pienso hacerlo».

—Ya me parecía a mí.

Sacó algo del bolsillo y me lo ofreció. Como no lo acepté, me tocó por primera vez en semanas, me abrió el puño, dejó el objeto en mi palma y cerró mis dedos alrededor.

La llave del segundo cajón de Kel.

Ahora sí que no quedaba nada de nosotros.

Me tambaleé hacia atrás y traspasé la puerta que rodeaba el parque. Me sentía como si hubiera dejado una parte de mí allí.

Había llegado la hora de volver a mi antigua forma de vida. A distancia.

«Resulta que la vida es una tragedia de cerca».

Tercera parte
EL ANTÍDOTO

༄

Capítulo ochenta y siete

Tate

ငာ

Mi inesperada dosis de Charlie de hoy vino de la mano de Reagan. No necesitaba que me recordara que no la había visto ni hablado con ella en meses, pero Reagan me lo tenía que servir en bandeja.

—Kellan ha recibido ocho críticas destacadas con *Dulce Veneno*. —Observó mi expresión—. No tienes ni idea de lo que es una crítica destacada, ¿verdad?

—No, pero parece importante.

—Lo es. Es un gran éxito para un libro de un debutante vendido por una agente novata. Marcará la carrera de Charlotte.

Me quité los guantes y me recordé que debía sonreír.

Mi media sonrisa hizo efecto en Reagan, que me la devolvió y se enderezó en su bata de papel antes de saltar de la mesa de examen.

—Entonces, ¿ya puedo tener relaciones sexuales? A estas alturas, estoy convencida de que tienes miedo de que me quede embarazada y aumente tu carga de trabajo.

—Te doy vía libre. Tómatelo con calma y, si experimentas cualquier dolor o molestia, llama sin falta. —Me moví para darle privacidad para que se cambiara, pero me detuve en cuanto mi mano tocó el pomo de la puerta—. ¿Cómo está Charlie?

Reagan inclinó la cabeza hacia un lado y se tomó su tiempo para responder.

—Es Charlotte. Fuerte. Fiable. Cariñosa. Y, sin embargo, está diferente.

—¿Más triste?

—No. Creo que está sanando.

Era bueno.

Me dije a mí mismo que endulzaba mi humor agrio. Sin embargo, arremetí contra Sylvia por ser poco profesional cuando volvió de su pausa para comer con una mancha de marinara del tamaño de Italia en la blusa.

Walter me empujó a mi despacho como si fuera una bomba que tuviera que desactivar.

Después de la muerte de Kellan, habíamos puesto orden en Bernard y Marchetti. No quería que nadie hablara ni pensara en su muerte. Walter había protestado al principio, pero cuando vio cómo yo arremetía contra todos los que se atrevían a ofrecer condolencias, accedió a despedir al personal. Les había ofrecido generosas indemnizaciones y los había colocado en nuevos puestos en las consultas de sus compañeros. (A diferencia de mí, se las había arreglado para socializar y hacer amigos en el sector).

Esta vez, yo quería hacer lo mismo.

Había perdido a Charlie.

También había sido como si me cortaran una extremidad sin previo aviso.

Había guardado la llave que me había dado en el bolsillo para torturarme. Para recordarme nuestros últimos momentos juntos.

En lugar de ir a un bar como quería, acabé en mi sofá. Al lado de Terry. Viendo una repetición de un programa de los ochenta que ninguno de los dos disfrutábamos.

Sabía que quería decirme algo, sobre todo porque, cada vez que llegaba una pausa publicitaria, sus labios se entreabrían y exhalaba un suspiro desde el fondo de la garganta, pero solo le salía aire sibilante.

El programa se reanudó.

Volvimos a ver a unos personajes de los que no sabíamos los nombres y que hacían cosas sin sentido, ya que habíamos empezado el episodio a la mitad.

¿Esto contaba como una relación padre-hijo?

Si era así, quería que me devolvieran el dinero.

Al final, Terry nos sacó de la miseria, agarró el mando a distancia y apagó la televisión.

—¿Hay algo que quieras decir?

—Parece que eres tú el que tiene algo que decir. Si resoplas un poco más fuerte, tendrán que contratarte como el lobo en *Los tres cerditos*.

—Es un gran logro en mi vida que el único libro al que mi hijo adulto ha hecho referencia haya sido un cuento infantil.

—De nada.

Tiró el mando a un lado.

—Me he dado cuenta de que te has leído *Dulce Veneno*.

—Hace un tiempo ya.

Tragué saliva y recordé el vaso de agua que Terry me había dejado aquel día. Un gesto pequeño, que no podía olvidar.

Dicen que no existen los gestos de bondad pequeños. Alguien debería haberme avisado antes de que invitara a mi padre a mi casa.

—La señorita Richards luchó por preservar cada parte en la que te menciona tal y como Kellan la escribió. Son sus palabras, intactas. Creo que deberías saberlo.

—Quieres que estemos juntos.

—Tú quieres estar con ella —corrigió—. Yo solo soy un mero espectador que está cansado.

—El hecho de que haya trabajado tan duro para preservar la visión que Kellan tenía de mí no cambia nada.

De hecho, supuse que lo haría.

Después de todo, estábamos hablando de la cálida y dulce Charlie. Confiable hasta la saciedad.

Hasta nuestra ruptura.

Terry se pasó los nudillos por la mandíbula, con la cabeza ladeada.

—¿Y qué lo haría?

—Si lo supiera, no estaría en esta situación.

—Si no es por Kellan, es por… Oh. —Se rio, y me dio una palmada en el hombro—. Tu hermano tenía razón.

—¿Sobre qué?

—Sobre cómo te comportarías en una relación de verdad: incapaz de comprometerte. Bueno, en parte es culpa mía. ¿Por qué ibas a permitirte perder el control cuando es lo único que me has visto hacer, acabando como un adicto sin futuro?

Sacó su última ficha de Alcohólicos Anónimos y me guiñó un ojo mientras me la enseñaba.

Cinco meses.

Tal vez, el genio y figura podía cambiar antes de la sepultura.

—La buena noticia es —Me puso la ficha en la mano— que nunca es demasiado tarde para cambiar.

«Quizá sea tu turno, Tate».

Me dirigí a la cama, pero me detuve en el pasillo frente a la habitación de Kel. El peso que normalmente sentía en el estómago al verla había desaparecido.

Lo que fuera que hubiera dejado no me intimidaba tanto como *Dulce Veneno* había hecho antes.

Deslicé el pie hacia delante.

Di un paso.

Y otro.

Abrí la puerta con un crujido.

Me acerqué al escritorio.

Metí la llave en la ranura, la giré y contuve la respiración.

Una columna de polvo me asaltó las fosas nasales. Hice inventario del cajón.

Dos centavos. Un único marco dorado.

El metal era frío y pesado en mis manos. Había una foto debajo del cristal. Una de Kel y yo en su decimosexto cumpleaños. Yo tenía la cabeza echada hacia atrás por la risa mientras él intentaba, sin lograrlo, escalar las ruinas del hospital de viruela de Renwick.

Creía que no había más fotos de nosotros dos, pero no debería haberme sorprendido. Los recuerdos son como las relaciones a distancia. Cuanto más lejos vas, más débiles se vuelven.

Recogí las monedas, las llevé a mi habitación y las coloqué en la mesilla de noche, junto con el marco antiguo, al lado de la foto que nos hizo mamá.

Volví a dejarme caer sobre el colchón, tomé el teléfono y activé el buzón de voz.

Había llegado la hora de oír lo que Kel tenía que decirme.

Capítulo ochenta y ocho

❦

Hola, Tate:

Soy Kel.

Sigo pensando que eres un cabrón, pero eres un cabrón al que le tengo que pedir un favor. Conozco a una chica que se llama Charlotte Richards.

La cuestión es que es una chica fuerte. Más de lo que cree. De lo más fuerte que hay. Como el recubrimiento de un Nokia de los antiguos. O la mierda esa que usan para mandar los cohetes al espacio.

Es muy fuerte, la tía.

Pero me preocupa, ¿sabes?

Me voy a ir muy lejos y quiero que te asegures de que está bien. Comprueba cómo está de vez en cuando. Que le sigue latiendo el corazón. Que no aguanta más tonterías de su hermana. Los dos tenemos unos hermanos que son unos cabrones, que lo sepas.

Si me haces este favor, te pintaré menos cabrón en el libro, y es una oferta que debería parecerte apetecible, porque tengo la sensación de que podría ser de los que vuelven en forma de fantasma.

Bueno, pues eso.

Ese es el favor que te pido.

Tampoco es un gran favor, si lo miramos bien, lo que significa que serás un cabrón si no lo haces.

¿Qué más quería decirte?

Ah, sí.

¿Qué narices pasa con Hannah? La tía piensa que la vida doméstica es tejer jerséis de Navidad con tu cara. Tu cara. Prometerte con ella sería como quedarte atrapado en un episodio de Doctor Foster que no termina nunca. Incluso tú puedes encontrar algo mejor. Has entrado en razón un poco tarde. Chao, pescao.

Bueno, supongo que ahora debería decir algo bonito para ir terminando. Puaj. Qué asco.

En fin...

Podría haber llevado mejor lo de que me dejaran tirado en tu casa. Para que conste, tú también. En nuestra defensa diré que es difícil comenzar una relación con buen pie cuando empieza con mierda pura.

Pero vivir contigo solo fue un poco mierda, aunque con Hannah fue lo peor. Sé que es difícil tratar conmigo, pero te esforzaste. Me di cuenta. De verdad.

Ay, a la mierda.

No te odio, Tate.

Quizá incluso me caes un poquito bien.

Nos vemos en otra vida.

Quizá en esa podamos ser hermanos de verdad.

Capítulo ochenta y nueve

Tate

✺

Nada te indica mejor que has tocado fondo que el hecho de que los trabajadores de Gusto Gusano, que ofrecían una carta que incluía gusanos en todos los platos, te saluden por tu nombre.

—Señor Marchetti. Otra vez por aquí. —Sammy se apartó de la caja registradora.

«Señor». Me había esforzado mucho por obtener mi título de médico, pero no lo corregí. Cuanto menos supiera de mí, mejor. Tal y como iban las cosas, me resultaba difícil digerir el hecho de que frecuentaba un lugar famoso por servir seres que se alimentaban de cadáveres.

El timbre de la puerta tintineó cuando se cerró tras de mí. Me senté en mi mesa habitual y me puse unas gafas de aviador cuando el sol me dio en la cara.

Sammy se detuvo junto a mi asiento a lado de la ventana. Los dos mirábamos el parque infantil que había al otro lado de la calle. Se guardó el bolígrafo y el bloc de notas.

—Déjame adivinar…, vas a pedir una botella de agua y vas a pasarte una hora sentado mirando embobado a esa mujer. —Hizo chasquear el chicle rosa contra sus labios. Su lengua se deslizó para recogerlo de nuevo y metérselo en la boca. Menos mal que en este lugar solo había gusanos, porque había perdido el apetito—. Debería denunciarte por acoso —añadió.

«Y yo debería denunciarte al inspector de sanidad».

Esbozó una sonrisa.

—¿Y perderte mis propinas estelares?

—¿Estelares? —se burló. Para que conste, había racaneado una vez cuando me había quedado sin dinero en efectivo. La siguiente vez, le di el doble de propina. Pero Sammy era capaz de guardar tanto rencor como los imbéciles de Wall Street guardaban dinero en cuentas bancarias en el extranjero.

—Sigue hablando, y habrá un cero menos en el recibo de hoy.

—Sí, sí. —Quitó importancia a mis palabras—. ¿Qué te apetece?

—Una botella de agua.

Levantó la ceja, como diciendo «¿lo ves?». Asintió, volvió con mi pedido y me dejó solo para que mirara el parque de Galileo. Estaba vacío, a excepción de un tipo que se fumaba un cigarrillo en Neptuno. Saqué el móvil y volví a escuchar el mensaje de voz de Kellan, algo que hacía a menudo. ¿Qué significaba que Kellan me hubiera pedido que cuidara de Charlie? Sabía lo que yo quería que dijera: permiso para estar con ella. Permiso para ser feliz. Su bendición. Pero también sabía que Charlie tenía razón. Nuestros problemas no provenían de Kel. Eran cosa mía. Necesitaba aprender a aceptar el amor. A perder el control.

Como un reloj, Charlie llegó con Rowling. La vi empujar a la hija de Jonah en los columpios antes de saltar por los planetas como si fueran bares y ella fuera Terry antes de estar sobrio. Me pregunté si conocería el significado de cada planeta, pero comprendí que ya no podía preguntárselo. Había muchas cosas que quería hacer con Charlie y que nunca tendría la oportunidad de hacer. Me había dejado claro que habíamos terminado. Y aun así… Por poco no me acerqué a ella. Por poco no la besé. Por poco no le dije que la quería. Por poco.

Sammy regresó con un plato de comida que no le había pedido y me lo colocó delante. Lo miré de hito en hito. Parecía bastante normal. Un *pretzel*. De masa dorada, algo quemada y doblada en forma de corazón con una X torcida en el medio.

—Deshidratamos las lombrices, las licuamos y las mezclamos directamente con la harina. Es una gran fuente de proteínas.

Podría haber sido una señal de que tenía que salir de allí por patas. Probablemente, tenía que dejar de seguirla. Pero no lo hice. Me dije a mí mismo que estaba cumpliendo con lo que Kel me había pedido. Que estaba cuidando a Charlie, tal y como él quería, de la forma que él quería. Pero después de haber leído *Dulce Veneno*, me había quedado clara una cosa: Kellan lamentaba haber perdido su oportunidad con Charlie.

Y sabía que yo también lo haría.

Capítulo noventa

Charlotte, veintitrés años

～

Hoy hacía nueve años que Kellan me había salvado.
Cinco que había muerto.
Uno que había conocido a Tate Marchetti.
El 14 de febrero era el primer día de muchas cosas.
Pero hoy no.

Me dije a mí misma que no importaba que Leah se hubiera olvidado de mi cumpleaños. Al fin y al cabo, había pasado los últimos diez sin recibir ni una mísera felicitación de su parte.

Además, para ser justas, la cosa era un poco frenética gracias a su éxito reciente. Había publicado un tutorial en YouTube para maquillar cicatrices que había acumulado más visitas que la recopilación de vídeos del perro bailarín.

Acabé en el metro, después de recorrer el camino desde el cementerio donde Kellan yacía hasta una estación familiar. El vagón me mecía. Me balanceé, decidida a no resistirme a las olas. Me zumbó el móvil: había recibido un mensaje.

Leah: Te prometo que NO me he olvidado de tu cumpleaños. Jonah y yo hemos ido a Jersey para traerte tu *menemen* favorito, y un imbécil nos ha dado por detrás.
Yo: ¿Estáis bien?

Leah: Sí, pero enfadada. Jonah dice que puede arreglarlo con facilidad. Pero... [GIF de Rob Lowe gritando en el desierto].
Yo: No te preocupes. ¡Qué ganas de comer *menemen* esta noche! Gracias.

Me metí el móvil en el bolsillo, con el ánimo por las nubes. Leah y yo habíamos vuelto a la normalidad de forma oficial. Qué bien. Como si no hubiera pasado el tiempo. Pero me asustaba, en el buen sentido, porque aunque significaba que tenía algo que perder, también significaba que tenía algo por lo que luchar.

Las puertas del metro se abrieron y dejaron ver uno de los muchos carteles del libro de Kellan. Helen había preparado un lanzamiento anticipado en tres tiendas importantes para aumentar la expectación, pero *Dulce Veneno* se había agotado antes de la medianoche de ayer. Lo que significaba que esta mañana, la fecha oficial de publicación, no había libros físicos que vender.

Helen había puesto en marcha otra tirada de cuatrocientos mil ejemplares. Mientras tanto, las librerías independientes se habían inundado de clientes. A Kellan le habría encantado.

Para cuando llegué al St. Paul, sonreía. La misma cadena colgaba de los dos ganchos para impedir la entrada a las escaleras que conducían a la azotea. Me colé por debajo y subí los escalones con menos miedo del que esperaba.

Quizá porque había venido por una buena razón.

Para celebrar la publicación de Kel con él.

Como aquel día de hacía nueve años, vi algo que no esperaba ver.

Una persona.

Estaba sentado cerca de la cornisa, con las piernas colgando sobre las vigas.

—Tate —susurré, sin esperar que me oyera.

Debía de estar sufriendo alucinaciones, porque habría jurado que también había visto a Tate otro día, cerca del parque Galileo. Y otra vez en una lectura anticipada de *Dulce Veneno*.

Mi imaginación tendía a volar. A menudo buscaba a Tate Marchetti en Google, aunque sabía que no encontraría nada. No me atrevía a ir a verlo, porque si lo hacía, me desmoronaría, y si me venía abajo, dejaría que me recompusiera, y si él me recomponía, me quedaría. Y si me quedaba y él no renunciaba a su control tan férreo y cuidado, el ciclo comenzaría de nuevo.

Decidí no arriesgarme por si no se trataba de un espejismo. Me giré y me dirigí hacia las escaleras, lista para correr escaleras abajo.

—¡Espera!

Me quedé inmóvil, respiré hondo y lo miré. Luego me pellizqué la pierna. Era real. Estaba allí. Madre mía. Las tejas traquetearon mientras caminaba hacia él. Pasé un brazo alrededor de una chimenea para estabilizarme y me senté a medio metro de Tate. El traje familiar que llevaba me revolvió el estómago, como siempre. No había cambiado nada. Desde el pelo, pasando por la ropa, hasta los zapatos. Todo seguía igual. No sabía cómo me hacía sentir eso.

Me moví y me acomodé. Tate sostenía algo en el puño. Era un pastel de zanahoria, pero no se lo estaba comiendo. Siguió la dirección de mis ojos hacia el bloque naranja envuelto en papel.

—No me gusta la tarta de zanahoria —confesó.

Le tendí la mano.

—Dámela.

Me la ofreció.

—Felicidades, Charlie.

Me sonrojé, desenvolví la tarta y mordí un trocito. Más abajo, el patio del colegio parecía brillar.

—Nunca había visto este panorama a plena luz del día. —Volví a colocar el papelillo sobre el pastel—. Es mejor de lo que imaginaba.

No era lo que quería decir. Quería preguntarle por qué había venido, pero sabía el motivo. Lo tenía en la mano. ¿Por qué sino iba a aparecer con una tarta de zanahoria? Se me humedecieron tanto las manos que podría haber abierto un parque acuático con el sudor.

—He pensado qué decirte mientras venía hacia aquí, en caso de que te viera.

—¿Sí? ¿Y qué se te ha ocurrido?

—Nada. Lo he descartado todo.

—¿Qué opciones había?

—Lo siento.

—Un buen comienzo, pero demasiado corto —coincidí.

—Soy un egoísta.

—Diría que eso es simplificar nuestra relación. Es injusto para ambos.

—Te echo de menos.

El corazón se me aceleró y noté los latidos en las orejas.

—Esa no me parece mal.

Excepto por el hecho de que notaba cómo mi voluntad comenzaba a flaquear, y me había jurado respetarme lo suficiente como para no permitir que nadie me mareara.

—Charlie. —Me giré hacia él. Tate tenía un centavo en la mano y le daba vueltas sin parar. Me lo lanzó—. Pagaría por saber lo que piensas.

—Te echo de menos —admití. Volví a lanzar la moneda con la esperanza de que la cogiera—. Pagaría por saber qué piensas tú.

—Eres tú.

—¿Qué?

Se acercó a mí, y quedamos uno al lado del otro. Sus ojos ardían por la determinación.

—Me dijiste que ojalá pudieras encontrar aquello que me haría seguir adelante. Eres tú, Charlie. Tú eres lo que me hace seguir adelante.

Recordé ese día. Habíamos hablado por teléfono por primera vez y luego me había presentado en su casa. Por aquel entonces, ya me estaba enamorando de él.

—Te quiero, Charlotte Richards. No puedo prometerte que siempre estaré bien, pero puedo asegurarte que siempre te querré y que nunca me avergonzaré de decirlo. Durante los últimos cinco años, me he perdido a mí mismo en el dolor. Pero entonces encontré lo mejor del mundo: a ti.

Su boca se apoderó de la mía y aniquiló los años de soledad para sustituirlos por él. Lo sentía en todas partes. Inhalé el aroma familiar de sándalo, hoguera y cítricos. Enredé mi lengua con la suya.

Me aparté, jadeé y apoyé la frente en la suya.

—¿Se te ha ocurrido todo eso en el coche?

—Ha sido un viaje productivo.

Se inclinó para darme otro beso. Sonreí sobre sus labios y me di cuenta de que hoy también había habido una primera vez.

Alguien a quien yo quería me había dicho «te quiero».

Epílogo

Charlie

∽

—Charlotte, cielo, lo has vuelto a hacer. —Reagan entra en mi despacho (sí, despacho, con cuatro paredes e incluso una ventana) y deja caer una revista en mi escritorio abarrotado.

No le respondo más que con un «mmm» y sigo tecleando el correo que quiero enviar a un editor extranjero, que quiere comprar los derechos para Italia de un libro que hace poco que he vendido.

—¿Que he hecho qué?

—No contarme las cosas. ¿Por qué tengo que descubrir que has firmado un contrato de cinco libros con Random House para Marshall Clive así? —Alza el ejemplar de *Publishers Daily* y lo zarandea—. Es mi agencia.

Pero no hay ni rastro de enfado en su voz. ¿Cómo va a haberlo? El contrato asciende a siete cifras. Desde que trabajo para ella como agente de pleno derecho, la comisión que se lleva financiaría un año entero de matrícula para uno de los gemelos en la guardería pija. Mejor que fuera para Noah. Ethan es un imbécil, todavía llora al verme.

—Se suponía que no lo publicarían hasta el lunes. —Le quito la revista de los dedos y la meto en uno de los cajones para enviarle una foto a Marshall más tarde—. Lo... —Me detengo. No lo siento. No hay nada que lamentar. He conseguido un acuerdo maravilloso y he olvidado contárselo. Estoy aprendiendo a no sentirme tan culpable. A no sentir la necesidad de disculparme con el mundo entero. Es un proceso, pero voy dando pasitos hacia delante.

—No, no lo sientes. —Una sonrisa se dibuja en su cara—. Y no deberías. Cuéntamelo todo mientras comemos. —Aplaude.

Ahora sí que es buen momento para disculparse.

—No puedo. Lo siento. —Pero por primera vez en años, la palabra no lleva ese peso añadido de temer decepcionar al otro—. He quedado con Tate para comer. ¿Quieres cenar o lo dejamos para otro día?

De fondo, oímos que los niños se han despertado de la siesta, como demuestran sus gritos. Oigo a la gente fuera mientras tratan de ofrecerles comida que los niños de tres años no tienen por qué comer. Es raro, pero me he acostumbrado a escribir con dos niños gritándome en el oído. Si esta experiencia de segunda mano con los gemelos me ha enseñado algo, es que la maternidad es el campo de entrenamiento de la vida. He renovado mi respeto por las madres de todo el mundo.

—Tate. —Reagan mueve las cejas—. ¿A dónde te lleva?

No puedo decírselo. No porque Tate me haya dicho que no lo haga, sino porque no me lo ha dicho. Estoy bastante segura de que es un asunto privado. No sé cómo explicarlo, solo tengo una corazonada.

—No estoy segura. —Me levanto, tomo un contrato impreso y me dirijo al archivador—. Nos encontraremos en la Quinta y veremos qué sitios disponibles hay y están bien. —Qué mentira tan descarada. No me gusta mentir, pero me parece un mal necesario en este momento.

Reagan asiente. Su sonrisa me indica que sabe algo que no me está contando, pero como le he mentido no hace ni un segundo, no puedo permitirme preguntar.

—Claro. Sí, claro. Bueno, espero que lo disfrutes.

—Claro que sí. ¿Cenamos, entonces?

—Ay, no lo sé. Ya hablaremos mañana. De todos modos, no es tan urgente.

Entonces, da dos golpecitos en mi escritorio (en el poco espacio que no está cubierto de papeles) y me echa del despacho.

Termino el correo electrónico, hago una foto del artículo sobre el acuerdo y se la mando a Marshall. Luego agarro mi chaqueta y me envuelvo el cuello en una bufanda de cachemira que me regalaron Leah y Jonah por Navidad. Es fea y naranja, pero significa tanto para mí que rara vez la dejo en casa.

En la nueva casa de Tate.

En mi casa, en muchos sentidos.

Aunque no de forma oficial. Ha sido más bien una progresión natural. Igual que una araña teje lo que comienza siendo una red sin pretensiones, que se acaba apoderando de una pared entera del garaje al cabo de unos meses. No estoy segura de quién es la araña en nuestra situación. Solo sé que de quedarme una noche en su casa pasé a cuatro. Y antes de darme cuenta, necesitaba mi propio cepillo de dientes, pasta de dientes, desodorante y loción corporal, porque ir a mi piso antes de trabajar era un engorro.

Y entonces Jonah le pidió a Leah que se comprara una casa con él. No sin antes comprobar que yo estaba de acuerdo (y, por supuesto, lo estaba). Y ella le había dicho que sí. Había sido en un buen momento, porque Reagan acababa de ascenderme, y ese ascenso comportaba un aumento importante. Sin embargo, ahora estoy pagando un estudio en el que no duermo. La casa de Tate está más cerca de mi oficina y solo vuelvo al piso para recoger el correo.

Tomo el tren hacia el St. Paul y observo a la gente mientras lo hago. Nueva York se despoja de los restos del invierno. Se aprecia en los árboles, que ya no están tan desnudos. En cómo la gente se quita capas de ropa en el metro. En que los trabajadores caminan con un poco más de vigor. Me bajo en la estación. El corazón me late en la garganta. No sé por qué estoy nerviosa. La última vez que vine, sucedió algo bueno. Pero... Odio esa azotea. La vida que se cobró.

Ese golpe visceral de recuerdos que me golpea cuando paso por el mismo sitio en el que Kellan se precipitó. Y ahora, Tate quiere que nos encontremos allí. Una parte de mí está resentida con él porque está a punto de tomar otra cosa de Kellan y mancharla de Tate. Esta azotea era de Kellan y mía. Pero negarme me parecía demasiado. Muy dramático. Y más después de que arrancáramos un trozo de Kellan ese día de San Valentín y lo reemplazáramos con nuestra historia.

Subo a toda prisa los escalones de la salida de emergencia mientras me pregunto qué hará falta para que el St. Paul restrinja el acceso a estas escaleras. Llego quince minutos antes a propósito. Necesito tiempo para serenarme antes de que Tate aparezca.

Cuando llego a la azotea, me sorprende lo familiar que me resulta. Que no haya cambiado. También me sorprende encontrarme a Tate aquí. Está de espaldas, y el viento le agita el pelo oscuro. Al verlo así, con el abrigo colgando a la perfección sobre su cuerpo imperial, me perdono por estar con él. Por haber mordido el anzuelo. Por enamorarme del hermano de mi difunto mejor amigo. Un difunto mejor amigo que estaba enamorado de mí y que me dejó el regalo de valor más incalculable de todos: un libro brillante y sincero.

—Sí. —La voz de Tate retumba. Sabe que estoy aquí, aunque creo que no he hecho ningún ruido. Me hace gracia que, a pesar de que estemos juntos (llevamos ya un tiempo), sigue siendo formidable. Trata con frialdad a la gente de su alrededor, pero yo soy la excepción—. Sí, tenía que ser aquí. Sé que te lo has estado preguntando, pero tenía que ser aquí.

—¿Por qué? —No pregunto qué implica. Es menos importante que el motivo.

Tate se gira y me mira fijamente.

—Porque muchos de tus recuerdos en este lugar son negativos, y no es justo para ti. Porque ya es hora de crear buenos recuerdos sobre los malos. Eso no significa que estemos olvidando a Kellan. Significa que lo estamos honrando.

Me sorprende no ponerme a la defensiva sobre Kellan. Eso también es un cambio agradable. Creo que se debe a que ahora Tate y yo somos un equipo. Ya no dudo de sus sentimientos hacia su hermano menor.

—De acuerdo. —Inclino la cabeza—. Ahora estamos aquí. ¿Quieres comer aquí?

Tate no es de los que van de pícnic, pero cosas más raras han pasado. Como el hecho de que ahora se lleva bien con Terry, que se quedó con su antigua casa cuando Tate se mudó a la nueva, a dos pasos de la clínica.

Tate se acerca a mí. Se mueve con la gracia y la compostura de un depredador nocturno. El corazón me martillea en el pecho. Alargo la mano para tirarme de la pierna, pero en su lugar aprieto el bolsillo de la chaqueta. Siempre llevo una edición de bolsillo de *Dulce Veneno*. Arrugado y leído hasta la saciedad, pero ahí está. Mi tributo a Kellan.

Tate se detiene a dos pasos de mí. Tengo tanta adrenalina en el cuerpo que quiero gritar. ¿Qué está pasando?

—Charlie.

—Tate.

—¿De verdad que Reagan no te ha dicho por qué estás aquí hoy?

Frunzo el ceño.

—No. Y me estoy cansando de ser la única que no lo sabe, así que quizá quieras remediarlo y contarme qué pasa.

Se ríe, y distingo a Kellan en él. En la timidez. En la juventud. Pero también hay algo que es única y puramente Tate. El hombre del que me enamoré. Una fuerza que arrasa con todo. Una tormenta que me atrapa.

—Charlotte. Lottie. Charlie. —Niega con la cabeza y se despeina el pelo al pasarse la mano por él—. Estas cosas no se me dan bien. Bueno, ahí va. Cuando te conocí, era un desastre. No. Un desastre es un eufemismo. Era un tren descarrilado. Un barco que se hundía. Un peligro para mí y para los que me rodeaban. Entraste en mi vida y la cambiaste. La pusiste patas arriba. ¿Y ahora? Ahora no puedo imaginarme la vida sin ti. —Hace una pausa—. No. No lo he dicho bien. Puedo imaginarme mi vida sin ti. Y sería una mierda. En realidad, no estoy seguro de si valdría la pena vivirla en absoluto. Ya vivimos juntos, aunque nunca lo hemos hecho oficial, y creo que es hora de que me conviertas en un hombre respetable.

Y entonces, se arrodilla. Me tapo la boca con las manos. Puede que esté gritando, pero no oigo nada. Tate me ha traído aquí para pedirme matrimonio. Me ha traído al lugar en el que había vivido una de las experiencias más traumáticas de mi vida y lo acaba de convertir en el más hermoso. Quiere recoger mis pedazos rotos y ayudarme a pegarlos. Como yo había hecho con él.

Saca una caja de terciopelo azul del bolsillo del abrigo y la abre. Es un anillo precioso, con un diamante negro. A su alrededor brillan pequeñas gemas pulidas. La cinta es fina y elegante. Es tan yo que quiero llorar. No, espera, estoy llorando. Las lágrimas calientes me recorren las mejillas heladas. Sacudo la cabeza.

—¿No? ¿Eso es un no? —Su voz adopta un tono cortante. Intenta mantener la compostura. Mierda. Cree que lo estoy rechazando.

Me río, me arrodillo y le agarro la cara.

—No, idiota. Es un sí. Cien por cien sí. No puedo creer que hayas sido tan considerado de traerme aquí.

Sin responderme, me agarra la mano izquierda y me pone el anillo en el dedo. Es rápido. Como si no quisiera darme la oportunidad de cambiar de opinión. Tate besa el diamante que llevo en la mano y me mira a los ojos.

—¿De verdad? Porque no me puedo creer que haya sido tan estúpido como para haber esperado tanto.

Entonces nos lanzamos el uno sobre el otro. No sé quién ha empezado ni quién terminará. El beso es descuidado y lleno de emociones, risas y saliva. Mis lágrimas se mezclan con nuestros labios y las devoramos. Estamos acostumbrados a este simple hecho de la vida: cualquier placer que vale la pena experimentar siempre conlleva un poco de dolor.

Dulce Veneno.
Belleza envuelta en fealdad.
Amor disfrazado de odio.

Nos agarramos de los hombros. Parece que nunca vayamos a soltarnos.

—Voy a hacerte feliz, Charlie.

¿Y sabes qué? Ya lo ha hecho.

Tate

Un año después

∽

—Va a ser un follón —digo, mientras salgo del coche y le abro la puerta a Charlie.

Se levanta tambaleándose, con la mano sobre la barriga de embarazada. Está muy bien para estar en el final del primer trimestre. Apenas tiene náuseas matutinas. No tiene cambios de humor, ni siquiera se le ha aguzado el olfato. Le advertí que podía cambiar en cualquier momento. Que el embarazo no es superagradable para todas.

—Todo irá bien.

Le coloco un chal sobre los hombros y entrelazo nuestros dedos. Nos dirigimos al Museo Literario de Arte en Brooklyn, donde le hacen un homenaje a Kellan. La semana pasada salió a la venta otra edición de *Dulce Veneno*. Terry llora cada vez que oye el recuento oficial de ventas del libro (diez millones de ejemplares y sigue sumando), lo que lo convierte en una elección interesante para aceptar el premio.

—No te lo crees de verdad —gimo, y le aprieto la mano entre las mías.

—No, no me lo creo. Pero tenemos que respetar sus deseos. Así es como él quiere hacerlo. Se lo debe a sí mismo y a Kellan. No podemos detenerlo. Y de todos modos, no nos corresponde a nosotros.

Mi esposa tiene razón. Siempre tiene razón.

Lo odio.

En el museo, es más de lo mismo. Me he acostumbrado a esta jerigonza literaria después de haber acompañado a Charlie a innumerables eventos. La conversación intelectual. Las copas de champán. Las profundas reflexiones sobre textos escritos mientras el autor iba colocadísimo. Pasamos una hora entera ahí antes de que la organizadora del evento (una mujer cuyo nombre no puedo pronunciar y que parece haber probado todas las cirugías plásticas disponibles) da unos golpecitos a la copa con un tenedor. Un clásico. Pide la atención de todo el mundo, con una sonrisa escarlata, grande y oscura. Ajena a lo que le espera. Me siento, y veo cómo llama a Terry al escenario con una mezcla de satisfacción y pavor. Mi padre se levanta de la mesa y se acerca.

La mujer en el escenario no para de hablar de *Dulce Veneno*. Sobre lo bien que le fue en las tiendas. De cómo los niños lo estudian ahora en el instituto. Detrás de ella, Terry palidece. Me lanza una mirada, a la espera de que le asegure que está haciendo lo correcto. Inclino ligeramente la cabeza, como diciendo «adelante».

La mujer habla durante otros veinte minutos. Charlie me toma la mano y aprieta. Sabe que estoy nervioso. Estoy seguro de que ella también lo está. Y entonces, la mujer le cede el micrófono a Terry.

Este va directo al grano, como nos dijo que haría, cuando fue a nuestra casa a tomar algo antes del evento. Café, por si te lo preguntabas. El tío lleva sobrio una buena temporada.

Se aclara la garganta.

—Gracias. Por el apoyo. Por comprar *Dulce Veneno*. Por leerlo. Por amarlo. Por decirles a vuestros amigos que lo compren. Por enviarme fotos de él en las librerías. No creo que sepáis cuánto significa para mí. Lo... lo raro que es que uno vierta algo que tiene en la cabeza en una página, y que se vuelva tan popular que todo el mundo quiera oírlo y leerlo.

Toma aire. Cierra los ojos. Le tiemblan los hombros, pero no llora.

—Pero me temo que no puedo sentir ninguna de esas cosas que tanto enorgullecen a un escritor. La verdad es que hay una razón por la que me he negado a hablar en público hasta ahora. No es porque valore mi intimidad, a la mierda mi intimidad.

No es porque no tenga nada que decir. Tengo demasiado que decir. Es porque lo que tengo que decir da miedo, pero es necesario.

Tengo un mal presentimiento sobre sus siguientes palabras. O uno bueno, según se mire.

La coordinadora del acto se abre paso entre las mesas hacia el escenario.

—Se supone que esto va del señor Marchetti.

—Yo soy el señor Marchetti —señala Terry. El público se ríe a carcajadas.

—El otro Marchetti.

—Ahora, ahora.

Más risas. Charlie y yo intercambiamos una mirada. Ninguno de los dos se está divirtiendo. Estamos preocupados por Terry. Me hace un gesto para que vaya a buscar el coche. Me muevo mientras presto mucha atención al discurso de Terry cuando recupera el micrófono y arranca de nuevo:

—¿Por dónde iba? Sí. Kellan Marchetti era muchas cosas. Un escritor. Un prodigio. Un hermano. Un hijo. Y el escritor de un libro que le robé e hice pasar por mío. *Las imperfecciones.*

Un asombro colectivo deja la sala sin aire. Me quedo paralizado en la puerta y me vuelvo hacia Terry. Esperaba que dijera la verdad sobre el plagio, pero no me esperaba que el escritor hubiera sido Kel. Pero tiene sentido. Tiene mucho sentido.

Mi padre cierra los ojos, pero sigue adelante. Y por eso, por primera vez, quizá por una única vez, estoy orgulloso de él.

—Yo no escribí *Las imperfecciones.* Al menos no la mayor parte. Se lo robé a mi propio hijo. De mi propia sangre. Era brillante, especial, y tenía mucho talento, y yo era un fraude. Logró cosas increíbles con su mente, y yo fingí que eran mías. Por eso nunca hubo un segundo libro. Por eso desaparecí. Esta es la pura verdad, horrible y desesperante. Robé *Las imperfecciones.* Lo plagié, si lo preferís. No me merezco esto. Este amor. Este apoyo. Esta adoración. Pero Kellan sí. Su segundo libro, *Dulce Veneno,* está ahí fuera. Id a leerlo. Pedidlo prestado. Disfrutadlo. Decídselo a vuestros amigos. Decidles que se lo digan a sus amigos. Dadle el respeto que no se le dio. Dios sabe que se lo merece.

Se aleja un paso del micrófono. Cierro los ojos. Siento a Kellan aquí. A nuestro alrededor. Quizá incluso dentro de esta sala. Su espíritu. Creo que, dondequiera que esté, ahora está bien.

—No aceptaré preguntas. Gracias.

Charlie me agarra la mano. No sé cuándo ha llegado, pero es típico de ella ser alguien con quien se puede contar en cualquier situación. Me acomodo a su ritmo.

—Tate. Ve a por el coche, rápido. —Me da un empujón en el pecho.

Me apresuro, pero me vuelvo para asegurarme de que ella está a salvo. Se apresura a alcanzar a Terry, que intenta huir por la puerta de atrás. Charlie le agarra la mano y tira. Quiero instarla a que vaya más despacio. Está embarazada. De mi hijo (o hija). Pero no hay quien la pare. Me lanzo hacia el aparcacoches al tiempo que observo cómo mi esposa empuja a mi padre bajo un árbol para esconderse. La turba los persigue. Es menos terrible de lo que parece. Solo son un montón de viejales con trajes y vestidos de satén que quieren saber lo que significa con respecto al ejemplar firmado que compraron con la cena en este evento, por un precio de cuatro mil pavos. Me meto en el Lexus y rodeo el edificio para ir a buscar a Terry y a Charlie. Se me escapa una carcajada. Me siento como un niño que se está portando mal. Que corre de un lado a otro, liándola. Me detengo cuando veo a Charlie y Terry avanzando a toda prisa hacia mi coche por el retrovisor. Charlie se ríe. Le brillan los ojos bajo el cielo nocturno.

Sé que Kellan también me quería. Me quería porque me hizo el regalo más maravilloso antes de morir: Veneno.

Agradecimientos

Chlo, te echo de menos. Te quiero. Gracias a Bay y a Rose, terrores de cuatro patas. L., gracias por hacer que siga funcionando. Siento ser una novia mediocre. (No, en realidad no lo siento. Ya sabías lo que había).

Gracias a Heidi Jones, que se casó con un golfista profesional. Básicamente. Quizá. Puede. A Heather Pollock, que aguanta muchas de mis tonterías. A las personas que ayudaron a dar forma a este libro: Emily, Michelle, Vanessa y Paige. A mis mejores amigas de G.A.: Libra y Boom Boom. Gracias por aguantar mi ansiedad, mi humor de preadolescente y mi variedad ilimitada de fotos que nunca podréis dejar de ver. A Elan. Todavía no me has dicho si el *ninja* y la bailarina que se enamoraron después de ese fiasco al tropezar con un ovillo se casaron en una capilla hecha de sandías. Capullo.

Y a la comunidad API. Ha sido un año muy duro, pero ostras, somos fuertes. Estoy muy orgullosa de nuestra resistencia.

Me gustaría rendir homenaje a dos personas hermosas e importantes que el mundo perdió demasiado pronto. Janice Owen fue lectora y correctora, y nos conocimos por ambas profesiones. Janice trabajó conmigo en todos los libros que he publicado, y se convirtió enseguida en una amiga en la que confiaba, no solo por su ojo avizor, sino también por su personalidad positiva y alegre. Janice, me diste un gran consuelo a lo largo de los años al prestarme tu calidez y permitirme apoyarme en ti siempre que necesitaba a alguien de quien depender. Echaré de menos tu luz. Gracias por haber formado parte de mi vida.

Kamel Dupuis-Perez era mi representante en Amazon. Nunca había hablado con alguien tan apasionado por su mujer y sus hijos. Valoraba a las personas y se dedicaba a la inclusión en el mundo editorial. Kamel, gracias por hacerme sentir que alguien me veía y me entendía. Por ocuparte de mis correos electrónicos excesivos y odiosamente largos. Nunca llegué a mandarte mi *xiao long bao* favorito o un *lì xì* por la noche. Siento no haberte agradecido tus amables palabras. Gracias por escucharme. Por estar ahí.